袁世凯

张鸿福

著

③ 梦断紫禁

长江出版传媒　长江文艺出版社

目 录

第一章

太后崩醇王摄政　世凯难亲贵倾轧

皇帝驾崩，军机大臣们应该干什么？摄政王载沣搓着手来回踱步，不知如何是好。奕劻见状，在一旁劝说道："摄政王少安毋躁，太后必有懿旨。"

果然，一会儿就有太监前来传话，说老佛爷要去看大行皇帝，让军机大臣同去。于是以摄政王为首，军机六人鱼贯赶到瀛台北。瀛台是水中的小岛，只有北面有桥与陆地相连，桥南有门曰仁曜门，六人就在此迎接慈驾。等了一刻多钟，慈禧的鸾驾才迤逦而来。六人跪在路边等慈禧的暖舆过去了，跟在一边的李莲英传话道："列位王爷和大人们，太后懿旨，直接到涵元殿。"

于是大家跟随慈禧的鸾驾进仁曜门，穿过鸾翔阁，进涵元门，就到了光绪住的涵元殿。慈禧的暖舆一直抬到殿门口，四个太监趁慈禧下轿的工夫小步快跑将一把带靠背扶手的圈椅抬进殿内，李莲英则亲自将一床锦被铺在椅子上。

袁世凯的心情十分复杂，不论他怎么自辩，有愧于大行皇帝则是神人共知。从小听老人拉呱，有死后会化作厉鬼找仇人报复的说法。他不信这一套，但越靠近涵元殿，他的心跳得越快，而且腿有些发软，脑子里也开始发蒙。他随着众人跪下来，慈禧坐在椅子上，袁世凯只能看到她的背影。他很庆幸，这样可避免看到已经小殓后停尸在正殿的大行皇帝。有一个三十多岁的妇人跪在慈禧旁边，不断地拿手帕擦眼睛。袁世凯猜测，她应该是皇后。

慈禧沙哑着嗓子道："你们君臣一场，都给大行皇帝行个大礼吧。"

于是众人行三跪九叩的大礼。

等行完了礼，慈禧又道："国不可一日无君，摄政王载沣之子溥仪入承大统为嗣皇帝。溥仪是承继穆宗为嗣，同时兼祧大行皇帝。皇帝还小，载沣为监国摄政王,所有军国政事,裁度施行。"

载沣连忙叩头道:"奴才德薄才寡,担不起这副担子。"

慈禧回道:"不是还有我吗?我会帮着你拿主意的。"

这时皇后放声大哭,慈禧制止道:"你也不必哭了,既然溥仪是兼祧大行皇帝,当然会封你为太后。"

"谢太皇太后恩典。"皇后——应该是太后一边磕头一边哭。

慈禧又吩咐道:"张之洞,拟旨来看。"

张之洞一直竖着耳朵仔细听慈禧说话,他起身到殿外,早有太监打着手臂粗的白色蜡烛来给他照明。另一名太监则侍候笔和"蓝墨"——宫中遇丧,不动朱笔,无论起草还是正式下谕,都是蓝笔。张之洞刷刷直书,很快草就三份懿旨:

> 钦奉慈禧端佑康颐昭豫庄诚寿恭钦献崇熙皇太后懿旨:摄政王载沣之子溥仪,着入承大统为嗣皇帝。

> 又钦奉皇太后懿旨:前因穆宗毅皇帝未有储贰,曾于同治十三年十二月初五日降旨,大行皇帝生有皇子,即承祧穆宗毅皇帝为嗣。现大行皇帝龙驭上宾,亦未有储贰,不得已以摄政王载沣之子溥仪,承继穆宗毅皇帝为嗣,并兼承大行皇帝之祧。

> 又钦奉皇太后懿旨:现值时事多艰,嗣皇帝尚在冲龄,正宜专心典学。着摄政王载沣为监国,所有军国政事,悉秉承予之训示,裁度施行。俟嗣皇帝学业有成,再由嗣皇帝亲裁政事。

慈禧看罢后道:"立即发下去吧,还有大行皇帝的哀诏。什么时候给大行皇帝大殓,定下后还要通知亲贵大臣来瞻仰。"

西苑忙得一团糟,太监忙着摘缨子、灯笼上套白布。军机上要忙的事情更多,首先是确定恭办丧仪的人员,这其中要有亲贵,又要有蒙古王爷,还要有内务府人员。因为是国丧,当然外务部也要名列其中。名单写成奏片呈到福昌殿,很快就有懿旨照准。于是张之洞拟旨:

钦奉懿旨：着派礼亲王世铎、睿亲王魁斌、喀尔喀亲王那彦图、奉恩镇国公度支部尚书载泽、大学士世续、那桐、外务部尚书袁世凯、礼部尚书溥良、内务府大臣继禄、增崇恭办丧礼，敬谨襄事。

于是按名单召齐恭办丧仪亲贵大臣，礼亲王世铎、睿亲王魁斌、喀尔喀亲王那彦图都因身体不好不能前来，而且也不必前来，真正要坐下来商议的就是度支部、外务部、内务府的几个人。先商议大殓的时辰及参加的人员，移灵到何处；如何向各国通报；严令各地部队未得军令不得调动、不得擅出营门……等忙出眉目的时候已快四点，有些上朝的官员已经到了宫门外。六位军机大臣除张之洞起居无常，能把黑夜当白天过外，其他人都熬不住了。奕劻见状后道："咱们无论如何得眯会眼，明天——今天还有一大堆事要办。"

于是众人各找地方补了一觉，只有张之洞没打算去休息，问道："慰廷，你困不困？要不困就陪我说会话。"

袁世凯重新坐回炕上，把椅子上的暖靠背都拿过来垫在胳膊下，半躺着与张之洞说话，话题从昨天三道懿旨说起："中堂，看来太后对自己的身体很有信心，不然何以军国大政都要听训而行？"

"真没想到老太后竟然还想再操纵一个小皇帝。她之所以这样为大行皇帝立嗣，也许正是看中摄政王庸懦好操控。"张之洞叹了口气道。

袁世凯思量道："如果太皇太后能够再活十年，或者五六年也行，宪政能够切实推行，大清或许能够渡过危机。毕竟老太后控制大局的能力无人可比，如果她驾鹤西去，不知会生什么变局。"

"老太后只是心性高，这道上谕恐怕用不上了。"张之洞叹了口气，他无书不读，算半个医生。

袁世凯惊讶地问道："中堂的意思，是老太后也很危险？"

"太医的脉案看似平和，其实他们也都知道内情。昨天晚上听老太后说话，就知底气已尽，元气尽丧。且看今天如何，如果能够闯得过今天，说明我是过虑了，否则就是民间所说的回光返照。"

袁世凯大为失落和担忧，张之洞知道他的心病，却不点破道："慰廷，天下没有不散的宴席，老太后若走了，你我肩上的担子很重。我们食君之禄，忠君之事，你我要携手保大清这挂老车多走几年。如你所言，如果宪政得以切实推行，大清渡过难关，如日本的君宪立国一样，能够有一番天翻地覆的大变，则无异于中国新生,你我功莫大焉。"

"如此甚好,不过,宪政能不能推行,要看接下来的这帮亲贵了。如果他们只想借宪政揽权,那时候民心尽丧,可就不是你我能够挽救得了的。"

张之洞却有些乐观道:"这几个少年亲贵,好几个出过国,我以为推行宪政应当只快不慢。"

大行皇帝的大殓之礼于辰时完成,这是钦天监推排出的吉时。嗣皇帝溥仪不到五点就被奶妈抱着,一帮太监、护卫簇拥着来到涵元殿,名头是恭视大行皇帝小殓。天有些冷,小皇帝一看到光绪的遗体就开始号啕大哭,只好先把他抱走。等到六点半前,再抱着他到乾清宫。此时,光绪已经被移灵到乾清宫院内西侧,亲王以下、文武大臣官员俱已成服,各按位次齐集举哀。光绪的遗体从"吉祥板"上移到梓宫中,数十名太监将梓宫抬进乾清宫正殿,致奠礼后,除守灵大臣,其他人方才散去。

袁世凯等人回到西苑,载沣夫妇就奉慈禧口谕晋见。这一召见,就谈了个把钟头。载沣回到军机处值房,屁股还没坐热就传来慈禧感到不舒服,召张仲元、戴家瑜去请脉的消息。军机六人都十分紧张,等张、戴二人一出来,立即把他们召到军机值房询问。张仲元连连摇头道:"很不好,危在旦夕。"

袁世凯问道:"还有没有法子救?"

"只能尽人事听天命了。"

张之洞催促道:"那就快写脉案进药。"

张仲元、戴家瑜一商量,由张仲元执笔,写脉案——

请得皇太后脉息左部不匀,右部细数。气虚痰生,精神委顿,舌短口干,胃不纳食,势甚危笃。勉拟益气生津之法调理。人参须五分,麦冬二钱,鲜石斛三钱,老米一两,水煎温服。

此刻,张之洞又道:"太后的遗诏我已经起了个稿子,咱们得商议一下。"

奕劻摆摆手道:"香涛的大笔还有谁能比?我看不必多此一举了。"

"不然,这不仅仅是要笔杆子的事,有些事情我怕想不到。"

于是张之洞读,众人听,刚读了个开头,太监便来传懿旨:"太皇太后懿旨,速速请军机来见。"

"速速"二字足见急迫。六个人顾不得礼仪和体面,小跑着前往福昌殿。依然是李莲英为他们打帘子,进了太后的寝殿。慈禧靠在锦被上,两个宫女跪在榻上,一左一右扶着。

"我感觉很不好,所以急急把你们叫来。"慈禧说话的声音里夹杂着痰声,很混浊。

载沣听了"呜呜"哭了起来。众人也都跟着哭,只是急切之间泪还下不来,只好拿袖子去抹。

"你们都不要哭。"慈禧颤抖着举起手,指指奕劻、袁世凯等人,"载沣,我本想身子好了能再指点你几年,看来是天不假年。这些大臣都是我手里选出来的,他们各有长处,你要善待他们,用好他们。我今天早晨告诉你的话,你可要记在心里。"

慈禧早晨召见载沣夫妇近一个小时,都谈了什么,外人无从得知,如果从慈禧刚才的话推测,应当是让载沣善待老臣,这令惶惶不安的袁世凯略感欣慰。

载沣跪到地上,磕头回道:"奴才谨遵懿旨。"

"你起来吧。"慈禧又对奕劻等人说道,"你们要好好帮衬着载沣。从今天起,一切军国大政都交给载沣了。如果有特别重要的事情需要请示太后,就让载沣一个人去好了,你们都听清楚了吗?"

载沣一个人去见太后,就是说将来的太后没有召见军机的权力。

"此后,女人不可与闻国政。此与本朝家法相违,必须严加限制。"慈禧喘息了一会儿说道,"你们可能觉得我说这话是矫情,还真不是。正因为我执掌大清五十年,才知道女人掌朝不易。我不是自夸,有野心的女人不少,可能跟上我的又有几个!东施效颦,反而坏事。"

这时药凉好了,李莲英亲自侍候。慈禧喝了几口,呛得连连咳嗽。她推开李莲英的手,李莲英哭着求道:"老佛爷,您倒是多喝一口。"

慈禧摇摇头。李莲英端着药碗,弯着腰退出去。

慈禧又望着张之洞道:"张之洞,我的遗嘱写好了吗?趁着我还清醒,你念念吧。"

张之洞"嗻"一声,趋前一步,从袖子里抽出遗诏的草稿,朗声念出来:

奉大行太皇太后遗诰曰:予以薄德,祗承文宗显皇帝册命,备位宫闱。迨穆宗毅皇帝冲年嗣统,适当寇乱未平,讨伐方殷之际。时则发捻交讧,回苗傲扰,海疆多故,民生凋敝,满目疮痍。予与孝贞显皇后同心抚训,夙夜忧劳,秉承文宗显皇帝遗谟,策励内外臣工暨各路统兵大臣,指授机宜,勤求治理,任贤纳谏,救灾恤民,遂得仰承天庥,削平大难,转危为安。

慈禧很满意,插话道:"张之洞好文笔。'指授机宜,勤求治理,任贤纳谏'这几句还真不是虚话。回想当年,发捻交乘,我常常夜里惊醒,秉烛盯着地图就是一宿。想一想,多不容易!我这一辈子,一个整寿也没过好。三十岁的时候,洪杨正闹得凶;四十岁的时候日本侵略台湾;五十岁的时候法国人在越南闹,福建水师全军覆没;六十岁的时候日本人又侵占朝鲜;七十岁又赶上日俄在东三省大打出手。亏得有曾国藩、李鸿章、左宗棠这些忠臣,大清才躲过数劫。"

袁世凯立即接话道:"幸亏有太后主于内,外面的臣子才能尽忠王事。臣多次听李鸿章说,太皇太后是巾帼不让须眉。"

慈禧用力一笑道:"李鸿章要是真这么说,我可真是欣慰得很。这五十年我总算没虚度吧——张之洞,你往下读。"

于是张之洞继续朗读:

及穆宗毅皇帝即世,今大行皇帝入嗣大统,时事愈艰,民生愈困,内忧外患,纷至沓来,不得不再行训政。前年宣布预备立宪诏书,本年颁示预备立宪年限,万几待理,心力俱殚。幸予体气素强,尚可支拄。不期本年夏秋以来,时有不适,政务殷繁,无从静摄,服食失宜,迁延日久,精力渐惫,犹未敢一日暇逸。以致病势增剧,遂至弥留。

"这几句也说得很公道。只是我之所以病重,不仅仅是政务殷繁,还因大行皇帝驾崩。"

张之洞不能不叹服慈禧,这种时候还能听出稿子的缺陷。人人皆知帝后不和,太皇太后因大行皇帝驾崩而增重病情,正可堵天下悠悠之口。虽然大行皇帝不孝,但太皇太后犹是慈母,便回道:"臣斟酌,在'犹未敢一日暇逸'后,加上'本月二十一日,复遭大行皇帝之丧,悲从中来,不能自克',再接'以致病势增剧',是否合适?请太皇太后谕示。"

"这样就很好,你再往下念。"

张之洞继续念道：

> 回念五十年来，忧患叠经，兢业之心，无时或释。今举行新政，渐有端倪，嗣皇帝方在冲龄，正资启迪。摄政王及内外诸臣，尚其协心翊赞，固我邦基。嗣皇帝以国事为重，尤宜勉节哀思，孜孜典学，他日光大前谟，有厚望焉。丧服二十七日而除，布告天下，咸使闻知。

慈禧点头表示满意，经过这一番交代，她已经有些支撑不住，指指门外，已说不出话来。袁世凯见状问道："太后的意思，是不是叫李莲英进来？"

慈禧点点头。

袁世凯冲着门外喊道："奉懿旨，李莲英进来。"

李莲英进来，看到慈禧奄奄一息的样子，跪在地上膝行至榻前哭道："老佛爷有何吩咐，奴才过来了。"

"小李子，你侍候了我一辈子，我最后这件事你可要办好。"

李莲英头碰在地上咚咚直响，慈禧指指奕劻等人，又指指门外，示意他们可以跪安了。

几个人哈着腰退出殿来，外面阳光灿烂，眼睛有些睁不开。

回到军机值房，奕劻对载沣道："太皇太后说得明白，太后无权召见军机。你这监国可要一监到底，不要让别人指手画脚。"

载沣回道："是，还要庆叔和各位多指教。"

这时，袁世凯插话道："对了，如今王爷是监国摄政王，恐怕要退出军机了。"

奕劻点头赞同道："是，名分已定，摄政王要统领国政，当然不能再是军机大臣了，要补一个军机进来。"

闻言，载沣又问道："这时候趁太后还有口气，是不是请旨？"

张之洞摆摆手道："太皇太后操劳一生，且让她最后得片刻歇息，不宜再去打扰。"

奕劻推荐道："是，不必再请懿旨，监国摄政王就做得了主。我看那琴轩就不错，你们以为呢？"

那琴轩就是那桐，琴轩是他的字。他于去年授体仁阁大学士，任外务部会办大臣。他与奕劻、袁世凯关系极好，是人人皆知的"袁党"。不过，他也是叶赫那拉氏,与慈禧同族,所以也很受信任。

载沣赞同道:"好,琴轩人不错,不过要等到二十七天除服后再补不迟。"

张之洞把值班军机章京叫来,交代拟几道谕旨,好在军机章京对丧礼例行的上谕都已经备清楚,很快就来复命。一共是五道,全是以小皇帝名义由内阁明发,一是朕奉太皇太后懿旨,"现命摄政王载沣监国,所有应行礼节,着内阁各部院会议具奏"。二是奉太皇太后懿旨,"现予病势危笃,恐将不起,嗣后军国政事,均由摄政王裁定。遇有重大事件,必须请皇太后懿旨者,由摄政王随时面请施行"。三是慈禧尊为太皇太后,皇后尊为皇太后,所有应行典礼,着礼部具奏。四是根据同治十三年的成例,"其各直省将军、督抚、都统、副都统、提镇、城守尉、并西北两路将军、大臣、暨藩、臬、盐、关、织造等,均不必奏请来京叩谒梓宫,致旷职守。各该员等,唯当竭诚尽职,以期无负委任,不在末节虚文也"。五是关于溥仪的避讳,写仪字时缺一撇。

载沣看过,并无意见,于是立即发出。

因为都知道慈禧已经病危,因此载沣及五位军机都寸步不离。临近未正,也就是两点,福昌殿方向传来太监的传呼声:"太皇太后宾天了。"

好在,该准备的都准备了。先是发出慈禧的遗诰,再发一道皇上上谕,点派治丧人员。而后慈禧移灵宁寿宫,大殓后停灵皇极殿。这是慈禧生前的愿望。宁寿宫是乾隆当太上皇后移驻的宫殿,归政后就住在这里,俨然以太上皇自居。而且她也只能停灵宁寿宫,本是太后正寝的慈宁宫,刚升为皇太后的光绪皇后已经移住过去了。

因为太后皇上宾天,需要处理的事情太多,因此军机大臣也都未得出宫,在军机值房内各寻地方凑合着应付。第二天又发了一批上谕,外务部因为收到好几个驻外使臣的电报,请示驻外使馆礼仪,袁世凯特意与礼部商议后,给各使馆统一发电:

> 查《会典》,国有大丧,自初丧日始,二十七日服缟素,冠摘缨,奏疏移文用蓝印,百日内不剃发,服青常袍褂,期年不嫁娶,二十七月内不作乐燕会。哀诏到日,哭临三日。希查照遵行。外务部。

然后军机大臣与礼部堂官急需商议的事情有两件,一是给光绪选陵寝,二是商议摄政王的相关礼仪。

皇帝一般生前会亲选自己的陵寝所在地，并在生前就开始兴建。但光绪已经病了多年，也从来没有臣子敢提议给他修建陵寝，因为慈禧从来不提，结果光绪驾崩了却尚未选定陵址。载沣很替自己的哥哥悲伤，所以他的意思立即派人到东西陵看风水，选地方。奕劻推荐溥伦，他是亲贵，又年轻力壮，且懂风水；袁世凯推荐的是邮传部尚书陈璧，他是袁世凯的心腹，建陵寝这样的事情原本属于工部，工部撤销后部分职能并入邮传部，陈璧作为邮传部尚书亲自为大行皇帝效劳也是职责所在，而且可以替袁世凯尽份心意。对此大家都无异议，于是上谕立即颁布："大行皇帝尚未择有陵寝，着派溥伦、陈璧，带领堪舆人员，驰往东西陵，敬谨查勘地势，绘图贴说，奏明请旨办理。"

关于摄政王的相关礼仪，由礼部负责议定。但基本原则必须由军机们定个大概，他们才好敲定细节。但军机大臣与礼部尚书溥良商议时就有分歧，一种意见以为，摄政王可以代皇上发号施令，如顺治年间的摄政王多尔衮，可以摄政王谕的方式号令天下；另一种意见则认为，摄政王是代天子主持国政，应当隐于天子之后，一切政令都应以皇上的名义施行。

正在争议的时候，大学堂总监督刘廷琛有一个奏折到了，正是谈摄政王的礼仪，他主张摄政王应代皇上主持国政，相应有四条建议：一是监国摄政王视事，宜于偏殿设旁座，"避正位以尊君，设旁座以临下"。二是军机大臣入直及应召见人员，名义上仍承皇上之命召见，承旨时应对皇上宝座称臣。三是凡监国摄政王所有命令，皆以皇上谕旨颁行。四是监国摄政王居处，宜与视事偏殿相近。当年多尔衮将奏章带回家中批答，国之大政，岂可出于私邸？这成为多尔衮的一大罪状。但监国日理万机，如果像军机大臣一样天天按时入直，按时出宫，不唯力不给，且其势不便，体制不肃。当年乾隆曾说，旁支承大统者可迎本生父母奉养宫禁。所以他建议摄政王夫妇可以入驻偏殿，皇上亲政后再搬出。载沣以为这四条都不错，尤其第四条他更为赞赏。因为如果他能住到宫中，可避免每天早起上朝的辛劳。因此，他示意礼部不妨照此方向议定礼仪。

到了下午，正在商议摄政王礼仪问题，小德张来传皇太后懿旨，请摄政王面请大事。

载沣起身就走，大约三刻钟，又回到军机值房，脸色铁青，一句话不说。

众人都示意奕劻问问到底怎么回事。于是奕劻问道："老五，怎么回事，去了一趟回来灰头土脸的。"

载沣一拍桌子道："都怪刘廷琛上这么个折子，给我惹一身不是。"

"哪里不对吗？大家都觉得刘廷琛的折子说得很对路。"

"就是这一条。"载沣指了指最后一条。

最后一条,刘廷琛建议摄政王夫妇搬到宫中居住。如果真那样,载沣的福晋妇以夫贵,其风头必定压过皇太后。皇太后无论如何咽不下这口气,所以召摄政王面商。她的办法是欲擒故纵:"听说有人上奏,想请你们夫妇搬进宫来住。天子的正寝在乾清宫,你打算住在哪里?是乾清宫的偏殿,还是后面的弘德殿?"

载沣落入圈套,以为真是在征求他的意见,想了想道:"弘德殿比较合适,皇帝年幼,正在典学的年纪,我住在弘德殿,可以随时就近与师傅商量。"

皇太后气得脸色煞白,厉声道:"真没想到,你果然打这如意算盘！载沣你说,你是不是比醇贤亲王还能耐大?"

醇贤亲王就是载沣的阿玛,也是光绪的生父。

载沣当然回道:"我哪敢跟阿玛比。"

"那当年醇贤亲王夫妇搬到宫里来住了吗?"

载沣这才意识到,到宫里来住,压根就不该做此想。

"难道醇贤亲王不知道上朝辛苦?他为什么不到宫里来住?我告诉你,他是处处怀着小心,怕人家说他有不臣之心。你倒好,摄政王的椅子还没坐热,就听人的撺掇,授人以柄。你真把紫禁城当成了你的王府?"

载沣心里窝火,但又不敢发作,憋得脸色红白不定,嘴里嗫嚅不知所云。

皇太后第一个回合取得胜利,心中暗喜。她最怕第一次服不住载沣,以后事情就难办了。所以索性彻底把他收服,便问道:"载沣你说,大行太皇太后对你如何?"

"天高地厚之恩。"

"那你是怎么回报她的?给大行皇帝治丧的人员,不是王公就是部院大臣,可是大行太皇太后呢?"

给大行太皇太后治丧的人员,包括肃亲王善耆、顺承郡王讷勒赫、都统喀尔沁公博迪苏、协办大学士荣庆、鹿传霖、吏部尚书陆润庠、内务府大臣奎俊、礼部左侍郎景厚。比之给光绪治丧的礼亲王世铎、睿亲王魁斌、喀尔喀亲王那彦图、奉恩镇国公度支部尚书载泽、大学士世续、那桐、外务部尚书袁世凯、礼部尚书溥良、内务府大臣继禄、增崇,的确是逊色不少。但当时这是礼部拿的名单,军机共同议定,天子之制,尊于太皇太后,并无不妥。但这些道理载沣一时都想不到,只觉得自己的确愧对慈禧。

皇太后看他已经服软,也就改变了策略,转为抚慰道:"我不是故意给你难堪。既然大行太皇太后懿旨,大事让我们商量,我就不能看着你被别人蒙蔽。如果别有用心的人说一声,监国摄政王对大行太皇太后真不够真诚,这对你的名声影响有多坏。"

"上谕已经发出去了。"

"发出去了不要紧,你再补上两个人不就行了。给大行皇帝治丧的是三个亲王,三个尚书,太后那边是一个亲王一个郡王,部院大臣只有一位尚书。我看补上小恭王溥伟、农工商部尚书溥玸就行了。"

载沣满口答应。

"国丧期间,宫中宿卫就该加强,从前的制度也就该好好遵守。我看得再下两道上谕。一是加强宫中禁卫,无关人员不能肆行出入;二是在大内值宿人员,照旧例轮班住宿,其余各项人员,均不准在大内住宿。"

载沣也未提异议,答应回去后立即下旨。等他出了慈宁宫,走回隆宗门内的军机处,一路上经风一吹,清醒了不少,觉得皇太后的训斥,大可据理反驳,自己一着急,连反驳的理由也想不起来。尤其两道上谕,分明都是针对自己来的,自己竟然都一口答应。第一次与皇太后交锋,自己这监国摄政王就败下阵来,以后少不得受掣肘,想想真是可恼。

"传旨申饬!"此时,他把一腔怒火都发在上折子的刘廷琛身上。

奕劻回道:"这不妥当,刚下旨求言,人家奏上来却遭申饬,于理不通。"

袁世凯则问道:"两位王爷,刘廷琛的折子刚递到军机处来,皇太后怎么就知道了?"

百官的奏折,先交外奏事处,再由内奏事处递进宫中。外奏事处由礼部派员充任,内奏事处由内务府太监充任,显然,皇太后是从内奏事处提前得知折子内容。

载沣愤愤道:"肯定是小德张安排人捣的鬼,他最近嚣张得很。"

小德张是光绪的皇后如今皇太后跟前的太监,多年来一直在烧冷灶。如今两宫先后宾天,李莲英、崔玉贵都失势,小德张立马得势,连李莲英都不放在眼里,俨然紫禁城的大总管。

奕劻闻言,便大声道:"老五,既然你监国,那就要好好管一管,不能让太监干政。"

载沣觉得自己像风箱里的老鼠,一边是皇太后,一边是奕劻,两头受气。

"皇太后说要恢复旧制,好,到出宫时间了,咱们都走,从此不必再值宿。"载沣不回答奕劻的话,说罢气咻咻出了门。

奕劻又问道:"那两道上谕还发不发?"

载沣不耐烦地摇着手道:"发发发,现在就发。"

袁世凯已经三天两夜不曾回家,一回到家中,一家人欢天喜地。杨士琦和赵秉钧得信,也都赶了过来。袁世凯吃罢饭,连忙在密室中与两人会见。

"智庵,最近外面有什么说法?"袁世凯问道。

"说法多得很,其中有一种说法与宫保有关。"赵秉钧有顾虑,吞吞吐吐没有说。

"不必顾虑,说出来就是。不然我找你们干什么?"

"有一种说法,皇上临终前有旨意要杀宫保,外间传说宫保已被处死。"

袁世凯苦笑道:"我这不是还活着嘛。"

杨士琦又接话问道:"大家都很担心,摄政王对宫保到底是如何?"

袁世凯回道:"现在还不好说。不过幸好大行太皇太后有旨意,让他善待老臣。已经派我治丧,起码持服的二十七天内,不会有什么问题。"

赵秉钧又道:"现在亲贵们活动很频繁。善耆与康梁还有革命党大概又联系上了,最近有南面来的人到他府上。载泽、载洵还有铁宝臣等人府上人来人往,都热闹得很。"

袁世凯有些担心道:"这些少年亲贵都急于抓权,自觉机会来了,当然会上蹿下跳。不过,事情不像他们想的那么容易。我现在担心的是北洋军,内部不出毛病才好。"

"都是宫保带出来的兄弟,放心好了。铁宝臣以陆军部的名义几次想插手都未得逞,他从今年春天开始,想往北洋军里派日本士官学校留学回来的学生,按照宫保的吩咐,没给这些洋学生好脸色,大都走了,投到湖北新军去了。铁宝臣派到湖北新军的学生都很受重视,一去就当了军官。"自从徐世昌任东三省总督后,与北洋军联系的主要是杨士琦。

袁世凯吩咐道:"这些留日学生受革命党的影响,一脑袋反清思想,把他们留在军中,早晚是个祸害。铁宝臣想以此收买留学生,达到给新军掺沙子的目的。我看他偷鸡不成反蚀米,将来弄不好要搬起石头砸自己的脚。你告诉他们,不管陆军部怎么安排,反正我北洋军中不留有革命思想的洋学生。"

杨士琦又道:"唐少川就该到美国了,不知他的交涉如何。如果能够与美国达成协议,将有助于巩固宫保的地位。"

日俄两国在东北勾结,狼狈为奸瓜分东三省的意图十分明确。出任奉天巡抚的唐绍仪建议结好美国,以牵制日俄。他与徐世昌等东三省督抚公议,向美国借款两千万两在东北修筑铁路,让美国的力量加速进入东北。袁世凯对此深以为然,并说动慈禧接受了他的观点。他在接见美国记者谈到中美关系时说道:"我们和美国的关系是非常重要的,这种看法从来没有像现在这样真切。如果说在不远的将来,大清国在关系到国家主权和领土完整的严峻时刻必须挺身抗击的话,我们会期待并信赖美国能够为保护我们的权利而在国际上善施影响。"作为外务部尚书,袁世凯的这番话自然是向美国表明,联美以制日俄已经成为清政府的国策。

半年前,美国国会通过一个法案,批准消减中国的庚子赔款,由 2444 万美元减少到 1300 万美元,"借以证明对中国诚挚的友谊"。清廷宣布,奉天巡抚唐绍仪着赏加尚书衔,派充专使大臣前往美国致谢。这是表面说法,其实唐绍仪担负的使命,主要是与美国磋商借款联合开发东三省的事宜。一个多月前,唐绍仪和徐世章(徐世昌的弟弟)等一行从上海乘船赴美。他们的日程是先访问日本,再访问美国,此时尚在路上。

"少川此行若得成功,于公于私都是大功一件。于公是救国外交,于私则是救我袁某人之途。少川不日将到旧金山,外务部已经发电给旧金山领事馆,将太后皇上宾天的消息告诉他。"这些年来,国内政局日益受到国际局势的影响,高级官员的去留也与国际关系极为密切。如果联美外交成功,则袁世凯作为亲近美国的官员,清廷便不会轻易罢斥,地位势必得以巩固。所以袁世凯将唐绍仪此行看得十分重。

袁世凯与心腹密议的时候,监国摄政王也在见客。聚在西花厅的客人有三位:度支部尚书载泽,陆军部尚书铁良,还有他的六弟载洵。三个人各有所求,只能一个一个谈,自然是载泽第一个。

"现在遇到两个大丧,大行皇帝的陵寝还无着落,需要花钱的地方太多,你将来可要帮我好好想办法。"载泽掌着钱袋子,载沣将来花钱也要与他商量;而且载泽与光绪是连襟,他的福晋是当今皇太后的亲妹妹,所以对他不能不特别客气。

载泽因为出国考察过宪政，见过大世面，且其人自视甚高，野心也大："筹钱的办法我有的是，目前是要防一个人，重用一个人。"

"防哪一个？"

"老庆。他手太长，雁过拔毛，虱子背上刮膘。要想省钱，就不能给他太大的权力。"载泽的目标是换掉奕劻，将来他代之出任内阁总理大臣。

载沣闻言却有些怵头道："庆叔是军机首辅，大行太皇太后又一再叮嘱善待老臣，这事要慢慢来。你说，要重用哪一个？"

"邮传部右侍郎盛杏荪。"盛宣怀在与袁世凯争夺轮、电时大败，轮、电两局都被袁世凯抓到手上。去年袁世凯调军机后，盛宣怀就谋划从北洋控制下夺回轮、电两局。他走李莲英的路子谋到了邮传部右侍郎的位子，力主将电报彻底收归官办，并带头将自己掌握的九百股上缴朝廷，三四个月内完成了电报局的收归国有，得到慈禧和奕劻的称赞。不过收归国有后归他管理，所以是"明失而暗得"。载泽又说道，"盛杏荪还有个计划，将来要把湖北、四川的铁路都收归官办，这样铁路大利也都将为国所有，实在是筹饷的一大妙招。"

载沣则有些摸不着头脑道："当初他与袁世凯争轮、电，他一直强调商办，怎么如，如今调回头来，又力主官办呢？他，他到底是怎么打算？"

"他说商办只有少数人得利，官办则国家受其利。他本人只想为国家效力。当然，他也有想法，就是将来当邮传部尚书过过瘾。再说，都知道邮传部的陈玉苍是袁党，也该动动了。"

载沣警告道："都知道盛袁不和，当年为轮、电二局，两人更是交恶。你可别中，中了盛宣怀的套路，拿你当，当成倒袁的棋子。"

载泽不屑地回道："不是我自吹，盛杏荪人虽精明，要想把我当棋子，他还没那本事。而且要想将来动动袁世凯，还非要借力盛杏荪不可。他掌握着袁世凯的亲信祸乱轮、电二局的证据，他今天发电来，表示回国后就交给我。"

盛宣怀因为生病，前往日本治疗两个多月，不久即将回国。

载沣点头道："好，这些东西交给言官，他们用得上。"

载泽又问道："那他邮传部尚书的位子到底有多大把握，我要回个话。"

"真是岂有此理，我不受任何人胁迫。"

"你瞧你，动不动就上火。好，我告诉他摄政王心里有这个谱，但要等机会。"见载沣不置可否，载泽自找台阶说道，"好，我回完了，可让老六进来了。"

老六就是载涛，载沣的亲弟弟，时年二十四岁，去年刚袭封为瑞郡王，在载沣面前更加随便："五哥，你如今大权在握，得给我个好差使调剂调剂。"

"大权在握，你说得轻巧，上有皇太后，下面有军机大臣，我夹在中间，谁的脸色都要看，谁的话都要听。"一想起今天所受皇太后的训斥，载沣就气涌上头。

"那个女人你怕她做什，你是监国摄政王！五哥，我听说正在议摄政王的礼仪，应当单设一条，摄政王新建府邸，这是再名正言顺不过。北府已是潜龙邸，照例不能再住。我不要别的差使，就把将来建府的事交给我，我保准给你建一个亮敞敞的摄政王府。"

类似建王府、陵寝、园林这样的工程，往往所费甚巨，但真正用到工程上的不及十分之二三，其余都层层分肥，已是公开的秘密。

载沣哼了一声道："你少说漂亮话，不就是想从中弄点银子？我告诉你老六，我打算清除积弊，像这样的工程以后有一是一，不允许再，再层层贪墨。"

载涛瞪大眼睛道："五哥，你这是说着玩呢还是要玩真的？"

"新朝新气象，大家都盼着来点儿变化，我打算就从这里着手。"

闻言，载涛嬉笑道："我的傻五哥，这是谁出的馊主意？你如今摄政王的椅子还没坐热，正宜收买人心，你却先把许多人的好处拿走了，这要开罪多少人！五哥，这是何苦？谁要给你出这种主意，谁就是打算害你。"

"没人给我出，我要立监国摄，摄政王的权威，总要有所展布。"

载涛听后立马转换了方向，道："有所展布是应当的，但五哥选错了地方。我有个好主意，保准不得罪人，还能立马树起五哥的权威。"

"什么好主意？"

"训练一支禁卫军。我听说德皇、俄皇、日皇都有自己的禁卫军，皇室亲自掌握。有这样一支军队在手，五哥的权威何愁不立？五哥如今对袁项城处处忍让，不就是因为他有北洋新军。如果五哥手里有了禁卫军，何必再看他眼色，想什么时候让他滚蛋，就什么时候让他滚。"

"这是谁给你出的主意？该不是外面的吧？"载沣怦然心跳，拿手指指在外面等候的铁良。

"当然不是。他现在急于揽兵权，要是他提出来，必定要当统领。是良赉臣的建议。"赉臣就是良弼，曾经留学日本士官学校，如今任陆军部军学司司长。他是铁良的臂膀，专门笼络留日学生，推荐到湖北新军、北洋新军中去任职。不过铁良揽权太甚,对良弼也并不完全放心,良弼就走了载洵的路子,见好摄政王。

"这个主意不错!当年我去德国,德皇曾,曾经对我说,皇族要,不失权,非自己掌握军队不可。禁,禁卫军要建,我要亲任禁卫军的统领。"

"这还不够,五哥要任全国陆海军的统帅。"载洵又加了一句。

"这也是应当的。不过,现在海军还是个空架子,聊胜于无。"

载洵又道:"海军也要建,要把里子补齐了,就不是空架子了。五哥,将来建海军我想多效一分力。海军在我手里便是在五哥手里,这样五哥的地位就深固不摇。"

"老六,带兵那不是闹着玩的,你行吗?"

载洵反驳道:"五哥这是什么话!铁宝臣原本也是个书生,不照样带兵吗?原来一直说满人不成器,让汉人把咱小瞧了。哪里是满人不成器,是咱自己不用自己。五哥如今执掌国政,这一条得改改,往后要多用满人,看谁还说满人不成器。"

"好,我知道你的想法了。你快出去,让宝臣进,进来,不能让他久等。"

载洵出去,铁良进来了。载沣一见面就抱歉道:"宝臣你看,我这一个堂哥,一个亲兄弟,一点不知道礼,礼让客人,让你在外面久等。"

铁良回道:"无碍的,王爷,礼当如此。"

载沣又道:"宝臣,兵权是大清立足的根本,把练兵处归入陆军部,就是为了一统,统全国军权于中央。这副担子不轻,我可全靠着你了。"

"我知道王爷的厚爱和信任。这一年多来,已经陆续理顺了不少。现在最大障碍就是北洋的新军,他们太抱团,遥遵项城为帅,真是水泼不进,针扎不进。我曾经让赍臣派去了数十个留日学生,结果都被排挤走了。"

"抛开成见不说,袁项城带兵,还,还真是有一套。"

铁良回道:"这不是主要原因,主要原因是朝廷给他的权力太大。在直隶的时候,身兼八个大臣的职务。即便到了中枢,仍然是赫赫军机大臣,大行太皇太后又太信任他,今年给他做寿,那是给他多大的面子。所以朝野都认为他炙手可热,都巴结着。北洋军也认为有所依靠,所以才不听招呼。如果拿下袁项城,北洋新军的兵权,我有把握给朝廷收回来。"

载沣一听连连摇手道:"这不行,太皇太后一再叮嘱,要善待袁世凯,要利用他,不能把他逼反。"

"王爷,大行太皇太后用人行政,那是无人不服。可就是对袁项城太迁就,我是深不以为然。王爷请想,北洋新军遥遵为帅,封疆大吏中又多姻亲、契友,他如何肯唯命是从?事事掣肘,监国摄政王的权威就会打折扣。"

"这也是没,没办法的事。而且,总要慢慢找机会。"

"其实,袁项城没想象中的那么势大。北洋六镇新军,有两镇在东北,有一镇归我统领,剩余的三镇,也分守山东、直隶。如今湖北新军渐归掌握,北洋新军要闹事,也要掂量掂量。我以为解决袁项城的问题,宜早不宜迟。借新朝万象更新之际,除去权奸,正合全国舆情。王爷知道不知道,外面这些天一直有传言,说袁项城已经被正法,可见民意之一斑。"

"这件事要从长计议,太皇太后言,言犹在耳,我不能出尔反尔。再说,袁项城还是治,治丧大臣,总要出了二十七天的治丧期再说。"

"我听说正在议定监国摄政王的礼仪,我建议单设兵权一条,监国摄政王应为全国陆海军统帅。我这陆军部尚书,一定为监国摄政王掌好陆军,到时候王爷指挥陆军如臂使指,令行禁止。我唯监国摄政王马首是瞻,请王爷一定放心。"铁良又表了忠心。

"我当然放心。你把全部心思用,用在掌控陆军上,其他事情不必分心,一切有我呢。"

到了晚上,肃亲王善耆又来了,开门见山道:"王爷,康梁给各省督抚发电,说两宫祸变,袁为罪魁,乞诛罪臣,一伸公愤。这可是除去袁贼的大好时机,人心向背,正资利用。"

载沣并不接善耆的话茬,而是问道:"怎么,你和康梁一直有,有联系?康梁是通缉的要犯,你贵为亲藩,该不至于知,知法犯禁吧?"

善耆连忙矢口否认:"绝对没有,康梁在国外,我想联系还得联系得上。我掌管民政部,各地有什么新动向,巡警会随时上报。康梁发电报给各督抚的事情,就是今天下午好几个省的巡警局报上来的。"

载沣告诫道:"都知道你是清,清廉王爷,口碑不错,你可别在康,康梁问题上出了毛病。"

善耆又建议道:"是,谢王爷提醒。不过王爷想过没有,太后并未株连康党,不过是杀了六个人,当时深得民心。如今王爷难道没想过要赦免康梁吗?他二人毕竟也是支持宪政的。朝廷也兴宪政,怎么能把支持宪政的人视为敌对?若能如此,康梁为朝廷所用,也省得他们在外面被别人利用。"

"大行太皇太后尸骨未寒,我就违背她的懿旨,你让我怎么做人? 这话你,你以后不要再说。"

打发走善耆,载沣的福晋——荣禄的女儿过来了,问道:"王爷,这一天人来人往的,都来找王爷干什么?"

"朝廷大事,何劳你干预? 一点规矩不懂。"

"你别拿大帽子吓我。还朝廷大事,朝廷大事能在私邸里说吗? 首先犯规矩的就是你。"载沣的这个福晋从小被荣禄惯坏了,不但喝酒,而且从不把规矩当回事,载沣有时候都有些怕她。她就这一句,把载沣堵得无话可说。

福晋也并非蛮不讲理的人,见载沣不再拿架子,也放缓了语气道:"王爷,都知道善一和康梁还有南面的革命党有联系,你可别受他的蛊惑,尤其是不能为戊戌翻案。戊戌年若不是我阿玛和袁世凯,康梁要真是围园杀后,大行皇帝的罪可就大了,哪还有你来当这监国摄政王? 我阿玛后来有好几次说,大行皇帝对任用康梁变法,大有悔意。"

载沣听了却默不作声。福晋见状却有些急了,大声道:"好,你要翻戊戌的案,否定大行太皇太后,你可别忘了,你这监国摄政王也是大行太皇太后封的,到时候再有人翻案,说你这监国摄政王也不该当,看你怎么办!"

载沣怒道:"你急什么,我何曾说要,要翻戊戌的案了。真是妇人见识。"

福晋一撇嘴道:"妇人见识怎么了? 太皇太后秉政近五十年,比你们这些大男人有见识多了。"

新皇帝的年号定为宣统,登基的吉日选在十一月初九。

溥仪一早就在监国摄政王的陪同下,先到紫禁城北的景山观德殿,在光绪梓宫前行三跪九叩的大礼,向大行皇帝表明自己将正式君临天下。景山自明代开始成为皇家的御园,山上建有多处亭台楼阁,主体建筑是寿皇殿。寿皇殿以东,有永恩殿、观德殿,原本是帝王习射之地,从乾隆时开始,改为帝、后停灵之处。光绪大殓后停灵于乾清宫,乾清宫是天子正寝,不宜久停灵柩,因此于十几日前,移到观德殿停放。

溥仪下了景山,从神武门回到紫禁城,先到慈宁宫吃奶、吃点心。到了十点多,开始哄着他穿小皇帝的衣服。在他看来,小皇帝的服装实在不招人喜欢,穿在身上也不舒服,尤其那顶皇冠,上面有三层东珠,实在太沉,压在额头上,一跑就会歪下来。而帽圈上的貂毛,触着额头有些痒,一出汗更是奇痒无比。从景山回来后他立即把皇冠和衣服扒了下来,这时再劝他穿上,奶妈和太监宫女费了许多口舌,他就是两个字:"不穿!"

皇太后从未抚育过孩子,因此早已经不耐烦,厉声道:"你再不穿,皇上也不让你当了!"

皇太后背微驼,大长脸,又终日难得笑颜,溥仪真有些怕她,所以这才乖乖地穿上皇帝吉服,戴上沉重的朝冠,然后到庆寿堂正式向皇太后行礼。行完礼,再由太监、宫女和奶妈哄着出宫,监国摄政王及御前大臣、皇帝侍卫陪同前往太和殿。

太和殿就是俗称的金銮殿,但并非用于上朝,而是举行皇上登基、大婚、册封皇后、命将出征等这样的大典时,皇上在此接受百官朝贺。偌大广场上,已经按品级站满了京官。太和殿是紫禁城中最宏伟的建筑,建在高近三丈的台基上,而皇上的御座又比殿内高出近两米,据说坐在御座上可以直接平视前门楼子。午时初刻,溥仪由摄政王牵着手走进太和殿,登上高高的御座。这时,太监鸣鞭三声,大典开始,因为居丧期间,丹陛大乐备而不用,殿内外群臣三跪九叩,山呼万岁。溥仪何曾见过这么大的场面,撇嘴就哭道:"这儿不好,我不喜欢,我要回去。"

载沣哄他说道:"不要哭,一会儿就完了,一会儿就完了。"

大殿内是宗室亲贵、御前大臣和军机大臣,载沣的话大家都听得很清楚。皇上刚登基,怎么一会儿就完了呢。这话太不吉利,太不吉利了。

总算结束了,溥仪如获大赦,溜下御座就往外跑,出了大殿找奶妈,连暖舆也不肯坐。

接下来天安门颁诏,王公格格各有赏赐,文武百官无论大小俱加一级,除十恶不赦的犯人都予大赦。

下午又连发几道上谕,均是为庆贺登基而下的恩旨,一道是皇太后恭上徽号为隆裕皇太后;第二道是"庆亲王奕劻公忠体国,懋著贤劳,庚子以来,顾全大局,殚心辅弼,力任其难,厥功甚伟,应加优赏,用奖勋猷。加恩着以亲王世袭罔替"。第三道是加恩军机大臣,世续着赏加太子少保衔,张之洞着赏加太子太保衔,鹿传霖着赏加太子少保衔,袁世凯着赏加太子太保衔,四人全部赏用紫缰。第四道是对其他王公、贝勒、贝子、各部尚书及重要疆臣加恩,或赏食双俸,或赏戴花翎,或赏穿黄马褂,不一而足。地方大吏受到加恩的只有三人,徐世昌着赏戴花翎,杨士骧、端方着赏穿带膆貂褂。这很令袁世凯欣慰,须知这三人都是朝野皆知的袁党！一般官员看到这份上谕，也都以为袁世凯圣眷未衰。

唐绍仪联美以拒日俄的计划并不顺利。他于10月3日从上海启程，计划是先赴日本，考察政治，也就是摸摸日本人的底。而日本外务部对他赴美的真实意图十分清楚，当然不会坐视中美走得太近，因此设法阻止。他们的办法就是在南满制造事端，在唐绍仪刚到东京时，日军就在图们江开枪，打死打伤好几名中国警民。清廷不敢对日本强硬，一面下令东三省总督徐世昌克制，不要轻用武力，一面令唐绍仪与日本外务省交涉。这正是日本人要的结果，把唐绍仪绊在日本，而命日本驻美国公使加紧与美国沟通，希望美日签订协约。当时美国远东舰队数十艘战舰开往日本，对此行的目的，美国的报纸公开宣称是给日本一个警告。日本表现出了相当克制的态度，授意国内报纸对美舰的到来表示欢迎，并令驻美公使正式向美国政府提交照会，希望美国战舰访问日本，以加深日美互信和友谊。当美国舰队到达日本时，日本舰队举行盛大的欢迎式，其实力令美国舰队惊叹。远东舰队司令立即发回电报，提醒政府美国舰队实力远逊日本。美国总统罗斯福担心中美结盟会刺激日本，态度发生了重大变化。当唐绍仪到达美国时，日美已经达成广泛谅解，双方申明："两国政府均愿在太平洋地区自由和平地发展商务事业；在该区维持现有状态，互相尊重各国在该区域之领属等。"也就是说，日本在中国东北业已取得的特殊地位得到了美国的默认，中美结盟已经没有可能。

到达美国的唐绍仪此时已经改名唐绍怡，为的是避讳溥仪。一接到两宫先后去世的消息，他就感到情况不妙，担心清廷对外政策会发生变化；又得到日美已经结盟的消息，感到联美抵制日俄的计划难以实现。果然，美国总统罗斯福只是礼节性的接见，与国务卿罗脱会谈也没有任何实质性的意义。罗脱严守日美协议，不与清政府建立任何超乎寻常的政治关系，仅仅对一些具体的经济计划略表兴趣。唐绍仪不甘心空手而归，设法与候任总统塔夫脱会见，表达希望进一步加深中美关系的意愿。塔夫脱说他与现任总统对待中国同一宗旨，希望中国极力办事，数十年后，必可成全球极强之国。这些都是空话，唐绍仪希望能有实际行动。塔夫脱道："我明年三月接任，政策注重外交，所派驻华使臣视各国尤为紧要。我的意思是彼此改派大使，不知贵国意见如何？"

唐绍仪当然完全同意，这无异于意外之喜。建交国的外交层次由低而高分为代办级、公使级和大使级。中美互派大使比公使级又高一级，说明两国关系更加紧密。如果此事能够达成,他也算没白来美国一趟,对困境中的袁世凯也不失为一个帮助。他立即报告外务部,希望朝廷能够尽快答复。

袁世凯当然十分支持,但载沣却表示要从长计议。一散朝后,他就让陆军部查询公使与大使到底有什么区别。像这种外交问题,载沣要查询也应当是向外务部,但他偏偏绕开外务部,这让袁世凯十分气恼。这是有意表示对外务部的不信任,进一步说,就是对他袁世凯不信任。

陆军部尚书铁良天天盼望袁世凯倒台,他好把北洋军收归到自己麾下,当然要设法让袁世凯的好事泡汤。但中美上升为大使级关系,对大清实在是有利无害。他苦思冥想,终于在大使的一项权力中发现了机会。根据国际惯例,大使有权请求驻在国元首接见,与驻在国高级官员直接谈判。宗室亲贵一直视与洋人交涉为畏途,开始的时候是认为接见蛮夷有失身份,后来则是怕洋人提出难以答复的要求,除非主持外交,一般都是对洋人敬而远之,就是曾经出过洋的载沣也是如此。所以铁良在这上面大做文章,把大使与公使的区别签注说:大使如与所在国的外务大臣接洽不圆满时,可以要求亲自与驻在国元首谈判。大清尚未实行责任内阁制,大使将有权要求直接与监国摄政王谈判。此点切须注意。

当然,仅如此签注,恐怕作用有限。他亲自拜访度支部尚书载泽,告诉他如果升级为大使级外交,每年要多花好几万两银子,图的只是个虚名,实在得不偿失。

载泽语气坚定道:"外务部要想增加开销,就是我这一关也不能轻易让他们过。"

铁良故意吊胃口道:"泽公恐怕想挡也挡不住。外面有个很离奇的说法,不知泽公听说过没有?"

"什么说法?"

"说出来对监国摄政王都是大不敬。"虽然是"大不敬",但铁良还是说了出来。

载泽惊道:"竟然有这种传言,我一定对摄政王说,不然实在有损摄政王的声威。"

第二天载沣召见军机,大事议过后,拿出陆军部的签注让袁世凯看。袁世凯看了之后回道:"陆军部的签注不完整,升级为大使关系对加强两国友谊的好处没说。"

载沣的个性,属于比较绵软的,听袁世凯如此说,心里不满,但嘴上却道:"那你外务部再签注完整。"

袁世凯回道:"是,我让他们签注明白,今天就复奏。"

召见完军机,度支部尚书载泽求见,载沣当然是立即召见。

载泽进来后,载沣立即赐座问道:"筹划款项的事情,你办得怎么样?"

载沣要修新王府,内务府拿出的预算是六百万两银子;给光绪修崇陵,需要一千多万两银子;要练禁卫军,先练一镇的话,一年也要百十万两;载洵还要大练海军,那又是一个无底洞……所以,载沣对载泽寄予热望,对他一再优容,几乎到了无分尊卑的程度,唯一的希望就是,他能有切实办法筹到银子。

"摄政王放心,我有个绝好的主意,一定能够筹到银子。"载泽曾经向高人请教,如今已是胸有成竹。他的办法是对地方财政进行清理,不但可以筹到一笔银子,而且可趁机达到统一全国财政的目的,"当年铁宝臣到江南清理财政,两个多月的时间一千万两银子就有了着落。为什么?因为地方财政瞒着朝廷的花招多得很,只要切实一查,无一省没毛病。让他们把这些年瞒报的银子补过来,不说多了,每省平均两百万两,十八行省,加东三省,是二十一行省,那就是四千多万两。"

载沣不相信会有这么多银子,也不相信地方会乖乖交上来。

载泽分析道:"他们当然不愿交。但朝廷有朝廷的办法,谁不交就摘掉他的顶戴!当年铁良南下,两江总督魏午庄让下面大造假账,结果铁良一纸参折,把魏午庄调离两江,不但两江服服帖帖,就是当时主政湖广的张之洞也乖乖地向朝廷贡献一百万两的军需。可见,地方官最看重的还是自己的顶戴,不会为了地方拼掉自己的前程。"

载沣又问道:"他们要是串,串通好了,都不肯就范呢?"

"这就要动用摄政王的监国权威了。摘掉一两个巡抚的顶戴,我敢保证,其他的人立即就泄了气。但有一条,你这监国摄政王要拿出狠心来,绝不能手软才行。"

"真到了那一步,我当然能狠得下心。"载沣被鼓动得雄心大起。

载泽忽然转了话题:"袁项城要与美国弄大使级外交,王爷驳回了吗?"

"他说陆军部的签注不完整,让外务部再签注。"

"谁签注也一样。我向洋行的洋人请教过,要联美制日俄基本是妄想。为什么?因为美国与大清隔着万里大洋,日本与大清却一苇可航。日本到大清是只需三天,而美国到大清却需二十余日。不忧心三日之祸,却期待二十日之援,岂不可笑?"

"你说得有道理。"

"不是我说的,是洋人说的。而且升级为大使级外交,驻美使馆每年要多花好几万两,这边招待美国驻华使臣的费用也要多费几万两。每年费近十万两银子,只图一个虚名,何苦来哉?"载泽又道。

"好,明天听听袁世凯怎么说。"

"无论他怎么说,摄政王都应当驳回,外面有个很离奇的说法对摄政王的声威很不利。"

第二章

遭开缺仓皇失措　回原籍闭门思过

载沣召见载泽,听说外间有一种说法直接影响着他的声威,立即要问个究竟。

"最近外面说,袁项城这样的巨奸大恶不但没去职,而且还加太子太保衔,是因为他的北洋军太强大,摄政王也拿他没办法。朝廷的大政,其实都是袁世凯在当家,大小事情,如果没有他的首肯,就是摄政王也没奈何。甚至有人说,袁世凯是太上监国。"载泽添油加醋地说了一番。

"一派胡言。"载沣气得一拍案子。

"胡言也罢,胡扯也罢,反正外面有这样的说法。天下悠悠众口,总不能一一去解释吧?摄政王请想,为什么关于张中堂的议论就很少?关键是张中堂的湖北新军不像袁项城的北洋新军铁板一块,而且专门与朝廷叫板。"

"与朝廷叫板,本摄政王谅,谅他还不敢。"载沣给自己打气。

"等他敢了那可就晚了,所以摄政王得处处压制着他。这次与美国外交升级,摄政王非与袁世凯较较劲不可。这事说大不大,说小不小,但可以试探得出袁世凯是否尊重摄政王的权威,也可以作为摄政王立威的开始。"

"只要本摄政王不,不同意,就没有通过的可能。这种事情,我还是做,做得了主的。"

第二天商议完事情,摄政王叫着袁世凯的官衔道:"袁尚书,关于公使和大使的区别,你们外务部签注完了吗?"

"签注完了。升级为大使级,最大的好处是两国关系更加紧密……"

载沣摇摇手道:"这个本王知,知道,你不必说了。有人说,每年多花十余万两银子图个虚名,实,实在无益。我看,这件事就算了。"

袁世凯争辩道:"摄政王,每年哪能花得了十余万两银子。而且,是中美外交的一件大事,怎么可能是毫无益处的虚名?"

"美国到大清二十余日,日本到大清一,一苇可航,不担心一,一日之祸,却期盼二十日之援,不是很可笑吗?所以,联美制日俄的说法,纯是纸,纸上谈兵。"

袁世凯要给载沣做解释,可因为太急于说明,反而更像反驳:"不然,不然,摄政王,外交本来就是不战而屈人之兵的策略,是取其势,而非取其实。中美改善关系,日俄行事就要收敛一些。所谓一日之祸,二十日之援之说,纯粹是不懂外交者的揣测。"

"袁世凯,本摄政王也,也是去过德国的,不要以为只有你,你懂外交。"载沣反应如此激烈,实在出乎袁世凯的意料,他愣怔着没有反应过来。

载沣又霍地站起来,厉声道:"赵启霖、刘炳麟、江春霖三御史连,连续参你,我都留中不发,康有为、梁启超,直,直接给我写信,让我为先帝复大仇,为国除大奸!我也优容于你,不承想你,你毫无戒惧之心,处处与本王做对。"

袁世凯仰着脸道:"王爷,我是就事论事,我不能因为御史参劾就知而不言。康梁是何许人也?他的话摄政王本就不该听。"

的确,康梁作为朝廷仍在通缉的要犯,载沣却拿他们的话指责袁世凯,实在失策。载沣意识到这一点,更加恼羞成怒,一脚踢翻了面前的案子。他召见军机,都是赐座。袁世凯离他并不太远,翻倒的案子几乎砸到他的脚面。袁世凯一惊而起,躲到一边。

事情发展得太快,众人还没来得及劝,局面已经不可收拾。张之洞连忙劝道:"摄政王息怒,此事容以后再议。"

奕劻也对袁世凯道:"慰廷,你先出去,等想明白了再来给摄政王道歉。"

袁世凯自从被慈禧敲打后出殿时扭伤了脚踝,至今并未好利索。刚才情急之中一跃而起,脚踝又一阵刺疼,出殿时一瘸一拐,背影望去,颇显老态。

载沣挥挥手道:"你们都走,让本王清静,清静。"

奕劻等人退出,不久太监又来传话,说监国摄政王召见庆亲王。奕劻回到养心殿东暖阁,见载沣在绕室徘徊,就劝道:"慰廷说话太直了些,不过也是话赶话赶上了,你也不必再生气。"

载沣停住脚步道:"庆叔,我要杀袁世凯,你可要帮着我。"

"什么？"这太出乎奕劻的意料，他声音都有些颤抖了，"摄政王，皇上刚刚登基就杀前朝功勋大臣，这事大不吉利！"

"袁世凯跋扈不臣，早就该死！你知道这一阵参他的折子有多少么？有二十余！交通亲贵、纠结疆臣、遥执兵柄、隐收士心、潜市外国，他的罪名多了去了！"

"摄政王，这些罪名袁慰廷大寿后'三霖'就参过一次，已经被大行太皇太后留中。虽然不是空穴来风，但毕竟是可大可小。这些御史以参劾权臣亲贵为标榜，虽不能斥之为沽名钓誉，但其居心也未必纯正。这么多人集中参劾，不是有人暗中挑动，谁会相信？请摄政王不必理会。"

"好，这些参折我不理会。康有为写信说袁世凯是巨奸大恶。一是当年一味逞强，以致发生中日甲午之战，割台湾，赔巨款；二是戊戌年间，大行皇帝擢袁世凯于末僚，超授侍，侍郎，授以密诏，袁贼不感非，非常之遇，图一己之荣华而告密。此皆不赦之，之罪也。"

奕劻捶着胸脯道："欲加之罪，颠倒黑白！康梁之卑污竟至如此！甲午之战，是日本蓄谋已久，割我台湾，占我朝鲜，皆是倭国孜孜备战二十余年，怎么可以归罪于袁慰廷一人？分明是自污污人，为日本洗白也！戊戌政变，袁慰廷有功无过，康梁操切行事，把大行皇上逼到不仁不孝的地步，罪魁分明是康梁，怎么可以归过于荣文忠和袁慰廷？莫非摄政王的意思，要袁世凯围园弑后才能如意？摄政王别忘了，袁慰廷有罪，那荣文忠又何以独善其身？大行太皇太后又该如何？大行太皇太后如果有过，那摄政王的监国之位又如何名正言顺？"

奕劻这一通捶胸顿足的反驳，让载沣张口结舌，无言以对，而且心惊肉跳，他竟然听信康梁的诬告，拿颠倒黑白的话治罪大臣，传到外面他何以立足？他连忙过去扶奕劻坐下道："庆叔，你消消气，即便康梁的话不足信，可袁世凯跋，跋扈不臣，不把本摄政王放在眼里，就今天的情形，不杀之何以立威？"

"摄政王，声威不是靠杀人立起来的。杀个人容易，可是师出无名，妄杀袁世凯，逼反了北洋军，你且问一问铁良，他的一镇人马能不能挡得住？挡得住你就杀好了。"奕劻这显然是气话。

"庆叔，我也没说非要杀，杀他。"

奕劻也缓和了语气道："老五，你既然还叫我一声庆叔，我就不能说两家人的话。我知道有人看不惯袁世凯，也看不惯我。可是袁世凯的能力有目共睹，军机当中谁人可比？军机当中有外交经验又有地方行政经验的又有几人？就拿当前颇得民心的宪政，又是谁极力推进？拿掉一个袁世凯容易，可是朝野会不会认为朝廷预定的立宪要改?洋人会不会以为大清国策要发生变化?中枢人事变动,牵一发而动全身,你刚刚监国摄政不久,且未出国丧,犯不着在人事上大动干戈。"

载沣已经有些被说动,但还是有些不甘心,道:"庆叔,要说民心,无不盼着朝廷除,除掉巨奸大恶。"

"老五,你说袁世凯是巨奸大恶,我不敢苟同。"于是奕劻历数袁世凯小站练兵,数月而见成效;巡抚山东,未让拳乱在山东蔓延;出镇直隶,兴办工商,大办新式教育,推行地方自治,新政成绩斐然。

"庆叔,你说得不是没有道理。可是袁世凯在直,直隶,花钱如流水,到处收买人心,依我看就是居心叵,叵测。"

这话在奕劻听来无异直接指责他,便分辩道:"是,袁世凯花钱如流水。可是疆吏花钱如流水的又何止袁世凯一人?就是张香涛在湖北大办铁厂,也被人指责是'钱屠'。要说收买人心,我也被收买过,每年三节两敬,袁慰廷给我的都很丰厚。可京中亲贵,有谁没花过北洋的钱?当年两宫西狩,第一个解款到行在的是袁世凯;京中宗室亲贵被劫,家徒四壁,是袁世凯调拨军服帮助御寒越冬;两宫回銮,下级官员囊中羞涩,年关难过,又是袁世凯挑头联合两江、湖广三总督捐款资助。就是大行太皇太后每年的万寿,孝敬最多的也是袁慰廷。"

载沣闻言有些泄气道:"庆叔,照你这么说,袁世凯好像是亘,亘古未有的忠臣、贤臣。"

"亘古未有谈不上,可袁世凯对大清忠心耿耿,既不与康梁同流,亦反对南方的革命党,不仅得到列国的尊重,也得到开明绅商的拥护,这一点想必老五你心里也明镜似的。有人看不惯我,看不惯袁世凯,无非希望袁世凯倒了,我也倒了,他们好渔翁得利罢了。这些人在摄政王面前,当然要把我和袁慰廷说得一无是处。说句倚老卖老的话,庚子年若不是有我和袁慰廷这样的人帮衬着朝廷,那一关怎么过都不知道。"

载沣连忙辩白道:"庆叔,绝对没人在我面前诬,诬陷你。"

"有没有且不去说。老五,你如今是监国,整个国家都在你手上。辅佐你的人很要紧,你可一定要把准了。实话说,我们这些人或许不能让你满意,但那些往中枢里挤的人真比我们高明吗?他们除了年轻,精力比我们好以外,办实事、办难事的能力真比我们强吗? 我不是揽权,我已经七十多了,大行太皇太后恩典,让我当了七八年的军机首辅,这一辈子也算值了。我不是为自己打算,实在是想帮你一把,盼着咱大清能够稳稳当当地往前多走一段。"

"庆叔,袁慰廷至今在北洋军中影响极,极大,这不就是他居心叵测的明,明证? 将来尾大不掉,又该怎么办? "

"老五,这事你得听我一句劝。袁慰廷在北洋军中影响大,只能证明他治军有一套,而不能当成居心叵测的证据。如果这也成为证据,历史上的名将岂不都是居心叵测? 如果袁慰廷真是居心叵测,他掌着五镇北洋军的时候就该出手,何必等到今天?大行太皇太后善于把能臣收为己用,这一点你得向她学。用好了袁世凯,北洋新军就是现成的禁卫军。"

载沣回府,载泽、载洵都在等。两人看摄政王脸色,就知道今天又不顺心。载泽首先开口道:"摄政王,我听说袁项城惹你大发雷霆,是不是他不知好歹,不给面子? "

载沣白了他一眼道:"我堂堂摄政王的面子要袁慰廷给? 真,真是笑话。"

载泽紧接着问道:"那摄政王的意思,怎么处置袁世凯? "

"我与庆叔谈了大半天,他不同意处分袁世凯,当前要,要以大局为重,中枢人事不宜变动。"

载泽跺脚道:"你可真是的,你问老庆,他和袁项城是一根绳上的蚂蚱,当然会极力为袁项城开脱。"

"我觉得庆叔说得有,有道理。"

听载沣说完,载泽又道:"摄政王,赵启霖说得好,巨奸大恶,无不大奸似忠。抛开这些不说,你现在与袁世凯闹翻,已是打草惊蛇,你就是再怎么优容他,恐怕往后他也不会再有庆叔所说的什么忠心耿耿。从前有大行太皇太后镇着他,他还不敢怎么样。如今大行太皇太后一去,在他心中恐怕已无人可以钳制了,此时若不速做处理,则内外军政方面,皆是袁之党羽,待其势力养成,消除更为不易。摄政王既然已经得罪了他,还留在身边岂不是养虎遗患?宋太祖说,卧榻之侧岂容他人鼾睡。摄政王是在卧榻之侧养头猛虎,到时候让他咬一口,那可真是……"

载洵此时也附和道:"我听说袁项城上朝,只带一名差官,到了景运门就他只身一人进内廷。若能出以非常手段干了再说,即使庆叔有心庇护,张之洞如何危言岂听亦来不及了。五哥应当拿出李世民发动玄武门之变,圣祖爷擒拿鳌拜的气魄来。"

"不妥,不妥,袁慰廷毕竟不是鳌拜,不罪而诛,真会激,激起大变。而且,庆叔说得有道理,用好了袁项城,北洋新军就,就是护卫朝廷的干城。"载沣倒是恨不得如此痛快地了结,但他毕竟不是李世民,也没有康熙的胆略。

载沣如此懦弱,载泽见状恨得直跺脚:"有大事可以与太后商议,不如你明天去见太后……"

载沣最不愿的就是隆裕插手朝政,因此立即摇手道:"千万不可,不能拿外朝的烦恼事去打,打扰太后。你们且耐心等等,明天我再与张之洞议。"

载泽觉得载沣这样优柔寡断,非误事不可,他决定策动隆裕出来压一压载沣。他有一个最便利的条件,他的福晋是隆裕的亲妹妹,便对福晋说道:"老五实在是太懦弱,这个样子朝政如何能有起色,如果你姐姐能出来帮他一把就好了。"

福晋回道:"我们姐妹,怕没老太后的本事。"

"这话我不赞同。都是一棵树上结出的果,能差到哪里去?本事是练出来的,当年老太后扳倒八大臣,她自己哪里有力量,可借助老恭王和老醇王两兄弟不就成事了?几十年下来,就成就了老太后。"

"老太后有交代,女人不能干政。我姐也只能召见摄政王,连军机也见不到,能有啥办法?"福晋又回道。

"其实,老太后有没有那番交代都未可知。老太后的哀诏里根本就没提这茬,也许是他们几个军机商议好的,反正当时别人又不在场。其实最反对太后出来主事的就是袁项城和老庆,如果这次能弄倒袁项城,那将来不愁赶不走老庆。庆袁一倒,我们这些人就上折子要求太后出来主事,那时候谁还挡得了?你姐姐的风光那可就大了,哪里像现在困在深宫里,有啥滋味?受了这么多年的委屈,也该有个出头之日了。"

福晋摇了摇头道:"现在朝局这么复杂,我姐姐哪能控制得了。你可别胡出主意,让她出来受罪。"

"我真怀疑你们是不是亲姐妹,还有你这样的,唯恐姐姐风光。"

"我哪是怕她风光,我是怕风光得不到活受罪,倒不如在后宫里清静。"

载泽分析道:"你这话就错了,有我们兄弟辅佐,能受什么罪?我掌着度支部,管着朝廷的钱袋子,朝廷的事就能做一半主。老五懦弱,没有主见,虽然摄政,要他俯首也不难。善一、老六、铁良都围在我身边,我说东,他们不往西。那时候你姐姐垂帘,我当军机首辅,上下一心,有什么事情办不好?"

"照你这么一说,还不是白日梦。"

"当然不是白日梦,但事情要一步一步来。第一步就是要扳倒袁项城,最好要了他的小命。这事必得你姐姐出面,压一压胆小怕事的老五。"

第二天一早,载泽福晋就进宫去看隆裕皇太后,一直到午时初刻才出宫。其时军机大臣们已经快散值了,载沣也准备出宫,小德张却亲自来传懿旨:"皇太后懿旨,请监国摄政王,有大事面商。"

载沣连忙到慈宁宫去,一见面隆裕开口即问道:"老五,你和大行皇帝是亲兄弟吗?"

"当然,都是一个阿玛所生的亲兄弟。"

载沣与光绪的确是一个阿玛所生,但并非一母所生。光绪的生母是老醇王福晋即慈禧的妹妹,而载沣则是老醇王侧福晋刘氏所生。

"那你觉得,你这个亲哥哥,当这几十年的皇帝如意吗?"

这何须问,朝野上下无人不知,皇上即便亲政后,也多受掣肘,被囚后更是徒有虚名。但这话却不能摆到桌面上说,所以他吭哧半天,没有一句明白完整的话说出来。

隆裕并未打算听他表态,而是接着问道:"那我问你,你哥哥这皇帝当到如此地步,罪魁是谁?"

至此载沣才明白,原来隆裕要为戊戌翻案,他很难得地明确表态:"太后,戊戌一案是大行太皇太后手上定案的,奴才不能翻。"

"老五,你想错了,我没打算翻案,也没有追究你岳丈的意思。你岳丈受老太后的慈恩,他维护老太后天经地义,就连大行皇帝也原谅他,可袁世凯就不一样了。他受大行皇帝超擢却忘恩负义,这样的乱臣贼子,天下人人得而诛之!你却不想为你哥哥报仇,竟然让袁世凯有滋有味地当着军机大臣!"

听隆裕的意思,原来是要杀袁世凯为大行皇帝报仇。不过,大行皇帝与眼前这位隆裕皇太后感情极差,她要为大行皇帝复仇,这实在出乎意料。

好像回答他的疑惑,隆裕又道:"一日夫妻百日恩,不论怎么说,我这皇太后是从你哥哥那里得来的,就为这一点,我也要为他讨个公道。明白对你说吧,袁世凯非死不可。"

"庆亲王说,袁世凯没有必必,必死的罪名,两宫大丧期间杀前朝大臣,极为不妥。"

"哼,庆王当然护着袁世凯。御史参劾袁世凯的罪名有十几条,哪一条也够得上抄家灭门。你要是怕担责任,那好,我就直接下一道杀袁世凯的懿旨给你,你就不必为难了,一切都推到我身上好了。"

载沣连忙回道:"那倒不必,奴才来想办法。"

"好,我等着你想办法。"

回到养心殿,到底杀不杀袁世凯,载沣根本拿不定主意,便对太监道:"你去看看,张中堂还在不在,让他来见。"

军机都知道太后召见摄政王,怕有什么事情安排,所以并未散值。摄政王不召奕劻,单召张之洞,众人都有些疑惑。张之洞也是怀着疑惑进的养心殿,听到载沣说道:"张中堂,我遇到难题了,你要帮我拿拿主意,太后要我杀,杀袁世凯。"

张之洞惊讶得半天没合上嘴。昨天载沣雷霆震怒,今天却像没事似的,大家都以为这事已经过去,还在称许载沣的气度,没想到竟然要杀袁世凯,便问道:"摄政王,这到底是太后的意思,还是你的意思?"

载沣含混着回道:"算我的意思,也算皇太后的意思。"

"王爷,袁慰廷没有必死的罪。何况主幼时危,未可遽戮重臣,动摇社稷。"

载沣叹道:"道理我也知道,无奈皇太后必要袁,袁世凯死。我若不设法,皇太后要直,直接下懿旨。"

"王爷,那更不可!太后一道懿旨就可诛戮前朝大臣,请问是摄政王在监国,还是太后在秉政?"

载沣这才发现里面的利害,连忙道:"对对,中堂说得对。可是,太后词意甚坚,又该怎么办?"

张之洞斟酌着说道:"无论如何,此恶例不可开。摄政王刚刚秉持国政,宜宽大为怀,培植祥和之气,以增厚国脉。虽然我与袁慰廷颇有嫌隙,但说句老实话,他在外交方面还是无人能比,摄政王应善加利用,可以留他在外务部为国效力。"

"这绝对不行,在太后那里绝,绝对过不了关。总要给他定,定个罪名。"

张之洞劝道:"王爷,如果实在不愿用慰廷,那找个理由开他的缺好了,老臣代他求情,不要治罪,留个将来转圜的余地。而且太后那里本不必交代,若形成事事交代的先例,遗患无穷。如果王爷非要交代,那只需对太后说,军机大臣均反对治罪。"

载沣回道:"我再想想。张中堂,今天的话不,不传六耳,请中堂慎之。"

张之洞回到军机值房,众人都拿眼睛问他,但他实在不能说。于是奕劻挥挥手道:"如果没事,那就散了吧。"

五个人鱼贯出了军机值房,奕劻的庆王府在西南,因此往西出隆宗门;张之洞、袁世凯居处都在东面,因此往东出景运门。在景运门外的校场,各人的仆从都等在那里。张之洞看看附近没有太监,这才对袁世凯道:"慰廷,你要有点准备。"他实在无法详说,只能做此提醒。

袁世凯茫然地点点头,不知自己该如何准备,又该准备什么?

他到家饭已备好,不过实在没有胃口。勉强吃了一点准备午睡,突然门上来报,请老爷立即接旨。

袁世凯匆忙更衣,一边叫管家袁乃宽立即前来,交代道:"你先到前面去,把传旨的公公打发好了。"

袁世凯顶撞摄政王,知道必有说法,他预计最坏就是派太监"申饬"。太监视"申饬"为发财的机会,如果给他一笔银子,满意了,便轻描淡写地说一句"传旨申饬",也就过去了。如果不给银子,或者给少了,那就会被骂得狗血喷头,祖宗十八代,什么难听骂什么。袁世凯不会在乎银子,应该花多少银子他都想好了,今天上朝前就交代了管家袁乃宽。他自己身上也带着银票,以备万一在宫中"申饬",好设法通融。

顶戴袍服已经穿起来,袁乃宽小跑回来回道:"老爷,前面的不敢要那么多银子,说只要一百两辛苦费好了。"

看来不像是"申饬",那会是什么? 等他心神不定赶到前院,一个老太监正在等他,见他到了,立即到正房台阶上站定念道:

谕内阁:军机大臣外务部尚书袁世凯,凤承先朝屡加擢用。朕御极后,复予懋赏,正以其才可用,俾效驰驱,不意袁世凯现患足疾,步履维艰,难胜职任,袁世凯着即开缺,回籍养疴,以示体恤之至意。

这道旨意实在出乎袁世凯的意料,他呆呆跪在地上,好久没有反应。太监提醒道:"袁宫保,谢恩呢。"

袁世凯这才强作笑脸高呼:"臣谢主隆恩。"

袁世凯平时出手阔绰,对太监也不错,传旨太监年纪已大,对他也很客气道:"袁宫保请起。以袁宫保的大才,朝廷倚重,等足疾痊愈,必召宫保还朝。"

"谢公公吉言,我年老体衰,想为朝廷效力也难了。"

送走太监，袁世凯的长子袁克定、次子袁克文一左一右扶持着他回到后院。等坐定后，袁克定立即道："爸爸，没想到朝廷如此寡恩，应当早做打算。"

袁克文也附和道："实在不行，爸爸就到国外躲躲。比如像康梁那样，到日本去。"

历代对付权臣，第一步往往是先夺职。但这仅仅是开始，接下来往往是抄家、入狱、罗织罪名，那时候只有束手待毙。

袁克定反对道："去日本不妥，爸爸与日本人关系不好，不如去美国或者德国。"

"我哪里也不去，我倒要看看，这帮亲贵要怎么对付忠心耿耿的老臣。"袁世凯把自己关在书房里，不许任何人打扰。袁克定知道，爸爸是在做最后决定。

过了一个多钟头，袁世凯在书房里喊道："你们两个进来。"

袁克定和袁克文小跑进书房。

"你们两个，老二你打电话给你五舅，告诉他我要到天津，让他准备到老龙头接站；老大你去前门火车站，给我买一张火车票，我要到天津去。"

袁克文担心道："只买一张恐怕不够，总要有人陪爸爸去。"

"不必，人多容易引起注意。"看来，袁世凯的意思是要悄悄到天津去。

袁克文还是有些担心道："人不能多，但无论如何不能只爸爸一个人。我从家人中选个老成灵光的跟着爸爸。"

袁世凯想了想道："好，那就挑一个人陪我好了。"

袁克定正要出门，杨士聪来了。他是杨士琦和杨士骧的弟弟，排行老八，此时任京津铁路督办。听说袁克定要亲自去车站买票，就说道："大少爷不必管了，且等等再说。"

杨士聪见了袁世凯便道："宫保，我听说出事了，就赶过来看看宫保有何吩咐。"

袁世凯道："你来得正好，我要去天津找你四哥弄几两银子到河南安家，你给我弄两张三等车厢的票。"

杨士聪笑道："宫保坐我的包厢好了，哪能坐三等车厢，光那气味你也受不了。"

"你的包厢太惹眼，我如今是越没人关注越好。"

杨士聪明白了袁世凯的意思，是怕被人盯梢，便道："那就依宫保的，晚上六点钟有去天津的车，我打好票派人送来。"

杨士聪走后，袁克文来回话，说"五舅"问是到北站还是到老龙头。

"告诉你五舅，我坐六点钟的车，到老龙头。还有，到时他不必亲自去接，派两辆黄包车去就行，车头上挂一个'接吉老爷'的牌子。"

到了五点钟，袁世凯穿一身下人的大棉袍，头上戴一顶狗皮大棉帽，两手袖在袖筒里，与袁克定给他挑的下人，就像一对出门办差的仆从一起出了袁府，到了胡同口，招两辆黄包车，直奔前门火车站。

火车开进老龙头火车站时已经快十点。袁世凯和仆从下车，在候车室门外有两辆黄包车停在那里，拉车的手里举着一个牌子"接吉老爷"。袁世凯上了车，拉车的说道："小人奉张运使大令，前来接大人到利顺德饭店。"

仆人上了另一辆车，铃铛一摇，向利顺德饭店方向驰去。

利顺德饭店在海河岸边的租界区，是天津最高级的饭店，门口有门童，大堂里有襄理，袁世凯和仆人直往里闯，门童没拦住，却被大堂的襄理挡住了去处："两位，请问找哪位？"

"我来找张馨庵，让他快来见我。"

襄理听来人直呼长芦盐运使的名号，知道来者不是一般人，也不敢拦了，连忙给房间里的张大人打电话。还没拨通，长芦盐运使张镇芳——也就是袁克文他们的"五舅"从楼梯上下来了，一看大堂里一高一矮两个仆从，便连忙邀道问道："两位快请上楼。"

张镇芳也是项城人，是袁世凯的三哥袁世廉的妻弟，排行老五，六七年前还是一个穷翰林，到北洋投靠袁世凯，被委以陆军粮饷局总办的肥差，后来当过清理财政局总办、直隶银行督办、长芦盐运使兼直隶按察使。不几年间已是三品大员，不但贵，且积聚了一大笔私财。

"四哥，怎么会到这种地步？刚刚还晋了太子太保，转脸就不认人了。"张镇芳一脸着急地问道。

"早就预料到有这一步，可总还是存着侥幸，以为赔着小心尽着忠心也许会躲过一劫，我还是低估了这帮新贵。"

"下一步四哥做何打算？"

"我到天津来想找莲府弄几两银子，我是奉旨回籍养病，一大家子人总要有个住处。"袁世凯花钱如流水，但自己并不善理财，他的私财也算不上多，一大家子人回老家，的确需要一大笔开销。

"这个好说，我现在就给四哥筹划三四万两，杨莲府也不至于太吝啬，回籍的费用足够。但如果再有其他花销,四哥还要早早吩咐下来,我好有所准备。"
袁克文给张镇芳打电话的时候,已经透露希望袁世凯能够出国避祸的意思,但袁世凯却未明说,所以只能旁敲侧击。

"暂时没有其他开销。馨庵,在火车上我仔细想了想,我不能一走了之,而且一走也不能了之。一大家子人都留在京中,跑了和尚跑不了庙。而且,如果有人趁机做文章,说我是畏罪潜逃,那更是跳进黄河也洗不清。"

"不然。"张镇芳大摇其头,"俗话说,留得青山在,不怕没柴烧。三十年河东,三十年河西。如果四哥在,他们总会有所顾忌,对家眷不至于太过分。四哥不如像康梁一样,暂时到国外避避风头。"

"还没到那一步,我在天津先看看情形再说。你到莲府那里去了没有?"
张镇芳回道:"还没有,没有四哥的吩咐,我不敢擅自行动。"

"我不便去见他,你替我去走一趟,没别的意思,先让他筹点银子给我。"
张镇芳问:"四哥给我个数目,到时候我好和他谈。"

"不必,全凭他的心意。我不想强人所难。"

张镇芳到了总督府,大门已闭,好在他是常客,护院巡警开了角门让他进去。一见面,杨士骧就叹道:"馨庵,你总算来了,听说宫保奉旨回籍养疴,我们这些人该如何自处?"

杨士骧见面不为袁世凯抱屈,先为自己打算,令张镇芳很不满,道:"宫保已经到天津来了。"

"什么?"杨士骧惊得一跃而起,"他奉旨回籍,这时候到天津来干什么?我既然知道了,就应如实奏报。"

"大帅只当不知,何必上报?反正我打死也不承认告诉过大帅。宫保到天津来无他意,是想向大帅筹几两银子,以便回籍安顿家眷。大帅亦步亦趋,能有今天的局面,哪一步与宫保没有关系?宫保是把大帅当自己人,危难之际,这才前来相求。如果大帅有难处,只当没有这回事。"

"是,宫保是自己人。"杨士骧这才想起来问一句,"宫保到津,住在哪里?"

"住在利顺德。话我传到了,大帅要不要去见面,要不要给宫保筹点银子,一切随便。"张镇芳几乎是拂袖而去。

杨士骧有些尴尬,但觉得此时与袁世凯见面,风险太大,因此召心腹密议。

心腹分析道:"大帅去见面不合适,到时候若朝廷追究,对宫保和大帅都不利。至于宫保要花银子,大帅总要设法筹措。"

杨士骧苦笑道："我这北洋总督，正如民间说的驴屎蛋子外面光，宫保弄出那么大的窟窿，我这一年多都是在填亏空，你说窝囊不窝囊？"

心腹回道："亏空人人有，这没什么好说的，此时大帅没法计较这个，宫保问一句：当初我没拿枪逼你来接北洋吧？大帅何词以对？"

"道理我明白。"杨士骧摇摇头道，"我不能去见他，那让谁去合适？你辛苦一趟如何？"

"我去不合适，我与大人不隔肚皮，可与宫保却没半分交情。这件事大帅必须派自己最放心的人去才好，不如让大公子辛苦一趟。"

"家父不便出门，派晚生给太老师送来六万两银子。"杨士骧的长子杨毓瑛悄悄到利顺德饭店见袁世凯，奉上六万两银票。进士出身的杨士骧向举人也不曾中的袁世凯递过门生帖子，所以杨毓瑛称袁世凯"太老师"。

袁世凯已经听了张镇芳的报告，对杨士骧极其愤恨，但他是极善掩饰的人，脸上全是感激的笑容道："你父亲太客气了，疾风知劲草，这种时候还打发世侄送款子来，我真是感激不尽。"

杨毓瑛回道："家父还说，太老师是奉旨穿孝大员，如今擅释缟素，又不遵旨回籍，倘经发觉，令拿办赴京，则祸更不测，且亦无法庇护。家父的意思是，太老师应当连夜回京。"

"是，你父亲提醒的对，让你父亲给铁路局打个电话，备好三等车厢，我随时可以起程。"

杨毓瑛一走，躲在套间的张镇芳走出来叹道："真没想到杨莲府竟然这样薄情寡义，四哥对他一再提携，如今他却急于撇清渊源，真是令人不齿。"

袁世凯一挥手道："这怨不得他，是我连累了大家。倒是你，也应该早做准备，不要受我连累才是正办。"

张镇芳笑道："四哥，都知道我是铁杆袁党，摘不清楚，也不必摘清楚。我们的荣辱都系于四哥一身，有什么好怕的。"

袁世凯叹道："果如上谕所言，只打发回籍养病那也没什么，反正我做到了军机大臣，算得上位极人臣了，削职为民也没什么好遗憾的。就怕这帮新贵不肯放手，如果再有其他旨意，我受辱事小，连累了你们又何苦来哉。"

张镇芳安慰道："四哥不必去想，且安心待在天津，看后面情形再说。"

"我觉得杨莲府说得对，我是奉旨穿孝，擅自释服来天津，要是被朝廷发觉，再下一道旨意要天津拿我进京，那可就大糟其糕。"

两人正在沉默，电话突然响起来，把两人都吓了一跳。张镇芳接起来，一听声音便对袁世凯道："四哥，是赵智庵。"

袁世凯知道赵秉钧必有机密报告，便问道："你问智庵，京中现在是什么情形？"

赵秉钧告诉张镇芳京中并无其他，宫中也没有其他旨意，朝廷对宫保只限于开缺回籍，不会再有其他牵累。让宫保立即回京，明天一早最好能够到宫门递谢恩折子。

官员就是受了处分，也要"谢主隆恩"。仓皇之间，袁世凯竟然忘了递谢恩折子一事。他接过电话对赵秉钧道："智庵，你往我家中打个电话，让仲仁给我备个谢恩折子，我明天一早就递。"

赵秉钧迟疑了一下道："仲仁已经连夜出京了。"

仲仁就是张一麐，一直是他的心腹文案。所谓连夜出京，就是怕受连累，已经逃出袁府。

"真是树倒猢狲散，我还没倒，他们就先逃命去了。"袁世凯放下电话，又自言自语说道，"毕竟是书生，胆气总是有亏。"

看西洋钟已两点多，张镇芳又问道："四哥，你是现在走，还是眯瞪一会儿？"

袁世凯回道："现在走，争取六点前赶回京城，只有在车上小睡一会了。"

张镇芳给总督府打电话，不找杨士骧，而找他的大公子杨毓瑛，让他安排一节三等车厢，到老龙头火车站等。张镇芳要陪袁世凯上车，袁世凯不让他同行。

送走袁世凯，张镇芳回到府中折腾了一夜，竟然睡意全无。到了五点多，下人都来请安，他让人去请幕府心腹师爷，两人到签押房密议。

"泽公那里，还要再加点火候。"张镇芳开门见山地说。所谓泽公，是指如今炙手可热的度支部尚书载泽。

"泽公那里已经奉献了不少，今年的年敬也是最多的。"师爷回道。

"不，不。我四哥这棵大树看来是挺不住了，必须早做打算。"自从传出慈禧病重的消息，张镇芳就千方百计巴结载泽，已颇得信任，但越是这时候越不能大意。

"我想，在原来的数目上再加一半。我们不只是自保，还要为将来能为四哥说上话，为四哥复起做点筹划。"张镇芳这样说，在师爷面前也好看，而他自己心里也能稍安。

袁世凯不到六点在前门火车站下车,此时天色未明,借天亮前的黑暗乘黄包车回到锡拉胡同的袁府。一回到家,袁克定就过来侍候,先解释道:"怕惹人注意,没敢去接站。"

"这就对了。拿门房的记录来,我看都有谁来过。"

袁克定回道:"爸爸不必看,赵智庵来过,杨五爷来过,严范孙来过,此外再没别人。"

袁世凯有些黯然。此前他回家,光看访客记录就要看一大会儿,没想到竟然到了门可罗雀的地步。

"智庵来说什么了?"赵秉钧手下有一帮侦探,三教九流,宫内民间,无所不包,他的消息来源很广,又善于分析,事情的真相往往他最先得知。

"他说,爸爸这次倒霉并非完全是摄政王的意思。隆裕皇太后最狠,想要爸爸的命。幸亏张中堂极力劝阻,才有回籍养疾这道旨意。"

"香涛能极力为我说话,实在没想到,他可真够意思了。我平日对他的书生气,还多有小瞧的。"

"还有庆王也着实为爸爸说话。他让王府管家过来传话,说请爸爸放心,不会再有别的旨意。"

"庆王那里尽在意料中,仲仁竟弃我而去,实在有些意外。"袁世凯有些感慨。

"这事真不怪他。他老家打来电报,老母病重。他不肯走,是我硬劝他走的。"袁克定解释道。

闻言,袁世凯稍稍欣慰道:"我对仲仁,那可是不曾薄待。"

"今天递了折子,恐怕明天就要出城。"袁世凯的谢恩折子,袁克定早已为他备好。

这种照例的折子,递上去就完。没想到摄政王在东暖阁召见,他欠欠身并未站起来,也未赐座,便道:"外面有人谣传,说是因为你顶撞我才,才开你的缺,本王还没那么小心眼。我倒是想留你,无奈你足疾如此,只好放你回籍,找个像,像样的大夫,好好治一治。"

袁世凯出宫回到府中,让袁克文给他整理行装。他的计划是自己先回河南,安排妥当了再接家眷回去。到了快午饭时,张之洞来了。袁世凯连忙去迎,不在客厅待客,而是直接迎到正房东套间,请张之洞"升炕"。张之洞也不客气,坐到炕上背后靠着两床锦被,舒舒服服把腿平放在炕上。

两个人隔着一张炕桌说话,张之洞望了望袁世凯已经全白的须发道:"慰廷,一日不见,竟然须发皆白。"

袁世凯回道:"是吗?我自年轻时血亏,头发白得早。这次挫跌,本是意料之中,又属意料之外,一夜不曾合眼。多亏中堂极力周全,世凯感激不尽。"

"慰廷,我还真不是为了你,是为了大清的前途。无奈这帮新贵目光短浅,不肯为大局着想。"张之洞说罢大摇其头。

"我倒是很想与中堂一道帮衬着维持大局。现在表面上看好像没什么大事,但暗流涌动,处理不好,到了不可收拾的地步,就难以措手了。如今朝中只有中堂可做砥柱中流,中堂的担子往后怕是更重了。"

张之洞摇了摇头道:"人家未必那样认为。下一步,也许轮到排挤我了。本朝定鼎以来,就确立满汉共掌朝政的国策,区区数十万满人。虽然满汉畛域一直存在,但总算还能说得过去,六部两尚书、四侍郎,向来是满汉各半,同光以来,军机大臣由亲贵掌枢,下面则是两满两汉,几成定例。可是前年借官制改革、打破满汉畛域之名,不再满汉等员,各部要津多为满员占据,满进汉退,已经颇招物议。如今监国秉政,少年亲贵联翩入朝,其势咄咄逼人。如今你又去职,一进一退,非慰廷一人之荣辱,而是事关朝局之大端。我所以力谏摄政王,的确不是为慰廷一人去留争。"

"中堂苦心,令人感佩,可惜这些亲贵未必能够体谅。记得月前中堂曾经说,希望辅佐摄政王再造中兴,当时我也颇为振奋,打算与中堂一起,辅佐新朝。如今看来,竟是恍如一梦。"

张之洞摇着头,长叹一口气道:"想来让人泄气。更有甚者,慰廷,两宫尸骨未寒,他们就抢着抓兵权,是真聪明还是小聪明?"

"抓兵权自然是真聪明。中堂请想,本朝立国以来,汉人掌兵的又有几人?大多数时候,是掌在满人手中。但如果时机不对、所用非人,聪明反被聪明误。"

张之洞点头道:"慰廷所见,真是高明之至。近年来,满人排汉,宗室排满,已是世人皆知。朝廷不但有失去汉民人心的苗头,而且宗室也有失去满人支持的可能。最近听说摄政王掌陆海军犹显不足,将来成立的禁卫军要归他直接指挥,良赍臣佐治;将来要大办海军,归洵贝子统领;我还听说,明年要成立军谘府,归涛贝子掌握。慰廷你看,这些掌兵的亲贵最年长的也不过三十来岁,何以服众？"

袁世凯鼻子里嗤道："哪里谈得到服众，只能更让人心不服，非但汉人不服，就是满人也未必服气。大权都握到摄政王兄弟手中，这是最大的败笔。依我看，亲贵就不该掌兵，更不该尽掌于自己手中。"

张之洞一拍炕桌道："通极。自从陆军部成立，对地方军队人事干预极多，以湖北新军而言，铁宝臣以良赉臣笼络留日学生，一再派往鄂军，而且一入职就是队官，有的不出半年就升为管带，张虎臣已经多次来信大发牢骚。"

张虎臣就是刚升湖北提督不久的张彪。他是山西榆次人，从小丧父，家境十分贫寒，以推车运煤挣钱糊口。他身材魁梧，膂力过人，又爱武术，就拜在一名刘姓拳师的门下，学习武艺。1881年张之洞由四川学政升任山西巡抚，到太原上任之日，忽有一大汉拦轿喊冤，随从人等竟阻挡不住。恰巧这天张彪运煤到太原，见状一把就将拦轿大汉抓到一旁。张之洞非常欣赏，在轿内问道："你是何人？"张彪应声答道："我是张彪。"张彪由此得张之洞欣赏，先是入抚标营做了他的马弁，之后一再提携，如今已是湖北提督兼新军第八镇统制。他的妻子是张之洞的丫头，所以张彪在湖北又有"丫姑爷"的外号。丫姑爷所部人事经常受到陆军部干预，牢骚很大，多次写信给张之洞。

"中堂，人事受到干预是次要的。良赉臣自作聪明，把留日学生派往新军，以为自己培植势力，此举无异玩火。留日学生深受革命党影响，以排满革命为己任，让他们掌握军权，后患无穷。我北洋新军极力反对，所以留日学生未成气候。这件事，中堂将来要好好给摄政王提个醒。"

"慰廷，真有那么严重？"张之洞以思想开明自诩，湖北派往日本的军事留学生最多，他当初也乐于起用留日学生，虽然也有所防备，但并未引起足够重视。

"绝无虚言。孙文的革命党如今改变了策略，把策动留日学生作为培植力量的一大要招，留日学生受革命党影响很深。中堂如果不信，可以问问杨皙子，他两次留学日本，与孙文颇有交往，对革命党的情形很了解。"

"这么说来，起用留日学生无异于搬起石头砸自己的脚。"

而后话题转到由谁接袁世凯的遗缺，袁世凯直言道："中堂，我推荐那琴轩。都知道我与琴轩私交甚密，但此荐真不是因私废公。军机当中必有一人专办外交，琴轩本是外务大臣，与各国公使也都熟悉，由他接我的缺，可向列国表明朝廷外交大政并无波澜，以安列国之心。"

张之洞叹息道:"琴轩入枢已无悬念,润万重听,本来就虚应故事,以后我这汉军机更是孤掌难鸣了。"

润万是鹿传霖的字,他两耳重听,在军机中几如聋子的耳朵——摆设。接下来的军机格局,将是奕劻掌枢,世续、鹿传霖、张之洞、那桐佐治,汉军机的势力大受裁抑,张之洞真有孤掌难鸣之忧。

送走张之洞,袁世凯忙了整整一下午,到了晚上基本打理清楚。他的安排是,克定、克文及部分家人守在北京,他带五姨太、七姨太回河南,其他家人则到天津宅子里居住。回原籍养疴,却不能回项城,一则项城没有合适的房子,二则与二哥不睦,实在不愿相见。他打算到彰德去住,在彰德府城北二十余里,有天津盐商何炳莹的一处别墅,十分宽敞明亮,彰德秋操时,袁世凯曾经去过一次,十分喜欢。何炳莹是袁世凯的亲家,他的女儿已经下聘为袁世凯第五子袁克端的妻子。不过这片园子要进行扩建,扩建之前,先在卫辉府属的汲县暂时安顿。

第二天上午,袁世凯带着两个姨太太及数名仆从,从前门火车站乘火车沿京汉铁路南下河南。到车站送行的只有五六个人,一个是学部侍郎严修,还有一个也是学部侍郎叫宝熙;宪政编查馆一直归袁世凯管,提调孙宝琦和编查馆行走杨度前来送行;此外农工商部侍郎杨士琦、大理寺少卿刘若曾,再就是那桐的弟弟那晋。平时袁世凯出行,前来送行的人挤满车站。如今开缺回籍,平日那些见面就赔着笑脸、一口一个宫保叫得亲热的,此时都避之犹恐不及。

"路遥知马力,日久见人心。"袁世凯心里念着这句话,望着眼前五六个送行人,心里特别不是滋味。车已经进站,他一一与送行的人打招呼,而后转身上车。严修和杨度一起登车,要送一程,袁世凯劝阻道:"两位厚爱我,真是感激不尽。不过如今流言正兴,两位何必再送,受我连累,我何以心安。"

"宫保回籍,相见无期,我有话要与宫保说,祸不足惧。"杨度十分佩服袁世凯,认为他有帝王之才;他向来又以"帝王佐才"自居,认为此时抛却一己荣辱,正是与袁世凯拉近关系的好时机;如果他的名声因此在京中传开,即便招祸,他也不以为失。

"聚久别速,岂忍无言。我也不怕招祸,我还要上疏为宫保抱不平。"严修是袁世凯在直隶总督任上欣赏的人才,先是委任为直隶督学司督办,不到一年,朝廷成立学部,又推荐他出任学部侍郎,真正是平步青云。他来为袁世凯送行,完全是一副士为知己者死的心态。

同车相送的还有步军统领衙门的一个姓何的副将,名为奉命保护,其实是来监督。

汲县是河南卫辉府府治所在地,其历史颇为久远,早在殷商时期的牧野大战就发生在这里。西汉高祖二年设置汲县,此后或为汲郡郡治或为卫州州治,元代始设卫辉路,则为路治,明清延续为卫辉府府治。

卫河流经汲县,流向东北到直隶大名府与漳河相汇,称彰卫河,再向东北汇入天津的海河。天津有长芦盐场,盐商沿卫河运盐到汲县后,起岸转车,或西运往怀庆府,或南运往开封,或北运到彰德以至直隶的邯郸。城中百姓多为盐商执役,赚钱颇易,得其门路而为盐商者亦不在少数,城内卫河沿岸商铺栉比,颇显繁华热闹。马市街就在卫河北岸,算是城中最为热闹的所在,袁世凯所购的宅子便在马市街上。

袁世凯到卫辉府城安家的消息一传开,报社记者及无聊政客纷纷前来探访,但都被袁世凯挡驾。当然也并非一概不见,本地的士绅名流经人引荐还是能进得了袁府的。

过了年正月初四,家居盐店街的王锡彤约上好友李时灿一起来拜访袁世凯,引见人是与王锡彤比邻而居的何椒本。何椒本是袁世凯的旧部,当年曾经任过新建陆军粮饷委员,如今的袁府就是他帮忙置办的。

袁府分为东中西三路院子,每一路又是前后相通的三进小院,袁世凯住在中路第三进院中。李时灿、王锡彤在仆人的引导下一前一后进了院子,见滴水檐下站着一位矮胖老人,须发尽白,手中挂着一根拐杖。两人要行请安礼,早被袁世凯扶住道:"我如今是草民一个,万勿行此大礼。"

于是两人做一个长揖,袁世凯也以揖礼相还。

袁世凯已经对两人略有了解。李时灿字敏修,光绪十八年进士,授刑部主事,但并未入朝为官,以坐馆授徒谋生,担任过长垣寡过书院、武陟致用精舍、禹州颍滨经舍山长,在河南名声很响。科举废止后他大办新式教育,因而出任河南教育总会会长。王锡彤也是汲县人,父亲是盐商,家境本来还行,十六岁就中秀才,但这一年父亲因为暑热吃瓜,腹泻不止去世,他只好暂弃举业,到盐店里当伙计谋一家生计。后来连续七次乡试,都未能中进士,也就一直以塾师为业。科举废止后,他与李时灿一起大办新式教育,把自己的家塾改为女子学堂,由他的妻子管理。

李时灿先开口道:"我和筱汀久闻宫保大名,只是宫保无论在直隶还是在枢府,轰轰烈烈,吾辈实在不便趋谒,致蹈攀附之嫌。今我桑梓有幸,宫保暂栖于此,我辈以乡邻之谊才得拜谒机会。"

袁世凯摆摆手笑道:"嗨,什么轰轰烈烈,都成过眼云烟。倒是两位的大名我实在早有所闻,尤其两位创办经正书舍,真正造福豫省,泽被后世。"

经正书舍是李时灿、王锡彤首倡,卫辉府士绅名流捐建的民间藏书楼,收藏颇丰,尤其是河南地方士人著作,收藏尤为丰富。而且春、秋两次书会,河南各地文人骚客相聚于此,前后数天,成为文界一大盛事。

"我和敏修对宫保练新军、行新政、兴实业、办教育,种种业绩,冠绝直省,的确万分倾慕。三年前我到天津去参观考工厂、劝工陈列所,拜访周缉之臬台、张馨庵观察,听他们讲宫保的各项善政,就特别想去拜谒宫保,只是一无所成,实在羞于登门。"

听说王锡彤曾经去过天津参观,袁世凯十分高兴,说起他兴办工商实业的初衷,兴致盎然。王锡彤对实业也很有见解,两人谈得十分投机。

袁世凯问道:"筱汀,听说你在主办三峰矿业公司,而且成效颇著。你是儒门子弟,怎么能够放得下身段投身实业?"

王锡彤笑着回道:"说起来,是知州把我骗上了这条道。"

原来,中州产煤,但私采滥挖严重。知州把矿山收回来打算筹措款项,以西洋机器采煤。结果有十余户商家取得经营权,却都宁当鸡头,不当凤尾,最后结果是分成东峰、西峰和中峰三伙,各自经营,比从前情形好不了多少,而且纠纷不断,知州很是头疼。李时灿任中州颍滨经舍山长,在当地很有威望,知州向他请教办法,他说非请一个有本事的人来主办不可,他推荐的就是王锡彤。但知道王锡彤放不下儒生的身段,就出了个主意,成立三峰实业学堂,让他来当山长,聘约中再注明兼理三峰矿业,不怕他到时不就范。

"商人重利,与商人打交道不容易,你是如何把他们驯顺的?"袁世凯又问道。

"当年去天津的时候,我请教过周缉之,知道洋人的办法,是按股份多少说话。我就采用这个办法,凡遇大事、难事,凡有兴革,我都开股东会,投票决定。因为官股占四分之一,相当有分量,有些想法也就容易得以实行。当然也有横不讲理的,那就绝不客气。"

原来把持西峰的数家商户聚众百余人,由一个戴红顶号称副将的武官,还有一个五品顶戴的文官,说是同知,一文一武压阵,强行开采。知州问王锡彤该怎么办。王锡彤建议擒贼擒王,把一文一武两人请到州府里,一面好酒好菜侍候,一面发电省城和山东,核实两人身份,结果都回电称无此败类。于是把两人下狱,声称不日将斩首示众,却又暗地里让狱卒纳贿放走两人。然后知州下海捕文书,悬赏缉拿。结果西峰族众作鸟兽散,从此服服帖帖。

袁世凯听罢后大笑道:"筱汀虽是儒生,却有霸谋,真大才也!"

王锡彤连连拱手道:"雕虫小技,不足为道。宫保才真正是经天纬地的国之柱石,我辈私下以为,也只有宫保才是收拾大清最适宜之人也。革命党蠢蠢欲动,大局将危,摄政王当遵先后之遗旨,礼重耆硕,相与补苴罅漏,或有祈天永命之望,乃听信谗言……"

袁世凯连忙摇手道:"筱汀,我是忧谗畏讥,闭门思过,已经事先言明,勿谈国是——我们还是谈谈实业更合适。实业富国裕民,实为大清兴亡之关键。我现在的实在想法是,官可以不做,实业不可不兴。筱汀从儒生转而兴实业,这番经历将来或可大有用武之地。"

王锡彤摆摆手叹气道:"这份实业,我已经决计辞去。"

"这又是为何?"

"如今行宪政,凡事都讲法律依据,我主持三峰矿业,身份却是三峰实业学堂山长,名不正,言不顺。如今三峰矿务已见起色,急流勇退,正当其时。第二个原因是,我被推举为代表,进京请外务部交涉福公司矿案。"

"啊,你是说英国的福公司,这个我清楚。"

福公司是英国在华投资最大的跨国公司,它于1897年在伦敦注册,但主要业务就是垄断山西和河南的煤铁业。1898年初,福公司就通过李鸿章的亲信幕僚马建忠取得"怀庆(今河南省焦作一带)左右、黄河以北诸山各矿"的采矿权。福公司很快在怀庆投资机器采煤,又建起了煤电公司和专门运输煤炭的铁路专线。大规模的机器生产优势明显,又加铁路运输,成本更低,豫北的土煤窑无任何优势可言,几年来一直向官府反映,要求驱逐洋人公司。去年朝廷颁布了《大清矿务章程》,涉及矿权的交涉需经外务部。豫北土窑业主公推四人到京向外务部交涉,王锡彤便是其中之一。

王锡彤一拍脑门道:"啊,我忘了,宫保是外务部尚书,是大清无出其右的外交家。我有一事不明,想请教宫保。如今各省都在与洋人争矿权、争路权,处处都在讲,矿权在则民富,路权在则国强,李文忠公是洞明世事的人物,当初为什么肯把矿权让与洋人?这与卖国何异?"

袁世凯摇头道："是不是卖国,与你站在什么位置看问题有关。如果要给小土窑一碗饭吃,当然不能让洋人公司进来;可是这些小土窑,要规模无规模,要机器无机器,要产量也无产量,私采滥挖,即便是好的煤田,也往往破坏殆尽。李文忠公当年办了大量洋务企业,需要充足的煤炭做燃料,可是他发现靠土窑根本无法保证,因此开办了开平矿务局,是最早提倡机器采煤的封疆大吏,他曾说'国计'比'民生'重要得多。后来他赞同洋人公司获取矿权,一则是门户洞开,洋人已经通过条约取得采矿权,禁无可禁;二则也是希望洋人公司将机器采煤带进来,逼着土窑认清形势,尽快脱胎换骨;三则洋人公司照样课税,因其规模大,比之小土窑税收更为可观。"当然,还有第四个原因,袁世凯不便讲出来,李鸿章在福公司也有股份,其利甚厚。

王锡彤闻言叹道："宫保的看法令人茅塞顿开。不过,我受豫省窑民所托,自当力争矿权。听宫保的意思,好像争无可争。"

袁世凯出主意道："不不,争还是要争的。筱汀将来到外务部去,应当向洋人争取两项权利,一是矿权范围不可超出怀庆府,不过合约在先,可能很难,那就退而求其次,不可越过黄河而至豫南;二是洋人获利甚厚,应让他们为地方多做奉献。比如,我们最缺的是矿业方面的人才,就应当让福公司投资建一所矿务大学堂,这可是利泽后世的善举。"

李时灿附和道："对,河南尚无像样的大学堂,如果建一所矿务大学堂,也算是豫省新式教育的一大成就。"

"严范孙曾经到日本考察教育,回来后对我说,教育足以救国。他说,我们要与洋人国家争,就要提高自己的竞争能力,而唯有教育才是提高这一能力的根本之策。你们两位也都是在新式教育上敢为天下先的人物,思考事情的时候,不妨脑筋更新一些,多从国家竞争能力提高上去着眼,你们的眼界就会不同寻常。"不过,袁世凯很快觉得自己的话题扯远了,连忙笑道,"扯远了,扯远了,勿谈国是,勿谈国是。"

第三章

袁慰廷用心实业　张季直发动请愿

一出正月，王锡彤就回到禹州，向知州提出辞去学堂山长、不再主办三峰矿业的要求。没想到知州极力反对，认为三峰矿业刚上正轨，此时请辞，无异于釜底抽薪。王锡彤一磨再磨，最后知州答应，等他到北京办完福公司交涉回来后再做商议。

去福公司交涉的四个人，在开封面见巡抚后，又与保矿分局的士绅商议，众人七嘴八舌，各有意见，所提的要求也是五花八门。王锡彤因为听过袁世凯的见解，知道此番交涉必定艰难，因此不敢抱太大期望，对众人过奢的要求婉言劝解。于是有人不满，认为王锡彤对洋人太迁就，让他去京城交涉，是不是选错了人？于是有人建议再补选一人，大约是想替换掉王锡彤，但选来选去，并无人比王锡彤更合适，而且其他三人也表示，如果王锡彤不去，他们也不去。于是，四人于四月初成行。

一路上要么因为火车脱轨，要么因为大雨路坏，等到了北京已经是四月初九。四个人住进嵩云草堂，开始遍访河南籍京官，请大家帮忙拿主意。一听是要与英国人交涉，大多表示无能为力，而且认为就是外务部出面恐怕也不会有好结果。信阳老乡陈善同时任都察院御史，以直言敢谏著称，说道："自从袁保宫开缺后，外务部根本不敢见洋人的面。"这样六七天下来，四个人更无信心。

到了四月二十日，四人如约到外务部，见到了左参议周自齐。他是山东单县人，历任驻美国公使馆书记官、参赞；驻纽约旧金山领事，并任出使美、日、秘鲁等国的使臣。他在外交官中属于较强硬的一路，为国家利益经常与美国人争论，令美国人感到头疼。他看了四人提交的交涉材料，直截了当地说道："这件事情外务部没有办法,你们还是请回吧。公辈欲交涉胜利,非等袁宫保复出不可。"

四人大失所望,其中三人建议不如早归为好。王锡彤则担心匆匆回去乡人会认为他们没有尽力,所以建议再等几天看看有无别的办法。

别的办法根本没有,羁旅京华,每日唯饮酒观戏打发时间。这期间听到不少新闻,有关于宗室亲贵的,说宗室也分成好几派,以载泽为首,肃亲王善耆等蚁附为一派,目标是将来当内阁总理大臣;载沣、载洵、载涛是一派,良弼等蚁附,目标是掌握兵权,维护摄政王;隆裕皇太后又是一派,耳目是小德张,外援是载泽,目标是太后能说话管用;陆军部尚书铁良正在被孤立,几天前,他的禁卫军训练大臣之职突然也被免去。

自从袁世凯去职后,北洋系的人马屡受打击。首先是邮传部尚书陈璧,他任户部左侍郎时参与开办天津造币厂及大清银行,与袁世凯交好。出任邮传部尚书后,政绩朝野都很服气,无奈他被划归北洋系,而且他推行改革,严禁官吏挪用公款,废除官吏乘火车、运货免费特权,这就得罪了不少人。结果袁世凯一开缺,就有御史劾奏陈璧"滥用私人,靡费公款"等罪名。摄政王命大学士孙家鼐、那桐查办,复奏"该尚书才优于德,办事操切,不恤人言",正月十八革职罢官。

随后民政部侍郎赵秉钧去职,时间是二月初二。朝廷三载考绩结束,朝廷在上谕中说,"劳勋最著者,允宜特加甄叙;其平庸衰病者,亦难曲予优容"。特别优叙的,有全班军机大臣和大学士孙家鼐,地方督抚则有新授东三省总督锡良、直隶总督杨士骧、两江总督端方、山东巡抚袁树勋,而受到处分的只有一人,"民政部右侍郎赵秉钧,声名平常,着原品休致"。他只好回天津做起了寓公。学部侍郎严修因为上疏为袁世凯鸣不平,很不受待见,已经自动请辞;出使美国的奉天巡抚唐绍仪已结束美国的出使任务,奉旨到欧洲访问,据说回国后就会被解职;徐世昌已经内调为邮传部尚书;江北提督王士珍以病请辞。

王锡彤等人在京赋闲十余天,再不走连路费也没了。于是整装沿京汉铁路南下,三天后回到汲县家中。一回家老母亲就道:"你何大哥来了好几次,说找你有要事,你快过去看看。"

何大哥就是隔壁的何棪本,王锡彤连忙过去探望。

"你总算回来了,快到屋里说话。"巧得很,何棪本正要出门来看他,"袁宫保看上你了,想让你帮他打理实业。宫保在北京自来水公司、启新洋灰厂、开滦矿务局都有股份,由周缉之打理。听宫保的意思,周缉之好像有可能要到外省任职,好不容易办起的实业没有切实的人打理不行,想让你去顶替周缉之的角色。"

"我哪能担得起!我虽然在三峰矿业主持过两年多,但那么点小矿山怎么能与启新洋灰厂那样的大实业相比。宫保高看我了。"

何棷本拍拍王锡彤的肩膀道:"宫保的确十分看重你,话反正我捎到了,去不去由你,但你总要见了宫保再说。"

"好,那明天你陪我一起去见宫保。"

"宫保已经搬到彰德去住了,你还不知道?"

王锡彤闻言十分惊讶道:"我刚从京城回来,没人给我说。怎么,宫保为何不在汲县住了?"

"地方小,宫保的家眷除了大爷、二爷留在京城外,都过来了。此处实在住不下,而且水土不服,好几口子都生病。"

王锡彤深感可惜道:"宫保住在汲县,是我们的荣幸,搬走实在可惜。宫保搬到彰德什么地方去了?"

"彰德府城北郊二三里地,是我本家一位族叔的产业,一年多前就转卖给宫保。宫保这次又做了扩建,房子也比较宽绰,刚刚搬去不久。"

"我把手头的事情处理完再去见宫保。"

六月初,王锡彤乘火车北上彰德,袁世凯的新居附近专设一站,名"洹上村"站。此地在彰德城东北两三里处,源出太行山的洹水进入平原后,一改汹涌湍急的面目,曲折蜿蜒,缓缓流淌。在彰德城外,先是由北而南一里许,而后折向东一里许,然后再回流向北,再折往东北。因此在这里形成一个三面环水、北高南低的开阔地。此地不远处有村,以郭姓人建村,因此叫郭家湾。袁世凯的新宅就建在这里,取名"洹上村"。

下了火车,北面高高的城墙赫然在望,走十来分钟就到了。"洹上村"就是一个大城堡,东西长百余丈,南北宽七八十丈,城墙高两丈余,四角各有角楼,人影幢幢,显然是在警戒。城墙外三面皆有护城河,宽约三四丈,显然是就势引洹水而灌注。河上有桥,过桥就是大门,朱漆大门特别扎眼,看上去好像油漆尚未干透。大门紧闭,两侧的角门敞开着。王锡彤把名帖交给门政,门政是个中年人,一看姓名便道:"啊,是王老爷,宫保早有吩咐,待我去回一声。"

他打发一个年轻仆从持着名帖飞跑而去,等了不久就回来了。

"宫保有请。"随后，年轻仆从又对门政道，"三叔，宫保在养寿堂等王老爷。"

于是中年门政亲自带路，带着王锡彤进了门，一边走一边介绍道："洹上村是宫保亲自取的名，西边是家眷居住的院子，东面是园林。整个园子是宫保亲自审阅的设计图样，听说是请内务府的高人设计，大少爷监工、二少爷负责文辞，两人可算一文一武。"

两人一前一后，沿着水岸一路向北，名花遍布，茂林修竹，婆娑滴翠，朱栏半隐，曲径通幽。出了竹林，转而向东，沿水岸树林再走不远，一幢青瓦飞檐的大堂迎面而来，四边是宽敞的廊道，正面是六根大红廊柱，堂额是"养寿"二字，两边有一副对联——君恩毂向渔樵说，身世无如屠钓宽。

王锡彤正在思索这两句联出自何处，袁世凯和一位清瘦的男子走了出来，王锡彤连忙施礼。

"筱汀，不必多礼。"袁世凯又向身边的男子介绍道，"三哥，这就是王筱汀，大名锡彤，是办实业的一把好手。"

王锡彤又向袁世凯的三哥施礼，因为不知他的具体官职，只能用通行的称呼："见过三老爷。"

"我三哥在徐州做道台，身体违和，请假三个月，我就把他请来了陪我说说话。"袁世凯又指指水边的小舟道，"筱汀，我们到船上去说话，可以消暑。"

这时，一个仆人带着一个年轻人过来了，禀报道："老爷，从天津请的照相师傅到了。"

照相师傅走到前面打了个千，向袁世凯请安。袁世凯问道："我和三老爷要在外面照相，你看什么时候合适？"

年轻人看了看天回道："回宫保话，现在不到十点，今天又略有些水汽，现在照就很好。"

"筱汀，我和三哥要到船上照相，你在岸边稍等。"袁世凯对王锡彤说完，又对仆人道，"你快去把三老爷和我的斗笠、蓑衣都拿来。"

仆人飞跑而去，一会儿抱着蓑衣和斗笠回来了，手指上还挂着一只鱼篓，问道："老爷，我把鱼篓带来了，用不用得上？"

袁世凯见状点头道："很好，怎么会用不上？钓鱼没有鱼篓不像样。"

众人替两人穿戴起来，先扶兄弟两人上船。照相师傅和仆人上另一条船，在水里划了一阵后问道："宫保，先以东边的亭子为背景照一张如何？"

"好，今天全听你指挥。"

袁世凯在船艄坐好，头上戴着斗笠，身上披着蓑衣，甩竿入水，身边放着鱼篓，一副专心垂钓的样子。袁世廉站在船尾，手里撑着竹篙。照相师傅举着照相机，扑哧一声，镁光一闪，摆弄了一会又照一张。

袁世凯站起来道："我和三哥换换位置，你再照一张。"

两人换过位置，袁世凯撑篙，袁世廉垂钓。照完一张，照相师傅又道："宫保，咱们往前面走走，再挑个背景照几张如何？"

袁世凯摘下斗笠道："算了，算了，今天就照到这里，蓑衣斗笠，太热了。反正你也不急着回去，抽时间再照。"

照相师傅一哈腰道："是，一切听宫保吩咐。"

袁世廉划着船到了岸边，把蓑衣、斗笠、鱼篓、钓竿都递到岸上。袁世凯对王锡彤招招手道："筱汀，到船上来，咱们在船上说话。"

王锡彤上了船要去摇橹，袁世凯制止道："筱汀，让我三哥摇好了，咱们说话。"

王锡彤老老实实道："宫保，我还真的不会摇。"

袁世凯笑道："我也不会，我三哥在南边做官，首先学会了弄船。能者多劳，这一阵都是我三哥辛劳。"

王锡彤向袁世廉拱手道："三老爷，辛苦您了。"

"没什么，你们俩坐好了。"袁世廉说话间熟练地用竹篙一撑，船就离岸而去。然后他放下竹篙，吱呀吱呀摇起橹来，船平稳地在水上移动。

这片水面并不大，南北七八丈宽，东西十余丈长，水里点缀着几片莲荷，南岸是一片东西横亘的土丘，上面堆了几块巨石。袁世凯见了后说道："将来这里要用太湖石堆一座假山，山内是洞，可通四面，名字都想好了，就叫碧峰嶂。假山和养寿堂都可倒映水中，所以这片池子，就叫鉴影池。"

说话间船已经到了西岸，水面却未到尽头，由此转而向南，又是一片水面，比鉴影湖要阔得多，水中种荷植菱，彤碧成锦，莲叶如轮，莲花逾掌，穿行其间，枝高可隐。小舟穿过密叶繁花，到水中的一个亭子前停了下来。早有一个仆人拽过船头的绳子，牢牢拴在木桩上，然后搀扶袁世凯、袁世廉和王锡彤上岸。亭子很宽阔，四周有美人靠，可以小坐休憩；亭中有一张圆形餐桌，可品茗，可用餐，亦可闲谈。

袁世凯感叹道："我为官二十余年，皇恩浩荡，官至极品；但宦海浮沉，回首一望，竟如过往烟云。如今我是无官一身轻，半年来与妻妾儿女共享天伦之乐，才知道其乐无穷。我如今是处江湖之远，再无问政之心，所以，我给这个亭子取名'洗心亭'。"

不过，王锡彤一登上这个四面环水、无舟难通的亭子，脑子里却想到了囚禁光绪的瀛台。袁世凯是要洗去问政的凡心，还是要洗去心中的愧疚？王锡彤有过片刻的出神，袁世凯已经指指椅子，示意他坐下说话。

仆从给三人斟上的是酸梅汤，袁世凯一饮而尽后道："我罢官归田，别无留恋，只有实业救国实在抛不下。我在直隶这几年，举办的实业有唐山洋灰公司、滦州煤矿公司，还有京师自来水公司。京师自来水公司是老太后在时定议的，当时革命党闹得厉害，有一天老太后问我，如果有歹人放火，京师建筑皆是木质，而取水不易，有什么好办法。我说，最好的办法就是开办自来水公司，用洋人的办法，将水沉淀、消毒，平时向居民供水，可解决饮水不洁的问题；而一旦发生火警，可直接从自来水龙头取水，非常方便。老太后很以为然，就责成我来办，但朝廷是一分银子也没有，让我想办法解决。我把这件事情交给周缉之来办，就是依照洋人的股份制办法，筹集商股。还没有眉目，我就被开缺了。不过这件事情已经写入预备立宪逐年应办事项中，当然不能半途而废。缉之现在是丁忧在籍的直隶皋司，还有一个多月他就要释服放缺，不定何省，已办实业弃之岂不可惜？前几天缉之来跟我所谈就是这件事，难就难在没有替手。正月里与你一席谈，我就知道你是个人才。此前何芷庭来，我问他谁可替我任此重担，他也推荐你。今天你来了，咱们就当面谈妥如何？"

王锡彤拱手道："宫保大人抬举，我不能不识相。只是我此前所主持的三峰矿业，实在无法与启新洋灰厂、滦州煤矿这样的大企业相比，只怕会辜负宫保重托。"

"这你放心好了，缉之会仔细向你交代，而且还有具体办事的人，你担此重任，绝无问题。"

王锡彤又说了自己的原因："还有一个原因，请宫保能够体谅。锡彤少年失怙，全靠老母督责，方能有今日。如今老母年老体弱，京津毕竟不同于豫省内，我需要回禀母亲，倘得慈谕，愿往学习。"

"我知道你是孝子，忠臣要到孝子之门寻觅，能忠诚办事的人又何尝不是如此！好，今天咱们一言为定，如果老太太不肯答应，我也不敢强求；但如果老太太并未阻拦，希望筱汀能够践诺。"

话到这个份上，王锡彤再无推辞的道理，拱手道："宫保放心，这几年我投身矿务、铁路诸实业，已经不像从前摆着师儒的身份放不下。一言为定，只要老母不阻拦，我一定到宫保麾下效力。"

袁世凯十分高兴，吩咐仆人道："你去说一声，今天我要在洗心亭宴请筱汀，把席面摆到亭子里来好了。"仆人答应一声，撑船而去。

袁世凯问王锡彤住到哪里？王锡彤说还没定，准备到彰德城里寻家客栈住下。一直少说话的袁世廉插话道："筱汀，老四如今不愿见官场中人，也不愿见记者报人，但谈得来的朋友还是很愿交往的。我看老四很欣赏你，你就搬到园子里住好了。"

"那我就恭敬不如从命了。"

很快，下人将饭菜运到亭子里，宾主只有三人，另有两个丫头侍候。他们边吃边谈，袁世凯讲了许多办实业的体会，所以这顿饭吃了近一个时辰。

吃完饭，还是由袁世廉摇橹，把小船摇到汇流池南岸。岸边有台阶，早有几个仆人在台阶上伸着手等待。三个人上岸，是一个巨石砌成的假山，山上也有一个四角亭，不过比汇流池中的洗心亭小得多。袁世凯介绍道："筱汀，这是临洹台，登临可一览园外彰德府城和洹水形胜。我腿脚不便，今天就不上去了，等你得空，不妨登临。"

袁世凯和袁世廉两兄弟一人一条手杖，一前一后，向西边宅院区走去。王锡彤则有仆人带领，并帮他带着行李，到专为访客准备的房间里去住。

王锡彤在洹上村住了三天，天天与袁世凯谈论实业，已被说动了心，唯有担心老母不同意。到了第四天，他向袁世凯告辞，回家征求母亲的意见。

王锡彤十六岁丧父，为了生计，在父亲朋友的帮助下到修武盐肆当伙计，每月挣一千文养家。那时王锡彤很愿读书，但生计所迫，只能割舍。盐肆短斤少两，让王锡彤良心备受折磨，愈加怀念学堂。挨了一年多实在熬不下去，回家号啕大哭。母亲问明原因，对他说道："痴儿勿哭，我家世守诗书，绝不忍让你废读。只是，你要读书恐怕要多吃苦了。"

王锡彤对母亲道："只要能读书，小米薄粥就咸菜也乐意。"

从此每夜母亲织布，他读书至深夜。邻居都认为，饭都吃不上还读什么书，常有讥诮，但母亲对儿子却很支持。后来，王锡彤三番五次落第，最终未能中举，但对母亲一直十分尊重和感激，重大事情向来禀请母亲的意见。

他母亲已七十多，身体不好，他如果到京津去照顾袁世凯的实业，照顾母亲就不方便了。他回到家,感到无法向母亲开口。老母看出他有心事,他只好如实禀告。没想到老母亲当即答应道:"儿子,袁公是你平日最佩服的人,如今招你去办事,怎么能够不去呢?而且京津虽远,火车畅行一日可达。何时想我何时回家,方便得很;我想你了,一封电报就能把你召回,你不必担心我。"

王锡彤得到母命,下定决心辞去一切差使投奔袁世凯麾下。他先是到禹州与三峰煤矿公司商定辞职提股的事情,然后又将经正书舍的事情交卸。他还兼着洛潼铁路公所协办,负责到各县劝股。他所劝募的股份,也要一一交代给接手人。等这一切事情办妥当,已经到了八月中旬。

在家过完中秋,十八日他就乘车北上,一路顺风,十九日直到洹上村。没想到洹上村车马喧腾,冠盖云集,原来明天是袁世凯五十一岁生日,亲朋旧僚纷纷来祝寿,江北提督王士珍、新军第六镇统制段祺瑞、军谘府军谘使冯国璋、邮传部尚书徐世昌等嫡系文武都派下属代表前来;亲自前来拜寿的有北洋将领张勋,以及已被革职的黑龙江布政使倪嗣冲,已革民政部侍郎赵秉钧。但袁世凯一概闭门不见,所有寿礼无论银两财物一概不收,而且传出话来,他在洹上生活极俭,自己种菜植果,养鸡饲猪,一切开销都不太大,因此无论亲朋旧僚,所有财物都请带回。

长子袁克定奉父命一再向大家解释。

张勋嚷道:"大公子,宫保也太小心了!他是奉旨开缺,别的限制一概没有,不像当年翁师傅开缺后还要交地方官严加管束,宫保又何必如此与自己过不去。我们大老远跑来给宫保过生日都不肯见一面,这也太说不过去。"

倪嗣冲附和道:"是啊,我们大老远来了,四哥连面也不让见,这算怎么回事?反正我们也来了,见与不见,该有的流言一样会有,怕也无用。"

袁克定见了连忙致歉道:"各位叔叔大人们请见谅,请体谅家父的处境。"

见状,王锡彤忍不住道:"各位将军、大人们,我们这些小人物见不到宫保情有可原,诸位与宫保都亲如兄弟,甚或情比父子,你们只要想见,有谁能拦得住?就是宫保,恐怕也未必会责备各位大人。而且,宫保又何尝不愿见各位手足兄弟?只是有所顾虑罢了。"

在东北当提督的张勋奉命接统江防各军会办长江防守事宜,上任途中前来为袁世凯做寿。他是耿直脾气,听了王锡彤的话便道:"我们这些武人,反而没这位兄弟有决断。这位兄弟说得对,我们要见宫保,谁能拦得住?大公子,我们可要得罪了,你去安排一下,让内眷回避,我们要硬闯上房,非见到宫保不可。"

王士珍、段祺瑞派来的差官都附和着吵嚷道："对,大公子,不见到宫保,我们回去没法子交差。"

"走,跟我老张见四哥去!"张勋一挥手臂道。

袁克定知道拦不住,连忙让仆人飞跑去报告,他则在前面带路。等大家穿过一道道门到了上房,袁世凯已经迎到滴水檐下,连连向众人打拱。

"四哥,你怎么成了这副模样!"张勋见袁世凯须发皆白,鼻子一酸就地单腿跪下,"四哥,咱老张给你拜寿了。"

后面的众人也都跪下。

袁世凯连忙急走几步一手扶起张勋,一手扶起赵秉钧道："各位兄弟,我已经是开缺的人,受不得如此大礼。"

张勋站起来道："朝廷可以开去四哥的官职,却开不掉兄弟们的情谊。我等刚才是给四哥见礼。"

众人都同声附和。袁世凯担心张勋口无遮拦,当众再说出犯忌的话来,连忙邀道："各位请到客厅喝茶。"

这些人中,张勋是现职提督,官最大,赵秉钧是革职的侍郎,是自己的心腹,因此袁世凯把两人叫到自己的书房,有话交代。

进了书房,袁世凯解释道："少轩,智庵,你们不要怪我不顾兄弟情面,实在是怕别有用心之辈制造流言,连累自家兄弟。"

"四哥,你怕也没用。我倒以为让朝廷知道北洋兄弟依然视四哥为大帅,并非坏事,那样,那帮亲贵还有所顾虑。如果他们以为北洋已经树倒猢狲散,反而是北洋的大难。"

向以冷静多谋著称的赵秉钧也同意莽将军张勋的意见："少轩说得有道理。朝廷不敢对四哥赶尽杀绝,就是因为有北洋兄弟在。如今北洋兄弟处处受人排挤,都视四哥为未来靠山,如果四哥再与兄弟们撇清关系,外人以为北洋已经成了一盘散沙,更会落井下石,岂不寒了兄弟们的心?我以为,四哥不妨大大方方与旧部联络。"

袁世凯已经被说动了心,却连连摇头道："我们兄弟的情分是谁也割不断的。可我是开缺的人,正被人猜忌,何必做此瓜田李下之举,害人害己?我单独和你们两个说话,是有个规矩要交代清楚,所有亲朋、故旧、袍泽、部属,凡是银两钱财之赠,不论馈赠者身份,馈赠数量,一概谢绝。已经送来者,坚决璧还,未送到者,致电婉拒。至于贺寿衣服、食品、土产,礼尚往来,我领情收下。你们要同意,就按这个规矩办;你们要是不同意,连同外面的兄弟,我是一概不见。"

话说到这份上,张勋只好回道:"四哥这么说,兄弟们遵命就是。"

袁世凯怕冷了大家的心,便又道:"少轩,你如果方便,就帮我在园子里建个电报房,方便将来与兄弟联络,不必你们大老远跑来。"

张勋立马道:"这有何难。我军中工程营有电报班,我在四哥府上多待几天,等安装好了再南下不迟。"

"那倒不必,你如期赶到浦口就任才是。"

"好,等明天四哥过了大寿,我就南下。"

"好,你出去陪大家喝茶,代我招呼北洋的差官。我有几句话问智庵。"

等张勋一走,袁世凯便道:"智庵,朝中那帮亲贵对我提防得很,所以我不能不万分小心,以免给人借口。他们无非是怕我复起,夺了他们手中那点权力罢了。我这半年多寄情山水,含饴弄孙,其乐无穷。他们看得比命还重要的那点权力,我根本不稀罕。我这里有几张照片,你捎回天津,设法给报社的记者,让他们在报刊发表,安安那帮亲贵的心。"

袁世凯从书橱里找出几张照片,都是他或垂钓,或游园,全是寄情山水的情调。

"宫保放心,不出半月,一定能够见诸报刊。"赵秉钧收好了。

袁世凯又问道:"智庵,京中情形,还能打探得到吧?"

"不如从前方便,但消息还是能探听得明白。善一虽然把巡警权夺了去,可我有一帮兄弟是不在他掌握当中的。"

"好,如果需要银子,你找馨庵想办法。"

"这个宫保不必担心,我自然有办法。"

"我自从出京,消息几乎断绝,枢庭情形现在到底如何?"

"大佬的地位,现在复得稳固。"

奕劻是袁世凯最大的靠山,听说他地位稳固,袁世凯自然十分高兴。

"泽公内与隆裕皇太后暗中联手,外与善一、铁宝臣关系密切,已经引起摄政王警惕,因此近来颇有重赖大佬以抵制泽公的意思。铁宝臣手握重兵,又与泽公关系过于密切,很为摄政王忌讳,如今他不但不能过问禁卫军事,而且他的陆军部尚书也未必能坐得久。"

袁世凯冷笑一声道:"铁宝臣当初是我一力提携,他忘恩负义,非要把我扳倒不可,他如今算是搬起石头砸自己的脚。当初我在,摄政王还要拿他来掣我的肘,如今我开了缺,活该铁宝臣倒霉了。"

"如今摄政王能信得过的人只有他的弟兄,所以把海军交给洵贝勒,把禁卫军和军谘府交给涛贝子。结果,不但是满人,就是宗室也都有看法。"

袁世凯十分关切地问道:"张中堂最近如何?摄政王对他还说得过去吧?"

"非常不好,被摄政王气病了。听说只是在挨日子。"

"啊,有这么严重?"袁世凯十分吃惊,"张中堂身体一直不算坏。"

"宫保去职后,张中堂就陷于孤掌难鸣的困境。张中堂与大佬,一汉一满,一清一浊,多有摩擦。世中堂与那中堂是同谱,私交甚密,两人表面上对张中堂虚与委蛇,背后亦多不满之词。尤其张中堂书生意气,于'恕'字欠缺,小事上吹毛求疵,以致众人皆不以为然。"

"张中堂算得上正人君子,无奈为官三十余年,仍然书生意气。"

"这些都是不痛快而已,让他伤透心的是摄政王。本来摄政王对张中堂还是颇为倚重的,无奈两人治国主张大相径庭。张中堂主张满汉共治,摄政王是一意排汉;张中堂反对亲贵典兵,对设立军谘府、筹办海军以及设海陆军大元帅等诸事皆不赞成,对于摄政王任人唯亲更是深为忧虑,为军谘府之设争之累日。摄政王后来干脆不再征求张中堂意见,让洵贝勒筹办海军后授为海军大臣,添派载涛管理军谘府事务后授为军谘府大臣,张中堂从六月起就郁积伤肝,请假半月,而摄政王以为是闹意气。最直接的冲突,则是津浦铁路督办大臣一职。"

此事源于津浦铁路总办道员李顺德参案。李顺德是直隶总督杨士骧的亲信,派为津浦路总办大臣,杨士骧让他从津浦路工程中设法弄些银子,帮忙填补一下直隶的巨额亏空。李顺德本来就是贪婪劣员,当然会大贪特贪,结果被给事中高润生所劾。杨士骧当然也无法袒护李顺德,于是李顺德革职永不叙用,同时连累吕海寰开去督办铁路大臣一职。当时从欧美归来赋闲天津的唐绍仪运动载洵、载涛两兄弟,谋求督办一职。唐绍仪当年就曾经会办过铁路事宜,而且又善于与洋人打交道,理由冠冕堂皇,于是载沣决定下旨让唐绍仪出任督办。但张之洞担心唐绍仪作为袁世凯的亲信,接任后难免会借铁路为名聚敛,设法弥补袁世凯拉下的巨额亏空,那样直隶百姓就遭殃了。所以他坚决反对,说派唐绍仪去,恐怕舆情不洽,会激起民变。载沣随口回道:"民变怕什么,不是有兵吗?"

堂堂摄政王竟然不假思索就要对百姓用兵,令张之洞极其愤懑,当廷吐了血。载沣吓坏了，连忙大呼太医。太监把张之洞送回家中，他对家人道："堂堂摄政，出此亡国之言！我已病入膏肓，自念时局，心已先死矣。"

自此病情日重，连续请假。后来载沣登门探望，他的身份无异于大清国皇上。张之洞不能不抛下成见，思考了半夜，打算趁机进言，尽到托孤老臣的责任。谁也没料到，载沣到了张之洞病榻前就说了句："中堂公忠体国，有名望，好好保养。"张之洞回道："公忠体国所不敢当，廉正无私不敢不勉。"打算由此打开话题，劝载沣廉正无私，不要任人唯亲，尤其不要一再排汉。但载沣并无后话，竟然一语未询，就告辞了。

张之洞拍着炕沿叹道："堂堂监国摄政王，竟然无一语问及治国理政，可见心中并无天下。老太后为大清选这样的监国，真乃劫数。"

袁世凯也慨叹道："真是大清的劫数。自古君王探疾重臣，哪有不以国政相询的？难怪张中堂失望。"

"如今众口喧腾，都说大清国祚不永。附会的说法很多，比如新皇登基哭闹不休，坐在龙椅上却说不喜欢这儿，摄政王则说一会儿就完了。今春东西陵又突发虫灾，松柏尽被虫蚀，大片树木枯死。"赵秉钧又说了一些题外话。

"附会之说，不足为凭。如今在野有两股力量，足以撼动根本。一则是革命党，必须严禁；二则是立宪派，则必须极力争取。两者关系又互为联系。如果能够切实推进宪政，得到立宪派支持，则民心依然向着大清，革命党恐难成事；如果令立宪派失望，则民心尽失，立宪派或会倒向革命党，革命党则可能一呼百应。"

"如今朝廷只顾在紫禁城中过家家，对革命党束手无策，看现在的架势，立宪恐怕也是挂羊头卖狗肉。宫保说过，立宪的根本就是分权于民，现在的亲贵收权还唯恐不及，何能放权？不能放权，又如何能够真正推行宪政。"

对赵秉钧的分析，袁世凯则是连连点头道："推行宪政是避免暴力革命的最后机会，当初我之所以极力推行宪政，就是不希望大清再生暴动；而老太后能够赞同宪政，也正是基于此。这帮亲贵如果不能认识到这一点，恐怕大清要断送在他们手中。"

朝廷推行宪政，在地方上最大的标志就是成立了谘议局。按照九年预备立宪期，到1916年才设立国会。在此之前，各省设谘议局，议论本省应兴应革事件，作为民众练习议政的场所。到1909年10月，除新疆之外，全国二十一个行省,均成立了谘议局。

谘议局的议员是通过选举产生的,这在历史上前所未有。不过,寻常百姓并没有资格被选为议员,议员的资格要么曾在本省地方办理学务及其他公益事务满三年以上卓有成绩者,或者曾在本国或外国中学堂毕业并有文凭者,或者有举贡生员以上之出身者,或者曾任实缺职官文七品武五品以上未被参革者,再或者在本省地方有五千元以上之营业资本或不动产者。用通俗的话说,要想被选为议员,非富即贵。

比如有状元实业家之称的南通人张謇,就被推选为江苏谘议局的议长。他拥有大生纱厂、大达轮船公司、广生油厂、复新面粉厂、资生冶厂等企业,年获利上百万两,同时又投资兴办学校,捐资公益,在地方上口碑很好。像他这样的实业家特别关注国家命运,因为只有国家安定他的产业才能有保障。所以,当他当选谘议局议长后,就怀了一番雄心壮志,要为国家前途建言献策,不能辜负了议长的位子。

这个时候,沪宁一带有一个传闻,说列强担心中国人不会治国,庚子赔款不能如期归还,正在密议监管大清财政。这个传闻很令张謇之辈担心,当年列国瓜分中国,引发了义和团横扫北方数省;如果列国真的监管大清财政,国权沦丧,不知会生出什么乱子。尤其是南方革命党一次次闹起义,如果他们趁机发难,大清岂不又陷入混乱之中?

张謇与其他议员密商认为,大清枪不如人,炮不如人,舰不如人,说到根本上是制度不好,要想使大清尽快自强,让列国稍稍有所顾忌,实在没有别的办法,只能是速开国会并组织责任内阁,谘议局应当在请开国会上有所作为。张謇亲自去见江苏巡抚瑞澂,请他帮助联合各省督抚向朝廷奏请,瑞澂竟然也一口答应。

张謇大受鼓舞,又委派谘议局中有能力的议员到各省谘议局去联络,鼓动大家到上海聚议,共谋联合请愿。结果,各省谘议局十分积极,到阴历十一月中旬,陆续有十六七个省派人到上海集会。张謇分别以预备立宪公会、江苏谘议局研究会等名义宴请各省议员代表,亲自策划入京请愿代表团的组成,修改写给摄政王载沣的上书——《请速开国会建设责任内阁以图补救意见书》。张謇不愧是状元出身,经他润色的这份上书声情并茂,颇为动人。

上书首先从列强联合统监中国的海外言论谈起,极言国家面临的危险形势,当此危局"外则海军未立,陆军不足,海疆要塞不能自固,船舰枪炮听命于人。内则至艰极钜之责任,悉加于监国一身"。有鉴于此,各省人士公同认为,"非枪非炮非舰非雷而可使列强稍稍有所顾忌者,唯有速开国会,组织责任内阁,以求全国上下一心,有负责任之政府以分监国一人之忧劳"。

速开国会的原因有三。其一,依靠旧的行政机构实行新的宪政绝对行不通,必须靠国会来监督政府;国家财政困难,需增加民众负担才能缓解,但民众必须拥有"公举代表与闻政治之权",才会愿意拿出钱来给朝廷。其二,朝廷此前搞外交,长期采取秘密政策,动辄割地,动辄借款,民众事后得知,无不怨恨已极,若不开国会,再等七八年,民众的愤怒之火必然会烧入朝堂。其三,没有国会,民众会把怨愤记在皇室的头上,如此皇室会非常危险;有了国会,一切责任就都归于责任内阁。请愿书还说,以民众政治智力程度不够而拒绝开设国会,是在冤枉民众。谘议局的成功已足以证明,民众的素质,已足以开设国会。如果朝廷对各省请愿不闻不问,"恐内外将有不美之观念。激烈者将以为国家负我,决然生掉头不顾之心;和平者将以为义务既尽,泊然入袖手旁观之派;如此使十类灰爱国之心,岂不可虑"!最后恳请,"唯有请明降谕旨,声明国势艰危,朝廷亟欲与人民共图政事,同享治安,定以宣统三年召集国会"。

因为天津海口封冻,请愿团乘轮船西去汉口,然后改乘京汉铁路北上,腊月初七到了京城,次日就通过都察院呈递联名请愿书。此时,有六七个省的巡抚以及出使大臣也陆续致电朝廷,要求顺应舆论,速开国会。顺天府府丞在奏疏中提醒朝廷,这些代表都是地方上有影响力的绅士,是国家的支柱,绝不能让这些人对朝廷失望,"欧洲政变多起于中等社会,史迹具在,可为寒心"。

不过朝廷并未引起重视,军机大臣认为请愿代表所代表的只是他们自己的欲望,只是为增其势力起见,并非出自民意。最后,答复他们的上谕说,国民智识程度不够,骤开国会会导致社会混乱。宪政必立,国会必开,这是预备立宪所确定的,但必须九年预备业已完全,国民教育普及后实行。

这一结果令请愿代表团失望,但他们并不甘心,发电给张謇请示办法。张謇认为,年关即到,留少数代表在京,其他人回家过年,年后立即到各省发动,增派请愿代表,同时发动更多的人签名。

经过数月的发动,宣统二年的五月中旬,各省代表又齐集京城。与第一次请愿时签名代表人数不多、仅限于各省谘议局议员不同,此次请愿收集到的签名达三十余万,涉及各个职业各种团体。代表前往都察院递交请愿书的时候,分作了十个团体,包括直省谘议局议员、直省和旗籍绅民、各省政治团体、各省商会、直省教育会、东三省绅民、江苏教育会、江苏商务总会、雪兰峨中华商务总会、澳洲全体侨商。各团体的请愿书，侧重点各有不同。比如各省商会的请愿书声称，大清正因无国会，所以无完备的法律，商人因此不能通过合法途径维护自己合法利益；各省政治团体则认为，真正应该筹备的事情，是宣布宪法、制定议院法和选举法，这些事情用一年就筹备完了，岂能用得了九年！东三省绅民的请愿书，则重点谈东三省所受到日俄的种种侵略欺凌，呼吁朝廷尽快立宪强国，否则东三省必亡。他们就是要用这三十万个签名、十个团体的请愿书告诉朝廷，他们请愿并不像军机大臣所说，是为一己私利。

然而，军机大臣的反应出乎意料，仍然认为请愿者晓晓不休，无非是新成立的谘议局在为自己争权张本；摄政王载沣则认为绝不能示弱，以养成动辄请愿的恶例，所以代表们前往摄政王府呈递请愿书的时候，他推辞不见而且拒收请愿书。

请愿代表团只好给"会议政务处"大臣写信，说得非常不客气："人民之所以要求国会者，必因目前极厌恶此种专制政体，极不信任此种官僚，故必欲参与立法，使之独立于行政部之外。故吾国若一日不开国会，法律必无效力。政府既不授人民以立法之权利，人民即无遵守法律之义务。日后人民虽酿成大变，虽仇视政府，虽显有不法之举动，代表等亦无力可以导谕之，唯有束手以坐视宗社之墟耳。"

载沣召集军机大臣商议，认为请愿代表团之说几近威胁，绝不能纵容；各省刚成立了一个谘议局，就闹得乌烟瘴气，如果再成立国会，还不知要闹出多荒唐的事情来。因此对他们的答复亦如上次一样：立宪必推行，但必待九年期满再开国会，毋再渎请。

请愿代表团不管朝廷"勿再渎请"的警告，连续开会商议，决定更大的请愿活动，每省签名人数要达到百万之数，请愿代表务须遍及士农工商各界。

请愿的事情已经够朝廷头疼了，而更大的麻烦在上海爆发——橡胶股票崩盘了！

橡胶的全球热潮，源于在工业领域的广泛使用，尤其是汽车业的快速发展，拉动了橡胶的需求量。1908 年时，英国进口橡胶总额为 84 万英镑，美国为5700 万美元；次年英国增加到了 147 万英镑，美国则为 7000 万美元。但是由于受到生长周期、气候以及土壤等原因的制约，橡胶的生产规模在短期内无法扩大，导致伦敦市场上的橡胶价格迅速上涨。1908 年为每磅 2 先令，一年多后的 1910 年 4 月则已高达 12 先令。

国际金融资本纷纷在适合橡胶生长的南洋地区设立橡胶公司，由于上海是远东的金融中心，于是纷纷将总部设在这里，其中有很多是皮包公司。几个月的时间，就有四十余种橡胶股票在上海挂牌交易。精于资本运作的各国洋行和善于投机的洋行买办当然不会放过这个机会，其中有一个极善策划的英国人麦边成立了一个叫兰格志的橡胶公司，他除了在上海的中英文报纸上刊登大幅广告以外，又在各报发表了一篇数万字的长文《今后之橡皮世界》，宣传橡胶的光明前景。有关兰格志公司的经营状况，则充满了虚构的数据和承诺。麦边随后协同外资银行联手做庄，先是从银行悄悄地贷款出来，为股东们每个月发一次红利，每股派红高达百分之二十。兰格志橡胶股票迅速蹿红，每股最初面值仅一百两，却迅速被拉抬过了一千两大关！每听说增发新股，半夜就有人排队。

在兰格志的带动下，所有的橡胶股票都飘红，上海大部分钱庄、票号、典当行以及各类商家都纷纷跟进，在华外商银行则向大清的钱庄和个人发放了大量的用于购买橡胶股票的贷款，使得上海钱庄越陷越深。

然而好景不长，1910 年 6 月，作为橡胶最大消费国的美国突然宣布了紧缩政策，橡胶价格大跳水。伦敦橡胶交易市场全线下跌，而绑定伦敦市场的上海股市全面崩溃。外资银行消息灵通，立即收紧资金，向大清钱庄、票号催收贷款。几乎把资金全部用于炒橡胶股的正元、谦余、兆康三家钱庄分别损失两百余万两、一百八十余万两和一百二十余万两，两天内先后倒闭，并连累森源、元丰、会大、协大、晋大等十余家钱庄相继倒闭。钱庄老板跳黄浦江的好几个，把全部财产都买成股票的小本商人上吊、跳楼的几乎天天都有。

上海的金融震荡也波及京城，一些钱庄、票号开始出现挤兑。不少达官贵人在钱庄票号中存有巨款，只怕殃及自身，因此鼓动朝廷，催促顺天府尹救市的同时，严令上海救市。上海道台蔡乃煌乘坐专车前往南京，向两江总督张人骏请示办法，希望筹资救市。当时钱庄的信用已经崩溃，从外资银行再借款的话，必须由官府出面进行担保，就上海而言，当然是他这上海道来担保。张人骏立即电奏，朝廷随即同意由上海道出面担保钱庄从外资银行借款，以维持市面，外务部将救市决定照会各国驻华公使。麦加利、德华、道胜、汇丰、正金等十几家外资银行向上海道借出了总数为三百五十万两的款项，而且年息只有四厘。与此同时，蔡乃煌还拨出官银三百万两存放于源丰润和义善源及其所属庄号,助其稳定市面。似乎,上海的震荡有望结束。

洹上村的袁世凯消息十分灵通,张謇发动的三次请愿活动,上海橡胶股灾的情况,他都有所了解。对局势向来十分敏感的他预感到国家要出大麻烦,因此他趁五十二岁大寿时机,向前来祝寿的人了解详情。

蔡乃煌是他的亲信,在当年扳倒瞿鸿禨的政争中立了大功,后来如愿当上了上海道。他被股灾弄得焦头烂额,但还是派亲信师爷前来祝寿。

师爷姓陈,比袁世凯还大两岁,所以袁世凯称他为"陈先生"。

"陈先生,上海的股灾本来平息了的,后来为什么又闹了起来?"袁世凯把他叫到一边问道。

"是的,的确是平息下去了。蔡观察还把准备还庚子赔款的两百万两银子以及挪借的一百万两放到源丰润和义善源救市,因为这两家钱庄实力最强,在上海信誉最好。只要这两家不倒,大家对上海钱庄的信心就还在。蔡观察这一招很管用,整个上海挤兑风潮平息了下去。"陈师爷回道。

"是啊,可是最近是怎么回事又连续倒了十几家钱庄。"袁世凯追问。

"按照庚子赔款的协议,9月初要归还赔款。上海海关要负责还款近两百万两,可这些银子已经放到两家钱庄稳定市面,所以蔡观察向度支部发电报,希望部里先借两百万两还上赔款。可是度支部的陈侍郎与蔡观察有过节,偏偏泽公又特别信任他,他就趁机使坏,结果部里不仅不借款,还要追查蔡观察挪用公款之罪。蔡观察没办法,只好把两百万两提现。消息一传出,本来勉强渡过危机的两家钱庄又发生了挤兑,连累其他生意上有关联的几家钱庄也倒闭了。更可恶的是,外国银行又宣布拒收二十多家上海钱庄的庄票,这更是雪上加霜。"

"泽公真是糊涂。这种时候,怎么还只顾内斗!伯浩这一关还能不能过得去?"袁世凯心里十分清楚,载泽收拾蔡乃煌相当大的原因是冲着他来的。自从他开缺,朋僚故旧,夺职赋闲挨整倒霉的何其多。

"恐怕很难。朝廷下旨要让蔡观察两月内还上所有挪借款项,否则就革职。海关的银子向来是存在钱庄里生利,钱庄一倒再倒,海关库款也受损失,两个月内如何能够填平这斗大的窟窿!"

"我一直认为股票是个好东西,能把闲散的银子聚起来办大事。现在看,如果被别有用心的人操控,则是其害无穷。"袁世凯也是十分感叹。

"谁说不是!现在回过头来看,兰格志股票从一开始就是一个骗钱的阴谋。他与报社、银行合谋,玩的是空手套白狼的把戏,可惜大家都疯了。据报社记者对十几家橡胶公司的统计,他们从上海套走的银子至少一千五百万两。东亚同文会粗略估计,这次大清在上海和伦敦股市的损失总数当在四五千万之巨!"

袁世凯听后惊诧道:"真是骇人听闻!朝廷一年的收入也不过一亿两左右!蒙受如此大的损失,好不容易兴办的实业将会因为缺少现银经营困难,朝廷的日子更会雪上加霜,真是元气大伤!"

"股票这东西真是害人不浅,我这几年积下的千把两银子也都在股市中打了水漂。"陈师爷也是十分懊恼。

"股票原本是好东西,可是如果被别有用心的人操控,就成了骗人钱财的吸血工具。"

"宫保真是一针见血。可是,上海股市都控制在洋人手里,谁奈其何?"

到了午饭时间,下人来请袁世凯入席。今年的生日不像去年那样谨小慎微,在大家的鼓动下,不但从天津请来西餐大厨,而且还分别从天津和开封请来剧团演剧。河南巡抚吴重熹派来两营骑兵,名义上是保护铁路沿线,其实是为袁世凯守家护院,袁世凯一直没有答应,如今也不再拒绝。

又是观戏,又是游玩,一直到晚上十点多才算安静下来。袁世凯把杨度叫来,要和他做一次长谈:"皙子,一天只顾瞎忙,没来得及招呼你。我知道你不喜欢这种俗事,真不知你这一天是怎么挨过来的?"

杨度回道:"我早就入乡随俗,已经不把观戏饮酒视为无聊。何况今天我读了宫保的诗作,大有收获。"

"我只能算是附庸风雅,哪里会作诗。只是开缺赋闲,聊以打发时光罢了,让你见笑了。"袁世凯摆摆手回道。

"哪里敢见笑,宫保的诗,有几首还是很有气魄的,非文辞之辈所能。"

"能得皙子夸奖,真是荣幸之至。你说的是哪几首?"

"我是在大公子的《洹村逸兴》中读到的。"杨度有过目不忘的本领,"比如《登楼》这一首,'楼小能容膝,檐高老树齐。开轩平北斗,翻觉太行低。'北斗凡指帝王,'平北斗'岂不是要问鼎天下?'翻觉太行低',更有气吞山河的霸气,连险峻雄奇的太行也不放在眼里。"

袁世凯听了一副惊讶的神情:"啊,皙子竟然读出这样的意思来,真是出乎我的意料。当初写这首诗的时候,正是初夏的时候。有一天晚上睡不着,觉得有些闷热,所以起身开窗,正看到满天星斗,远处的太行山也隐约可见,只是感觉比白天矮了许多。于是来了诗兴,作登楼一首。"

对袁世凯的这个解释，杨度并不相信，他恃才傲物，有时难免咄咄逼人："宫保这两年难道就真的安于田园，采菊东篱吗？百年心事总悠悠，壮志当时苦未酬。野老胸中负兵甲，钓翁眼底小王侯。思量天下无磐石，叹息神州变缺瓯。这一首更是直抒宫保胸臆，完全没有寄兴山水的意思嘛！"

"你别忘了，最后还有一句，'散发天涯从此去，烟蓑雨笠一渔舟'。这才是整首诗的诗眼。"袁世凯在杨度面前，并不想完全否认自己的不甘心，"我开始是想当个钓鱼翁，两耳不闻世间事，可是看看这帮亲贵闹得朝廷乌烟瘴气，真要把大清推到万劫不复的境地，我就不甘，不服，更不忍。"

"不甘，不服，不忍，这就对了。以宫保之大才，当问鼎天下。天命无常，有德者居之。"

袁世凯无意谈这个话题，摇摇手道："天命无常，谁爱居之居之，我实无此意。皙子，我倒是对谘议局的举动很感兴趣，你不妨多给我讲讲。"

"谘议局，那可真是个异数，成立不久竟然组织了如此大规模的请愿，实在出乎意料。策划者是宫保的老熟人，南通状元张季直。各省谘议局主持其事的，大都是季直先生这样的人物，他们有经济实力，却在官场上没有地位，所以借谘议局而争取自己说话的分量。之所以能够弄出这么大的动静，关键是他们选的这个由头好，速开国会，加速宪政，又正好遇到亲贵掌权，大家不满，所以都希望速开国会，成立责任内阁。这帮新贵一门心思要抓权，要集权中央，所以地方督抚也很不满。这次谘议局发动的请愿，竟然有近二十督抚发电支持，朝廷如今真是到了孤家寡人的地步。"

"内轻外重，尾大不掉之势早已有之，不过，孝钦太后在日，何曾出现这种天下督抚都离心的情形？"袁世凯哼哼道，"这帮新贵年轻气盛，以为兵权抓到手就可蔑视一切，做事太操切，其行事与当年的康梁何异？恐怕收权不成，要搬起石头砸自己的脚。"

"这次请愿，大家有个普遍的看法，如果有宫保在，绝对不会弄成目前的局面。我与各省谘议局的人已经混得十分熟悉，他们都很感念宫保在军机时推动宪政之功，大家都认为，如果当初没有宫保钦定宪法、预备立宪也恐怕不可得。他们又认为，军机忽视他们的请求，是因为军机中没有宫保这样通晓天下大事而又有决断的人。军机中是满人说了算，都是糊弄应付的手段，只能越办越糟。大家私下里认为，将来就是组阁成功，让这些人组成内阁，恐怕也好不了哪里去。就是外务部的人也认为，要想外交上有点起色，非袁宫保出山不可。非袁不可,这是如今京中的舆论。"

"那可真是太抬举我了,我有何德何能?"袁世凯心中高兴,却是连连摇手。

"塞翁失马,焉知非福。宫保被开缺,反而让大家明白了宫保的能耐,就是从前反对宫保,为宫保开缺欢天喜地的人,如今也都承认宫保的确非比常人。宫保可不要小看谘议局的这些人,他们来自全国各地,又都是地方上有影响力的人物,他们的好恶关系极重。他们认为如今非袁不可,那可就形成全国的民意。宫保,大有可为啊。"

袁世凯心中沸腾,但脸上却是一副淡然的表情:"皙子,我一个垂钓的老翁,你看我胡须皆白,还有何可为?"又自言自语道,"谘议局的力量会如此之大,实在出乎意料。"

"是啊,他们速立国会的热情,简直有些匪夷所思。长沙修业学校有个教员在学校演说称须早开国会,否则不足以挽救危亡,说到激动处持刀自断左手小指,濡血写'请开国会,断指送行'八字。谘议局的议员便拿着这份血书遍传各省,颇为鼓动人心。"

"竟然有这样的事情?"袁世凯闻言颇为惊诧。

"还有更激烈的。我来豫前,请愿代表聚集京城,正组织第三次请愿,听说要到摄政王府再递请愿书,京城学生一个姓赵,一个姓牛的前来送行,对请愿代表说:'第三次请愿势不能再如前之和平,学生等与其亡国后死于异族之手,不如今日以死饯诸君。'两个学生从袖中拔出利刃,姓牛的学生突然割下自己左腿一块肉,姓赵的学生则割下自己右臂一块肉。"

没想到袁世凯却连连摇头道:"皙子,这样操切我不赞同。宪政固然不错,不过在大清办事千万不可操切,尤其不能抱太奢的期望,不能把宪政当成救国的灵丹妙药,仿佛一搞宪政就能成了强国,这与当年康梁说三年变法就可富强于天下一样可笑。太过操切,走错一步,可就满盘皆输。"

杨度则不以为然道:"输了正好让宫保出来收拾。"

"我何德何能,如何收拾得了。"袁世凯不愿再谈这个话题,"皙子,听说盛杏荪很活跃,与泽公联系很密切。"

杨度一嗤道:"京中人人尽知,盛杏荪讨好泽公,讨好摄政王,又接连给大佬写信,他已经被推举为轮船招商局董事局主席,重新掌控轮、电两局。他孜孜以求的,就是邮传部尚书一职。"

"三十年河东,三十年河西,盛杏荪复起,已经没人能够阻挡了。"

第四章

铁路国有酿风潮　皇族内阁失民心

盛宣怀如愿以偿当上邮传部尚书，是在袁世凯生日三个多月后——宣统二年十二月初六，1911 年 1 月 6 日。他能当上邮传部尚书，可以说是上海股灾帮了他的忙。上海股灾爆发，大清都算得上是伤筋动骨，朝廷财政势将更加捉襟见肘。而向有财神之称的盛宣怀向载泽拍胸脯，他有办法帮助朝廷渡过难关。

上海股灾还连带暴露出了川汉铁路的问题，川汉铁路总公司的总收支施典章将巨额股本存在上海钱庄生息，结果股灾爆发，亏折严重。告状的信件雪片样飞到京城，邮传部得旨会同川汉铁路总公司派出专案人员赴沪调查，发现施典章放在三家钱庄二百五十余万两因钱庄倒闭亏折殆尽，另外他还贪污近百万两。不仅施典章贪污挪用，川路公司主持人也大肆挪用、挥霍股本。

盛宣怀策动内阁侍读学士川籍京官甘大璋上书朝廷，痛心疾首道："川路公司取民尽锱铢，局用如泥沙，出入款项，均无报告，及至股东查账，始悉弊端百出。刻间已倒之款不可追，现存之款不可靠。若不亟派稽查，汉口、上海各处速换妥人经管，或自设银行，或提存大清、交通各银行，恐贪私利而忘公本，将来亏倒，尤不止此数。款既可危，路于何有！"

川汉铁路问题揭露出来，十几家铁路公司都有揭发信飞到京城，民营铁路成为朝廷最头疼的难题。这个问题，说起来要费一番口舌。

二十世纪前后，世界范围内兴起了大修铁路的热潮，修铁路俨然关系国家兴衰存亡的大事。大清也修了几千里的铁路，但因为没有银子，缺乏技术和人才，大都是借外债靠洋人公司来修。外债除了利息盘剥外，还附加了不少条件，要用债权国的原料，要聘债权国的技术人员，管理权也几乎被洋人垄断，而且如果不能如期还款，洋人就要把铁路收去抵债。庚子之乱后，痛定思痛，朝廷把兴修铁路作为自强图存的大计，铁路至大，路权为尊，国之重柄，不轻与人，成为大清国许多官绅乃至沿海普通民众的共识。不过，朝廷依然拿不出银子来自己修筑，不借外债，又有何谋？

这时，一些旅日留学生开始回乡散播舆论，国人自造、民营铁路可省费三成，而且自行勘探路线，主权在我，可以避免破坏风水和"先人庐墓"被惊扰。朝廷不用掏银子而又能大办铁路，何乐而不为？1903年7月，四川总督锡良在留学生们的怂恿下向朝廷提出改官办为"官设公司、召集华股、自保权利"的官商合办，要求"自设川汉铁路公司，以辟利源而保主权"。四川经济并不发达，实力雄厚的商人也不多，商办银子哪里来？这并没难住锡良，他提出了"田亩加赋"的筹资办法，在田租的基础上将铁路建设费用作为附加税，摊派到每一亩田地，税率为3%，几乎每个四川人都成了川汉铁路的股东。清廷很赞赏这个方案，当年12月初就颁布了《铁路简明章程》，规定各省官商只要获得批准，便可修筑经营铁路，捐资五十万两以上，还可以获得官衔，各地官绅商办铁路的积极性大增。清廷的办事效率也罕见的高效，次年1月就批准川汉铁路公司在成都成立。随后直隶、山东、浙江、江苏、吉林等省纷纷发起赎回路权、改为民营的热潮，民营商办铁路公司纷纷成立，五六年间，全国达到十七家之多。

不过，热情和现实并不是一回事。筑路权从洋人手里收回来了，但民营商办铁路首先遇到的就是筹资难。以川汉路为例，五六年时间只筹集到工程用款的六分之一，全国十七家公司，能够如期筹足资金的只有一家，能完成七成以上的，只有两家公司。有人推算一番后得出一个结论，以当时的民营商办筹资能力，中国要完成计划修筑的铁路需要九十年。更重要的问题是，所谓民营商办公司的管理机构大都办成了衙门。除了江浙的几个公司是真正商人主持其事外，大部分主持者是地方上与督抚关系密切的士绅，下面所用的人也都是达官贵人的亲朋故旧，名曰公司，根本不按章程办事。尤其川汉路这样的公司，大股东本来就少，公司大大小小的主持者张口闭口说"代表四川七千万百姓"，但他们不过是大肆铺张、贪污分肥，百姓的利益又何曾挂在心上？结果川汉铁路公司成立六年间，实收股本应该有两千万两左右，而入账的却仅一千四五百万。六年之久，只修了十几里用于运料的线路；粤汉路计划修筑两千余里，成立公司六年间，只修了三百余里。铁路没见成效，但地方上却形成了铁路利益集团，他们层层盘剥，挪用浮支，视铁路为自己的禁脔。

朝廷指望通过民营大办铁路增加税收，没想到种下龙种生出的是跳蚤，弄出了十几个烂摊子，到底该怎么收拾？盛宣怀对载泽、载洵和载涛等亲贵拍胸脯，他有办法解决这个问题，但是条件是能让他当邮传部尚书。盛宣怀督办过京汉铁路，又督办轮、电两局，由他来接手邮传部，的确顺理成章。

不过，盛宣怀能不能出任邮传部尚书，仅靠拍胸脯是不够的。首先是银子铺路，军机首辅奕劻只要有银子，就没有不能办的事，盛宣怀银子一送上，他便不再反对。载洵、载涛如今炙手可热，银子当然不能少送。载泽极力支持盛宣怀出任邮传部，除收了银子外，还要借助盛宣怀收拾袁世凯的势力，以扩大财权。

邮传部成立后，管着铁路、电报、电话、邮政、轮运等部门，富冠诸部，就是掌国家财政的度支部据说每年收入也不及邮传部的五分之一。而其中财力最为雄厚的，当属把持交通系的梁士诒。邮传部成立后，尚书张百熙是袁世凯的姻亲，左侍郎是袁世凯的亲信唐绍仪，梁士诒被引入邮传部，出任借款提调处提调，管理卢汉、汉宁、正太、汴洛、道清等铁路的借款及各路行政事务，后来改为铁路局，他改任铁路局局长，援引广东老乡叶恭绰、龙建章、郑洪年等人进入铁路局。后来梁士诒以铁路借款存在外资银行每次汇划都收一笔巨额手续费为由，建议成立了交通银行，他的手趁机伸向了银行业，"交通系"由此成形。梁士诒从不向朝廷交代铁路局的账目及营业实情，派人清查，他自有应对办法，交通系搞成了独立王国。邮传部历任尚书张百熙、陈璧、徐世昌、唐绍仪都是袁世凯的亲信，因此即便袁世凯倒台后，梁士诒仍然毫发未伤。

盛宣怀出任邮传部尚书，奕劻及载字辈的亲贵都支持，最后就是载沣这一关。自从载沣摄政后，醇王府太福晋——载沣的生母暗中纳贿干政，盛宣怀在载泽的帮助下捷足先登，行贿太福晋，已有八成把握，载泽笑道："一成看天意，还有一成看你能不能说动摄政王，如果能够打动他，便成功在望。"

"解决铁路问题我有四字策略：收归国有。"

盛宣怀从前也是主张铁路商办的，但五六年的结果，他改变了自己的看法，认为铁路非收归国有官办不可。从公义论，只有收归国有，由国家出面借洋债，才能尽快筹到资金，加快铁路建设。从私心说，铁路收归国有，其实就是收归邮传部管，他作为邮传部尚书何乐而不为？而且，他督办汉阳铁厂，铁路收归国有，他便可堂而皇之采购汉阳铁厂的钢轨，仅此一项，其利何厚！至于借洋债中的佣金、抽头、发包工程、采购物料时的中饱，他是轻车熟路。

载泽摆摆手道："我这里没问题，关键你要说服摄政王。"

如何能够说动载沣?盛宣怀与亲信连夜密商,拿定了主意:摄政王秉政后,想办的事很多,无奈朝廷财政捉襟见肘,他最关注的就是来钱的路子;地方督抚权力太重,已成尾大不掉之势,他千方百计要收回督抚的大权,解决内轻外重的问题。如果把铁路收归国有往这两点上靠,不愁说不动他!

十一月底,盛宣怀先是上了一个折子,大谈铁路收归国有。同时又运动奕劻争取向摄政王面陈,因为有些话在折子中没法说清。

腊月初四,摄政王在养心殿召见盛宣怀,他磕巴的毛病并未因当上摄政王而减轻,问道:"杏荪,我不明白,铁路收归国有,先要花,花一笔银子购回商股,你为什么说有,有助于朝廷解决财政问题?"

盛宣怀分析道:"从长远来说,收归国有加快了铁路建设进程,早一天通车,便早一天增加税收。从眼前来说,铁路收归国有,便可以和洋人银行谈贷款,款到了,当然要修铁路,可是万一朝廷有紧急花销,暂时挪用也无妨,反正稍一周转,朝廷不愁还不上。"

载沣点了点头又问道:"这话有道理,有笔银子放在眼,眼前,总比到急用时,库空如洗要强。不过,当初采用民营商办修铁路,一是为了筹措资金,二是为了抵制国权流失。现在证明商办难,难以筹措到资金,可是毕竟国权没有被,被外人攘夺的顾虑。你如今收归国有,向,向外国借款,岂不又面临国权不保的弊端?"

"向外国借债虽非万全之策,但只要政府在与外国谈判签约时,能严定限制,权操于我,使外人只有投资得息之利,无干预造路用人之权,则借外款以筑路利大弊小,切实可行。"

"你有把握杜,杜绝外人觊觎?"

盛宣怀大包大揽道:"我多年与洋人周旋,一定能够制住洋人的贪念,请摄政王放心好了。"

"好,假定借款没有国权流失问题,还是那句话,铁路收归国有,先要花一笔银子购,购回商股,这笔银子又该怎么出?"

盛宣怀建议道:"既然是商股,也未必非要还银子,国家印发铁路股票,换他们手中的铁路股权就是了。换句话说,就是把民营公司的股换成国有铁路的股份。民营铁路遥遥无期,已收股本亏折严重,而国有铁路建成有绝大把握,他们还有什么理由不高兴?"

载沣闻言豁然开朗道:"有道理,只要把道理讲,讲明白了,商人们就该支持。"

"将铁路收归国有,还可避免地方督抚揽权,尾大不掉。"

闻言,载沣睁大眼睛问道:"这话怎么说?"

"地方铁路,名为商办,实际还是控制在督抚手中,安插私人,挪用股本,借铁路之名,行与中央争利之实。譬如川汉铁路,听说四川总督挪用的就有二百余万两。银子就是那么多银子,地方用多了,中央就少了,这是明摆着的账。从长远来说,将来铁路就是建成,地方会以民营商办为由,千方百计瞒报税收,私留分肥。摄政王请想,这是不是更加尾大不掉?"

载沣则连连点头道:"有有道理,有道理。铁路非,非收归国有不可。"

"其实在国外,像铁路这样的重大工程,许多国家是不许民营商办的。尤其我大清国疆域辽阔,铁路这一段归甲省,下一段归乙省,又一段归丙省,异见纷歧,互相扯皮,会有无穷的麻烦。"

"铁路非收归国有不可,不过,你可要拿,拿一个妥当的办法。"

"我详细做番研究,拿个妥当的方案,届时再向摄政王面禀。"

"一定做番详细的研究,每个公司的情况都,都要摸透,方案务必妥当,千万不要惹出麻烦。如今地方动不动就,就请愿,实在不胜其烦。"

年前国会请愿,不但有各省的请愿代表,京城的学生、商人也都参与进来,上万人在大街上游行,最后朝廷不得不答应提前三年也就是到 1913 年开立国会。但游行请愿仍然没有解散,而且各省省城也都爆发游行,要求迅速成立责任内阁。朝廷不得不答复年内成立内阁。直隶总督陈夔龙又调动了军队围困学校,逮捕组织者,又将各省请愿代表强行遣回,总算平息了下来。

"如今地方谘议局总是与朝廷捣乱,真是可,可恨至极。铁路收归国有,又牵涉地方利益,杏荪你可要一慎再慎,惹出麻烦,到时我可保,保不了你。"

"摄政王放心,我一定拿个妥当的方案。另外,我以为对谘议局太过纵容,他们得寸进尺,终致不可收拾。朝廷不能太向地方示弱,不然将来请愿的事还会一而再再而三。像大清这样疆域人口众多的国家,动不动就请愿,那如何能够安宁,又如何能够办成事?俗话说,家有千口,主事一人。七嘴八舌,一家不能齐,何况治国?"

这话正说到载沣的心坎上,他接话道:"哼,将来我不会任由他们这,这样胡闹。"

第二天,授盛宣怀为邮传部尚书的上谕就明发了。盛宣怀如愿以偿,心情特别愉快,因此向各位亲贵大佬赠送的年敬特别丰厚。

载泽叮嘱道:"杏荪,收拾交通系的事你可不能食言,我知道梁某人行贿自保可很有一套。"

"泽公放心好了,我不贪那点银子,我只求让他滚蛋。"

过了正月十五,各衙门放过鞭炮、唱过大戏,正式开印办公。盛宣怀的第一件事就是收拾梁士诒,因为知道梁士诒已经做好假账,因此他并不指责梁士诒贪墨,而是指责他揽权搞独立王国,建议"暂设清查款项处,严其关防,宽其时日,遴派精于会计数人,调齐路局银行各项账目及历来收支凭据,逐一核对。有无弊端,自当据实奏明,自不敢丝毫袒护,亦不能预存成见"。盛宣怀并不指望立即查清问题,他也不需要查清,而是策动七位御史参梁士诒把持路政,任用私人,挥霍公款,"平日一支雪茄值美金若干,在部饮食豪奢,日食万钱犹嫌不足。铁路局员皆鲜食俊仆,阔绰排场"。大家对邮传部尤其是铁路局的人豪富早就眼红嫉恨,这些指责都不是大罪名,却引动舆论,梁士诒处境十分不妙。他见机不对,主动辞职,于是朝廷有旨,梁士诒不孚物望,被革去铁路局局长一职,随他被赶出邮传部的交通系人马一百三十余人。对于这场大参案,世人称之为"七煞除五路"。反正,在大家眼里,不论"七煞"还是"五路",都不是好东西。

赶走梁士诒,盛宣怀感觉舒服多了,接下来集中精力与四国银行谈贷款的事情。张之洞在世的时候,就曾经与英、美、德、法四国银行签订借款合同,总计借款550万英镑,利息五厘,以建造湖广境内的粤汉与川汉铁路。后来张之洞去世,此事就搁置起来。盛宣怀重启谈判,还是延续张之洞的旧章,利息五厘。当时国内借款的利率一般要超过一分,四国的借款利息并不算高。另外盛宣怀又在防止路权被攘夺上下了一番功夫,虽然还要聘请四国技术人员为总工程师,但在人数以及工程师的职责权限上都有限制条款。所以盛宣怀满盘胜算,决定正式推出铁路国有的计划。

他行事爱耍聪明,自己的意图不直接提出,而是授意给事中石长信上折《奏为铁路亟宜明定干路支路办法》。在奏疏中,先谈铁路的重要性,再谈近年来铁路民营的弊端,"乃历览各省已办未办等路,或因款绌而工程停辍,或因本亏而众股观望,固因民间生计困难,集股不能踊跃;亦由各省绅耆自私乡土,枝枝节节,未能统筹全局。长此因循,实于国计民富,大有妨碍"。他建议将全国铁路区分为干路和支路,分归国有和民营。"其纵横直贯一省或数省而远达边防者为干路;自一府一县接干路者为支路。支干互相为用,如百川之汇于江河。今为国家兼筹并顾,唯有明定干路为国有,支路为民有之办法,明白晓谕,使天下人民咸知国家铁路政策之所在。此后上下有所遵循,不至于再如从前之群议庞杂,茫无主宰。"他以为采取干线国有、支线民有的办法,国计民生都能兼顾,百姓肯定高兴,"国有命下之日,薄海百姓必无阻挠之虑。况留此民力以造枝路,其工易成,其资易集,其利易收"。最后他建议,"如蒙皇上俯加采择,应即责成度支部筹集款项,并令邮传部,将全国关系重要之区定为干线,悉归国有;其余支路,准由各省绅商集股办理,庶几缓急轻重不为倒置,民政军政财政从此皆可扼要以图,关系似非浅显"!

石长信的折子上去,很快有旨意:着邮传部议奏。这是四月初八的事情。

盛宣怀奉旨议奏的第三天,宣统三年四月初十,即 1911 年 5 月 8 日,大清历史上首个责任内阁正式成立。这是朝廷去年向请愿团许诺的事情,根据去年修改的立宪日程,裁撤旧有内阁、军机处及会议政务处,按照君主立宪原则筹组新的中央权力中枢即责任内阁。责任内阁设总理大臣一人,内阁协理大臣两人。下设十个部,每个部不再像过去那样设立满大臣、汉大臣,而是各部只设一个尚书,不分满汉。本来这是为了消除了满汉族群分歧,废除被人诟病的"满汉堂官体制",减少官员数量,然而,这个名单一公布,就引起轩然大波。

这份名单是这样的:总理大臣奕劻(宗室),协理大臣那桐(满)和徐世昌(汉),外务大臣梁敦彦(汉),民政大臣肃亲王善耆(宗室),度支大臣载泽(宗室),学务大臣唐景崇(汉),陆军大臣荫昌(满),海军大臣载洵(宗室),司法大臣绍昌(觉罗),农工商大臣溥伦(宗室),邮传大臣盛宣怀(汉),理藩大臣寿耆(宗室)。内阁总共十三人,满族即占到九人,其中皇族七人,汉族竟然只有四人。这份名单成为当天的最大的新闻,无论茶楼酒肆,还是官司衙门,不论寻常百姓,还是士绅官员,都有一个看法,"汉人更没权了"。对新成立的责任内阁,则称为"皇族内阁"。不但汉人不满,就是满人也有不同看法。"老太后在时,至少保证满汉对等,这样明目张胆地压制汉人,不是自找麻烦吗?"

奕劻当然也听到这些议论,第二天一到内阁,也就是原来的军机处,对徐世昌道:"菊人,我当这个总理大臣不妥,我要向摄政王请辞。"

协理大臣徐世昌和那桐也附和道:"我们两个和王爷一起请辞。"

载沣当然也听到了外面的反应,这大大出乎他的意料。他以为虽然皇族多了些,但这些阁员可都是响当当的宪政派,并非顽固保守、庸碌无能之辈,就劝道:"庆叔,你当了这么多年的首辅,谁的资历能,能比你高,阅历比,比你丰富?

载泽、溥伦、善耆、绍昌也是最热心宪政的人,也是咱满人中最,最有学识的,我觉得这个内阁已十分精干,外面怎么会这么多意见。"

在奕劻和徐世昌听来,载沣是揣着明白装糊涂,大家反对的原因并非人选的愚贤,而是压根就不该有这么多皇族!因此沉默不语。

载沣见状摆摆手道:"不去管他们,你们也不必请辞,回去好好办事。"

当天下午山东巡抚孙宝琦就发来电报,说道:"推行宪政,宗室不宜入阁,'君主不担负责任,皇族不组织内阁'为君主立宪唯一原则,请朝廷顺应舆情,于皇族外选派大臣另行组阁为宜。"

当天,直隶、奉天、吉林、黑龙江、江苏、安徽六省巡抚也都发来电报,意思与孙宝琦相似。

盛宣怀关于干线铁路收归国有的意见已安排郑孝胥拟定了上谕。按照从前办事的规矩,是军机商议后草拟上谕,请摄政王钤印,然后军机领班署名。现在实行内阁制,应当先在内阁商议,取得一致后再将上谕请摄政王钤印。盛宣怀关于铁路国有的设想在内阁成立前已向军机大臣奕劻、徐世昌等人透露过,奕劻和徐世昌的意见很一致,借款修路可以,但贸然把商办铁路收归国有不可。尤其是徐世昌主政邮传部期间,才批准湖北铁路民营商办,不到一年复又收归国有,朝令夕改,成何体统?所以他是坚决反对国有政策。

徐世昌为人处世属于稳妥圆滑一路,但在盛宣怀看来,纯粹是有意坏事。盛宣怀是绝顶聪明的人,性情和办事干净利索,从不拖泥带水,看准了谁也别想挡。他见徐世昌是这样的态度,奕劻又很倚重他,知道要先在内阁商议,根本不可能获得支持。于是干脆不经内阁,直接将上谕呈递给摄政王,摄政王立即钤章,然后再转到内阁,由总理和协理大臣附署。

奕劻十分不满,愤愤地说道:"盛杏荪怎么如此行事?"

徐世昌接过一看,上谕前半部分说明修筑铁路的重要性,这并无问题,但接下来痛批商办铁路的弊端,在支持商办的徐世昌看来,言过其实,毫不留情。

从前规划未善,并无一定办法,以致全国路政,错乱纷歧,不分支干,不量民力,一纸呈请,辄行批准商办。乃数年以来,粤则收股及半,造路无多。川则倒账甚钜,参追无着。湘鄂则开局多年徒资坐耗,竭万民之膏脂,或以虚糜,或以侵蚀,恐旷时愈久,民累愈深,上下交受其害,贻误何堪设想!用特明白晓谕,昭示天下:干路均归国有,定为政策。所有宣统三年以前,各省分设公司集股商办之干路,延误已久,应即由国家收回,赶紧兴筑。除支路仍准商民量力酌行外,其从前批准干路各案,一律取消。至应如何收回之详细办法,着度支部、邮传部,懔遵此旨,悉心筹画,迅速请旨办理。该管大臣毋得依违瞻顾,一误再误。如有不顾大局,故意扰乱路政,煽惑抵抗,即照违制论。将此通谕知之。

徐世昌气得头"嗡"的一声,半天没有反应。不顾大局,扰乱路政,在他看来盛宣怀是指桑骂槐。

"王爷,这个名我不签!"徐世昌一拍桌子气冲冲走了。

赌气归赌气,名还是要签的,第二天到内阁,经不住奕劻劝说,徐世昌还是在上谕上附署。

干路国有上谕通过电报发往各省,各省利益盘算不同,因此反应迥然不同,支持者有云南、贵州、广西等边远省份,因为他们自料边远省份,铁路不会被收,因此表示支持。表示反对者主要在湖南、湖北、广东。因为正在修建中的粤汉铁路与京汉铁路是贯通南北的干线,必定要收归国有。结果三省反应十分激烈,遍帖传单,反对收归国有。川汉铁路到底是否收回,尚不明确,如何收回也没有细则,川汉铁路总公司立即打探消息。

川汉铁路的修筑计划是从成都和宜昌两端同时修筑,因此在宜昌和成都分别都设有总办,同时为了方便在京中募股,也为了便于与川籍京官联络,在北京也设立总理。驻北京总理也没有更详尽的消息,回复道:"此事关系重大,政府真意所在,甚不易知;唯以表面看之,似甚坚决。"建议"川局应照常办事"。

驻宜昌的总理李稷勋在邮传部做过左丞,此时正主持宜昌的修筑工程,与总工程师詹天佑合作甚洽,正打算为蜀道变通途尽一番力,而且身为总理,事权颇重,当然不愿被收为国有。他致电成都总公司和四川谘议局,说如果铁路收归国有,则政府必须以现银偿还已用之款,"川路既欲收回,则川省人民办路用款,应照数拨还现银;若尽空言搪塞,苦我川人,当抵死争之"。

四川谘议局开会,开始时议论纷争。有人认为川省路款多出自租捐,纯系强制摊派性质,贫中下户共同负担,现已集款一千五六百万,而亏倒至数百万,唯一的希望是路成后获利,藉资弥补。若收为国有,则川人膏血消耗殆尽,何以聊生?然而副议长罗纶认为,川路需款甚巨,仅凭地方筹款根本是杯水车薪,通车遥遥无望,股本损蚀会更多。收归国有,能够尽快修成铁路,也是挽回损失的办法。应当体谅国家难处,支持国有。最后达成一致,如果朝廷能够把股本照单全付,收归国有未尝不可。所以最后形成决议,提交川督王人文转奏朝廷:

> 铁路国有,既奉明谕,定为政策,吾侪小民,何敢与抗。既收为国有,是此路即与吾民绝无关系,吾民从前举办此路时,一切用款,自当由国家归还,方与国有政策符合。倘国家不肯归还,只竟吾民未竟之功,是即强夺吾民之财产矣。故吾民今日公呈总督,请其代奏,索还吾民原有之资本及利息而已。

干线铁路国有上谕发布十天后,盛宣怀拿出了第一期干线铁路国有计划,即首先收回粤汉、川汉铁路。鉴于湖南、湖北及广东反对铁路国有的声音很响,盛宣怀认为他在京城鞭长莫及,必须有专人到地方上相机办理。于是与载泽商议,朝廷最好任命专门督办粤汉、川汉铁路大臣。曾任过直隶总督不及半年就因在慈禧葬礼上私自安排人照相而被革职的端方,此时正在京中钻营,谋求复出。端方曾任湖南巡抚,且曾在湖广总督张之洞进京时代理其职,兴办新式教育、大办实业,在湘、鄂声誉良好,由他出任督办大臣也可算是得所其人。所以端方的任职上谕很快发布:端方以侍郎候补,授为督办粤汉川汉铁路大臣,着即迅速前往会同湖广、两广、四川各总督,妥筹办理。

不过,端方所谋求的是总督之职,对正在风口浪尖上的督办大臣一职极不情愿,他打算具折辞谢。心腹幕僚提醒他说,大人现在是革职人员,此次朝廷算是弃瑕录用,当勉为其难,无坚辞之理。端方一想也是,只好勉为其难。不过能拖一天是一天,他以与邮传部详细商讨为由,并未"迅速前往"。

这时湖南发生反对铁路国有的风潮,传单、揭帖竟然贴到了巡抚衙门上。谘议局连番开会,上书资政院,抗议铁路国有。资政院质询内阁,内阁于是开会讨论,各位阁员都闭口无言,只有奕劻及徐世昌、那桐三位与邮传部尚书盛宣怀商讨。

徐世昌首先开口道:"盛大人精详铁路情伪,必有精当办法,不至于引起更大风潮。"

"反正不能让几个跳梁之辈螳臂当车。"盛宣怀认为徐世昌是诚心看笑话,偏让你看不成。

于是他又与亲信郑孝胥密商,起草了两份上谕,一份是指示川鄂等省立即停止征收租股并立即查清收入支出情况。另一份是专门针对湖南抗拒铁路国有风潮，语气颇为严厉："铁路干路，收归国有，业经降旨宣布，定为政策，并经简派大员督办，万无反讦之理。兹据奏称，湘省群情汹惧，哗噪异常，遍发传单，意在煽动。该省民情浮动，易滋事端，著该抚严行禁止，剀切晓谕，不准刊单传布，聚众演说。倘有匪徒从中煽惑，扰害治安，意在作乱，准如所拟照乱党办法，格杀勿论。责成该抚认真防范，消患未萌，毋稍姑息，设有疏虞，酿成重案，定唯该抚是问。并谕邮传部、端方、瑞澂知之。"

摄政王钤章后，传到内阁，奕劻却请病假了，留下话说不必等他，协理大臣附署即可。徐世昌问那桐道："那相，您是多年枢臣，格杀勿论这样的词，能是上谕中轻易可用的？"

那桐叹道："杏荪的文笔，是真正的刀笔。反正摄政王已钤章，我们无非附署罢了。"

此时，四川总督王人文发电，上报川路股份大概情况，通过加收田赋征收租股九百五十万两，官、民购股二百六十余万两，土药商、盐茶商股一百二十余万两，灯捐、土厘十余万两，生息及杂项收入三百三十余万两，合计一千六百七十余万两。川路公司绅董及川民皆希望一切用款，自当由国家全部归还。也就是说，四川方面希望国家出一千六百多万现银给四川，四川则将川汉铁路股份全部转给国家。

度支部肯定拿不出这么多银子。邮传部与度支部商定后，由盛宣怀与端方联衔答复川督王人文——该公司股票，不分民股、商股、官股，准其更换国家铁路股票，六厘保息，但历年虚糜的经费及上海股票倒款国家不予承认。

王人文收到这份电报，感到事态严重，连忙收起来，只怕传出去会惹出绝大风潮。道理明摆着，虽然民营商办营利的期望渺茫，但毕竟还有点希望在那里。而一旦按这个办法国有，则上海亏折的三百万两及历年虚糜的款项立即没了着落。川汉铁路租股占了近百分之八十，那可是一文一文从百姓嘴里抠出来的，铁路营利未见，而国有后立即损失近四百万两，百姓如何能够答应？尤其是谘议局的人，大多是地方上有实力的绅商，他们附股较多，去年请开国会，已经形成了请愿的习惯，其力量不可小视；更令人担忧的是，四川哥老会盛行，他们也都有租股，如今蒙受如此大的损失，怎么会吃这样的哑巴亏？如果袍哥发动起来，那可真是一场灾难。

王人文立即再发电给盛宣怀，希望体谅川民的困苦，能够格外照顾，把上海倒款折为国家铁路股，以免引起风潮。他在复电中强调"川绅路见，现为两派，甲派坚决反对国有，乙派主张国有但要求还款。宜满足川人还款要求，以此扩大温和派，以便顺利收路"。但盛宣怀有一个错觉，自国有化以来，四川最为平静，他以为川民最好对付，王人文是虚声恫吓，无非是想多为四川争取点利益。他回电说，上海倒款，度支部无此闲款归还，而且度支部的银子是全国的税款，绝无为川路公司归还倒款的道理。

　　盛宣怀的话听上去不无道理，也颇为义正词严，但在四川总督王人文看来则是不顾实际，无理更无情。他不敢泄露电报内容，而是悄悄压了下来。

　　几天后，朝廷关于川汉、粤汉路所涉及四省的股票归还办法出台。广东的股票，先发还六成现银，余下四成发给国家无利股票，将来铁路有盈利后，分十年逐渐还清；湖南、湖北的股票，商股都是一律发还，其余米捐、盐捐、租股、房租发给国家保利股票，年息六厘，十五年摊还；而四川的股票一分现银也不发还，而且现存的七百万两发给国家年息六厘的保利股票，由度支部提款用于川路建设，已经用于建设宜昌段铁路的四百万两，发给国家保利股票，办公耗掉的费用，则只发国家无利股票，上海倒款，一概不问。通观四省的办法，湖北、湖南最优，广东次之，而四川最吃亏，不但没有一两现银返还，现在的现银还将以国家股票换走，而四川人渴望趁此机会解决的上海倒款，则从此没了着落。

　　由盛宣怀的亲信郑孝胥起草的上谕，对这个明显不公的收路办法却说是"筹画尚属妥协"，并说朝廷对地方已经"仁至义尽"，"经此规定后，倘有不逞之徒，仍藉路事为名，希图煽惑，滋生事端，应由该督抚严拿首要，尽法惩办，毋稍宽徇，以保治安"。他就是要明白告诉地方，朝廷要坚决收回路权。

　　不仅如此，为了让地方死心，他还将此前以川汉、粤汉路为抵押与四国银行签订的借款合同正式公布出来。明明是两路还没有办完收回手续，却已经抵押出去向洋人借款，这就好比把还未属于自己的东西卖给了别人。

　　这两个消息几乎同时传到了四川，这完全出乎大家的意料。川汉铁路的重要创议人、谘议局议长蒲殿俊，副议长罗纶召集众人商议，认为要想通过铁路国有挽回上海倒款已经不可能，那就必须奋起抗争，拒绝国有。当初铁路商办，就是为了避免借洋债造成国权沦丧，如今盛宣怀拿川汉路借洋债，便是损失国权，便是卖国。如果川民能够行动起来以争国权，反对国有，则可给朝廷造成压力，如果改弦更张，同意照单全付川路股本，则不妨退一步，同意国有；否则便保持现状，继续民营商办。

宣统三年五月二十日，也就是 1911 年 6 月 16 日，蒲殿俊、罗纶等人连夜商讨，决定紧急成立保路同志会，蒲殿俊为会长，罗纶为副会长，并在铁路公司门口挂出了"保路同志会"的横幅。

次日保路同志会在铁路公司门外召集保路集会，罗纶第一个登台长叹道："完了，完了，川路已经卖给洋人，四川完了；国有干线已经全部卖给洋人，大清也完了。我四川绅民，人人以附股为爱国之义务，妇女拔簪珥，儿童节糕枣，相率投之若恐后，然终被盛宣怀夺我川路，卖与洋人，我川民膏血一文不名，我辈何忍空手而对嗷嗷待哺之幼儿，又有何颜面对衣不蔽体之妻女。"罗纶极善演说，说到动情处仰首问天，已是泪流满面。台下众人，无不饮泣。

当天夜里，由罗纶、邓孝可主编出版机关报《四川保路同志会报告》，一、二版刊登的是《四川保路同志会宣言书》，首先批评铁路收归国有之举明显违宪，最后说明保路同志会的宗旨：

> 借用外债，吾人不争，借债而不交资政院议决，则吾人誓死必争。收路国有，吾人不争，而收路借款不待谘议局、股东会议决，则吾人誓死必争。保路者，保中国之路不为外人所有，非保四川商路不为国家所有。破约者，破借款卖路之约，并破不交院议违反法律之约。政府果幡然悔悟，交资政院决议以举债，交谘议局、股东决议以收路，朝谕下，夕奉诏！非然者，鹿死无阴，急何能择，吾同志会众唯先决死而已，不知其他。

天亮前这份报纸开始在成都散发，五千份很快售罄，于是连夜加印；三天后的第二号，则印到了一万五千份，所登文章大多痛骂盛宣怀卖路卖国，一时间盛宣怀成为川人尽知的卖国贼。

随后，四川保路同志会发起了签名保路活动，两千四百余人在破约保路的呈文上签名。保路同志会派出百人代表打着横幅前往总督府，横幅上写着："路亡国亡兮，毋为卖国贼所欺。废约保路兮，吾头可断志不移。""欺君夺民卖路卖国的大罪人盛宣怀！"等走到总督府的时候，自动跟随上来的人群已经达到一千多。王人文亲自到大门口接见，见人群中除了谘议局的绅商外，还有学生、市民，而且更有袍哥也参与期间。人群情绪极为激动，他不敢有任何推辞，更不敢拒绝，只好顺应民意，表示愿意为大家代奏签名的请愿书。他如实向朝廷反映川民的激烈情绪，建议朝廷暂时收回铁路国有的政策，时机成熟后再择机办理。然而,盛宣怀却认为王人文懦弱无能,鼓动摄政王下旨撤掉王人文的总督之职,令正在川藏边界处理边务的驻藏大臣赵尔丰火速到成都就任四川总督。

垂钓洹上的袁世凯对盛宣怀坚决收回干线铁路十分支持,在写给端方的信中说道:"兄曾有四愿:一收管海关,总税务司改用华员。一收管邮政,不可附在税政。一收管干路,以便国防交通。一大借欧美债,大兴实业,隐以抵制强邻,使我得延喘息,专意振作。此四事经营数稔,迄无一成。而杏老任事数月,已举其三。才略高下,判然可见。惜从前误听人言,又为人所持,未得与此老早共谋之,成此大错,悔不可追。"

刚着人把给端方的函发出去,又收到一封电报,一看署名真是意外。电报是已经二十余年不曾见面的张謇发来的:别几一世矣,来晚诣公,请勿他去。謇。

一看发报地点是汉口电报局,这说明张謇人已经在汉口。他为什么在汉口,是专程来相晤,还是路过?不得而知。但无论如何,袁世凯都十分高兴。张謇是江苏谘议局议长,而其影响却是全国性的,整个大清国,谁不知道大名鼎鼎的状元实业家张謇张季直!特别是去年各省谘议局三请召开国会,作为发起人的张謇更成为立宪派的领袖。这样的人物专门拜访,对袁世凯而言不啻与各省打开了一扇沟通大门。袁世凯多次说过,大清目前有两股力量不可小视,一是革命党,二是立宪派。革命党尚无合适的渠道沟通,立宪派有张謇牵线,何愁得不到支持?

到了第二天下午,袁世凯早早派袁乃宽带着轿子到洹上村车站等候。同时吩咐大开中门,以迎接封疆大吏之礼相迎。五点多,张謇乘坐的轿子由中门昂然而入,袁世凯亲自去打轿帘道:"张先生,学生来迎接您的大驾了。"

"慰廷,不敢当,实在不敢当。"张謇一边下轿一边说,当他看到袁世凯须发皆白又感慨道,"慰廷,你见老了,我们都老了。"

袁世凯问道:"先生能住多少天?二十余年不见,我们要好好拉呱。"

"我今天晚上就得回车上,连夜进京。"

"这么着急?"

张謇解释道:"去年南京开博览会时,美国有个商团来华参观,他们邀请大清也组织一个商团去美国访问。上海、广东、汉口、天津四商会公推我主持此事,我此次就是到京办理有关事宜。时间已经定好,必须如约前往。"

袁世凯惋惜道:"这实在太可惜了,我本打算与先生畅谈数日,有好多事情要向先生请教。"

"谈不到请教,要说请教,我亦有不少问题要向慰廷请教。"

两人说着话,已经到了养寿堂西侧的红叶馆,袁世凯吩咐道:"把饭开到这里吧,我要和先生边吃边谈。"

红叶馆的餐厅很宽敞,又通透,前后门窗大开,凉风习习,可解燥热。两人边吃边叙旧,谈起往事,袁世凯连说"惭愧"。那时他年轻气盛,特别是后来立功升职,不免得意忘形,对张謇多有得罪。张謇则道:"慰廷有自傲的本钱,倒是我有些不识金镶玉了。"

两人谈到投机处,袁世凯又问道:"先生,你对如今的局势怎么看?"

这话问得很大,但张謇所答却正是袁世凯所问,可谓心有灵犀:"皇族内阁尽失天下人心!名为内阁,实则军机,名为立宪,实则专制。以立宪之名,行专制之实。比之孝钦太后秉政,有过之而无不及。"

"目前的局面,有何法可以挽回?"

张謇叹息道:"难!去年我发动国会请愿,浙江谘议局以为请开国会,是与虎谋皮,无济于事,认为国不亡,无天理。当时我很生气,说:'我辈不为设一策而坐视其亡,无天理。'不到一年,皇族内阁一公布,大家都觉得大清立宪已经无望,真正是国不亡,无天理。"

"当初孝钦太后秉政,常例是满人领枢,其他军机满汉各半;中央六部,每部堂官六人,满汉各半。如今倒好,内阁成立了,说是打破满汉畛域,结果是汉人席次减少,不及三分之一。革命党正在呼吁驱除鞑虏,朝廷本就该以组织内阁机会示好汉人,以消弭危机,谁料竟然会反其道而行之。"

"谁说不是,海陆军及各部要害均为亲贵把持,非祖制也;复不更事,举措乖张,举国骚然,朝野上下不啻加离心力百倍,可惧也,全国有解体之危。"

袁世凯又问道:"新内阁一成立,即将铁路收归国有,此举颇中要害,于国计民生皆有长远之利,先生何以说举措乖张,有解体之危?"

"事是好,但时机不对,办法不对,便大错特错。借国债,必经资政院议决,将各省商办铁路收归国有, 必经地方谘议局议决。而朝廷却越过资政院和谘议局,内阁第一件大事就办得如此糊涂,岂不是绝了天下立宪之望?实话说,东南各省谘议局对朝廷已经失望之极,立宪无望,都有与朝廷势不两立的意思。我此次北上,虽是交涉商团事宜,其实更是为摸清北方各省谘议局的意思,以便沟通。"

袁世凯闻言惊道:"啊,照先生来说,干线收归国有反而成为酿乱之源。"

"正是。盛杏荪强人所难的办法,是想学李文忠、左文襄行英雄欺人之举,为成大事,不拘小节。这在从前,没有问题。可是如今已经实行宪政,却不按宪政章程办,就是谘议局这一关也不好过。谘议局的力量不可小觑,可以说地方各省的立宪派、实力派都集中于谘议局。朝廷失去立宪者的支持,那还有谁能支持他?"

"立宪派的力量发展如此迅速,实在出乎意料。其原因何在?"

"立宪派的力量迅速强大,始自各省设谘议局。谘议局之设,本是为了就本省应革之事进行商议,并无多大实权。但谘议局的议员却都是各省、各府、各县的实力绅商,他们都是出自本乡本土,被推举为议员,因此易得百姓认可。而谘议局成立后,为了地方利益,反对中央集权,这与地方督抚利益又是一致的,所以也得到地方大吏的支持。地方推行一项政事,必得谘议局支持方才容易推行,所以地方官员对谘议局必得好好敷衍。即如最近湖、广发生的保路事件,声势极其浩大,与谘议局的议员关系不浅。"张謇做了详细说明。

"我倒要请教先生,这又是为何?"

张謇一针见血道:"我刚才说过,谘议局的议员多是地方上的实力绅商,他们在地方铁路中持股较多,又往往是各府各县发动集股的具体负责人,换句话说,他们大都是民营商办铁路的获利者,其本人或者亲朋,有的出任公司的绅董,有的参与股本的管理,有的则可能在铁路施工中或承包或供材料,从而有利润可沾。所以,铁路民营商办,虽然虚耗、挥霍严重,但他们却是受益者。慰廷请想,就算他们不为国家路权利益着想,为了自己的利益,也必然要一争。"

"啊,我明白了。正因为他们来自各府各县,所以保路活动就很容易在地方获得响应。"

"正是,他们的号召力比官府的行文还要有效。官府行文百姓未必信,议员有所陈请,百姓都会深信不疑。"

"这样说来,谘议局一设,立宪派的力量遍及全国城乡。他们的影响,比革命党影响还要大。"

"慰廷判断极准。革命党接二连三造反,对朝廷震动不小,但毕竟只在东南数省,而且暴力革命对求稳怕乱的国人而言,不容易得到支持。所以屡次造反起义,屡次很快被平定,原因就在于此。立宪派与革命党不同,革命党要驱除鞑虏,推翻朝廷,另起炉灶;立宪派是要尽可能地维护朝廷,维护稳定,通过宪政改良政治,实现国家的自强自立。此次保路风潮,各省谘议局所倡导的是'文明保路'，而不希望采取激烈的手段。那样，岂不与革命党一样？"

"文明保路的想法不错，不过，先生想过没有，这些年庚子赔款强加到百姓头上，各地举办新政也是不断加捐加厘，民间怨气太深，一旦发动起来，立宪派的想法恐怕未必能够维持得住。所谓干柴烈火，保路引出的火星，可能会燃成冲天大火，想救也救不了。"

"这也正是我所忧虑。大乱将临，我来见慰廷，便是想为将来谋一个稳定局面。要实业兴国，首先国家必须稳定。"

两人越谈越投机，转眼间已是子正，也就是夜里十一点钟。张謇看了看西洋钟道："慰廷，我必须回车上了，还有个把钟头车必须出站。"

两人都有意犹未尽的感觉，袁世凯亲自把张謇送到洹上村大门外。

张謇登轿起行，袁世凯又追过去，扶着轿杆仰着脸诚恳地说道："先生，有朝一日，蒙皇上天恩，命世凯出山，我一切当遵从民意而行。也就是说，必定遵从您的意旨而行。我恳请先生，必须在各方面，把我的诚意告诉他们，并且希望您能与我合作。"

"慰廷放心，真有那一天，能够挽救中国者，唯慰廷一人而已。"

管家袁乃宽代袁世凯把张謇一直送到车站，回来后袁世凯问道："先生路上可又说什么？"

袁乃宽回道："路上倒是没有话说，但在火车上却说了几句。"

"说了些什么？"

"张先生对同行的人说：'慰廷毕竟不错，不枉老夫此行也。道故论时，慰廷其意度智识较二十八年前大有长进，远在碌碌诸公之上。有慰廷在，可算中国之一大幸事。'"

"先生真是谬赞了。"袁世凯听了非常欣慰。

与张謇差不多同时进京的，还有川汉铁路宜昌总办李稷勋。因为成都方面反对铁路国有意见太大，到底该何去何从，他决定进京听听川籍京官的意见。但川籍京官的意见也不能统一。作为在京的官员，他们对朝廷的意图了解较多，因此认为铁路国有有道理；但家乡父老节衣缩食入股，上海巨额倒账朝廷又不予承认，心下实在同情；同时，参与川路管理者挥霍、挪用的各种传闻又令他们羡慕中带着嫉恨。有此复杂的情感在内，要想帮李稷勋拿个主意也的确不容易。

李稷勋彷徨无计之时，善施手腕的盛宣怀从中发现了机会，决定从他身上下手,对川路公司实行分化。他对李稷勋许诺,朝廷任命他为国有川汉路宜昌分公司总理,代表国家接收川汉铁路宜昌至万州段,并继续主持这段铁路的修筑;作为回报,李稷勋要代表川路公司将绅商股款七百万两转作国有铁路股金,并代表铁路公司同意邮传部派员清查账目。李稷勋答应合作,因为这个条件太诱人,继续出任宜昌总理,其中好处自不必说,川汉铁路能够尽快修筑见效也是他所期盼。但经他手造成川汉路权及股本尽失,他自知消息泄露必引起轩然大波。所以,他答应了盛宣怀的条件,却又要求暂不要公开。

盛宣怀却不吃他这一套,等任命李稷勋为宜昌分公司总理上谕下达后,他立即给刚到任的川督赵尔丰发电,让他公布李稷勋担负的使命。他以为李稷勋作为原商办川路公司的宜昌总理,做出的承诺川人只能哑巴吃黄连,再苦也要吞下去。

保路同志会的同志一听到李稷勋竟然吃里爬外,十分愤怒,也十分担心,如果任由邮传部查账,那么川路公司管理者挪用、挥霍股本的行径立即大白于川人面前。于公于私,都不能让盛宣怀、李稷勋得逞!于是组织了数千人到总督府请愿,并发电给李稷勋,要求他十日内辞职,并将权力移交给成都总公司。

新任四川总督赵尔丰是前任总督赵尔巽的弟弟,他对四川百姓生活困苦的情形,地方官绅凌逼百姓缴租股的残酷,以及四川遍地袍哥的实际十分了解。他认为不论多么堂皇的理由,此时将川路收为国有万不可行。所以他上奏朝廷,要求推迟铁路国有,并收回对李稷勋的任命。

盛宣怀对赵尔丰十分失望,本来以为他会比王人文强硬,谁料刚到任就站到自己的对立面。他十分不满,严令赵尔丰严拿惩办倡首数人,如果胆敢冲击衙门,则要大开杀戒,果断震慑,否则以失职论,同时推荐岑春煊到成都查办。而内阁总理奕劻和协理徐世昌都明确表示反对用兵,主张颁布和平谕旨,暂归商办,以抚平骚动,并推荐起用袁世凯到四川查办事件。载泽、载沣都不愿袁世凯复出,而岑春煊是奕劻的死对头。盛宣怀和载泽一起劝说载沣,不顾奕劻的反对,任命岑春煊为钦差大臣,立即入川。

盛宣怀万万没想到,岑春煊提出入川的要求是川汉铁路商办期间一切亏损、挪用、倒账,均由政府照值给付,并承诺不追究保路同志会的责任,朝廷下罪己诏,以平民情。要下罪己诏,岂不说明从前全办错了?盛宣怀十分愤怒,指责岑春煊沽名钓誉。岑春煊个性也是极为强势,既然你说我沽名钓誉,那老子还不干了!上折表示绝不入川,请朝廷另请高明。

盛宣怀气得把案上一个唐代的笔筒摔碎了,最后不得不让端方立即出京,亲自到成都去相机办理。作为川汉、粤汉铁路督办,端方以翻看档案为由已经在京中滞留了快两个月,再拖下去实在没有理由。于是他打点行装,万不情愿地出京南下。

盛宣怀又给赵尔丰严电,让他必须惩办倡首。赵尔丰万分为难中,幕僚给他出主意,擒贼擒王,把川路公司和保路同志会的骨干扣到总督衙门,好吃好喝圈着,群龙无首,他们自会散去。赵尔丰觉得是一条妙计,于是以商讨事件为名,把蒲殿俊、罗纶等十二人请到总督府,立即扣押了起来。

没想到事情由此失控。外面风传十二人已经被杀,成都以及附近府县出现大规模的商人罢市、学生罢课,数千人到总督府请愿。军警画出警戒线,但请愿者视如无物,越线而居。督标中军下令开枪,打死打伤三十多人,并严禁收尸。赵尔丰下令成都实行全城戒严,城墙上派有重兵把守,封锁交通和邮电,阻止消息扩散。

当晚,同盟会成员龙鸣剑趁夜幕缒城而出,奔至锦江河畔的农事试验农场,与同志商议如何以最快的办法把"成都血案"的消息传出去。最后,他们在船工的建议下,制作数百块竹牌,在上面写着"赵尔丰先捕蒲、罗,后剿四川各地同志,速起自保自救"等字样,然后将竹牌涂上桐油,包上油纸,连夜秘密投入江中。四川江河纵横,水网密集,四通八达,这种被称为"水电报"的木牌乘秋潮水涨,随江水漂流而下。各地接到"水电报"的消息便一传十,十传百;许多人又照样仿造,将更多的"水电报"投入江中,使"成都血案"的消息很快传遍沿江各州县。

龙剑鸣又趁机行动,劝说川西、川南的袍哥领袖在资州聚会,改"保路同志会"为"保路同志军"。随后数万同志军直奔成都,前去营救保路会的成员。同志军一路势如破竹,很快兵临城下,因为四川新军中袍哥数量极大,又有同盟会策应,根本不奉赵尔丰号令,不肯跟同志军作战。赵尔丰登上城墙,看到城外越聚越多的同志军,连连叹息:"完了,完了,误听盛杏荪之言,大错铸成,悔之晚矣!"

第五章

革命党武昌起义　北洋军乘势复出

端方奉旨出京南下,真正是提心吊胆。当年作为出洋五大臣之一,尚未迈出国门就在火车站挨了炸。虽然并无大碍,却在他心头留下阴影。这次铁路收归国有引来四省激烈反对,未出京前已经收到匿名信,警告他如果采取强硬措施,四省人民也将相机采取因应手段。受此警告,他不敢带任何家眷,只携带数十下属及随从出京。他的行期一改再改,为的是不让南边的人得了确切消息。到了洹上村,又下车去拜访袁世凯,本来说好次日就走,却又放出话来,要到后天才起程。

两人是把兄弟,他对袁世凯又向来佩服,当然要请教袁世凯应当怎么应付。袁世凯已经从张謇那里了解到铁路国有虽然是利国利民的大计,却触动多方利益,恐怕好事多磨,所以他忠告端方道:"近闻湘人颇有风潮,川省也极不稳定,大节宜先驻汉阳,分设委员勘查,步步经营,万不可操切行事。"

端方回道:"如今中枢乏人,杏荪与各方关系不洽,如果有四哥这样的人入主中枢,我在外面就踏实多了。如果四哥有意复出,我可向当道进言。"

袁世凯则连连摇头道:"你可别害我。我已经衰朽不堪用,何况现在事势纠纷难以收拾,我是决不愿舍弃初志,投身急流中。"

连袁世凯都说局势难以收拾,端方对前途更感渺茫。袁世凯有北洋军在手,倘若局势变乱,朝廷肯定还要倚重,所以他提议将长女许给袁世凯的五公子,袁世凯满口答应。

所谓投桃报李,端方是袁世凯在满人中很难得的奥援,当然很有必要进一步笼络,所以他提议把二小姐许给端方的侄子。两人饭后一席谈,就决定了两对年轻人的婚姻。

第二天下午,端方又改变计划,吃过晚饭后就登车南下,第二天黎明时分到了汉口大智门火车站。湖北文武官员暨绅商学界代表在湖北布政使余诚格和提督张彪带领下齐候于车站迎接。警戒十分严密,除专责驻守铁路的陆军四十二标分段排队警卫外,张彪又调来陆军两营夹道保护,巡警则往来弹压盘查。端方一走出火车,各文武簇拥上来,先引到官厅小憩,与司道镇协统领略谈片刻,改乘马车直到刘家庙江岸,"江清"兵轮早在此等候半夜,端方登轮渡江。

湖广总督瑞澂亲自出城在皇华馆迎接,恭请圣安后,两人同乘一辆马车入城,将端方送到提前为他预备的乙栈行辕。此地濒江,张彪早就派两个小队作为行辕护卫,巡警厅则派了二十名巡警随时听用。当天的接风宴上,鄂路公司的总理、协理都在座,他们向端方表示,朝廷之于商股可谓仁至义尽,吾鄂实无异言,大家都盼着督办早日莅临。瑞澂也告诉端方,湖北民众对铁路国有的确没有异议,四省之中,湖北最为安定。

端方采纳袁世凯的建议,自己坐镇武昌,将他的行辕定名为督办川粤汉铁路大臣总公所。内分总务、考工、购料、文牍、会计、庶务六科,及勘线、购地、制图、运输等十余股,派定科长股员共三十余人。又以四省路政纵横数千里,工程极为繁难,分别向四省派出总办,带委员数人,分驻各省,探查情况,具体办事,他则居中调度,相机办理。

然而,朝廷却不容他在武昌从容坐镇,因为四川风潮日益严重,让他立即带兵前往,调查情况,平息风潮。他上奏回道:"凡主持路政之人,皆为川省反对之人。臣主持路政,前往查办,恐川省风潮将益加剧。即川人无此举动,亦必有鼓吹、挑拨者,是未能弭乱,适以长乱。"

朝廷再催,他再上奏请朝廷从邻近的陕甘或云南就近调兵。这样又拖了十几天,朝廷下了严旨:"该大臣身充督办,凡关于四省铁路,均系该大臣分内之事,无论何省遇有事故,即无朝旨敦促,亦应随时前往,相机办理。况现在川路风潮甚巨,岂可置身事外。该大臣向来勇于任事,不辞劳怨,仍着懔遵两次谕旨,迅速前往,不准藉词推诿延宕。并将起程日期即日电奏。"

一看上谕的语气,是盛宣怀一贯的刀笔。端方心里十分憎恨,却又无法拖延。朝廷同时还有旨意给湖广总督瑞澂,让他派兵给端方。端方再无辞拖延,9月9日午后一时,在三十二标一营护卫下乘船前往宜昌。一路上频繁与盛宣怀和载泽等电报往来,他意思仍然是不愿赴川,想留在宜昌专任路事;即使赴川亦不负剿办之责。这样又拖延了半月，盛宣怀再次借上谕强令端方必须立即带兵入川。蜀道难，难于上青天。端方派出的人打探说，入川途中已经有会党武装要打埋伏，区区一营兵实在势单力孤，于是奏请湖北再增兵。瑞澂很痛快，立即派鄂军三十一标第一营、第二营由水路赴川。

端方带走鄂军三营，武昌兵力因之空虚。待机已久的革命党人，决定趁机发动起义。

湖北革命党人多，几乎是人所共知。究其原因，与张之洞治鄂大有关系。张之洞治鄂，在办新政、练新军、办教育方面可圈可点，尤其是向日本派赴留学生，可称为各直省之冠。然而，走出国门的留学生开阔了眼界，又加孙中山在日本的革命活动影响很大，结果不少留学生投入到孙中山麾下，加入了同盟会。他们回到国内，办报纸、出书籍、写时评，湖北、湖南革命思想因之活跃。尤其是湖北新军，都有一定文化程度，更容易接受革命党的影响。

武汉三镇位居腹心，九省通衢，在此发动起义容易引起各省响应。川、鄂、湘、赣、皖等籍的革命党人，在日本组织了共进会，谋划在长江流域发动起义。武昌人孙武被推举为共进会湖北盟主，回湖北策划起义。他以武昌俄租界宝善里为总机关，又在武汉三镇设十几处分机关，在学生绅商及新军中发展革命党，影响很大。

还有一个湖南人也来到武汉三镇，投身新军，发展革命党。他叫蒋翊武，湖南澧州人，他未曾出国，但与湘籍革命党人宋教仁、刘复基熟悉，加入了同盟会，后来又经人介绍投入湖北新军中。他认为发动新军起义比利用会党更有把握，因此成立了文学社，以研究文学为名在新军中发展革命党。他实行了严密的组织制度，在新军标、营、队中都设代表，负责发展社员。而且规定很严，凡要求入会者必须得有三人以上介绍，并须经严格考查。而且特别规定，只发展普通士兵，不准发展官佐。不到半年时间，发展社员两千余人。

两大革命组织，目标都是策动新军起义，有时候难免出现冲突的时候；而且双方组成人员有所不同，文学社主要是穷人出身的普通士兵，共进会以富家子弟和日本留学生为主，经历不同，阅历各异，不免互相轻视，弄得彼此不痛快。但好在两个负责人都是明白人，知道目的相同，不能搞窝里斗，早就有合并的意思。如今见端方带走了三个营，感觉起义的时机来临。于是文学社的蒋翊武和共进会的孙武商定尽快联合，共同行动。双方商定后派出代表泛舟东下，到上海去请宋教仁、谭人凤赴鄂主持大计，并设法邀请在香港的黄兴到武昌来。当时,宋教仁、谭人凤、陈其美等人在上海成立了同盟会中部总会,目标就是策划在长江流域尤其是武汉三镇发动起义。

派往上海的代表一时没有消息,但起义不能再拖。共进会和文学社的主要负责人在小朝街文学社总机关开会,确定八月十五也就是公历 10 月 6 日举行武装起义。会议同时确定蒋翊武任总指挥,孙武任总参谋长,并由蒋翊武负责制订了详细的起义计划。起义时计划以武昌城外南湖炮兵营鸣炮为号,各营同时起事。这个计划的重点在工程兵八营,该营驻扎在南门里,离楚望台军械库最近。军械库的守卫也是该营士兵,一旦举事,则由工程兵八营负责,首先占领军械库。然后集中兵力攻打总督衙门和第八镇司令部。

然而中间出了岔子,八月初,南湖炮队有几个老兵退伍,战友办了个酒席送行,结果喝多了,大呼小叫,惹得排长不高兴,劈头盖脸训斥了一顿。两个老兵不干了,老子要退伍了,还怕你个毬! 双方先是争吵,后来动了手。喝高了的士兵打开军械房,拿出十几支汉阳造,向着军官室开枪泄愤。子弹都是训练用的空包弹,伤不了人。于是他们拉出三门炮来,又去砸炮弹库的门,要取炮弹来轰掉军官室。事情闹大了,排长打了电话,负责军纪的马队赶来,闹事的士兵弃械而逃。

既然闹事的士兵已逃,大家都愿息事宁人,瑞澂和张彪并未深究,只是规定炮营弹药收到军械库统一管理,避免再出现类似的事件。

事机不密。不知是哪里走漏了风声,"八月十五杀鞑子"的说法开始流传。据说当年朱元璋起义抗元时,军师刘伯温就是借中秋节吃月饼之机,将"八月十五杀鞑子"纸条做进月饼中传递给士兵和百姓,结果一举成功。如今这个消息一传,把双方都吓到了。湖广总督下令,第一,军营中秋联欢会必须提前一天举行。第二,中秋当天,全城戒严,官兵皆不能离营外出,并严禁以各种名义"会餐"。第三,除值勤士兵可携带少量子弹以外,所有弹药一律集中收缴,统一保管。第四,购买刀具三件以上,必须登记。这给起义带来很多困难,没了弹药,手里的枪炮都成了烧火棍,只好将起义时间推迟十天。

然而,事情又出了意外。10 月 9 日这天,共进会会长孙武在宝善里总机关用从日本带回的炸药造炸弹,计划起义时扔进总督署后院瑞澂的卧室。他正在全神贯注的制作,指挥部总理刘公十六岁的弟弟刘同抽着烟卷进来了,倚在桌边看孙武制作炸弹。他习惯性地一弹烟灰,结果落到了桌面的炸药上,引起了爆炸。孙武脸被炸伤,血流满面。住在附近的同事跑进来,拿一件衣服盖在他的头上,立即撤出宝善里,到德租界医院治伤。

孙武清醒过来,告诉大家,起义计划、花名册和经费都在宝善里,必须设法取回。刘同自知闯了祸,自告奋勇,要回宝善里取出起义计划和名单。大家觉得一个孩子去看热闹,不容易引起大家的注意,因此由孙武的姐姐陪同,回到宝善里。

俄国巡捕早就赶到现场,将起义计划和名单、旗帜等资料交给了总督衙门。总督衙门安排巡警设伏,一旦有什么可疑的人立即抓捕。孙武的姐姐和刘同到火灾现场查看,结果被巡警逮个正着,押到局里审问。孙武的姐姐什么也不承认,刘同被吓住了,立即把自己知道的都抖搂了出来。军警立即出动,把共进社所有的分支机关全部查封,逮捕了十几个没逃走的革命党人。

蒋翊武闻变,立即在小朝街85号文学社总部召开会议,决定当天晚上提前举行起义,以南湖炮队炮声为号,各营同时响应,工程八营闻炮要立即占领楚望台军械库。研究完毕,派人分头去通知各营。蒋翊武和两个同事还没来得及走,就被军警包围。三个人跳窗而逃,爬上邻近屋顶,谁料木梁已朽,三个人都掉了下去。蒋翊武穿一件枣红马褂,拖着一条长辫子,土头土脑,像个胆小怕事的私塾先生,军警根本没注意他,只顾去捉另两个剪了辫子的人。蒋翊武得以逃脱,当天离开了武昌。

起义尚未发动,两个主要领导人一个逃走,一个受伤。

因为全城戒严,往城外南湖炮队送信的人根本出不去城,所以南湖炮队并未得到提前起义的通知,所以也就没有在当晚十二时开炮。各营得不到信号,也都不敢贸然行动。

新军督练铁忠负责审讯被捕的革命党人。他翻看抄到的名册,发现大部分是新军士兵,而且为数甚巨。如果全部抓来,将势必逼反新军。所以他向第二十一混成协协统黎元洪报告,希望有"黎菩萨"之称的黎元洪能够出面说动瑞澂,当着新军的面烧掉名册,以安人心。

黎元洪是湖北黄陂人,北洋水师学堂出身,参加过甲午海战。北洋水师覆没后,他被张之洞招到麾下,并受到赏识,被三次派往日本考察军事,从此青云直上,如今在湖北新军中是仅次于张彪的二号人物。他清楚他的二十一混成协中革命党很多,有几个人也曾经暴露,但都被他抬手放走。

黎元洪食朝廷俸禄,当然要忠君之事;但他又不完全是张彪一样的旧军人,他出过国,对革命党怀着同情,同时也想给自己留条后路,所以对革命党人是睁一只眼闭一只眼。他听了铁忠的报告,认为很有道理,所以他慨然应允,张彪也同意一起去见瑞澂。瑞澂对张彪很信得过,第一次见面时就道:"你是张相提携的人,咱信得过你。"但对黎元洪却很有看法:"黎某人是新式学堂出身,又出过洋,这样的人忠心可疑,我实在不敢相信他。"如今两人一起来,瑞澂认为黎元洪另有所图,张彪是中了他的迷惑,所以他回绝道:"两位的说法毫无道理。如果这次饶过革命党人,岂不增长他们的侥幸心理?以后只怕入革命党的会更多。"

他下令先把从文学社总部抓到的三个人砍头示众,以儆效尤,其他的人仔细审讯,名单上的人要按图索骥,人人过堂。

黎元洪认为千万不能如此行事,张彪则不敢违抗命令。最后两人商定,先杀三个人,其他的人仔细审问,按图索骥抓人的事暂时放一放。

三颗人头在武昌城头一挂出来,新军中的革命党一时人心惶惶。总督下令按图索骥抓人的事也在军中传开,弄得人人自危。不仅革命党提心吊胆,不是革命党的也怕自己出现在名单上。

革命党最多的工程营更是人心躁动,营代表熊秉坤是个年轻的老战士,时年二十六岁,但当兵已经七八年。举事时由工程营负责占领楚望台军械库就是他的主意,他昨天接到消息,晚上以南湖炮声为号起事,但等了半夜没听到炮声。第二天一早,就传来有三个革命党人头已经挂上武昌城头的消息。他忍痛前往城门,三个人都认识,有一个还是他加入革命党的介绍人。

早饭的时间,工程营各队的党代表都来找他商量,问道:"听说名册已经落入瑞澂老狗手中,我们该怎么办?"

熊秉坤反问道:"大家什么想法?"

"大家的想法,被抓是死,造反也可能死,反正是一死,不如拼死一搏!"

"好!我正是这样的想法。你们利用午操的时间告诉弟兄们,咱们的名册已经被搜去,反亦死,不反亦死。与其坐而待死,何若反而死,死得其所?今晚听枪响举事。"

几个人就举事的计划进行简单部署。因为枪弹分离,只有上哨的士兵枪里才有子弹,因此必须设法从哨位上搞到子弹,作为举事发信号用。一旦举事,第一步就是立即占领军械库,因此一定提前与军械库守卫中的兄弟联系上。同时,安排人设法通知南湖炮队到时候响应,并进城支援。

到了下午,已经凑齐了一百余发子弹,有的是从哨位上弄来的,有的是平时打靶时悄悄藏起来的,也有的是从军官那里偷来的。熊秉坤把子弹分给各队代表,让他们分发给可靠的兄弟待命。

举事的时间定于晚上十点,可计划还是被打乱了。吃过晚饭,队代表金兆龙和好友程正瀛把子弹压进枪中,并反复检查枪栓。正巧被巡查的排长陶启胜看到了,训斥道:"干什么?你们想造反?"

枪如果被夺去,那事情就坏了。两个人反复争夺,程正瀛背后向陶启胜脑袋打了一枪托,慌乱中打偏了,陶启胜仓皇逃走,在楼梯上正遇到熊秉坤,便捂着自己流血的脑袋道:"金兆龙要造反!你快去报告!"见他犹豫,陶启胜又骂道,"你们这帮鳖孙,等我报告上面让你们吃不了兜着走。"

熊秉坤果断举枪,连开三枪,击毙了陶启胜。

听到枪声,大家都从营房里跑出来。代理管带阮荣发、右队黄坤荣、司务长张文涛三名军官赶来维持秩序,也被金兆龙、程正瀛开枪击毙。熊秉坤吹响哨子,革命党人立即集中到他身边,他大声道:"弟兄们,我们举事了。狗官要查革命党,你们的名字都在名单上,走,跟我去军械库取枪。"

二百余革命党跟在他身后跑向楚望台。楚望台由工程营左队负责守卫,队长吴兆麟并不是革命党,但平时为人宽厚,又被身边的革命党人劝说,立即打开大门,放大家进去,没进行任何抵抗。吴兆麟比熊秉坤官职要高,又有作战经验,熊秉坤主动让贤,让他出任总指挥,并在军械库设指挥部。

军械库被打开,里面军械堆积如山。后来清点,里面存有德制毛瑟枪五千余支,日式六十五毫米步枪一万五千余支,汉阳造步枪两万六千余支,汉阳造五十七毫米山炮三十多门,德国克虏伯五十毫米快炮十五门,日本三一式七十五毫米野战陆炮三十六门。

举事的各营纷纷到楚望台来领取武器弹药,熊秉坤则亲率敢死队攻打总督署。负责守卫总督署的卫队多是老兵,久经沙场,而且配备大量机枪,熊秉坤的进攻很不顺。右路进攻到王府口的小菜场,被机关枪封锁无法前进。左路进攻到恤孤巷口,又被伏兵截断,只好退回。

瑞澂急电张彪支援,张彪的司令部也遭到猛烈攻击。他又电令二十一混成协协统黎元洪带兵支援,黎元洪告诉他,弹药都在楚望台,他的兵被堵在营房内,根本出不了门。

其实,二十一混成协有单独的军械库,弹药充足。但黎元洪无心与革命军作战,他对前来请示的军官道:"你们都待在营中不要出门,如果他们冲进来,你们就退回营房中。"

此时,南湖炮队已经举事,八百多名革命军推着十三门大炮进了城,在楚望台、蛇山等制高点设置炮位。吴兆麟和熊秉坤调整部署,把进攻督署的敢死队后撤,在督署外点起火光,为炮兵指引位置。三炮齐发,督署内外建筑数处被夷为平地。

督署内瑞澂万分焦灼,革命军大炮派上用场,督署成了活靶子,而弃城逃走则没法向朝廷交代。师爷则建议他坚守,认为天一亮城内外没有造反的部队必然前来救援,那时候革命党必败无疑。然而,在革命军居高临下的炮口下又如何能够坚持得住?即便瑞澂坚持得住,他到武昌后娶的小妾却不答应,她把瑞澂叫到一边道:"老爷,师爷是书呆子,你可不能听他的。要是一颗炸弹落下来,顷刻粉身碎骨。老爷殉国事小,湖北群龙无首事大。俗话说,留得青山在,不怕没柴烧,老爷赶紧到军舰上去,一样能够指挥全军。"

这时一颗炮弹把签押房炸塌了。瑞澂再也坚持不住,让人在衙署后墙上凿开一个洞,督署卫队掩护他逃了出去。他仓皇登上"楚豫"舰,立即下令驶往汉口。总督一逃,督署卫队及宪兵、马队都四散而逃。革命军立即向江边追去,但只能眼睁睁看着瑞澂逃走。张彪听说总督已经逃走,也率辎重营乘船逃到了汉口刘家庙。

第二天天亮,武昌城内枪炮声已经停止,官军已经放弃抵抗。革命军随即占领了各衙署,在湖北藩司库中缴获了一百二十万两存银,在铜币局缴获现洋七十余万,银八十余万两,铜圆四十万;官银局缴获铜圆二百万,官票八百万张,未盖印的官票两千万张,洋元票三百四十万张,库银二十万两,现洋三十万元,累计总数折合四千余万元!

有楚望台的军械,又有巨额银钱,革命军不愁粮饷,但缺乏领导人。他们决定推举军政府都督,统一指挥武昌的革命军。当时无论是队官吴兆麟,还是熊秉坤,官职都太低,不足以出任都督一职。当时在整个湖北影响最大的人物莫过于谘议局议长汤化龙,革命军希望他能出任军政府都督。

汤化龙,湖北蕲水(今浠水)人,光绪年间进士,授法部主事。1906年留学日本,入日本法政大学学习法律,1908年秋毕业回国,任湖北谘议局筹办处参事。次年当选为谘议局副议长,正赶上预备立宪,各省成立谘议局,先是被推为议员,次年正式选举为议长。他与张謇等人密切配合,发动赴京请愿行动,在京请愿期间推动成立各省谘议局联合会,被推为会议主席。皇族内阁出台后,他带头赴京请愿,要求内阁改组,当时在武昌引起轰动,前往码头送行者万余人,最近刚从北京回来不久。

革命军派代表找到他说明意图,他出主意道:"革命,我拥护,为革命出力,我也是义不容辞。瑞澂逃走,必有电报到京,清廷必然很快派兵前来,我们要准备迎敌。此时是军事时代,兄弟不是军人,难当都督之任。我有个建议,请黎宋卿出来做都督,他是汉人,口碑也不坏,关键是懂军事。"

对他这条建议,大家都认为不错。

"我还有条建议,武昌发难,逐走了瑞总督、张提督,但各省尚不知晓,我们实在势单力孤。应该首先通电各省,以求响应,大功才易告成。"

吴兆麟、熊秉坤等人都认为此议不错,但各省革命形势各异,革命党大都处于秘密状态,要求响应实在太难。

汤化龙回道:"这个不必愁,我是谘议局联合会主席,我往各省谘议局发电,请他们响应共和,支持革命。"

于是他立即亲自起草电报,发往各省,"清廷无道,自召灭亡,化龙知祸至之无日,曾联合诸公奔赴京都,代表全国名义,吁请立宪,乃伪为九年之约,实无改革之诚。皇族内阁,维新绝望,大陆将沉。吾皇华神明之裔,岂能与之偕亡,楚虽三户,誓必亡秦,非曰复仇,实求自救。武昌义旗一举,军民振臂一呼,满酋瑞澂,仓皇宵遁,长江重镇,日月重光。立乾坤缔造之丕基,待举国同心之响应,特此通电告慰,望即不俟剑履,奋起挥戈,还我神州,可不血刃。一发千钧,时机不再,伫候佳音,无任激切"。

汤化龙发完电报,与吴、熊等人亲自去找黎元洪。据说黎元洪并未逃走,而是躲在下属刘文吉家中。等汤、吴等数人赶到刘文吉家中时,黎元洪躲藏在床下不肯出来。吴兆麟和熊秉坤告诉他并无加害之意,而是想请他主持大计,他这才钻了出来。

汤化龙先开口道:"黎协统,革命军的目标是驱除鞑虏,你是汉人,所以请你出来主持大计,请协统放心好了。"

黎元洪推辞道:"你们放我一马就感激不尽了,主持大计实在不敢,也无此能力。总署虽下,瑞总督、张军门在逃。一旦水路进攻,武昌既无援军,又无粮饷,汝辈有何准备?我曾学海军,如海圻等军舰,武昌仅须三弹即可全毁,汝辈不知厉害,我劝各自回营休息,再行商议。"

闻言,金兆龙有些不耐烦道:"协统的说法不对,楚望台军械堆积如山,藩库里缴获了数千万两的银钱,全城百姓献米献盐,怎么能说是无粮无饷?军舰虽然厉害,不能登岸能奈我何?"

熊秉坤告诉黎元洪,谘议局将推选都督,请他前去应选。黎元洪连连摇头,不肯答应。

见状,金兆龙厉声道:"你去也得去,不去也得去,你以为是来和你商量的?你别敬酒不吃吃罚酒,你要是满人,我早就一枪崩了你。"

黎元洪被迫来到谘议局,众人一致推选他为都督,并要以他的名义发布安民告示。他对各位议员道:"各位千万不要害我,我不能当这个都督,更不敢发什么告示。"

金兆龙这下被激怒了,拿枪顶着他的胸脯道:"你要是不签,我就一枪打死你!"

熊秉坤和吴兆麟都出面制止金兆龙,让他不要无礼。金兆龙扔下枪,拿过安民告示,握住黎元洪的手,几乎是代他签了一个黎字。湖北军政府正式成立,改国号为中华民国,并以黄帝纪元,为四零六九年八月二十日。

朝廷收到瑞澂从楚豫号军舰发来的武昌失陷电报时,嘉奖湖北破获革党案的上谕刚刚发出。昨天收到瑞澂的电报,为抓获革党二十余名请功,"俾得弥患于初萌,定乱于俄顷。现在武昌、汉口地方一律定谧,商民并无惊扰,租界、教堂均已严饬保护,堪以上慰宸廑。此次破获尚早,地方尚未受害,在事异常出力员弁,容照例择优请奖,以示鼓励"。

朝廷对瑞澂的能力很欣赏,下旨说"定乱俄顷,办理尚属迅速,在事文武,亦皆奋勇可嘉。在事出力各员,并准择尤酌保"。只等着瑞澂上保案。

谁料到,瑞澂这次电报不是保案,而是武昌失陷,"臣于十八夜挐获各匪,正在提讯核办,革匪余党勾结工程营辎重营,突于十九夜八钟响应。工程营则猛扑楚望台军械局,辎重营则就营纵火,斩关而入。臣督同张彪、铁忠、王履康分派军警,随时布置,并亲率警察队抵御,无如匪分数路来攻,其党极悍,其势极猛。臣退登楚豫兵轮,移往汉口,已电调湘豫巡防队来鄂会剿,并请派大员多带劲旅,赴鄂剿办"。

最先看到电报的是邮传部尚书盛宣怀,他立即带着电报去访内阁协理那桐,第一句话就是:"那相,非袁慰廷出山不可了。"

那桐仕途本来极蹉跎,后蒙翁同龢赏识,出掌油水最大的户部银库郎中,三四年间聚财数十万两,后又以银子开道,先后被荣禄、奕劻视为心腹。袁世凯在小站练兵时就与那桐结识,为军饷经常与那桐打交道。袁世凯办事向来手面阔大,自然与爱财的那桐气味相投。到了袁世凯出任封疆,尤其是总督直隶后,对已经深受慈禧信任的户部侍郎、内务府大臣那桐更加巴结。三节两敬自不必说,那桐是个京戏票友,袁世凯隔三岔五就送戏上门。后来,袁世凯授意徐世昌与那桐结为兄弟,关系更非比常人。袁世凯开缺后,徐世昌和那桐一直在为他复出找机会。责任内阁成立酝酿总理、协理人选时,徐世昌推辞道:"协理一席我居之不称,只有慰廷才足胜任。只是以朋党之嫌,我实在不便出言。奈何?"那桐满口答应由他来提议。载沣对袁世凯提防很深,当然没有答应。如今武昌失陷,正是袁世凯复出的好机会。

那桐听了赞同道:"杏荪,你能不计较私怨,真正是外举不避仇。"

"情势危急,我何敢计较私怨。而且,我对慰廷之才那是仰慕已久。"

盛宣怀因为铁路国有引起四省风潮,武昌革命党造反,也是趁了风潮的机会,如果事情闹得不可收拾,他第一个要当朝廷的替罪羊,所以他比任何人都希望尽快把武昌的这把火浇灭。而要见效快,非袁世凯不可。

"好了,我知道你的美意了,这件事由我和菊人去策动大佬。"

那桐和徐世昌相约到奕劻府上。奕劻虽然贪墨,但阅历还是有的,他对两人说道:"琴轩,菊人,形势大大不妙。"

徐世昌安慰道:"等瑞帅重整旗鼓,也许很快就会夺回武昌。"

奕劻听了连连摇头道:"没那么容易!武汉三镇兵力固然雄厚,但都是新军。张文襄练新军与慰廷不同,他太赶新潮,引用了不少留学生,我听慰廷说过,弄不巧会搬起石头砸自己的脚。如今石头砸下来了,没砸到张文襄,砸到瑞莘儒脚上了。菊人,看形势不会是一两个革匪倡乱,定是新军叛乱,不然,堂堂总督府何以被攻破。莘儒的督署卫队听说配了几十条机枪,相当有战斗力,如果是小股革匪作乱,不致如此狼狈。"

"王爷这么一说,还的确十分严重。"徐世昌不动声色道。

奕劻心焦道:"如今杏荪搞铁路国有,弄得四省人心离散,只怕武昌的叛乱起了连锁反应,那可就大糟其糕了。"

那桐也是十分担心道:"湖南本来风潮就未平息,而且会匪接连闹事,湖广一乱,那四川、两广都受影响,事情可就更不可为了。"

"我的意思是,必须请袁慰廷出山,只有北洋军还能够镇得住革匪,也只有慰廷出山才能调遣顺手,速赴戎机。"奕劻的意思大家都明白,除了袁世凯,北洋军别人未必能够指挥得动。

徐世昌和那桐相视一笑道："我们附议，请摄政王尽快起复慰廷。"

奕劻、那桐和徐世昌三人去见载沣，载沣看罢电报，脸色苍白，磕巴得更厉害了，道："瑞澂真，真是可恶，昨天还，还发电报邀功，昨夜就，就丢了武昌，他难道一点就，就没发觉革匪的意，意图吗？"

"详情现在不得而知，现在最要紧的是设法尽快平定叛乱，不然腹地生变，那可真是心腹大患。现在民情浮动，针尖大的窟窿都能漏出斗大的风。"奕劻劝道。

载沣也不是十分相信，又道："庆叔，没那么严，严重吧？毕竟武汉有三镇，瑞澂尽快从，从汉口、汉阳调兵，取回武昌也，也不是多难的事。"

"不然，湖北旧军裁撤殆尽，既然武昌的新军能叛乱，汉阳、汉口的也难保不生变。"

"那依你的意见，该，该怎么办？"

"立即起用袁世凯为湖广总督，率军南下平叛。"

一听要起用袁世凯，载沣断然拒绝道："绝对不可。不能前门拒，拒狼，后门放，放虎。"

奕劻道："没那么严重，袁慰廷还是忠于朝廷的。"

那桐也立即附和道："我以身家性命担保。"

载沣瞪了他一眼道："我是为江山社，社稷着想，你的身家性，性命担保得了？其他都好说，这一条不行。"

"那让谁带兵去增援？摄政王可不要大意，如果周边省份都效尤，那可不堪设想。"奕劻又将了一军。

让谁去带兵，的确是问题。能带兵的人是有，像王士珍、段祺瑞、冯国璋，都带兵打过仗，但都是汉臣，而且是袁世凯的嫡系，根本不能用。满人中能带兵的也有，比如铁良，但因为他揽权心太切，早被载沣罢去陆军大臣，外放为江宁将军。如今的陆军大臣是荫昌，算是懂兵的，但大多数时候是当教员，根本无实战经验。然而他身为陆军大臣，义不容辞，于是载沣道："那就叫荫午楼带兵好了。你们内阁可以会议一下，听听有何良策？"

三人回到内阁，立即着人请阁臣前来会议。会议也没有什么结果，奕劻重提起用袁世凯，内阁中满人居多，都反对；问大家有何好主意，众人都哑口无言。于是载泽对荫昌道："午楼，你是陆军大臣，挥师南下，可望一鼓荡平。"

荫昌回道："我一个人马也没有,让我去督师,我倒是去用拳打呀,还是用脚踢呀？"

载泽又道："北洋六镇雄冠天下,对付叛匪绰绰有余。"

"雄冠天下不假,那倒要看是谁来挂帅,我还有自知之明。我要见摄政王请辞。"其实,荫昌能不能指挥得动北洋六镇,大家也都心知肚明。除去袁世凯,没有第二个人能够指挥裕如。

奕劻见状又劝道："午楼,我劝你别去见摄政王,白白挨顿训斥,何苦？"

最后商议的结果,就是叫荫昌带兵南下,同时海军配合。内阁会议一散,上谕很快发布：

> 此次兵匪勾通,蓄谋已久,乃瑞澂毫无防范,豫为布置,竟至祸机猝发,省城失陷,实属辜恩溺职,罪无可逭！湖广总督瑞澂着即行革职,戴罪图功。仍着暂署湖广总督,以观后效。即责成该署督迅即将省城克期克复,毋稍延缓。倘日久无功,定将该署督从重治罪。并着军咨府陆军部迅派陆军两镇陆续开拔,赴鄂剿办。一面由海军部加派兵轮,饬萨镇冰督率前进。并饬程允和率长江水师,即日赴援。陆军大臣荫昌着督兵迅速前往,所有湖北各军及赴援军队,均归节制调遣。并着瑞澂会同妥速筹办,务须及早扑灭,毋令匪势蔓延。

那桐此时却递上辞呈,表示在此多事之秋,尸位素餐,内心有愧,愿把协理让给能者分劳。而第二天奕劻也不入阁办事,推说自己夜不能寐,早起头晕心慌,请假三天。

外务部接到有关国家的提议,都希望朝廷尽快起用袁世凯。英国公使朱尔典还强调道："我们对袁世凯有很好的感情和敬意,我们希望看到,作为改革后的中国政府能够与各国公正交往,并维持内部秩序和有利条件,使中国建立起来的贸易获得新进展。这样一个政府将得到我们提供的一切外交上的支持。"

四国银行的美国代表也道："如果朝廷获得像袁世凯那样强有力的人物,叛乱自得平息。"

英国《泰晤士报》记者莫里循也发表看法："袁世凯是皇室的唯一希望,在中国有好声誉,在外国有好名声,是唯一可以从动乱中恢复秩序的人。也只有他才能挽大厦于将倾。"

自从庚子事变后,列强的意见在朝廷中有很大的影响力。英美等国的声音载沣不能不考虑,这与他的本意相悖,徒增烦恼。

更糟糕的是,湖北又传来更坏的消息,瑞澂率三艘战舰去收复武昌,不但未能收复,反而有一艘战舰被击伤,漂流而下。而且汉阳、汉口在两天内先后失陷,瑞澂和张彪在武汉三镇已经完全失去立足之地。

这大大出乎意料,载沣收复武昌的希望完全落空,他禁不住心慌起来,急忙召见奕劻和那桐。奕劻劝道:"局势糟到这种地步,我已经老朽,绝对不能承当。袁慰廷有气魄,北洋军队都是他一手操练,若令他赴鄂督办,必操胜券,否则畏葸迁延,不堪设想。"

那桐补充道:"东交民巷的看法,也都是主张起用袁慰廷。"

但载沣还是有不同意见,道:"可是有人说,起用袁世凯,无异于饮,饮鸩止渴,是亡我朝廷。"

那桐并不为袁世凯辩解,转而道:"摄政王,的确有人怀此担忧。不过,不用袁世凯朝廷危亡就在眼前,起用袁世凯,朝廷之危亡必能转机,甚或不亡。"

载沣仍然不放心,问奕劻道:"庆叔,你能保,保袁世凯没有问题吗?"

奕劻回道:"这是不用说的。"

载沣忍着泪道:"你们既然都,都主张起用他,就照你们的意见办,让他去督,督鄂。可是,将来要是,要是有问题,你们都不能,不能卸责。"

那桐拍着胸脯道:"我担保袁慰廷能够平定叛乱。"

同时,众人还商议了四川总督的人选,载沣不顾奕劻的反对,决定起用岑春煊。岑春煊在丁未政潮中与庆袁闹得不共戴天,载沣的意图是想以岑春煊牵制一下袁世凯。奕劻既然推出了袁世凯,不能不对载沣有所让步。接下来又详商了军事布置,当天有两道上谕涉及袁世凯:

> 谕内阁:湖广总督着袁世凯补授,并督办剿抚事宜。四川总督着岑春煊补授,并督办剿抚事宜。均着迅速赴任,毋庸来京陛见。该督等世受国恩,当此事机紧迫,自当力顾大局,勉任其难,毋得固辞,以副委任。俟袁世凯、岑春煊到任后,瑞澂、赵尔丰再行交卸。

> 又谕:袁世凯现授湖广总督,所有该省军队,暨各路援军,均归该督节制调遣。荫昌、萨镇冰所带水陆各军,并着袁世凯会同调遣,迅赴

事机,以期早日裁定。

散值出阁,徐世昌摇摇头道:"王爷,朝廷勉强同意慰廷复出,我看,他未必愿意接受。"

"何以见得?"

徐世昌分析道:"各路援军其实顶用的就是北洋新军,可是午楼率的第一军和萨镇冰的水师舰船,慰廷是会同调遣,那就是要商量着来。军情瞬息万变,商量来商量去,徒误戎机。朝廷对慰廷不放心,他仅从这道上谕上就看得出来,他能'迅赴事机'?"

那桐这时也插话道:"对,慰廷是个人精,他未必肯出山。"

"那怎么行!现在情形这样严重,一天都拖不得,摄政王能让步已经不错,慰廷不能不领情。就是不领朝廷的情,我们三个一心帮他复出,他也不能让我们难看才是。"奕劻回道。

徐世昌建议道:"那就派个人去,把王爷的苦心告诉他,劝他出山。"

"你们说派谁去合适?"

"慰廷很欣赏皙子,不过他去给慰廷拜寿尚未回来。斗瞻还在京,不妨让他去一趟。"

斗瞻就是阮忠枢,曾经是袁世凯的心腹文案,后来被张一麐抢了风头。但袁世凯被罢职后,张一麐回乡避祸,让袁世凯很伤心。忠心耿耿的阮忠枢复又得袁世凯的青眼,三两个月就去一趟洹上村。

"就是斗瞻了,你们把我的意思告诉他,让他好好劝劝慰廷。朝廷给他的面子足够大了,不要再犹豫。"

袁世凯是在他生日的第二天得到武昌起义的消息,当时前来祝寿的宾客还有不少人未离开洹上村。这个消息在大家听来都是欢欣鼓舞,预料到朝廷将要起用袁世凯。当时资政院议员杨度和袁世凯的实业助手王锡彤都在洹上村,两人都可供机密,袁世凯与两人密商应对办法。

杨度先道:"我今天已经给武昌谘议局的朋友发过电报,谘议局已经推举黎宋卿为鄂省都督。"

袁世凯有些不相信地问道:"谘议局推举,那革命党会同意吗?宋卿是新军协统,革命党如何能够放心他?"

杨度解释道:"正是革命党请谘议局推举黎宋卿。黎宋卿虽是新军协统,却是汉人,革命党要借他的名头,因为起事的革命党在军中只是正目、队长这样的小官。"

"小官能兴此大波澜,真是不可思议!"袁世凯感叹后又问道,"那就是说,如今的湖北,革命党已经与立宪派合为一家了?"

杨度回道:"能不能真的合作无间尚无法得知,不过,两家的确是在共同维持。宫保当年曾说,朝廷如果不选择宪政,百姓就必定选择革命。今年朝廷推出皇族内阁,宪政无望,天下人心尽失,所以立宪派被逼到革命党一边也就是势所必然。"

"皙子以为,武汉三镇能守得住?"

"武昌革命党仓促起事,估计没有援军,如果袁公督师,必能一鼓荡平。"

这时王锡彤插话道:"不不,皙子,我不赞同袁公督师。袁公督师,不难一鼓荡平。荡平之后呢?高鸟尽,良弓藏,袁公性命危矣。若袁公督师不利,则朝廷必借故加罪,袁公仍有性命之忧。所以,袁公断不可复出督师。"

"我也不赞成袁公现在复出督师。如果一举荡平革命党,朝廷改善仍无望。应当借此机会逼迫朝廷重新组阁,让天下看到立宪有望,朝廷或可避免危亡。最起码,袁公应当出任内阁协理,阁臣中的皇族应当全部退出。"杨度这话打动了袁世凯,不过他仍然是不动声色。

王锡彤还是不同意杨度的说法,摇头道:"皙子,你觉得朝廷会变吗?如今掌朝的那帮皇族少年连铁宝臣都容不下,能容得下袁公?这是与虎谋皮。袁公无论如何不能出山,让那帮亲贵去对付革命党好了。"

袁世凯听了则有些动摇道:"筱汀,虽然这帮亲贵对我太寡恩,但老太后对我不薄,我也算她的托孤之臣。我实在不忍坐视朝廷的危亡于不顾。"

王锡彤还是坚持己见道:"如果老太后在,那另当别论,袁公督师平乱,奖功罚罪,老太后是顾大局的人。可是现在是一帮少不更事、只知揽权在手的毛头亲贵在掌朝,时移世界,袁公岂可出山?"

闻言,袁世凯有些不高兴了:"筱汀,我不能当革命党,我的子孙也不愿当革命党。我家老大最近张口革命党,闭口革命党,这很不好。"

王锡彤因为管理北京自来水公司,到京中去的时候很多,因此与京中就职的袁克定见面的时候很多,两人关系很好。两人私下议论,王锡彤的确说过革命党的好话,但他自己绝对不赞同革命党,更没策动袁克定当革命党。听袁世凯说出这样的话,他闭了嘴,不再置一言。

当天下午,他即告辞回乡,说要给父亲扫墓,连袁世凯的面也没见就走了。袁世凯听说后并未生气,对杨度道:"皙子,筱汀干实业是把好手,可是骨子里还是儒生性情。今天我的一句话把他气走了。"

"都说我书生气,筱汀书生气不逊于我。"杨度说罢哈哈大笑。

袁世凯又道:"不过,他说得对,现在我还不能复出。我要出山,必得处处得心应手才行。"

"对,我以为只有朝廷真正搞宪政,而不是以皇族内阁糊弄,袁公才可复出。"

晚饭时,河南巡抚转发来令袁督鄂的上谕。袁世凯看罢递给杨度,杨度看罢问道:"袁公的意思?"

"不去管他。湖北新军已经都成革命党,荫午楼的援军和萨鼎铭的海军我都不能调遣,岂不是光杆总督?哼,他们还是不放心。"

当天晚上十点多的时候,阮忠枢到了洹上村。袁世凯已经躺下,听说老阮到了,立即穿衣会见。

阮忠枢问道:"宫保,朝廷的上谕想必收到了?"

"你是说我督鄂的电报?已经收到了。"

"我是受大佬之托前来,他希望你能领命督鄂。大佬和菊人为你复出,还有那琴轩,三个人都费了不少周折,琴轩更是以身家性命担保。"于是阮忠枢详细说了三人为他复出所尽的周折。

袁世凯听罢道:"你回去告诉大佬,还有菊人大哥,琴轩老弟,我感激不尽。但,我不能受命。如今形势不明,朝廷又不予我兵权,我无可调遣的部众,这仗怎么打?"

阮忠枢询问道:"菊人早有预料。那宫保以为当如何才能复出?我心中有数,也好回给大佬。"

袁世凯说出了三条:"有军,我要带北洋军南下;有饷,必须粮饷充足,行前先发数月恩饷;有人,得调我顺手的兄弟到手下办事。"

"好,这些要求不过分。"

"虽不过分,朝廷未必能够答应。这还不够,朝廷必须重新组阁,让天下人看到朝廷立宪的诚意。"

"那公早有意让出协理的位置,菊人也有此意。就是大佬也曾说过,如果你能出山平乱,他愿让贤。"

袁世凯摇手道:"大佬的位子我不能觊觎。我的意思是,皇族内阁必须改组,除大佬外,皇族一律不能入阁。"

"好,回去我告诉大佬。"

袁世凯则连连摇头道:"不,不,你不能告诉大佬,现在还不到时候。你只说我足疾未愈,不能复出好了。让一个瘸子当总督,岂不是笑话。"

收到袁世凯辞差的奏折,载泽、载洵、载涛等都感到欣慰,袁世凯不复出才好。载沣的感觉就与他人不同,当初以足疾为由罢袁世凯的官,如今袁世凯以足疾为由不肯奉诏,是有意给他难看。载泽给他出主意道:"且稍等等,荫午楼马上到汉口了,如果首战告捷,将士受到鼓舞,不难一鼓荡平。"

"如果不能一,一战而胜呢?"载沣不能不多考虑一层。

"那时候再起用袁世凯也不迟。"

既然将来也许还要袁世凯出山,所以不能不留一点余地,于是载沣在袁世凯的奏折上批道——

> 知道了。现在武昌、汉口事机紧迫,该督夙秉公忠,勇于任事,着即迅速调治,力疾就道,用副朝廷优加倚任之至意。钦此。

然而,荫昌的大军还没到汉口,驻汉口的各国领事及驻京使馆都提交照会,表示各国将在朝廷与革命党之间严守中立。这对载沣打击不小,此前各国还表示支持朝廷平乱,如今表示严守中立,便是表明在洋人眼里,革命党与朝廷地位平等,虽是中立,却是对革命党的莫大支持。受此打击,载沣整夜失眠,第二天一早就把奕劻叫去问道:"庆叔,袁世凯的病到底如何?现在情,情势这样紧张,他若还念,念及朝廷的恩眷,就该立即南下督师。"

奕劻询问道:"要不我派人到彰德一趟,当面问问清楚?"

"越快越好。最好派一个与慰廷说,说得上话的,就告诉他,国家危亡,勿念旧怨。"载沣话说到这份上,已经有向袁世凯致歉的意思。

"摄政王放心,我让徐菊人去一趟,一定把摄政王的意思转告慰廷。"

载沣立即表示赞同道:"不错,让菊人去正合适。"

徐世昌来到洹上村,与袁世凯闭门密商。袁世凯表明态度道:"我不是不肯复出,而是一旦复出,必得有一个圆满的收束。现在军事还是次要的,关键是收拾民心。要收拾民心,当然首要的就是湖北的民心。湖北民心又有两个方面,一是近来湖北灾民遍野,最易为革命党所乘,所以必须先救灾抚民,而后才谈得到剿匪。"

徐世昌回道:"这一条没有问题,我回去就策动大佬拨银救灾。"

"收拾鄂省民心第二个方面,就是宽容起事的革命党人。如果朝廷下旨一概不咎,则可瓦解革命党军心。"

"恐怕首事者难以宽容,胁从不问应当是办得到的。"

之后,袁世凯又问道:"菊人大哥,革命党起事,各省表示兴兵赴援的几乎没有,可见朝廷已经失尽人心。孝钦太后驾鹤不过两年多,人心离散到这个地步,究竟原因何在?"

徐世昌摇摇头道:"少年亲贵太急于抓权、集权,尤其与地方督抚争利,最是失策。不仅排汉,而且排满,铁宝臣是满人中的翘楚,只因掌陆军大权,而被罢陆军部尚书之职,外放江宁将军;铁宝臣器重的凤山,也被外放荆州将军。就连世伯轩,也被挤出枢府。"

"菊人大哥说得对,一言以蔽之,专制集权不得人心!尤其是皇族内阁,更是火上浇油。皇族内阁一出台,让天下人看到君宪已经无望,所以是把立宪派逼到了暴力革命一条道上。鄂省的军政府,便是由谘议局和革命党的人共同组成,说明两家已经合为一家。"

"四弟说得极是,地方疆吏及京中官员,最近上奏折,要求重组内阁。"

"这是不见自明的事情,这帮少年亲贵非要逆潮流而行,真是搬起石头砸自己的脚。"

"如今摄政王也有悔意,无奈悔之晚矣。载洵、载涛、毓朗之辈,依然不思悔改,认为此番大乱,是由盛杏荪推行铁路国有引起。"

"看来盛杏荪要当替罪羊了。菊人大哥,抛开成见不说,杏荪还是个难得的人才。"

"人才不假,无奈看不准形势,又不肯听人言,不身败名裂才怪。现在四弟的声望好得不得了,京中舆论,都认为要收拾局势非袁不可。"

袁世凯哼了一声道:"赶走我的时候,他们有几人为我说话!我离京的时候,只有严范孙、杨皙子等五六人,想起来寒心。"

"真正是塞翁失马。四弟离开这几年,朝政日非,又没有威望素著的大臣辅政,闻鼙鼓而思良将,除了几个揽权的亲贵外,大都盼着四弟复出。"

"如果等到全国糜烂,谁复出都无回天之力。朝廷必须尽快宣布重新组阁,推行宪法，或还可以挽回部分人心。"袁世凯对朝廷还是有些心存希望。

徐世昌附和道："大佬和我，还有琴轩，都无所谓。四弟去组阁，我们都巴不得。"

袁世凯并不否认他有此愿，道："那都是后话。要我带兵平乱，必须予我军事全权。兵贵神速，朝中有陆军部，还有军谘府，如果都来指手画脚，徒误戎机。"

"好，这些话我一定捎到。"

"要我带兵督鄂，还要手头有人。北洋的兄弟这几年受了不少委屈，也该让他们随我复出，吐口气了。"

袁世凯要调用的人，包括已经去职的原江北提督王士珍，要他襄办湖北军务；江北提督段祺瑞，带兵前去武昌；军谘府正使、副都统冯国璋将来要代替荫昌统率第一军；已革黑龙江民政使倪嗣冲、直隶候补道段芝贵、奉天度支使张锡銮、山东军事参议官陆锦、直隶补用副将张士钰、直隶补用知府袁乃宽等派往湖北前敌委用差遣。

这样密议大半天，最后梳理确定为六项条件：一是明年召开国会；二是组织责任内阁；三是宽容此次参与事变的诸人；四是解除党禁；五是授予指挥水陆各军的指挥全权；六是保证充足的军费。一二两条，是争取立宪党人的支持，袁世凯还是希望能够君主立宪；而所谓组织责任内阁，就是为他当内阁总理大臣先做铺垫。三四两条则以安革命党人；五六两条则是索要兵权。有此六条，袁世凯方可在三方之间游刃有余。

与徐世昌同一天到达洹上村的，还有奉命率第二军南下的冯国璋。他特意来见袁世凯，请示方略。袁世凯叮嘱道："我给你六个字：'慢慢走，等等看。'乱党颇有知识，与寻常土匪作乱情势迥有不同，且占据武汉三镇，负隅之势已成，我军饷械未到，人员未齐，若冒险骤进，万一失利，则关系大局不浅。"

徐世昌则在一边补充道："华甫，你只需记住'慢慢走，等等看'六字箴言就够了。其中深意，值得仔细玩味。"

冯国璋满口答应道："好，我记住了。一切唯袁公马首是瞻。"

徐世昌当天晚上就乘火车返京，袁世凯的六条要求由奕劻报给载沣。在载沣看来，这六条如果完全答应，则无异于朝廷把前途全交给了袁世凯。他不甘心，与载洵、载涛等人商议，结果是袁世凯所调旧部的要求不妨先答应，至于水陆各军悉归调遣且不受陆军部和军谘府牵制，则不妨拖拖再说。

各方都在拖。荫昌只怕首战失利，丢了他陆军大臣的面子，以军力未集中为由，不敢对汉口进军。冯国璋得袁世凯六字秘诀，又兼豫鄂交界的铁路桥被毁，铁路运兵并不顺利，因此行军迟缓。

结果这一拖，形势又发生变化。10月22日，湖南、陕西宣布独立；23日江西宣布独立，山西、云南、安徽、广西各省巡抚都告急，表示谘议局与革命党正在密谋推动独立。湖南、江西已经独立，如果安徽再独立，则四面合围武昌的计划将完全落空，而革命党则可得到三面接济，官军只能靠北路进攻，收复武昌恐怕更加遥遥无期！

载沣不敢再犹豫，让奕劻完全按袁世凯的要求起草上谕，授他为钦差大臣，立即督师南下。

10月28日，袁世凯接到河南巡抚转来的三道上谕：

内阁奉上谕：湖广总督袁世凯授为钦差大臣，所有赴援之水陆各军，并长江水师暨此次派出各项军队，均归该大臣节制调遣。其应会同邻省督抚者，随时会同筹办。凡关于该省剿抚事宜，由袁世凯相机因应妥速办理。军情瞬息万变，此次湖北军务，军谘府、陆军部不为遥制，以一事权，而期迅奏成功。钦此。

又谕：陆军大臣荫昌部务繁重，势难在外久留，着即将第一军交冯国璋统率。俟袁世凯到后，荫昌再行回京供职。

又谕：现在湖北军务重要，各处赴援军队日多，亟应因时制宜，未便过拘文法。袁世凯现已授为钦差大臣，着即激励将士，相机因应。有不得力将弁，准其随时撤换，统制以下，如有煽惑观望，及不遵命令退缩不前者，即按军法从事，不得优容迁就，以肃军纪而励戎行。

袁世凯最关键的要求有了回音，他立即上奏朝廷，将于两天后起程南下。

同一天，还有一道旨意，也引起全国关注，这就是盛宣怀被革职。

武昌起义后，盛宣怀受到激烈批评。随着局势的恶化，终于到了当替罪羊的时候。资政院上奏，总结了盛宣怀四大罪名。一是违宪之罪，铁路国有不交议院议决；二是变乱成法之罪，铁路国有何等重大，乃贸然擅行；三是激成兵变之罪;四是侵夺君上大权之罪,擅调兵入川。该大臣实为误国首恶,盛之罪,当绞、宜绞,非诛盛宣怀不足以谢天下。

盛宣怀以邮传部的名义对各项指责进行辩解,又打算上书摄政王自辩。但朝廷不可能听他辩解,下旨道:"铁路国有,本系朝廷体恤商民政策,乃盛宣怀不能仰承德意,办理诸多不善。盛宣怀受国厚恩,竟敢违法行私,贻误大局,实属辜恩溺职。邮传大臣盛宣怀着即行革职,永不叙用。"

盛宣怀出缺的邮传大臣一职,由袁世凯的亲信唐绍仪实授。

第六章

吴禄贞起义被刺　袁世凯推动和谈

宣统三年九月初九，即公元 1911 年 10 月 30 日，袁世凯将由彰德乘火车南下，前往武昌办理剿抚事宜。他定于上午十时起程，因为王锡彤没有赶到，因此又推迟到下午一时。在等待的时间里，他一连收到五份上谕。前四份都是朝廷应资政院奏请，回应舆论，以求挽回民心。

一是以皇帝的名义其实是载沣下罪己诏，诏书中说"用人无方，施治寡术。政地多用亲贵，则显戾宪章。路事蒙于佥壬，则动违舆论。促行新治，而官绅或借为网利之图。更改旧制，而权豪或祇为自便之计。民财之取已多，而未办一利民之事。司法之诏屡下，而实无一守法之人。驯致怨积于下而朕不知，祸迫于前而朕不觉"。表示一定维新更始，实行宪政。

二是颁布明诏公布宪法，"着溥伦等敬遵钦定宪法大纲，迅将宪法条文拟齐，交资政院详慎审议，候朕钦定颁布用示朝廷开诚布公与民更始之至意"。

三是取消内阁暂行章程，实行内阁完全制度，不以亲贵充当国务大臣。

四是开放党禁，"所有戊戌以来，因政变获咎，与先后因犯政治革命嫌疑惧罪逃匿者，悉皆赦其既往。嗣后大清帝国臣民，苟不越法律范围，均享国家保护之权利。非据法律不得擅以嫌疑逮捕等"。

还有一道旨意，是回应袁世凯的要求，先拨给一百万两军费，"监国摄政王面奉隆裕皇太后懿旨，现在湖北用兵，军饷浩繁，着拨出宫中内帑银一百万两，由内务府交度支部专作军中兵饷之用"。

见了这些旨意，袁世凯对随同南下的段芝贵道："香岩，朝廷如果能够早一年哪怕半年如此开通，何至于有今天的局面。"

袁世凯已经成立了司令部,段芝贵负责司令部的一切事务,但他的心思并不放在天下大势上,要与他青梅煮酒论天下,则无异于对牛弹琴。果然,他对袁世凯的感慨答非所问道:"如果没有这乱局,宫保还没有复出的机会。"

袁世凯按下与他谈大局的想法,转变话题道:"我准备在孝感设司令部,你选一个合适的地方。"

到了十二时多,王锡彤所乘坐的火车到了洹上村。他匆匆下车又登上袁世凯的专车,进门就道:"袁公,听说为等我让你推迟了三个多钟头,实在是不敢当。"

袁世凯笑道:"与其说是等你,不如说是与自己争辩。筱汀,我这次督师,情形很复杂,想听听你的想法。俗话说,当局者迷,旁观者清。你既不是革命党,也不是立宪派,更不是中枢官僚,你的想法不偏不倚,我要好好讨教。"

"我只有一句话,万事留有余地。"

"愿闻其详。"

王锡彤便问道:"袁公以为,你的敌人在哪里?"

"南有革命党叛乱,北有朝廷亲贵虎视。南方军事尚易结束,北方政治,头绪焚如。"

王锡彤又问道:"如今朝野上下都希望袁公快刀斩乱麻,把叛乱剿平,像当年的曾文正、胡文忠公收拾洪杨之乱一样。袁公以为,大清还有救吗?"

袁世凯老实回道:"很难,天之所废,谁能兴之。不过,我为孝钦太后托孤,不能不明知不可为而为之。"

"袁公的忠心可感,我还是当初那句话,袁公胜了,叛乱平定后,等待袁公的是什么?军事取胜之日,可能就是袁公取败之时。所以,袁公对革命党,应当留有余地。"

"武昌的黎宋卿也给我来信,让我与他共扶大义。"

"现在哪一方都想争取袁公的支持。朝廷希望借助袁公平定叛乱;革命党希望拉拢袁公能得以残喘;立宪派还希望袁公能够成就真正立宪。"

袁世凯闻言认真问道:"那依筱汀之见,我该何去何从?"

"哪里也不去,哪里也不从。袁公倒向哪一方,必然失去另一方甚至两方。袁公独立自主,各方都要仰看袁公脸色,袁公居中运筹,且待最好结局。"

"大清的前途,一是立宪,一是共和。我主立宪,朝廷如今也想立宪。但如今已经有十余省响应共和独立,立宪何其难。"

"十余省独立,看似共和占优势,但须知其中立宪派的力量也相当大。局面到底如何发展,我实在看不明。所以,我还是那句话,一切留有余地。"

袁世凯拱手道:"受教了。'留有余地'四字,我当谨记。"

第二天上午,袁世凯到达豫鄂交界的河南信阳。奉命回京的荫昌由南而北,在此与袁世凯会面。两个人一见面,荫昌第一句话就是:"盼了初一盼十五,你可总算来了。"

"你算跳出火坑了,我却又陷进来了。和华甫交接清楚了?"袁世凯笑着回道。按此前的上谕,荫昌指挥的第一军交由冯国璋指挥。

"我们两个好交接,对华甫来说,一切都是轻车熟路。"

袁世凯又问道:"前线形势如何?华甫能不能拿得下汉口?"

"随我南下的北洋新军,基本未与革命党接仗。接仗的主要是张彪从武昌带出来的部队和河南增援的部队。革命党都是新募的兵,战斗力不怎么强。不过,昨天革命党中最善军事的黄兴到了武昌。黎元洪弄了一面大旗,上写'黄兴到'三个大字,绕武昌城一周,革命党士气大增。"

对于黄兴,袁世凯早就从杨度口中听说过,知道他是湖南善化人,有秀才功名,却不热衷于科举,而是喜好军事。革命党组织的十几次起义他大都参加甚至指挥,很有实战经验。

袁世凯语气肃然道:"此人不可小看,华甫遇到劲敌了。"

荫昌分析道:"相比较而言,我军还是占优势。现在汉口陆军有一镇两协,约一万五千人,水师有三艘巡洋舰、五艘炮艇、五艘鱼雷艇。革命党大约有五六千人,且以新兵居多。如今袁公亲自督师,前线将士欢声雷动,不难一鼓荡平。"

袁世凯摆摆手道:"你可别给我戴高帽,一鼓荡平,谈何容易。如今天下有多半行省宣布独立,即便荡平了武汉三镇,又能如何?"

"那是后话。你既然复出,当然要好好打一仗让朝廷看看,同时也给革命党一个下马威,让他们不要小瞧了北洋军。"

"有道理,稍后我给华甫发电报。"

荫昌急于回京,当天下午就乘火车北上。等他一走,袁世凯就问段芝贵道:"香岩,午楼要我好好打一仗,你以为如何?"

段芝贵回道:"当然要好好打一仗,让朝廷知道,也只有宫保能够降得住革命军。"

"好,那就给华甫发电。"

汉口城外的冯国璋接到袁世凯尽速收复汉口的命令，召集第一军将领开会道："袁公如今出山了,我们这没什么好说的,要好好给他捧捧场。"

"军门吩咐就是,我们无不赴汤蹈火。"第一军的镇、协、标中上层军官,几乎都是袁世凯所提携。

汉口一带地势平坦,革命军唯一的依托就是汉口城内的街巷。他们藏于建筑物中,一条巷子一条巷子与北洋军争夺。打了一天,进展缓慢。冯国璋十分着急,晚上召集众将商议。第一军有位标统是汉阳人,对汉口地形十分了解,献计道："革匪占据街巷,处处设防,唯有火攻让他们无藏身之处,才好剿灭。"

冯国璋点头道："好,看来只有此法能够见效。"

第二天,冯国璋集中所有炮火同时轰炸汉口,挑选的"先锋"趁着炮火潜入街巷乘机放火。汉口商业繁华,商铺鳞次栉比,又多是木质结构,大火一起,火借风势,风借火威,越烧越大,革命军失去藏身之地,当天晚上全部撤出汉口,一部分撤往汉阳,一部分则随黄兴撤往武昌。这场大火一直烧了三天,繁华的汉口五分之一的街区化为灰烬。

袁世凯南下前就没指望完全靠军事来解决问题,汉口一下,他就派人南下议和。前去执行这一使命的有两个人,一个是蔡廷干,广东香山人。当年曾国藩派幼童留学美国,十二岁的蔡廷干便是其中之一,回国后他先到大沽水雷学堂,后来到北洋舰队,甲午战争时任"福龙"号鱼雷艇管带,在威海突围时被俘,他们这批人被日本遣返后全部受革职遣散处分。袁世凯任直隶总督后,经唐绍仪推荐,蔡廷干被收入袁幕。袁世凯一复出,立即奏请授予蔡廷干三品京堂候补并加二品衔,正式职务是"海军部军制司司长补授海军正参",作为袁的"海军副官"。袁世凯起用他的真实意图并非联络海军,而是为了与革命党谈判。因为如今的湖北都督黎元洪,在北洋舰队时是蔡廷干的手下。

与蔡廷干同行的还有一个叫刘承恩,湖北襄阳人。他是武备学堂出身,袁世凯在小站练兵时就被招入麾下,后来率军入广西镇压起义,留驻广西十年。如今袁世凯将他招来,给他的官衔是湖北候补道,用途与蔡廷干一样,因为湖北新军中他有不少老乡。

两个人带着袁世凯的密函先到武昌去见黎元洪,黎元洪对老长官蔡廷干很客气,但对袁世凯的密函中提议共同支持君主立宪却很不以为然："满人居心狡诈,所谓立宪不过是虚应故事。"

蔡廷干解释道："朝廷虚言立宪,实行专制,的确大失人心,这也是都督革命的原因。不过,现在朝廷已下诏罪己,宣誓太庙,将一切恶捐恶税全行改除,实行立宪,与民更始。我们两人行前,皇族内阁已经集体请辞,清廷下旨简授袁公为内阁总理大臣。你知道,袁公是真心推行宪政的。"

黎元洪赞同道:"袁公推行宪政,实行新政,成绩斐然,天下尽知。"

刘恩承接过话题说:"袁公的意思,既然革命的目的已经达到,都督何不传之各省,暂息兵端,以免生灵涂炭。袁公想请大家公举代表入京组织新内阁,朝廷仍拥有帝位的虚名,人民则达到参政的目的,可谓一举而两善存也。清室帝号虽存,已如众僧供奉一佛祖。佛祖有灵,则皈依信奉他。不然,焚香顶礼,权在僧人,佛祖也无能为力。"

黎元洪叹道:"如今多半省份已经独立,共拥共和,共和可以说深入人心,清廷此时想行宪政,晚矣。"

"不然。各省独立,谘议局参与其中,各省都督也都由谘议机构推举。谘议局本是宪政机构,所以独立各省,要说全然赞同共和,也未必。只要朝廷真心行宪政,他们还是赞同的。共和与君宪,相比较而言,共和并不适合中国。"蔡廷干认为如果实行共和,中国各省都作为联邦的一个州的话,假如某个州要退出联邦,由谁来阻止呢?如今日本在东北、法国在两广虎视眈眈,如果他们策动这些省独立,有谁阻止得了?中国这样面积广袤的大国,自秦始皇起,就尊崇大一统的观念,合则兴,分则乱,所以实行共和并不适宜。

黎元洪自知论口才不是两人对手,到了晚上,为两人举行晚宴,特意找了一批能言善辩的人与两人争辩。一拳难抵四手,两人口才都极好,却不能说服众人,反而从心底里都有些赞同共和了。

黎元洪有些不解地问道:"我们都认为袁总督人才难得,不过我们不理解的是,满人那样折辱他,他竟然出来帮助满人。"

蔡廷干解释道:"袁公的意思,他三世受恩,不忍清廷被推倒,也不忍百姓受战乱之苦,所以才复出以维系大局。"

黎元洪趁机道:"袁公不忍推翻朝廷,不过是一己私恩。何如体谅天下苍生,投向共和,共同推翻清廷则易如反掌,甚至不战而胜,岂不于大局更利?"

蔡廷干和刘承恩都无话好说了。两个人又去汉阳见黄兴,黄兴同样对袁世凯评价很高,但他共和的意志更加坚定。两人无果而返,带回了黎元洪和黄兴的信,都是劝袁世凯投向共和。

黎元洪在信中说道:"今日天与之机会,以假授予公也。公果能来归乎?与吾徒共扶大义,将见四百兆之人,皆皈心于公,将来民国总统选举时,第一任之中华共和大总统,公固然不难从容猎取也。人世之荣名厚实,孰有更加于此者乎?"

黄兴则在信中说道:"以明公个人言之,三年以前清廷之内政、外交稍有起色者,皆明公之力。迫伪监国听政,以德为仇,明公之未遭虎口者,殆一间耳。此段痛心历史,回顾能不凄然?明公何不反戈一击,灭此腐朽之朝廷?人才有高下之分,起义断无先后之别。明公之才能,高出兴等万万。以拿破仑、华盛顿之资格,出而建拿破仑、华盛顿之事功,直捣黄龙,灭此房而朝食,非但湘、鄂人民戴明公为拿破仑、华盛顿,即南北各省亦当无不拱手听命者,苍生霖雨,群仰明公,千载一时,祈勿坐失。"

这两封密信,袁世凯亦喜亦忧。忧的是两人都不支持君主立宪;而两人都表示,如果他赞成共和,则支持他出任第一任民国总统,这实在是一大喜讯。两人在革命党中的地位仅次于孙中山,基本可以代表革命党的意见,自己有如此重要的威望,实在出乎意料。他把信递给段芝贵,等他看完了,便问道:"香岩,革命党真会开玩笑,要让我当第一任总统。"

段芝贵却给袁世凯泼了一瓢凉水道:"大帅别信他们的鬼话,他们无非是想把大帅拉过去帮助他们对付朝廷。孙、黄两人闹共和十几年了,大大小小的起事搞了十几次,他们怎么肯轻易让功于外人?真推翻了朝廷,未必肯把大总统相让。"

真是旁观者清,袁世凯只顾高兴,这么浅显的道理竟然也未去想。

蔡廷干却不那么认为,道:"香岩的说法有道理,但不见得就对。我看黄兴是个光明磊落的人,说一句是一句,不是食言自肥的人。"

段芝贵反驳道:"老蔡,我说句不中听的话,你可别生气。你们带回来的,不过是两人的私信,到时候完全可以不认账。"

刘承恩摇摇头道:"有我们两个做证,他们不会不认账。"

段芝贵不屑地一笑道:"认账有什么用?毕竟是两人私下议论,革命党也不是任他两人一句话就能定局。要动真的,那得到时候双方正正经经地坐下来谈,达成几项协议,那才靠谱。即便达成了协议,都可以随时推翻,何况两封私信?"

"你们都不必争了,我心中有数。我还是主张宪政,宪政搞了这几年已经深入人心,再搞共和那一套,多此一举。"

袁世凯让两人下去好好休息。等他们走了，段芝贵诡秘地说道："大帅，何必费这些周折，如今朝廷民心尽失，革命党又看好大帅，大帅何不效法赵匡胤，北洋的众位兄弟无不愿意大帅黄袍加身。"

袁世凯瞪了他一眼道："这种话你也说得出口，当心招祸！我三世受恩朝廷，怎么忍心从孤儿寡母手中取天下？天下人的唾骂不去说，就是袁家祖宗我也无颜去见。我叔祖、我三叔、我嗣父，都是朝廷的忠臣，到我这一辈怎么能当曹阿瞒！你可真是能想。"

段芝贵没想到被这么一顿训斥，红着脸尴尬地站在一边。袁世凯觉得话说得重了，又道："你说北洋兄弟都支持我黄袍加身，我以为不然。姜老叔、冯华甫还有张少轩，他们都是朝廷的不贰忠臣。就是北洋都支持，实力毕竟有限，北洋只限于江北半壁，江南则鞭长莫及。何况疆吏当中，忠于朝廷的也不在少数。"

这样一说，段芝贵感觉脸上好看了些，至少说明帝制自为，袁世凯不是不想，而是不能、不敢。

"我办事向来是求十拿九稳，没把握的事情不做，我最不屑于纸上谈兵。现在我想的是如何以最小的代价，尽快结束乱局。对付革命党，硬打不是上策。打完了武昌，还有湖南、江西、山西、云南，如今这么多省脱离朝廷，总不能一个省一个省去打。总终要立足一个和字，打也是为了和，简而言之，以打促和。"

"大帅的想法不错，可是朝廷未必愿和。大帅要和，会有人说大帅存有异志，是养寇自重。"

"难就难在这里。"袁世凯点了点头。

段芝贵想了想又问道："如今汉口已下，汉阳打不打？不打，对朝廷要有交代。"

"且让我想想。不打的理由不难找，刚经过汉口大战，军士需要休养，军械需要补充，这都是现成的理由。"

第二天，袁世凯还未拿定主意，传来一个惊人的消息——驻石家庄的第六镇统制吴禄贞截留了运往湖北的军火，并致电朝廷，要求明降谕旨，大赦革命党，速停战争，饬令冯国璋退出汉口，并严惩纵火的责任者。

袁世凯失声道："吴禄贞反了！我第一军腹背受敌！都是这帮亲贵做的好事！"

吴禄贞是湖北云梦人，十六岁时父亲去世，家境困难，于是到湖北新军当兵，后来考入湖北武备学堂，因一篇《投笔从戎争先赴难》被张之洞赏识，随后推荐入日本士官学校学习,是留日第一期士官生。他学习成绩相当好,与同期的张绍曾、蓝天蔚并称为"士官三杰"。三人在日本都受到革命党的影响,尤其是吴禄贞,在日本期间就加入了兴中会。三人学成回国后,同为日本留学生的良弼正在通过引入士官生来消解袁世凯武备系的力量,因此都陆续得到重用。

1907年,徐世昌出任东三省总督,知道吴禄贞有才干,调他随行出关协理军务。一到关外,就遇到日本挑起的"间岛交涉"。已经占据了朝鲜的日本人得陇望蜀,借口延吉厅所辖临江一带地方有十余万朝鲜人居住,是中朝未定区域,日本驻朝鲜总监伊藤博文派斋藤领兵占据局子街。于是,徐世昌立即派吴禄贞去处理。

吴禄贞率几十名士兵加随从,冒着酷暑行走二十余天到达延吉。巧得很,日本带兵的斋藤正是吴禄贞当年的同班同学,成绩及各方面都比吴禄贞差一大截,当年考试,有许多时候要靠吴禄贞帮忙,所以一见个头瘦小、却十分干练的吴禄贞,先从心里就怯了。

一见面吴禄贞就问道:"你为何擅自侵占大清领土?"

斋藤狡辩道:"这个地方本来属朝鲜领管,现在朝鲜是日本的保护国,所以我要来保护朝鲜百姓。你们为什么要到这里滋生事端?"

吴禄贞冷笑一声道:"我是大清的官,应当保卫大清的土地。中国人祖祖辈辈就住在这个地方,你们来强占了,还说我滋生事端。你也知道,吴某性情刚直,不愿意多说废话,贵军能够赶紧退出这个地方很好,不然的话,只有武力解决。我带来了一协的兵马,很快就到。"

斋藤见他如此强硬,退一步道:"你要求我们退出此地,可以送达文书到朝鲜统监处。如果有了统监的命令,我们就退出去,不然是不可能的。"

"我是军人,只知道保卫疆土,只懂武力解决问题,不负责谈判。你们要谈判,派人去我国外务部好了。你如果强占此地不走,咱们只有交交手。我也很想知道,这些年你这位老同学到底有没有长进。"吴禄贞这样一说,斋藤心里已经怯了。两人相斗,他自知不敌。

"你如果觉得回去没法向你们统监交代,我告诉你办法。"吴禄贞让随从解开一个包袱,里面全是地方志书及从前中韩交涉文书,"这些资料都能说明延吉地方全属大清,我已经写好一篇长文,我送你一册,你送你们统监。"

斋藤只好率部下撤回,不过他还不甘心,一路插上"朝鲜国地界"木牌。地方官报告吴禄贞,请示办法,吴禄贞回道:"统统给他拔掉,一把火烧了。"

地方官不敢，说怕日本人不答应。

"听我的，错不了。不然日本以后以此为借口，又制造麻烦。"

结果，斋藤前面插，吴禄贞派人后面拔，一直把斋藤逼过鸭绿江。

这件事让吴禄贞大获好评。清廷在延吉专设边务大臣，让他专意对付日本人。后来间岛危机化解，他内调回京，被授镶黄旗蒙古副都统。革命党对他寄予厚望，希望他能够打入中枢，他则提出了"中央革命论"，主张在京畿一带发动革命，可以直取清廷咽喉。后来趁第六镇统制段祺瑞调任江北提督之际，他以革命党提供的经费行贿奕劻，并在良弼的支持下得以出掌第六镇。

第六镇是袁世凯的嫡系部队，吴禄贞此前的统制王士珍、段祺瑞都是袁世凯的心腹，中上层军官仍视袁世凯为统帅。吴禄贞出掌第六镇，明眼人都知道是亲贵向北洋军掺沙子，第六镇的军官大都不太服气。吴禄贞性格刚毅，又颇为自负，便通过撤换将领的办法，杀鸡儆猴，达到控制第六镇的目的。他拿第十二协协统周符麟开刀，以吸食鸦片、不服调动为由，撤了周符麟的职，推荐自己的亲信接任。然而，陆军部同意他撤周符麟的职，却未答应他推荐的人选，而是将十二协下辖的二十一标标统吴鸿昌升任协统。

吴禄贞头三脚受挫，写信给陆军部，语气凌厉，笔锋直扫陆军部大臣荫昌。结果荫昌对他恨之入骨，新升任协统的吴鸿昌也对他不满。他上下级关系都处得很不好，第六镇的军官们多次起哄要挟，给他出难题，他这才发现袁世凯的影响在北洋军中实在根深蒂固。而荫昌也派人来搜罗他的材料，准备寻机撤掉他。吴禄贞十分失望，感到想通过第六镇发动革命已经不可能，就回到北京，终日与朋友酒食征逐，借以消除心中的惆怅。

今年军谘府下令在直隶永平府搞一次秋操，"士官三杰"的另两杰张绍曾和蓝天蔚从关外带兵前来。张绍曾时任第二十镇统制，驻奉天、新民一线；蓝天蔚任第二混成协协统，驻扎奉天北大营。两人带兵入关，秋操尚未举行，武昌起义爆发，秋操取消，张、蓝两人驻军滦州，不肯退回关外，也不肯南下攻打武昌，而是联合四五个协统通电朝廷，要求早开国会，另组内阁等"十二条政纲"，并且以进军南苑相迫。

这招让朝廷措手不及，一面答应公布宪法、另组内阁应付，一面派吴禄贞到滦州劝阻他的老同学，不要与朝廷作对。结果没想到吴禄贞一到滦州，与这几个人商议乘机起兵，响应武昌起义，直接进军京城，推翻朝廷。他们的计划是以第二十镇为第一军，从滦州西进；蓝天蔚的第二混成协为第二军，作为后援进行策应;吴禄贞率第六镇为第三军,由保定北上,形成两路夹攻之势,一举占领北京。张绍曾有所犹像,而蓝天蔚却十分积极。

当时陪同吴禄贞去滦州的是军谘府供职的陈其英,他的哥哥陈其美是革命党,已经被推举为上海都督。吴禄贞想当然地认为哥哥是革命党,弟弟也会支持革命,所以有些秘密并不瞒陈其英。结果陈其英一回到北京,立即向军谘府告密。军谘府大臣载涛吓得手忙脚乱,因为重用吴禄贞他起了关键作用。这时候良弼给他出主意,此时千万不能与吴禄贞撕破脸,而是实行羁縻办法。这时恰好山西也闹独立,山西巡抚陆钟琦和混成协协统谭振德被打死,八十六标标统阎锡山当上山西都督。清廷于是授吴禄贞为山西巡抚,让他立即率第六镇前往山西赴任,并镇压叛乱。清廷的如意算盘是以一个巡抚顶戴即把吴禄贞调离京畿,让他到山西与阎锡山斗去,一举两得。谁料到吴禄贞却在娘子关与阎锡山和谈。山西新军只有一个混成协,三千多人,既要守卫北线大同,又要防南线娘子关,兵力捉襟见肘,正担心无法对付朝廷派来的"讨逆军",没想到吴禄贞是友不是敌,所以立即答应了组建"燕晋联军"的提议,两人商定于11月7日共讨北京,并先派两营进驻保定,帮助截断京汉铁路,阻止袁世凯北上。

此时朝廷已经简授袁世凯为内阁总理大臣,他一旦北上,北洋六镇将完全为他所掌控,那时想起事就难上加难。所以吴禄贞一回到保定,就立即向清廷谎称山西民军已接受招安,并以改编降军为由,把晋军两营调往石家庄。随后扣压了运往武昌的大批军械粮饷,上奏道:"自湖北兵起,各省响应,如决江河,莫之能御。为今之计,莫如大赦革军,而息战争。夫革命军之所以敢冒不韪,赴汤蹈火而不辞者,因欲求国家之幸福,而非甘心与国家为难也。现禄贞已经招抚晋省混成一协,巡防队二十余营,可供征调。如蒙采一得之愚,请饬令冯国璋军队退出汉口,愿只身赴鄂,说以大义,命其投诚,以扶危局。倘彼不从,当率所部二万人以兵火相见。但朝廷若不速定政见,深恐将士激愤,阻绝南北交通,而妨害第一军之退路,则非禄贞之所以能强制也。抑更有言者,官军占领汉口,焚烧掠杀,惨无人道,禄贞桑梓所关,尤为痛心,此皆陆军大臣荫昌督师无状,冯国璋等逢迎助虐,应请圣裁,严行治罪。"

朝廷此时明白,吴禄贞已经不可能回头。如果答应他的要求,令冯国璋退出汉口,则革命军势必重新占据汉口,那时候吴禄贞南下,与革命军南北夹击,第一军则有崩溃的可能。如今全国二十镇新军,已反了十余镇,未反的不足十镇,而其中北洋占了六镇。可见袁世凯治军的确非比常人,如今朝廷所能依靠

116

的也只有北洋军了！于是军谘府下令以北洋将领李纯、潘矩楹分充第六镇、第二十镇统制官，免去吴禄贞的第六镇统制之职，授他为宣抚使大臣，加侍郎衔，让他到长江一带宣布朝廷之德；免去张绍曾第二十镇统制之职，开缺回籍。

这时候张绍曾、蓝天蔚都回复吴禄贞，决定响应他于7日举兵进京的部署，一起推翻朝廷。吴禄贞信心大增，当天晚上召开第六镇军官会议，宣布第六镇已经脱离朝廷，响应武昌起义。所有将士，于次日晨臂缠白毛巾，乘车前往京城。

吴禄贞本来并未实际控制第六镇，而且同驻石家庄的还有第一镇旗军两营，那也是朝廷派来监督他的，他为什么这么冒失要公开宣布起义？因为形势变化，滦州答应举兵，燕晋联军已经真正形成，他又截留了大批军械粮饷，这一切都让他感到形势大好，何况他本人视谨慎为怯懦，以为武昌几个小军官能够掀起大变局，他一个堂堂的统制、燕晋联军的副都督如何不能成就一番大事？所以贸然宣布了起义计划，并威逼反对起义的军官：凡有不从者，军法从事！

等军官们散去，吴禄贞开始有些后怕。他当时的办公室设在石家庄站长办公室，办公室后面有一片花圃，他曾到花圃里躲避了十几分钟。发现没事后，又回到办公室与几名亲信制订起义计划。

十一时多，石家庄火车站突然响起一阵阵枪声。吴禄贞和几名亲信被杀，他本人的首级被割了去。进入石家庄的晋军一听到枪声，就仓皇而逃。

吴禄贞被刺身亡，袁世凯大大地松了一口气。皇族内阁已经请辞，朝廷简授他为内阁总理大臣，并急电催他北上组阁。北上就职也不是没有顾虑，大家最普通的担心是朝廷摆一场鸿门宴。但在袁世凯看来不足为虑，因为目前江南糜烂，朝廷危机重重，北洋新军是朝廷目前唯一可以依靠的力量，不大可能自断臂膀。何况奕劻亲自来信，说他的内阁总理大臣已经请辞了七次。摄政王也是真心实意请袁世凯北上组阁，以挽救危局。这时，江南立宪派的领袖张謇给他来信，竟然是劝他响应共和。

张謇一直主张君主立宪，他认为这是减少动荡、实现中国政治改良的最好药方。但形势的发展出乎他的意料，也不按他的期望发展。八月中旬他为了大生厂的事到武昌，办完事后于十九日晚乘船东下，登船时武昌城内突然数处燃起大火，并传来零星的枪声。武昌形势不稳定，有革命党人闹事他是知道的，但当时并未想到这会是后来震惊天下的武昌起义。

张謇最不愿天下动荡，尤其是武昌有他的产业。他乘船赶往南京面见江宁将军铁良,劝他出兵援鄂,并上奏朝廷请尽快解散皇族内阁,颁布宪法,实行宪政,以安民心。铁良对朝廷夺去他的陆军大臣之职并外放为江宁将军深为不满,无意率军援鄂,更不相信朝廷那帮亲贵真正实现宪政,就让张謇去与两江总督张人骏商议。但张人骏认为,武昌之乱正是这些年搞什么宪政,把人心搞乱之故。他认为大清既不能行共和,也不能行宪政。

张謇十分失望,但他立宪救国的希望并未完全放弃。他到苏州拜见江苏巡抚程德全,劝他上奏朝廷呈请召开国会,颁布宪法。程德全对立宪十分积极,全力支持张謇召开国会、建设责任内阁的主张。张謇连夜为程德全起草奏折,一直写到半夜。

然而,立宪已经不能救国,十几天的时间,各省纷纷宣布独立,从前热衷立宪的朋友纷纷与革命党合作,十几个省的谘议局更是与革命党联合组织建军政府。尤其是他视为朝廷忠仆、一心挽救朝廷的程德全竟然也答应革命军的要求,出任江苏都督,并邀请张謇到都督府解释道:"立宪已不足以救国,为了避免生灵涂炭,最好的办法就是响应共和。这也是不得已的苦衷。"

张謇虽然不甘心,但也不得不承认靠立宪救国已经行不通。

"现在最要紧的就是能保住江南不发生动荡,别无他法,只有与党人合作。我们两人联手,能保住江苏不受战乱之祸,就是莫大功绩,一己之荣辱已置之度外。"程德全又解释道。

"我辈所谋,不仅是江苏一隅之安定,而是全国尽快消弭战祸。"要消弭全国战祸,一是劝革命军尽快设法安定地方秩序,张謇以为最要紧的是组建临时议会,领导地方秩序重建;二是让手握重兵的袁世凯支持共和,罢兵议和。于是又劝道,"雪楼公与沪上民军关系密切,组建临时议会要偏劳雪楼公向民军建议。至于袁慰廷那边,我和他还有些交情,我来劝说他好了。"

于是由张謇替程德全起草一份至沪军都督陈其美的通电建议仿照美国第一次会议方法,于上海设立临时会议总机关,请各省举派代表迅即莅沪。

陈其美对此建议深以为然,回电表示正有此意,并请程德全推荐江苏代表立即赴沪,筹建临时议会。

程德全看了电文后道:"季直,此代表非君莫属了。"

"我原本打算亲自去鄂省一趟,与袁慰廷面商。"

"湖北正乱得一团糟,你何必以身赴险?你写一封信,打发一个妥当的人去见袁慰廷好了。"

"舟车劳顿,又要多耗数日工夫,如今局势是箭在弦上,我给慰廷发电报好了。当初他曾经答应我,会十分看重我的意见,但愿他不会食言。"

袁世凯收到张謇的电报时,已经决定起程进京。张謇在电报中说道:"旬日以来,采听东、西、南十余省之舆论,大数趋于共和,以汉满蒙回藏组成合众,美法至人,固极欢迎,即英、德、日、俄社会党人亦复多鼓吹。而国内响应者已见十余省,潮流所趋,莫可如何。謇闭门默思,黄帝以来五千年君主之运于是终,自今而后,千万年民主之运于是始矣。今则兵祸一开,郡县瓦解;环顾世界,默察人心,舍共和无可为和平之结局者,趋势然也。君主如落日,共和如朝阳。公应扶朝阳,莫捧落日。"

袁世凯看罢电报,心情颇为惆怅,自言自语道:"连张先生这样的人也竟然放弃立宪,转而支持共和,立宪莫不是真到了穷途末路?"

段芝贵劝慰道:"张先生不过一书生,他只知劝大帅拥护共和,却不谈怎么酬庸大帅,我看全然是空话。反倒不如黄兴、黎元洪等人痛快明白。"

袁世凯瞪了他一眼道:"你懂什么?张先生可不是一般书生,状元而成为实业大佬,就不是一般人所能及。他这样的立宪领袖会投向共和,窥一斑而知全貌,可见共和之势不可挡。"

段芝贵愣了一下问道:"那大帅到底是啥意思?是北上组阁,还是响应共和?"

"我如何能够响应共和?"

"那大帅是要北上组阁了?那就要提防革党,他们最喜欢搞暗杀,对不支持他的人动不动就拿炸弹来威胁。"

"我已经派老大进京联络,摸摸他们的意思。"

袁克定在京中秘密与革命党联系,只要他老子不与革命党为难,革命党亦不与他为难。袁世凯接到袁克定的复电,即整装北上,11月13日乘专车到达北京,前门火车站迎接的官员和巡警、九门提督的人马布满车站内外,真正是万人攒动。他的仪仗、卫队和随行人员先行下车列好队后,他在幕僚随从的陪同下走下火车,与直隶、各部前来迎接的官员稍做寒暄后,即换乘绿呢大轿,前呼后拥浩浩荡荡进城。袁世凯端坐轿中,双手抚膝,望着轿外攒动的人流,想起当年在车站告别,真正是心潮起伏。算算罢职离京,两年十个月零七天。不到三年的时间,形势已经发生如此巨变,真是令人感慨万千。

请安的折子已经由袁克定送到宫门,袁世凯的轿子直接抬进锡拉胡同的府中。因尚未陛见，因此谢绝一切官员的拜访。

第二天一早，隆裕皇太后和摄政王在西苑仪鸾殿召见袁世凯。例行的问话后，袁世凯回奏道："臣德薄才疏，不能胜任总理大臣之职，请太后、摄政王另择贤者任之。"

隆裕回道："如今国家乱成这样，都说只有你能够挽救国家社稷，你就不必固辞了。"

载沣也道："你一向公忠体国，时局至此，千万不要推、推托才是。朝野都寄予厚望，全赖你悉心筹划，保全大局。"

袁世凯在孝感时就电报请辞，昨天递请安折又请辞，再加今天面辞，已经是三次请辞内阁总理。俗语所说，再一再二不再三，他见好就收道："朝廷如此信赖，臣只有勉为其难，以报天高地厚之恩。"

于是接下来谈如何应对当前的局势。

"总体方略，臣以八字概括：实内虚外，剿抚并用。"袁世凯以为武昌的叛乱不易骤平，应当先固陕西、山西、山东、河南之防，以安京师根本之地，然后依次勘定南方。万一南乱难平，犹可划江而守，是为实内而虚外。如果急于求成，虚内而争外，一意争锋武昌，则京师空虚，根本一摇，大事去矣。如今对朝廷威胁最大的，一是山西，二是山东。两省都宣布独立，近在肘腋，无异于扼住了京津咽喉。袁世凯奏请，命原奉天民政使张锡銮为山西巡抚，再命直隶提督姜桂题率部进军山西，尽快恢复秩序。让第六镇第十二协原协统周符麟官复原职，驻防直隶西南，以策应姜桂题并兼顾河南方向。调第三镇统制曹锟驻防京城近郊，以防备滦州生变。同时对山东则运动关系，说动山东都督孙宝琦取消独立。对武昌的革命党，则争取以和议解决问题，必要时候，则以打促和。

听袁世凯气定神闲地谈完他的方略，载沣不得不佩服他驾驭全局的能力。隆裕听袁世凯成竹在胸，心情也大为好转道："有你坐镇京城，我就放心多了。你放手按你的办法办吧，朝廷无不支持。"

袁世凯一出宫，很快就有两道旨意颁布——

前据袁世凯电奏，再辞内阁总理大臣，该大臣现已到京，本日召见，复经面奏恳辞。情词肫切，经朕晓以大义，并勉其力任艰难，该大臣公忠体国，时局至此，当亦不忍再辞。着即到阁办事，悉心筹画、保全大局，用副朝野之望。

又谕:现在军事未定,所有近畿各镇,及各路军队并姜桂题所部军队,均着归袁世凯节制调遣,随时会商军谘大臣办理。

袁世凯既然已经接受内阁总理大臣的任命,就紧锣密鼓考虑内阁的人选,锡拉胡同因之门庭若市。袁世凯既要与京中亲贵密议,又要与革命党联系,总之怎样尽快结束战事,双方都还能接受,他必须尽快居中达成妥协。更关键的是,他本人一定还要有所获,为他人作嫁衣的事,他是不做的。

各方经过商议,达成三项默契:一是保证中国领土完整,独立之省是脱离清廷,而非脱离中国。二是由国民会议出面决定休战与国体问题。三是为达到第二项目的,一方运动资政院,一方运动武昌军政府。作为促成这一默契的先声,杨度代表君主立宪党,汪精卫代表民主立宪党在北京组成"国事共济会",提出南北停战,由国民会议协议国体问题。为此,袁世凯拨付专项经费五十万元。

当天,袁世凯的组阁计划也面奏朝廷,朝廷当天下旨同意:

谕内阁:袁世凯面奏组织内阁,推举国务大臣,着命梁敦彦为外务大臣,赵秉钧为民政大臣,严修为度支大臣,唐景崇为学务大臣,王士珍为陆军大臣,萨镇冰为海军大臣,沈家本为司法大臣,张謇为农工商大臣,杨士琦署邮传大臣,达寿为理藩大臣。

又谕:袁世凯面奏请设各部次官。胡惟德着补授外务部副大臣,乌珍着补授民政部副大臣,陈锦涛着补授度支部副大臣,杨度着补授学部副大臣,田文烈着补授陆军部副大臣,梁启超着补授法部副大臣,熙彦着补授农工商部副大臣,梁士诒着补授邮传部副大臣,荣勋着补授理藩部副大臣。

袁世凯这份内阁名单,除了他的亲信外,还兼顾了多方面的代表性,独将皇室亲贵摈弃于外。亲贵大臣们无不愤愤不平,但真正是敢怒而不能言了。

隔一天袁世凯又奏称,内阁现在业已成立,嗣后所降谕旨,凡关于某部事项,即着该国务大臣随同总理大臣署名。所有与宪政相抵触的事项一律停止,除照内阁官制召见国务大臣外,其余召见官员均暂停止;总理大臣不必每日入对,遇有事件随时自请入对,其余各衙门应奏事件,均暂停止;所有从前应行请旨事件,均请示内阁办理;关于皇室事件如宗人府、内务府、銮仪卫、钦天监等衙门仍照向章具奏,统由内务府大臣署名具奏后,仍即时知照内阁,但所奏以不涉及国务为限;各部例行及属于大臣专行事件,毋须上奏;向由奏事处传旨事件,均暂停止,内外折照题本均递至内阁,由内阁拟旨进呈,再请钤章。

这样一来,袁世凯便把大权完全集中到内阁手中,摄政王的职权,只有钤章一项了。

袁世凯的内阁必定是袁党占多数,这是大家都有预料的。不过袁世凯不设协理出乎大家的意料,尤其是原协理大臣徐世昌竟未入阁,更出乎大家的意料。其实,这是袁徐两人商议好的。

徐世昌对袁世凯说道:"我不入阁作用比入阁更大,而且在一边帮你,反而更方便。"

"你且等等,我还有更重要的事情要你帮忙。"

第二天,袁世凯找陆军部副大臣田文烈,让他转告军谘府大臣载涛,他打算集结重兵,一鼓荡平武汉三镇,希望涛贝勒能够率第三军南下武汉。载涛一听吓坏了,因为他从未真正带过兵,让他去前线,那简直是赶鸭子上架,他连忙去与载沣商议。

载沣听了之后道:"他不是真要你,你上前线,而是要你手里的兵权。"

载涛倒是痛快地说道:"他要给他好了,我辞去军谘府大臣。还有禁卫军大臣,干脆都交出去算了,早晚要被他夺去,不如痛快点利索。"

载涛以为载沣会反对,没想到他也道:"这样也好,我这摄政王,怕是也当不了几,几天了。"

兄弟两人黯然伤神,载沣强忍着总算没掉下来泪。

载涛到内阁亲自去见袁世凯,袁世凯十分客气地说道:"七爷,您有何吩咐说一声,或者打发人来传句话就行,何劳您大驾?"

"袁总理,我已经向监国摄政王请辞军谘府大臣和禁卫军大臣之职,我实在不能胜任。说句真心话,这几年我是勉为其难,把我累得够呛。我呀,想轻轻松松回去学学戏,画画马。"载涛去法国留学,专修骑兵科,酷爱马,也善画马;他又爱京戏,是有名的票友,得杨小楼真传,既能长靠又能短打。

袁世凯见状又问道:"七爷,您想回府画马票戏,这我不敢拦您。不过,军谘府和禁卫军由谁来接手,您有没有可靠的人?"

载涛已经想过,回道:"总理真要我推荐,我推荐徐菊人。他当年陪你练过兵,人品又好。"

袁世凯窃喜,正如他愿。所以当天就有旨意,贝勒载涛开去军谘大臣、禁卫军大臣之职,以大学士徐世昌充军谘大臣,添派专司训练禁卫军大臣。

徐世昌出任禁卫军大臣的第一件事,就是将禁卫军调到城外,而后则由段芝贵从姜桂题手下调来四营人马,编为拱卫军,驻扎城内。而城内的巡警,也完全由新任民政大臣赵秉钧把持。至此,京城治安完全为袁世凯所掌控。

袁世凯组阁已经十余天,对南方毫无动静,早有种种议论。他也计划打一仗,给革命党一点压力,同时也好在朝廷面前交代。于是他发电给冯国璋,让他攻下汉阳。

此时汉阳的革命军有两万余人,总指挥是黄兴。冯国璋指挥的北洋军包括第四镇全部,第二、六两镇各一个混成协,共约三万人,在数量、武器上占优势。不过,此时聚集武昌的海军发动起义,一部分军舰东去攻打南京,一部军舰留下来,调转炮口攻打北洋军。此时守汉阳的革命军在战略上发生了争论,共进会的孙武等人主张坚守汉阳,而黄兴则主张以攻为守,主动进攻汉口。

黄兴不顾意见不统一,于 11 月 16 日夜渡汉江攻打汉口,但打了一天以失败告终,这让汉阳守军士气受挫。而冯国璋受到革命军进攻十分恼火,屡次电请攻打汉阳,21 日终于等到袁世凯命令,于是下令当天夜里渡江,拂晓发动进攻。双方激战两天,汉阳外围由革命军控制的美娘山、三道桥、锅底山、扁担山相继失守。黄兴亲自坐镇前线,军政府机关人员也前来助战。双方打得十分激烈,彼此伤亡惨重。冯国璋所率的北洋军训练有素,而且经过多次实战,又加攻城炮火占据优势,到了 26 日晚,革命军全线崩溃,黄兴的指挥已经无人听命。27 日中午,北洋军占据了汉阳城外的制高点龟山,居高临下轰击汉阳。革命军纷纷渡江退往武昌,汉阳经七天激战,被北洋军攻占。

这一仗革命军伤亡三千余人,长江水为之染红,尸体漂到对岸武昌,堆积堤边,受伤未死者呻吟不绝,情形极为凄惨。黄兴退回武昌,主张革命军全部撤离,到南京城外与苏浙联军会合,一起攻打南京,在那里建立革命中心:"汉阳地势最高,实为三镇屏障。如今汉阳已失,武昌已在龟山炮口之下,且武昌城四通八达,利攻而不利守。再论兵力,我军八协如今只存两协,其余则伤亡、溃散,士气低落,难以再战。若论武器,山炮、野炮四百余尊皆在汉阳一战中损失殆尽,现存武昌者,不过数十门小口径山炮。如果敌军渡江,则有全军覆没之虑。"

然而湘鄂籍的革命党人都不同意,军务部副部长张振武大声抗议道:"总司令何必长他人志气,灭自己威风。我有长江天堑,北军并无战舰,岂能飞渡武昌?不出旬日,援军齐集,武昌便固若金汤,此时怎可轻弃?"

黄兴解释道:"武昌孤城不易守。如今苏浙赣皖已经连为一片,革命军集聚南京,以此为中心,便于攥指成拳,其势易固。"

孙武不屑地说道:"苏浙连为一片不假,湘鄂如今不是也连为一片吗?听说南京城里张勋顽固不化,胁迫张人骏、铁良负隅顽抗。金陵城高墙厚,不见得比武汉三镇容易攻破。即便攻下南京,不过是洪秀全一般的结局,并无可取之处。而武昌不守,南京若攻不下,吾鄂革命党人,天下便无容身之地!武昌为兵事重地,倘不死守,则东南摇动,望风披靡,大敌当前,有敢言弃武昌者,斩!"

面对张振武、孙武的咄咄逼人,黄兴无话可说。连失汉口、汉阳,而且损失惨重,他实在无话好说。眼见众人对他的指挥能力已经产生怀疑,再留在武昌也难有作为,而说服武汉革命军东下根本不可能,他于当夜挥泪离开武昌,东赴金陵。

与黄兴同时离开武昌城的还有都督黎元洪,他对亲信下属道:"武昌城断难坚守,黄司令的想法对头。可是这帮狂妄的年轻人根本不知道厉害,北军一旦占据武昌,我恐怕就被朝廷砍头,所有剪掉辫子的人恐怕都不能幸免。"

有人欢喜有人忧。攻克汉阳的消息让朝廷极为兴奋,立即电寄冯国璋:

> 据电报初六日军情,览悉将士连日苦战,忠勇可嘉,现已夺回龟山等处,尤属异常奋勇。着赏给银二万两,由度支部发给。冯国璋着赏给二等男爵。其余出力将弁,着冯国璋查明拟奖,候旨施恩。其伤亡兵弁,着一并查明具奏,分别从优抚恤,以作士气而慰忠魂。

冯国璋听了旨意十分激动,对身边的亲信幕僚道:"我一个穷小子没想到也封爵了,这实在是天恩高厚,我要好好出力,报效朝廷。"

他立即电告袁世凯道:"汉阳城下,武昌城孤,民军四散,武昌唾手可得,此机万不可失。愿极早率军渡江,一鼓荡平。"

然而袁世凯回电说军士苦战,急需休养,只可隔江炮击,不可轻率渡江,以策万全。大捷之后,尤勿骄勿躁,非奉令,不可轻举妄动。

接此电报,冯国璋十分失望。有幕僚给他出主意道:"袁总理不想让军门建奇功,军门不妨绕过袁总理,直接上奏太后拨给军饷,由将军独自承担攻克武昌的大任。"

冯国璋摇摇头道:"如今奏请都已经暂停,什么事也绕不过他。"

幕僚回道:"要想直接奏请太后,也并非难事,如果军门放心,交给我来办好了。"

然而,冯国璋直接向太后请缨的事情还是让袁世凯知道了,他把段芝贵叫来道:"香岩,冯老四托人向太后密奏,说只要朝廷给他四百万两军饷,他就能把武昌一举扫平。咳,他真是立功心切!我请朝廷封他男爵,是为酬功,没想到把他的功名心吊起来了。你亲自辛苦一趟,劝他且耐心以待。"

段芝贵乘专车当晚从北京起程连夜南下,两人一见面,冯国璋就问道:"香岩,宫保怎么回事?为什么不让我乘胜攻取武昌?"

段芝贵回道:"冯四哥,宫保得报,湖南、江西革命党援军正在赶来。宫保为你好,不想让你渡江赴险。"

"正因革匪援军正赶来,才应趁他们未会合前一鼓荡平。"

"武昌城虽然易攻难守,但万一你过了江,陷入革匪的重围,又该如何?"

"我只知尽忠报国,不知有他。"

段芝贵一笑道:"宫保的意思,天下半壁已宣布脱离朝廷,单靠军事无法解决问题,还是双方坐下来谈谈。如果革匪同意君主立宪,岂不更好?一旦战事旷日持久,受难的还是百姓。"

"若要议和,也得等我拿下武昌城来再说。三镇在握,与革匪城下议和,岂不稳操胜券?此种情形,我已经电告宫保,他始终不肯答应,我真是揣摩不透。"

"有什么揣摩不透的?既然要和,就不能撕破脸皮。你如果打下武昌,革匪恼羞成怒,做困兽之斗,岂非弄巧成拙?"

冯国璋还是一脸严肃道:"我不会讨巧,更不怕什么弄巧成拙。我只知道打仗不把对手打趴下,他们便不会老老实实和谈。"

段芝贵开玩笑道:"四哥,你不是被那个二等男爵弄得心痒难耐,非要再争个子爵伯爵什么的吧?"

冯国璋心头上火,怒视着段芝贵道:"香岩,这是你的说法还是宫保的意思?"

"当然是我胡说的,宫保只让我劝说你,不可轻易赴险。"

冯国璋保证道："我可不是为了什么爵位,我只知道为朝廷尽忠。为了不让人误会,我立即再发个辞爵电报。我宁愿让朝廷收回这个男爵,我也要收回武昌。"

段芝贵摇摇头道："四哥何必如此,你不同意就算了,何必辞爵?我回去如实报告宫保就是了。"

"你最好如实报告。"

段芝贵当天起程,第二天一早就回到北京,立即到内阁见袁世凯。袁世凯听了之后道："没想到华甫竟然这样执拗。不能让他坏了事,只好把他调回来了。"

袁世凯亲自起草一份上谕,立即请摄政王钤章。上谕说："内阁请更调军统。现在第三军业经撤销,第二军分驻各省,未能集合,应一并撤销。着军谘府、陆军部另行编配。第二军筹防畿辅及海防一带,着冯国璋调任察哈尔都统,兼充第二军总统;段祺瑞着署理湖广总督兼充第一军总统。"

摄政王见了之后道："袁总理,冯国璋打得很好,把他撤了,不大合适吧?"

"内阁已经做了决议,摄政王钤章就是。"

载沣再怎么怯懦,此时也不能不上火,反问道："难道我这摄政王,连一句话也、也不能说吗?"

袁世凯依旧不软不硬地回道："摄政王当然能说,只是内阁是按新章程规定办事,并无不妥。"

摄政王恨恨道："你们这是要我辞摄政王!我辞好了!"

"王爷何必如此!我只是按章制办事,如果有开罪摄政王的地方,还请山容海涵。"

袁世凯令段祺瑞立即到武昌与冯国璋办理交接。冯国璋北上,不去赴察哈尔都统任,也不去见袁世凯,而是和亲信幕僚在煤渣胡同住下来,而且吩咐门房无论何人,一概不见。

袁世凯等了三天,见冯国璋仍不肯登门。于是吩咐段芝贵带一桌上好的燕菜席上门,没想到也被门房拦了回来。

袁世凯于是招杨士琦来商议道："杏城,你满脑子奇计妙策,我现在拿华甫没办法了,你给我想个招。"

杨士琦问道："宫保是想图个心里痛快,还是想保全北洋手足兄弟的情分?"

"那当然是北洋手足重要。"

杨士琦道："那就好办了。如果宫保想图个心里痛快，不去理冯四爷就完了。要是想保北洋情分，那就要丢点面子了。"

"怎么丢面子？"

"当年冯四爷是交了门生帖的，要想让他消除芥蒂，宫保只有把门生帖子奉还。"

奉还门生帖子，也就意味着袁世凯不再把冯国璋当门生来看，而是平起平坐的同僚。这在重面子的人来说，这个决心也不易下，但袁世凯却很爽快道："这有什么丢面子，从前虽有门生的名分，我何曾拿他们当门生，一直都是兄弟嘛。干脆，我再写个兰谱，和他义结金兰好了。"

"宫保再打发大少爷去一趟，我敢保证，冯四爷马上前来请安。"

袁克定拿着冯国璋的门生帖子，到煤渣胡同冯府对门上道："你们告诉四爷一声，我奉家父严令，来还他的门生帖子。"

门上不敢阻拦，立即去报冯国璋。

怎么，袁宫保要和我绝交？真那样，可就闹得有些过分了。冯国璋连忙吩咐有请大爷。袁克定进了门，跪倒在冯国璋面前，举着门生帖子道："四叔，我爸说如今您是男爵了，不再敢收你的门生帖子，派侄子还回来。我爸亲自写了个兰谱，希望与四叔义结金兰。"

冯国璋知道这又是袁世凯的笼络手段，但还是把他感动了。他连忙扶起袁克定道："老弟，你这是寒碜我，我这就去给宫保请安。"

袁世凯降服了冯国璋，立即任命他为禁卫军总统。禁卫军原是 1909 年载沣着手建立的，由他亲自调遣，目的是像德皇向他传授的那样，皇室亲揽兵权。经过近三年训练，数月前才成军，共有两协，一万两千余人。除步队第四标是招募自直隶、山东、河南三省外，其他各标、营都是满族或蒙古族青壮。载涛请辞后，袁世凯任命徐世昌为总统；如今又命冯国璋为总统，是因为满族亲贵对这两人颇为信任、赏识，认为是难得的忠臣。而冯国璋毕竟是自己一手提拔起来，关键时候总有办法让他支持自己。禁卫军是京中最有战斗力的武装，掌握在自己人手中至关重要。于是，袁世凯将精力放在南北议和上。

此前，武汉三镇尽在革命军手中，他们对议和不感兴趣，等汉口被冯国璋攻克，主和的声音才多起来。到汉阳被攻克后，武昌日日处在龟山炮口威胁之下，议和的声音才大起来。当时，独立的十四省代表正云集武昌，议定临时政府组织法。当时南京已经被革命军攻克,代表团打算转移到南京,以南京为中心建立政权。根据地已有,但仍欠巩固,如果北洋军南下,胜负实在难料。而且革命军军饷基本靠富商捐助,也是捉襟见肘;战事迁延,不但胜负难料,而且长江流域商人极愿尽快和平,所以十四省代表团也愿推进和议。有此基础,袁世凯请出一个强有力的议和帮手——英国驻华公使朱尔典。

袁世凯与朱尔典的交情已经快二十年。朱尔典的态度是,不帮清廷,因为清廷已经尽失人心;他也不帮革命党,因为革命党能否成事实在没有把握;他要帮的是袁世凯,他认为中国只有袁世凯能够真正控制大局,而且也只有袁世凯执掌中国,对英国才是最有利的。

袁世凯北上组阁后,两人频繁密商,及时沟通对时局的看法。如今袁世凯愿和,朱尔典立即致电英汉口领事葛福,要他尽快斡旋,促成双方和谈。黎元洪代表南方政府电复袁世凯,答应停战十五天,无论民军还是清军均按兵不动。南方各独立省公举伍廷芳为全权代表,温宗光、王宠惠、汪精卫、钮永建为参赞,希望袁世凯内阁尽快派代表团进行谈判。

袁世凯与朱尔典密商,如果想和议顺利,非请监国摄政王退位不可。摄政王不退位,现行体制就与君主立宪不合,而且宗室亲贵会怂恿摄政王给和谈制造障碍,袁世凯希望朱尔典出面找摄政王详谈。这本是一件极无把握的事情,没想到却很顺利,摄政王竟然松口了,答应与袁世凯面谈。

袁世凯进宫,在养心殿东暖阁见到了载沣。载沣主动站起来打招呼,神色中有丝仓皇。袁世凯望着载沣英俊的面庞,心里有一丝愧疚,因此比平时更恭敬道:"摄政王,我没能收拾得了局面,真是无颜见您。"

"谁都没料到,局势会坏得这样快。"载沣十分罕见地叫着袁世凯的字说道,"慰廷,咱们真的不能打下去了吗?"

袁世凯回道:"打一两场胜仗不是不可能,但难以根本扭转局势。如今独立的已有十四余省,不可能一省一省打下去。而且国库捉襟见肘,度支部说国库储金仅能支持二十余日。江南财赋之区已经尽陷敌手,旷日持久打下去,筹饷太难。"

载沣叹了口气道:"张勋是好样的,很忠心,也,也很能打。原本指望他能,能守住金陵,可是,还是失守了。"

"张勋受恩深重,无时不想报效朝廷。孤军作战,金陵失守是不可避免的。南面组织了十四省代表,到金陵讨论组织政府,看来想把金陵当他们的巢穴,一如当年的洪杨。我是想，趁他们立足未稳，尽快能谈出个结果来最好。"

"慰廷你知道，我这个摄政王当得很难。亲贵中不甘心的大，大有人在，他们说，当年洪杨占，占据了江南半壁，曾胡左一省一省收复，最后不是照样打，打败了洪杨。"

袁世凯解释道："如今形势不同。当时洪杨也占据了数省，却从没有一省主官投降，更没有一人宣布脱离朝廷，死于王事的封疆大吏不下十人。如今兵锋未至，十几省却脱离朝廷，被孤立的反而是朝廷。革党若狂，醉心民主，兵力所能平定者土地，所不能平定者人心。人心涣散，如决江河，以何御之？臣以为，还是以收拾人心为上。"

载沣叹了口气道："也有人说，像黎元洪、程德全这些人，全都是朝廷官员，公，公然叛逆，若不讨伐，成，成何体统。"

"讨伐黎元洪、程德全这些人没有问题，我可以办得到。可是，像张謇、汤化龙这些人，他们都是谘议局的议员，百姓的代表，我讨伐他们，就是讨伐天下百姓。"

载沣又转换了话题："听说孙，孙文就要回国了，他在欧洲借到了不少钱。革命党别，别是缓兵之计。"

"这倒不至于。南方像张謇这样的商人都不愿天下大乱，由英国人出面，南面同意谈判是有诚意的。我以为机不可失，如果双方打下去，遭殃的还是百姓。一个多月以来，锋镝交加，武昌、金陵两地，死亡枕藉，元气大伤。段芝泉来电报说，鄂省疮痍满目，小民荡析离居，转徙沟壑，惨病情状，至不忍言。"

载沣语气一酸道："我也是不忍百姓受苦，才支持你和谈。慰廷，拜托你了，你可要为朝廷好好争一争。"

"摄政王放心，我向来是主张君主立宪，这一条绝不会改。我以为从前君宪派是南方力量中一大势力，如今朝廷已展现出实行君宪十足诚意，有他们支持，我以为行君宪当有把握。君位和朝廷的体面，一定极力保全。"

"我今天就去见太后，我要辞，辞去监国之位。"

"摄政王一秉大公，这番苦心，天下百姓都会像我一样感佩至极。"

载沣下定了决心，反而轻松多了："我常说，有书真富贵，无事小神仙。我从今天起，可以回家抱孩子了。"

"听说王爷对天文感兴趣，我手里有一支洋人送的天文望远镜，听说最远处的星星也能看得清清楚楚。我不懂这些东西，想送给王爷，请王爷笑纳。"

"好,我家里有地球仪、星球仪,还就缺个天文望远镜。"

到了第二天,摄政王退位的旨意就颁布了:

> 谕内阁:监国摄政王面奉隆裕皇太后懿旨。据监国摄政王面奏,自摄政以来,于今三载,用人行政,多拂舆情。立宪徒托空言,弊蠹因而丛积,驯致人心瓦解,国势土崩。以一人措施失当,而令全国生灵横罹惨祸,痛心疾首,追悔已迟。倘再拥护大权,不思退避,既失国民之信用,则虽摄行国政,诏令已鲜效力,政治安望改良!泣请辞退监国摄政王之位,不再干预政事,情词肫切,出于至诚。予深处宫闱,未闻大计,唯自武汉事起,各省响应,兵连祸结,满目疮痍。友邦商业,并受影响。每一念及,寝馈难安。亟宜察内外之情形,定安邦之至计。监国摄政王性情宽厚,谨慎小心,虽求治慕殷,而济变乏术,以致受人蒙蔽,贻害群生,自应俯如所请,准退监国摄政王之位。所钤监国摄政王章,着即缴销,仍以醇亲王退归藩邸,不再预政。着赏给岁俸银五万两,由皇室经费项下支出。嗣后用人行政,均责成内阁总理大臣、各国务大臣,担承责任。所有颁布诏旨,应请盖用御宝,并觐见典礼,予率同皇帝将事。皇帝尚在冲龄,诸王公等谊同休戚,各宜体念时艰,恪遵家法,束身自爱,毋越范围。诸大臣膺兹重任,尤宜共矢公忠,精白乃心,力除锢弊,以谋国利民福。凡我国民,当知朝廷不私君权,实行与民更始,务须谨守秩序,各安生业,庶免纷争割制之祸,而登熙皞大同之治。予有厚望焉。

当天还有一道上谕,令袁世凯尽快派定代表团,南下与民军议和。代表团的人选,袁世凯早就谋定。全权代表是唐绍仪,初定的参赞有邮传部大臣杨士琦、度支部大臣严修。但严修早就以病为由,未履任度支大臣,此次南下谈判,又以病为由推辞,因此参赞就暂只杨士琦一人。

杨士琦是袁世凯的心腹,便建议道:"少川是广东人,广东人最讲乡谊。革党领袖孙文是广东人,伍廷芳也是广东人,广东人和广东人碰头,几句广东话一说,倒不可不提防一下呢。"

袁世凯笑道:"杏城你放心,我和少川十余年的交情,我信得过他,你就随着少川南下吧。"

临行前,袁世凯会见代表团一行,除唐绍仪、杨士琦,还有各省代表及新闻记者共二十余人。袁世凯开门见山道："此次媾和须以保全国家为基础,如有甘心破坏国家不顾大局,无论是谁绝不能答应。君主制度,万万不可变更,本人世受国恩,不幸局势如此,更当捐躯图报,只有维持君宪到底,不知其他。如果这一条保证不了,我不惜以武力相见。"

12月9日,唐绍仪一行乘车南下,11日到达武昌。但南方的全权代表伍廷芳刚被推举为临时政府外务总长,此时正在上海办外交,实在离不开,希望谈判地点改为上海。唐绍仪同意到上海,14日顺流东下,17日到达上海。作为朝廷大员的唐绍仪不着顶戴花翎,而是西装,领带,一身洋装束,从码头乘汽车赶往下榻的宾馆,一时间成为上海滩的大新闻——北方来的唐绍仪,比革命党还革命。

第二天下午,双方在位于英租界的市政厅开始第一次会谈。南方全权代表伍廷芳长袍马褂,头戴一顶瓜皮小帽,反而更像朝廷官员。其实,他并不是在任官员,是以社会贤达身份被请出山。他与唐绍仪是广东老乡,曾经自费留学英国学法律,是中国第一个法学博士,年届七十,精神很好。他给李鸿章当了十几年的法律顾问,参与了李鸿章主持的大部分外交谈判,是外交界的前辈。唐绍仪办理外交也是声名鹊起,两人算是棋逢对手。不过唐绍仪是晚辈,且对伍廷芳十分尊重,两人先是寒暄,谈及朝鲜旧事不禁唏嘘。因此虽是谈判,倒更像是熟人聊天。

当然首先谈的就是停战问题。唐绍仪提议,双方各后退五十里,以避免接触。

伍廷芳回道："少川,民军均是就地起事,只有停止进取,谈不到退。清军是从北方南来,要退,只有清军谈得到退。"

唐绍仪也表示为难道："清军要退也面临着诸多困难。即如汉口、汉阳,是清军苦战而得,要让他们放弃,诸将士恐怕也不答应。"

伍廷芳笑道："所以,你提的双方各退五十里,根本无法办到嘛。"

行家一伸手,就知有没有。刚开议,唐绍仪就处于下风："我的意思,双方既然要谈,那就要避免再起摩擦。退兵之事的若搁之不议,那么,其他尚安定的省份就不得再有暴动之举。"

"未起义的省份,并不在临时政府控制之范围。若有抱共和思想者,自由发起,更非临时政府所能干预。不得再有暴动之议,实在也无可议。"

伍廷芳这样一驳,唐绍仪心中惭愧,真恨不得有条地缝钻进去。不过,他也是久经外交沙场，脸上保持着平静道："前辈误会，我的意思是贵方人员不可再到这些省份鼓动暴动，以保持这些地方的安定，以免百姓受流离之苦。"

"我方只能把和议的态度表明，至于鼓动暴动，更无此举。倒是袁总理，不能再调兵遣将，向我方派兵，在鄂、晋等地的军事行动，应当概行停止。"

"据我所知，清军军事行动已经停止。"

"不然。双方定约于 19 日起一律停战，而日来迭接山西、陕西、安徽、山东等处报告，知清兵已入境攻战。似此违约，何能议和？所以最急于解决的，是请贵代表电致袁内阁饬令各处一律停战。山西方面，不得由娘子关及大同进兵，陕西方面，不得由河南及甘肃进兵，安徽方面，不得由河南及他处进兵，其余各省，亦须一律停战。而且清军于停战期内，所有攻取地方，均应退出，请贵代表以此意电致袁内阁，得切实承诺，回电后始可开议。"

"我行至武昌，就接袁总理电，询问民军何以在娘子关采取军事行动。"

"据山西消息，是清军先采取行动。"

双方就山西、山东、安徽等地谁先采取军事行动争驳十几分钟。最后商定，停战期间双方占据的地方，都要退出。但双方都占据了哪些地方，又需要调查。调查需要时日，且涉及多地，何时调查清楚，实在说不准，所以最后双方确定，既往不咎，此后在交战省份停战，不再互相攻取。伍廷芳的意思，除了湖北、山西、陕西等省外，山东和东三省也应当在停战范围。唐绍仪则认为，山东已经取消独立，东三省并未独立，不是争议地区，何来停战之说？伍廷芳则反驳，山东所谓取消独立，只是孙宝琦一人私言，山东人民并未表示取消独立；东三省已经有奉天都督蓝天蔚起义。

唇枪舌剑，谈了一个多小时，最后达成湖北、陕西、山西、安徽、江苏和奉天等地停战协议。伍廷芳坚持，在得到袁世凯停战的明确答复前，暂停谈判。唐绍仪则表示，民军也应一律停战。

隔一天，双方进行第二次谈判，都同意停战。伍廷芳坚持先要形成停战书面协议，并且双方全权代表均签名后才能继续谈。为协议的用词和停战时间，又费去半个钟头，最后签订停战七天的协议。

接下来的谈判就是国体问题，到底是共和立宪，还是君主立宪。伍廷芳坚持共和立宪，这是临时政府的谈判条件。

唐绍仪问道："民军主张共和立宪，到底有何打算？"

伍廷芳回道："几年前，我原本也以为中国应君主立宪，共和立宪为时尚早。但如今中国情形与从前已经大不相同,今日中国人之程度,可以为共和民主了。人心如此,不独留学生为然,即如老师宿儒,素以顽固称者,也是众口一词,问其原因,则言可以立宪,即可以共和,所差者只选举大总统耳。今各省谘议局、北京资政院,皆已由民选,则选举大总统何难之有?我甚以此说为然。"

"选举总统不难,只是皇帝和朝廷又当如何?"

"清廷君主专制二百余年,使中国败坏至如此。譬如银行总办,任事十余年,败坏信用,尚须辞职,况于国家乎?中国立宪,不过是涂饰耳目之事。为今之计,中国必须民主,由百姓公选大总统,重新缔造。今天你我所争,一国之事,非一民族一省一县之事。况且改为民主,对满人也有利益,不过清帝必须逊位,皇室及其他满人皆可优待。将来满人亦可被选为大总统,满人又何必一定要保存君位?此次改革,必须完全成为民主,不可如庚子拳匪之后,为有名无实之立宪。今日代表各位,皆系汉人,应赞成此议。不单希望各位赞成此议,且望袁总理亦赞成。不然,流血愈多,于人道何忍?今日各国领事,已奉其国家之命,欲和平了结。"

"共和立宪,我们这些北京来的代表无反对意向。黄兴有电致袁总理,说若能赞成共和,必可举为总统。袁总理说,此事他不能为,应让黄兴为之。可见袁总理亦赞成共和,不过不能出口罢了。共和立宪,万众一心,我等汉人无不赞成。不过宜筹一善法,使和平解决,免致清廷横生阻力。要论共和思想,我比老前辈还早,我在美国留学,早就受到共和思想影响。今天所议,并非反对共和宗旨,而是妥求善法,避免清廷阻力。"

伍廷芳回道:"皇室之待遇、旗兵之安置,自有善法。"

"我听说十八省将尽逐满人。而且举事的省份,不少发生了滥杀满人的情形。"

"绝无其事,我等非恨满人,只是不愿他们成为政治上的阻力罢了。"

"老前辈这样说,我很愿听,也望民军方面也如老前辈所言,不要有滥杀的情形。我更希望能够给我时间,让我来劝说袁总理和朝廷,劝解若成,可用和平办法解决国体问题。"

当天谈判结束,回下榻的宾馆后,杨士琦说道:"少川,你今天说袁宫保也支持共和,这与宫保的意思不符。宫保的真意是实行君主立宪,而非共和。朝廷的意思,也是希望能够维持君宪政体。当初汪精卫和杨晳子成立国体共济会,据说老庆为此出银子一百万,就是希望能够最终维持君宪。宫保一再说三世受恩,不忍背离朝廷,你却对南方说宫保支持共和,六国领事皆在场,谈判情形定然瞒不过朝廷,岂不会让宫保落一身埋怨？"

"我今天这么说不错,而且也必须这么说。天下大势,非共和不可,这一点恐怕杏城也不反对吧？既然必定走向共和,那么将来大总统之位归于谁就很关键。如果通国皆知宫保是死守君宪的人,那谁还会推荐他当大总统？我知道杏城是一心维护宫保,可我们要从大势上着眼,才知道怎样才是真正维护宫保。堂堂的杨四爷奇计迭出,我不信看不到这一点,你是有意来考校我吧？"

杨士琦回道:"岂敢,我真是没想到这一层。不过,朝廷那边宫保不好交代。"

"好交代得很,就说这话是我唐绍仪说的,与宫保何干？"

杨士琦仰着大红鼻子哈哈大笑道:"果然是外交高手,我是望尘莫及！"

第七章

孙逸仙就任总统　袁项城逼退清帝

与唐、伍公开谈判的同时,还有秘密谈判也在进行。北方代表是保定陆军小学督办廖宇春,他是湖广总督段祺瑞的心腹;南方代表是江浙联军总参谋顾忠琛,他是江苏人,早期的同盟会会员,是黄兴的密友。双方达成了五项秘密协议,一是确定共和政体;二是优待清朝皇室;三是先推翻清廷者为大总统;四是南北满汉将士不负战争责任;五是组织临时议会,恢复各地秩序。廖宇春于12月23日从上海回到汉口,将秘密协议交给段祺瑞。段祺瑞派心腹靳云鹏秘密北上,劝袁世凯响应共和,段祺瑞则会积极响应。

靳云鹏是山东邹城人,十八岁时投到小站当兵,一直受段祺瑞提拔,与徐树铮、吴光新、傅良佐共称段祺瑞的四大金刚。两年前他在段祺瑞的推荐下出任云南第十九镇总参议。武昌起义后,蔡锷、李根源在昆明发动新军起义,靳云鹏在五华山抵抗,战败后化装成轿夫逃到湖北,重投段祺瑞,被安排出任第一军总参赞官。他对袁世凯道:"如今中国不能再起争端,宫保一身,关系国家安危,尤宜附从民望,支持共和。"

劝说袁世凯放弃君主立宪的不仅是段祺瑞,当年曾作为出洋五大臣参赞的熊希龄如今也与张謇等一道,投身南方临时政府,他给袁世凯发电说道:"连日阅报,和议相持,势将决裂,大局之危不堪设想,在公左右为难,具有苦衷,然人心所趋大势所在,万不能再有君主立宪之理。满室已失君主之资格,不能再临臣民之上。"

这时唐绍仪再次发来电报,催促袁世凯劝说朝廷同意国会议决国体:"迭次与伍廷芳会议,伍廷芳极言共和不可不成,君位不可不去,并言东南各省众志金同,断无更易,语甚激决。且各国政府投书劝和,亟望和平了结,亦颇支持共和。绍怡计无所出,苦心焦思,以为只有速开国民大会,征集各省代表,将君主共和问题付之公决之一法。现计停战之期仅余三日,若不得切实允开国会之谕旨,再无展限停战之望,势必决裂,唯有即日辞去代表名目,以自引罪。"

袁世凯于是与徐世昌密议道:"菊人大哥,我对共和之议,还是认为不适合中国情形。非但我,就是梁启超也很不以为然。如今欧美各国,英、德等国君主宪政,美国采取的是共和宪政。共和还是君宪,本无高下之分,只有合适不合适。真不知道南方革党为何非要坚持共和宪政。"

"孙文革命口号是'驱除鞑虏,恢复中华'。如果实行君宪,虽然是虚君,但毕竟皇上还在,他的驱除鞑虏也就不彻底,他的革命也就没取得胜利,所以,采取共和,清帝退位,是他们革命成功的象征,所以必坚定不移。但你我受恩深重,断不能支持共和,留下万世骂名不说,问心有愧,内疚神明!"

"菊人大哥,要说支持君宪,天下我是最支持的人。如今的内阁,已经是真正的责任内阁,我这内阁总理大臣,与他们所谓的大总统几无区别,我又何必多此一举,支持什么共和!可停战之期将尽,难道再起战端不成?还有孙文已经回到上海,我担心他回来后南方生变,所以大哥得赶紧给我拿个主意。"

"我没有主意,我的主意就是,这个主意四弟也不能拿。你且等我问问大佬,看他有什么高见。"

当天下午,徐世昌来见袁世凯,一见面便道:"大佬说了,此事关系满蒙利益,尤其关系亲贵荣辱。他也不敢拿主意,请让太后召集御前会议。"

"啊,我明白了。大佬的意思,把这个难题交给太后去办理。"

"正是。"

"菊人大哥,我得上份奏折。不过这折子,说话的分寸实在不好把握,现在我身边那些文案实在不顺手,劳驾大哥帮我一次。"

"这个好说,你放心好了,写好后我打发人送到锡拉胡同。"

第二天一早,隆裕太后召见袁世凯说道:"袁世凯,你的奏折我看到了,革党这样咄咄逼人,我真是没有办法。你看着办吧,无论大局如何,我断不会怨你,皇上长大后,有我在,也不能怨你。"

这是让袁世凯来决定是君宪还是共和国体。袁世凯当然不会担这么大的责任,磕头回道:"臣等国务大臣,担任行政事宜。至皇室安危大计,应请垂询皇族近支王公。论政体本应君主立宪,今即不能办到,革命党不肯承认,即应决战。但战须有饷,现在库中只有二十余万两,不敷应用,外国又不肯借款,所以决战也无把握。今唐绍仪请召集国会公决,如议定君主立宪政体,固属最善;倘议定共和政体,必应优待皇室。如开战,战败后,恐不能保全皇室。此事关系皇室安危,仍请召见近支王公再为商议。"

隆裕接受袁世凯建议,当天召近支王公进宫,议了半天没有结果。第二天,也就是 12 月 28 日,隆裕发布懿旨,谕准召集临时国会,议决国体。

唐绍仪于当天接到袁世凯电报,当晚与伍廷芳密议。正如杨士琦所预料,唐绍仪与伍廷芳关系已经十分密切,他支持共和的态度已经十分明确。两人频繁密议,统一了想法,才到会议上走冠冕堂皇的谈判程序。两人约定,次日下午二时半举行第四次会议。其实,双方早就达成默契,但表面上仍然争论的十分激烈,费了近两个小时,达成昨晚两人早就议定的协议:

一、开国民会议,解决国体问题,从多数取决,次定之后,两方均须依从。

二、国民会议未解决国体以前,清政府不得提取已经借定之洋款,也不得再借新款。

三、自 12 月 31 日早八钟起,所有陕西、山西、湖北、安徽、江苏等处之清军,五日以内,一律退出原驻地百里以外,只留巡警保卫地方,民军不得进占,以免冲突。俟于五日之内,商妥罢兵条款后,按照所定条款办理,其鲁、豫等省民军已经占领之地方,清军不得来攻,民军亦不得进取他处。

然而,在这一天,刚回国的孙中山被选举为大总统,南北谈判立起波澜。

南京被民军收复后,各省代表齐聚于此,主要任务就是组织临时政府。众人公论,总统位置非孙中山莫属。但当时孙中山尚在国外,于是推举黎元洪、黄兴两人为正副元帅。黎元洪是被逼着走上共和之路,在革命党人云集的南京,他的影响无法与黄兴相比,所以不久各省代表又开第二次会议,议决以黄兴代行大元帅职权,即以大元帅名义暂摄总统之职。也就是在孙中山归国前,黄兴是临时政府最高领导人。

孙中山是 12 月 25 日由广东都督胡汉民等人陪同乘轮船到达上海,由三马路海关码头登岸。当时中外人士、记者遍布码头,南京各省联合会委派六人代表专程到上海欢迎孙中山。上海各条街道,尤其是从码头到孙中山下榻的宝昌路 408 号,悬挂彩旗,张灯结彩,比过节还热闹。他的住处是一个三层花园住宅,前后有院,花树茂密。孙中山是乘汽车赶到这里,一时间车马盈门,黄兴、伍廷芳及各省都督代表都在此等待拜访。各界宴请已经安排到四天后。明天是大元帅黄兴、上海都督陈其美宴请,后天是各省代表联合会请;大后天是同盟会本部欢迎宴会,四天后是广东旅沪同乡会、香山旅沪同乡会欢迎宴会……

　　当天晚上欢迎宴会后,孙中山与同盟会领导人商讨《临时政府组织法》有关问题。推举孙中山为临时大总统,同盟会意见高度一致,而对政府组织采取总统制还是内阁制则存在极大争议,这一问题必须听取孙中山的意见。采取内阁制,则实际由内阁总理组织政府,总统权力受到限制,法国是典型内阁制国家,积极主张采取内阁制的是宋教仁;采取总统制,则组织政府大权在总统,美国是典型总统制国家,参议院相当一部分议员主张总统制。听取了制定临时政府组织法的汇报后,孙中山坚决反对内阁制:"我坚决反对内阁制。采取内阁制则由总理对国会负责,总统不当政治之冲,断非此非常时期所宜。既然各位有意推举我为大总统,那就不该再设这种制度来防制总统,我也不愿当这种'神圣的赘疣',而误革命之大计。"

　　最后的商议结果,就是采取美国式的总统制。

　　此时,汇集南京的各省代表,正在选举临时大总统。到会代表十七省,一省一票。有选举资格的包括孙文、黎元洪、黄兴三人。各省代表依次投票,结果孙文得十六票,当选为中华临时大总统,一时间军乐高奏,鞭炮齐鸣,随后又通电各省。

　　1912 年 1 月 1 日上午十时,孙中山登上专列起程赴南京就任大总统,上海车站送行的数万人。专列过苏州、无锡、常州、镇江,处处都有上万人的欢迎队伍,共和万岁的高呼声闻数里。孙中山对同行的胡汉民等人道:"共和已经深入人心,百姓都把希望寄托于共和。共和是中国大势,浩浩荡荡,势不可当。清廷还想再做君宪美梦,真该让他们听听这山呼海啸般的民声。"

　　下午五时,专列到达南京下关车站,附近的炮台和军舰齐放礼炮二十一响。孙中山改乘一辆披着绣花彩绸的敞篷马车,缓缓驶往总统府,街道两旁人群摩肩接踵,孙中山边微笑边向人群挥手。

　　临时大总统府设在原来的两江总督府,门外搭起两座彩门,上面插满了松枝翠柏和各色纸花,九盏大红宫灯悬挂在彩门上。晚上十时,就职典礼在原总督府大堂举行,各省代表、陆海军代表和社会名流、中外记者济济一堂。主席台正中贴着"中华民国临时大总统就职典礼"十三个金箔大字。

临时政府各省代表会议长景耀月主持就职典礼,他报告选举情形后致颂词:"今日之举,为五千年历史所未有,我国民所希望者,在共和政府之成立及推倒清朝专制政府,使人民享自由幸福。孙先生为近世革命创始者,富有政治学识,各省公民选定后,今日任职,愿孙先生始终爱护国民自由,毋负国民期望,并请总统宣誓。"

孙中山举起右手,向着五色旗朗声宣誓道:"倾覆满洲专制政府,巩固中华民国,图谋民生幸福,此国民之公意,文实遵之,以忠于国,为众服务。至专制政府既倒,国内无变乱,民国卓立于世界,为列邦公认,斯时文当解临时总统之职,谨以此誓于国民。"

袁世凯接到电报,知道孙中山已经被选为大总统,便把电报揉成一团,尚不解恨,复又重重砸向玻璃窗。

南方答应他支持共和,就以大总统一职相让,如今他刚刚劝说朝廷同意召开国会议决国体,孙中山就被推举为大总统,南方简直是玩他于股掌!他立即发电给唐绍仪,对五次谈判达成的协议一概不认,理由是唐绍仪未经奏明朝廷,率行应允。当然,真正原因是什么,唐绍仪自然十分清楚。

支持共和,已是唐绍仪坚定不移的态度,但他的目标是希望袁世凯能够出任大总统。他在和谈中让步很大,目的是尽快促成共和,让南方践诺。但在这关键时候,孙中山却当选为大总统,因此他对杨士琦道:"杏城,谈得好好的,没想到突然杀出程咬金。我这全权没法向宫保交代,我得请辞。"

"请辞吧,谈到这份上,早就该辞。"杨士琦对唐绍仪心向南方,一味让步早有不满,几人私下商议,结论是"少川与南方几乎是一家人"。

于是由文案起草,唐绍仪审定后,十人共同签名向朝廷发辞职电:

此次奉派代表来沪讨论大局,原为希冀和平解决,免致地方糜烂起见。到沪后,民军坚持共和,竟至无从讨论。初经提出国会议决一策,南北均全体反对。多方设法,方能有此结果。今北方议论既成反对,而连日会议所定条款,宫保又不承认,怡等才识庸懦,奉职无状,自明日始,不敢再莅会场。除知照伍廷芳外,请速另派代表来沪,不胜迫切待命之至。唐绍怡、杨士琦、章宗祥、渠本翘、傅增湘、孙多森、张国淦、冯耿光、张锴、寒念益、侯延爽、章福荣等同叩。

袁世凯接到电报,犹豫一夜,于1月2日复电同意他们辞职请求。但他并不愿完全放弃和谈,因此又给伍廷芳一电,说明准唐绍仪辞职但和谈继续,"至另委代表接议,一时尚难得其人,且南行需时。嗣后应商事件,先由本大臣与贵代表直接反复电商,以期简捷,冀可早日和平解决"。

想了想,又发一电给伍廷芳,则全是质问的语气:"国体问题,由国会解决,业经贵代表承认。现正商议正当办法,自应以全国人民公决之政体为断。乃闻南京忽已组织政府,并孙文受任总统之日,宣誓驱逐满清政府,是显与前议国会解决问题相背。特诘问贵代表,此次选举总统是何用意。设国会议决为君主立宪,该政府暨总统是否亦取消。希速电复。"

要回答袁世凯的诘问,对律师出身的伍廷芳来说,是小菜一碟。他很快回复袁世凯,南京组织临时政府,与国民议决国体并无关系。现在民军已经光复十余省,不能无统一之机关,在国民议决以前,民国组织临时政府,选举大总统,纯是民国内部事务,外人不得干预。如果以此相诘,请问国民议决前,也不能确定一定实行君主立宪,清政府何以不即行消灭,何以还在委派大小官员?袁世凯接电,心里直骂,真是个老滑头!

更让袁世凯烦恼的是,亲贵对他都极为不满,就是隆裕也不像从前体谅。根据宪法,亲贵不得干政,但他们并非没有办法,买通了御史数人,连番上折弹劾袁世凯,其中有一份指桑骂槐说道:"自资政院以十九信条削尽君权,天下哗然以为不可,乃未几以实行宪政,尽罢亲贵、易大臣,人心益疑;未几以组织内阁,停止奏事入对,撤销直日,人心愈疑,以为实权既去,空文亦亡,朝廷自此替矣!随后又监国摄政王去位,徒使我皇上以一孺子,孑然独处于内,诸臣累然屏迹于外,内外隔绝,上下不通,宁知复取我君父置于何地?方今海宇分崩,叛逆四起,存亡危急,即在目前,乱臣贼子,布满肘腋,愚者固忧司马昭之心,不得不防也。"

袁世凯此时真是风箱里的老鼠两头受气,正是俗语所说的,猪八戒照镜子——里外不是人。

北洋内部,此时也现纷争的苗头。禁卫军统领冯国璋本来就对清廷感恩戴德，又加禁卫军的满蒙将士反对共和，因此他向袁世凯提出，重行君宪，不宜行共和；天津陆军统制张怀芝也发勤王檄文，谓革命之徒，妄执共和美名，糜乱大局。袁世凯以为这样也好，能够给南方以压力，让他们知道共和能不能行得通，系于他袁某人一身。所以他又派人授意段祺瑞、段芝贵、姜桂题等北洋将领纷纷发电，不承认共和。

这一招并没把南方吓住。孙中山以为袁世凯反复无常，不用武力不足以征服，而且他在就职时有推翻清朝的誓言，所以向资政院提出了六路北伐的计划，向北京进逼。六军会合，共破虏巢。

袁世凯得到消息，不能不重视，因此急电北洋军各统制、统领、协统及山东、河南、东三省督抚：顷闻上海革党有决裂之意，望即严备，如革军前进，即行痛剿。

同时，他又借与日本驻华使馆翻译高尾谈话的时机，向南方传递他希望和平但又不惜一战的决心："孙氏此举，殊为无理。革命军既已片面宣告决裂，官军方面只得考虑对付手段。如果革命军方面诉诸武力，采取攻势，官军方面必定坚决还击，不知贵国政府是否同意？"

高尾不答反问道："阁下所问问题，本人无权奉答。如今贵国南北两方共和、君宪各持一端，毫不相让，请问袁总理持何立场？"

"我国号称专制，于今数千年矣。熟察国人程度，对于共和政治，为时尚早，我国除二三首领论共和主义外，一般人民多不知共和二字系何物，虽学军商界，各为议论，组织团体，其实所知者也了了，反而闹得意见纷歧。现政府为服从人心计，宪法信条，宣誓太庙，国家大权，已归人民之手。我鞠躬尽力，从事改革，名誉利益，迄不顾及，只欲恢复中国秩序，发扬国威，希望组织巩固政府，反对分割中国之谋。予志如斯，世人攻击，在所不计，保全中国，乃予最高义务。"袁世凯相信，他的话很快会传递到南方。

南北双方都表示出强硬态度，但双方也都不愿真正开战。袁世凯与伍廷芳电报频繁，为国民议会代表如何产生、双方撤兵的距离以及国民议会在何地召开驳来驳去，互不相让。其实这些都不是关键，关键是袁世凯要南方明确答复是否还愿以大总统相让。孙中山不愿受要挟，向黄兴等人说，不能推倒清朝，则绝不议和。唐绍仪与伍廷芳商议，以大总统之位换取袁世凯支持共和。伍廷芳则认为，十余省已经认同共和，袁世凯却一再以君主立宪要挟，实在没有道理。

1月11日，孙中山亲任总指挥，下令开始北伐。两天后，北伐军已经在安徽、河南、湖北战场小有斩获。但形势并不乐观，继续打下去，并无必胜的把握。因为虽然各省响应北伐，却各有自己的打算。比如贵州、云南是希望借北伐兼并四川，进军陕西，以扩大军事地盘，"雄踞长江上游，以观天下之变"。广东闽浙也是希望借此机会，向长江流域扩大势力。利益上各有所求，革命军内部也不能团结一致。由于起义者多系士兵或下级军官，光复后，在军事指挥上互不相让，甚至以兵刃相向，争夺军权。在财政上则是捉襟见肘，向国外贷款贷不到，而只靠富商巨绅捐助又杯水车薪，当时仅在南京附近的民军就有十万余众，军饷都解决不了，又加缺少枪弹、军装，虽然人数多却算不上精锐之师，要与袁世凯的精锐北洋军对阵，难操胜券。

唐绍仪于是再与伍廷芳商议道："老先生是德高望重的前辈，最知道共和的真谛，应当是为民众谋福祉。双方这样子打下去，生灵涂炭，我们还奢谈什么共和！"

伍廷芳驳道："要打也是双方的事，责任不只在南方。"

唐绍仪劝道："当然责任不只在南方，但当初有约定，谁推翻清廷，谁出任大总统。如今能够兵不血刃让清帝退位的大约只有袁总理做得到，为什么不能重申前约，避免陷入战争？几天前外蒙古在俄罗斯的策动下已经宣布脱离朝廷，也并没宣布响应共和，分明是要闹独立，日本也在东三省动作不断。老先生，如果中国因为内乱而导致边疆分崩离析，我们都是中国的罪人，后世子孙会戳断我们的脊梁骨。尤其你我是议和代表，怎么议的和？责任何其大！我已经被免，你如今直接与袁总理谈，谈的结果是双方大打出手，你也不好交代吧？不管怎么说，是南方先推举大总统，虽然可以牵强解释，但文过不能饰非，大家心里都明镜似的，违约的是南方。"

伍廷芳已经受到震动，但嘴上却不肯承认："不，不，少川，违约的是北方，是袁总理，我们条约俱在，他却一概推翻，责任应当由他负。"

"前辈，我不是在谈判桌上和你说外交辞令，我是推心置腹。袁宫保固然是推翻前约，但为什么推翻，真实原因你我都清楚吧。"

这会轮到伶牙俐齿的伍廷芳沉默了，良久之后才道："让孙先生让出大总统之位，这话我不能说。这个结打不开，和议就无希望，战争不可避免。干脆我也请辞，去任我的司法总长好了。如今到处纷乱不堪，加强法治，维护治安比什么也要紧。"

"老先生,你可不能甩手不管。"

伍廷芳回道:"少川放心,我不是甩手不管,是我力不从心。这件事你应该去与克强商议,他当初也向袁慰廷打过包票的,而且他一直希望和平解决。"

袁世凯终于等到了伍廷芳的密电:"孙大总统电:如清帝实行退位,宣布共和,则临时政府决不食言,文即可正式宣布解职,以功以能,首推袁氏。"

袁世凯立即召儿子袁克定、署理邮传部大臣梁士诒密商。自从唐绍仪、杨士琦南下后,经常共机密的,除了儿子袁克定,就是梁士诒了。他办事圆滑,工于心计,不亚于杨士琦。而他极善谋财,又是杨士琦所望尘莫及。他接任杨士琦缺出的邮传部大臣后,把自己当年"交通系"的旧部重新召集到麾下,又为袁世凯掌起了钱袋子,更为袁世凯所倚重。

梁士诒看过伍廷芳的密电后道:"宫保应该下决心,劝退幼帝了。"

"你们两个代我发电给少川、杏城、精卫,让他们告诉伍秩庸,势在必行,义无反顾。只是不能由我先发,我打算训示北洋诸将及各省疆吏,联衔劝幼帝退位,以国让民,一举而大局可定。另外拟定优待清室条件,征南方同意。"袁世凯说道。

"联衔的官员,还应当有驻外使节。这件事,我让陆子欣来办好了。"

梁士诒所说的陆子欣就是太仓人陆征祥,此时任驻俄特使。

除了官员外,宫中的太监也要善加利用。如今隆裕最信任的太监就是小德张,他的地位一如当年的李莲英。袁世凯最善结交,对小德张这样的关键人物当然从不吝啬。不过,如今这件事袁世凯不宜亲自出面,商定由梁士诒来办理。梁士诒手中有的是银子,而小德张这样的人最看重的就是银子。他的作用,当然不必去发表意见,只要把民军如何勇悍以及对付民军如何艰难经常说给隆裕就行了。

需要商议的事情很多,议定停当,已经是夜里十一点。袁世凯要早点休息,明天一早他要进宫。

第二天一早,袁世凯到养心殿觐见隆裕太后。礼节性地问话后,隆裕问道:"袁世凯,听说革匪要分六路进攻京师,可有这话?"

袁世凯回道:"他们已经开始北进,并且攻占了徐州。"

"你的北洋军能不能挡得住?"

"臣一定尽力,但实无把握。自武昌乱起,旬日之间,民军响应,几遍全国,唯直隶、河南未经叛离。北方一隅，虽能稍保治安，而海军尽叛，一旦所议不合，舰队进攻，天险已无。如果把北洋六镇悉调京津，或可阻挡，但弃各战地于不顾，无异拆西墙补东墙，东墙未必能固，而西墙必倒无疑。何况粮饷两缺，军心不稳，迁延日久，必有内溃之一日。臣与南边又谈妥第六期停战，但只有七天时间，转瞬即到。"

隆裕按着太阳穴说道："这可怎么是好？我们孤儿寡母全靠你了，这以后该怎么办？"

"恐怕只有更改国体了。"

隆裕惊道："还怎么改？已经实行宪政了，他们还不满意，非要夺去我们孤儿寡母的皇位宗社不成？"

"民军所争者政体，而非君位，所欲者共和，而非宗社。"

"政体若变为共和，就像他们现在这样，只有大总统，哪里还有我们母子的活路？"

袁世凯解释道："不然，臣拟定了优待皇室条件，皇位继续保留，太后和皇上依然可以住紫禁城，宫中用度也有政府如数拨给。"

"那就由你拿主意好了，我实在没有什么办法。"

"此事臣不能决断。臣会同国务大臣，筹维再四，于国体改革，关系至重，不敢滥逞兵威，贻害生灵；又不敢妄事变更，以伤国体。非皇太后、皇上召集皇族，密开果决会议不可。"

隆裕叹道："他们好多人反对，恐怕议不出结果。"

"这件大事，不能久拖不决。如今各国因为此次战乱，贸易损失不小，他们目前还肯出面调停，希望尽快和平解决。如果久拖不决，洋人难免会直接干涉，那时候就更加麻烦。而且民军恐怕对朝廷，感情会更恶劣。臣昨夜读法兰西革命史，如果法国皇室能够早顺舆情，何至于路易之子孙皆被屠戮！"

于是袁世凯给隆裕讲法国大革命，路易国王被押上断头台，子孙也遭杀害，添油加醋，把隆裕吓得心惊胆战。隆裕答应，召集宗室商议一下。

袁世凯十一时多出宫，坐着两轮大马车回锡拉胡同。当经过王府井与厂家街丁字路口的三义茶馆门前，忽然车前一声巨响，开道的两匹顶马被炸倒，还未反应过来，车后又是一声巨响。袁世凯大喝一声："快走！"其实不用喊，马已受惊，早就拼命向前蹿。马夫紧拉着缰绳竭力掌控着方向，一直到了锡拉胡同才放慢了速度。袁世凯走下马车，习惯地掸掸两袖，对前来迎接的家人道："今天有人和我开玩笑。"

这玩笑开得大了。他的一名护卫和副官被炸死,两匹马和随从、护卫十余人受伤。当时军警、卫队立即展开搜捕,现场拿获了数人。被拿获的人毫不畏惧,声称是革命党人,因为袁世凯是共和的绊脚石,必欲杀之而后快。袁世凯听了报告,颇感欣慰道:"这样对宫里反而好交代了。"

消息当天下午就传进宫去。隆裕听说革命党人连袁世凯也敢炸,吓得脸都白了。小德张趁机进言,说革命党人无孔不入,如果再不下决心,不但宫外的亲贵有危险,就是宫里也不见得安宁。

隆裕失声问道:"他们总不至于跑到宫里来安炸弹吧?"

"宫里有层层守卫,他们当然跑不进来。但保不定他们收买了什么人,那可就防不胜防了。"的确,宫中侍卫及部分太监不当值的时候就出宫,被人收买不是没有可能。于是,小德张又劝说道,"袁总理被炸,说明并不像有些人所说他被收买了。他是真心为皇室打算,太后宜早下决心,请开御前会议,议决国体。"

隆裕下定决心道:"那就明天开吧,近支亲贵、蒙古王爷们都进宫来商议。"

次日在内阁召集御前会议。袁世凯以被炸受惊,兼感风寒为由,未出席,而是委托民政部大臣赵秉钧、邮传部大臣梁士诒、外务部副大臣胡惟德为代表出席。醇亲王载沣、庆亲王奕劻、恭亲王溥伟等诸王及蒙古亲王均到。但大家枯坐半个小时,彼此闲谈,没有一人提及国是。大家不是不明白,但皇帝让国这样的大事,就是最为亲贵的醇亲王载沣都装聋作哑,谁傻到先开口?

然而,亲贵中并非都甘于屈服,恭亲王溥伟就是其中之一。三年前光绪驾崩,曾经有种议论,由他继承帝位。结果载沣对他也很提防,载泽、载涛、载洵等都得到重用,溥伟却只当了一个无关紧要的禁烟大臣。半月前载沣自请罢去监国摄政王之位,溥伟以为自己的机会来了,数日前积极参与良弼、毓朗、载涛、载泽、铁良等人的秘密会议,成立君主立宪维持会——也就是宗社党,准备要求隆裕坚持君主立宪,反对共和。他们正在密谋扳倒袁世凯,以毓朗、载泽出面组阁,铁良出任陆军部大臣,良弼率军与南方革命军决一死战。此时他首先出头,问梁士诒和赵秉钧道:"总理大臣邀请我等会议,究竟议论何事,请总理大臣宣布出来。"

赵秉钧接话道:"革命党势力太强,北方军队不足为恃。袁总理想设立临时政府于天津,与他们开议,或和或战,再定办法。"

溥伟闻言反问道:"朝廷以慰廷为钦差大臣,又任命为总理大臣,是认为他能讨贼平乱。现在朝廷在此,而复设一临时政府于天津,难道北京之政府不足恃,而天津足恃? 而且汉阳已复,正宜乘胜痛剿,罢战议和,岂有此理? "

梁士诒回道:"汉阳虽胜,无奈各省响应,北方无饷无械,孤危已甚。设政府于天津,是担心惊扰了皇上。"

溥伟听了又问道:"从前发捻之乱,扰及畿辅,用兵近二十年,也没有议和之举,更没有别设政府之谋。今革命党之势远不及发捻,如何有此议论?用兵筹饷之事,为诸臣应尽之责,当勉为其难。若遇贼即和,人人都会,朝廷何必召袁慰廷出山? "

梁士诒、赵秉钧被问得张口结舌。当过出使大臣的外务部副大臣胡惟德解围道:"此次之战,列邦皆不愿意。我若一意主战,恐外国人责难。"

"中国自有主权对内平乱,外人何能干预。且英、德、俄、日皆君主之国,亦万无强胁人君俯从乱党之理。您既然这么说,那告诉我是何国人,我要当面问问他们。"

溥伟这就有些抬杠了,胡惟德也无话可答,也不想再搭理这位自以为是的小王爷。

这时,奕劻终于说话了:"议事不可争执,而且事体重大,我辈也不敢决,应请旨办理。"

其实,奕劻对袁世凯的心思十分清楚。他不愿赞同共和,但又阻挡乏术;他希望君主立宪能够延续,但更知人心所向。因此他不置可否,只把矛盾往上推。众人都应和,于是御前会议无果而散。

隔一天,隆裕在养心殿召见亲贵。早晨六时左右,溥伟、载泽等人就到了上书房等候。载泽对溥伟道:"昨天我去见冯华甫,他说革命党不足惧,只要发饷三月,必能奏功。等议事时你先把这事奏给太后,太后必问我详情,我再详奏。"

不久,载沣也到了,他对溥伟道:"今日的会议,庆王本不愿,不愿意你来,有人问时,你,你就说是你自己,要来。"

溥伟点头答应。

七时多,众人入养心殿,隆裕西向坐,宣统并未在座。被召者有醇亲王载沣、恭亲王溥伟、睿亲王魁斌、肃亲王善耆、庄亲王溥绪、贝勒载洵、载涛、毓朗、贝子载泽以及几个蒙古王公。

等众人鱼贯而入,见过礼后,隆裕开门见山问道:"你们看是君主好,还是共和好? "

众人都回道:"臣等皆力主君主,无主张共和之理,求太后圣断坚持,勿为所惑。"

隆裕道:"我何尝要共和,都是奕劻同袁世凯说革命党太厉害,我们没枪炮、没军饷,万不能打仗。我说可否求外国人帮助,他们后来回奏说,外国人都说革命党本是好百姓,因为改良政治才用兵,如要我们帮忙,必使摄政王退位。你们问载沣,是否这样说?"

载沣回道:"是。"

这时溥伟插话道:"既是奕劻这样说,现在摄政王已然退政,外国何以仍不帮忙,显系奕劻欺罔。"

那彦图也附和道:"既然太后知道如此,求嗣后不要再信他言。"

溥伟借机道:"乱党实不足惧,昨日冯国璋对载泽说,求发饷三月,他情愿破贼,问载泽有这事否?"

载泽立即接话道:"是有。冯国璋所部军气颇壮,求发饷派他去打仗。"

隆裕苦着脸道:"现在内帑已竭,前次所发三万现金是皇帝内库的,我真没有。"

溥伟以头碰地道:"库帑空虚,焉敢迫求?唯军饷紧要,饷足,则兵气坚,否则气馁兵溃,贻患甚大。从前日俄之战,日本帝后解簪饰以赏军,现在人心浮动,必须振作。既是冯国璋肯报效出力,请太后将宫中金银器皿赏出几件,暂充战费,虽不足数,然而军人感激,必能效死,如获一胜仗,则人心大定。恩以御众,胜则主威。请太后圣明三思。"

善耆也帮腔道:"恭亲王所说甚是,求太后圣断立行。"

但隆裕仍然有顾虑道:"胜了固然好,要是败了,连优待条件都没有,岂不是要亡国么?"

见状,溥伟大声道:"优待条件是欺人之谈,不过与迎闯贼不纳粮的话一样。从前是欺民,现在是欺君罢了。请用贤斩佞,激励兵心,足可转危为安。若一议和,则兵心散乱,财用又空,奸邪得志,后事真不堪言。而且大权既去,逆臣乱民倘有篡逆之举,又有何法制之?彼时向谁索优待条件?而且,即使优待条件可恃,以堂堂朝廷之尊,而受臣民优待,岂不贻笑列邦,贻笑千古?太后、皇上欲求今日之尊崇,不可得也。臣忝列宗支,实不忍见此等事!"

"就是打仗,现在愿打的也只冯国璋一人,就那么容易取胜?"隆裕又问道。

善耆插话道:"中外诸臣,不无忠勇之士,太后不必忧虑!"

147

"臣大胆,敢请太后、皇上赏兵,情愿杀贼报国!"溥伟主动请缨,又看着载涛问道,"载涛你管陆军,知道我们的兵力怎么样?"

载涛回道:"我没有打过仗,不知道。"

隆裕默然良久后道:"你们先下去吧。"

"过会儿国务大臣进见,请太后慎重降旨。"善耆又提醒道。

"我真是怕见他们。"隆裕又问溥伟,"如果他们又是主和,我应说什么?"

溥伟回奏道:"请太后仍是主持前次谕旨,着他们要国会解决。若设临时政府,或迁就革命党,断不可行。如果他们有意外要求,请太后断不允许。"

"我知道了。"

溥伟又叩头道:"革命党徒无非是些年少无知的人,本不足惧,臣最担忧的是乱臣借革命党势力恫吓朝廷,又复甘言诈骗,以揖让为美德,以优待为欺饰,请太后明鉴。南方为党人占据,民不聊生,北方因为两宫照临,所以地方安静,此正明效大验。太后爱惜百姓,如杀贼安民,百姓自然享福;若是议和罢战,共和告成,不但亡国,此后中国之百姓便永不能平安。中国虽弱,毕竟是中华大国,为各国观瞻所系。若中国政体改变,臣恐影响所及,从此兵连祸结,全球时有大战,非数十年所能定。是太后爱百姓,倒是害了百姓。"

载泽又在一边提醒道:"今日臣等所奏之言,请太后还后宫千万不可对御前太监说,因为事关重大,请太后格外谨慎。"

"那是自然,我当初侍奉太皇太后是何等谨慎,你不信,可以问载涛。"

过了一天,载沣对溥伟道:"你前天奏对,语气太激烈,太后很不喜欢。说恭亲王、肃亲王、那彦图三个人爱说冒失话,你告知他们,以后不准再如此。"

溥伟回道:"太后既有此旨,万无再违旨说话的道理,然而目睹危险,天颜咫尺之地,何忍缄默?"

"我处嫌疑之地,也不能说话。"

"五叔与溥伟不同,既是五叔为难,只好以后会议时,溥伟不来就是了。"

"这两日来不知是怎么回事,老庆依然入朝,太后意思也颇活动,奈何奈何!"

"宗社党已经公开宣言,正大光明的活动,要与袁老四争一争。"溥伟又对载沣道,"五叔,冯华甫答应出任宪政会的会长,由他出面,袁老四必得好好考虑考虑。"

宗社党的骨干都是宗室亲贵,对外正式名头是君主立宪维持会。为了表示并非为宗室一己之利益,推冯国璋为会长,副会长是蒙古郡王贡桑,冯国璋的老乡恽毓鼎也加入宗社党,出谋划策。

载沣却没溥伟那么乐观,反问道:"你别看事太,太易。冯华甫是,是袁老四一手提携,他能和袁老四作对?"

"冯华甫是忠臣。"

冯国璋是忠臣不假,但他不可能与袁世凯闹翻也是真的。这天上午,他与副会长贡桑还有宪政维持会的总文案恽毓鼎一起到内阁见袁世凯,申述支持君主立宪的主张。

袁世凯内阁办公的地方在石大人胡同北侧的迎宾馆,此地与从前的总理衙门隔一条东堂子胡同。七八年前,德国皇太子要到中国来,于是在外务部南建迎宾馆,聘用美国建筑师坚利逊承包,设计和建造完全采用西洋模式,建成后雄伟而壮丽。但后来皇太子并未如期到访,这座迎宾馆就成了外务部办公的地方。袁世凯组阁后,也在此办公。

他在接待室接见冯国璋道:"我何尝不像你们一样主张君主立宪,十年前我就主张君主立宪,五大臣考察宪政还是直隶出的银子。可是,有实际困难也不能不和大家说清楚,现在最要紧的就是有兵无饷,而且宣布独立的地方太多了,我们的军队顾此失彼,实在不足分布。"

三个人垂头丧气,无果而返。隔了一天,袁世凯单独约见冯国璋。此后,溥伟再来见这位会长,冯国璋口风大变,不像从前一力主战。溥伟叹道:"完了完了,冯国璋也被袁世凯收买了。"

溥伟及宗社党骨干载泽、溥伟、良弼等人不肯低头,发表《北京旗汉军民公启》,揭露袁世凯居心叵测,损辱国体,有谋朝篡位的奸谋。蒙古王公纷纷出京,各回本旗,据说要组织勤王敢死队。袁世凯立即调曹锟率第三镇入京护卫,并把旗籍巡警全部调出城外。冯国璋又下令禁卫军严守营盘,不得出营门一步。宗社党这时才发觉,两手空空,根本无法与袁世凯斗。

更让宗社党的亲贵们泄气的是,段祺瑞等北洋系将领于 1 月 26 日发来电报,敦促清廷接受共和。这份近千字长电,是发给内阁、军咨、陆军并各王大臣,事由是"为痛陈利害,恳请立定共和政体,以巩皇位而奠大局"。这份长电先说停战以来,南北均赞同共和,而且给清室优厚待遇,对八旗及满蒙回藏生计也都筹定,"率土臣民,罔不额手称庆,以为事机至顺,皇位从此永保,结果之良,轶越古今,真国家无疆之休也"。如果双方开战,结果对北方十分不利,"而我皆困守一隅,寸筹莫展,彼进一步,则我之东、皖、豫即不自保。虽祺瑞等公贞自励,死生敢保无他,而饷源告匮,兵气动摇,大势所趋,将心不固,一旦决裂,何所恃以为战？深恐丧师之后,宗社随倾,彼时皇室尊荣,宗藩生计,必均难求满志。即拟南北分立,勉强支持,而以人心论,则西北骚动,形既内溃;以地理论,则江海尽失,势成坐亡"。最后要求是,"恳请涣汗大号,明降谕旨,宣示中外,立定共和政体,以现在内阁及国务大臣等,暂时代表政府,交涉未完各事项,再行召集国会,组织共和政府,俾中外人民,咸与维新,以期妥奠群生,速复地方秩序,然后振刷民气,力图自强,中国前途,实维幸甚,不胜激切待命之至,谨请代奏"！

这封电报是典型的利诱加威逼。同样的意思其他人早就说过,但力量和影响都无法与这份长电相比, 在这份长电上签名的包括署理湖广总督第一军总统段祺瑞,古北口提督毅军总统姜桂题,护理两江总督长江提督张勋,察哈尔台都统陆军统制何总莲,副都统段芝贵,河南布政使帮办军务倪嗣冲……北洋系的统军将领四十七人全部列名！更让隆裕心惊的是电报中还说"丧师之后,宗社随倾,彼时皇室尊荣,宗藩生计,必均难求满志"。

段祺瑞在二十几天前还通电南方,表示坚决支持君主立宪,如今又致电清廷,却坚定支持共和。二十多天的时间态度来了个大转弯,当然不是真的思想有变化,而完全是随着袁世凯的需要而转弯。明眼人其实一看就明白,但袁世凯还要装糊涂,与徐世昌、王士珍、冯国璋一起通电段祺瑞,"忠君爱国,天下大义;服从用命,军人大道;道义不存,秩序必乱",警告段祺瑞不要轻举妄动。显然,袁世凯不过是与段祺瑞唱一出双簧。

这天晚上,宗社党的骨干良弼又被炸。当时良弼到醇亲王府商讨如何应对段祺瑞等人的通电,议了一晚上也没有拿出什么好办法。他刚下马车,从他府门口的一辆马车上下来一个小个子军官,穿着标统制服,挂着腰刀,人很精干,向良弼打了一个军礼道:"报告军门,我受奉天讲武堂监督崇恭崇大人之命,有军情向军门禀报。"

良弼向来十分警惕,摇摇手示意来人不要靠近。随从的护兵将名片接过,良弼一看的确是崇恭的。他与崇恭是老朋友,因此对来人身份不再怀疑,皱了皱眉头道:"有什么紧急的事情,深更半夜地赶了过来？"

来人趁良弼看名片的工夫,从怀里摸出炸弹扔过来,良弼喊一声不好,急步跳上台阶。但这枚炸弹没炸,来人又投出一枚,从台阶上弹回到良弼的马车前,轰隆一声巨响,良弼的马车被炸烂,两个随从被炸伤,来人当场被炸死。良弼哎呀一声卧在了台阶上。众人上前,还好,良弼只是腿受了伤。众人将他抬到府内,有人去请医生,有人向巡警厅打电话报警,府里忙成一锅粥。良弼好一阵才苏醒过来,对身边人道:"我辈军人,死何足惜。我组织宗社党,以图挽救老祖宗传下来的这数百年江山。如今我一死,清室也很快就要灭亡了。刺杀我者,必是将来夺国者!"

请来的日本医生检查了伤情,先为他清创止血,天亮后又决定截肢。但因流血太多,手术刚做完良弼就死了。

刺客的身份第二天就查明了,叫彭家珍,字席儒,四川成都金堂县人,时年三十五岁。曾留学日本,回国后在亲友推荐下投身于四川总督锡良麾下,深受器重,后来随锡良调云南、东北,任过云南陆军学堂、奉天讲武堂教官,与第二十镇军官关系十分密切。今年滦州秋操前调到天津,出任兵站司令部副官。他是乘坐火车于数日前进京,住在金台旅馆,所乘马车也是旅馆的。他入住旅馆后,一直独来独往,因此是否有同党一概不知。

袁世凯根据赵秉钧的建议私下里对奕劻道:"彭家珍看似独来独往,其实不然,他只是把同党掩护得滴水不漏罢了。他担任奉天讲武堂及东三省学兵营教练官多年,二十镇的中下级军官大多出于其门下,滦州兵变与他关系极大。如今京畿一带屡出暴力事件,这就足以证明,革命党的势力已近在肘腋之间。良赉臣被炸,也许只是个开头。"

随即,奕劻将这些话奏给隆裕,隆裕吓得心惊胆战。

良弼是满人中难得的人才,与恩铭、铁良、端方、载泽并称"满洲五虎"。早在 1907 年,恩铭就被光复会会员徐锡麟刺杀;三个月前,端方亦在赶赴四川镇压"保路运动"的途中,被其哗变的部属杀死。如今五虎只余铁良与载泽,两人势难再有作为。溥伟吓得躲到了西山,宗室亲贵纷纷到天津或烟台、青岛租界避难。

良弼死后次日——2 月 6 日,段祺瑞又领衔第一军八名协统再次发出代奏电:

　　共和国体,原以致君于尧、舜,拯民于水火,乃因二三王公,迭次阻挠,以致恩旨不颁,万民受困。现在全局危迫,四面楚歌,颍州则沦陷于革军,徐州则小胜而大败,革舰由奉天中立地登岸,日人则许之,登州、黄县独立之影响,蔓延于全鲁,而且京、津两地,暗杀之党林立,稍疏防范,祸变即生。是陷九庙两宫于危险之地,此皆二三王公之咎也。三年以来,皇族之败坏大局,罪难发数,事至今日,乃并皇太后皇上欲求一安富尊荣之典,四万万人欲求一生活之路,而不见允,祖宗有知,能不恫乎?盖国体一日不决,则百姓之困兵燹冻饿,死于非命者,日何啻数万。瑞等不忍宇内有此败类也,岂敢坐视乘舆之危而不救乎?谨率全军将士入京,与王公痛陈利害,祖宗神明,实式凭之。挥泪登车,昧死上达。 请代奏。

隆裕下决心接受共和,下谕袁世凯与南方开始谈判清室优待条件。经过数天的谈判,双方最后达成一致。皇室的优待条件主要包括,大清皇帝辞位之后,尊号仍存不废,中华民国以待各外国君主之礼相待;岁用四百万两(改铸新币后为四百万元)由中华民国拨用;皇帝辞位后暂居宫禁,日后移居颐和园,侍卫人等照常留用;宗庙、陵寝,永远奉祀,由中华民国酌设卫兵妥慎保护;原有私产由中华民国特别保护;原有禁卫军,归中华民国陆军部编制,额数俸饷,仍如其旧等。皇族及满、蒙、回、藏等各族权益保障也都有相应的规定。

优待条件即将达成,共和国体即将确立,由张謇起草的退位诏草稿已经发来,袁世凯召徐世昌前来密议:

朕钦奉隆裕皇太后懿旨:前因民军起事,各省响应,九夏沸腾,生灵涂炭。特命袁世凯遣员与民军代表讨论大局,议开国会、公决政体。两月以来,尚无确当办法。南北暌隔,彼此相持。商辍于途,士露于野。徒以国体一日不决,故民生一日不安。今全国人民心理,多倾向共和。南中各省,既倡议于前,北方诸将,亦主张于后。人心所向,天命可知。予亦何忍因一姓之尊荣,拂兆民之好恶。是用外观大势,内审舆情,特率皇帝将统治权公诸全国,定为共和立宪国体。近慰海内厌乱望治之心,远协古圣天下为公之义。总期人民安堵,海宇乂安,仍合满、汉、蒙、回、藏五族完全领土为一大中华民国。予与皇帝得以退处宽闲,优游岁月,长受国民之优礼,亲见郅治之告成!钦此。

"张先生不愧是状元出身,果然好文笔,几乎一字不必易。"徐世昌接过来一看大赞道。

袁世凯却有点担忧道："菊人大哥,张先生的文章是好文章,但还是略有遗憾。如果南方到时候食言,又该如何?"

徐世昌立即领会,袁世凯担心的不是南方食言清室优待条件,而是大总统一职相让与否。他沉思良久,提笔在"近慰海内厌乱望治之心"前加了两句话:袁世凯前经资政院选举为总理大臣,当兹新旧代谢之际,宜有南北统一之方。即由袁世凯以全权组织临时共和政府,与民军协商统一办法。

这两句加得极好,强调了袁世凯的合法地位,一方面是受民意机关——资政院的选举,一方面是受清廷的旨意,如果南方万一食言,他即可据此组织共和政府。袁世凯见了连拍桌案道:"好,好,好!"

"结尾似有遗憾,感觉言犹未尽。"徐世昌再读一遍旨稿,想了想提笔在最后加上"岂不懿欤"四字。

袁世凯接过旨稿,念到最后几句大赞:"予与皇帝得以退处宽闲,优游岁月,长受国民之优礼,亲见郅治之告成,岂不懿欤!钦此。妙极,妙极,有此四字,可显见朝廷对退位的喜闻而乐见。"

徐世昌是翰林出身,对清廷颇有鸟恋旧林的感慨道:"真是无论如何也想不到,大清朝竟然呼啦啦倒了下来。"说罢长叹一口气。

袁世凯也感慨道:"我出洹上,只不过四月有余,世事变幻如浮云,真是想也未曾想到。力荐袁某为湖广总督者,菊人大哥也;助袁某组织内阁者,菊人大哥也;言兵事当专属内阁他人不得掣肘者,亦菊人大哥也;如今清帝退位,请以袁某为全权者,亦菊人大哥也!菊人大哥真是肱股之佐!将来还多有仰仗之处。"

徐世昌摇手道:"四弟,此后你要放我回归山野了。我是前朝的翰林,就是俗语所说的天子门生,鸟恋旧林,旧林已无,但也不宜觅新枝。我打算回河南老家,做几年田舍翁,或寓于青岛,做几年寓公。"

"我知道菊人大哥爱惜羽毛,怕被人指为贰臣。我是早就被那些少年亲贵骂为曹操,骂为王莽,但我不怕。如今,共和已经是势不可挡,如果你我逆势而行,我率北洋兄弟与南方见个高低,倒是成全了咱们忠臣的名节,可是,北洋兄弟要血流成河,中国必定生灵涂炭。若胜,无非让那帮亲贵苟延残喘而已,何益?若败,必定是共和。既然早晚是共和,又何必做此无益之牺牲?所以,后世或有公论和良知,论及你我,当感激我们促成共和之功绩!"

"改朝换代而能不流血,史所罕见,我也甚为欣慰。我要做寓公、田舍翁,并非只是爱惜羽毛。你我兄弟,当初你在野,我在朝,可以互相援应;如今你在朝主政,我做闲云野鹤,也可以互相援应。还望四弟能体谅。"

见徐世昌已有定见,袁世凯不好勉强,不过他尚有担心道:"明天请太后用玺,不知会不会有波折,你这掌玺大臣要多上心了。"

为了防备用玺时出麻烦,由杨度建议,借鉴英国的办法派徐世昌为掌玺大臣,专门管理和使用玉玺。

"毕竟是让国于民,这个决心不好下,太后会有所犹豫,全在预料当中。不过,估计问题应该不大,届时我会用心。"

2月12日,也就是宣统三年腊月二十五日,隆裕在养心殿召见梁士诒、胡惟德、赵秉钧三位国务大臣道:"我为了避免生灵涂炭,决定接受共和,下退位诏。"

梁士诒首先附赞道:"太后英明,是我中国万民之福。"

胡惟德也道:"太后必将青史留名,千秋万代,都会感念太后的恩德。"

赵秉钧也附和道:"历朝历代,改朝换代而不流血者几乎没有。这次国体更革,能够以和议结束,真是前史所无,也是中华之福。"

话虽如此,隆裕依然十分难过,她掩面哭泣道:"我没能保住大清的江山,实在无颜见祖宗于地下。梁士诒啊!胡惟德啊!赵秉钧啊!我母子二人性命都在你三人手上,你们回去好好和袁世凯说,务要保全我们母子二人性命!"

堂堂太后,话至于此,三人纵使铁石心肠,也不能一无所动。梁士诒打包票道:"太后放心,优待条件是国家所议,公报列国,载入史册,谁敢食言!臣拼了性命担保。"

胡惟德将三份诏书摆到御案上,一份是退位诏,一份是告诫天下臣民,国体更改,都要安分守己,勿得挟虚矫之意气,逞偏激之空言,致国与民两受其害。再一份则是批准优待皇室及满、蒙、回、藏各族待遇。这三份诏书一下,才真正算得上帝制结束,共和更始。

当这份诏书摆到隆裕面前时,她几乎不忍看,眼泪汩汩而出。这时小德张来奏,醇亲王载沣、贝勒载泽等宗室亲贵十数人要进宫。隆裕擦擦眼泪问道:"他们进宫干什么?"

小德张回道:"听他们的意思,是想劝阻太后下退位诏。"

三位国务大臣都很紧张,如果这时出了意外,难免前功尽弃,都仓皇地看着隆裕,等她拿主意。隆裕此时却十分果决道:"你把他们挡在外面,我先把这件大事办完了再见他们,免得再耽搁,徒然误事。"

胡惟德就等这句话,对外面喊道:"快传掌玺大臣。"

徐世昌应声而进,躬着腰捧着宝玺盒,走到隆裕太后跟前。隆裕吩咐道:"我已经下了决心,你用玺吧。"

徐世昌打开盒子取出玉玺,端端正正盖在"宣统三年十二月二十五日"的"三年"二字上,又双手交叠,用力一压。盖完三份诏书,又从容收起来,放回盒中。

胡惟德将三份诏书恭恭敬敬捧在手上。

"你们跪安吧。"隆裕忽又改口道,"罢了,已经共和了,你们行个鞠躬礼吧。"

三人向着隆裕太后深鞠一躬,而后退后几步,鱼贯而出。外面阳光明亮,三人从幽暗的大殿中走出来,眼睛都有些不适应,都站在台阶上,梁士诒叹道:"太后今天如此果决,实在出乎意料。"

胡惟德也赞同道:"是,今天太后的决断,真正是令人刮目。"

赵秉钧看了看天空中的浮云感慨道:"今天可称是个开天辟地的日子啊。"

第八章

利用兵变拒南下　临时政府移北京

在退位诏书正式颁布前一天，袁世凯就将诏书全文发电给临时大总统孙中山、副总统黎元洪、各部总长及参议院。同时还发一封电报，表示他支持共和之意："共和为最良国体，世界所公认，今由帝政一跃而跻及之，实诸公累年心血，亦民国无穷之幸福。大清皇帝既明诏辞位，业经世凯署名，则宣布之日，为亲政之终局，即民国之始基。从此努力进行，务令达到圆满地位，永不使君主政体再行于中国。"

不过，临时政府设在南京，如果袁世凯就职，势必要南下，这实在非他所愿。他的势力在北方，到南方去便如鱼离水、虎离山。他在这封电报中，十分委婉地提出不到南方就职的请求，"现在统一组织，至重且繁，世凯亟愿南行，畅聆大教，共谋进行之法；只因北方秩序不易维持，军旅如林，须加部署；而东北人心，未尽一致，稍有动摇，牵涉全国，诸君皆洞鉴时局，必能谅此苦衷。至共和建设重要问题，诸君研究有素，成竹在胸，应如何协商统一组织之法，尚希迅即见教"。

接到袁世凯的电报，孙中山亦喜亦忧。喜自不必说，清帝退位，共和始基，他为之奋斗多年的目标达成了。忧的是袁世凯将来能否真心拥护共和。清帝逊位诏书中，有令袁世凯组建共和政府的内容，本来袁世凯出任大总统是继承自孙中山，怎么成了清廷的旨意？还有，袁世凯不肯南下，并不像他表面所说的理由，说到底是不愿离开他的地盘。他盘踞在北方，军警都是他的嫡系，将来他要出尔反尔，又有什么办法能够阻止得了？

所以孙中山必须在辞位前设法对袁世凯进行限制。他与黄兴等人紧急商讨,研究出三条限制措施:一是临时政府设于南京;二是新总统必须到南京就职;三是袁世凯必须遵守南方政府制定的临时约法。这个临时约法由宋教仁主笔,正在加紧制定中。

孙中山于清帝逊位诏颁布的次日,也就是 2 月 13 日,宣统三年腊月二十六日,向参议院提出辞职,同时,又向参议院举荐袁世凯。他在咨文中说:

> 今日本总统提出辞表,要求改选贤能,选举之事,原国民公权,本总统实无容喙之地,唯前使伍代表电北京有约,清帝实行退位,袁世凯宣布政见,赞成共和,即当提议推让,想贵院亦表同情。此次清帝逊位,南北统一,袁君之力实多,其发表政见,更为绝对赞成共和,举为总统,必能尽忠民国。且袁君富于经验,民国统一,赖有建设之才,故敢以私见贡荐于贵院,请为民国前途熟计无失当选之人,大局幸甚云。

临时参议院收到孙中山的辞职书及咨文以及所附的三项条件, 决定于次日开会讨论。临时参议院是孙中山回国后按照《中华民国临时政府组织大纲》组建,相当于临时国会。议员由各省推荐,共有一百二十席;日常主事的是全院委员,共三十人,设全员委员长一人,又称为审议长,是仅次议长、副议长的要员。又因审议长主持审议,因此他的态度对审议结果影响很大。

当时的审议长叫李肇甫,是四川人,同盟会成立时与胡汉民同为书记科同事。根据临时政府组织大纲的规定,临时政府只设立五个部,粥少僧多,怎么办呢? 李肇甫懂得旧式官府的那一套组织, 于是他提出一个扩大政府组织的办法,设立了九个部,还在总统府下设秘书处、法制局、印铸局、公报局、参军长等职位,把包括立宪党人、革命党人、投诚的旧官僚军人等人都安置下来了。李肇甫也因此得到各方的赞赏,不久就被推举为参议院的审议长。

袁世凯赞同共和的电报也发到了参议院,李肇甫对袁世凯委婉表示不能南下就职十分体谅。而且当时主张定都北京的大有人在, 比如大名鼎鼎的章太炎宣布了《致南京参议院论建都书》,提出建都北京的主张;同盟会的骨干宋教仁、江苏代理都督、安徽都督以及顺直谘议局等也纷纷通电,也主张定都北京;临时政府的实业总长张謇也是极力支持袁世凯,更是主张建都北京。结果在开议的时候,李肇甫首先发言道:"我不同意定都南京。当初打算定都武昌,是因为革命军手中只有武昌;后来定都南京,是因为北京还在清军手中。如今清帝逊位,南北统一,理所当然定都北京。要说理由,只一座紫禁城就足够了。"

结果,二十八人投票,二十人赞同定都北京,五人主张定都南京,二人主张武昌,一人主张天津。如果定都北京,则袁世凯就无须南下就职,引虎出山的计划就完全落空。这个结果完全出乎孙中山的预料,因为参议院的全院委员同盟会员占多数,他无论如何没想到,自己的同志会这么多人投反对票。

听到这个结果,孙中山极为恼火,坚定支持他的黄兴更是怒不可遏,手插在裤袋里,在屋里急速踱步,一边走一边道:"他们怎么可以这样?这哪里还是自己的同志!"

当天晚上,孙中山、黄兴把李肇甫叫过来当面痛斥。李肇甫还要解释,孙中山制止他道:"伯申,定都之事哪能凭一座紫禁城就决定下来?我建议定都南京,是为了共和能够得以真正实行。定都北京,共和就有颠覆的危险!我的同志哥!"

李肇甫回道:"大总统,如果共和这么容易颠覆,那说明共和实在太过虚弱!我们应当有信心!"

黄兴怒斥道:"伯申,这里不是讲台,定都这样的大事也不是你神采飞扬发一通演讲那样随意。我告诉你,必须复议改过来!"

李肇甫驳斥道:"参议院是民意机关,这是民意。我们还要不要民意,还要不要民主?"

黄兴挥着手道:"共和被颠覆了,你还何谈民主、民意!我告诉你,明天你们不按孙先生的意愿行事,我立即派兵将议员们绑了出来!"

李肇甫也是颇有主见的人,坚决道:"总长手里有兵不假,可你要真派兵把我们绑出来,那就是共和的大笑话,也是民主的大笑话!"

"克强,你先不要生气。今天晚上,必须连夜通知本会同志,明天复议必须把结果改过来。定都南京这件事,没得商量。"孙中山反过来劝黄兴,又望着李肇甫道,"伯申同志,我是以本会总理来要求你这个同志,而不是以大总统来要求你这个审议长。明不明白?"

"总理这样说,我愿接受。"

当天晚上,由同盟会庶务长黄兴出面主持会议,召集参议院中的同盟会员开会,开了半夜,统一思想。有些人勉强答应了,但并非心悦诚服。

第二天清晨,总统府秘书处秘书吴玉章拿着孙中山亲自拟就的复议咨文,准备加盖总统大印送往参议院。当天要举行南北统一大典,孙中山已率军政要员赴南京东郊的明孝陵谒陵去了。吴玉章拿着咨文急得直跺脚,这时黄兴穿着军装出来了,他厉声对吴玉章道:"我马上去东郊明孝陵,你告诉参议院,过了正午十二时,他们再不改过来,我立即调兵冲入参院强行通过。"

吴玉章连忙回道:"务请总长再延缓一下,我尽速办理。"

吴玉章再去报告总统府秘书长胡汉民,胡汉民惊道:"这事严重了,如果黄总长真带兵拿枪逼着通过,那可真成了大笑话。我不能去孝陵了,先把这件事办妥当。"

他命人拿来孙中山办公室抽屉的钥匙,取出了大印盖上,让吴玉章亲自把咨文送到参议院。

中午十一点多,孙中山、黄兴诸人谒陵后返回总统府。黄兴一进总统府,就问秘书长胡汉民:"展堂,复议结果出了吗?"

"已经出了。"

"怎么样,他们通过没通过?我已经调齐了人马。"

"哪里用得到人马,参议院经过复议,出席的二十七名参议员中,有十九人投票定都南京,六票主张定都北京,两票主张定都武昌。所以,首都仍然是南京,总长尽管放心好了。"

孙中山笑了笑道:"我就说嘛,都是我党同志,何须舞刀弄枪。"

国都已确立,当天下午三点,参议院根据孙中山的建议,表决袁世凯为临时大总统的提案,入会十七省代表,袁世凯全票当选。

参议院立即将结果电告袁世凯,说道:"本日开临时大总统选举会,满场一致,选定先生为临时大总统。查世界历史,选举大总统满场一致者,只华盛顿一人,公为再,同人深幸公为世界之第二华盛顿,我中华民国之第一华盛顿。统一之伟业,共和之幸福,实基此日。务请得电后,即日驾莅南京参议院受职。"孙中山也致电袁世凯道:"今日三点钟,由参议院举公为临时大总统。临时政府地点定在南京。现派专使奉请我公来宁接事。民国大定,选举得人,敬贺。"

袁世凯收到临时参议院和孙中山的电报,内阁一片欢腾,众人都来道贺。没想到袁世凯却十分平静道:"先不要道贺,这副重担我能不能挑得起还两说,且让我想想。"

袁世凯不是不愿当大总统,更不是担心挑不起这副重担,而是定都南京绝非他所愿,如何搪塞,需要动一番脑筋。他着人把谋士梁士诒和文案阮忠枢找来商议,梁士诒出主意道:"我看四个字,以退为进。"

梁士诒的意思，是向南方说明袁世凯不能南下的苦衷，自己既然不能南下，那就让孙中山继续当这个大总统好了，还显得袁世凯并不亟亟于当这个大总统。

"不要弄巧成拙就行。"袁世凯所谓弄巧成拙，当然是指万一孙中山当真，继续当起大总统来。

梁士诒笑道："绝不可能。他们最讲民主，既然参议院全票推举宫保当总统，孙文不可能出尔反尔。"

"宫保放心，我一定把这篇文章做得恰到好处。"

阮忠枢下笔很快，到吃晚饭时，已经向袁世凯交稿了。通电的范围是"南京孙大总统、黎副总统、各部总长、参议院、各省都督、各军队长"，先对孙先生推荐，参议院投票，议决袁世凯当大总统表示谦逊，"世凯何德何能，何敢肩此重任"。然后说明他南下就职的诸多困难，"北方军民意见尚多纷歧，隐患实繁。皇族受外人愚弄，根株潜长。北京外交团向以凯离此为虑，屡经言及。奉、江两省时有动摇，外蒙古各盟迭来警告。内讧外患，勾引互牵。若因凯一去，一切变端立见，殊非爱国救世之素志"。自己不能南下，举人自荐又无合宜之人，"反复思维，与其孙大总统辞职，不如世凯退居。今日之计，唯有由南京政府将北方各省各军队妥筹接收以后，世凯立即退归田里，为共和之国民"。最后，再次表达自己支持共和的态度，"总之，共和既定之后，当以爱国为前提，绝不欲以大总统问题酿成南北分之局，致资分裂之祸"。

袁世凯看完稿子十分满意，叮嘱阮忠枢，在发给孙中山等人的同时，可交给南北各大报纸发表。次日这份电报在各大报纸上刊出，南北各方都对袁世凯的处境表示理解和支持，不但北洋大批将领，就是同盟会的一些督军，也都表示支持袁世凯在北京就职。

孙中山发电报给袁世凯，还是劝他南下就职。隔了两天，又发来电报告诉袁世凯，南京临时政府已经成立欢迎团，专程北上，"此间派定教育总长蔡元培为欢迎专使，外交次长魏宸组、海军顾问刘冠雄、参谋次长钮永健、法制局长宋教仁、陆军部军需局长曾绍文、步兵第三十一团长黄恺元、湖北外交司长王正廷、前议和参赞汪兆铭为欢迎员，偕同唐绍怡，前往北京专迎大驾。并令该员等于起程时，另电左右"。

"孙先生看来是非要我南下不行了。"袁世凯看罢电报吩咐阮忠枢道，"老阮，回孙大总统电，感谢他派欢迎团，到时咱们派员去迎接。"

袁世凯当天又布两项命令,一是自正月初一起,所有内外文武官员行用公文,一律改用阳历;二是限正月初一前,各官员一律剪掉辫子。当天晚上,他把秘书兼翻译、海军上将蔡廷干叫来道:"耀堂,今天派你一个差使。"

"请大总统吩咐。"

袁世凯哈哈一笑道:"大总统还是孙先生,你还是叫我宫保好听。"

"宫保有何吩咐?"

"让你来给我剪掉辫子。"袁世凯一摇头,把脑后的辫子甩过来。

这大大出乎蔡廷干的预料,他一个堂堂海军上将,晚上被内阁总理大臣招来就是为了抬手剪掉一条辫子?他脱口而出道:"啊,让我剪辫子?"

"耀堂,你可别小看了剪一条辫子,你这一剪子下去,就是一个时代的结束。传承数千年的专制落地了,共和民主开始了。这是小事吗?"

站在袁世凯身后的袁克定解释道:"蔡将军,爸爸听说你与《泰晤士报》的记者莫里循十分要好,爸爸想哪天方便,认识一下这位莫里循先生。"

袁世凯哈哈一笑道:"给我剪辫子这事,你可以当个独家新闻,透露给你那位洋人朋友。"

蔡廷干回道:"他也很希望结识宫保,宫保方便的时候我让他来拜访。"

袁世凯兴致很高,向蔡廷干打听莫里循的事情。据蔡廷干说,莫里循是英籍澳大利亚人,英国爱丁堡大学医学博士,却喜欢游历,甲午战争那年来到大清,游历南方后出版了《一个澳大利亚人在中国》。正是因为这本书,他被英国《泰晤士报》赏识,聘为驻中国记者。

"莫里循很讲职业操守,在八国联军进北京后,只有他在英国报纸上,较为客观的发表文章,认为这场战争是传教士不够尊重中国人的感情而引发的。莫里循说,我可以不说话,但只要说,就要说真话。"蔡廷干这样评价道。

"这个人很有意思。"袁世凯嘴里"哦"了一声。

"有意思的事多得很。莫里循在洋人圈里知名度非常高,来北京的洋人大都先去拜访他。结果火车站的车夫只要拉到洋人,二话不说就拉到王府井莫里循的府上。就连王府井大街,洋人也都称莫里循大街。"蔡廷干又笑道。

辫子剪掉后,蔡廷干又把袁世凯的后脑勺上的头发仔细剪了一遍。袁世凯摸着光秃秃的后脑勺笑道:"这以后睡觉倒是方便多了,不必再打理辫子。"说罢哈哈大笑。

袁世岂平时不苟言笑,按蔡廷干的说法,今晚的笑声够半年的了。

送走蔡廷干,袁克定问道:"爸爸今晚兴致很好,是不是想出了对付南边的办法?"

"哪里有什么好办法?车到山前必有路。今天张季直先生发来一份电报,建议我善加利用驻京的外国外交团和北方的民意,我觉得颇有道理。"

蔡元培一行八人于 2 月 20 日也就是阴历的正月初三,由上海登轮北上,25 日到达天津,袁世凯派出梁士诒、蔡廷干等人前往天津迎接,并奉命陪欢迎团在天津参观一天。唐绍仪、汪精卫两人先行入京。袁世凯于当晚设宴欢迎两人,第二天上午,汪精卫便前往拜访莫里循。莫里循早在蔡廷干的引荐下见到过袁世凯,两人一见如故,他向袁世凯表示,他和各国使节都认为中国应当定都北京,他一定会尽力达成此目的。

蔡元培等人于 26 日下午到达北京,第二天上午袁世凯在迎宾楼会见欢迎团一行,握着蔡元培的手久久不放说道:"我听少川介绍过先生,先生是真正的教育大家,也是革命家,我是久仰大名。"

蔡元培回道:"大总统谬赞。我在德国,受少川托付教他四个侄子中文,其实也是少川给我谋一份束脩以自养罢了。"

袁世凯又问道:"这一路上还顺利吧?"

"蒙大总统关照,一路上都很顺利。尤其到了天津,真有宾至如归的感受。欢迎团一行所到之处,就听到军学商农各界对大总统赞不绝口,都不舍得大总统南下就职。"

"都是虚名罢了。我在京津任职多年,京津百姓对我格外厚爱。其实我为民众所尽服务,实在不值一提。"

蔡元培切入正题道:"元培一行,奉孙先生之命,也是受临时政府所遣,欢迎大总统南下就职。培等自天津而北京,各团体之代表,各军队之长官及多数政治界之人物,或面谈,或投以函电,大抵于袁公南行就职之举甚为反对。京津民众似有误会,把大总统南下就职与定都南京混为一谈。其实,培等职责只是迎接大总统南下就职。临行前孙先生一再叮嘱,定都何地,要等大局奠定,决之于正式国会。"

"孙先生也有电报给我,我理解孙先生的苦心。"

蔡元培解释道:"之所以要迎接大总统南下就职,原因有二。一是避免在北京就职,让天下人有庙宫未改之嫌,官僚有城社尚存之惑。二是大总统南下,沟通南北,以联络南北感情,借以巡视军民近状,以资融洽。"

"我也很愿南行,我不但希望到金陵向孙先生、各部总长及参议院请教,而且我还将赴鄂省与黎副总统晤商一切。只是需要安排的事情实在太多, 请子民老弟容我数日,妥为安置,尤其是留守人员,需要与军政各界商讨。"

袁世凯有如此表示,欢迎团一行都很开心,以为此行使命并不像最初设想的那样困难。

第二天上午,蔡元培希望再次拜访袁世凯,得到的答复是上午袁宫保没有时间, 正在与军政各界商议留守人员。下午蔡元培率欢迎团的外交次长魏宸组、海军顾问刘冠雄、法制局长宋教仁见到了袁世凯,催问行期。

袁世凯回道:"很快了, 很快了。今天我已经与大家商讨了留守的初步人选,因为北方事情实在太多,内政兼外交,再加东三省、外蒙古脱离中央的警报频传,不能不妥加安排。留守人员至关紧要,不能不慎加选择。"

蔡元培表示理解,法制局长宋教仁问道:"大总统可否给个确切的行期,比如明天或者后天,我们对孙先生和参议院也好交代。"

"明天是来不及,我与大家说定,明天上午确定留守人员名单。后天或者大后天应当有把握起程。"

当天晚上,袁世凯正在迎宾楼吃晚饭,外边忽然响起乒乒乓乓的声音,他一惊而起问道:"怎么回事?"

"快到灯节了,大约是放炮仗。"陪他吃饭的袁克定回道。当时是正月十二,离灯节尚有三四天。

"不对,这哪里是炮仗,分明是枪声。"

一会儿又有炮声,袁克定惊问道:"是不是放花炮?"

袁世凯瞪了他一眼道:"你懂什么,这哪里是花炮!"

这时邮传部的铁路局长叶恭绰和卫队队长唐天喜都跑进来报告道:"宫保,不好,有兵变。"

袁世凯问道:"兵变?是禁卫军吗?"

禁卫军是冯国璋统带,但下面的是以满蒙人为主,早有传闻说,他们不满共和,要进城闹兵变。

唐天喜回道:"不是禁卫军。"

"赶紧打电话,问曹仲珊和姜老叔是怎么回事。"

曹仲珊就是第三镇统制曹锟,他的人马大部分随袁世凯北上,负责京师治安。炮队驻朝阳门外,第十标驻东城。姜老叔就是姜桂题,他的部分人马驻扎西城区。电话没打通,大约是线被剪断了。正在着急,电灯也灭了。

"宫保,赶紧到地下室去。"叶恭绰没经过战事,早紧张得不行。

唐天喜也附和道:"宫保快躲躲,由我顶着呢。"

"他们如此胡闹,拿我的家伙来——等我去打他们!"

唐天喜急道:"有我们在,何劳宫保亲自去。我已经派人去联络曹帅、姜帅。宫保还是先躲躲再说。"

这时候迎宾楼外已经乱哄哄吵嚷不断,中间夹杂着枪声。

袁世凯问道:"你手里多少人,能不能顶得住?"

"宫保放心,顶得住。"

唐天喜是第三镇第十标标统,第十标是袁世凯北上时的卫队,唐天喜平时就跟随在袁世凯身边,亲率几百人护卫。

袁世凯叫着唐天喜的号说道:"云亭,今天刚到了一笔款子,你就说我说的,立马取出来,分给卫队的兄弟们,别给我省,一人千把元发下去,无论如何不能让乱兵进了迎宾馆。"

"宫保放心好了,我一定率弟兄们死守。"

袁世凯在袁克定、叶恭绰等人的簇拥下进了地下室。地下室里平日放些杂物,霉味很重,适应了老大一会才闻不到味了。袁世凯忽然想起次子袁克定下午外出未归,惊呼道:"老大,克文下午出去了!"

袁世凯回彰德后,只有袁克定带着妻妾住锡拉胡同。袁世凯复出北上,也没有带家眷,袁克文是年前来看望老父,尚未离京返回,原计划是过了灯节回彰德。他好玩,天天酒食征逐。

袁克定回道:"他下午说要到外城会朋友,这时候大概还没进城。"

袁世凯特别疼爱这个颇负才气的二儿子,急得直跺脚。

叶恭绰见状劝慰道:"二少爷十分机警,没事的,宫保放心好了。"

袁世凯垂头顿足道:"十有八九是曹仲珊的兵,他带兵向来不严。"

曹锟是混混出身,带兵后也未改混混本色。他对部下很放纵,尤其后来随徐世昌出关,驻军吉林长春,天高皇帝远,更是放纵得出格。东北匪患严重,他带兵剿匪,部下奸淫掳掠,比土匪好不了多少。

在地下室陪袁世凯的是个队官,接话道:"这事不能完全怪曹帅,他离开第三镇已经三年。这几年下层军官都是走亲贵路子,只要花银子就能买到官。曹大帅赋闲三年,才随宫保复出不到半年,来不及整顿。"

"你倒是体谅你们曹大帅。第三镇是我的嫡系,从前段芝泉、段香岩当统制,都不像仲珊这样胡闹。仲珊身上痞气太重,一味放纵,适足害之。"

不知过了多久,唐天喜亲自到地下室里通报道:"宫保,乱兵已经回营,请上来吧。"

"是谁的兵?"袁世凯出了地下室,上面一片狼藉,迎宾馆的窗户玻璃也被砸碎了很多。

"是曹帅的兵。"

"我估计得没错!他们为什么这么胡闹?"

"他们听说宫保要到南京去,军中有种传言,说宫保一走,北方的部队就要全部遣散,他们没了饭碗,所以就闹起来了。"

"真是添乱,瓜田李下,我的名声要全毁在这帮龟孙手里。"袁世凯突然想起南方来的欢迎团,又问道,"云亭,你看能不能打发人出去,问一下煤渣胡同,蔡先生他们有没有事。"

这时枪声已经停了,东边已经放亮。这时唐绍仪派人来报告,昨天晚上乱兵围攻煤渣胡同欢迎团的住处,蔡元培、汪精卫两人已经避入六国饭店,其他还有几人下落不明,请帮忙查找。

袁世凯大声问道:"赵智庵哪,怎么不见他的影子?"

"巡警也乱了,昨天晚上也跟着闹得厉害。"

"我练兵三十年,最看重的是军纪,威信毁于今日!乱兵抢劫后,估计会逃离京城,各回家乡。你立即替我给天津张馨庵发个电报,告诉他昨晚九点钟,三镇兵变,抢掠街市,有持械乘车南下者,难保不随处骚扰,望饬各地方随时查拿,就地正法以昭炯戒,所持枪械、浮财一律归公。"

唐天喜领命而去。这时候,英国公使朱尔典派人送信来,说袁克文昨晚已经避入英国使馆,等地面平静了,他会亲自派人护送过来。

随后赵秉钧及各方探报都到,这次兵变是由第三镇发起,先是城外炮兵开炮,随后进城,驻东城的第十标一营也跟随闹事,朝阳门、东单、前门、大栅栏、永定门、虎坊桥一带都被抢劫,尤其是钱庄、金店,几乎无一幸免。

到了八时多,唐绍仪来了,在客厅向袁世凯报告欢迎团的情况。目前所有人员都已经到了六国饭店,请宫保放心。

两人正在说话,一个大高个推门而入,这人便是曹锟,他行了个军礼道:

"宫保,昨夜奉密令,事情已经办妥。"

袁世凯瞪眼呵斥道:"我正要找你,你摸摸你脖子上的脑袋还在不在!部下哗变,四处抢劫,该当何罪!"

曹锟张口结舌,一脸困惑,这时才发现被门挡住的唐绍仪,连忙打招呼。

袁世凯怒道:"你快滚,给我查清楚是谁带头闹事,都给我抓起来。"

曹锟行了个军礼,灰溜溜退出去。

打发走曹锟,袁世凯着人把袁克定叫来,瞪着眼睛问道:"老大,你老老实实告诉我,这次兵乱,是不是你们搞的鬼?"

袁克定矢口否认。

"曹仲珊进门就说,昨晚奉什么密令行事,我何曾有什么密令?这件事情很严重,你可不能瞒我。"

"我哪敢瞒爸爸,这是何等大事。"袁克定又想了想道,"我昨天中午见香岩时曾经说,我爸爸如果南下,只怕军心受影响。"

袁世凯瞪眼问道:"你这么说了?段香岩怎么说的?"

"他说这个好说,我和他们说一声就是。"

"说一声?他说什么?香岩曾任过第三镇统制,与曹仲珊要好,他别自作聪明去传了什么话。"

"这件事爸爸不必去管了。如果要查,反而让人觉得此地无银三百两。"

袁世凯连拍桌案道:"都知道我不愿南下就职,这当口出这档子事,别人岂不会以为是我有意为之? 这可真是瓜田李下!"

袁克定回道:"人们怎么想,爸爸不必去管,管也没用。现在最要紧的就是让欢迎团设法让南方取消爸爸南下就职的安排。爸爸还在北京,就出了这种事情,爸爸若南下,真不知会乱成什么样子。"

袁世凯挥挥手,袁克定躬身退出。他叹了口气对唐绍仪道:"少川,这样一闹,恐怕南行又要拖下去了。"

"今天早晨我和汪精卫议过,最好能够电示南方,宫保不必南下,就在北京就职。"

"在哪就职无所谓,关键这么一闹,只怕洋人会干涉。"

两人正在商议,公使团送来一个照会,说如果清军不能维持治安,各国将调兵进京保护使馆。

"真是担心什么来什么,列国要是调兵进京,举国惊疑,庚子之乱怕要重演。来呀,叫唐天喜。"袁世凯把手里的照会抖得哗哗作响。

唐天喜进门垂手而立。

"你立即组织执法队上街,务必于半天内恢复秩序。遇到抢劫等作奸犯科之辈,不问兵匪,就地正法。"袁世凯又把赵秉钧叫进来吩咐道,"我已经派唐天喜组织执法队,杀人的事他负责,维持地面的事你负责。我听说巡警也参与抢劫,你给我查查清楚,绝不能宽贷。"

"我已经把休假的巡警全部调回维护京城秩序,参与抢劫的巡警也正在排查。"赵秉钧领命而去。

袁世凯又对唐绍仪道:"少川,发生这种事情,我这边事情扒不开麻了,欢迎团那边你多照应,我暂时顾不上了。你多和汪精卫商议,给他们解释清楚,也向南面解释一下,就职的事情到底该怎么办,让他们商量妥当办法。"

唐绍仪告辞,与袁克文在大门外打照面:"你快进去,你爸爸急得够呛。"

袁克文进去,见到袁世凯,父子真有隔世的感觉。袁世凯拍拍袁克文的肩膀问道:"老二,你没事吧?"

袁克文拍了拍胸脯道:"爸爸放心,未伤毫发。"

据袁克文说,他傍晚时从外城回来,刚进城,就听到乒乒乓乓的响声,巡警告诉他,大约是放鞭炮。等他驱车赶这里时,枪声已经很密,胡同口也被封锁,布岗的士兵不认得他,背后又有子弹打来,他就策马驱车直奔东交民巷的英国使馆。朱尔典把他留在使馆中,一直不让他走,怕出意外。

"有惊无险,很好,很好。你明天就回去吧,彰德那边没有主事的,我放心不下。国事如此,家事我是顾不上了,全靠你回家张罗。"

"爸爸放心好了,我明天一早就回去。"

经过执法队和巡警半天的镇压,街面上总算安定下来。

可是到了下午四点多,西城又乱起来,这次哗变的是姜桂题的毅军。他们由西向东、向南,一路放火。京城向有西贵东富的说法。西城住的王公多,天潢贵胄;东城通往天津方向,商铺、钱庄、典当多,是为富。西城的毅军哗变时,城内商铺大户都有了准备,关门闭户,细软都收藏了起来,所以这帮变兵抢不到东西,于是放火泄愤。这时城外的禁卫军在冯国璋的亲自率领下进城平叛,他下令不要关闭城门,以便让变兵逃走,他叮嘱只需把叛军赶出城去就行,若非公然对抗,不要开枪杀人。进城后他亲率两标人马,分别守卫东华门和西华门,他则亲自进宫去给隆裕请安,奏明太后他正在平乱,不必惊慌。

叛乱到晚上九时多被平定下去，冯国璋又到内阁——也就是迎宾馆见袁世凯。冯国璋未奉令而进城平叛，袁世凯心中不悦，脸上却是热情洋溢道："华甫，我正要下令请你进城，听说你已经进城了，中，这我就放心了。"

冯国璋拱手道："我擅自调兵，特来向宫保请罪。"

"我们兄弟哪里说得到请罪。以后有行动，必得先知会我一声，免得闹出误会。"

"这次是来不及了，我怕闹出对宫保不利的洋相来。"

听冯国璋话里有话，袁世凯又问道："华甫，有什么隐情，你直言就是。"

冯国璋低声说道："昨晚的兵变，我听守东华门的禁卫军讲，他们好像是冲着宫中而来，禁卫军拼命抵抗，他们才未得逞。今天中午有人对我说，坊间有种传闻，说这些乱兵受人指示，要进宫杀掉太后皇上，拥戴振贝子登位，还是让宫保组阁，继续实行宪政。"

"这可真是骇人听闻！"袁世凯这一惊非同小可。

"是啊，宫保如今已是大总统，何苦再当什么内阁总理，出尔反尔，怎么向世人交代。好在昨天叛乱已平，所以我没有把这个传闻告诉宫保。没想到今天下午又起了乱子，我就不敢大意了，怕他们真闯进宫去。我来不及请命，就带兵进城了。"

"这可真是天下奇闻！"

"局面一乱，向来是流言满天飞。宫保如今是大总统，一身而系天下安危，这时候不能惹什么是非上身才好。要止住流言，就得尽快稳定秩序，不要出大乱子。"

"华甫说得极对。我再给直隶张馨庵发电，让他无论如何要保证秩序。"然后袁世凯又是一副真诚请教的神情，"华甫，你帮我分析一下，两次兵乱，究竟为何？"

"别有用心的人从中挑拨，且不去说，从官兵情绪上讲，宫保创立北洋军，向来以忠君爱国相教导，今天忽然共和了，大家心里扭不过这个弯来。又有传言说南北统一，接下来就是裁撤军队，大家生计无着，自然躁动不安。再具体一点说，这几年军纪大非从前可比，尤其是仲珊的第三镇，他治军就不着调，今年招的新兵，特别是第十协，多是京津、山东一带的兵痞匪棍。"

袁世凯点头道："纪律不严，招募太过宽松，这些问题不难解决。我觉得最大的问题是军心不稳，这一阵我忙得焦头烂额，实在没有顾及。华甫有何良策？"

"我哪里有什么良策。无非就是下令重申军纪，再就是可发给各军一份通电，让各军不要轻信谣言。还有，京中不能再有动荡，应实行宵禁。"

"好，这三条我都照办。"

然而第二天一早，袁世凯就接到天津、保定等地的电报，逃出的变兵分别又在天津与当地变兵、土匪勾结，大肆抢掠。更让袁世凯担心的是，日本已经紧急从山海关调兵入京，上午时就上街巡逻，宣示不满。德、法等国也都下令调兵入京。

袁世凯快刀斩乱麻，采取了几项措施。一是向外交使团发函致歉，告诉他们官军有能力稳定秩序，勿调兵入京；二是发布宵禁令；三是发布告京师市民书，以安民心；四是布告各军。

布告各军是一份长电，近千字。这份电报先是回忆了统兵二十年，与将士以诚相孚、恩义相结，有功必赏，有劳必录，有过必教，有罪必惩。又告诉各军，统一政府，行将成立，值此民国初建，军界同人，应齐力一心，竭诚赞佐。前途幸福，自必与我军人共之。又严厉警告："倘其乐祸幸灾，意存破坏，不知大体，徒怀自私自利之心，误听浮言，甘为病国病民之举，则是作全国之公敌，为人群之败类。非但负本大总统十数年教育之苦心，抑且幸举国四万万同胞之厚望。中外交诟，天下不齿，于军人又何利焉？万一因暴动而酿交涉，因内乱而召外衅，大局瓦裂，土宇瓜分。目前则战血横飞，有化为沙虫之惨；后则神明胄裔，有作人牛马之悲。尔军人纵不为一身计，独不为子孙计耶？""故爱民保民，乃军人之唯一天职。至于服从命令，遵守纪律，又凡为军人者之第一要义。古今中外，莫不同之。本大总统用是谆切相告，涕泣陈言，原我军人共体斯意，共明斯理。此劝彼勉，念兹在兹。勖哉三思，懔之毋忽。"

这篇布告真正是苦口婆心，但违反军纪又该如何却一语不及。当初阮忠枢起草的稿子中专门有几句话，说得极为严峻，却被袁世凯一笔勾去。后来阮忠枢明白，如果强调惩处，那么此次兵变首先要受到严惩，看来，袁世凯并未打算惩办失职的将领。其实用心一考虑，这次兵变，无疑给袁世凯解决了一个大难题，他不南下就职，如今有了更充分的理由。

这时候，社会各界纷纷发电给袁世凯，希望袁不要南下；而天津、保定、德州、济南等地被乱兵抢掠的电报也不断传来。袁世凯把这些电报一一抄录给欢迎团。

莫里循来见袁世凯,向他表示各国公使都不愿他南下,将共同向欢迎团提建议,并向孙先生发电。他还给袁世凯出了个主意,让全国各省都提出以自己省份定都的建议,争持不下,最后胜出的必是北京。袁世凯听了哈哈大笑道:"不必这么麻烦,我想孙先生会答应的。"

果然,3月3日下午,汪精卫前来告诉袁世凯,欢迎团已经向孙先生和南京参议院发电,他抄来了电稿,"北京兵变,外人极为激昂,日本已派多兵入京,设使再有此等事发生,外人自由行动恐不可免。培等睹此情形,以为速建统一政府,为今日最要问题,余尽可迁就,以定大局"。

"南下就职我现在顾不上,兵乱造成的损失实在太大,军心不稳,外人觊觎,真正是千头万绪。你回去好好和蔡先生解释,让他多多体谅。"

次日,袁世凯把阮忠枢叫来道:"老阮,火候差不多了,你给我起草个电文。"

电文的意思袁世凯已经想好,再次感谢南京派专使来迎接南下就职,自己也极愿南行,共筹国家大计。然后说明正打算南下,却突然发生兵变,北方商民均不愿其南行,函电挽留,日数千起。然而,尽快组织政府又是当务之急,自己又不能南下,他提出的办法是:"连日筹商办法,以凯既暂难南来,应请黎副总统代赴南京受职。而内阁总理,俟凯与孙大总统、黎副总统商定其人,提交参议院请求同意。"

袁世凯以退为进,既为自己博了不恋权的美名,又将了南方一军,因为黎元洪不可能代他就职,南方必然得在定都问题上让步,不然国家动荡的责任就完全落到南方头上。

这份发给孙中山、参议院、各国务总长、各省都督的电报一在报纸上刊出,全国要求定都北京的呼声一浪高过一浪。《申报》发表一篇题目为《对于北方兵变之观念》的评论,责问南京临时政府:"袁总统尚可南来受任耶?临时政府尚可建设南京乎?"江苏省议会也通电指责南京政府:"致统一政府迄今未成立,奸人趁机煽惑,遂肇京、津、保之变;今全国大多数皆主临时政府设在北京,所见既同,自应协力以达公共之主张,岂可令挟私见争意气者败坏大局?"

黎元洪也发布了一篇十万火急的通电:"顷闻京、津乱党操戈,首难虽平,余孽未清,祸变之来,将未有艾,外人对此,极为激昂,某国并潜谋运兵入规京辅,瓜分之祸,即在目前。"

各省都督,除两三个强硬派主张定都南京外,大都通电支持定都北京。

汪精卫单独找蔡元培说道:"现在的形势对我们很不利,好像是因为我们欢迎团北上,逼出了这次兵乱。"

蔡元培也摇摇头为难道:"我临行前就说过,此次目的很难达到,我们是明知不可为而为之。"

"现在的情形是,不可为就不能为,我们不能不放弃此行的目的。我们完不成任务,无非丢的是脸面;真如黎副总统在电文中所说,瓜分之祸即在眼前,那我们的罪过可就大了。"

蔡元培叹息道:"要论玩弄权术,我们都不是袁慰廷的对手,就连孙先生、黎副总统、黄总长在内,都不是对手。自从与袁慰廷交手以来,南方一直在退让,共和国体,我们是形胜而实败,最后当上大总统的是袁慰廷;为了限制袁慰廷,孙先生想出了南下就职的办法,如今不得不再次退让;定都的争议,也不得不让步北京。"

"形势如此,不得不让。说到根本上,不是我们权术不及袁总统,实在是实力不如人。如果实力够,孙先生的北伐就不会虎头蛇尾。"

蔡元培召集欢迎团全体人员开会讨论办法,大家都认为再坚持袁世凯南下就职已经没有意义。于是再次向南方发电,这次提出了明确的建议:取消让袁世凯南下就职的要求;将临时政府设于北京。袁世凯在北京就职,派内阁总理到南京组织政府,然后与参议院一起迁往北京。

孙中山不得不再次让步,参议院经过议决,同意袁世凯在京就职,决定了五条办法。一是参议院电知袁大总统,允其在北京受职;二是袁大总统接电后,即电参议院宣誓;三是参议院接到宣誓之电后,即复电认为受职,并通告全国;四是袁大总统受职后,即将拟派之国务总理及国务员姓名,电知参议院,征求同意;五是国务总理及国务员任定后,即在南京接收临时政府交代事宜。孙大总统于交代之日,始行辞职。

蔡元培接到电报,亲自送到迎宾馆,袁世凯看罢电报,对所提五条均无异议。蔡元培如释重负道:"只等袁大总统正式就职了,不知袁大总统对总统之任期有何设想?"

袁世凯回道:"我当然遵从临时约法。不过,以我个人之见,我担任此职系属临时,可以五年为限。至于将来别人接手,则当以十年为宜,不可过短。不然,还不等为国民办事,又到了应付选举的时间,徒生纷扰之弊。我承蒙诸公推举,本当为同胞效微劳,无奈年力就衰,五年已属不支,五年以后,必当退职,以免久尸重任,贻误大局。愿蔡先生向国民宣布,以表明袁某心迹。"

"大总统的心迹培等明白。大总统以为,是否应当设立内阁?"

"内阁必须设立,但应格外详慎,才能组织妥善。"

1912年3月10日,石大人胡同的迎宾馆内外装点一新,披红挂彩,从早晨就人来人往,非常热闹。今天是袁世凯宣誓就任临时大总统的日子。

仪式定于下午三时举行,二时多后各方人士就陆续到来。与会者百余人,迎宾馆的大堂容不下这么多客人,就连外面的廊道上也挤满了人。人群中最显眼的是着洋装拄文明杖的洋人公使,以英国公使朱尔典为首;也有着军服的将领,前陆军大臣荫昌,北洋袍泽段祺瑞、冯国璋、段芝贵等;也有脑后挂着长辫的满蒙亲贵代表,还有着红衣的喇嘛。

下午三时,袁世凯进入会场,一时间军乐大作。他身着新设计的大元帅军服,佩长剑,那身军服很气派,但因为袁世凯个头矮胖,脖子又短,军帽有些略大,他走路的姿势又有些摇摆,大总统的威仪因之逊色不少。他走到台上居中站立,面南正立。蔡元培站在一边,代表参议院接受袁世凯的宣誓。

袁世凯举起右手,用他略带河南口音的"官话"宣誓道:"民国建设造端,百凡待治。世凯深愿竭其能力,发扬共和之精神,涤荡专制之瑕秽,谨守宪法,依国民之愿望,蕲达国家于安全强固之域,俾五大民族,同臻乐利。凡兹志愿,率履勿渝!俟召集国会,选定第一期大总统,世凯即行解职。谨掬诚悃,誓告同胞。大中华民国元年三月八日,袁世凯。"

众人一齐鼓掌。

蔡元培代表孙中山致祝词后,袁世凯致答谢词:"世凯衰朽,不能胜总统之任。猥承孙大总统推荐,五大族推戴,重以参议院公举,固辞不获,勉承斯乏。愿竭心力,为五大民族造幸福,使中华民国成强大之国家。"

接下来,由工作人员宣读《大赦令》,除真正人命案和强盗外,无论轻罪重罪,已发觉未发觉,皆除免之;又宣读《免除民国以前地丁钱粮漕粮》,"所有中华民国元年以前应完地丁、正杂钱粮、漕粮实欠在民者,皆予除免";再宣读《告内外文武各官令》《告海陆军人令》,这两个令,均强调"破除私见,服从中央命令,以期实行统一"。

仪式结束,袁世凯及部分政府要员与外国使节之合影,晚上举行答谢宴会,袁世凯兴致很高,很少饮酒的他当晚已经颇有酒意。席终人散,袁克定扶他进卧室，帮他脱下大元帅军服。袁世凯吐着酒气道："老大，我五十有三，没想到会有今天，大总统不就相当于大皇帝嘛！"

袁克定回道："美中不足，实行内阁制，大总统的权力要被分去不少。"

袁世凯挥挥手道："那要看什么人当这个大总统。我已经推荐唐少川当国务总理，孙逸仙已表同意。少川是我一手提携，他能跟我争权力？他敢跟我争权力？谅他不会。"

第二天，参议院给袁世凯发来贺电，不过，这份贺电让袁世凯很不悦。这份电报礼节性的祝贺后，强调要袁世凯遵守《临时约法》："本院代表国民尤不得不拳拳敦勉者：临时约法七章五十六条，伦比宪法，其守之唯谨，勿逆舆论，勿邻专断，勿押非德，勿登非才，凡我共和国五大民族，有不至诚爱戴。"

这哪里是贺电，简直是警告电嘛！与这份贺电同时，还发来了《中华民国临时约法》，请袁世凯以临时大总统名义发布。这部临时约法共七章五十六条，首先规定了中华民国的性质，由中华人民组织之，主权属于国民全体，领土为二十二行省、内外蒙古、西藏、青海；以参议院、临时大总统、国务员、法院行使其统治权。尤其是体现了民主精神，强调帝制非法、民主合法，规定中华民国人民一律平等，无种族、阶级、宗教之区别，人民享有人身、居住、财产、言论、出版、集会、结社、通信和信教的自由，人民有请愿、诉讼、考试、选举及被选举等权利。不过，在袁世凯看来，这部临时约法纯粹是为了对付他。

他向梁士诒抱拳道："孙文真是岂有此理！当初他回国就任临时大总统，制定的《临时政府组织大纲》完全学习美国，采用的是总统制，总统有至高无上的权力。据说当时反对的人也不少，比如宋教仁等人就主张实行内阁制，可是他说：'现在百端待理，我不能当了总统，还要受诸多掣肘，以致无法施政。'可是，一看他这临时大总统当不成了，这个大总统非我不行了，他又授意参议院，制定的约法完全采用法兰西的内阁制。你倒看看我这个大总统，简直就是参议院的跟班嘛！"

根据临时约法的规定，参议院权力计十三条又十二款，集立法、行政、司法于一身。大总统虽然总揽政务、公布法律、制定官制官规、任免文武官员的大权，但都不得独立行使，须由国务总理及各部部长附署，且咨送参议院审议批准。

梁士诒解释道："我听杨五爷说，参与制定临时约法的四十余名参议员中，同盟会会员三十余人，立宪派仅八人，我们北洋没有一个代表。所以这个临时约法,对大总统当然不利。"

"我不是要争什么权。我当过直隶总督,当过内阁总理大臣,如今又当了大总统,什么权力我没见过?我不稀罕。中国这样的大国,南北东西都是上万里,治理这样的大国,必须有一个权威的中央政府,中央政府必须有一个权威中心。中国帝制行之数千年,中国文明粲然大备,就是因为帝制有一个一言九鼎的权威中心,办起事来不至于太过掣肘。中国最怕的就是政出多头,说了算的人太多。我从前支持君主宪政就是这个原因。现在我顺从大势,赞同共和,可他们弄了这么个约法,完全是意气行事,哪里有为国家前途着想的气度!"

"孙逸仙几十年来一直在外国游荡,他对外国人的了解比对中国人还深,他只能算半个中国人,他照搬洋人的东西,怎能适合中国的水土?"

袁世凯鼻子里哼了一声道:"我这个人不怕有人算计,不怕有人与我争高低。好啊,是骡子是马拉出来遛遛,我就不信,活人能被这样几页纸困死!走着瞧好了!"

第二天,袁世凯找唐绍仪详谈。国务总理已经决定由他出任,这个问题不必再谈,需要谈的是内阁阁员。袁世凯最关注陆军、内务、财政三个总长,他建议分别由段祺瑞任陆军总长、赵秉钧任内务总长、熊希龄任财政总长。唐绍仪则认为,黄兴在军界影响颇大,是南方二号人物,恐怕南方会谋求让他出任陆军总长一职。袁世凯连连摇头道:"少川,其他各部总长都可商量,唯有陆军总长一职,非由芝泉出任不可。"

最后两人确定十二部的总长人选,外交陆征祥或伍廷芳、内务赵秉钧、财政熊希龄或陈锦涛、陆军段祺瑞、海军蓝天蔚或刘冠雄、司法王宠惠、农林徐根先、工业陈幌、商业刘炳炎、交通詹天佑、邮传梁士诒。

次日,袁世凯发电孙中山,正式举荐唐绍仪为国务总理,"现国务总长拟派唐君绍仪。国基初定,万国具瞻,必须华洋信服,阅历中外者,始足膺斯艰巨。唐君此其选也。公如同意,请将此电送交参议院,求其同意"。

然而,在参议院议决时遇到了阻力。参议院议员以同盟会会员占多数,他们认为首届国务总理必须是同盟会会员,如果这样,袁世凯肯定不会同意。这时有人提议,首届总理人选必定是新旧总统都能信任的人。唐绍仪为新旧两位总统所信任,唯一遗憾的他不是同盟会会员,那就让唐绍仪加入同盟会好了。这个提议一提出,立即响起热烈掌声。方案报孙中山,他认为劝说唐绍仪入同盟会当无问题。于是回电袁世凯,同意任命唐绍仪为国务总理。

于是袁世凯发布临时大总统令,任命唐绍仪为国务总理,并让他尽快南下组建临时政府。

唐绍仪于3月24日到达南京,次日在参议院演讲,发布施政纲领,他儒雅、开明的形象受到好评。但接下来在讨论内阁人选时却遇到很大困难,正如所料,南方坚持黄兴出任陆军总长,而且坚持宋教仁、陈其美必须入阁。双方争执不下,数天没有结果。

这时副总统黎元洪看不下去了,发表了一个长篇通电,历数了中国目前外交、财政、军事、民生、教育诸方面存在的种种困难。"凡此荦荦诸端,关系国家存亡甚大,其他险象尚难缕数,首以都会纷争,继以部员确执,伏乞互相让步,民国政府早日成立。设延迟不决,祸变日深,鹬蚌相争,渔人得利,昆弟相争持,灭种已成,噬脐何及?"

报纸舆论,对双方争执不下也多有指责。于是双方各让一步,袁世凯所力争的陆军、内务、财政三席完全如愿,孙中山所关注的宋教仁出任农林总长,陈其美出任工商总长。黄兴没能入阁,最后袁世凯任命他为南京留守,让他负责统辖聚于南京的革命军。调整后的内阁设十个部,而不是袁世凯所计划的十二部,实力部门被袁系人马占据,作为妥协,唐绍仪许诺将来直隶总督一职由广西副都督驻南京第三军军长、原广西布政使王芝祥担任。交通总长袁世凯提议的梁士诒未获通过,南方提出的人选袁世凯又不同意,最后由唐绍仪兼任。

3月30日,双方终于在阁员上达成一致,总理兼交通总长唐绍仪,外长陆征祥,内务总长赵秉钧,海军总长刘冠雄,财政总长熊希龄,司法总长王宠惠,教育总长蔡元培,农林总长宋教仁,工商总长陈其美。十个总长,王宠惠、蔡元培、宋教仁、陈其美是同盟会员,赵秉钧、段祺瑞、刘冠雄是老北洋,熊希龄是立宪派。陆征祥在策动外交官配合袁世凯逼退清帝中立了功劳,虽是职业外交家,也算半个北洋人,唐绍仪是老北洋、新同盟会员。这样看来,南北双方势均力敌。不过,参议院中同盟会会员占据绝对优势,因此形势对袁世凯很不乐观。

袁世凯发布总统令,任命各部总长。孙中山也于4月1日在参议院举行解职仪式,正式辞去临时大总统职务。袁世凯立即发电给孙中山,"闻公宣布解职,国事代以世凯自荷综览,深虑陨越。公为民国第一华盛领,万众倾心,此后建设事宜,多待雅教,乞即日北上,惠我方针"。

同时袁世凯还有一电给唐绍仪,让他代转参议院,要求临时政府及参议院移至北京,"现在各国务员已经发表,统一政府完全成立。前承贵院议决,允本大总统在北京受职,此后本大总统所发表命令,须要国务总理及各总长附署,总理及各总长对于进行事项,亦须随时商承。若南北暌隔,政务无由执行,请贵院与临时政府移北京至要"。

参议院经过商议,自4月8日起参议院休会十五天,限于4月21日各议员齐集北京。唐绍仪与参议院议员及各部总次长共八十余人,自4月15日乘汽船北上,直驶天津,如期到达北京。4月底,参议院在原资政院旧址,举行开院仪式。自此,南北政府合而为一,中国名义上也获得了统一。

第九章

大总统违反约法　唐总理内阁倒台

袁世凯当上了临时大总统,但因为实在太仓促,连总统府也没来得及建。就职仪式是在石大人胡同的迎宾馆举行,这里是外务部办公的地方,当总统府显然不合适。袁世凯倒是很愿进紫禁城办公,但清室优待条例规定,这里是逊帝居住的地方。最后,几个与袁世凯关系紧密的亲贵出面,说动隆裕皇太后将未曾修缮完备的摄政王府、曾经的皇家园林中南海腾出来,用以做民国总统的府邸。

中南海大得很,袁世凯选定居仁堂作他办公的地方,居仁堂是在慈禧听政的仪鸾殿旧址上所建。仪鸾殿在八国联军进京后毁于大火,两宫回京后,朝廷耗资五百余万两白银,建起了与原来仪鸾殿规模相当的洋楼,取名海晏堂。洋楼分南前北后两个楼体,中间用上下两层的走廊相连,洋楼的顶部、窗框外,均有欧化的雕花装饰,窗棂门框或镶以彩色玻璃,或饰以西式花卉,完全是异国风格。袁世凯入住后,取名居仁堂,取以仁治国的意思。

他的办公室就设在一楼东头的大房间,西边的几间则用来吃饭、开会和会客。他的卧室在二楼的东头。他最喜欢的两个女儿,一个是朝鲜的四姨太所生的二女儿袁仲祯,一个是朝鲜三姨太所生的三女儿叔祯,就让她们两个住在二楼的西边房间。其他家人也都搬进了中南海,正室于夫人、二姨太及袁克定夫妇住在福禄居;大姨太、三姨太和袁克文夫妇住在卍字廊后的四个院子里;其他几个年轻的姨太太因为要侍寝,就和孩子们住在居仁堂的后楼内。

这天,袁世凯会客,礼节性的会见在居仁堂前面左侧的"大圆镜中"会客室,熟悉的则在居仁堂的会客室,极亲信的像内政总长赵秉钧这样的人,则可直接到办公室见他。

袁世凯批完文件,抬起头调侃道:"智庵,今天不是你们朝参国务总理的日子吗?怎么没去?"

唐绍仪出任内阁总理后,颇想有番作为,规定一、三、五三天内阁会议;二、四、六三天国务员可来见袁世凯。

赵秉钧回道:"少川还真把自己当成说一不二的内阁总理了。第一次开会就说要建设一个规范的共和国,以大政之总枢,纳之于阁议。大政之总枢在总统这边,不在他什么总理那边。"

提起这一点袁世凯就来气,南方革命党为了制约他,让内阁总理和参议院分尽了总统的权力,他这临时大总统几乎只能画诺而已。但他脸上却是一副无动于衷的表情,安抚赵秉钧道:"临时约法给了少川这么大的权力,按约法,他那里的确是大政之总枢。"

"大总统还真拿临时约法当回事?我昨天见到皙子了,听他仔细一说,才知道临时约法原来把大总统的权力都弄走了。皙子说,参议院有立法权、同意权、财政权、选举权、弹劾权、质问权、建议权,而且参议院公布的事项大总统如果不同意,也没办法阻止。法国大总统还有解散议会议的权力,可是临时约法中大总统这个权力也没了。皙子说中国是去了一个皇帝,又诞生了百位皇帝,每个议员都拥有皇帝一样的大权。"

袁世凯摇摇头又点了点头道:"皙子向来是好说惊人之语,不过,他这话倒是一语中的。"

"我听皙子说,按照临时约法,内阁总理的权力也很大,比如大总统公布法律,发布命令,必须各部总长也就是国务员附署才能有效。那是不是说,如果我不同意,不在上面签字,大总统的命令就形如废纸?"

"正是如此。"

"那岂不是国务员的权力也比总统大?"

袁世凯又回了一句:"正是如此。"

"怪不得皙子说,如今的中国,权力最大的是参议院,其次是内阁,第三才是大总统。谁都知道只有大总统才能统摄各方,却偏偏要把大总统弄成个虚君,这不是故意要把天下搞乱嘛。别人怎么想我不管,反正我不服什么约法,也不认什么内阁总理,我只知道大政总枢归于大总统。"

袁世凯正色道:"智庵,不管怎么说少川也是自己人,你可别让他太为难了。"

赵秉钧告状道:"大总统,你拿他当自己人,他未必拿大总统当自己人。他自从去南方议和,就开始和同盟会打得火热,孙文和黄兴两人都十分赞赏他。总统当初让他入同盟会,是权宜之计,可是他这个内阁总理事事都为南方着想,完全是同盟会的内阁总理嘛。他就公开说,共和精神,端在国会,内阁精要,政党而已。"

"这一点,少川是真糊涂。你看自从民国建立后,成立了多少政党! 中华民国联合会、预备立宪公会、国民协进会、共和俱进会、统一党、共和党、民权党、统一进步党,我都被他们搞糊涂了。"

"如今大大小小的政党有五十余个,这还是在内务部登记的,不登记的更多。"赵秉钧的内务部相当于原来的民政部,政党登记正在他的管辖范围。

"按照他们的想法,将来哪个政党在国会选举中占多数,就由哪个政党组阁。你看现在的政党争成了一锅粥,谁还顾得了国家?孙逸仙所说的什么民族、民权、民生,岂不都成空话? 将来国会选举,那才有热闹好看。中国现在最要紧的是统一,国家要统一,行政权也要统一,这样国家才有希望。可政党政治,正好反其道而行之,这才是中国最大的祸患。"

"那大总统怎么办? 总不能任由这么乱下去。"

"制度是死的,人是活的。我就不信活人能让尿憋死。幸好内务在你手里,陆军在芝泉手里,海军在敦城手里,这三职最重要,你们要好好尽职。"

敦城就是海军总长刘冠雄,他是北洋海军出身,甲午战后北洋海军重建,刘冠雄出任"海天"舰管带,成为袁世凯的下属,后来"海天"舰触礁损毁,震动朝野,皆曰刘冠雄当诛。直隶总督袁世凯极力为他辩白,以革职了事,刘冠雄从此视袁世凯为恩公。

"大总统放心,不管什么总统制还是内阁制,我是唯大总统之命是从。这几天在讨论几个司员的位置,少川的意思应当给同盟会几席,意思是争取同盟会对总统的支持,我看他是一心为同盟会着想罢了。我的意思是,我内务部司员,非北洋旧人不可。"

于是赵秉钧又向袁世凯汇报内务部司员的人选,这样一讨论就过了个把钟头。刚议妥当,外面来报,段总长求见。

北洋三杰之首王士珍,人称北洋之龙,神龙见首不见尾,处事圆通。在袁世凯挟北洋诸将逼迫清帝退位时,他却念念不忘皇恩,在清帝逊位诏书发布后,坚决辞职求去,回到直隶正定老家,以遗老自居。北洋之虎段祺瑞地位因此上升,先是出任陆军大臣,唐绍仪组阁后又出任陆军总长,这一人选袁世凯寸步不让,他很看重也更借重段祺瑞。

"芝泉,快宽衣随便些。"段祺瑞一身戎装进见,袁世凯忙让他换上便装,"今天唐大总理又有什么高见?"

段祺瑞回道:"什么高见? 发牢骚、穷咬牙罢了。他认为六国银行团的借款条件太过苛刻,他今天在会上说,无论如何,六国银行团借款条件必须拒绝,绝不许有损害权利之事。比国借款,利息比六国银行团为轻,断然没有舍轻就重的道理。"

"少川徒逞口舌之利,对解决财政困难有何益处? 再说,比国借款,杯水车薪,为此得罪六国银行团有何益处? 真是书生之见。"

政府要向国外借款,实在迫不得已。这些年来,政府入不敷出,每年赤字都在三四千万两之间。武昌起义爆发后,列国又将全国仅次于田赋收入的关税予以扣留,使原本拮据的财政雪上加霜。如今南北统一,因偿付外债、补发南北军饷、恩恤,缺口达到两亿两。南京库储仅余三万两,北京方面存款略多,也只有二十余万两。黄兴连续向北方催饷,"哗溃之势,已渐发端,二日内倘再无款救宁,大乱立至"。山、陕、甘、新、皖、浙、鄂、闽等督飞电请款,都是迫不及待。袁世凯出任临时大总统,把解决财政问题作为当务之急。

袁世凯解决财政困难,实在没有别的办法,只有向国外借款。武昌起义爆发前英美德法四国曾经以东北铁路税收为抵押,答应借给清廷一千万英镑,作为中国币制改革的储备金。但起义爆发后,四国以中立为由,停止借款。袁世凯复出后,英国视袁世凯为解决中国乱局的唯一可靠人选,支持借款给袁世凯,但其他三国以中立为由,暂时未便付诸行动。袁世凯接任临时大总统,此事便提上日程。新任内阁总理唐绍仪与四国银行团谈判,提出了总数为六亿元的善后大借款,用于解散军队、善后建设。四国银行团提出,借款可以,但以后中国所需之借款,四国银行团有尽先供应权;如果中国从其他处借款,若条件并不比四国银行更优惠,则应当由四国银行团优先供给。这些条件无异于将中国经济置于四国银行团的垄断之下,袁世凯在国际上所依赖的正是英美德法四国,他为了维持与四国的关系,不得不答应。

然而唐绍仪不同意四国银行团的要求,认为如果答应这一要求,以后就无法从其他渠道获得财政支持。于是,袁世凯说道:"少川,你如果有本事从别处弄到借款,就可以不依赖四国银行团。"

　　袁世凯本来是赌气的话,唐绍仪当了真,而且还真与比利时达成了借款一百二十五万英镑的协议,约合一千万两白银,而且利息只有四厘多。比利时之所以答应,是为了将来能够在中国商务上有所拓展。四国银行团向袁世凯提交照会表示抗议,袁世凯因为事先已经答应唐绍仪,而且也希望借此约束一下四国银行团,因此只是敷衍一下,打了一通官腔。

　　唐绍仪南下前提了三百万元,对袁世凯说用这笔款尽快让南方裁军。袁世凯求之不得,因此很痛快地答应了。但是唐绍仪南下不久,袁世凯安插在四国银行团的秘线就向他透露,南方军队突然采购了二百万元的军火。袁世凯不信,秘线很快提供了军火采购的合同抄件,而且告诉袁世凯这二百万元其实是来自唐绍仪向南方提供的三百万巨款。袁世凯对唐绍仪加入同盟会本来就有些不放心,如今更让他怀疑这位亲密的老部下已经倒向了南方。所以唐绍仪回到北方后,袁世凯对他的冷淡已经掩饰不住。

　　数日前,四国银行向袁世凯提出要想继续借款,一是必须退回比利时借款,二是唐绍仪要为他的失信行为向四国银行团道歉,三是以后所有借款,每一笔的用途都必须提交详单,四是银行团要组成监督团,派出会计,监督每一笔款项的用途,是用于裁军的项目尤须严格监督。袁世凯同意这四条要求,并让唐绍仪去落实。唐绍仪认为四国银行团太过分,他个人受辱事小,国家财政受到列强监督和控制是最大祸患,不能答应。袁世凯语带讥讽道:"我也不愿答应,你如果既不答应这些条件,又能借到款项,我当然求之不得。"

　　"唐总理已经答应取消了比国借款,但坚持不能接受银行团的财政监督,这是他的底线。他希望四国银行团能够先垫付三千五百万两,但四国银行团不肯答应。"

　　"我也不愿受他国的掣肘和监督,无奈财政捉襟见肘,如果不能尽快借到款项,只军饷一项就无法解决。不去说这些烦恼事,芝泉你说说,你的军界统一会组织的如何?"

　　为了在将来国会中争得席位,各种政党纷纷组建。袁世凯不甘束手待毙,让段祺瑞依托军界力量也组织政党。

　　"大总统放心,一切准备就绪,北洋兄弟无不支持,快则十天,慢则半月,必能成立,届时请大总统训示。"段祺瑞筹备成立军界统一会。

　　袁世凯摇手道:"不不,我不参与。张季直先生来信说,让我当个超然总统,不参加任何党派。我觉得很有道理,哪个党的会我也不去参加。"

"好,大总统不方便参加就不参加,反正军界统一会唯大总统马首是瞻。倒是少川及其大老乡,大总统不能不留意。"

袁世凯瞪大眼睛望着段祺瑞,意思是问他所指何人。段祺瑞解释道:"燕孙与唐少川关系向来密切,而且极力赞同共和,比唐少川剪辫子还早。外面有人说,他们两个一内一外,与孙文关系极密。"

燕孙就是梁士诒,本来唐绍仪组阁时,袁世凯有意让他出任交通总长,无奈南方未能答应,最后只好以唐绍仪兼任。他掌握着原来邮传部的铁路局,对袁世凯支持很大。南北议和期间,唐绍仪在南方,梁士诒在北方,唐袁之间完全靠梁士诒沟通。不但参与机密,就是日常文案,因为阮忠枢对新式公文不甚了了,也完全由梁士诒负责。袁世凯对他十分信赖,也极为依赖,他接任大总统后,随即任命他为总统府秘书长。

听段祺瑞对梁士诒颇有微词,袁世凯连忙制止道:"芝泉,你要说燕孙有异志,我决然不信。南北议和期间,我听说他忙得常常通宵不眠,公文盈尺,全靠他在应付。他的功劳我不能忘,他的忠诚亦不能疑。如果如你所说,他与孙先生关系极密,那么南方何以不同意他出任交通总长? 此事不可再提。"

真是说曹操曹操到,这时梁士诒拿着一份密电来见袁世凯。于是,袁世凯对段祺瑞道:"芝泉,你回去好好筹备军界统一会,成立的时候,不妨让梁秘书长出面。"

段祺瑞听了,便对梁士诒道:"好,到时候请梁秘书长一定捧场。"

梁士诒笑了笑道:"段总长安排,我一定奉命。"

袁世凯接过密电,看罢后道:"杏诚这事做得好,只要洋大班肯来,就有办法弄清楚。"

杨士琦随唐绍仪南下议和后,就一直没有回来。袁世凯安排他在上海负责与南方联络,其实是为了秘密搜罗情报。他奉袁世凯密令,贿买负责承购南方军火的洋大班,诱使他取消这笔军火,但事机不顺,后来退而求其次,将这笔军火的交易地点,秘密改为天津,仍然办不到,最后杨士琦实在没辙,只希望洋大班能够北上与袁世凯一晤。对这个要求,洋大班没有拒绝。今天杨士琦就是密报此事,洋大班已经乘轮北上,三天后就可到津。

"我不信还有人与钱有仇,让他亲自来见我。"袁世凯派蔡廷干秘密会晤这位洋大班,没想到他十分固执,表示自己作为商人,信誉为第一,既然签订合同,宁愿赔钱也不能赔信誉。

"我不能违约,这是商人的道德底线。"两人会面后,袁世凯告诉他南方正在裁军,而突然购进这么多军火,显然与双方协议不符,对中国局势也极为不利。但洋大班表示,这是中国的内政,与他无关,他只是履行合同。

袁世凯听了他这句话,沉默良久后突然道:"你信守承诺,坚守合同,我很佩服。不过,我就不信你一辈子都能做到这一点,比如你的货突然遇到风暴沉没了,或者因为遇到战事被击沉了,你怎么履约?"

"那不是我能所控制的,当然不能算违约。"

"那就有办法了。"

袁世凯递给洋大班一张交通银行存单,他一看数目,连连摇摇手:"数目太大,我无功不受禄。"

"你只管收下好了,我不需要你有什么功,就算我认识了个新朋友。"

接下来袁世凯只是闲扯,关于那笔军火的事一字不提。洋大班登上轮船南下时还是一头雾水,不知道袁世凯为何白白送他一大笔钱。

与他同时南下的还有唐在礼,只是两人互不认识。唐在礼是留日士官生,回国后进入直隶督练公所,后来又任参谋处帮办,一直受袁世凯关照。袁世凯被罢后,他被载涛派了个库伦兵备总办的差,驻到库伦,消弭外蒙古独立的倾向。他只当是被充军发配,在库伦无所事事。等袁世凯复出后,他立即请求回北京,被袁世凯派了个谘议的名头,到内阁官舍行走。后来袁世凯不愿南下就职,就派唐在礼南下向南京临时参议员们解释,希望能够改在北京就职。唐在礼赶到南京的时候,欢迎团蔡元培的报告已经早一天到了,也是建议让袁世凯在北京就职。结果唐在礼的使命很容易就完成了,在袁世凯心里得了个"精明能干"的评语,一些秘密差使也愿意交给他办理。这次他的差使很简单,就是告诉杨士琦,设法贿买洋行的买办,到时候能够提供军火到货的准确时间和轮船班次就行。到时候就交给海军拦舰检查,然后强令开到天津。

袁世凯与唐绍仪的矛盾已经不可调和。袁世凯希望尽快借到洋债,而唐绍仪则响应同盟会的要求,坚决不肯向四国银行团让步。于是,袁世凯邀请财政总长熊希龄"闲谈"。

熊希龄也是袁世凯的老相识,他是当年五大臣出洋时的参赞一直支持君主立宪,与张謇等人关系也十分密切。他能入阁,便是君主立宪派支持的结果。

立宪派也成立了一个政党叫统一党,宗旨是"巩固全国之统一,建设中央政府,促进共和政治"。但立宪派向来是主张温和改良的,极力拥护袁世凯。

有了这份渊源,袁世凯与熊希龄的闲谈很容易就进入正题:"政府急需借款,但少川与四国银行团已经闹僵,如何打破僵局,秉三有何高见?"

闻言,熊希龄摇了摇头道:"一开始我就不主张向比国借款,比华银行的实力如何能够与四国银行相提并论?"

"是,是,我极力敷衍四国,也是想借英美德法的力量,能够牵制一下觊觎东北的日俄。所以这又不仅仅是个财政问题,秉三,修复与四国银行团关系这副重担我打算交给你担,意下如何?"

"只要唐总理能放手,我接过来本无不可。但是四国银行团监督财政的要求恐怕不会让步,如果大总统也不肯让步,那么交涉起来恐怕也是空耗时日。"

"人在屋檐下,不能不低头。我们急需钱,没钱政府就转不动,这也是没法子的事。你尽力去谈,到时候我会支持你的。"

隔天的国务会议再次讨论借款事项时,熊希龄发言道:"这件事情闹僵,根源就在比国借款。如果不向比华银行借款,何来如此苛刻的条件。"

唐绍仪立即表示反对道:"四国银行之所以提出苛刻的条件,怀有不可告人的政治目的,即便没有向比华银行借款一事,他们也会提出这些要求。"

熊希龄反唇相讥道:"总理携三百万巨款南下,花了个精光,到底花到哪里,也是一笔糊涂账。不要说洋人,就是国人恐怕也怀疑虑。"

唐绍仪驳道:"南方裁军已经近三分之一,所赖正是这三百万两,秉三何出此言?"

熊希龄又道:"解散了哪些军队,多少人,总该有个详单吧?"

"这是军事机密,当然不能详尽公布。四国银行团提出监督每笔款的用项,正是要借机操控我国财政,进而窥探我军事虚实,这正是我不肯让步的原因。"

同盟会的蔡元培支持唐绍仪,与熊希龄先是辩论,继而争吵起来,国务会议不欢而散。次日统一党主办的报纸上有一篇评论,矛头直指唐绍仪,指责他借款无计划,轻逞意气,以致辱己辱国,实陷吾国外交上之地位一败涂地。看到这样的报道,唐绍仪十分生气,他拿着报纸找到袁世凯道:"大总统,我这个内阁总理已经被人骂得不成样子,还如何能够为国家尽责,我请辞。"

袁世凯接过报纸一看,扔到一边后道:"这算什么民意,不过是统一党的议员在狂吠罢了。少川,我原来就说过,政党政治的坏处就是打着民意的旗号,行自己的如意算盘。你不要当回事,如果有人骂几句这个总理就干不下去,那谁也当不了这个总理。"

唐绍仪又道:"政府要对国家负责,我这个内阁总理也要对国家负责。我不答应四国银行团的要求,是不想让他国操控国家财政和军事。可是,秉三在会上公然指责,又发动统一党大肆谩骂,我这个内阁总理面子何在,权威何在?"

"少川,你放心,我会找秉三谈的。不过你也知道,秉三和我,不像你我有二十余年的交情。他又是统一党那边的人,我对他总要留几分面子。"

"大总统,我看秉三对借款一事跃跃欲试,让他去和四国银行团交涉好了,也免得让人骂我陷国家外交一败涂地。"

"这样也好。看人挑担不腰疼,让秉三去试,他就知道这事的难处了。再说,借款事宜也是他财政总长应尽之责。"

唐绍仪没想到袁世凯竟然一口答应,便沉默了一会儿道:"那我明天正式宣布,以后与四国银行团交涉,改由秉三负责。"

熊希龄接手与四国银行团借款事宜,向四国银行团提出善后大借款缓议,先行商谈小笔垫款以解燃眉之急。四国银行团很快表示,可以考虑先行垫款,但必须派人监督。熊希龄则表示,小笔垫款主要用于遣散军队,这一工作中国必定会做好,并及时通报借款用途,因此四国银行团没必要派员监督。美德法三国没有表示明确反对,可英国汇丰银行却提出异议,认为垫款应当视为大借款的一部分,因此一开始就必须议定借款章程,提出七条:在财政部附近设立核计处;一切提款和拨款支票,须由核计员签押;财政部应将各项用途做成说帖,送交银行团核允;制造详细领款凭票;关于各省发给军饷暨遣散军队费用,须由地方军政府备三联领饷清单,并由中央政府委派高级军官及该地方海关税司会同签押;如在北京及其附近地方发放军饷或遣散军队,由中央政府派一高级军官,会同核计员将三联领饷清单查核签押;预备支付之款由税司存储管理。如果中国同意以上章程,四国银行团将于十天内拨付三百万两,并在以后的一周内再拨付三百万两。

熊希龄在国务会议上做说明,因为南北都急需款项,唐绍仪没有反对,其他国务员也都不吱声。熊希龄认为国务会议已经默许,于是向参议院做说明。参议院认为七项条件断难接受,但最后还是决定,万不得已时可以承认监督条件,但外国监察员必须于五个月后撤销,大借款成立时,绝不许有监察员。于是熊希龄认为参议院已经通过,于是与四国银行团签订合同与章程,签订合同的次日,银行团拨付了三百万两。熊希龄为自己打开局面欢欣鼓舞,当晚在财政部庆祝会上,喝得舌头都直了。

然而,批评的声浪很快掀起来了,多家报刊指责熊希龄欺蒙参议员和国民,私许外人监督财政,此举将"断送吾新造之民国",并骂熊希龄为"亡国罪魁"。黄兴致电各省都督,指陈垫款章程之弊端,对其"监督军队"的危害尤为痛惜。四国银行团则表示,既然中国不能就借款章程达成一致,那就暂停垫款。

"既然大家都反对借款,那就拖拖再说。"于是袁世凯示意财政部,把拨给南京留守府象征性的经费也断掉了。

黄兴真正是度日如年,因为缺钱。

聚集在南京附近的民军不知到底有多少,光师长就二十余个。他们都说对革命有功,天天到黄兴的留守府要粮、要饷、要军械,但黄兴是两手空空,天天苦于应付。民军不少人是为革命感召而来,但也有相当一部分是为吃口饱饭而来,更有一部分军官是为投机钻营,谋个前程而来,时有抢掠发生。最严重的赣军两个团趁黄兴赴上海筹借款项之际,发动兵变,在白门桥、太平桥一带大肆抢劫商店并滥杀无辜。留守府的人只怕兵乱扩大,急调城外王芝祥的桂军前往镇压。事后处死的革命军士兵高达七八百人之多,其中大多不经军法审判,有些甚至只要是该旅官兵,即被拉到留守府后面的水塘中枪决。黄兴赶回南京,痛心不已,下决心遣散军队。第一军(皖军),由安徽都督柏文蔚全部调往安徽;第二军整顿,所部归留守府直辖;第四军(粤军),其中一部分遣返广东,其他大多就地解散;第五军(浙军),由浙江都督朱瑞带回浙江。第三军(桂军),大部分遣返广西,暂留一部分待军长王芝祥就任直隶都督后带往直隶。

王芝祥出任直隶都督,是唐绍仪南下后为了顺利接收临时政府,与南方政府达成的口头协议。当时袁世凯不南下就职已成定局,为了约束袁世凯,临时参议院通过了北方地方政权接收议案,规定东三省、直隶、河南、山东、甘肃、新疆等省都督都由各省人民公举。而直隶至关重要,所以临时参议院授意直隶议员推举直隶籍、新加入同盟会的桂军统领王芝祥为都督。当时唐绍仪将此事电告袁世凯,袁世凯回电"此事好商量"。当时唐绍仪就向临时参议院表示,王芝祥出任直隶都督没什么问题。

王芝祥兴冲冲乘船北上,到天津就任直隶都督。唐绍仪则去找袁世凯,尽快发布王芝祥督直的任命状。袁世凯好像第一次听说这件事,反问道:"少川,王芝祥何许人也,怎么由他出任直隶都督?"

唐绍仪说道:"大总统,这事我在南京时向你请示过,你回电说好商量。"

"少川,我说过这话吗?"

"大总统回电都有记录,不难查清。"

"不必费工夫去查,我说好商量,和同意他督直是两回事。他从未在直隶任过一天职,就突然要来督直,这怎么可以?"

唐绍仪没想到袁世凯这样要赖,大声道:"大总统,王铁珊督直,是经过当时直隶议员推举的,他是代表民意的!"

"现在全国已经统一,所有地方官制按照约法,应由中央制定公布施行。地方议会有无选举长官之权,自应于官制内规定,由参议院议决。现在官制尚未规定,各自为政,另举都督,大局何堪其乱,更与共和统一相悖!"

"大总统,王芝祥的推举是在两个多月前,不是现在,希望大总统遵守约法。"

"少川何必总是拿临时约法来压我,我已经老了,这个总统早晚要让给你们的。"

唐绍仪气得跺脚走了,临走时道:"大总统如果实在不答应,那就让参议院来议决好了。"

气走了唐绍仪,袁世凯也气得直喘粗气,他把秘书长梁士诒招来问道:"燕孙,直隶是我北洋的根基,能让一个外人来督直吗?"

梁士诒出主意道:"当然不能。不过此事你当初答应过,似乎不宜出尔反尔。我倒以为不妨先让他过几天直督瘾,然后找个理由把他调换了就是。"

"哦,你是这么想的?"袁世凯望着梁士诒道,"这个办法倒不失为妙策,且让我想想再说。"

打发走梁士诒,他让人立即找段祺瑞来道:"芝泉,唐大总理在南京时答应王芝祥出任直隶都督,如今人家前来赴任,我不同意。可是唐大总理说人家是代表民意,是议员所选,必须让我签署这个任命状,我实在没办法了。"

段祺瑞打开嗓门直吼道:"狗屁民意。就是谘议局几个代表,在南京投个票就选王某人当都督,代表的哪门子民意?再说了,就是民意同意,我直隶的'军意'他们问了吗?大总统不必管了,我让直隶的将军们发电反对,看他有什么办法。"

袁世凯对段祺瑞的反应很满意道:"这件事就拜托你了。直隶就是北洋,北洋就是直隶,不能让外人来把持着,你快去办吧。"

王芝祥是直隶通州人,在广西做官已经快十年了。武昌起义的时候他任广西布政使,响应起义宣布广西独立,他出任广西副都督,先是率军援鄂,后来改为援苏。他所率的桂军被黄兴编为第三军,他出任军长,同时兼任南京留守府军事顾问。直隶谘议局推举他为直隶都督,真是求之不得。所谓衣锦还乡,当官的哪个不愿?不过他也知道,他这个都督恐怕好事多磨,因为人人都知道,直隶是袁世凯发迹的地盘,不会轻易把这么重要的地方交给他。

果然,王芝祥一到天津,就听到直隶五路军发布通电,反对他出任直隶都督。他不敢贸然进京,在天津小驻,先去拜访直隶谘议局议员谷钟秀。当初在南京,谷钟秀正是推举王芝祥督直的领头人。

"铁珊,我是大气也不敢出了。"谷钟秀拿出一封信道,"你看,这是我昨天晚上收到的匿名信,说我推举你为直隶都督,是受了南方政府五万元的好处。"

王芝祥接过信,信不长,极其直白,不但污蔑,而且威胁,警告谷钟秀如果敢再议论让王芝祥督直,就要他的脑袋,已经悬出一万元大赏。报纸上也登出了军界反对王芝祥督直的通电,以冯国璋为首,十余名将领上书袁世凯,表示如果大总统任命王芝祥,直隶军界绝不承认。直隶都督必须声威兼著,在直隶有年,感情甚孚及军界素所仰望者。

王芝祥摊手叹道:"这可如何是好,我的第三军也丢了,直隶都督再当不成,岂不是赔了夫人又折兵?"

"铁珊,这件事实在不能怪我。当初是唐总理说袁大总统已经同意你督直,我们才进行推举。当时唐大总理怎么说的,你一定也还记得。俗话说解铃还须系铃人,你进京一趟,听听唐总理怎么说。"

于是王芝祥乘火车进京,当晚去见唐绍仪。唐绍仪知道这事已经十分难办,但他不愿让王芝祥失望,安慰道:"铁珊,你且稍等等,我明天去见大总统。"

第二天唐绍仪又去见袁世凯,一见面便道:"大总统,王芝祥出任直隶都督,是经直隶谘议局推举产生的,民意不可违。任命王芝祥不仅仅是他个人职位问题,更重要的是遵守《临时约法》的问题,甚至可以说,关系着大总统是否尊崇法治的问题。"

袁世凯回道:"少川,我知道民意不可违,可是军意就可违吗?直隶军界十余将领发通电,反对王铁珊督直,你让我怎么办?"

"谘议局是民意机关,他们的推举具有法律效力,怎么能以军人反对为由,就可以随意废止合法的任命？"

"军人懂什么，他们仗着手里有枪，连我这大总统也未必放到眼里，何况直隶谘议局。我已经决定任命王铁珊督办江苏民军解散事宜，请你在任命书上附署。"

"不。"唐绍仪一口回绝道，"我是内阁总理，内阁要对国家负责，我也要对国家负责。内阁要尊崇法治，我也要尊崇法治，绝不在违背法治的任命书上附署。"

"除了王铁珊督直一事外，其他的事情都可商量。"

"我与大总统二十余年的交情，什么事情都可商量。唯有这件事违背法治，绝无商量的余地。"唐绍仪说罢拂袖而去。

王芝祥已经看出唐绍仪已经束手无策，正在发愁，总统府派人来，说大总统有请。于是他乘一辆马车，跟着来人前往总统府。到了居仁堂，门外站着一个须发皆白的矮胖子，穿一身黑羽纱矮立领制服，脚上是黑色皮鞋，手里挂着拐杖。他想此人必定是袁世凯，因此趋前一步，要行旧礼。

袁世凯挥手制止道："铁珊，不必如此，都是民国了。"

于是王芝祥改行鞠躬礼。

两人进了客厅，袁世凯坐下，双手扶膝，一双眼睛炯炯有神地望着王芝祥道："铁珊，你的事情让我很为难，当初我的确答应让你当直隶都督。你是直隶人，总督直隶有何不可？衣锦还乡，面子上也好看嘛。可是我那帮老部下仗着多年的交情，根本没有道理好讲。他们都不同意你督直，我也实在拿他们没办法。不过，只要我这大总统当一天，就有你的官做。"

"我听从大总统的安排。"王芝祥虽然心有不甘，但袁世凯说得这么诚恳，让他实在说不出其他话来。只是自己满怀着督直的热望，却是狗咬尿泡空欢喜一场，不免有些落寞。

袁世凯完全看在眼里，他有信心把面前这个比他还大几岁的"都督"收于掌握，便道："铁珊，虽然不能督直，但你管理军队有一套，我不能不仰仗。我打算让你去督办江苏裁军事宜，江苏都督程德全你们想必也认识，我与他十几年的老交情了，我给他发个电报，定然十分欢迎。"

王芝祥听说自己有个督办的名头，心里好受了些。

"黄留守执意辞职，好在江南的军队裁撤得差不多了，只有江苏的民军因为程都督身体不好，还有些尾巴，你过去帮他一把。听程都督的意思，只剩下十几个军官想多要点遣散费。这件事你去做,听他的口气,大约有十万元必能皆大欢喜。你去办事,不能让你为难。"袁世凯说完,对外面喊了一声,"挚夫,你进来。"

挚夫是唐在礼的字,他已经被袁世凯安排到总统府总务处,专门负责一些特别开销。他拿过一张银票递给袁世凯,袁世凯转手递给王芝祥道:"铁珊,你拿这笔钱南下,江苏民军裁撤的事我就拜托了。你省着点花,省出来的你也不必交代了。你带兵出来,花销的地方多得很。"

王芝祥一看,银票上赫然写着二十万元!袁世凯说打发江苏新军的军官,只要十万元就够了,就是多花一些,十三四万的话,他仍然有五六万的赚头,掩饰不住心花怒放道:"谢大总统栽培。"

"铁珊,按临时约法,所有任命事项都必须在《政府公报》上公布,可是少川和我闹意气,不肯在上面附署,也就无法公布,实在美中不足。"这时袁世凯才拿出任命他为督办的任命状。

"公不公布无所谓,有大总统和程都督的交情,只需一句话或一个电报就够了,有没有任命状都无所谓。"

王芝祥欢天喜地出了居仁堂,唐在礼送他出门,笑道:"王督办,你比做直隶都督实惠多了。"

王芝祥拱手道:"正是正是,都是大总统抬举。"

回到内阁官舍,唐绍仪见王芝祥喜气洋洋,诧异地问道:"铁珊,怎么,大总统答应让你督直了?"

王芝祥笑嘻嘻道:"没有。不过,督不督直没有关系。大总统让我南下督办苏军裁军事宜。"说罢拿出任命状让唐绍仪看。

唐绍仪一看,只有袁世凯的署名,便道:"铁珊,这份委任状无效。没有内阁的附署,怎么能作数?"

"无所谓。有无任命状都无所谓。唐总理,我倒是想劝你一句,你和大总统二十多年交情,互相迁就一步不是很好吗?俗话说,退一步海阔天空,你又何必在是否附署上与大总统较真。"

唐绍仪驳道:"这不是交情不交情的事,事关是否尊崇法治!宪法未定之前,约法与宪法有同一效力,而约法上国务员唯一之责任即在附署。维护附署之职权,亦即维护宪法之尊严和内阁之权威,这是共和法治精神之所在。我必出最后之决心以争之,使民国开幕之内阁,不致留污点,养成尊重法律之美风,杜绝不当干涉之陋习。"

"唐总理何必如何执着？你非要与大总统撕破脸皮吗？这对彼此都无好处。"

闻言，唐绍仪叹息一声道："铁珊，连你都这么说，我这个总理真是一无可为了。"

王芝祥见唐绍仪这样固执，不愿再说这个话题，转而谈起后天的行程。他计划明天到大栅栏、王府井转转，淘点古董，后天就乘津浦路火车南下。

第二天是国务院开会的日子，等大家陆续到齐——当然赵秉钧依然没到，大家已经习以为常。到了九点钟，唐绍仪却没到，又等了十分钟依然没到。再打发人去找，人没找到，在他桌上看到了一份打给大总统的辞职报告。

唐绍仪的辞职报告很快递到袁世凯的手里。袁世凯立即让人请秘书长梁士诒，把辞职报告递给他道："燕孙，少川闹脾气，交了辞职报告回天津了。我知道他为王铁珊督直的事赌气，这件事不是我能一个人说了算，总要听听大家的意见。王铁珊已经高高兴兴南下就职，他又何必耿耿于怀？你告诉他，二十多年的老兄弟了，什么事不好商量？这个总理，还是他做下去最合适。"

"听少川的意思，他并非要在一个都督职任命上与大总统争执不下，而是觉得内阁纷争不断，实在心力交瘁。"昨天晚上唐绍仪已经向梁士诒大发一通牢骚，只是没想到他会辞职。

"这就是党争的弊端，谁来做这个总理都是如此。你告诉他，还是勉为其难吧。不然，他这总理当了不到三个月，明白的能理解他的难处，不明白的还以为我这大总统怎么为难他。你们都看到了，少川经常与我争，我安排的事情，他经常驳回，挚夫曾经打趣少川，说他又来欺负我们大总统了。当然你也明白，谈不上谁欺负谁，二十余年的搭档，知根知底，总比别人当这个总理强。"

"我今天就去一趟天津，能不能劝得通我实在没把握。这些从国外回来的洋留学生，脾气都比较大。"

梁士诒奉命于当天乘火车赶往天津，傍晚前到了大经路与宙纬路交叉路口附近唐绍仪的府邸。此地往东北不到三里就是北站，往西南不到三里是直隶总督署——如今称都督府。当初袁世凯在总督衙门和北站之间开通大经路时，唐绍仪就在此处购地建宅。他喜欢带花园的房子，院子里花木扶疏，小洋楼掩映在绿树花木中，所以人称唐家花园。

梁士诒的到来在唐绍仪既是意料之中，又是意料之外。意料之中是他料定袁世凯会派他来劝说；意料之外是没想到这么快就跟过来了。梁士诒转达了袁世凯的意思，唐绍仪推心置腹道："燕孙，你知道我和大总统所争，根本不是一个都督的职位，我所争是原则问题。以我和项城的交情，什么事都该让着他，但这不是私下恩义的问题。我答应出任总理时，就有个判断，如今的中国，非项城不能统一；而治理中国，非项城诚心与同盟会合作不可。共和治国的理念，核心是法治，临时约法不好，将来可以修改，但既然已经约定，就不能不遵。如果不能养成法治习惯，中国前途无望。三个月来，我千方百计弥合南北双方，就是希望国家能走上共和法治的道路，但现在看来，终将事与愿违。我既然无力改变项城，那只好知难而退了。"

梁士诒回道："我知道你的想法，你是希望大家都按法来行事。不过，中国专制这么多年，不可能一下子就转过来，你总要给项城时间。"

唐绍仪摇摇头道："不，不，这不是时间的问题。我回顾与项城交往这二十余年，他一直顺应世势潮流，新法练兵，大办实业，推动宪政，响应共和。中国最需要的时候，他总能站出来，这也是他让我佩服的地方。但，这里面有一个根本问题是无法改变的，那就是项城手中的权力。他做这一切，核心都是获得更大的权力，并稳固之，与其说他思想新潮，看得清大势，推动大势，不如说他一直在利用大势。他常说，他是务实的人。对他这句话，我现在理解，为了手中的权力，他可以随时抛弃他的任何主张。"

"中国有句古话，识时务者为俊杰。不管怎么说，项城在判断大势、顺应大势上，还是无人可比。"

"不，不，燕孙，他太迷恋权力，权力会迷住他的双眼。尤其是他年纪大了，你没发现他越来越固执了吗？他一辈子玩弄权术，现在更是以权术对待一切。北洋势力已经沦为他的工具，不能为国家谋富强，而是为他谋地位。我以为，他已经不能自拔了。"

梁士诒闻言惊问道："有这么严重？"

"从前他巩固权力，需要朋友帮忙；如今他已经走到权力的顶峰，眼里就只有威胁和对手，谁对他的权力构成威胁，谁就是他敌人。实话说，我脱离北洋，不但是为共和理念，也是为了保命。"

"少川这话我不敢苟同，项城绝不会到谋害老友的地步。"

"现在还不会，将来一定会，你走着瞧好了。我劝燕孙也要早为己谋。"

梁士诒见唐绍仪辞意已决，就不再徒劳相劝，第二天上午临返京前又说了一句话:"少川,我这样空手而归,实在无法在项城面前交代。不如你再递个病休申请,说明你因病不能正常工作,这样大家面子上都好看些。"

"这好说,我明天就发一个电报给项城。"

梁士诒回到北京,立即向袁世凯报告。

袁世凯气道:"燕孙,少川真是书生之见。他把责任推到我这头,说我违反约法。他怎么不说这个约法本身就有问题?再说,直隶地位何其重要,他们推出一个名不见经传、不文不武的王芝祥当直隶都督,大家能服气吗?分明就是从同盟会之私利出发,为了再剥夺我这个大总统的权力。根本原因不去说,真正的原因不去说,冠冕堂皇地单说我违犯约法,真是岂有此理。"

梁士诒听袁世凯发一通牢骚,也觉得有道理。他夹在两边不好表态,只有劝慰道:"好在少川答应打一个病假的报告过来,总算大家面子上都好看。"

袁世凯却有些担心,不知唐绍仪会在电报中怎么说。

第二天,唐绍仪的辞职电报到了,说自己"偶感风寒,牵动旧疾,所以赴津调治,请立即开缺,另请人选"。

袁世凯让梁士诒将唐绍仪的辞职电报在《政府公报》上发布,又把段祺瑞请来当面安排让他亲自去一趟天津,再去劝劝唐绍仪,加紧治病,尽快复职。

唐绍仪的辞职电报一发表,立即在政坛上引起了轩然大波。同盟会立即作出决议,要求全体同盟会员退出内阁。次日张耀曾、李肇甫、熊成章、刘彦代表同盟会去见袁世凯。张耀曾在四个人中资历为最,因此由他打头道:"同盟会国务员已于昨天决议,全体辞职,明天辞职报告可提出,届时唐绍仪内阁也就正式解散。至于任命何人组织内阁,自系大总统之全权。不过,同盟会的意见,不能不明白向大总统陈述。这次唐内阁成立以来,一切政务不能著著进行,原因就是内阁中党派混杂,意见不一之故。不是纯粹的政党内阁,必然会有此弊端。此后要想政治之进行,非采用完全政党内阁不可。同盟会的意见,以为再次组阁,只有二种,一是超然内阁,内阁中无任何党派;二是政党内阁,只有一党组阁。如果大总统仍然采取混合内阁,则同盟会不再加入。"

袁世凯立即明白同盟会虽然提出了两种组阁意见,其实他们的目的是一党内阁。因为名流政要,纷纷组党,大都参与了不同党派,要组织无党派参与的内阁谈何容易?而组织一党内阁,势力最大的同盟会当然会稳操胜券。如果内阁由同盟会一党把持,他这个大总统的话就更不管用了,便回道:"日前唐总理出京后,我已经派梁秘书长、段总长、梁孟亭等人前后赴津劝唐总理速回任。如果唐总理能够回任,当然最好。如果唐总理必辞,则总理之改派,自不容缓。只是诸君所说超然内阁及政党内阁,我都不能赞成。"

袁世凯的理由是,单单共和党或者同盟会,或者超然无党之人组织内阁,都不可能得到足够的人才,人才缺乏,就不可能满足当前治国需要。

"所以我的意见,非联合数党及无党之人共同组织,则断不能成一美满内阁。诸君以为组织内阁系从政党上着眼,我则不然,我是纯粹从人才上着眼。我国现在党派虽多,但从一党中求其人才与国务员地位之相当者,一时恐难得其全数。所以我的意见,不注意党派,而专注重人才。其人为我所深服者,无论为甲党乙党,或无党,但能热心国事,我必引为辅助。"

袁世凯以为当前政党方在萌芽,纯粹政党内阁尚难完全成立。如果再等数年,民国基础巩固,政党人才辈出,那时他将退老山林,任凭组织政党内阁。他又以国内外形势说明当前不宜采用政党内阁:"我尚有一言请诸君留意。现在大家都以为中华民国成立矣,南北统一矣。在我看来,民国成立快半年了,但外之各国尚未承认,内之各省秩序尚未回复,再论眼前则一切制度毫无头绪。就好比建屋,地址虽已规定,而图式未成,栋梁未树,怎么能说已经建成了房子?"

至于中国所处国际形势,袁世凯劝告道:"诸君日在参议院,或未注意于外交大势,列强情形。此中消息,我自问还算十分熟悉。总之,我奉告诸君,当放大眼光,从中国全局着眼,从世界大势着眼,断不可沾沾于一党之关系,亦不能硬以平和时代政党政治之成例,通用于今日危急存亡之中国。总须大家破除成见,协力同心,共同建设。为国务员者,以热心任事为主,须有自信力,万不可轻听局外之褒贬为进退。为议员、为国民者,当体谅当局者之苦衷,力与维持,不宜以党派之意见拘束而牵制之。"

然后,袁世凯又谈组阁的不容易。国务员须经参议院同意,如果被驳回,则一生名誉扫地,所以许多贤才都裹足不前,不肯轻易担任国务之席。他恳请同盟会能够体谅时艰,本会的国务员不要与唐绍仪一起请辞。

"根据临时约法,政务属内阁总理,总统不负其责。"熊成章的意思是,大总统不应当干预国务员的人选。

"你说得不错,大总统不必操心政府的事。不过,以我看来,所谓不负责任,也有大小之区别。如果把一个国家比作商店,那么国民就是东家,大总统就如领事的东家,国务员好比掌柜。商业的设计、部署、银钱、货物的经理出入是掌柜的责任,但如果掌柜不得其人,以致商业失败,濒于破产,那这个时候领东不能不负责;国务员当行政之要冲,如果国务员失职,导致国亡或虽不亡而至于不可救药,那么大总统究竟负不负责? 国民会不会责备大总统?"

袁世凯的说法处处站得住脚,四位同盟会代表都被他说动了。尤其是他一再劝诫不要以一党私见而废公义,张耀曾最后表示道:"大总统苦心伟论,某等无不悦服,当以此意报告于本党。唯尚有一语不能不声明,此次唐总理及同盟会国务员之辞职,实因政治不能进行,深恐贻误大局,绝非对于他党别有意见。此次辞职之后,无论大总统任命何人组织内阁,同盟会无不力表同意,竭力维持。"

袁世凯与四位代表的谈话,于第二天的《政府公报》上全文刊出。在局外人看来,袁世凯用人唯才,光明磊落,具有国家意识和世界眼光,可谓掷地有声。而同盟会一再坚持本党阁员退出内阁,则有些意气用事,不顾国家大局。但同盟会坚持政党内阁,国务员当然要与总理共进退。因此教育总长蔡元培、司法总长王宠惠、农林总长宋教仁、工商总长王正廷暂代陈其美,四人一起向袁世凯请辞。袁世凯劝蔡元培道:"国家艰难,我代表四万万人恳请诸位顾全大局,不要退出内阁。"

蔡元培回道:"我也代表同盟会向四万万国人表示,我们非退出内阁不可。"

袁世凯知道,蔡元培书生意气,其实极力主张政党内阁的并不是他,而是农林总长宋教仁。唐绍仪越来越不听招呼,也是宋教仁在背后怂恿。所以他单独请宋教仁,劝他留下来。但宋教仁以有事为由,不肯来见。于是袁世凯再写封信,打发人送去。宋教仁也回了一封官样文章的信:

> 为沥陈下情恳准辞职事:教仁自奉钧命,承乏农部,夙夜祗惧,期于同事稍有裨益。乃做事已及三月,部事既未就绪,国务亦不克有所赞助,伴食之讥,在所不免,虽由于开创时代,建设事业之不易,实由于教仁政治之素养与经验不足,有以致之。抚躬自问,深为惶恐,屡欲向我大总统呈请辞职,以避贤路,以民国新立,人心易动,不敢以一人之故,摇撼大局,故隐忍未发。今者国务总理唐绍仪已辞职,国务院亦有改组之势,教仁窃幸得告退之机会,谨披沥下情,恳请准予解职。

信中所说,当然并非宋教仁的心里话,他之所以主张辞职,是为了逼迫袁世凯接受政党内阁,也就是完全由同盟会组阁,但袁世凯始终不肯松口。

同盟会为了配合北京的行动,上海、南京、广州、南昌等地的报纸纷纷指责袁世凯破坏法制,逼唐绍仪辞职。此时,上海都督陈其美向袁世凯、国务院、黎元洪、各省都督发了一个通电:"临时政府甫成立,忽传有逼退总理之噩耗。丁兹时艰,奚堪演此恶剧。唐总理固受逼而退矣。试问逼之者何心,继之者何人?"

袁世凯只怕天下人都相信唐绍仪是被逼辞职,更怕人怀疑他的共和诚意,因此立即给黎元洪发了一份电报进行辩白:

> 唐总理奔走国事,积劳成疾,仓促赴津调治,连日再三派员慰问,劝其回京,信使往来,不绝于道。来电谓有逼退总理之噩耗,殊堪骇诧。参议院为各省代表机关,聚集部下,众目昭彰,讵能听人逼退,鄙人亦何能坐视?此必幸灾乐祸之徒造作谣言,挑拨恶感,败坏大局。人心至此,恐中国不亡于前清时代,而亡于此等簧鼓是非者之手。更有甚者,以法兰西拿破仑第一之故事妄想猜测,其用心如何,姑置不问。大抵出于误解者半,出于敌意者亦半。民国成立,迄今半年,外之列强承认尚无端倪,内之各省秩序尚未恢复,危机一发,不堪设想。当此艰难缔造之秋,岂容有彼此猜嫌之隐。世凯膺此艰难,自不得不为支柱,冀挽狂澜。当共和宣布之日,即经通知天下,谓当永远不使君主政体再现于中国。就职之初,又复沥忱宣誓,皇天后土,实鉴此言。若乃不逞之徒意存破坏,借端煽惑,不顾大局,则世凯亦唯有从公民之意,与天下共弃之。事关大局,不敢不披沥素志,解释猜嫌。知我罪我,付诸公论。特此宣言,维祈亮鉴。

第十章

借刀杀人诛元勋　　北上调和谈真诚

袁世凯与同盟会员的谈话和给黎元洪的通电发布后，社会上颇有同情大总统的人，袁世凯看火候已到，就于 6 月 27 日签署同意唐绍仪辞职的命令。该由什么人出任总理，他已经思考了多次。他曾经电邀徐世昌，希望他能北上任职。在青岛做寓公的徐世昌认为时候还不到，因此回电婉拒。袁世凯考虑的第二个人选，就是现任外交总长陆征祥。

陆征祥是上海人，十三岁就入上海广方言馆学习外语，后来又入北京同文馆，二十余岁即到俄罗斯任驻俄使馆翻译，三十多岁后升任中国驻荷兰特命全权公使，先后在国外生活二十余年，老婆也是娶的比利时人。武昌起义后配合袁世凯劝逼清帝退位，受到袁世凯赏识，电召他回国出任外交总长。陆征祥未参加任何党派，袁世凯认为他可以算是超然内阁总理，容易获得各派的认同。至于性格，陆征祥不像唐绍仪那样固执，也正合袁世凯的心意。

奉黎元洪为党首的共和党代表丁世峄等四人到总统府面见袁世凯，阐述了共和党对内阁总理的人选意见："黎副总统来电及我党职员一再开会讨论，皆谓政党之在我国，仅在萌芽时代，徒多争端，无裨政事。因此组织政党内阁之说，似非目前所可希望。大总统如能于各党之外，择一对内对外有信用者，任命为总理，本党极愿赞成。值此各国尚未承认之时，对外一层，至关重要。本党希望总统一择外交上极有信用者，使各国承认之机会易于成熟，于大局极为有利。"

共和党还告诉袁世凯，他们已经与同盟会、统一共和党也进行沟通，大家也同意选一个无党派的人出任总理。

这正合袁世凯心意，于是他派总统府秘书长梁士诒前往参议院宣读了他的提名说明书，盛赞陆征祥"存心正大，识见阔通，历任专使公使，十有余年，精通各国之外交情形及政治之源流，本末洞见，受中外信仰，实勘时济变之才。拟命署理国务总理，兹按中华民国临时约法第三十四条咨请贵院同意"。

同盟会本来计划投反对票的，但全国舆论对无政府状态十分不满，因此决定支持袁世凯的提名，以免成为众矢之的。共和党、共和民主党也都倾向支持袁世凯，结果以七十四票支持，十票反对，陆征祥得以高票当选总理。

然而，陆征祥虽然出任总理，组阁却极不顺利。同盟会的四位总长坚持请辞，袁世凯挽留了半个月也未说通；而共和党的熊希龄，因为交涉四国银行借款问题备受攻击，尤其是四国银行团提出的条件十分苛刻，全国舆论普遍不满，他怕重蹈盛宣怀的覆辙，也辞去总长一职。结果内阁十总长，只剩下了内务总长赵秉钧，陆军总长段祺瑞和海军总长刘冠雄三人。

袁世凯与陆征祥加紧商讨国务员的人选。最后确定财政总长周自齐，司法总长章宗祥，教育总长孙毓筠，农林总长王人文，工商总长沈秉堃，交通总长胡唯德。这其中孙毓筠、沈秉堃、王人文是同盟会员，而周自齐、章宗祥、胡唯德虽为无党派人士，其实都亲近袁世凯。袁世凯的如意算盘是示好同盟会，能够顺利通过提名人选。但同盟会已经声明，绝不参加混合内阁。在他们看来，袁世凯是无视同盟会的要求，更有离间同盟会员的意思，宋教仁公开说这"无异于强奸他党"。统一共和党介于同盟会与共和党之间，算是中间派，他们的希望是本次能够有一二人入阁。但袁世凯的提名竟无一人入阁，因此决定反对通过这一名单。共和党是支持袁世凯的，但人数太少，不能左右大局。陆征祥内阁提名难得通过，已成定局。

7月18日，陆征祥正式到参议院就新提名国务员做说明，请参议院通过。当时参议院正在开会讨论其他议题，听说陆征祥已到院，于是停止其他议题，请陆征祥做说明。陆征祥已经出任内阁总理半个多月，这次露面在许多参议员看来无异于施政演说。这个在国外生活二十余年的总理会在会上说些什么，大家都有些期待。

陆征祥长期生活在国外，当时欧美政治人物演讲，往往要讲自己的经历、性格、兴趣等，以拉近与民众的距离，深受欧美影响的陆征祥也由此入手，"征祥今日第一次到贵院与诸君子相见，亦第一次与诸君子直接办事，征祥非常欣幸。征祥二十年来一向在外，此次回来又是一番新气象。征祥在外洋之时虽则有二十年,然企望本国之心一日不忘,每遇中国人之在外洋者,或是贵客或是商家,或是学生或是劳力之苦民,无不与之周旋,因为征祥极喜欢本国人。"这段开场白还算可以,只是他的汉语水平不及外语,参议员们听起来都有些吃力。

接下来,依然是结合经历谈自己的特点,"二十年间,第一次回国仅三个月,在京不过两星期;第二次回国还是在前年,在本国有十一个月左右。回来之时与各界人士往来颇少,而各界人目征祥为一奇怪之人物。而征祥不愿吃花酒,不愿恭维官场,还有亲戚亦不接洽。谓征祥不引用己人,不肯借钱,所以交际场中极为冷淡。此次以不愿吃花酒,不愿恭维官场,不引用己人,不肯借钱之人,居然叫他来办极大之事体,征祥清夜自思,今日实生平最欣乐之一日。在外国时不知有生日,此回实可谓征祥再生之日"。这一段其实是表明自己为人严谨、无私,但实在有些烦琐。而且民国新立,参议员是手握大权的新贵,几乎无人监督,穷奢极欲,沉湎女色,钻营官场,甚至成为八大胡同常客,不以为辱反以为荣,是在座许多参议员所热衷,陆征祥在表扬自己不吃花酒,不恭维官场,不做生日,无异于在骂他们。

接下来陆征祥介绍这次新提名的六名总长,等他演讲结束,没有一个人鼓掌。参议院议长则宣布,继续其他议题。陆征祥尴尬地鞠躬离席,只有几个人应付性地拍拍巴掌。

本来参议院三大党对本次组阁就抱定了一概否决的心思,陆征祥不成功的演说正好给了他们借口。结果当天就传出陆征祥谈治国像过生日,选国务员好比开菜单,这些笑话很快传遍四九城。袁世凯发觉情况不妙,立即叫梁士诒向参议院提交咨文,希望能够展期投票,以便他做参议员的工作。但参议院对此建议不予理睬,第二天正式投票,结果是陆征祥所提的六名国务员全部被否决。

袁世凯在总统府焦急等待,结果传来六名阁员全被否决的消息,愤怒地对赵秉钧道:"智庵,明里他们是打陆总理的脸,实际是在打我这张老脸!国家危亡在即,他们却一再制造无政府状态,真是视国运如儿戏!"

赵秉钧回道:"大总统,咱不能任由他们这么胡闹。我去与段总长商议。"

第二天,日俄彼此默认瓜分东北的第三次密约及英国在西藏自由行动的宣言内容同时在全国报刊上披露,举国震撼,群情汹汹。北京军警联合会召开特别会议,通电指责议员只顾党争,不顾国家安危,"我等侧身军警,熟知祸机将发,不得不先为警告,冀为最后之补救。万一事机危迫,一经破裂,则大势已去,不可收拾,虽食若辈之肉,悔之已晚"。

此时,同盟会名流章太炎、张绍章、孙毓筠联名致电副总统黎元洪,对参议院大加批评,对参议员严厉指责:"用一人必求同意,提一议必起纷争,始以党见忌人,终以攻人利己。财政部制,议二月而不成;裁兵之案,延宕愈时;省制之文,磋磨累月,以致政务停顿,人才淹滞,名曰议员,实为奸府!"他们不但斥责参议员,对共和之制也不满,主张给大总统更大权力:"前清之亡,既由立宪;俯察后来之祸,亦在共和。大总统总揽政务,责任攸归,此存亡危急之顷,国土之保全为重,民权之发达为轻,国之不存、议员焉托?宜请大总统暂以便宜行事,毋庸拘牵约法,以待危亡;为议员者亦当重国家,暂舍高权。"孙毓筠还单独给袁世凯发电,表示坚决支持袁世凯,"与其无政府,不如无参议院"。参议员几乎成了过街老鼠。

袁世凯此时盛情邀请参议员到总统府参加茶话会。当天下午大雨滂沱,但除议长托词有病及部分议员请假外,其他议员都冒雨前往,袁世凯到各个会议室一一与议员握手。等人到齐后,齐聚大厅,互相鞠躬致礼。袁世凯先从当前局势谈起,内政外交,困难很多,道:"此中困苦艰难,非身受者不知。内外交迫,至于此极。唯有贵院与政府一德一心,共谋救国,譬如同舟遇风,国民为乘客,贵院诸君为船主等职员,居于指示之地位,鄙人勉为舵工,受命而掌方向。若因不受命而误方向,鄙人之罪。若指示不适宜,诸君也负有责任。"

副议长汤化龙代表答词:"外交、内政,只要政府定有方针,本院无不同心赞助。我可代表全院向大总统表明态度。"

"鄙人衰朽余生,勉承同胞托付。处此山穷水尽之境,实恐难承重荷。今闻贵院之言,神气为之一壮。既有贵院相助,或可勉力支柱,日进有功。"

当晚参议员在总统府参加晚宴,都表示要抛弃党争,同舟共济。但袁世凯不会满足于参议员的几句口头表态,他认为要参议院就范,还需要再给他们施压。所以第二天一早他又给黎元洪发一个通电,说明此次组阁不成的过程,然后表示,"顾念国民瞩望之重,以大局颠危之亟,但有转圜余地,决不惜降心以相从。特于昨日招待全院议员,面致诚悃,冀其化除成见,共济艰难。并于日内另选相当人员,再行提出,求其同意,不使中央政府久事虚悬"。

袁世凯这封电报一发,博得了全国同情,各省、各界纷纷致电参议院,要求以大局为重,尽快结束无政府状态。曾经参加武昌起义的鄂军统领、总统府军事谘议官邓玉麟对参议院极为不满，写信批评参议员全盘否决六位国务员，完全是为私利："诸君于其中二三人，不能满意，苟属情理，今概以否决了之，揆之诸君心理，无非未达诸君政党内阁之目的，故要挟全院，事事与之为难，非特此六人不能通过，即使政府再提六人，知诸君对待方法，一仍从前。必欲使大总统、陆总理暨国务各员束手不能措一策，逼令自行辞职，以便诸君攘窃权利而后已。"他提出严厉警告说："玉麟辈疾恶如仇，不知忌讳，今与诸君约：苟能痛改前非，以国家为前提则宽其既往，予以自新，以观后效。如仍怙恶不悛，则玉麟一介武夫，为国家起见，唯知以武力判断，虽受破坏立法机关之痛骂，亦所不计。稔知诸君对于政府有监督行政之权，则玉麟身隶军籍，有不能干预政治之律，但诸君既舍其正当之任务，则玉麟辈亦不妨弃其应守之法律，以监督诸君。玉麟辈身经千磨百折，图谋革命，武汉血战之苦，诸君与有何功？今幸大功告成，乃因党见，贻误前途，玉麟辈断不能以诸同志数十年之奔走呼号，拼几许之头颅，溅几许之颈血，方始成如火如荼之民国，一日丧诸君之手。"

邓玉麟作为武昌起义的功臣，如此严厉警告，使参议院倍感压力。

袁世凯也站出来与段祺瑞、赵秉钧联合发布严禁军警干政的电报。当天下午，北京军警联合会举行记者招待会，响应大总统令，从小站练兵时就追随袁世凯、如今已任总统府警卫军统领兼北京军政执法处处长的陆建章代表军警发言，否认军警有干涉参议院之意，但依然警告道："军人抱一种国家观念，以外患之迫，财政之危，劝告诸君舍内而对外，移缓以救急。若仍囿于党政，激起军人之反感，也非我辈所能控制。"

在各界指责尤其是军警的威胁下，袁世凯和陆征祥第二次提出的六名国务员，五名通过，只有工商总长重新提名后也于次日通过。

这次与参议院的较量，袁世凯取得了最终胜利。

袁世凯与参议院较量获胜，在很大程度上靠的是军警力量，其实大家心知肚明。同盟会尤其不能心甘，上海分部就有人提出建议，请参议院南迁，避免受到军警威胁，而且组成"国会欢迎团"进行国会南下的准备工作。

按照临时约法，袁世凯就任临时大总统后十个月内必须进行国会选举，并正式选举大总统。如果参议院南下，将来势必造成南北分立，那时候要想对国会施加影响将变得极为困难，他能否当选也成了未知数。要想避免国会南迁，必须设法借助孙中山、黄兴等人的影响，改善与同盟会的关系。

8月初，袁世凯给孙中山和黄兴发去一封电报，邀请两人北上共商国是，并表示将派专人和轮船前往迎接。孙中山和黄兴都是盼望着民国能够尽快步入正轨,乐见中国尽快富强,所以对袁世凯的邀请很快就有了回应:"国基新创,缔造维艰。我公雄略伟画,夙深景仰。久欲一亲謦欬,以慰私衷。拟缓数日,即同北上。承过爱,派员及轮,愧不敢当,谨此布谢。"

孙、黄两人如此痛快地答应,让袁世凯十分高兴。到了8月14日,孙中山正式向同盟会各分会发电,表示自己将于17日起程北上拜访袁世凯。袁世凯加紧准备各项接待工作,他对梁士诒只有一个要求,不怕规格高,只要孙、黄两人满意。

当天下午,袁世凯接到副总统黎元洪的一封密电。梁士诒对着密码本把电报翻译出来,结果两人都吓了一跳,原来黎元洪要袁世凯杀掉武昌起义元勋张振武!

张振武,湖北罗田人,留学日本期间加入同盟会,与孙武同属共进会的骨干。武昌起义时,因为孙武负伤,蒋翊武仓皇出逃,正是他接替部署,联络各方,是武昌首义的元勋,与蒋翊武、孙武并称为"武昌三武"。他与黎元洪的矛盾在武昌起义之初就结下了,当时,黎元洪再三推辞都督一职,张振武十分生气道:"这次革命,虽将武昌全城占领,而清朝大吏潜逃一空,未杀一个以壮声威,未免太过宽容。如今黎元洪既然不肯赞成革命,又不受同志抬举,不如将黎斩首示众,以扬革命军声威,使一班忠于异族的清臣为之胆落,岂不是好?"这话后来传到黎元洪的耳朵中,黎元洪如何不恨?

汉阳失守后,黎元洪派张振武到上海购买军火、服装。张振武到了上海,广事交游,自然开销不小。他发回武昌的部分军械质量又不好,黎元洪发电让他以后所购军械先交武昌验收后再付款。语气之中,自然有暗怪之意。张振武一气之下,把所购军火的一半接济了烟台革命军。等他回到武昌,黎元洪自然要责问,张振武根本不把黎元洪放在眼里,拍着桌子道:"要不是我们把你从床底下拉出来,你哪里有今天?现在你已安富尊荣了,倒清起我们的账来了!"堂堂副总统,受此羞辱,不起杀心才怪。

张振武手里掌握着一支武装,叫将校团,都是武昌起义的老兵或下层军官。另外他还有数十人的武装卫队,清一色的短枪。黎元洪学黄兴的办法裁军,裁到将校团的时候,受到张振武激烈反对。

张振武不但与黎元洪闹崩,与孙武的矛盾也激化了。本来两人都是武昌起义元勋,革命后两人分任湖北军务部部长、副部长,本该同舟共济。但正所谓同苦易,共甘难。孙武为了对付张振武,与黎元洪走得很近,帮着黎元洪推动裁军。在张振武等武昌起义"元勋"们看来,孙武无异于革命的叛徒。

结果,2月底一天夜里,将校团、教导团、义勇团、碧血会、学生军等一千余人,冲向军务部及孙武寓所,开枪轰击,高喊"打倒孙武""打倒军务部长"、"改良政治""改组军政府",四处烧杀。孙武已经提前得到情报而避开,他的家被抢劫一空,并被焚毁。"群英们"没能抓住孙武,就把他的家小拘押起来作为人质,并将第二十镇统制、原文学社成员张廷辅打死。黎元洪最后下令关闭城门,出兵镇压,才算把大乱平定下去。

将校团由张振武掌握,这次向孙武发难,背后支持者很容易让人想到他。对黎元洪来说,"三武"的存在对他始终是个巨大威胁。所以他借机先把孙武撤职,然后又将军务部降为军务司,原来的副部长张振武降为副司长。

当时袁世凯身边有个新得宠的谋士陈宦,也是湖北人,曾在四川协助总督锡良训练新军,武昌起义后,通过老乡与黎元洪相识,又通过同学与黄兴结识。袁世凯出任大总统后,任命黄兴为参谋总长,黄兴辞而未就,但推荐陈宦出任次长。副总统黎元洪担任参谋总长,对这个次长也能接受。陈宦来到北京就职,其实代行参谋总长的职责。他对袁世凯十分巴结,对如何笼络黎元洪,削弱黄兴,提出了策略和建议,深为袁世凯赞赏,由此成为亲信。

针对"武昌三武"问题,陈宦建议道:"三武不去,则副总统无权。若去之并非难事,此辈均起自卒伍下吏,大总统召他们来京,给他们高官厚禄,便很容易安抚,对副总统也是莫大帮助。"

于是袁世凯与黎元洪约定,将"三武"调京任职。

三人兴冲冲进京,计划大干一番事业,没想到袁世凯所给他们的却只是总统府军事处的顾问。其他二武还好,年轻气盛的张振武不干了,当着段祺瑞的面就把委任书撕了:"难道我们湖北人只配做顾问吗?"

于是袁世凯改派他一个蒙古屯垦使的职务,其实也不过是个虚衔。但张振武却认真起来,要求下拨经费成立机构。袁世凯答复说财政没钱,办不到。张振武这才发觉,在北京还不如在武昌,武昌至少是自己的地盘,有数十人的卫队,又有将校团撑腰。此时又接消息,黎元洪要裁撤将校团。他一面发电将校团不准退役,一面赶紧乘车跑回武昌。他在武昌成立了屯垦署,要黎元洪每月拨给一千元经费,同时又筹划招募一协军队,要带到蒙古去屯垦。

袁世凯派总统府里几个湖北人前往武昌调停各方,邀请张振武出任东北边防使。黎元洪极力赞同，并慷慨给予四千元旅费。张振武觉得出任东北边防使，便可安置一部分自己的老兄弟，因此欣然同意，带着将校团团长方维等三十余人喜气洋洋上路了。只是不知道，黎元洪要求诛杀他及方维的电报已经发到了袁世凯手中。

黎元洪在电报中说："张振武以小学教员赞同革命，起义以后，充当军务司副长，虽为有功，乃怙权结党，桀骜自恣。赴沪购枪，吞蚀巨款。当武昌二次蠢动之时，人心惶惶，振武暗煽将校团乘机思逞。幸该团员深明大义，不为所惑。元洪念其前劳，屡予优容，终不悔改。因劝以调查边务，规划远漠，于是大总统有蒙古调查员之命。振武抵京后，复要求发巨款、设专局，一言未遂，潜行归鄂，飞扬跋扈，可见一斑。近更蛊惑军士，勾结土匪，破坏共和，昌谋不轨，狼子野心，愈接愈厉。冒政党之名义，以遂其影射之谋，借报馆之揄扬，以掩其凶横之迹。排解之使，困于道途；防御之士，疲于昼夜。风声鹤唳，一夕数惊。当国家未定之秋，固不堪种瓜再摘，以枭獍习成之性，又岂能迁地为良？元洪爱既不能，忍又不敢，回肠荡气，仁智俱穷。伏乞将张振武立予正法，其随行方维，系属同恶相济，并乞一律处决，以昭炯戒。此外，随行诸人有勇知方，素为元洪所深信，如愿归籍，就近酌拨川资，俾归乡里。至振武虽伏国典，前功固不可没，所部概属无辜，元洪当经纪其丧，抚恤其家，安置其徒众，绝不敢株累一人。"

梁士诒惊讶道："大总统，黎宋卿自己当菩萨，让大总统当恶人，不能上当。"

"不错，他是要让我来当这个恶人。不过，黎宋卿还是要好好敷衍的。"黎元洪是共和党的理事长，共和党又是在参议院中唯一可以与同盟会抗衡的政党，袁世凯不能不特别用心争取。

"大总统，张振武被称为武昌起义的功勋人物。如果杀他，真是冒天下之大不韪。何况现在孙、黄两位即将北上，此时尤其不可。"

"张振武、孙武等人因向南京政府谋取职位不得意，已与同盟会闹翻，孙、黄两位大约不会太过在意。"的确，张振武、孙武等人因不满意南京临时政府的安排，早就脱离同盟会，组织民社与同盟会唱对台戏，后来又并入共和党，与同盟会竞争。按常理来说，孙中山、黄兴都不会为自己的政敌说话。

"不，孙、黄两位不会囿于一党之私而缄默。如果大总统允黎菩萨所请，不经法律而杀掉张振武，显然会违反约法，孙、黄两位势必会强烈反对。"

袁世凯沉默了一会后道："那赶快请芝泉、智庵他们过来商议。"

　　段祺瑞和赵秉钧很快就过来了，一听是这么一件事，都有些吃惊。

　　段祺瑞大声道："想那个张振武也真是狂妄不知天高地厚。他在黎宋卿眼皮子底下已经搞了两次兵变，也真是该杀。"

　　梁士诒还是表示反对道："该不该杀，都该让黎宋卿去做，大总统不能让他当刀使。"

　　赵秉钧则提议道："看有没有办法既可以杀张振武，又不致落下不是。"

　　"中，如果有这等好办法就迎刃而解了。"

　　梁士诒听出袁世凯已有杀张的意思，再次劝道："大总统，还是要慎重。"

　　赵秉钧道："那就明白问一问黎副总统，杀张振武是不是他的意思。"

　　梁士诒大为不解道："这何须问，电报就在这里。"

　　"应当问，再问一遍和不问大不一样。"袁世凯大约明白赵秉钧的意思。

　　于是立即发密电给黎元洪。密电一时半会不会有回复，众人先散去，袁世凯突然想起来，让梁士诒把参谋次长陈宧叫来，两人密商近一个小时。到了晚上八点钟，黎元洪回电了，很简单明了，诛杀张振武是他的意思。梁士诒、段祺瑞、赵秉钧三人复聚袁世凯签押房——大总统办公室。

　　袁世凯问道："燕孙，张振武什么时候到？"

　　"明天上午就到。"梁士诒回答。

　　袁世凯又问段祺瑞道："芝泉，张振武是军人，我要是下令诛杀，你这陆军总长敢不敢附署？"

　　"这有何不敢？大总统要我署，我就署。"

　　于是几个人商量具体办理的细节。什么时间拿人，什么时候处决，如何应对必将到来的责问，都要预先谋划。

　　张振武第二天一到北京就四处活动，遍发请柬，邀请北洋将领、同盟会及共和党在京要员晚上赴宴。原来他从武昌带来了将校团将领十几人，希望通过宴会与北洋将领沟通，以求消除京鄂军界的误会。他一厢情愿地认为以后要与北洋军界共事了，他主动示好，不难得到北洋的欢迎。

　　当天晚上的宴会设在东交民巷的六国饭店，出席晚宴的北洋将领以拱卫军司令段芝贵为首，以下将领有七八人。同盟会、共和党的参议员再加鄂军将领十余人，总共有四十余人。因为人太多，碰杯声、交谈声此起彼伏，显得十分热闹。张振武表示此次北上将与北洋兄弟精诚合作，希望大家多加关照，并提议鄂军将领敬北洋将领一杯酒。段芝贵十分冷淡，勉强离座举杯。象征性地喝杯酒后,就先走一步。他一走,其他的北洋将领也都纷纷找借口走了。现场气氛有些冷清,但张振武并未怀疑,他又应酬同盟会、共和党的议员,一直到十点多酒宴才散。

大家各叫马车,陆续散去。陪同张振武回住处的有他的老表、一位姓冯的前江西协统,还有湖北参议员时功玖,此外就是他的几个随从。当时共有三辆马车,冯协统在前,时功玖居后,张振武则居中。再后面,是他的几个步行的随从。到了大清门的时候,有军警将前面的马车拦住了问道:"你是不是姓张?"

"我不姓张,我姓冯。"于是冯协统被放行。

接着,张振武的马车到了,问明姓名后,突然蹿上来几个军警,把张振武五花大绑,塞进一辆双排座马车中,拉着他飞奔而去。事情来得太突然,后面的时功玖看到了却来不及阻拦,只跺着脚喊道:"怎么回事,为什么抓人?"

"没你的事,少管。"军警推搡了他一把。

时功玖大声道:"我是参议员,有权监督。请告诉我你们属哪一部分?"

"告诉你也无妨,京畿军政执法处。"一个小军官说完后,上车扬长而去。

从湖北跟来的几个张振武的随从还以为是在武昌,嚷嚷道:"走走走,什么鸟玩意执法处,好大的狗胆。"

时功玖一听是京畿执法处,早就倒吸一口冷气,他对嚷嚷着的这几个湖北老乡道:"你们不知道京畿执法处的厉害。咱们几个人不行,咱们得多找几个人一起去军政执法处交涉。"

京畿军政执法处设在西单牌楼玉皇阁,是袁世凯出任内阁总理后由原北洋京防营务处改建而来,名义上负责京城及天津一带治安,其实是特务机构。他们有句名言,可以错抓,不可错放。

京畿军政执法处总办陆建章,是袁世凯小站练兵时的天津武备系"老人"。当年他随着段祺瑞镇压义和团,早就有"陆屠夫"的称号。如今执掌可以立判生死的大权,更是杀人不眨眼。

张振武被押到军政执法处,下车伊始,还十分硬气道:"把你们当官的叫出来,瞎了你们狗眼,敢抓我。你们知道我是谁?"

"我知道你是谁,抓的就是你。"随着冷冷的声音,一个便装的男子走进来,灯光下,脸色冷清,略有些倒八字的眉毛皱一皱,有些轻蔑地说道,"莫说抓你,比你名头大的,外面那桩子上不知死了多少。"

张振武被镇住了,问:"莫不是陆总办?"

"对,鄙人陆建章。"陆建章有些讥诮地说道,"贱名能入你这武昌三武之耳,真是荣幸之至。"

"请问陆总办,不知我犯了何法,押我来干什么? "

"你犯了何法,我也不知道。知道不知道都无所谓,我是奉命来处决你。"

闻言,张振武大声问道:"总办是奉何人所命?我可是大总统请来的客人。"

"正是大总统下的令。"陆建章说罢拿出袁世凯的命令递给张振武。

这份命令颇长,前面几乎全文引了黎元洪的电文,然后才说,"查张振武既经立功于前,自应始终策励,以成全之。乃披阅黎副总统电陈各节,竟渝初心,反对建设,破坏共和,以及方维同恶相济,本大总统一再思维,诚如副总统所谓爱既不能,忍又不可,若事姑容,何以慰烈士之英魂? 不得已即着步军统领、军政执法处总办遵照办理"。

张振武看到大总统令,着急道:"陆总办,这一定是有人托黎副总统的大名害我。我虽然与黎副总统有些不痛快,但他绝对不会要张某的命。我从武昌起程时,他还赠我四千元,而且亲自送我到车站。"

陆建章不屑地一笑:"你们这些人,净干些惊天动地的大事,可在人情世故上却不及十岁的孩童。平日势如水火的人,突然对你好起来,你难道不觉得奇怪吗? "

"不过,副总统总不至于要我的命吧。"张振武现在回想,的确有些奇怪。

"为什么不?我听说你曾经拍着桌子对他说,不是你把他从床底下拉出来,他何来今日? 堂堂副总统,被人如此羞辱,我真佩服黎宋卿的肚量。要是我,早就一枪崩了你了。何况你还三番两次发动所谓革命,要推翻他。你们这些人,动不动就革命,拿革命当饭吃了。"

"那些事,我根本没参与。"

"革命革命,革了自己命吧。"陆建章根本不信,也不反驳。

"陆总办,我怎么说也是武昌元勋。临时约法规定,公民有无罪不被拘押的权利,又有未经审判不得处人死命的约条。你手里既无我必死的罪证,又无法院的审判,你杀了我,会惹来麻烦,那又何必? 你且拖一拖,也许明天大总统会改变了主意。"

陆建章听张振武说得有道理,毕竟这是在替黎元洪得罪人,也许袁世凯经一夜深思会改变主意, 拖一拖也倒无妨, 于是答应了:"好, 暂且让你多活半天。"

然而话音刚落,电话响了,是参谋次长陈宧打来的,劈头就问道:"朗斋,人犯处决了吗?"

"参谋长,我觉得……"

陈宧打断他的话道:"朗斋,军人以服从为第一要义,你只管执行大总统的命令就是。难道还要我催促?"

"是,立即执行。"陆建章扔掉手里的电话,挥挥手说道,"执行吧。"

于是两个兵过来,一人一条胳膊扭着张振武往外拉。

"我自己会走。"张振武挣脱后又对陆建章说道,"陆总办,我要写封信,请给我备纸笔。"

"好,写遗书的时间总要给你。"

张振武整整衣服,端坐下来,连写两封信。一封写给亲人;一封写给仇人黎元洪:

> 元洪足下:我能手造中华民国,自起义以至今日,实属傥来之岁月,死生久置之度外矣。但恨不死于战场而死于雠仇之手耳。好一个爱既不能,忍又不可。足下如再爱我,请将我全家杀戮,使一家骨肉聚首九泉,振武感激不浅。足下之待英雄真是神圣不可侵犯。古人云狡兔死、走狗烹;飞鸟尽、良弓藏。言念及此,肝肠寸裂,暗无天日之世界,我亦不愿活矣。总统不交法庭而下军令,不以刀杀而以枪毙,不赴法场而赴暗牢,死后有知,当为雄鬼,以索其命。

张振武写罢扔掉笔,仰天长叹道:"想不到共和也是如此黑暗!"又对陆建章说道,"我是军人,给我一支枪,我自己了结好了。"

"这不行,我奉到的大令是处决人犯,而不是送你自尽。"

张振武被行刑兵拉到后院,绑在木桩上,胸口连中六枪。枪声刚落,时功玖约集共和党人邓玉麟、刘成禺、张伯烈及湖北籍的孙武、哈汉章等人赶了过来,一起向陆建章要人。

"诸位来晚了,我已经奉大总统令处决了张振武。"陆建章回道。

众人大骇,奔到后院,果然张振武被绑在木桩上,头垂在一边,胸口的衣服已经被血染透。时功玖、刘成禺两人放声大哭,因为两人是力劝他北上的。此时已是凌晨三点,众人知道没法与陆建章打交道,决定明天一早就去总统府问袁世凯。

早晨又得到消息,将校团团长方维也于夜里被杀。众人连连顿足,而又无可奈何。八点多,时功玖等人到总统府兴师问罪,袁世凯亲自接见道:"我明知对不住湖北人,天下人将骂我。不过,我实在不能救他。"于是将黎元洪的密电交给众人看。

时功玖质问道:"大总统仅凭黎副总统一封电报就下令杀人,难道不觉得太荒唐吗?"

"诸位,我当然知道杀人需要证据。但要证据诸位应当去向宋卿要,而不是我,我不过是遵他所请。"

于是众人告辞,回去商量办法,决定约集湖北同乡致电黎元洪质问,又因军令中有段祺瑞署名,决定弹劾他。

张振武、方维被杀已经在京中传开。参议院中的三大党少见的意见统一,三党二十余人同在质问书上署名,质问政府杀人依据何在,并要求政府于隔日到参议院接受质询。又决定如果政府的答复不能满意,则连同内阁总理陆征祥、陆军总长段祺瑞一起弹劾。

袁世凯把段祺瑞召到总统府道:"芝泉,因为杀张振武一事,外间议论纷纭,参议院又提出质问案。中国今日情形,纵横轻重,为大局计,为四万万同胞计,实有不得不将张振武处死之势。张本有功于民国,我也很想倚重他,只是迫于形势,不能贷其一死,我也深感痛惜。其中苦衷,参议员未必知之。本总统始终以国家为前提,有此质问案也好,可让中外都知道本总统不得已的苦衷。"

段祺瑞明白袁世凯的意思,是把张振武之死归之为维护国家利益,以便堵众人嘴,于是回道:"今国基未固,总以国家为前提。如有扰乱治安勾结图变者,应杀毋赦。兹事体大,舆论如何,也只有暂且不问。至于参议院的质问案,陆总理已经表示他身体不好,不能出席。"

陆征祥自从六名阁员被否决就萌生退意,被袁世凯一再挽留至今。不过今天一早又交了辞呈,说自己心慌胸闷,头晕目眩,实在不能胜任内阁总理。

袁世凯笑道:"毕竟还是书生,他是被吓倒了。"

"质询案在黎副总统提供证据前不能出席。没有证据,出席无益。到时候我们向参议院提交咨文,只说非等黎副总统的证据到了不可。"

"这样很好,本来这事我们是应宋卿所请,证据也非由他提供不可。你通知执法处,把宋卿的两封密电都公布出来,也算对参议院有个交代。"

"好,我给朗斋打电话。"

"暂时应付一下参议院不难,现在我最担心的是孙先生。按原定计划,他应该于今天起程北上,不知这件事会不会影响他的行程。如果他不肯北上,那可真就得不偿失了。"

到了晚上,赵秉钧亲自来见袁世凯。据南方传来的消息,孙中山身边人都劝阻他北上,担心他的安全。

"他们真是多虑了。这样,再给孙先生发一封电报,说明咱们如大旱久盼云霓的心情。"安排完发报的事情,袁世凯对赵秉钧道,"智庵,子欣闹书生意气,向我辞职。我已经挽留了三次,看来他辞意已决。如今内阁中只有你和芝泉够组阁的资格,不过芝泉是军职,不易获得通过,我有意让你来接子欣卸下的担子。"

赵秉钧是求之不得,连忙站起来道:"谢大总统栽培。"

袁世凯示意他坐下道:"不过这事要费点周折,我的意思先让你来代理,做做铺垫,水到渠成后再正式提请参议院通过。参议院里聚集了一帮名利之徒,讨厌得很,但他们的力量又不能小瞧。这里面的关键是,你要得到同盟会的支持——对了,听说宋钝初正在改造同盟会为国民党,如今他的地位如日中天,你和他关系如何?"

宋钝初就是宋教仁,他随唐绍仪退出内阁后并未离京,而是住进西郊农事试验场。同盟会的总部,在临时政府北迁后也迁到了北京。理事长孙中山、协理黄兴两人热衷于实业,不大管理党务;另一个协理黎元洪是共和党的理事长,视同盟会为政敌,当然更不会理同盟会的事。所以,实际负责同盟会的就是总务部主任干事宋教仁。他热衷于政党内阁,一直有意把同盟会改造为第一大党,将来在国会选举中胜出,以多数党身份出面组阁。辞职后他全部精力用于整顿、改造同盟会,又吸收了其他几个小党,正在扩建为国民党。

赵秉钧回道:"我和他因为曾同为阁员,只能算认识,实在没什么交往。"

"还是要交往的。你不妨多接近他,如果可能,加入他的国民党也无不可。有句话叫不入虎穴,焉得虎子。国民党里,得有我们自己的人。"

"是,我听大总统吩咐。"

袁世凯又问道:"他组织国民党,听说把五六个小党都吸收了进去,就连统一共和党也加入了进去,这就不能小看了。还有两个多月就要进行国会选举,那时候国民党占据了参议院和众议院的多数议席,将来内阁办事岂不更加艰难？"

赵秉钧说明道："其志不仅于此。宋钝初的志向，可以概括为多数议院，政党内阁。多数议院即如刚才大总统所说，要在国会选举中在参议院、众议院中占据多数席位；然后组织由本党人员担任总理及阁员的责任内阁，这样内阁的施政便很容易在国会获得通过。"

"这样，我这大总统更是摆设了。"袁世凯用力抽了一口雪茄，"他们要是再发动暴力来夺取权力，倒是好对付；像宋钝初这样弄政党内阁这一套来获取政权，实在是太厉害了。宋钝初是个人才，如果能够为我所用就好了！"

"皙子对他好像比较了解，两人都在日本留过学。"

"好，你出去的时候，捎个话给皙子，让他明天上午来见我。"

第二天下午，上海发来密电，孙中山已经从上海登轮来北京，并在码头接受记者采访时道："越是南北互不信任，我越是要北上调和南北，消除误会。此前我已经答应过袁总统，无论如何不失信，且他人皆谓袁不可靠，我则以为可靠，必欲一试吾目光。"

对袁世凯而言，这真是天大的好消息，尤其是孙中山对记者公开称赞他可靠，更是让他欣慰。坏消息是黄兴不肯北上，还给袁世凯发来一份电报责问："张振武不能受爱之处，出于黎副总统一二人之意乎？抑于共和国法律上有不能爱之、不可忍之之判断乎？未见司法裁判，颇难释此疑问。凡有法律之国，无论何级长官，均不能于法外擅为生杀。今不经裁判，竟将创造共和有功之人立予枪毙，人权国法，破坏俱尽。纵使张、方对于都督个人有不轨之嫌疑，亦岂能不据法律上手续，率请立予正法，以快私心？"

按参议院的通知，明天内阁必须到参议院接受质问，但黎元洪的答复仍然未到。于是袁世凯让梁士诒向参议院发出咨文，表示黎副总统电报未到，段祺瑞仍然不能到议院给予答复，同时他又约请宋教仁到总统府做客。

"钝初，好久就想向你讨教，无奈俗务缠身。孙先生不日就到了，有好些个事情，必得向你请教才成。"袁世凯提前在客厅门口等宋教仁。

"大总统客气了。"宋教仁一边说一边进了客厅。

两人落座后，袁世凯又道："我听皙子说，钝初十几岁就没了父亲，少年时吃了不少苦。他还说钝初小时候就才华横溢，曾做过一副对联，气概非同一般。"

宋教仁是湖南桃源人，出生于耕读世家。十岁时父亲去世，受此打击，终日低头不语。母亲怕他意志消沉,影响学业,除夕拎一盏灯守岁时,出了句上联:"除夕月无光,点一盏灯,为乾坤增色。"要他第二天对出来。宋教仁知道母亲是借对联劝导他,希望他能振作起来。第二天清晨,他早起后,点香祭祖,敲鼓迎春,忽然灵感来了,对母亲道:"我能对出母亲的上联了——初春雷未动,发三通鼓,助天地扬威。"

说到母亲,宋教仁满怀敬畏和感激:"母亲对我的教导,不亚于岳母刺字。为乾坤增色,助天地扬威,也是我终生的追求。"

"好男儿志怀天下,尤其国难当头之日,更得有肩膀为国担忧。钝初,如今民国需要你站出来,多尽份心了。"

宋教仁望着袁世凯,不知他是何意。

"陆子欣书生意气,因为参议院驳了他提出的阁员人选一直耿耿,已数次向我请辞,我是挽留再三,无奈去意已决。我想请钝初来担任内阁总理。"

闻言,宋教仁推辞道:"大总统,可能要让你失望了。你知道,我是历来主张政党政治、责任内阁、议会民主的。你让我组阁,那就必须国民党来组阁,所有阁员必须都是国民党。而议会中,国民党也必须争取民众支持,达到多数。也只有这样的内阁,才能意见统一,行政高效;也必须议院中占有多数席位,内阁的决议才易获得通过,内阁才能长久。民国成立仅半年,已经两易内阁,原因何在?就在于唐少川的混合内阁,陆子欣的超然内阁,都不是真正的政党内阁。"

袁世凯打着哈哈道:"我知道,我知道。中国政治,非走政党内阁的路子不可。但目前中国政党尚不发达,因此不能不暂时变通。我的意思,国民党在钝初的整顿下已经成为议院第一大党,将来采取政党内阁绝无问题。但目前,钝初先挑起这副担子,将来条件成熟,随时可以推行政党内阁。"

但宋教仁断然拒绝道:"这行不通的大总统。请谁出来组阁,大总统另请高明好了。我的目标是堂堂正正带领国民党参加两院选举,如果获胜,我自然会出面组阁;如果宋某无能,不能在选举中获胜,我则退归山林,不再问政。"

袁世凯又问道:"钝初,难道没有通融的余地吗?"

"他事可,唯有此事实在无商量余地。仁立志为乾坤增色,助天地扬威,推行政党政治,责任内阁,议会民主,正是吾素志。"

"我理解钝初的雄心壮志。好,那我就不强人所难了。钝初,孙先生马上就要到京了,接待上有许多事情还望不吝赐教。"

孙中山偕夫人一行于8月23日乘轮船抵达天津。在天津稍事休息,第二天乘交通部专备火车进京。专列共十节车厢,内外装扮一新,尤其是孙中山的会客车厢,袁世凯像当年为慈禧所备的花车一般,古画名瓷,十分讲究。

当天下午,专列抵达北京前门车站。此时的前门车站,彩旗招展,军乐齐鸣。陆军一个团专门负责车站警戒,又有巡警负责盘查行人。负责前来迎接的是代国务总理赵秉钧,陪同前来的政府官员、各界代表、各国驻华使节数百人,而前来看热闹的百姓,则不计其数,真正是人山人海。

列车缓缓停下,孙中山一走出车厢,赵秉钧立即上前行鞠躬礼道:"孙先生,我奉袁大总统之命,前来迎接您和夫人。"

孙中山点头道:"谢谢袁大总统,谢谢代总理。"

赵秉钧请孙中山登车,那是袁世凯的专座,一辆金漆朱轮的大马车,车厢两旁用明黄绸缎装饰。在半年前,明黄色那是皇家专用,私用是要治罪的。从前门火车站一直到石大人胡同的迎宾馆,路两侧三步一岗五步一哨。街道打扫得干干净净,两旁张灯结彩,沿街店铺悬挂着五色国旗。孙中山所到之处,军警举枪行礼,十分隆重。围观的百姓挤满了街道,店铺的窗口上也挤满了脑袋,不断有人高呼孙先生好。

袁世凯将外务部的迎宾馆让出来做孙中山的下榻处,当晚在陆军部设宴宴请孙中山。他亲自站在门外迎接,孙中山一下马车,他立即搀住孙中山的胳膊把他接进内厅。寒暄过后,袁世凯屏退左右,只留下孙中山的广东同乡总统府秘书长梁士诒在旁记录。

"刻下时事日非,边警叠至,世凯识薄能鲜,深望先生教我,以固邦基。"

孙中山回道:"如有所知,自当贡献。自军兴以来,各处商务凋敝,民不聊生,金融滞塞,为患甚巨。挽救之术,唯有兴办实业,注意拓殖。要办实业,必须依赖交通为发达之媒介。故目前急务是赶筑中国铁路,尚望大总统力为赞助。"

俗话说听话听音,袁世凯立即明白,孙中山此次北上,获得督办铁路一职便是他的要求之一。

"实业救国,我在总督直隶的时候就如此办理。兴修铁路,更是大办实业的根本,我与先生真正是不谋而合,定当全力赞助。"袁世凯接着又请教道,"如今民国肇基,要办的事情很多。当前最令人担忧的,是各省都不安定,都是暗潮涌动。尤其是各省议会与都督府冲突的问题十分严重,如直隶、河南、山东、吉林、奉天、广东、甘肃各处,屡生争执,虽为过渡时代应有之竞争,但国势急危,大有不堪之势。应该如何设法调停?还请先生教我。"

"应通告各省严守约法，都不要超越权限。"

"先生教导的是。我将向各省发文，提醒务必尊重约法，践行约法。总统府更当作守法的模范。譬如湖北张振武、方维一事，若双方能够谨慎守法，又何至于到目前地步。"

数天前，黎元洪连发两封数千字的电报，罗列张振武贪污挥霍、私设将校团、拥兵自重、串谋煽乱、抗命不遵、藐视法纪、广纳姬妾、破坏共和、暗杀孙武等十四款罪行。段祺瑞到参议院回应质问，他将黎元洪的电报呈上去作为答复。但参议员们认为，即便张振武有罪，也必须审问清楚再执行。未经审判而枪决，是破坏约法。段祺瑞则表示道："现在政府以国家为前提，自不能不以临时之办法。不然，于国家大有危险。至此危险之时，将如何维持？"无论议员们怎么指责，他都拿国家利益为前提搪塞，结果议员们很不满，正在打算弹劾政府和段祺瑞，但三大党在弹劾整个内阁还是只弹劾陆军部总长段祺瑞上不能统一意见。

袁世凯将黎元洪的电报交给孙中山道："黎副总统言之凿凿，恳切要求我诛张振武、方维。张振武手中有将校团，如果消息泄露，则黎副总统必危，而黎副总统若有闪失，则国本动摇。中国今日情形，纵横轻重，为大局计，为四万万同胞计，实有不得不将张振武、方维处死之势。只是不曾料到，参议院反应极其激烈，除质问政府外，正在酝酿弹劾。还请先生设法，帮政府解困。"

"未经审判而执刑，实在不妥。如果张、方两人罪证确凿，宋卿在武昌捕之执刑，即不生此问题。假手于中央，给中央惹来麻烦，未免太无肩膀。"孙中山对黎元洪也颇为不满。

"宋卿假手中央，让我来做这个恶人，大概是顾虑武昌的将校团尚未解散，怕激出事端。据记者多方侦探，都说此案关系不止一人一事，不仅武昌一隅，有将于武昌、天津、南京、北京都有同谋大举者，谓第三次革命。据说，克强也涉其中，思之甚为难安。"

孙中山不值一驳道："张振武居功自傲是有的，要说有所谓第三次革命之密谋，恐怕言过其实，克强更不可能参与其中。"

"有记者说，克强不肯北上，就是因事涉张振武案而迁延。"

"纯属谣言。"

"我也知是谣言。如果克强肯北，谣传便不攻自灭。还望先生劝说。"

"我这次北上，抱着疏通南北，调和党见的目的前来，自然会劝说各方。"

"有先生居中调停,但愿此事能得圆满了结。"

这时酒宴已经备妥,袁世凯邀请道:"今天是给先生接风,只有数人作陪,望先生见谅。欢迎先生的宴会安排在后天,那时候军政各界都将出席。"

宴席散后,袁世凯把赵秉钧叫到一边叮嘱道:"智庵,孙先生在北京期间,你全程陪同。将来你这代总理的代字能否顺利去掉,就看你能不能博孙先生的高兴。"

赵秉钧回道:"大总统放心,我一定尽心服侍,让孙先生满意。"

第十一章

袁总统曲意逢迎　　宋教仁锋芒毕露

8月25日，也就是孙中山进京的第二天，同盟会改组为国民党，孙中山出席成立大会，并当选为理事长。他在成立大会上发表演讲道："中华民国成立以来，我第一次到京，今日得与同会诸君子共话一堂，乐何如之！此次革命成功，如此神速，实梦想不及。去岁武昌起义，全国响应，未及四月，清朝推倒，共和告成，虽同盟会之主动力，然亦实系我中华民国各界同胞之赞助，始得成功。今破坏已终，建设伊始，破坏固难，建设尤难。破坏尚需众同胞之助力，建设岂独不需同胞之助力乎？如果挟党见，闹意气，不以国家为前提，则民国前途异常危险。今五党合并，废除意见，以谋国利民福，将勠力同心，造成一伟大中华民国，雄视亚东。"然后又谈三民主义，谈权利平等。

庆祝大会结束，有记者采访孙中山，问道："现在政局大势如何？"

孙中山回答："余已与袁总统开诚布公，面商一次。倘公举袁慰廷为正式总统，余亦愿表同情。至于大局，较前颇有进步。"

记者又问道："除袁慰廷外，尚有他人谋任总统否？"

"或许有之，但未能知道是何人。"

记者又问道："有人担忧，袁总统出身清朝旧臣，未必能够真心赞同共和。"

"袁总统可与为善，绝无不忠民国之意。国民对袁总统万不可存猜疑之心，妄肆攻讦，使彼此诚意不孚，一事不可办，转至激迫袁总统为恶。"

这些话自然都传到袁世凯的耳朵里，他十分满意孙中山的态度，所以希望尽快正式宴请孙中山一行。不过，孙中山的日程安排十分紧凑，26日是代理内阁总理赵秉钧宴请；27日是参议院宴请，所以一直到28日，袁世凯才在陆军部举行正式宴会。

主桌布置成长方形,孙中山一行坐在北面,面南背北;袁世凯及内阁阁员坐在南面,面北背南;北洋高级将领、总统府秘书、参议院议长副议长等坐在东西两侧,共有六十余人参加宴会。

宴会正式开始前,袁世凯起立发表演说道:"中山先生提倡革命,先后历二十余年。含辛茹苦,百折不回,诚为民国第一首功。现今共和虽已告成,而内忧外患,日甚一日。今日凡在政府诸人,自鄙人以及在席诸君,皆当摒除私念,共维大局,总求达到国利民福之目的。庶几无负中山先生提倡革命之初心,而造中华民国无疆之幸福。此次先生来京,实为南北统一之一绝大关键,亦即民国前途安危之所系。鄙人对于中山先生素所倾慕,而于先生之惠然肯来,尤为欣幸。想我列座诸君,亦必以鄙人之言为不谬也。"他举杯高喊,"中山先生万岁。"

"中山先生万岁!"众人高呼,一时间掌声雷动。

自孙中山踏上天津那一刻,就感受到了袁世凯为迎接他所费的苦心,此时袁世凯带头高喊万岁,更是出乎意料。他抛开提前准备的答词,即兴发表演讲道:"我中华民国成立,粗有基础,建设事端,千头万绪,须我五大民族全体一心,共谋进步方可成为完全民国。现有少数无意识者,谓中国空有共和之名,而无共和之实,大不满意于政府。殊不知民国肇建,百废待举,况以数千年专制一变而为共和,诚非旦夕所能为。故欲收真正共和效果,以私见所及,非十年不为功。今袁总统富于政治经验,担任国事,可为得人庆。"

众人鼓掌。

"前袁总统在北洋时,训练兵士,极为得法,北洋之兵,遂雄视全国。现共和粗建,须以兵力为保障。昔南非洲有二共和国,以无兵力,卒至被人吞并。可见共和国家,无兵力亦不足救亡。今幸有袁总统善于练兵,以中国之力,练兵数百万,保全我五大族领土。但练兵既多,需费甚巨。我辈注重人民,须极力振兴实业,讲求民生主义,使我五大族人民,共享富源,家给人足,再有强兵以为后盾,十年后当可为世界第一强国。想在座诸公,亦乐观厥成。"说完,孙中山也举杯高呼,"袁大总统万岁!中华民国万岁!五族共和万岁!"

众人附和,同声高呼,宴会气氛十分热烈。

袁世凯端着酒杯,走到孙中山跟前敬酒。孙中山连忙离座,两人在一边私语。孙中山对袁世凯道:"慰廷,练兵你是内行,十年之内,请你训练陆军五百万;我有志广筑铁路,十年间我负责修建铁路二十五万里。你我二人,君负政治之责,我负实业之责,共同推进中国进步。"

"办铁路先生自有把握,若练精兵数百万,恐非易易。"袁世凯接话道,"其实我更感兴趣的是实业救国。等国会选出新总统后,鄙人亦可退为国民,与诸君共谋社会之事业。而且,民国肇基,先生之功居伟,有先生在,举国何人敢践大总统之位!"

孙中山连忙劝阻道:"不不,慰廷,国民瞩望于公,不仅在临时政府而已。十年之内,大总统非公莫属。慰廷放心好了,十年之内,我绝不问及政事。"

在袁世凯听来,这句话的意思是十年之后孙中山将问鼎总统。这已经不错了,如果十年间孙中山不来捣乱,足够自己从容布局,但他嘴上却道:"我是真心让贤,先生来当这个大总统是游刃有余,我可是疲于应付。"

"我们不必争了。"孙中山走回席前,双手虚压,示意大家安静道,"诸位,我有一个决定向大家宣布。为民国计,我支持慰廷至少任十年总统,鄙人至少十年之内不会竞选总统,而是专心发展实业。"

大厅里响起雷鸣般的掌声,久久不息。

袁世凯推辞道:"我德薄才疏,蒙先生如此抬举,真是惶恐之至。"

"国家永久之生命,富强之由来,唯铁路是赖,既可发达产业,又可输入文化,一旦有变,并可济军务之急。大总统出身武官,关于练兵有专门智能,大总统若在位十年,五百万精兵,予信可训练成军。予虽不肖,若使当经营全国铁路之任,假以十年之期,二十五万里铁路,定敷设完成。希诸君为国家发奋努力,与袁大总统共进富强之道。"

袁世凯站起来道:"诸位,孙先生心怀民国,有志实业,我极愿赞助。我将任命孙先生为全国铁路督办,望参议院能够支持。"

参议院议长吴希濂站起来表态道:"对大总统这一任命,我首先支持。"

北洋的诸将以段祺瑞为首,也表态道:"当然得支持,如果这一任命不支持,那可真是不通道理。"

曲终人散,照例由梁士诒护送孙中山回府。赵秉钧被袁世凯留下来,商议陪同孙中山游览西苑、景山及颐和园的事情。讨论完正事,赵秉钧感叹道:"我看孙先生也是个纸上谈兵的书生,他竟然要用十年筑二十五万里铁路,真是天方夜谭。"

袁世凯也十分感慨道:"我们修了二十多年铁路,不过才万把里,十年要修二十五万里,我何尝不知道是天方夜谭!不过,让他去修路,有点正事干也好,省得他动不动就闹革命。"

赵秉钧又嘲讽道："他竟然要大总统用十年时间练五百万兵，这真是匪夷所思。五百万兵，那要多少银子！"

袁世凯正色道："智庵，你可不要小看孙先生。明明是不可能的事情，可是他认准了，就锲而不舍地干下去，把不可能干成了可能，这正是他的可敬、可畏之处。譬如他二十年来一直在闹革命，满世界转，筹措经费，有谁会相信他能成功？可民国竟然建成了！这样的人，他只凭一个脑袋，一张利口，便可抵雄兵百万。我是不敢小看孙先生，我希望你也要由衷地佩服他。否则你居心不诚，便难得孙先生的信赖。那时候你的总理提名，孙先生未必支持。"

"是，是，我明白。大总统请放心好了。"

接下来的几天，赵秉钧陪同孙中山一行游览西苑、景山、颐和园，又乘京张铁路到了张家口，兴致很高。这期间他与袁世凯又会谈数次，每次大约从下午四点开始，一谈就谈到晚上十一二点，有一次竟然谈到深夜两点多。谈军政、谈外交、谈借款、借迁都、谈平均地权、谈改革币制。袁世凯对孙中山的意见十分尊重，谈话时一双炯炯有神的眼睛总是看着孙中山，显出十足的诚意。对迁都问题他不赞同，心平气和地向孙中山阐述他的理由。对币制改革，孙中山以为各国都是使用纸币，中国也应当化重为轻，全部改为纸币，而不是使用银元、铜圆。袁世凯给他解释，中国人使用银子数千年，突然完全改为纸币，大家会没有信心，容易导致通货膨胀，货币体系就有崩溃的可能，会给民国建设带来预料不到的挫折。对袁世凯的意见，孙中山也表示理解。两人经过多次会谈，彼此已经十分信赖。

有一天，袁世凯又提道："孙先生，你和克强是民国两大元勋。如今我得以向您请教，真正是受益匪浅。克强不肯北上，实在一大遗憾。"

"慰廷放心好了，我立即给克强发封电报劝他北来，我相信他会来的。"

"真是太谢谢先生了。"

"我们两个都是为民国，何谈你谢我谢。"于是孙中山立即亲自起草电文——

上海黄克强先生鉴：到京以后，项城接谈数次。关于实业各节，彼亦向有计划，大致不甚相远。至国防、外交，拙见亦略相同。以弟所见，项城实陷于可悲之境遇，绝无可疑之地。张振武一案，实迫于黎之急电,不能不照办,中央处于危疑之境,非将顺无以副黎之望,则南北更难统一,致一时不察,竟以至此。自弟到此以来,大消北方之意见。兄当速到,则南方风潮亦止息,统一当有圆满之结果。千万先来此一行,然后赴湘。幸甚。孙文。

黄兴接到孙中山的电报,决定第二天启程北上。消息很快就传到北京,袁世凯命总统府秘书长梁士诒负责接待黄兴一行。为了给黄兴一个惊喜,也是向他示好,袁世凯在黄兴动身的次日就发布总统令,任命他和黎元洪、段祺瑞为陆军上将,此外还有中将以及师旅长等共十余人。

黄兴于9月9日到达天津,休息一天后进京。他的专列一进前门火车站,军乐齐奏,彩旗飘扬,袁世凯派段祺瑞带一辆四轮马车,亲自在车站迎接。那辆四轮马车也很有来头,是当年为德皇访问中国而预备。整个欢迎仪式与孙中山进北京时差不多,热闹而隆重。

当天晚上,袁世凯在陆军部设宴欢迎黄兴一行。袁世凯在客厅外迎接,见到黄兴行握手鞠躬礼。黄兴首先向袁世凯请辞陆军上将之职衔:"大总统授兴陆军上将,兴惊愧莫名,实不敢受。国重名器,赏必当功,兴不过是湘上一书生,军旅之事,本未尝学,请大总统收回成命,使兴得为共和国民,免滋骂名。"

"我与孙先生谈过,你们革命二十余年间,含辛茹苦,十余次起义,都是你指挥。你当不得上将军衔,别人谁还当得起?"袁世凯历数黄兴的功劳,真正是如数家珍。

黄兴还是辞道:"十余年来,屡次起事,多败垂成,实无功可纪。河口誓师,丧吾精锐,粤城苦战,失我良朋,汉阳之役,舆尸道路,皆为兴生平至痛之事。荒原白骨,塚且叠叠,共和造成,皆诸先烈之碧血所化。我侥幸残生,有何面目再膺上赏?请大总统务必收回成命。"

袁世凯称赞道:"克强不揽功诿过,且有功不居,真诚恳君子也。军衔的事克强不必固辞,我们也不必在此事上浪费口舌,我还有大事要向你请教。"

于是两人谈内政、军事,对黄兴的观点,袁世凯表现出极大的兴趣。当时陪同黄兴赴宴的还有曾任上海都督的陈其美,武昌起义后随黄兴赴汉出任参谋长的李书城等人,袁世凯对他们也十分客气。宾主谈兴很浓,几乎忘了时间。等梁士诒第三次提醒菜已备好,袁世凯才斩断话题,邀客人上桌。

宴会开始前,袁世凯致辞道:"克强先生,他人只知其光明磊落,其实克强更是一诚恳的君子。其任南京留守时,政府拨饷一时不继,赖其竭力维持,军民翕服。此次来京,一切政务尤赖竭力筹划,苦心调停。曾涤生有言:'竭忠谋国,百折不回。'克强诚可当之。"

黄兴起立答谢道:"共和成立,百政待举,大总统一面收拾破坏,一面筹划建设,种种困难,苦心孤诣,令人感泣。我辈咸知其困难,务必竭力辅助大总统,以期国基之巩固。"

整个宴会气氛融洽,宾主尽欢而散。

第二天,袁世凯发布命令,李书城被任命为总统府军事处次长,其他张孝准、何成、曾昭文等黄兴随员也都给予参谋部或陆军部顾问官的名义,黄兴随员皆大欢喜。接下来,袁世凯时而与孙中山会谈,时而与黄兴会谈,有时与两人一起谈。内政、外交、军事、司法无所不谈。

这期间,袁世凯提出了八条政纲的建议,又让梁士诒整理出个纲目来。梁士诒表示为难道:"只有题目,内容太空,似乎难以成文。"

"不,燕孙不必拘泥,也不求详尽,只表达彼此的态度就好。我计划再请黎副总统认可,这样我与孙、黄、黎四人署名,便向国民传达出南北合作、政府一统的信息,对稳固全国形势极其重要。"

梁士诒明白了,袁世凯要的是虚,而不重其实。换句话说,他更看重的是四人联署的象征意义。

袁世凯感到时机成熟,决定谋求赵秉钧正式组阁。这天与黄兴会谈时问道:"如今国事危急万分,有无挽救良策?"

黄兴回道:"欲拒外患,当先定内忧。定内忧之法,除利用一强大之政党,组建强固有力之政府外,实在没有更好的办法。否则政策未行,先为国人所攻击,政府终日在摇动中,这也是民国成立后内阁更迭频繁的主要原因。"

"克强的说法与钝初的观点完全一致。不过,一党之中寻人才,恐怕难能如愿。"

"大总统不必发愁,国民党人才不足,可以为国民党招揽人才嘛。"

袁世凯不明白黄兴到底是什么意思,忽闪着一双大眼睛问他。

"比如大总统推荐的内阁阁员,的确是人才难得,但其中有人不是国民党。不是国民党不要紧,国民党也不会以一党之私见,动议否定内阁。我们有个两全其美的办法,那就是让他们都加入国民党。这样,大总统推荐的人才能够顺利入阁,而国民党不但吸收了人才,而且实现了政党内阁的目标,这何乐而不为？"

袁世凯赞道："咦，这个办法倒是不错。不过，我有意推荐赵智庵出面组阁，听参议院那边的意思，好像有人反对。"

"如果大总统准赵先生也加入国民党，那么国民党将全力支持赵先生组阁。我听钝初说，他与赵先生关系极好，赵先生也有加入国民党的意思。"

"哦，智庵也有意加入国民党？那以克强先生的意思，智庵够不够格？"

"赵先生如果加入国民党，再好不过！"

"好，等我问问智庵他有没有加入贵党的打算。如果国民党全力支持，那智庵加入贵党也好商量。其他的阁员，我也很乐意劝说他们加入贵党。"

"这样整个内阁都是国民党人，在参议院国民党也占多数，政府地位将因此得以巩固，决然不会像从前容易动摇。"

袁世凯点头道："这的确算是个两全其美的办法。"

黄兴出主意道："其实，大总统也应该加入国民党。这样从大总统到内阁再到参议院，国民党实力雄厚，政府便是深固不摇。一个稳固的政府，便是中国之福。"

"我不能加入国民党，其他的党派我也不加入。不然，加入甲党必然得罪乙党；加入乙党，又难免开罪丙党。所以我哪个政党也不参加，当个超然总统。"

送走黄兴，袁世凯立即召见赵秉钧问道："智庵，功夫不负有心人。克强和宋钝初都推荐你加入国民党。你是什么意思？"

赵秉钧回道："我一切听大总统吩咐。大总统让我加入，我就答应他们；大总统不愿我加入，我就拒绝他们。"

袁世凯对赵秉钧的回答很满意，道："你不妨先答应他们，过了参议院这一关再说。其他的阁员，你也帮着我劝劝他们加入国民党。这样宋钝初鼓捣政党内阁的意图得以实现，你这一关才好过。"

"好，那我明天就让人填个加入国民党的表格。"

"智庵，这不过是权宜之举，无论你加入什么党，你是我北洋嫡系，这一点什么时候都不能忘。"

"这何须大总统吩咐。我学关公，身在曹营心在汉。"

袁世凯哈哈一笑道："那就好，那就好。这次孙、黄两位北上，沟通南北，他们是想借此机会实现政党内阁；我们呢，也正好借此机会，实现顺利组阁。如今他们手上握着参议院，不能不好好敷衍他们。听说孙先生想到关外和山西考察铁路,然后再顺道南下,考察津浦铁路,你好好安排,务必让他满意。"

"好,我一定安排得让他满意。"

接下来,两个人再次审议内阁人选。

财政总长周学熙、陆军总长段祺瑞、海军总长刘冠雄都是自己人,当然要继续留任。内务总长掌握着警察,也十分重要,仍旧由赵秉钧兼任,这样四个实权总长尽在掌握。

农林陈振先、交通朱启钤、工商刘揆一、教育范源濂四人,本来是国民党,也不必更换。而且朱启钤出自徐世昌幕府,也算是袁世凯的人。唯有外交总长原由陆征祥兼任,他既然辞去总理一职,肯定不宜再兼外交总长。两人商议的结果,是由梁如浩补缺。

梁如浩是广东香山人,孙中山的同乡。他是袁世凯在朝鲜的幕僚,一直追随,是袁世凯在铁路建设上的重要助手。他与广东都督胡汉民关系不错,这次又得到孙中山的信任,由他出任外交总长,不难通过。

段祺瑞、刘冠雄是军职,两人表示不入任何党派。其他人不是国民党的,不妨一概劝说加入国民党。

教育总长范源濂,是前清学部主事,参与创办清华学堂、南开大学堂,是唐绍仪内阁的教育次长。唐绍仪内阁倒台后,教育总长蔡元培也请辞,推荐范源濂继任教育总长,不过他已经是共和党人。

袁世凯说道:"共和党人也可以加入国民党,双重党籍的大有人在嘛。"

结果这个组阁方案于9月25日提交参议院,七十一人投票,六十九人赞成,高票获得通过。

这时孙中山已经从山西、关外考察回来,提出了一个庞大的铁路建设计划,铁路总公司的架构大而权重,把交通部的权限割去不少。朱启钤坚决反对,于是赵秉钧来找袁世凯,袁世凯表态道:"孙先生的计划不能反对,但也不必表态。先让他做去,反正每月不过先拨三万元而已。先拖过三两个月,那时候再定铁路总公司方案不迟。"

赵秉钧明白,所谓拖过三两个月,就是等到国会选举结束。按此前通过的国会选举办法,中华民国议会由参议院和众议院构成,参议员和众议员均由选举产生。11月开始初选,12月开始正式选举。在这关系紧要的时刻,袁世凯无论如何要讨好孙中山,借助他的影响力。

孙中山定于9月底南下,因此袁世凯赶在孙中山南下前推出了八大政纲,并正式对外宣布：

民国统一，寒暑一更。庶政进行，每多濡缓。欲为根本之解决，必先有确定之方针。大总统劳心焦思，几废寝食。久欲联合各政党，捐除人我之见，商榷救济之方。适孙中山、黄克强两先生先后莅京，过从欢洽，从容讨论，殆无虚日。因协定内政大纲八条，质诸国务院诸公，亦翕然无间。乃以电询武昌黎副总统，征其同意。旋得复电，深表赞成。其大纲八条如下：

一、立国取统一制度；

二、主持是非善恶之真公道，以正民俗；

三、暂时收束武备，先储备海陆军人才；

四、开放门户，输入外资，兴办铁路矿山，建置钢铁工厂，以厚民生；

五、提倡资助国民实业，先着手农林工商；

六、军事、外交、财政、司法、交通皆取中央集权，其余则斟酌各省情形，兼采地方分权主义；

七、迅速整理财政；

八、竭力调和党见，维持秩序，为外交承认之根本。

此八条者，作为国民、共和两党首领与总统之协定之政策。各国元首与各政党首领互相提携，商定政见，本有先例。中国政治从此如车有辙，如舟有舵；无旁挠，无中阻，以专趋于国利民福之一途，中华民国庶有治乎！此布。

看到这份公告，赵秉钧对袁世凯道："大总统，您办事总是深谋远虑，我则只能算鼠目寸光。譬如这份政纲，我实在看不出有什么实际用处。"

袁世凯笑道："智庵，用处可大了。你不能只关注它有什么实际用处，最重要的这是我和孙、黄及黎副总统商讨的结果。我们商讨了什么不重要，重要的是我们四个人协定有成。国人会怎么看？南北政见统一了，关系协调了，党见调和了！这比什么都重要。"

赵秉钧则有些感叹道："我始终认为，谁手上有实力，谁的拳头硬谁的腰板就直。还真没想到这样一张纸竟然会有这么大的作用。"

"拳头硬固然重要，但光会用拳头还不行。还要会利用舆论、报纸，这方面，我们比国民党差远了。我要学，你也要学。对了，你与宋钝初关系如何？"

"他把我当成无话不谈的朋友了。他经常晚上到我府上谈，一谈谈到深夜，才出城回他的农林试验场。"

"这样很好，这个人你得好好结交。你们都谈什么，要谈到深夜？"

"什么也谈，谈得最多的是政党内阁。"赵秉钧回道。

"这个我都知道。宋钝初现在重组了国民党，又当上了代理事长，他想怎么实现他的政党内阁？"

"钝初书生气十足。他打算近期南下，一路上向民众演讲，宣传政党内阁，争取国民党在大选中获取多数议席，然后由国民党组阁。"

"其志不小，其志可忧！"

赵秉钧胸有成竹道："对付男人，无非权、财、色三字而已。"

"宋钝初未必吃这一套！"

正如袁世凯所料，这份八大政纲果然得到国人的欢迎，报纸上多是赞扬之声，以为南北思想统一，感情融洽，政府有望一心一意谋求中国的富强。

孙中山南下前，国民党为他举办送行宴会。宴会前有记者采访，问孙中山对八大政纲的看法，孙中山极口称赞。又问到对大总统袁世凯的看法，孙中山回道："袁总统是很有肩膀的，很喜欢办事的，民国现在很难得这么一个人才。维持现状我不如袁，规划将来袁不如我。为中国前途计，十年内以袁为总统最好，将来选举若公举袁慰廷为正式总统，我也很愿赞成。嗣后国民党同志，当以全力赞助政府及袁总统。袁总统既赞成吾党党纲及主义，则吾党愈当出全力赞助之，建设前途，寄望于此。"

采访到黄兴，他对袁世凯也是极力赞扬："兴此次入京，觉有一绝大希望及一绝大乐观之事，为袁总统苦心谋国是也。报纸有以拿破仑诋毁他的，殊为失当，而且是绝对没有之事。袁之为人，精神充足，政策亦非常精确。忠心谋国，反不见谅于人，此最足以灰办事者之心。然而袁总统未曾因人言而遂有所踌躇，其度量宽宏如此。"

当记者采访宋教仁，问到他对袁世凯的看法时，他未像孙、黄一样大加赞扬，而是道："此次赵智庵内阁，已颇具政党内阁之雏形，袁总统出力甚多。仁亟盼袁总统能够始终如一，促成政党内阁在中国之切实推行。唯有实行政党内阁,某党在国会获多数席位,而内阁阁员皆为某党成员,政府才能稳固,政策才一以贯之,国家才有希望。"

记者采访国民党三巨头的情形,很快传到袁世凯耳朵里,他分析道:"孙先生胸怀宽广,很容易合作;克强是个实干家,也易对付;只有这个宋钝初,聪明绝顶,又颇为自负,最难驾驭。"

隔一天,袁世凯在总统府召见宋教仁,向他请教政党内阁的问题。谈了半个多钟头,袁世凯突然问道:"钝初,听说你就要南下了,总要回家去看看。你这次可算是衣锦还乡,可我看你这身西装实在旧得很,穿了好多年了吧?"

"六七年了。"

"我知道这些年你为革命奔波,常常为筹措经费发愁,你又一清如水,自己的状况很不好。这样吧,我送你点经费,你做身像样的西装,杯水车薪,聊表心意。过会儿你走的时候,让军需处转交给你。"

"恭敬不如从命,谢谢大总统的美意。"

宋教仁有此表示,袁世凯十分欣慰。等宋教仁走了不久,军需处的唐在礼就赶过来了。唐在礼的军需处,其实并不管军需,说白了就是袁世凯的特别开支处,回禀道:"大总统,按您的吩咐,已经把支票交给他了。"

袁世凯急切地问道:"他收了吗?"

唐在礼回道:"收下了。"

"好,好,收下了就好!"袁世凯又自言自语道,"智庵说得有理,有道理。"

然而过了几天,唐在礼却灰着脸前来报告道:"大总统,今天宋钝初打发人把支票送回来了。"

"送回来了?怎么回事?"

"他原票退回来了,还有一封信给大总统。"

袁世凯接过信一看,只有几句话:

> 慰公总统钧鉴:绨袍之赠,感铭肺腑。长者之赐,仁何敢辞。但惠五万元,实不敢收。仁退居林下,耕读自娱,有钱亦无用处。原票奉璧,伏祈鉴原。知己之报,期以异日。教仁百拜。

这简直是打了袁世凯的脸,他顿足道:"真是岂有此理!你们是怎么办事的?我知道他要到各处走走,是让他用这笔款救济地方,你没有说清楚?"

这话袁世凯何曾交代？但唐在礼此时只有唯唯垂首道："都是卑职办差不力。"

"你立即再去一趟，把我的意思说清楚。"

唐在礼为难道："宋先生和黄先生已经乘火车南下，他上车后差人才送过来，这是有意回避。"

袁世凯脸色铁青，把信团了团扔到纸篓中。

宋教仁于 10 月 18 日乘火车南下，到武昌拜访了黎元洪，随后就改走水路，逆长江而上，赴岳阳，入洞庭湖，而后再逆沅水而上，过常德府，至桃源县，此时已经是 11 月底，在路上耗去半个多月。

宋教仁离开家乡已经八年了。八年前，在武昌读书的他听了从日本归来的老乡黄兴的一堂课，十分倾慕，从此成为挚友。很快，他追随黄兴暗中策划革命，结果计划败露，两人一起逃往日本。去年他从日本回国，忙于宣传革命，未入家门半步。此时，国民党的改组已经完成，国会选举工作他经派人分头到湖北、河南、江西、湖南、广东、广西、贵州等省，此时可以忙中偷闲，回乡省亲了。

宋教仁的家乡香冲村，藏于桃源县的深山中。宋教仁进门，一个老太太在窗下戴着老花镜缝制棉衣，那正是他年届七十的老母亲。他走的那年，老母亲的头发只是鬓角有些斑白，如今却是满头华发。他的心一颤，膝盖禁不住软了，不由自主地跪了下去，喊了一声："娘，儿回来哒。"

老母亲抬起头看了一眼西装革履的宋教仁，由于老眼昏花，且宋教仁已经蓄起胡须，竟然一时没有认出来。

宋教仁呜咽道："娘，是你的二儿子教仁回来哒。"

老母亲扔掉手里的棉衣，跌跌撞撞扑过来，把宋教仁抱在怀里，拍着他的背哭道："儿啊，这些年你去哪哒，也不给娘捎句话回来……"

宋教仁放声大哭。

这时老母亲不哭了，问道："儿啊，你漆（吃）呀饭哒没有？"

"没漆呀饭。"

"娘给做，一哈哈儿就好。"

母亲忙着去做饭，宋教仁从他的皮箱里取出一条围巾道："娘，你试一哈。这是儿子从日本国给您买回来的。儿子没钱，只能给娘买一条围巾。"

"儿子，你只要回来就好，娘不图你起摆眼。"

宋教仁把围巾围到娘的脖子上,老娘说道:"儿啊,这围巾我用不着,留给你媳妇吧,这些年她好不容易。"

宋教仁问道:"她去哪了?"

"她呀,到茶园去哒。这围巾,给你媳妇儿好哒。"

"我给她买了把洋梳子。还有孩子,还有我哥,都有小礼物。"

老娘做好了饭,一碗合渣——就是豆面和蔬菜、豆皮一块煮的大杂烩,再有小半碗豌豆辣酱,这是宋教仁自幼最爱吃的美食,也是他梦里故乡的味道。他喝了一口合渣,啧啧嘴道:"又吃到家乡饭了。"

"儿子,这回你别走哒,娘天天给你做合渣吃。"

"不走了,我要在家住一阵。娘,伢子呢?"

"啊,去塾里了。快下学了。"

宋家在当地算是耕读世家,祖训中有"凡我宗支,诵读为主,农商次之"的说法,再穷也要送孩子入塾读书。

宋教仁回家的消息已经传开了,他的大哥还有左邻右舍都过来,他的妻子也从茶园里回来了。妻子一进门,他就起身向方氏鞠了一躬道:"这些年,你辛苦了。"

"你总算回来哒。"方氏扭过头捂着嘴抽泣。

"老二,这些年,你家堂客可是受了委屈了。"大哥补充了一句。逃犯的家人,受委屈那是可想而知。之后便是一家人热闹团聚的事……

第二天,桃源县县长听到消息,亲自到香冲村来了,还带来了一顶轿子,除四名轿夫外,还有四名巡警。县长见到宋教仁就恭恭敬敬鞠躬,说话时一直弯着腰,一口一个"宋理事长",说湖南都督谭延闿发来电报,请他到长沙去做客。

接下来的日子,宋教仁给父亲扫墓,走走亲戚,游览桃园寺,难得的清闲轻松。尤其是晚上的时候,烛光下辅导儿子宋振吕用功,或者父子对对联,那份天伦之乐真是无法言传。他慈祥地凝视着烛光里的儿子,有时竟然分不清那是儿子还是他自己。自己这样大的时候,也是每晚趴在案子上用功。那时候父亲去世了,有一年多的时间,他沉默不语,那份孤独和无助,是别人无法体味的。父亲是儿子头顶上的屋檐,能为儿子遮蔽风雨;父亲是儿子的山,能让儿子登高望远。他觉得亏欠儿子太多,儿子十岁了,自己陪伴他的,仅仅是归来的这几天!他情不自禁拍拍儿子的头说道:"儿子,爸爸会陪你长大。"

儿子仰起头问道:"爸爸说什么?"

"没说什么,你好好用功,将来做对国家有用的人才。"

"爸爸一直说日本有许多好处,应该好好学他们。我长大了,也像爸爸到日本去。"

"好,到时爸爸陪你去。爸爸有许多日本朋友,他们会好好照顾你的。"

宋教仁家乡虽然藏于深山,但他的消息并不闭塞,各地的电报都打到桃源县,县长派专人及时送来,来电最多的是长沙的著名绅士龙璋和民政司长仇鳌。

龙璋是湖南攸县人,是光绪年间的举人,是左宗棠的外孙女婿、谭嗣同的亲家,本来是老派的绅士。人生的转折发生在泰兴知县任上,他结识了黄兴、蔡锷、宋教仁、章士钊等革命党人,并深受他们的影响,开始暗中资助革命党。1907年回湘后,致力于创办实业,先后经营开济、利济轮船公司,中华汽船公司、集成公司、醴陵瓷业公司、贫民工艺厂等十余所公司和工厂,以及震发、源源、百炼、九昌等多个矿业公司,经济实力相当雄厚。他暗中资助黄兴、宋教仁等革命党不下二十万元。辛亥革命后担任湖南总商会、工会、农会、公民保矿会等七八个会长,国民党在长沙设立湖南支部后,他又出任支部评议会的评议长。他时年六十岁,年长宋教仁二十八岁,两人是忘年交。

仇鳌是湖南湘阴人,也曾留学日本,在日本加入同盟会,是宋教仁在日本的老熟人。辛亥革命后他回湖南负责改组同盟会,如今任湖南支部的副支部长,出任湖南民政司长。

两人在长沙消息灵通,随时来电通报,有好消息也有坏消息。好消息是各省国会议员选举国民党占据绝对优势,坏消息是俄国借中国内乱之际,策动外蒙古独立,袁世凯只通过外交抗议,再就是指望国际社会约束俄国,然而英国正在谋取中国西藏,因此对俄国的侵略视而不见;日本因为与俄国有密约,要瓜分东蒙古,因此也装聋作哑;美国也希望日本支持他们在东北获得更大的商务利益,因此也只是轻描淡写地发了一个声明。俄国摸清了中国和国际社会的底牌,十几天前逼迫外蒙古签订《俄蒙协约》和《俄蒙商务专约》,控制了外蒙古的政治、军事和经济,蒙古面临被割裂的危险。而袁世凯不但未派兵讨伐,甚至连句硬话也不敢对俄国人讲。

国民党认为这正是讨伐袁世凯、扩大国民党影响的有利时机,龙璋和仇鳌都希望宋教仁能够到长沙去一起商讨对策。而且黄兴将于12月底回善化省亲,也希望宋教仁能够到长沙一聚。

宋教仁打算立即起程前往长沙,老母亲一听儿子要走,眼泪就落了下来:

"儿啊,再有十天就是娘的生日,等过了娘的生日你再走要得不?"

宋教仁望一眼母亲浑浊的泪眼,心头一软,改变了主意:"要得,我给娘做哒七十大寿再走。"

给老母亲做完七十大寿,次日宋教仁就提上那只旧皮箱登程。妻儿陪着老母亲恋恋不舍,一直送出几里路。宋教仁一劝再劝,老母亲总算停住了脚步,泪眼婆娑地问道:"老二,你这一走,娘怕是再也见不上你了。"

宋教仁心中仓皇,但嘴上却道:"娘,您放心哒,儿办完事就回来看您。儿将来安顿好了就接您出去,儿子给您养老。"

母亲摸摸宋教仁的头道:"娘信你的话,娘等你来接。走吧儿子,娘知道你有大事要办,娘不累赘你。"

宋教仁摸摸儿子的头,对方氏道:"我走了,孩子和娘都交给你了。"

妻子点点头,强忍着泪。宋教仁硬着心肠转身而去,他一次次回头,老娘和妻儿还在原地瞩望。山路回环,他再次回头时已经看不到母亲了。然而,等他走出二里多地,再次回头时却看到老母亲在妻儿的扶持下,正站在山包上往这边张望,祖孙三代,仿佛是一尊石雕像。宋教仁的心倏忽一下,像他回来进门时看到老娘一头华发时一样,膝盖一软,就给老娘跪了下去,再也忍不住涕泪交流。

宋教仁于1913年1月8日赶到长沙,轮船码头上万众云集,还有"热烈欢迎宋代总理"的横幅。他于是改变计划,到朝宗门下船,径直先去看望恩师黄彝寿。当年宋教仁就读于桃源漳江书院时,山长正是县学教谕黄彝寿。贫穷而又好学的宋教仁深得器重,成为登堂入室的得意门生。后来他到武昌读书,因参与黄兴的革命计划被通缉,逃回桃源先去拜访老师,通缉令刚好到黄彝寿手中。黄彝寿连忙让宋教仁逃走,因缉捕不力,得了个革职的处分。宋教仁一直视之为恩师加恩公,他一进黄彝寿的家门,师生寒暄过后,黄彝寿便问道:"钝初,现在革命如何?"

"不彻底,做成了夹生饭。"

"是喽,中国封建专制几千年,怎么可能皇帝一退位专制就也退出历史呢?不会的,不会的,有一批人专制思想根深蒂固,不会那么轻易认输的。你打算怎么办,继续革命吗?"

宋教仁点了点头道:"继续革命,但不是暴力革命,而是合法斗争。"

"怎么斗争?"

"依靠合法选举,国民党在国会选举中占据多数,然后组织政党内阁,实权归之内阁,总统只居象征地位。"宋教仁十分自信地说道。

"只怕没那么容易。如今的袁大总统善于玩弄权术,他怎么可能甘心居象征地位?"

"那就由不得他。根据临时约法的规定,将来正式宪法由国会制定。国民党既然占据国会的多数,则握有制定宪法之权。届时制定的宪法,参照欧洲的政党内阁制,只赋予总统象征性的权力。"

"钝初,我说几句你不要生气。我发现你还是有些书生气,你太拿法律当回事了。我虽然不在京中,但对京中半年来的风云还是通过报纸有所了解。袁大总统在与参议院的较量中,最后总能取胜,为什么?他手里有北洋军,有警察!我不太相信,将来国会凭手里的几张选票就能斗得过枪杆子?"

"老师说得也有道理。但是,如今民主如大江奔流,浩浩荡荡。袁世凯想逆潮流而动,恐怕也难了。"

师生二人聊了一下午。晚上宋教仁赴仇鳌的宴请,作陪的只有国民党长沙支部的评议长龙璋。谈起这次国会初选,三人十分高兴。龙璋说道:"钝初,外间已经有种说法,将来的内阁总理非你不可。"

宋教仁当仁不让道:"如果国民党能够在选举中获胜,多数党组阁,如果大家不反对,我愿意出任内阁总理。"

仇鳌也赞同道:"从现在的形势看,国民党获胜已经是毫无悬念。如果国民党组阁,非钝初不可。孙总理和黄先生两人都埋头实业,不会食言去当什么总理,国民党中,论资格和影响,也只有钝初当得这副重担。"

宋教仁又道:"两位,我有个想法,如果我组阁,想请谭都督去做内务总长。一则把袁慰廷的臂膀赵秉钧挤走,二则把湖南的地盘真正抓到手中。"

湖南都督谭延闿,是当过山西巡抚的谭钟麟的三儿子,二十多岁中进士,入翰林,授编修。后来回到湖南办学,热心立宪,当选湖南谘议局议长,是湖南立宪派的首领。武昌起义后,湖南立宪派与革命党联手,推动湖南实现独立。后来立宪派与革命党争夺权力,由于革命党人出任的正副都督先后被杀,湖南实权从此掌握在立宪派手中。立宪派都督谭延闿,看到国民党势大,表现出与国民党合作的热情,但湖南掌握在他手中,国民党仍然不能放心。

仇鳌闻言则有些没把握道:"把他调走当然不错,不过,湖南的大权他能放手吗?"

宋教仁出主意道:"不必让他放手。我的计划是,让他做内务总长兼湖南都督。你这个民政司长，我会建议升为民政长，来署理湖南都督。这样，谭祖安得都督之名，我们得其实。"

龙璋赞同道："这个计划不错，不过没有合适的理由未必能说得动他。"

宋教仁分析道："谭祖安的父亲与袁世凯的叔祖曾经在左文襄手下共过事，两人关系不错。我想让谭祖安利用祖上的关系，去协调袁世凯与内阁的关系，这个理由搬得上台面，想来谭祖安不会拒绝。"

仇鳌摇了摇头道："仅凭祖上的这点关系，袁世凯未必会认账，所谓协调府院关系恐怕会落空。"

"我也没打算真让他去协调，只是一个让他离开湖南的借口罢了。而且我还有个想法，既然国民党能够在国会选举中获得多数，那么将来正式选举总统时，何不将袁某人选下来！我老师说得对，他专制思想根深蒂固，靠他来建设共和，是缘木求鱼。"

两个人几乎同声问道："钝初，你难道还想当大总统？"

宋教仁连忙摇手道："我当然没有这个奢望。而且，既然大总统只居象征之位，我何必来当这个牌位总统。"

龙璋道："够资格的，也只有孙先生了。"

宋教仁说道："孙先生够格，但不合适。孙先生刚向袁世凯保证，十年内绝无当总统的意思，他不可能食言。我的想法是，推黎宋卿出来当总统。"

"黎宋卿？"仇鳌不敢相信自己的耳朵，"他这个副总统都当得勉强，如何能够胜任总统？"

"正因为他这个副总统都勉强，他才能甘心当个牌位总统。唯有如此，政党内阁才能得以顺利推行。而一旦制度形成，将来无论谁当总统，都只能居象征之位，那时候民国也才能真正步入正轨。"

龙璋还是有些信心不足："钝初，你这个计划实在太大胆了。以黎宋卿的脾气，不一定能答应。"

"关键是国民党的选举结果。如果取得绝对胜利，将来宪法制定也由国民党主持，选谁当总统也就握在我们手中，那时候黎宋卿审时度势，自然会答应的。你们别小看他，他虽算不上俊杰，却还算得上识时务。"

宋教仁又叮嘱两人，这只是他初步的打算，一切要看未来形势的发展，因此务必保密。

接下来商议蒙古问题。三人一致认为，就现在的政府不可能在外蒙古问题上有任何建树,因为袁世凯的主要精力都放在如何突破临时约法的束缚上。他们最后商议的结果,是先成立筹蒙会,为将来国民党组阁后收回蒙古做准备。

"外蒙古问题无商量的余地,必须有靠武力解决的决心。"宋教仁对龙璋说道,"这个筹蒙会主席就由你来当好了,先在湖南筹备,将来本党组阁,便可升级为国家性的组织。"

龙璋表示他德薄能浅,难负重任,希望宋教仁能亲任主席。

"我的主要精力要放在选举上,我还要到各地去宣讲,实在无力兼顾。这个主席你最合适,我来当个名誉主席吧。"宋教仁想了想又说道,"克强先生,还有谭都督,也可以兼任名誉主席。"

事情就这样定了下来,并决定尽快召开成立大会。宋教仁做事向来是想到做到,何况龙璋和仇鳌已经为筹蒙会做了不少准备,因此1月11日就举行成立大会,黄兴因为去了武昌没有出席会议,宋教仁和谭廷闿都出席会议并做演讲。宋教仁借此机会,向众人阐述他的政党内阁主张:"各位同志,我们把皇帝拉下了龙椅,建立了民国。但是,革命胜利了吗?没有,革命尚未完全成功,革命做了一锅夹生饭。我们这么多同志,抛头颅、洒热血,从封建朝廷夺取的政权,却被操之于他人之手。封建专制并未能完全破坏,回潮复辟的危险时时存在。这好比人身体上长了痈疽,内毒未尽,我们的革命只是敷以生肌之药,如果能够生出新肌,当然有望改造出个健康身体,但可惜的是,因循至今,百端未理,肌未生,而毒更甚矣。"

革命尚未成功的说法,大家还是第一次听到,颇感新鲜。大家也听得出,话里话外,分明是在说袁世凯。

"国家政治应由政党负责,由议会中的多数党组织内阁,主持大政,在野党从旁监督;如内阁失当,在野党可以揭露错误和缺点,使它在下届选举时,失去人民的信任和支持,由在野党代替上届内阁掌握政权。这种政党对立与政权交替的政治体制,可以消灭独夫大权独揽,又可以避免暴力革命更迭政权带来的动荡和破坏,实在是治国之良方,是促使国家进步的不二法宝。"

宋教仁感觉今天他对政党政治的阐述简单明了而又切中要害,心中十分得意,更加妙语连珠:"政党内阁的实现,将使人口众多的中国不再是某一个人领导下的中国了,而是在时刻变化的政党领导之下的中国。而执政的政党则是代表了多数人的意志,是真正的民主,这可谓是拨开了中国封建专制的云雾,让民主的曙光照耀中国,开启了中国民主运行的大门!"

宋教仁的演讲博得了热烈的掌声,他很受鼓舞,更加感到演说的重要性。于是决定到湖北、江苏、上海等地宣传演讲,为国民党助选,同时也期望他的政党内阁主张能够深入民心。

1月30日他到达武昌,次日国民党湖北支部、汉口交通部(国民党在重要城市专门成立的机构)和国民党国会评论员候选人开会欢迎。他在会上发表了演讲,开始直接批评袁世凯:"我们改组国民党,就是为着掌握政权的。当然,我们不是为了一党之私利,我们是为国民掌权。我们此时虽然没有掌握着军权和治权,但世界上的民主国家,政治的权威是集中于国会的。所以,我们要停止一切运动,专注于选举运动。选举是竞争的,是公开的,是光明正大的,用不着避什么嫌疑,讲什么客气。我们要在国会里,获得半数以上的议席,进而在朝,就可以组成一党的责任内阁;退而在野,也可以严密监督政府,使它有所惮而不敢妄为;应该为的,也使它有所惮而不敢不为。那么,我们的主义和政纲,就可得以贯彻了。"

对选举获胜,他充满了信心:"根据现在接到各地的报告,我们的选举运动是极其顺利的,在国会占据多数席位已无悬念。这种情形,袁世凯一定忌刻得很。我们要警惕,但是我们也不必惧怯。他不久的将来,或有撕毁约法、背叛民国的时候,我认为那个时候,正是他自掘坟墓,自取灭亡的时候。到了那个地步,我们再起来革命也不迟。"

这次演讲中,宋教仁很难得地称赞孙中山,维护孙中山的地位:"中华民国,是本党同志在孙中山先生领导之下,不避艰险,不恤任何牺牲,惨淡经营,再接再厉,才能够缔造起来的。我们可以自信,如若遵照总理孙先生所指示的主义和方向切实实行,一定能够取得人民的信赖。民众信赖我们,政治的胜利一定属于我们!"

这次演讲,有数千人现场聆听,屡次被雷鸣般的掌声打断。

2月6日,正好是旧历春节,宋教仁与好友田桐和记者等人冒着大雾乘船去黄州。此时,湖北的初选已经结束,正在办理复选,宋教仁到黄州就是为复选而来。他在各界欢迎会上发表演讲,对袁世凯的批评更加尖锐,词意激昂,听众无不鼓掌欢呼。

好友田桐却很担心,告诫他道:"你这样批评袁世凯,说不定人群中就有他派来的密探。这些话一定会传到他的耳朵里,你不怕他会加害于你吗?"

宋教仁却不以为然道:"他也不是皇帝,我也不做他的官,我就是将来组阁,也是国会推举的结果,怕他做甚。"

"你说他不是皇帝,我看准了,他一定要做皇帝。"

宋教仁笑道:"他要做皇帝,就是自速其亡了。历史是前进的,绝不会开倒车。你放心,中国民主之路可能会有挫折,但再也不会有皇帝了。"

第十二章

宋教仁上海被刺　袁世凯难逃嫌疑

袁世凯听罢宋教仁在南方的活动,对赵秉钧道:"智庵,我自忖还对得住钝初,他何必对我这样尖酸刻薄。"

赵秉钧解释道:"他这一套都是从日本人那里学来的, 日本执政党和在野党经常这样互相攻击。"

"所谓政党政治就是这样骂大街? 你说两帮人这样互相攻击,办事岂不更难? 你要往东,他偏要往西,绝非国家之福。所以宋钝初这一套,我看未必适合中国。"袁世凯难以置信。

"可是,南方的选民都认可。宋钝初的演讲很受欢迎,听说在武昌、南京演讲都是三四千人,会场上掌声雷鸣。看来钝初的政党内阁要办成了,我也该让贤了。"赵秉钧有些失落,总理的位置还没坐热乎。

"我们都忽视了选举——当然,这一套我们也实在不在行。智庵,我听说宋钝初对你印象不坏,你也是国民党员,也许钝初会把这个总理让给你。"

赵秉钧回道:"狼把肉咬到嘴里岂有再吐出来的可能,钝初雄心勃勃,怎么可能把总理之位相让。"

"宋钝初不与你争总理,他有更大的雄心——他想当大总统。"

这话让赵秉钧十分心惊,这说明袁世凯是在怀疑他与宋教仁有背后交易,威胁他的大总统之位,连忙表白道:"大总统,这绝无可能。他的目标就是国务总理,而大总统另有其人,他要推的是黎宋卿。"赵秉钧把几页剪报递给袁世凯,"这些天报纸上已多有推测,请大总统过目。"

袁世凯接过来一张张翻看, 一篇文章中说,"宋教仁因改组国民党而将成为实权总理,且策划即将选举之正式总统人选,彼不推南孙,不愿北袁,而最中意者为愚呆脆弱之黎元洪"。一篇评论则说,"国民党要人之推黎副总统,则已成公然之事实,其事已见诸各报。关于运动黎氏为正总统之事,以记者所闻,先有张继、曾昭文二君特别之推动,继之以黄兴、宋教仁二君面谈。宋教仁且有黎氏为总统后,组织同志内阁。其用意之所在,欲以黎氏为虚位总统,而本身则于其下掌握政权"。共和党的《时事新报》载《某党近日大计划》一文则说,"黄兴、宋教仁二氏则极力怂恿黎副总统为正式总统之候选者。宋教仁且力劝黎氏,谓今日时局非公不可,望勿为官僚派所欺"。

……

袁世凯这些天让秘书每天都把报纸上关于宋教仁以及国会选举等消息剪辑给他,这类文章他都看过了,但仍然装出一副吃惊的样子道:"智庵,这么说,宋教仁是想把咱俩都拉下马,国民党把所有权力都拿走?"

赵秉钧叹道:"是啊,宋钝初虽然与我交好,不过是敷衍我罢了。他知道我是大总统的人,当然要把北洋系统统赶尽杀绝。"

"总要想想办法,不然真没法收拾。南边说手里有宋钝初的丑闻证据,到底是什么情况?"

赵秉钧回道:"我手头的事太多,没顾上问。这件事一直由荫之负责联系,可让他直接向大总统汇报。"

"好,那你让他来一趟。"

"好,我回去立即让他过来。"

赵秉钧回到部里,对综合厅的人道:"你们去看看,洪荫之在不在,大总统召见。"

综合厅的人回话,说人不在办公室,大约已经去总统府,赵秉钧不耐烦地挥了挥手。洪荫之就是内务部的秘书洪述祖,部里的人都烦他,赵秉钧也有些憎恶他,无奈是大总统的私人,不能不敷衍。

洪述祖是盛宣怀的老乡,江苏常州人。洪家有深厚的家学渊源,他的高祖是乾嘉年间著名的经学家、文学家洪亮吉。他人很聪明,二十岁中了秀才,但以后科举不顺,像大多数浙江读书人一样,靠给官员当幕师谋生。官场中人的优点他一样没学,毛病却都出了师,真正是吃喝嫖赌骗五毒俱全,了解他的人称之为洪杀坏。他曾经入淮军大将刘铭传幕府,因他的父亲与刘铭传有交情,而且又粗通英文,所以让他帮办交涉事宜。后来派他去英国接收台湾所订两艘商船时借机挪用公款,在英国为台湾机器局代购设备材料,又从中吃回扣。刘铭传闻报大怒,把他下了大狱。

等他出狱后,就投奔江汉关道一位故交,结果他旧习不改,勾结洋人,伪造地契,闹出中外交涉纠纷。武昌待不下去,又投奔天津海关道盛宣怀。当时中日战争一触即发,盛宣怀派他随电报局去平壤修理电报线,正巧袁世凯生病,他又懂医术,就给袁世凯开了一剂方,没想到效果很好,两人因此相识。此后十余年间,他辗转各地重操幕师旧业,因为太精明,胆子又大,聪明反被聪明误,蹉跎岁月,他闲居天津,因为手里颇有黑钱,养了四个小妾,过着花天酒地的生活。

武昌起义爆发后,袁世凯进京组阁,洪述祖认为机会来了,跑到京城出谋献策,建议与南方讲和,逼清廷退位。袁世凯当了大总统后,推荐他到内务部当秘书长。但后来内务部官制出台,并无秘书长之位,因此洪述祖当了内务部的秘书。不久,袁世凯授予他三等嘉禾勋章。按《勋章令》,大总统佩戴大勋章,以下为嘉禾勋章,分为九等。当时各部秘书人数众多,而得三等嘉禾勋章的只有洪述祖一人。

洪述祖在内务部地位很特殊,不仅因为他有三等嘉禾章,还因为他可以随时面见袁世凯。各部司员,非有总长带领见不到大总统,而洪述祖却随时得见袁世凯,实在非比寻常。所以内务部有个说法,洪述祖是袁世凯派来监督赵秉钧的。赵秉钧是袁世凯的死党,那只是不知内情人的说法。自从袁世凯上朝被炸后,他就怀疑赵秉钧没有尽心,所以自己组织了特务小组,每组十几人,归他直接掌握。据说,洪述祖就是其中一个小组的组长。

洪述祖经常感叹,自己五十有三,看来功名是无望了,得弄点钱花花。他的办法就是利用他的秘书身份,揽权纳贿,汲引私人,安插部中。两个多月前,他假传赵秉钧的话将一个劣迹斑斑的科员任命为科长,引起综合厅全体人员不满。赵秉钧震怒,宣布此次人事调整一概取消。综合厅人员暗中调查,发现了洪述祖入部后的诸多劣迹,准备共同起诉。此时,恰好上海有一个与国民党唱反调的"中华国民共进会",袁世凯有意利用,洪述祖就自告奋勇,愿意南下见机行事。

洪述祖南下二十余天后"胜利班师",报告袁世凯他已经收服了"中华国民共进会"会长应夔丞。

应夔丞是浙江镇海人。他父亲随宁波老乡闯荡上海滩,通过炒地皮发了横财,就在上海安家。应夔丞曾经中过秀才,又学过英文,有意在仕途上混出个名堂,可是正赶上废止科举,他的秀才功名也就没了用。终日在上海滩游手好闲,与青帮混到了一块,后来花了一笔银子,成为青帮"大"字辈一员。青帮原是由京杭大运河上的水手及长江下游的盐枭、兵痞组成的秘密会党,已有两百多年的历史,辈分由高到低为"清净道德、文成佛法、能仁智慧、本来自性、圆明行礼",到清末时已经用完,于是又添了"大通悟觉"四辈。应夔丞在青帮辈分高,徒子徒孙很多,颇有些势力。

同盟会中部分会的陈其美在上海积蓄力量准备起义,他看中了应夔丞的势力,因此主动结交。陈其美希望借助应夔丞打开上海局面,而应夔丞则希望革命成功,由黑帮而洗白为革命功臣。两人各有所求,互为利用,所以很快成为密友。应夔丞在上海法租界有所大宅院,房屋三十余间,成了上海同盟会的据点和避难所。应夔丞不仅利用自己的徒子徒孙为同盟会提供情报,而且捐献大量资金援助。到上海光复起义的时候,他又亲率敢死队攻打江南制造总局,为上海光复立下汗马功劳。

上海光复后,同盟会和光复会争权夺利,陈其美在应夔丞的支持下当上了都督。投桃报李,上海青帮的大佬都被委以重任,应夔丞当上都督府谍报科长。孙中山回国后,陈其美令应夔丞担任孙中山的侍卫长,亲自带领卫队负责沿途安全。孙中山就任临时大总统后,应夔丞被任命为总统府卫队长。

但流氓毕竟是流氓,应夔丞这个卫队长负责接待来访客人,开始还算客气,后来人多了,就有些不耐烦,有时甚至恶语相加,于是孙中山改派他为临时政府庶务长,负责后勤。应夔丞大饱私囊,总统府秘书长胡汉民要诛杀他,孙中山念及他的功劳,改为革职。

应夔丞被临时政府扫地出门,回到上海无所事事。当时正是组党最热闹的时候,他联络青帮、洪门和公口三大帮会成立"中华国民共进会",有陈其美支持,他当上了会长。袁世凯就任大总统后,鉴于江湖会党容易兴风作浪,是社会一大隐患,因此严令各直省都督、民政长严查各地帮会,如有发现,即强令解散,如不服从,尽可随地逮捕,按法惩办。

辛亥革命是依靠革命党、新军和江湖帮会三大势力才得以胜利。但江湖帮会可以用之暴力改革,用之治国理政却是南辕北辙,所以国民党开始有意与之疏离。"中华国民共进会"世人尽知其帮会背景,地位十分尴尬,他们这些会长、副会长想谋个职位也都落空。宋教仁组党的时候,应夔丞曾经要求并入国民党,结果被拒绝。这令应夔丞十分憎恨,觉得国民党是过河拆桥,牢骚满腹。

洪述祖恰在此时来到上海,两人很容易沟通。应夔丞表示要解散"共进会"不难,只要有一笔解散费就行,同时,还要给他个一官半职"聊以糊口"。如果这两个条件北京都能答应,他则绝对效忠袁世凯。而且他主动建议,可以利用青帮的力量,在各地建立情报网,搜集革命党和各地江湖消息。袁世凯得到消息,感到把青帮收为己用总比他们与国民党混到一块好。而且上海地位特殊,是国民党的一个重要基地,由应夔丞在此坐镇,随时打探情况,很有必要。他立即发电给江苏都督程德全,任命应夔丞为江苏驻沪巡查长,办公费每月三千元,其中江苏支付一千,袁世凯政府支付两千。

应夔丞看袁世凯说到做到,便投桃报李,收买了上海一家国民党创办的报纸《民权报》,北京方面每月补助一千五百元。这家报纸很快调转笔头,由支持国民党转而为北京政府张目。袁世凯很高兴,电邀应夔丞北上亲自接见,并拨付三万元作为解散"共进会"的经费。赵秉钧也接见他,并给他政府所用的密码本,方便将来工作联系,具体联络人就是洪述祖。

应夔丞窃喜找到了升官发财的捷径,回上海不久,就发密电给洪述祖,说他已经打探到日本有一批孙、黄、宋的丑闻资料,他准备高价收买,印刷数万册发行,那时候孙、黄、宋名誉扫地,国民党便摔个大跟头,宋教仁组阁的梦想便自然破灭。袁世凯对此十分感兴趣,让洪述祖催促应夔丞尽快办理。

应夔丞频频发电报告知事情的进展,同时一次次催促要赏钱。袁世凯对江湖人颇有了解,让应夔丞先将丑闻资料寄一部分到京以便根据其价值付赏金。今天袁世凯找洪述祖,就是谈这件事。

"荫之,你南边那位朋友,手上到底拿没拿到材料?"

洪述祖回道:"大总统放心,他已经全部拿到了,但日本方面不允许带回中国,只允许在日本横滨出版。他的意思要印十万册,共需三十万元。"

袁世凯不屑地一笑道:"他倒是真敢狮子大张口,印十万册干什么用?如果物有所值,钱不是问题,可是他推三阻四,到目前一纸照片我都没看到,他竟敢要三十万! 他别是画了个饼,来讹诈政府吧?"

洪述祖解释道:"那他倒是不敢。他的意思是印得多一点,传回国内多了,才能尽快形成影响。不然传过来百儿八十册,不管用。"

"我不听他的巧言推托,各省国会议员马上就要进京,宋钝初也将北上组阁。他还拿不出货来,徒托空言有何益?我还是那句话,钱不是问题,但我要看到真材实料。"

"是,我回头就催他。不过,大总统,对政府横加指责的也就是那么几个人,我看做掉几个,就可以灭灭他们的气焰。"

袁世凯摇手道:"不可。既然是政党,就不是一二人,而是数千人,杀一两人何益?我们得用合法的手段与他们斗。你还是催一催应某人,尽快将材料拿到手才是正办。江湖人办事向来浮夸,你可不要落入他的圈套。"

洪述祖从总统府出来,心里十分恼恨。这个应夔丞也真是可恨,已经二十几天了,却迟迟拿不到所谓的丑闻材料,却一次次开口要钱。洪述祖原来希望此事办成,他与应夔丞七三分成赏金,现在看来非但赏金要打水漂,袁世凯显然对他和应夔丞已不太信任。这才是最要命的,自己升官发财一切系于袁世凯的信任,若失去信任,自己就永无出头之日。必须催催应某人,让他拿出点亡羊补牢的功绩来!

国会参众两院选举已经结束,国民党击败共和、民主、统一三党,在参众两院870个议席中独中392席,成为国会第一大党。按照袁世凯发布的公告,国会正式开会拟于4月8日举行,参众两院议员须于3月以内齐集北京。所以3月中旬以后,国会议员们开始陆续北上。宋教任也接到袁世凯的电报,邀请他尽快北上组阁。

3月20日晚10时许,宋教仁在黄兴、于右任、陈其美等好友的陪同下赶到沪宁火车站,车站专门为新当选的议员准备了候车室,他们先入候车室等候。他的计划是乘火车从上海赶到南京浦口,再由此乘火车去北京。车是十一点发,十时四十,沪宁车站站长来请宋教仁上车。一行人走出候车室,前往检票口。站长在前,黄兴、陈其美、宋教仁、于右任等略后。快到检票口时,突然连响三枪。

黄兴惊问道:"哪里打枪?"

宋教仁捂着腰道:"我中枪了。"

这时一个穿黑衣服的矮个子从人群中蹿出,很快消失在茫茫夜色中。

黄兴和于右任冲过去,宋教仁一手扶着铁栏杆,一手捂着腹部,鲜血从他的指缝里汩汩流出。

"钝初中枪了,快去医院。"黄兴又指挥随行的人立即报警,赶紧找车。

巧得很,车站外正好有一辆汽车。众人把宋教仁抬上汽车,令司机以最快速度开往最近的沪宁铁路医院。

经医生检查,子弹击中后腰斜穿到下腹部,医生认为肾脏、大肠恐怕都被打中,伤势严重,必须立即手术取出子弹,黄兴和于右任经商量同意尽快手术。十二时半开始手术,到一时多才结束,医生从宋教仁的小腹部取出一枚子弹。大家松了一口气,黄兴便到警视厅去交涉追凶的事宜。

然令人震惊的是,宋教仁所中的子弹上有毒!

此时陪同宋教仁的是于右任,他比宋教仁大三岁,也是老同盟会员。他热衷于办报,《神州日报》《民立报》都是他所创办。宋教仁两年前从日本回到上海,才与于右任相识,但两人一谈,真是相见恨晚。于右任很赞同宋教仁的政党内阁主张,约请他为《民立报》的编辑,从此《民立报》成了宋教仁宣传主张的重要阵地。

于右任得知子弹有毒,知道宋教仁凶多吉少,就问道:"钝初,克强已经去交涉追凶事宜,你有什么需要我办的,交代我好了。"

"于兄,我身无长物,只积下了一些书籍,南京、北京还有东京都有,这些书将来你帮我全部捐入南京图书馆。我家中一向贫寒,老母尚在,将来还要拜托各位代我照料。"

于右任点头道:"你放心好了,我一定办到。"

宋教仁又想起了自己的儿子:"于兄,我父亲去世时,我只有十岁,那时感觉天都塌了。如今我的孩子只有十多岁,没想到,小小年纪也将没了父亲。不能陪伴儿子成人,想起来真是心如刀绞,我真是……愧对儿子。"

于右任也为人父,舐犊之情自然感同身受,禁不住也流下泪来。

宋教仁反倒劝慰于右任道:"于兄不必难过,我们舍生忘死,不就是为了孩子将来不受专制之苦吗?诸位同志还要继续奋斗救国,勿以我为念而放弃责任。"

说完这番话,宋教仁脸白如纸,痛苦难当。一会儿双手抱肩,一会儿十指互绞,于右任等人苦于不能与他分担,纷纷落泪。天亮时黄兴回来了,众人商议后,院方决定进行第二次手术,取出流出肠外的食物及污血,再对大肠进行清洗、缝补。经过这番手术,宋教仁伤情更加恶化,一度昏迷,他醒过来后道:"我费尽了苦心,推行政党政治,是希望中国免于沦入暴力革命的深渊,可是造谣者和一般人民不理解我的苦心,每多误解,我真是死不瞑目。"

黄兴劝慰道:"你的主张,已经被大多数人所接受。"

"果真如此,我心甚慰。克强,人固有一死,死我不惧。只愿我死后政党内阁能够得以实现,民主的曙光能够照耀中华。克强,你替我记录一份电报,给袁总统。"

于是宋教仁断断续续口述,黄兴记录下来:

北京袁大总统鉴:仁本夜乘沪宁车赴京敬谒钧座,十时四十五分在车站突被奸人自背后施枪,弹由腰上部入腹下部,势必至死。窃思仁自受教以来,即束身自爱,虽寡过之未获,从未结怨于私人。清政不良,起任改革,亦重人道,守公理,不敢有一毫权利之见存。今国本未固,民福不增,遽尔撒手,死有余恨。伏冀大总统开诚心布公道,竭力保障民权,俾国家得确定不拔之宪法,则虽死之日,犹生之年。临死哀言,尚祈鉴纳。宋教仁。哿。

宋教仁被刺的消息,袁世凯最先通过路透社记者的电稿获知,但不得详情,他立即打发人去叫赵秉钧。一会儿赵秉钧就到了,开口便问道:"大总统,宋钝初被人暗杀,是真的吗?"

袁世凯回道:"我也是刚从路透社的电稿中知道。"

"都知道钝初北上是前来组阁,如今他被人暗算,好事者难免会胡乱猜测,造谣生事。"

"智庵,清者自清,浊者自浊,少安毋躁。"袁世凯又转头对秘书长梁士诒说道,"钝初是国民党中难得的人才,竟然被人暗算,真不知是何人出此狠手。"

梁士诒摇了摇头道:"这就难说了。国民党内风头正健,其他三党都遭到惨败,恨他的人不知凡几。"

袁世凯叹道:"岂止如此,国民党内派系纷乱,动不动就自相残杀。"

赵秉钧接话道:"大总统,我们应当立即给江苏方面发电,让他们尽快破案,抓获凶手,真相大白于天下,才可避免谣言飞短流长。"

梁士诒立即附和道:"对,是应当给程都督发一封电令,但至今尚未收到确切消息,似乎不宜太过操切。"

到了十一时多,宋教仁的电报到了,袁世凯看罢递给梁士诒道:"燕孙,钝初受伤很重,好在上海西医院多,医生水平也高,但愿能救钝初一命。"

梁士诒回道:"我替大总统拟个电稿,立即发给钝初。"

"好,钝初是人才,要表达出我的爱惜之意。还有给程都督发电,让他尽快缉拿凶手,也一并拟来。"

梁士诒安排人起草电稿,大约半个多钟头,两份电稿都起草完了,发给宋教仁的电报如下:

> 　　上海宋钝初先生鉴:阅路透电,惊闻执事为暴徒所伤,正深骇绝。顷接哿电,方知其详。民国建设,人才至难。执事学识冠时,为世推重。岂意众目昭彰之地,竟有凶人敢行暗杀。人心险恶,法纪何存。唯祈天相吉人,调治平复。幸勿作衰败之语,徒长悲观。除电饬江苏都督、民政长、上海交涉使、县知事、沪宁铁路总办重悬赏格,限期严拿凶犯外,合先慰问。袁世凯。马。

袁世凯看罢,连连点头表示满意。但稍做思考,提笔在"为世推重"后加上一句,"凡稍有知识者,无不加以爱护"。

再看发给江苏都督程德全的电报,写的是:

> 　　接宋钝初君电稿,哿日乘沪宁夜车赴京,十时四十五分,在车站突被奸人自背后施枪,弹由左腰上部入腹下部等语。车站为众目昭彰之地,竟有凶徒敢行暗杀。该管巡警所司何事。人心险恶,法纪何存。瞻望前途,曷胜忧愤。即著该都督、民政长、交涉使、县知事暨铁路总办,立悬重赏,限期破获,按法重惩。一面由该交涉使、县知事亲莅医院慰问宋君,切劝静心调治,以期速愈。此令。大总统。简。

袁世凯只字未改,让梁士诒立即发出。

到了下午,洪述祖到总统府来见袁世凯,袁世凯劈头就问道:"宋钝初被人暗算,你也知道了吧?"

洪述祖回道:"是,我是今日上午知道的。当时正在开国务会议,国会选举事务局的顾局长突然进会议室向赵总理报告,说前门车站来电,宋教仁昨晚在沪车站被人枪击,伤重恐难救治。赵总理立即停止会议,绕着会议长桌踱步:'钝初遭人暗算,人若说我打死了他,真是跳进黄河也洗不清。'大家都不说话,会也没法开下去。接着大总统派人去叫,赵总理就到府里来了,国务会议也就散了。"

"智庵是有些手忙脚乱了。他这样急于撇清自己，反而容易让人以为是做贼心虚。"袁世凯一双眼睛炯炯望着洪述祖问道，"荫之，钝初是被何人算计，你是不是有消息？"

"大总统不必问，总之是咱们的人为大总统办事。"

袁世凯听罢，一脸愠色，一句话不说。洪述祖讪讪地站起来告辞。

第二天下午四时多，秘书告诉袁世凯，宋教仁因伤势过重，已于午后四时去世。

袁世凯愕然问道："真有此事？"

秘书把电报拿来，有上海交涉使陈贻范一电，黄兴一电，都是报告宋教任去世的消息。袁世凯立即让梁士诒打电话，让赵秉钧过来商议道："智庵，宋钝初去世了，这可怎么好！国民党失去宋钝初，少了一个有担当的人物，以后越难说话了。暗算钝初的人实在可恨，昨天我已经给程都督发去了电报，让他速查凶手。今天咱们两个一起发个电报，你还兼着内务总长，警务也是你的本分，务必督责他们尽快缉凶。"

"是，车站是巡护的重点，竟然让凶手逃之夭夭，实在可恨。"赵秉钧又对梁士诒说道，"燕孙，再劳你大驾。"

梁士诒回道："这是应当的，请大总统、总理稍等。还需要发一个唁电，也以两位的名义？"

袁世凯点头道："就以我们两人的名义。"

等电报稿的时间，两人谈起宋教仁人才难得，都为之可惜。

到了九时多，两份电报稿一起呈了上来。一份是《命江苏都督程德全等迅缉并严惩枪击宋教仁凶犯令》，简述了宋案始末后命令，"该凶犯胆敢于众目昭彰之地，狙击勋良。该管巡警并未当场缉拿，致被逃逸，阅电殊堪发指。前农林总长宋教仁，奔走国事，缔造共和，厥功甚伟。迨统一政府成立，赞襄国务，尤能通知大体，擘画勤劳，方期大展宏猷，何意遽闻惨变。凡我国民，同怜恻，应即交国务院从优议恤，用彰崇报。所有身后事宜，业经电饬上海交涉使妥为料理。方今国基未固，亟赖群策群力，相与扶持。况暗杀之风，尤乖人道，似此逞凶枪击，蔑法横行，非唯国法所不容，亦为国民所共弃。应责成江苏都督、民政长迅缉凶犯，穷究主名，务得确情，按法严办，以维国纪而慰英魂。此令。大总统袁世凯，国务总理赵秉钧"。

一份是唁电，盛赞宋教仁的才能，要求缉凶，厚恤，是一篇官样文章。

袁世凯和赵秉钧都无异议,由梁士诒安排立即发出。

宋教仁是 3 月 22 日早晨四时左右去世的,他两拳紧握,双目直视,真正的是死不瞑目。黄兴趴在他的耳边道:"钝初,你放心去吧,我们会照顾你的家人。"

于右任则哭着道:"钝初,暗算你的人十有八九定会归案,你可以瞑目了。"

宋教仁停止了呼吸,众人伏尸恸哭。陈其美捶胸顿足,尤为伤心,大声哭诉道:"钝初,不甘心,这事真不甘心!"

天亮后,陈其美派出的人已经买来棺材,入棺前决定为宋教仁遗体拍照。黄兴的意见,应该将宋教仁扶起,拍一张衣冠整齐的遗照,"钝初平生光明正大,且向来衣冠整齐,应当如他所愿"。

陈其美则认为宋教仁是被暗杀,应当像法国大革命领袖马拉遇刺一样,将其赤身伤痕拍摄出来,为后世研究留下证据。

双方互不能说服,最后采取了折中办法:让报馆拍了两张照,一张是宋教仁西装革履,半靠在沙发上;一张是躺在病床上,赤身裸体,腹部伤痕赫然在目。

宋教仁去世的消息,当天上海报纸都印发号外,并刊出各级悬赏缉凶通告。陈其美、黄兴致函公共租界总巡捕房,悬赏一万大洋捉凶;江苏都督程德全列出的赏格是,缉拿凶犯者,赏一万银元,通风报信有功者,赏五千银元;闸北巡警局、上海县知事、上海地方检察厅、沪宁铁路局也都开了五千或者万元的赏格。

3 月 23 日下午,国民党方面为宋教仁举行了隆重的葬仪。送葬队伍浩浩荡荡,最前面是骑兵开道,然后是旗帜前导、军乐队、花亭式遗像、双马车所拉的花彩灵位,接下来是花圈、棺木等,混成第二旅及海军兵士护送,国民党要员及前来送行的上千人,随行车辆两百余辆。街道上则有巡警荷枪随行,其规模之大、场面之隆重,为上海前所未有。

重赏之下必有勇夫。当天晚上,有两名学生来到位于南京路上的国民党上海交通部报案,说他们知道刺杀宋教仁的凶手,交际处主任周南陔立即接见。据两个学生讲,他们是四川人,到上海来报考,住在四马路鹿鸣旅馆。隔壁房间有个叫武士英的人,此人称手里有一批古董,特来上海寻找买主。他每天早出晚归,无所事事,经常到两个学生房间来闲扯。有一天他向两人借两块大洋,说不几天就奉还二十块大洋。两人不信。于是武士英拿出一张照片,说有人要他做掉照片上的人,到时候就有一千元报酬。两个学生以为他是骗钱,没当回事,只借给他一块钱尽快打发走他。没想到两天前,武士英半夜来到两人房间,还给两人十块钱,说他有钱了。等今天报纸登出宋教仁被杀的照片,他们发现与武士英手中照片是同一个人,这才知道武士英从前所言非虚。

周南陔立即报告陈其美派人到旅馆去捉武士英,人却不在旅馆,于是留下人蹲守。刚回到交通部,又接到公共租界内线电话,说有人举报凶手,巡捕已经前往缉捕。

原来刚刚有个叫王阿发的河南人,到四马路公共租界的巡捕房报案,说他开了一家古董店,十几天前到江苏驻沪巡查长应夔丞家中兜售古董,应夔丞问他生意如何,他说生意不好。应夔丞问有一笔赚钱的生意干不干?干成了就有一千元的报酬。应夔丞拿出一张照片,让他杀掉上面的人。王阿发是生意人,不敢杀人,没敢承担这件事。今天在报纸上看到宋教仁的遗照,才知道应夔丞让他杀的人正是宋教仁。巡捕房根据探员的报告,知道应夔丞正在英租界湖北路三弄迎春坊妓院宴请客人,于是总巡捕卡洛斯亲率多名中外巡捕前往缉捕。

周南陔赶到三春坊时,卡洛斯已经率人把妓院围了个水泄不通。但妓院里人很多,正在为如何抓捕发愁。周南陔说与应夔丞是老熟人,可以把他叫到门外抓捕,卡洛斯觉得此计可行。应夔丞听说有人找,出门一看是周南陔,并不怀疑道:"是你啊,来得早不如来得巧,今天人不多,先进来一块吃饭。"

"吃饭不急,有件急事想与你商量下,到门外说话如何?"

应夔丞跟着周南陔出门,刚出门就被抓住了。

抓住了应夔丞,但人证物证俱无,按巡捕房的规定是不能长期拘押的,必须尽快找到证据。要找证据,当然最便捷的就是搜查应夔丞的家。应夔丞的家在法租界西门路文元坊,要去搜,必须请法国巡捕房出面。双方经过沟通,法国巡捕房立即出动去搜查应府,周南陔等国民党人迅速赶过去协助。

周南陔等人赶到法租界徐家汇路文元坊北弄2号的时候,巡捕房的探长黄金荣已经亲率十几名巡捕把应府封锁了起来。应夔丞住宅有三层楼,门外挂着江苏巡查长公署和中华国民共进会机关部两个大牌子。周南陔当然认识大名鼎鼎的黄金荣,拱手说道:"黄老板您都亲自出动了。"

人高马大的黄金荣也拱手回礼道:"贵党要人被刺,黄上将和陈都督都发来协查通报,上面很重视,一有线索,我就赶过来了。"

"黄老板的动作真是麻利,不知有何发现?"

"正在搜,看来够呛,到现在还是一无所获。"

应夔丞生活豪奢,除一妻二妾外,另有仆役、厨师十几人。所有人都被暂时拘禁,女的关在楼上,男的全关在楼下仆役住的房间。巡捕经过地毯式搜查,把应府搜了底朝天,却未发现任何与宋案有关的物证。

这时候天快亮了,看来只能徒手而归。周南陔突然想到了一个主意,把黄金荣叫到一边告诉了他,黄金荣赞同道:"好,你不妨试试。"

周南陔走到楼上,进了关押女眷的房间。因为他多次到应府来,应夔丞的妻妾都认得他。几个女人已经哭成一团,问他有什么办法。周南陔回道:"各位太太不必着急,我已在公共租界见过巡查长。巡查长说,家里有些要紧的东西不能让巡捕房搜去。我已经与黄探长通融过,他与巡查长也是朋友,愿意帮忙,睁一只眼闭一只眼让我把东西转移出去。你们谁知道东西在哪?"

应夔丞的妻妾并不怀疑,问道:"老爷说是什么东西了吗?"

"巡查长也没交代很清楚,大约是文件电报什么的。"

这时,一位姨太太站起来道:"我晓得的,但外面都是人,如何能够转移得走?"

"不要紧,我把东西当面交出去,一回捕房就调包。你们也都知道黄老板的手段,在上海滩没有他摆不平的事。"

姨太太并不怀疑,带着周南陔到了应夔丞的书房,在墙角地板上打开活板,里面有个小箱子,打开一看,里面有密电本、电报、密信。周南陔如获至宝,对姨太太道:"好了,好了,这东西只要不落在巡捕房手里,巡查长的事情好交代得很。明天——不,最晚今天晌午就能回来了。"

周南陔下楼把箱子交给黄金荣,想到凶手武士英还未归案,也许会在应府,因此他到关押男仆的房间问:"谁是武士英?"

"有!"一个矮个子本能地应了一声,并立即站了起来,显然是当兵出身。

这真是意外之喜。周南陔不过是随便试试,武士英不大可能此时还在应府,就是在,也不可能承认。但没想到,还真有人承认了。

应声的人也发现情况不妙,夺门而出,冲进楼房一侧的廊道。后面是一堵丈余高的围墙,他打算翻墙而逃。黄金荣十分机警,已经几步冲了过来,一把将他从墙上拽下来。黄金荣将应府所有人员都押到巡捕房,又将报案的两个学生和沪宁火车站见过凶手的人前来辨认,都指认那个矮个子就是行凶的凶手,巡捕房立即审讯武士英。

据武士英供认,他是山西龙门县人,曾在云南任七十四标二营管带,今年2月来的上海。听说应夔丞是共进会长,就经一个叫陈玉生的介绍认识了应夔丞,并要求加入共进会,应夔丞当即答应。但要他杀死一个人,事成后有一千元赏金,并当即拿出照片让他看,并给他一把手枪。行凶那天晚上,有陈玉生陪同来到火车站,宋教仁到站后,陈玉生就指给武士英认准。等宋教仁从候车室出来后,他就向宋教仁开枪,因为担心有人追捕,又向空中放了两枪,随即逃出车站,坐人力车逃到应夔丞家,将手枪交还。宋教仁出殡当天晚上,他到应府来领赏,没想到应夔丞未在家,赏未领到,却被逮了个正着。

巡捕房再次派人到应府搜查,这次又搜到了一支手枪,里面还有未击发的子弹,经与车站拣到的弹壳对比,与宋教仁所中枪弹完全一致。

从应夔丞家中搜出的文件,主要是他与国务总理赵秉钧的秘书洪述祖之间密电、密函。这些文件说明,已经投靠袁世凯的应夔丞早在2月2日就向洪述祖报称,孙、黄、宋活动十分激烈,对北京政府十分不利。他已向日本购孙、黄、宋的劣迹资料,尤其是宋教仁诈骗被日本警视厅提刑的证据。洪述祖告诉他袁总统十分感兴趣,希望他尽快将有关资料寄来。应夔丞则委婉向北方提出三十万的酬金。但洪述祖告诉他必须有确切的证明材料,否则空口白话想要钱,根本不可能。后来应夔丞又提出通过低价购买国债的方式变通获取报酬。但北方一直是不见兔子不撒鹰,而应夔丞一直未能提供所谓的孙、黄、宋丑闻资料。洪述祖已经发觉应夔丞手里或许根本没有这些资料,3月13日所发密电中说,低价购买国债的事"已交财长核办,债止六厘,恐折扣大,通不过。毁宋酬勋位,相度机宜,妥筹办理。"意思是低价购买国债恐怕很难,但只要"毁宋",可以勋位酬谢。

应夔丞在当天的回电中道:"功赏一层,夔向不希望。但事关大计,欲为釜底抽薪法,若不去宋,非特生出无穷是非,恐大局必为扰乱。虽中间手续,无米为炊,固非易易,幸信用尚存,余亲拼挡,足可挪拢二十余万,以之全力注此,急急进行,复命有日,请俟之。"这份密电说明,应夔丞所谋取的是利,而非勋位这样的虚名。他所说要拼挡家产挪拢二十万以全力注此,其实是向洪述祖提出若"去宋",北方需付酬金二十万元。

此后,洪述祖多封密电中要求应夔丞"应即照办""事速进行"。

20日晚,即宋教仁被刺后,应夔丞致电洪述祖:"22时40分钟,所发急令已达到,请先呈报。"

21日又电洪述祖:"匪魁已灭,我军无一伤亡,堪慰,望转呈。"

这些密件足以证明,应夔丞的幕后主谋是洪述祖,而洪述祖是国务总理赵秉钧的秘书,而赵秉钧又是袁世凯的亲信,因此不了解内情的人很容易做出一个判断:背后主谋是袁世凯和赵秉钧。而且从利害上分析,宋教仁死,赵秉钧便去了一个强大的竞争对手,而袁世凯也会避过被黎元洪取代的危机。虽然没有直接的证据证明,赵秉钧与袁世凯与刺宋案有直接联系,但舆论和激情许多时候并不需要证据。赵秉钧和袁世凯是刺案的主谋,在许多人看来,已经是板上钉钉。

孙中山就在此时急急回国了。

他于2月初在袁世凯的资助下到日本考察铁路,已经在日本快两个月了。从前他在日本,一直是被朝廷通缉的身份,这次是以铁路总办的身份公务考察,心情特别愉快,而且与日本银行家谈妥了几笔铁路借款,更让他信心百倍。然而就在此时,得到宋教仁被暗杀的消息。他立即起程回国,于3月25日到达上海,当晚入住黄兴住处。

与黄兴、陈其美以及随他访日的戴季陶等人商讨对策。

孙中山大声道:"袁世凯是刺杀钝初的元凶,已经没有异议。这不仅是向国民党挑战,更是向共和制度的挑战。我们革命的目的就是建立共和,如今共和面临挑战,我们只有发动二次革命,讨伐袁世凯。"

陈其美首先应和道:"对,必须立即起兵讨伐袁贼!"

黄兴却不同意道:"讨伐袁世凯,我们军事力量实在不足。"

黄兴是国民党中军事方面的权威,他不同意动武,孙中山虽有不甘,也只好尊重他的意见,决定谋求组建特别法庭,尽快审案,惩凶。

应夔丞、武士英等人被捕后抵押在租界巡捕房。租界无异于国中之国,司法权也归于洋人。上海报纸纷纷发文,认为宋案发生地在沪宁车站,并非租界,因此要求将人犯及相关证物移交给中方。司法部也通过上海交涉使向英法总领事提出照会,希望将此案解归内地审判厅讯究。但两总领事认为,凶犯虽已抓获,但供词未经确讯,现在所见均为表面现象,须俟会审公堂预审终了,再研究罪犯引渡问题。为了保证预审合法,打消中方疑虑,公堂允许江苏都督延请律师代表中国政府参与审理此案,应夔丞和宋教仁家属都聘请律师参加诉讼活动。

从 3 月底开始,会审公堂先后进行了七次预审,武士英供认是由应夔丞指使暗杀宋教仁。应夔丞则极力撇清与宋案的关系,审判员曾经问他,"杀宋酬勋"的宋字何指?他说并非宋教仁。又问他是指谁?他回答说:"这是宋朝的宋。"审判员讥讽道:"你怎么不说是宋江的宋!"结果惹得堂下哄堂大笑。

经过七次预审后,租界公堂认为应夔丞指使武士英杀宋基本事实清楚,决定移交给中方审理。江苏都督程德全与孙中山、陈其美等商议后,决定成立特别法庭,专审此案。

南方忙着成立特别法庭,北方则忙于正式国会开院。4 月 8 日是国会正式开院日,袁世凯在会上有个颂词,他打算亲自去致贺。他对颂词十分重视,已经改了三四稿,今天早上又让梁士诒酌改几处。九时多,梁士诒拿着新修改的颂词过来了:"大总统,又按您的意思推敲了一下,请审定。"

袁世凯问道:"燕孙,这是第五稿了吧?"

"是,第五稿了。大总统从来没有这么改过讲稿。"

袁世凯叹道:"国会开院,这是民国开国后的大事,我不敢不重视。再说,将来大总统选举也是靠他们,我不能不特别敷衍。"

"大总统的一番苦心,可惜他们未必体谅。"

"人在做,天在看。不与他们计较。"

颂词并不长,开首写道:"中华民国二年四月八日,我中华民国第一次国会正式成立,此实四千余年历史上莫大之光荣,四万万人亿万年之幸福。世凯亦国民一分子,当与诸君子同深庆幸。"

袁世凯点头赞道:"好,这一句加得好,把国会开院的意义提得够高了。"

"把大总统等同于国民一分子,大总统的身段也放得够低了。"

袁世凯笑道:"民国讲平等嘛!听说议场主席台上,大总统的座席在议长席后,也是为了表明平等之意。"

接下来,颂词说道:"念我共和民国,由于四万万人民之心理所缔造,正式国会,亦本于四万万人民心理所结合,则国家主权,当然归之民国全体。"然后颂词又对议员大加恭维,"今日国会诸议员,系由国民直接选举,即系国民直接委任。从此共和国之实体,借以表现,统治权之运用,亦赖以圆满进行。诸君子皆识时俊杰,必能各抒谠论,为国忠谋。"

最后颂词对民国之前景表示乐观:"从此中华民国之邦基益而巩固,五大族人民之幸福日见增进,同心协力,以造成至强大之民国,使五色国旗常照耀于神州大陆,是世凯与诸君子所私心祈祷者也。谨至颂词曰:'中华民国万岁,民国国会万岁。'"

袁世凯对这个颂词很满意,连说三个"中"。

梁士诒提醒他道:"大总统,该换衣服了。"

出席这样重要的典礼,袁世凯当然应当穿礼服。在穿衣上,袁世凯很随意,除非参加典礼,日常办公,向来是一身便装。工作人员帮袁世凯穿起大元帅礼服,梁士诒看了后赞道:"大总统穿起礼服来很精神。"

"燕孙说好,那就好。咱们准备走。"袁世凯照照镜子,正正大元帅礼冠,也很满意。

这时候,军政执法处的陆建章气喘吁吁跑来道:"大总统,你不能去。听说国民党议员正在议论,说大总统是临时大总统,没有资格出席正式国会开院礼,如果大总统出席,他们就当一般来宾对待。"

"真有岂有此理!"袁世凯愤怒地把礼冠摔到案上。

梁士诒问陆建章道:"朗斋,你这话从哪里听来的?"

"我的人打探来的。"

"如果他们真有此议,那就应该正式照会。我认为,大总统还是应该去。"

袁世凯想自己凭陆建章一句话就大发雷霆,实在有失沉着,道:"燕孙说得对,那就派人正式去问一问。"

去问不是不行,但怎么开口?正在盘算,参议院工作人员送来一份三十余人的签名,全是国民党议员,正式向大总统提议,临时大总统参加正式国会开院礼,只能作为一般宾客。

"真是欺人太甚!"陆建章为袁世凯鸣不平,"大总统到会,也是给他们长脸,他们为什么给脸不要脸?国民党这帮不通人情的龟孙!"

"这真是奇耻大辱。"袁世凯对梁士诒说道,"燕孙,你受过这种羞辱吗?我五十多岁的人了,抛开大总统不说,就从年纪上说,我也是他们的长辈,他们也该对我有所尊重。名单上的人我认识至少六七个,全是三十岁左右的年轻人,这样的人难道就是国民期待的正式国会议员吗?睁开眼就是一副要与人争斗的架势,这样的人何谈为民谋福祉,为国谋富强?"

陆建章帮腔道:"这帮龟孙太不识抬举,我带几个人去砸他们的场子。"

"你胡说什么?他们不知礼义廉耻,我们也不懂吗?"袁世凯厉声制止,又对梁士诒道,"燕孙,这样重大的典礼总统府不出面不好。我就不去了,你代我去致颂词吧。"

"是,我代大总统去一趟。"梁士诒无奈地点了点头。

国会参众两院,位于内城东南宣武门内象坊桥一带。这里在明清两代,是为宫廷仪仗队训大象的地方。后来推行宪政,成立资政院,便把两处学堂占为资政院办公的地方。民国后,南京临时参议院北迁,就将资政院办公的两处学堂继续作为办公地。去年8月后,正式确定国会由参众两院组成,于是开始为两院分别改造办公的地方,参议院在法律学堂的基础上略加改造,众议院则在财政学堂内加以改造,因为两院议员800多人,因此利用财政学堂的操场新建议场,由德国人负责设计建筑,半年多的时间,已经正式竣工。

梁士诒乘一辆马车赶往国会议场,一路上街道披红挂彩,十分热闹。特别是象坊街一带,车水马龙,摩肩接踵,路为之塞。议院门前,扎了一座牌坊,悬额大书"铸造民国"。议场是一栋灰砖青水墙建筑,主楼外观三层,两侧副楼两层。主楼第一层为三个门,直通门厅,过了门厅,就是能容千余人的大厅。大厅北面是主席台,上面有议长、秘书长座席,后面则是大总统座席,两侧有二十余个座席,是国务委员和政府委员座席。主席台后面的墙上,交叉悬挂着两面五色国旗。主席台正对的就是议员座席,弧形排列木质桌椅,以主席台为中心,呈扇形排列。南北五条通道,把座席分为六个扇区。众议员用东侧四个扇区,参议员用西侧两个扇区。

十一点,拱卫军连发一百〇八炮以示祝贺,两院议员均着大礼服、着高顶帽、佩戴灿烂徽章,昂首挺胸走进会场入座,与会者议员共计682人。国务总理赵秉钧偕各总长列席会议,加各国外交人员以及记者、观礼者,现场不下两千人。筹备国会事务局委员顾鳌宣布典礼开始,全体与会人员均向国旗行三鞠躬礼。接着由筹备国会事务局局长施愚报告国会成立经过,国会议员们随即推举年事最高的云南省参议员杨琼为临时主席,杨琼就座后,委托代表宣读国会正式开院词。

接下来梁士诒代袁世凯致颂词,但坐在前排的一位国民党议员却站起来极力反对道:"袁世凯既然不亲自来,又何必请人代致颂词?而且行政立法判然为二,即由本院自行开会,无代致颂词的必要。"

正准备走向演讲台的梁士诒极为尴尬,幸亏共和党有位议员站起来道:

"不然,乡里有喜事,邻居尚有前往帮忙祝贺的义务,何况国会开院,是民国大事,大总统派人代致颂词,是对国会的尊重,有何不可?"

双方争执不下,最后杨琼出面,改为梁士诒将颂词献到演讲台上,不再宣读,双方这才勉强同意。梁士诒捧着颂词,到演讲台前举过头顶,恭恭敬敬放到演讲台上,然后退下。此时已经过十二时,全体人员到楼前合影留念,国会正式成立仪式结束。

按照《临时约法》的规定,临时参议院应当在国会成立之日解散,其职权由国会行之。所以下午又举行了临时参议院闭会典礼。临时参议院主席吴景濂致闭会辞,赵秉钧委托司法总长许世英代为宣读闭会辞。然后楼前照相留念,与会者三呼中华民国万岁后散去。

第十三章

梁启超组党挺袁　国民党革命受挫

梁士诒参加国会开院典礼,袁世凯则闭门不出,思考对策。等梁士诒一回到总统府,就立即着人把他叫来道:"燕孙,我听说国民党连颂词也不让你读。看来,国民党是铁了心要与我们过不去。他们的心像石头长的,怎么也捂不热了。杏城来密电,南方蠢蠢欲动,我们必须设法防变。"

梁士诒惊问道:"大总统有什么想法,吩咐就是。"

"如今财政窘迫如此,总要设法才好。"

"大总统吩咐,多少就是多少。"梁士诒虽然不任交通总长,但交通系的实权依然在他手上,袁世凯一有特殊开销,就向他伸手。

"每月总要有四五十万才好。"

"那就五十万吧。"

袁世凯很满意道:"燕孙,还有件急务需要你回老家办办。"

梁士诒是广东人,回老家当然是回广东。

原来,广东护军使陈炯明颇有野心,与广东都督胡汉民面和心不和。袁世凯最擅长的就是拉拢分化敌手,所以此前他就请人传话给陈炯明,有意任命他为广东民政长或广东都督。如今南北双方关系紧张,袁世凯派梁士诒亲自去做陈炯明的工作,让他叛离胡汉民:"你以修筑粤汉铁路的名义,到香港银行存上一笔款子,让陈竞存随意取用。"

梁士诒又问道:"大总统的意思,要存多少?"

"如果能够消弭战祸,百儿八十万都合算。"

"那就一百万,我先从交通银行划过去。"

"中,中。"袁世凯点头道,"事不宜迟,你明天最好就走。"

"好,那我交代一下,今晚上就买票,明天坐早班车南下。"梁士诒知道事情紧急。

梁士诒一走,袁世凯立即召见陆军总长段祺瑞说道:"芝泉,南方在暗中备战,不能不防。"

段祺瑞回道:"国民党不顾大局,非武力震慑不可,大总统早该下决心。"

"共和了,民主了,我原本打算能迁就就迁就,可如今看来不是我想迁就就能迁就。我实在弄不懂什么叫共和,共和共和,我看就是不和;民主民主,就是谁也不做主。可我是四万万人的大总统,总要对中国负责,对百姓负责。如今看来,不能不做军事上的准备了。汉口是个紧要地方,得派人去帮着黎宋卿驻守。"

"我正有此意,打算派一镇人马过去,足可以应付局面。"

"好,你要悄悄调动,最好能不为人知才好。"

"那就以设防的名义来办好了。"大军调动,要想不为人知实在太难。段祺瑞的意思,把汉口的部队先调出一部分,然后再派部队南下,南下的同时,北撤的部队再混回去。

"还有上海,是国民党的中心。现在郑子敬只有一协人马,实力太单,要再派一协过去。"

郑子敬就是海军中将郑汝成,早年出洋学过海军,归国后在北洋水师学堂任教习,北洋水师覆没后,他投到袁世凯麾下,是小站时期就追随袁世凯的将领。袁世凯当上临时大总统后,他被任命为总统府高等侍卫武官。接下来又派他到江浙办理军队裁汰、发饷、善后事宜,去年底就被授为海军中将,统辖驻沪海陆各军及江南制造总局。江南制造总局能够制造枪炮弹药,万不能落到国民党手中。袁世凯的意思,再派一协陆军进驻江南制造总局。

"那就先从山东调一协过去,再从直隶调补山东。"

两人数语之间,数万人的调动就此定案。

段祺瑞一走,袁世凯又让人约赵秉钧过来,有要事相商。赵秉钧赶过来的时候,已经快吃晚饭,袁世凯说道:"智庵,咱们边吃边谈。"

袁世凯的食量一如既往地大,吃饭可用风卷残云来形容。他喜欢吃鸭皮,拿一根牙签把几乎整张鸭皮剥下来,几口就吞下。他吃鸡蛋更是惊人,六七个鸡蛋转眼间就吃光了。

"大总统的饭量,真是让人羡慕。"赵秉钧看得有些目瞪口呆。

"我就这一样好处,不管别人怎么气我,我照样吃得下睡得香。"

赵秉钧还没吃完,袁世凯慢慢剥鸡蛋陪着他,边吃边说道:"智庵,南方要拿宋案大做文章。据杏城来电,他们从应某人家中搜去了不少文件,事情牵连到洪荫之,又因此牵连到你。"

赵秉钧回道:"大总统,荫之入部后,很少按部就班,我想见他一面都难。他与上海应某人联系的事,我根本不知详情,如果说牵连到我,那真是比窦娥还冤。"

"他们才不管这些,他们把这件事牵连到洪荫之,目的就是牵连到你,牵连到了你,顺理成章也就牵连到我,都知道你是我的老部下嘛,这是宋案的真实目的。荫之躲到了烟台,你有他的消息吗?"

应夔丞被捕后,洪述祖就知道他已经暴露,因此连夜逃到天津,又携妻妾子女逃到了青岛,躲进了德国人的租界。等他逃进了租界,袁世凯才装模作样发了一封电报,要直隶、山东地方官,严拿疑犯洪述祖。洪述祖在德国人身上下了本钱,所以德国驻胶澳总督府回复说,如果要拘押洪述祖,需提供确切证据。确切证据南方也没有,因此就任由洪述祖在青岛逍遥。为了避嫌,这期间他从未与袁世凯、赵秉钧联系过。何况,他从前也不怎么与赵秉钧联系。袁世凯如今问赵秉钧有没有洪述祖的消息,纯是明知故问。

"我有个想法,洪荫之毕竟是国务秘书,这么一走了之无法向世人交代。不如派人去青岛一趟,见他一面,劝他自首。如果劝不成,又不能引渡,到时候在报上做个说明,也是对世人的一个交代。"

"那就派言次长去好了,他正好分管综合厅,洪荫之归他正管。"赵秉钧当然明白袁世凯的意思,派人到青岛做做样子,与其说是劝洪述祖自首,不如说是劝他继续留在青岛。

其实,一个更重要的原因,赵秉钧不必说破,内务部次长言敦源与洪述祖是亲戚。虽然不是至亲,但两人走得很近。另外再加派国务秘书程世经陪言敦源一起南下,程世经与洪述祖也是密友。

这件事安排妥当,袁世凯与赵秉钧谈两件大事。

一件是请梁启超入都组党。

梁启超与袁世凯曾是不共戴天的仇人,但后来袁世凯当上了临时大总统,唐绍仪组阁的时候奉袁世凯令,让梁启超出任法部次长。袁世凯还亲自给身在日本的梁启超发电,邀请他回国赴任,在电报中盛赞有加,"公抱天下才,负天下望,简命既下,中外欢腾。"两人函电交驰,虽然梁启超未回国就任,但两人关系迅速回暖。当然,梁启超也有顾虑,袁世凯翻云覆雨的性格他已经领教,而且大多数好友认为国内形势不明,反对他回国。一直到去年11月,国民党运动选举有声有色,当时堪与国民党对抗的民主、共和、统一三党都邀请他回国。于是他回到阔别十四年之久的祖国,受到热烈欢迎。

梁启超与宋教仁一样是政党政治的倡导者。他认为要搞政党政治,像中国这样政党林立不行,而应该像美国一样,只需两党竞争才好。他的目标是把民主、共和、统一三党合并为一党,与国民党势均力敌,方可实现真正的政党政治。但三党各有算盘,梁启超运动月余没有结果,只好回到天津。袁世凯看中梁启超的潜在价值,以总统府顾问的名义,每月给他开三千元薪水。

"智庵,如今请梁任公出山的时候到了。国民党选举大胜,在国会中占据多数,三党都无力与国民党相争。要想有所作为,三党合并是唯一的正途。经此挫跌,现在三党也都认识到合并的重要,此时梁任公出山,绝对不会像去年一样劳而无功。"

赵秉钧点了点头道:"对,如果三党合并,无论在参议院还是众议院,都可以与国民党一争高下。三党都对总统抱友好态度,梁任公也对大总统佩服得很,那时候我们有此一大党支持,国民党就不致如此嚣张。"

"正是此意。如果三党合并成功,当务之急可与国民党争两院的议长;将来制定宪法、选举总统,都可做我们的援手。我给梁任公发个电报,邀请他立即进京。我想给足他面子,让拱卫军、军政执法处、巡警组成护送队,由杨杏城亲自到天津劝驾,足可以打动他吧?"

然后两人又商议接待梁启超的细节。

另一件事情,就是善后大借款。因为六国银行团提出的条件太苛刻而不能成议,熊希龄因此辞去财政总长一职。继任者是袁世凯的老友、实业大家周学熙。周学熙是理财能手,但巧妇难为无米之炊,他认为中国非借外债不能度日。他与前任不同的是,把借款规模缩小了,由从前计划的六千万英镑缩减为两千五百万英镑(约合白银两亿五千万两)。最令袁世凯高兴的是,经过周学熙的策动,美国表示六国银行团提出的苛刻条件有损中国主权,决定退出六国银行团。其他五国担心美国会单独向中国借款,不得不降低条件,希望能尽快与中国达成借款协议。

"智庵,这是一个难得的机会。你和缉之多费心,哪怕受点委屈,也要促成此项借款。有人说这是饮鸩止渴,有些言过其实了。利息五厘,这在各国借款中,也都是较低的。一面嚷着要军饷,要经费,一面又反对借款,真是岂有此理。去年孙先生到北京来,他对借款也是支持的,他也说过,舍借款一途,中国无法维持。"

"是,政府早就入不敷出,目前就有数千万的窟窿等着堵。各省把持税源,一拖再拖,今年四个月将过,解款连百分之十都不足。"

"所以借款是当务之急。缉之是顾大局的,你告诉他,受点委屈也要尽快签字。"

梁启超于次日进京,袁世凯安排的排场与当初迎接孙中山有过之而无不及。除了拱卫军、巡警以及军政执法处的明岗暗哨外,袁世凯还派出总统仪仗马队从火车站一直接到贤良寺。袁世凯为梁启超预备的下榻处本在军警公所,但杨士琦从天津发来电报,说梁启超在谈话中提及,当年曾国藩、左宗棠、李鸿章等封疆大吏进京都是住在贤良寺,言语中颇含羡慕。于是袁世凯改变计划,派人立即部署贤良寺。等梁启超到达前门火车站时,贤良寺已经一切布置停当。

赵秉钧亲自在贤良寺迎接,当听说是袁世凯连夜命人将贤良寺重新打理,梁启超十分激动道:"真是出乎意料,我不该多嘴的。"

等梁启超指挥人把自己的行李书籍安排妥当,赵秉钧说道:"任公,有句话袁总统让我转告。"

梁启超知道必是有机密不便当众交谈,所以屏退下人,两人在书房里谈。赵秉钧拿出一张支票道:"这是汇丰银行二十万元支票,大总统让我转交给你做组党之用。大总统知道区区二十万杯水车薪,让我转告任公,一待善后借款到账,就拨足一百万之数。如今中央财政捉襟见肘,还请任公体谅。"

去年梁启超进京,谈及组党事宜,曾经笑谈,非有五十万不可。没想到袁世凯竟然打算拨付百万,的确是出乎意料,所以回道:"有这二十万许多事情都可以办了,顶多五十万足矣。"

"您知道大总统的脾气,做事总是大手笔。大总统的意思组党与壮大党员要双管齐下,如果能把国民党的议员拉到本党中,那就有一箭双雕的奇效。如今的国会议员胃口大得很,听说要挖一个人退党要上千元,如果再拉进某一党又需上千元。所以,大总统的意思,一百万元说多也不多。"

国会议员因各党纷纷拉拢，身价倍增。他们入京途中及入京后，各党就开始上演了一幕幕争抢的闹剧。袁世凯方面当然也不甘落后，安排大量"招待员"专门负责收买议员。这些招待员各色各样的人都有，先打探各议员的爱好，任你好清淡、好漫游、好嫖赌或好古董字画，均有人投其所好，引之入胜，尤其是妓女荟萃的八大胡同，成了袁世凯麾下收买议员的交易所，只是效果实在有限。如今梁启超进京组党，希望能够借此机会，把一部分小党议员、无党议员拉进来，如果能够拉一部分国民党过来当然更好。

"哦，我明白袁公的意思了。不过，这件事情我做不了，我多年在外，对国内情形不熟，非由济武他们来做不可。"

济武是汤化龙的字，他因为参与组建武昌军政府，算武昌首义功臣，不过，他并非革命党，而是立宪派，政治主张更接近袁世凯。去年他又组建了民主党，任总干事长。民主党奉梁启超为精神领袖，双方函电交驰，关系十分密切，梁启超视汤化龙为最亲近的"自己人"。

赵秉钧说明道："派谁去做那是任公的事情，大总统的意思，一切拜托给您。大总统今晚在总统府设宴，到四点半就派车来接。任公稍做休息，我就不打扰了，届时许仁静来接大驾。"

"大总统真是太客气了。"

许仁静就是司法总长许世英，梁启超曾被袁世凯任命为唐绍仪内阁的司法次长，许世英来接，面子足够。

晚上到了总统府的宴会厅，袁世凯亲自迎到门外，握住梁启超的手道："任公，去年时间太仓促，未得好好请教，这次你可要好好教我。"

宴会开始还要十几分钟，袁世凯陪梁启超到客厅小坐。作陪的自赵秉钧以下，各总长一个不缺。这时候有记者要挤进客厅，早被负责警戒的法警阻挡在外，梁启超挥挥手道："把记者朋友请进来吧，无妨，无妨。"

袁世凯也赞同道："既然任公说无妨，那就无妨，让他进来吧。"

那位记者十分兴奋，问道："梁先生，我是《申报》的记者，想借宴会开始前这点时间，请您谈谈对局势的看法。"

梁启超笑了笑道："这个问题实在太大，有些老虎吃天。不过，我的确有些话想要对新闻界的朋友说。"

"那我缩小一下我问题的范围。民国肇建已有一年多，可是众人期望的国强民富并没有实现，反而政局更迭频繁，南北危机去年有所缓解，而近期复又加剧,在先生看来,到底是何缘故?"这个问题十分敏感,因为很显然涉及宋案,梁启超如何答复,袁世凯当然十分关注,心中颇为忐忑。

"民国肇建以来,国论纷歧,邦本屡摇,我以为问题根本出在民权与国权的关系问题上。专制政府,无民权可言,故推翻之。民国建立,各党皆言民权,殊不知,主张民权而应有度。我去年写过一篇名为《宪法之三大精神》的拙文。我认为,中国目前应持国权重于民权之论。皮之不存,毛将焉附?道理再明白不过。目前之中国,贫弱交积,内忧外患,要谋求国强民福,国权须重于民权,民权必须无条件服从国权,为了维护国权,必要时必得抑制乃至牺牲民权。我曾经说过,目下之中国,非参用文明专制之意,建强善之政府,不足以奏整齐严肃之治。"

袁世凯就任临时大总统后,对自己虚位总统的地位十分不满,一直在设法突破临时约法的束缚。他认为中国的前途,大总统非有足够的权力不足以治国,所以梁启超的国权论很对他的口味,他率先鼓掌表示赞赏。

《申报》的记者追问道:"听先生的意思,好像反对民权、民主。"

"我绝无此意。而且民权和民主并非同一概念。我说的国权主义,强善政府,不是不要民权,也不是不要民主。我的意思是,不要过度强调民权,两者发生冲突的时候,民权应该给国权让道。我和宋钝初先生一样,是主张政党政治的。政党政治的根本就是通过政党监督政府行政,这就是保障民权民主的有效途径。"

"先生以为,如今的政党能够有效监督行政、保证民主吗?"记者的本意显然是在暗示袁世凯的势力太强大,政党监督根本无从谈起,所以袁世凯对梁启超接下来的谈话十分紧张。

"目前局面,当然不行。目前中国有二百余政党,就是国会中具有实力的也有五六个政党,这不合政党政治的正则。政党政治的正则,是两大党对峙,一在朝,一在野。在国会选举中占多数席位者组阁,是为在朝;少数者作为反对党,事事给予监督,是为在野。政党一旦超过两大党,则难免议论纷歧,为了一党之私而置大局于不顾,谈不到监督,只有添乱。所以我这次进京,就是与民主、共和、统一等政党的同志交流意见,组建进步党,最终形成两党竞争、监督之局面。"

这也正是袁世凯所求,他的目的是以进步党牵制国民党;梁启超的意图是把中国政党政治纳入正轨,虽然目的不同,但在袁世凯看来,努力的方向却非常一致,因此他又再次使劲鼓掌。

《申报》记者时年二十三四岁,正是初生牛犊不怕虎的年纪,而且正怀着为民代言的崇高使命感,因此追问起来十分尖锐,又问道:"如果先生组党成功,对现政府是什么态度?国民党对现政府是持激烈的批评态度。"

"政党的态度,不能对政府持无原则的批评为能事,而应对政府行政进行客观的评价和监督。一年以来,国中有两大势力,常对政治改良产生阻碍,一曰官僚社会之腐败的势力,二曰诱民社会之乱暴的势力。我进步党既以改良政治为唯一之职志,非将此两种势力排而去之不可,否则改良政治之目的终不可达。吾党鉴观各国前史,见革命之后,暴民政治最易发生,而暴民政治一发生,则国家元气必大伤而不可恢复,况我国今处列强环伺之冲,秩序一破,不可收拾,则瓜分之祸,即随其后,为祸之烈可想而知。故本党对于横行骄蹇之新贵族,常思所以裁制之。至于临时政府,既经国民承认设立,在法律上当然是国家机关,吾辈只当严重监督,而不必漫挟敌意以与相见;吾党对于临时政府之设施,也有很大意见。但,我国当此存亡绝续之交,有政府终胜于无政府。故吾党对于不满意之政府,犹予维持,以俟正式政府之成立,徐图改造。希望中国稳定,恐怕也是大多数人民之期望。极力维护国家稳定,也是我持国权主义的原因。毕竟,国家稳定,方可谈及其他。陷于混乱,百姓荼炭,国家分裂,还何谈民权、民主?那只能是纸上谈兵。"

梁启超大力支持袁世凯政府,态度已经十分明朗。《申报》记者并不甘心,看了一眼袁世凯继续追问道:"那么,先生对大总统如何评价?"

"真是后生可畏!"梁启超对记者点头微笑,"你看来非要我出丑不可!不过,我很愿把我的真实态度告诉你。以今日大总统论,中外报纸评其人者多矣!有敬爱之至极点者,亦有憎恶之至极点者。然无论为敬爱、憎恶,大总统之政治才能有目共睹。以国外之经验,有政治才能者,一旦握有政权之时,必须有一大政党监督于其旁,谋顺其美,匡救其恶,不能令此种政治才能滥施于政治轨道以外,本党很愿担负其责。"

梁启超想带袁世凯走上政治轨道,颇有点像当年乃师康有为以光绪帝师自居的味道。这时外面有人来请,说宴会一切就绪。袁世凯等人将起身赴席,《申报》记者还不肯放过,对梁启超道:"梁先生,最后一个问题,你对宋案如何看?"

袁世凯所担心的一问终于还是来了,梁启超很干脆地回道:"很简单,刑事案件,以法律之法处之,不可以政治手段待之。法律讲证据,不能把政治上的敌对方想当然当成凶手。"

袁世凯恨不能拍拍梁启超肩膀以示感谢,但他最善于掩藏自己真面目,当然不会把感激之情溢于言表,便对记者道:"宴会时间到了,今天的访问就此结束。若有问题,以后有的是时间。"

入席后,袁世凯对身侧的梁启超道:"任公,这些记者咄咄逼人,可畏,又可恶。"

梁启超小声回道:"大总统要学会与舆论打交道。善为政者,必暗中为舆论之主,而表面自居舆论之仆,唯如此方能有成。"

"任公所教极是,一年多来,我常陷于被动,往往为舆论所困,就是不大会与他们交道。"

4月13日,国民党在张园为宋教仁举行盛大的追悼大会,由陈其美主祭,孙中山、黄兴等敬献挽联。孙中山的挽联是:"作民权保障,谁非后死者?为宪政流血,公真第一人!"黄兴的挽联则直斥袁世凯为凶手:"前年杀吴禄贞,去年杀张振武,今年又杀宋教仁;你说是应夔丞,他说是洪述祖,我说确是袁世凯。"

袁世凯从报纸上看到黄兴的挽联,拍着桌子道:"真是血口喷人!真是血口喷人!"

此时,派去青岛的言敦源、程经世已经从青岛返回。两人当晚先去见赵秉钧,第二天由赵秉钧带领去见袁世凯。据两人说,到达青岛时不巧胶澳总督带着夫人去游曲阜、登泰山,一时回不来,他的副官不能做主,事情无法交涉。于是两人约会洪述祖,劝他自行投案。

"德国人让我投案,我便投案。"洪述祖态度十分嚣张,"共和是我首功,无我即无共和。宋教仁主张什么政党内阁,分明是反叛民国、破坏民国,所以我才杀他。"

据言敦源说,两人到青岛的经过每天都有日记。

袁世凯言道:"现在南方说有证据证明,洪荫之牵连宋案,已经多次要求引渡,听他们的意思,好像是我们有意把洪荫之藏了起来,真是岂有此理。你们两个青岛之行,足以证明政府并无袒护的私心。我看,你们就把日记提供给报纸,让报纸全文登出。梁任公说,为政者要善用舆论,极有道理。"

两人的《公出日记》见报后,并没有起到袁世凯希望的效果,社会上反而认为两人青岛之行另怀目的。上海向来反袁的《民权报》则刊文说:"闻言敦源此次赴青岛,表面上为办理引渡洪述祖交涉,而实则多方运动,冀勿将洪贼交案审办。现一切手续业已办理完毕,而洪贼仍逍遥法外,机见此事真相一斑。盖言敦源本与洪为亲戚,而又与洪同供职于内务部。此次青岛之行,闻系洪贼私党自告奋勇,临行时又经赵秉钧密授计划,识者早知其必有此种结果⋯⋯"

这时候,上海地方审检厅上书司法部,要求在上海组建特别法庭,专审宋教仁被刺案。赵秉钧拿着电报去与袁世凯商议。

袁世凯则问道:"智庵,他们组建特别法庭想干什么?"

赵秉钧回道:"他们的意思,此案内务部秘书既然是被告,我也就脱不了嫌疑,是想让我到上海去受审。"

"这可真是岂有此理,就连前清衙门办案也不会这么荒唐,别理他们。"

"不理恐怕不行。国民党这帮人最善动用舆论张目,我们不回应也会落一头不是。"

袁世凯见状又问道:"那你的意思呢?"

"我问过静仁,他说临时约法和司法部编制法都没有成立特别法庭一说。"

"这不就是一个现成的理由嘛,让司法部依法把上海的要求驳回。国民党不是张口闭口就是法律嘛,咱依法办事。"

此时,引渡到地方的杀人凶手武士英突然在监狱中暴亡。

武士英原来关押在上海模范监狱,因为江苏都督程德全要组织特别法庭审理,所以于4月18日移押到江苏海运营仓,由驻军61团负责看守。这个团是前上海都督陈其美的嫡系,移押不久的一天上午,武士英感觉疲倦,而且昏昏欲睡,午饭、晚饭均未吃,也未按惯例散步。夜里十二时报告呼吸急促,结果到了下半夜就死了。地方检察厅会同红十字会五名医生前去检验,未查出服毒的证明,又开刀剖验,也未发现中毒的迹象,只在肠中发现火柴盒的磷纸片。武士英身体很健壮,却突然暴亡,实在匪夷所思。

案子未审,关键人犯暴亡,程德全直接给袁世凯发电,称"要犯武士英在押身毙,人言啧啧,嫌疑滋多。若此案审判再行稽延,致他犯再有变故,德全等实难负其责。应请大总统查照迭电,准予组织特别法庭,迅赐任命"。

在孙中山、黄兴的督促下,程德全又向报纸公布了从应夔丞家中搜到的主要证据,以证明赵秉钧涉案,逼迫袁世凯同意设立特别法庭,并请赵秉钧南下受审,司法部接电再次复电驳回。黄兴于是亲自给袁世凯发电报,说明必须组建特别法庭的原因:"盖我国司法难言独立,北京之法院能否力脱政府之藩篱,主持公道,国中稍有常识者无不疑之。况此案词连政府,国务总理赵秉钧且为暗杀主谋之犯,法院既在政府藩篱之下,此案果上诉至该院,能否望其加罪,政府无所相挠,此更为一大疑问。宋案务请大总统独持英断,毋为所挠。"

袁世凯接电,把赵秉钧叫来商议对策,决定赵秉钧发一个长电辩白,作为对江苏公布证据的回应。袁世凯则亲自给黄兴复电,为赵秉钧辩污,"至赵君与应夔丞直接之函,唯一月十四日致密码电一本,声明有电直寄国务院。如欲凭此遽指为主谋暗杀之要犯,实非法理之平。近一年来,凡谋二、三次革命者,无不假托伟人,若遽凭为嫁祸之媒,则人人自危,何待今日。公为人道计,为大局计,必得使法理与事实两得其平。国事艰难,人心险恶,转移风气,是所望于我公"。

袁世凯的回电,不但再次表示反对成立特别法庭,而且含沙射影,指责黄兴不能为人道、大局计,不顾法理与事实。的确,如果仅凭赵秉钧曾经给应夔丞密码电报,并让他有事直接电告国务院,就认为他是刺宋案的主谋,也的确太过勉强。因为作为国务总理,给有江苏巡查使名头的应夔丞发一本密电码并要求直接发电,并无任何不妥。

司法总长许世英夹在中间难以自处。南方怪他阻挠成立特别法庭,袁世凯又坚决反对。因此他递交辞呈,表示即日起就不再到部办公。

袁世凯不准许世英辞职,对成立特别法庭的要求也不愿多理睬,此时,他的心思完全放在了善后大借款上。因为政府入不敷出,真正到了揭不开锅的程度,何况南北战争已见端倪,他不能不为军费做准备。善后大借款双方在4月中旬基本达成协议,只等正式签约。这笔借款年息五厘,期限四十五年;五国是通过发行债券筹集,债券是以九折出售,还要扣除百分之六的佣金,所以中国是按百分之八十四实收,净收入其实是两千一百万英镑。

借款的用途,五国银行团做了严格的规定,一是用作偿还积欠外债。八国联军入侵北京后签订的四亿五千万两的庚子赔款都由各省拨还,各省皆有抵押,当时已积欠六百余万镑,一旦不能偿还,则各省抵押物即不能保全。二是用作清偿各省历年自借之款。此时已积欠二百八十余万镑,民国以来,本息无着,只能仰赖借款。三是用作赔偿外国商人在辛亥革命中所受损失约为二百万镑。四是用作各省裁兵费,大约为三百万镑。五是拨充六个月的中央行政费、崇陵工程、大学堂工程费及清室优待费,约四百万镑。六是整顿盐务之用,约为二百万镑。以上六项,算下来两千万镑左右,实际能到手的寥寥无几。而本息合计,四十七年到期,中国共需偿还接近六千八百万英镑,损失不为不重。

除了沉重的利息负担,五国银行团还附加了条件。这项借款以中国盐税、海关税及直隶、山东、河南、江苏四省所指定的中央政府税项为担保。为此,中国政府要在北京成立盐务署,内设稽核总所,由中国总办一员、洋会办一员,专任监理各项事务。在各产盐地区设稽核分所,设经理华员一人、协理洋员一人,会同负责盐税征收、存储事宜。而且规定盐税的存储、提用必须总办、会办会同签字。这实际将中国盐政和盐税收入完全置于洋人控制之下,像海关一样,沦为洋人控制的机构。

国民党因宋教仁被杀,仇恨袁世凯政府,但又无过硬的证据证明赵秉钧、袁世凯为主谋,憋了一肚子火,正好善后大借款的事情此时透露出来,无异找到了一个出气孔。

4月24日,北京《顺天时报》首先发表了借款将成的消息。刚刚担任参议院正副议长的国民党人张继、王正廷闻讯,立即发表反对通电,指责袁世凯政府预谋"擅自签押,违法专行",呼吁全国人民设法挽救危机。张、王的通电立即在全国掀起舆论大潮,从孙中山到黄兴再到国民党各种报纸、国会的国民党议员,全都站出来指责善后大借款违法、卖国。

黄兴在发给大总统、国务院、参议院、众议院、副总统、各省都督、民政长、省议会的电报中,先是指责善后借款未经国会批准,而后与宋案联系起来,"今宋案证据已经发表,词连政府,人心骇惶。倘违法借款之事同时发生,则人心瓦解,大局动摇,乃意计中事。兴襄随国民之后,尽瘁国务,略知民意所在。此种举行,兴逆料国民决不承认,敢申忠告,冀幸当局者停止进行……非得人民画诺,一文不敢苟取"。

孙中山发给各国驻沪领事的电报,则直接将善后大借款的目的归之为用于战争,"北京政府未得巨款,人民与政府尚有调和之望,一旦巨款到手,势必促成悲惨之战争,此可预言者也。世界文明各国,莫不尊重人道,用敢奉恳各国政府、人民,设法禁阻银行团,俾不得以巨款供给北京政府"。他还亲自到上海汇丰银行交涉,要求他们电阻总行签字。

不过,在各国看来,孙中山和国民党才是中国和平最大的威胁。眼看战争一触即发,五国银行团决定在关键时候支持他们看好的袁世凯,于26日晚上在汇丰银行签字,并立即支付二百万英镑。

国务总理赵秉钧、外交总长陆征祥、财政总长周学熙赶往位于东交民巷的汇丰银行,却发现国民党数人堵在大门口,原来他们得到消息,赶来阻止签约。几个人于是避开大门,从侧门而入,进行最后一次谈判。里面谈,外面则在叩门,要求见银行大班。银行大班派出一个三等秘书去应付,告诉他们借款签约是银行团与政府之间的行为,贵党无干涉之权。外面的国民党人仍然不肯散去,于是大班吩咐招印度红头阿三——也就是印度籍巡警来驱散,银行的守卫则哗哗啦啦拉枪栓,把反对签约的国民党人赶走。

中国已经与五国银行团签约借款的消息一发布,亲国民党的媒体一片骂声,不但骂袁世凯、赵秉钧,连财政总长周学熙也骂得狗血喷头。赵秉钧既陷入刺宋案,又陷入大借款的风潮中,于是来了个以退为进,以病为由,向袁世凯请辞。

"智庵,此时你不能辞职。他们正盼着你辞职呢,不能便宜他们。有时候,嫌疑不是能避掉,你越避越洗不清。他们是想找理由南北决裂,没什么好怕的,我巴不得他们来硬的。"

最后,袁世凯准了赵秉钧半个月假。那国务总理谁来代?他决定请唐绍仪再次出山,借他与孙中山等人的密切关系来调和南北。这时候已经从上海北归的杨士琦却劝道:"大总统,南北关系如果能够调和得了,当然请少川出山是个不错的主意。可是南方的决心很大,调和未必有用。大总统别忘了'清君侧、诛晁错'的典故。事情既然已经到了不可调和的地步,白白把总理之位让给他人又有何益?请大总统三思。"

"中,我差点犯了糊涂。"于是袁世凯立即命人追回任命唐绍仪代理总理的总统令,改任自己的嫡系、陆军总长段祺瑞。

这时候,青岛的洪述祖又发了一个通电,在电报中解释自己为什么要"毁宋":"述祖于辛亥秋,与唐绍仪在北方赞成共和,本为救国起见。一年以来,党争日剧,怪状百端,使全国陷于无政府地位,心窃痛之。尤以上年宋教仁等连带辞职,要挟中央,为党派专制祸始。中国教育幼稚,人才缺乏,合全国稳健分子,立贤无方,共谋政治,尚虞不济。宋教仁乃欲借政党内阁之说,以遂其植党营私之计,垄断政界,党同伐异。一室操戈是共争,非共和也,是党派专制也。其弊甚于清朝贵族专制,其祸必至于亡国灭种。 非讦发宋之劣迹确据,宣布中外,不能毁其名誉,败其势力。述祖恐人微言轻,不得不假托中央名义,以期达此目的。又因总理不接洽,故索取密电一手经理。"他把赵秉钧以及袁世凯的嫌疑都解脱了,又为自己解脱,"述祖宗旨不过欲暴宋劣迹,毁宋名誉,使国民共弃之,以破其党派专制之鬼蜮而已。""试思述祖如果欲戕其性命,何用重金购觅提票,以毁其名誉耶?""再,毁人二字系北京习惯语,人人通用,并无杀字意义在内,久居京中者无不知之,岂能借此附会?"

洪述祖的电报对赵秉钧来说简直是及时雨,这时候特别法庭又连发两电催他南下出庭,他以洪述祖的电报自辩,说洪述祖与应夔丞两人通电,自己一概不知道,完全是洪述祖假借中央名义,"宋之被刺,正犯为武士英,嫌犯为应夔丞,与洪述祖究有如何干系,尚未判定。至于挟鄙人出庭,则系野心枭獍,谋夺政权,借端发难,血口喷人。且鄙人旧疾复发,已向大总统告假,正在养病,自不便赴沪"。

此时,天津有一名叫周予儆的女学生到北京地检厅自首,自称奉"血光团"之命前来北京进行暗杀活动。"血光团"团长就是黄兴,参议院的议员谢持就是"血光团"的财政部长,并说大批杀手已经潜入京城,专门暗杀政府要人。一时间,京津谣言四起,风声鹤唳。陆建章的军政执法处立即逮捕了国民党参议员谢持,查封他的住处,起出了炸弹、炸药、电线等物证。参议院议长张继发函给军政执法处保释谢持,谢持于当天夜里逃到了天津租界。

国民党报刊发文称北京政府有意陷害,栽赃黄兴。但国民党搞暗杀却绝非空穴来风,湖北、浙江、湖南、河南等地都发生了暗杀事件。驻扬州的苏军第二军军长苏宝山,尊中央,抑民党,结果收到熟人送木匣一个,内有古瓷花瓶,当他打开时烟焰四射,瞬间爆炸,当场炸死,而策划者就是陈其美组织的"锄奸团"。湖北暗杀事件则更多,军法处长办公室被炸毁,都督府高等密探一家四口被人乱刀砍死,更有女子暗杀队成员身藏炸弹,以告密为名要见黎元洪,幸亏被卫队搜出炸弹而幸免。湖北破获的暗杀、破坏案十余起,查获了大量枪支、炸弹。

袁世凯发布了《除暴安良令》,令"各省都督、民政长,转令各地方长官,遇有不逞之徒,潜谋内乱,敛财聚众,确有实据者,立予逮捕严究。其有无知愚民,或被人诱胁,或转相惊扰者,一并婉为开导,毋得稍涉株连"。

袁世凯此举,被国民党解读为欲军事压制民意。议员在参众两院大骂袁世凯,亲国民党的报纸也指责袁世凯要拿大借款发动战争,周学熙也被骂为助纣为虐的屠夫。周学熙何曾受过这种辱骂,他来到总统府道:"大总统,我也知道善后借款有伤中国主权,但总还不至于到丧权辱国的地步。大借款也不是我提出来的,何必如此糟蹋我的名声!我也是读书知廉耻的人,若论救国富民,我在直隶的功绩,可以拍着胸脯说无愧于心!怎么一当了财政总长,在他们眼里就成了不知廉耻之辈?他们知廉耻,那请他们告诉我,除了借款,他们可曾有别的办法?他们只知一味谩骂,这于国于民不知有何好处?他们口口声声为民请命,他们是为民吗?”

袁世凯笑道:“要说他们为民,母猪也能上树!缉之,这就是政党政治。”

“大总统,我要请辞,你还是放我回去办实业吧。共和这样的国体,我看比大清好不了哪里去。”

“缉之,少安毋躁。我准备对报纸实行审查,不准他们这样泼妇骂街。现在我正处困难之中,无论如何你受点委屈,帮我渡过难关。”

当天晚上,袁世凯召集代理国务总理段祺瑞、秘书长梁士诒、海军总长刘冠雄、内务总长赵秉钧等心腹,密议形势及应对办法。

形势的确不妙。南方国民党最近极为活跃,浙江、湖南、江西的国民党支部都致信浙、湘、赣都督,要求脱离中央。湖北第一镇统制黎本唐给段祺瑞来电,告诉他江西都督李烈钧正在联络皖湘对抗中央,并打算以南京为建都地点,举黄兴为正式大总统,而且派人到湖北来联络。李烈钧对中央不满,蠢蠢欲动,袁世凯已经有所闻,他最关心的是湖北的态度。

“湖北没什么,黎本唐此电的目的其实就是表明湖北的态度。他在电报中说黎公不为所动,湖北绝对不附和,李烈钧等虽野心勃勃,但无所凭借,犹幕上燕,釜中鱼罢了。”段祺瑞回道。

黎本唐本名唐克明,因为攀附黎元洪,改名黎本唐。他致电段祺瑞,可想而知,是受命于黎元洪,向北方表明态度。

“湖北太重要了,地当南北要冲。辛亥革命爆发于此,绝不能让不逞之徒据有此地,宋卿的态度至关重要。”袁世凯交代道。

“黎公此前来过密电,最近湖北很不稳,他很担心黄克强到湖北去。”

“我们必须把宋卿拉到我们这边来。前些时候宋卿不是请饷吗?如今借款已经到手一部分,先拨给他一百万元,让他坐稳湖北。”

江苏的情形亦不乐观。段祺瑞的心腹徐树铮派到江苏的谋士发来密函,江苏的军队服从中央的稳健派大约三分之一,敌视中央的激烈派占三分之一,还有或左或右的不稳定派也占三分之一。态度最激烈的当属上海陈其美的部下,蛊惑暴动，驻南京的一个师已与江西李烈钧部联成一气。苏州的第二师较稳健，徐州的第三师态度不明，镇江的两旅则已经受到上海影响。

"江苏革命党的势力太强，程纯如又太容易动摇，实在不能叫人放心。倒是我老师是江苏的压舱石，但愿他能与纯如维持住江苏的局面。"

"江苏的局面能不能维持得住，关键看军事实力。如果北军有必胜之势，江苏则稳，否则纯如必动摇。"段祺瑞最相信武力，于是开始商讨如何加强军事。第一条便是多购军火；第二条便是向湖北和苏北调兵。

仅靠武的一套当然不行，还有文的一套。一是由交通部下令各电报局，凡是反对借款、议论刺宋案的电报一律不准发；二是严令各省都督严密防范，禁止各类集会公开演说借款及刺宋案；三是采取审查制度，不准报纸登载。

所议事项颇多，一直议到半夜。临结束时，袁世凯道："梁任公说为政者要善用舆论，我看芝泉明天就召开个新闻通气会，对各种浮言一律驳斥。"

段祺瑞连忙摇手道："大总统，此事我可干不了。我最愁的就是说话，应付记者更是怵头。"

梁士诒帮腔道："段总理说的是实话，我看就不必为难了。"

袁世凯则道："芝泉不说，那总要有人说。燕孙，要不你来？"

梁士诒回道："我说了不管用。我看，还是请大总统来说有分量。"

"好，那你要好好为我准备个稿子。"

第二天上午，袁世凯在总统府召开记者见面会。他的御用报纸《亚细亚日报》、国民党的《民权报》、英国《泰晤士报》以及《申报》等七八家报社派记者参加。

袁世凯开场道："最近大家最关注的就是宋案和善后大借款，各种浮言甚嚣尘上，真是越说越奇。许多报纸谩骂政府、词连本大总统，实在不能不说几句。"

《民权报》的记者问道："大总统，刺宋案的确与政府有关，南京地检厅已经公布了证据，难道还不够吗？"

袁世凯回道："是的，不够。他们的所谓证据，就是赵智庵交给了应夔丞一本密电。应夔丞是江苏巡查使，交给他一本密电有何奇怪？怎么可以据此称刺宋案与政府有关？没有证据，如何又能让赵智庵出庭受审？中外有这样的法律吗？"

记者随即又道："宋先生即将入京组阁，对赵总理造成了威胁，这就是宋先生被刺案的动机。"

"你这是推测、猜疑之词。如果靠推测、猜疑,那有嫌疑的又何止赵智庵一人?宋钝初自从重组国民党以来,名声大噪,风头无两,在党内地位无人能及,那我可不可以推测,是他的成就威胁到了贵党的高层,而引来杀身之祸?我倒是听说,贵党向来有和平派和激进派之说,激进派动不动就闹革命,宋先生是和平派,主张用政党的手段取得政权,那我可不可以说,是激进派谋刺了宋先生?"

"大总统是影射孙先生吗?这是诬蔑!"《民权报》的记者大声道,"孙先生为了调和南北,不问政治,一心铁路实业,宋案发生时他正在日本考察!"

"所以,还是不要乱推测的好。有人红口白牙,信誓旦旦,说我就是杀宋钝初的幕后凶手,真是笑话。刺杀宋先生的正凶是武士英,可是他竟然突然暴毙。在洋人巡捕房里关了十几天没有出任何问题,转移到地方就突然暴亡,不可疑吗?据说看守他的,正是前上海都督陈其美的嫡系部队。出了这样的事,他怎么解释?"袁世凯反问道。

《申报》的记者回道:"多方的医生已经做了检验,死因并无可疑。"

袁世凯冷笑一声道:"死因并无可疑?一个皮实健康的人突然暴亡,这就是最大的可疑,何须证据?谁都知道江苏是国民党的势力在把持,谁都知道陈其美都督与上海帮会关系密切,若按你们怀疑赵智庵的逻辑,陈其美不是最大的杀人嫌疑吗?还有,上海发生了那么多起凶杀案,包括贵党的陶成章在上海被杀,这几年都没有破得了。单单宋先生的案子,竟然第三天就破了,而且破得那么巧,可不可疑?"

"那是宋先生在天有灵,不放过凶手。"有人大声道。

"哈哈!你们是靠在天之灵破案?"袁世凯冷笑道。

说话的人也意识到自己失言了,梁士诒这时候也提醒道:"大总统也不必激动,不妨慢慢与大家交流。"

"是的,我也愿好好与大家交流,但也希望诸位不要怀着偏见。"

接下来袁世凯解释善后借款的原因:"民国承前清凋敝之余,庚子赔款、各项借款,负债累累,库空如洗。黄克强任南京留守时,催饷函电一日数起。各省也纷纷向中央求援。中央又有何计?唯有借款一途。民国肇建,兵费一项每月就需九百六十多万元,比宣统三年涨了整整四倍。裁兵节饷固然不错,但裁兵就要清还欠饷,又是无米之炊。今年除关税所入全行抵还庚子赔款外,尚欠两千万元;已到期借债又有三千余万元,各省历欠又是三千多万元,各国追呼日迫,案牍俱在,所欠各款均有抵押,若再延宕不理,不但有失信用,而且债权干涉,破产之祸即在目前。黄克强曾经发动发行爱国公债,结果一年余实收不满一千二百万元。南京临时政府成立后就开始借款度日,财政部被人讽刺为民国借债部。就是宋钝初先生也曾经说过,借款为不可逃之事,无论何人执政,不能拒绝借款。"

《民权报》的记者道:"国民党并不反对借款,而是反对违法签约。"

"何为违法签约?大借款去年十二月就经临时议会通过。"袁世凯反问道。

"如今正式国会已经成立,就应当经过参众两院通过方可签订。"

"政府已经将善后大借款向国会请示追认,可是众议院并未达成一致。"

"那就等众议院达成一致后再签约。"

"你说得轻巧。军队嗷嗷待哺,已经到了溃变的地步,各省请款函电如雪片般飞来,何能一拖再拖?"

结果,这次见面会开成了辩论会,最后是不欢而散。

南方要搞二次革命,北方不肯退让,战火即将重燃的危机日趋迫紧。但就全国而言,民意并不支持革命。理由很简单,大家都盼着安安生生过日子。党派如此纷争,大部分民众实在不可理解。上海总商会发布通电,要求维持秩序,保卫商民,实际就是反对革命。包括国民党人于右任、李书城、孙毓筠、章士钊在内的国事维持会发表通电,主张隐忍迁就,副总统黎元洪主张和平办理宋案和借款,江苏都督程德全发电主张去疑弭争。就是袁世凯的政敌岑春煊也领衔与曾经大力支持辛亥革命的伍廷芳、国民党人谭人凤、李鸿章的儿子李经羲等十余人发表主张和平解决通电,他们在通电中肯定了国民党的合法要求,但对国民党舆论偏激、煽动革命提出严厉批评:"舆论为国民导师,议论贵乎正确。现各党机关报纸每以挑剔臆造为能,人心惶惶,举国骚动,责以造谣惑众,其又何辞!唯口出好兴戎,望以后凭诸公理,按诸事实,毋为不经之谈。至各省都督,具有保护人民治安之责任,当必能持以镇静,不至逞小忿而乱大谋。各省军人同是共和国民,尤当同心同德,极力维持,一秉国民公意,和平解决各项问题,转危为安,民国幸甚!"

地方都督也开始直接介入纷争,湖南都督谭延闿、江西都督李烈钧、安徽都督柏文蔚、广东都督胡汉民,联名通电反对袁世凯大借款。然而,支持袁世凯的地方都督更多，直隶都督冯国璋、河南都督张镇芳、山东都督周自齐、奉天都督张锡銮、山西都督阎锡山、陕西都督张凤翙、云南都督蔡锷发布通电，谴责黄兴等人"不惜名誉，不爱国家，谗言横行，甘为戎首；始以宋案牵诬政府，继以借款冀逞阴谋"，表示坚决支持政府，支持大借款。如果说这些都督都是被袁世凯收买，绝非事实，尤其是云南都督蔡锷，曾经留学日本士官学校，是黄兴的密友，他反对采取军事行动的态度十分坚决，他又联合广西都督陆荣廷、四川都督胡景伊、贵州都督唐继尧致电参众两院和各省都督，认为宋案应该待法院查明真相，法律解决；借款是政府不得已之举，经临时参议院通过并不违法，对国民党激进派的做法严厉指责："乃不逞之徒，假托全国公民名义，意在借此大题，以为扰乱破坏之计。试问我国现势，弱息仅存，邦人君子方将勠力同心，相与救亡之不暇，岂堪同室操戈，自召分裂！谁为祸首，即属仇雠。万一有人发难，当视为全国公敌，锷等才力纵薄，必不忍艰难缔造之民国，破坏于少数奸宄之手也。"

地方都督介入争端，说明局势已经进一步紧张。

五国银行团不顾国民党的反对，决定再交付二百万英镑给袁世凯，而且英国汇丰银行的大班直言不讳地对前去抗议的国民党议员道："是的，我们是支持袁大总统。因为我们认为，只有袁大总统有力量给中国带来安定。贵党倒是应该检讨，动辄就鼓励暴乱，实在不智。"

不仅如此，上海英、法租界工部局下令禁止报纸发表过激言论，并驱逐孙中山、黄兴出上海。尤其是曾经加入过同盟会、孙中山的好友美国传教士丁义华也致电孙中山、黄兴，要求他们维持大局：

诸公用尽百折不回之志，造成灿烂庄严之共和民国，何来不幸之言，淆乱人心？必有幸灾乐祸之徒，乘机蛊惑。姑毋论是否有无其事，然人言啧啧，不但有损诸公名誉，即从前伟烈丰功，一旦付诸流水。况列强虎视，设若国会摇动，人民涂炭，强邻收渔人之利，所谓谁厉之阶？平日为国家者之初志何在？兴言及此，实深浩叹！现在国家既处于危险旋涡之中，正诸公二次建功之日，理应攘臂急起，力挽狂澜，总以国家民生为前提。

至于宋案，一经法庭，自有水落石出之期。中央借款，如果用非其当，想五国资本家亦不肯轻易通融。以上两事，均无可猜疑之点，将来中央必有详细之宣布,洞达如诸公,亦毋庸弟琐陈也。

孙中山只恨袁世凯颠倒黑白,蛊惑人心,尤其是策动外国势力施压尤为可恨。但他又不能跳脚大骂,只好忍着怒火,复丁义华通电,绝不承认有"二次革命"之举。同时声明,国民党并不反对借款,而是反对借款不经国会议决。

第十四章

二次革命遭溃败　民选总统靠诱胁

　　民主、共和、统一三党在梁启超的协调下,终于在 1913 年 5 月 29 日于北京西城根磨盘院共和党俱乐部召开成立大会, 合并为进步党。大会推选黎元洪任理事长,梁启超、张謇、伍廷芳、孙武、那彦图、汤化龙、王庚、蒲殿俊、王印川为理事。进步党的党义有三条,一是取国家主义,建设强善政府,这是梁启超全力坚持的,换句话说,就是全力支持袁世凯政府;二是尊人民公意,拥护法赋自由,这是民国建立后各党都强调的;三是顺应世界大势,增进平和实利。这一条基本可视为空话。总而言之, 袁世凯从此算是有了一件对付国民党的“利器”。

　　接下来在关于大借款的争论中,进步党一直维护袁世凯,让国民党推翻借款案的提议始终未能通过。更让袁世凯高兴的是,在黎元洪的带动下,十七行省都督发布通电,反对国民党推翻借款之议。通电历数借款的重要性,分析了推翻借款带来的危害,认为如果推翻借款,“政府不过土崩,国会亦将星散。国即不存,党将焉附?后人之追原祸首,谁复起诸公于九泉而剖心共白乎?夫逞一时之快论,为万世之罪人,诚不解衮衮诸公是何居心”。

　　全国共二十一行省,只有国民党籍都督所控制的广东、湖南、江西、安徽四省未列名,可见国民党要发动二次革命,实在大失人心。

　　袁世凯控制局面的信心大增,决定对国民党激进派杀鸡儆猴。他下令撤销黄兴陆军上将军衔,便对梁士诒道:“现在看透孙、黄除捣乱外实无本领。我受四万万人民托付之重,不能以四万万人之财产生命听人捣乱。自信政治经验、外交信用不下于人,若他们的能力能够取代我,我也未尝不愿意把此位相让,但现在看,实在不敢相让。他们若敢另行组织政府,我就敢举兵征伐他们。燕孙,你和国民党也算能说得上话,你给他们捎句话,把我这些意思告诉他们,就说是袁慰廷说的,我对说过的话是敢于负责的。"

这时候旅居德国的蔡元培、旅居法国的汪精卫,受孙中山、黄兴的邀请相偕返回上海。国民党说是请两人回国调和南北,但亦有传言说,是请两人回国准备组织革命政府。两人回到上海,与孙中山、黄兴见面,发现孙中山态度强硬,非以革命手段对付袁世凯不可;而黄兴则认为采取军事手段,取胜的把握很小,反而授人以口实,因此不赞同革命。蔡、汪两人也不赞同革命,希望居中调和。两人找到南通的张謇,希望共同致电袁世凯,为和平留一线希望。张謇很愿为和平效力,双方一再商讨,拟定了三个条件:一是国民党决定推举袁世凯为正式大总统;二是广东、湖南、江西、安徽四省的都督暂时不要撤换;三是宋案将来罪至洪述祖、应夔丞止,传赵到案的主张取消。

不过,袁世凯已决心撤换江西都督李烈钧。李烈钧是江西人,曾入日本士官学校留学,其间与孙中山、黄兴结识,并加入同盟会。孙中山任临时大总统后,任命他为江西都督。辛亥革命后,江西会党横行,匪患严重,李烈钧肃清匪患,整顿财政,复兴经济,在江西政声不错。袁世凯上任后,为了节省开支,也为了裁抑国民党的实力,下令各省裁军,各省只留两镇。江西拒不奉命,反而又编练两镇再加一个混成旅。后来袁世凯推行军政分治,都督只管军,不管民,民政则有民政长专负其责,李烈钧立即通电反对。袁世凯向江西派去的民政长汪瑞凯,因李烈钧的反对而不能就职。李烈钧从上海购买大批军火,被亲袁的九江镇守使扣留,并通报给袁世凯。结果李烈钧派军北上,驱逐了九江镇守使,把军火取走,新派的九江镇守使也不能履任。在刺宋案和借款风潮中,李烈钧又是挑头对袁世凯批评最为激烈的,所以袁世凯是必去之而后快。张謇等人的调停条件传到后,袁世凯依然下令免去李烈钧的职务,理由是江西商民多有呈控,告他侵商害民,"该督无术维持,确系不负众望,倘仍优容姑息,坐视闾阎疾怨,商业凋残,何以对赣省厌乱望治之渴望,何以告各省戢暴安良之贤吏?李烈钧应即免江西都督本官,即日交卸来京,听候酌用"。

同日袁世凯还任命黎元洪兼署江西都督,又将江西民政长、江西护军使、江西要塞司令官全部换成了袁系人马。

当时有人劝李烈钧干脆宣布独立算了,他回道:"我此时不能宣布独立,此时宣布,是为一人之禄位反抗中央,徒留口实。如果袁世凯有称帝的野心,那时候举兵讨伐,我肯定第一个响应。"

当然他并非没有任何准备,临行前,叮嘱省议员杨赓笙速回故乡湖口县做发难准备:"湖口地形险峻,襟外江而带内湖,为兵家必争之地,故亟宜作起义之策源地。"

李烈钧当然不会去北京等袁世凯酌用,他出湖口过九江,入长江,直航上海,去见孙中山和黄兴。一见面,孙中山就叫着他的字道:"侠如,袁慰廷是铁了心要与共和为敌,与人民为敌。我们只有起兵讨袁这一条路好走,你应该立即返回江西,召集旧部,起兵讨袁。"

李烈钧回道:"讨袁当然没有问题,但如果因为我被免职而起兵,则难免让天下人嗤笑。"

"他撤你的职不是你一个人的事,他是向国民党宣战,向共和民主宣战。"

黄兴对起兵讨袁显然不像孙中山那样兴致勃勃,他岔开话题道:"反正你到了上海,也不急于一时。你先好好休息一下,再商议大事不迟。"

李烈钧先在旅店住下,当天晚上黄兴就来拜访,说道:"孙先生被袁世凯气蒙了眼,一直在做起兵讨袁的准备。可如果起兵讨袁,我们有几分把握?"

李烈钧回道:"有没有把握,只要孙先生和你一声令下,我唯命是从。"

黄兴则摇头道:"明明没有把握却还要发动战事,这是不智。胜败还不是最重要的,最重要的是如果我们诉诸武力,便给了袁世凯解散我党的借口,钝初的一番苦心岂不付之东流!前一阵十七省都督通电反对内战,可见民心思安,我们如果发动军事讨袁,便会失去天下民心。"

"也未必。如果我们发兵讨袁,还有一种可能,就像当初武昌起义,天下响应,最终像推翻清廷一样推翻袁世凯。"

"此一时彼一时。那时候清廷已经民心丧尽,各省有立宪派倒向革命,中央有袁世凯逼宫,这才能最终推翻帝制。如今形势不同,袁世凯毕竟是合法总统,国内外欣赏他的大有人在。我们师出无名,何况本党的同志也都做了高官,失去了从前的革命精神,军事讨袁并非善策。此前我奉孙先生之命,给云南的蔡松坡写信,希望他能到时候策应我们讨袁,但他极力反对。"

黄兴奉命派密使前往云南请蔡锷帮助讨袁,并且写了"寄字远从千里外,论交深在十年前"一联相赠,可蔡锷不为所动,坚决反对起兵。他坚持认为宋案须待法庭审判,借款应由国会裁决,对总统用兵,不仅出师无名,而且是拿国家的命运做赌注。他发电给黄兴说:"以枭杰者之政争,陷我四万万同胞于水火,天道灭绝,人道何存?锷等岩疆孤寄,未知死所,然一息尚存,对于国家前途,唯有以保土安民,巩固统一为第一义。苟反于此意,力所能至,歼除不遗。"

黄兴寄望于张謇、汪精卫的调停,但令他失望的是,调停没起作用,6月14日,袁世凯下令调广东都督胡汉民为西藏宣抚使,以陈炯明为广东都督;30日,又调安徽都督柏文蔚为陕甘筹边使,任命袁系的孙多森为安徽民政长兼安徽都督。同时令段芝贵所部为第一军,沿京汉路南下,王占元率第二师进驻武昌,李纯率第六师进至江西九江。又令冯国璋部为第二军沿津浦路南下,张勋、雷震春部进逼扬州、浦口。

孙中山在上海召集国民党要员开会,决定发动二次革命,令李烈钧立即回江西湖口,起兵讨袁;令柏文蔚在安徽起兵。

李烈钧于7月8日悄悄回到江西湖口。此时北洋军李纯部已进驻九江,江西人十分紧张,正好给李烈钧起兵创造了条件。他于当晚召集混成旅第九、第十两团团长、水巡总监等心腹秘密开会,决定成立讨袁军总司令部,宣布江西独立。经过三四天的筹备,第九、十两团分别占据了姑塘、湖口炮台,12日李烈钧在湖口发表通电讨袁:

民国肇兴以来,凡吾国民,莫不欲达共和目的,袁世凯乘时窃柄,帝制自为,灭绝人道,暗杀元勋,践踏约法,擅借巨款。金钱有灵,舆论公道可收买;禄位无限,任心腹爪牙之把持。近复盛暑兴师,躁踊赣省,以兵威劫天下,视吾民若寇仇,实属有负国民委托,我国民宜急起自卫与天下共去之。

接到李烈钧的通电,孙中山立即对黄兴道:"克强,我们应该急起响应。"

黄兴面有难色,陈其美挖苦道:"克强总是不肯兴兵讨袁,是不是真像外面所传,受了袁世凯的贿赂?"

黄兴怒道:"真是岂有此理。我不主张起兵,是因我方无实力与之一战。"

陈其美激将道:"如果你没有受袁世凯的贿赂,你应当到南京去,劝说程都督宣布独立,出兵讨袁。南京的两个师都是你的部下,只有你去,他们才肯听命。"

孙中山也劝道:"克强,开弓没有回头箭,对付袁世凯这样的独夫民贼,只有革命一途。"

　　黄兴勉强答应明天就去南京。当天中午,驻南京第八师所属旅长王孝缜、黄恺元赶来见黄兴,让他设法挽救第八师。原来第八师在讨袁问题上并不积极,认为实在没有把握。昨天有一个营长密告王孝缜,有一个叫朱卓文的,自称是孙中山的老乡,携款到南京收买第八师的中下层军官,说是孙中山指示,如果不讨袁,就是附袁,策动他们准备暗杀不肯讨袁的上级。王孝缜怕第八师内讧遭殃,因此与黄恺元匆匆赶来见黄兴,让他速去南京主持,避免内讧悲剧发生。黄兴闻言道:"叔亮危矣,我们立即去南京。"

　　叔亮即第八师师长陈之骥。他是直隶丰润人,祖上以贩卖大米巨富,家资雄厚,因此兄弟三人有两人得以赴日本留学。他在留学日本士官学校期间经黄兴介绍加入同盟会,当时黄兴正在物色忠诚可靠的同志组成"铁血丈夫团"。加入这个组织的有李烈钧、程潜、李书城、王孝缜等,都是黄兴重点培养的军事骨干。陈之骥毕业回国后,被同为同盟会员的广西兵备帮办邀请去广西陆军干部学堂担任教官,参与组建广西新军,不久升任学堂总办。后来中央陆军部成立军谘府,便调陈之骥入军谘府任参谋,学堂总办一职由蔡锷接任。当时军谘府使是冯国璋,他对戴副眼镜颇有书生气但说话做事干脆利落的陈之骥十分赏识,把自己的大女儿嫁给他。

　　到辛亥革命后,陈之骥虽在北京,与南边革命军颇有联系。南北议和后,黄兴开始大规模裁军,除了江苏的军队划归地方外,云集江苏的联军大部解散,只将当时广西北上的一支部队为基础,成立了第八师,归陆军部调遣,饷械也由陆军部供应,可称之为中央军。推谁为师长?当时已经出任旅长的王孝缜认为,陈之骥是冯国璋的女婿,在北方有靠山,不会受到袁世凯的抑压,极力推荐他出任师长。黄兴也深以为然,因此陈之骥得以南下出任第八师师长。陈之骥脾气耿直,第八师如果发生内讧,他被谋杀可能性很大。黄兴十分担心,不再犹豫,立即登车赶赴南京。

　　黄兴赶到南京,住到第八师师部陈之骥的家中。黄兴不敢告诉他手下正有预谋行刺的计划,只把自己的难处告诉他,希望他能起兵支持:"叔亮,如今我受人猜疑,再不前来主持讨袁,实在不能做人。"

　　没想到陈之骥十分痛快道:"我唯你之命是从,你让我站着死,我就不会坐着生。"

　　黄兴松了一口气,让他给南京驻军团以上军官打电话,召他们秘密到八师来开会。当时江苏的军队共有五个师,第一、第七、第八师驻南京,第九师驻徐州,第三师驻扬州。驻南京三个师及宁镇澄淞四路要塞司令部等团长以上军官当晚大都赶到了第八师。黄兴告诉大家孙先生已经决定起兵讨袁,他奉命前来指挥,想先听听大家对军事胜利有无把握。

第一师师长兼江苏都督府军务司长章梓,是老同盟会员,曾任过同盟会中部总会干事长,与黄兴关系极密切,他是坚决支持起兵的,遂道:"不讨袁就是附袁,附袁就是附逆,附逆则人人可得而诛之。"

语气里杀气腾腾,众人都不敢表示意见了。但宁镇澄淞四路要塞总司令吴绍林却不赞同道:"黄将军,你是军事家,打仗要讲知己知彼。咱们未讨论双方的实力,就猝然起事,恐怕不是善策。起码得分析一下双方实力,采取什么战略。再说,江苏最高军事指挥是程都督,最好明天请示程都督后再做决定。而且,能够争取到程都督的支持,对我们来说十分重要。"

讲武堂总办蒲剑、要塞掩护团教练官陈风璋也附和吴绍林的意见,表示要等明天听程都督意见。

第一师师长章梓与吴绍林本是日本士官学校同学,但两人明争暗斗,关系一直不睦,看到吴绍林反对起义,就决定借刀杀人。会后他把手下几个年轻气盛的营长召集到家中密议,认为吴绍林根本不愿起义,明天见程都督不过是托词,如果让他见到程都督,必定劝阻江苏起事。为了大事就不能有妇人之仁,问他们敢不敢杀此懦弱之辈。几个营长十分激动,表示不但吴绍林该杀,就是都督程德全也当杀之。当晚几个人密议细节,几乎通晓未眠。

第二天一早,吴绍林等三人和随行的几个团营长、护卫前往都督府,他们没料到杀身之祸已在眼前。到了都督府东边的校场街时,突然伏兵四起,猛烈开枪,十几个人毫无准备,全部倒在血泊中。杀人者十分嚣张,大模大样走到都督府门前道:"请你们转告程都督,我们要起事讨袁,反对者要塞司令就是他们的下场。"

要塞司令在都督府前被当街杀害,程德全又怒又怕,打电话给第八师师长陈之骥,要他立即到都督府商量防卫事宜。陈之骥和第一师师长章梓趁机率人赶到都督府,都督府的护卫未加阻拦,还为两人带路,直接到了程德全的住处。程德全一听两人是来劝他起义,坚决不答应。这时黄兴也赶了过来,程德全便道:"克强,你让他们出去,咱们两个说几句。"

黄兴让大家先退到外面,他与程德全商议。程德全问道:"克强,起事胜败暂且不论,你倒说说看,我们以什么理由起兵。说大总统谋杀了宋钝初,到现在没有确实的证据。就是有证据,根据临时约法,也应靠法律手段解决,怎么可以轻率起兵,拿国家命运当儿戏?我们实在师出无名!我看到李侠如的起兵通电,指责袁大总统帝制自为,这简直是欲加之罪。"

黄兴解释道:"钝初一案,我一直主张法律手段解决。可赵秉钧不能到案,要犯又暴亡,眼看法律解决无望,孙先生被逼无奈,只能军事讨伐。"

"克强,民国已立,民国法律尚在。不要说大总统是不是幕后主使并无确证,就是有确证,临时约法可有规定,就为大总统谋杀一人,就要起兵内乱,把国家推入万劫不复之中?国民党如此行事,是要把自己置于乱党的地位,辜负了宋先生组党的苦心!宋先生以政党政治化解暴力革命的努力付之东流,岂不可惜?请你扪心自问,宋案前贵党为竞争之计,肆意谩骂政府,宋案又认定袁总统为幕后主使,借款案后,又连篇累牍谩骂政府丧权辱国,这像是建设共和的样子吗?克强知道政府的难处,不借款,可有更好的办法?没有办法,不帮政府想办法,却一味谩骂,这是对国家负责的态度吗?请扪心自问,贵党所为,是在维护共和,还是破坏共和?"

"说什么也没用了。如今二次革命既已发起,我只有听命于孙先生,与北军一决雌雄。"

程德全又问道:"克强,全国二十一个行省,十七省反对内乱,凭区区数省对抗全国,有几分胜算?"

"程都督,箭在弦上,不能不发,不然大祸就在眼前,我恐怕也不能控制。"

"我知道克强是真君子。辛亥革命期间,一些名不见经传的下级军官因为敢于革命,敢于杀害上级而得到高官厚禄,这便吸引不少名利之徒,把戕官起事作为晋身的捷径,跃跃欲试,听到革命就兴奋。外面的人中,我想不乏此辈吧?"

"都督知道我的难处就好。讨袁,未必能胜;但若不讨袁,则祸起肘腋。"

程德全叹了口气道:"我理解克强的难处,可是兵马未动,粮草先行,部队已经欠饷数月,要他们上阵,先要有饷有械。"

"饷械我来想办法。"黄兴立即打电话给上海的陈其美,请他设法筹饷。

陈其美回道:"明天就有两车钞票运到。"

这时,章梓早就不耐烦,带着几个团长闯进来厉声问道:"程都督,你只管给句痛快话,你到底愿不愿意宣布江苏独立?"

程德全久经宦海,知道章梓之辈绝非善类,以革命为借口谋取地位,什么事也做得出,于是见风使舵道:"我正与克强商议,袁世凯不法,天下公愤,江苏何敢独异?诸兄弟骤然起事,幸甚。克强与诸位有此大志,不愧英雄,兄弟我自愧不如。我正有小恙,不能督师,愿退位让贤,让克强主持大局。"

黄兴连忙推辞道:"江苏独立,当然还是要打程都督这面大旗。"

章梓道:"黄将军不必客气,主持当然要程都督来主持,但讨袁总司令非你莫属。"

众人都应和道:"对,非黄将军来当这个总司令不可。"

章梓又道:"江苏独立通电已经拟好,请程都督签名。"

程德全回道:"签名就免了吧,我也不必看,你们愿发就发出去吧。"

电报已经备好,以江苏都督程德全、江苏民政长应德闳、讨袁总司令黄兴的名义发出:

近日北军无端入赣,进逼德安,横挑浔军,迫之使战。又复陈师沪渎,威逼吾苏。溯自政府失政,狙害勋良;私借外款,暮夜签押。南方各督稍或抗之,意挚词温,有何不法?政府乃借辞谴责,罢斥随之。各督体恤时艰,不忍力抗,亦即相继谢职,静听后命矣。政府乃复于各军凝静之时,耀兵江上,鞠旅海峤。逼迁我居民,蹂躏我秩序,倒行逆施至此,实远出意料外。吾苏力护中央,凤顾大局,今政府自作昏愦,激怒军心,致使吾苏形势岌岌莫保。德全兹准各师长之请,于本日宣布独立。即由黄兴受任江苏讨袁军总司令,安良除暴,本职所存;出师讨贼,唯力是视。至民事一方,仍由德闳照常部署。呜呼,国事至此,尚何观望。诸公保障共和,凤所倾仰,特此通告,敢希同情。

第二天上午,沪宁列车运到两车厢钞票,但打开一看全是信成银行发行的军票。信成银行创办人是一位参加同盟会的实业家,多年来给同盟会很大支持,光复上海时更是倾囊相助。无奈当时军队为数太巨,军饷浩繁,信成银行垫付了近三十万两白银后,筹款无着,于是以信成信誉发行军票。但因为发行量太多,信誉崩溃,所印军票形如废纸。如今陈其美运来军票充饷,若将这种废纸发往军中,非引起哗变不可。

程德全拍着成捆的军票对黄兴道:"克强,讨袁我可以配合你,可拿废票当军饷,当兵的再拿这些废纸去民间逼购物品,老百姓手无寸铁,真正是苦死了。"

黄兴连连拱手，希望程德全能够勉为其难。

"这样害民的事，即便出兵，也不能打胜仗。克强，害民事我绝不敢做，我辞职！"程德全去了复来，拿来一张报纸道，"克强，你看这是蔡松坡发的通电，他也极力反对讨袁，我看很有道理。"

蔡锷的通电是发给讨袁各军的，他在电报中说："诸公为手造民国之勋员，岂可以国家为孤注一掷，轻易诉诸武力。各军皆曰'讨袁'，尤悖于理。按临时约法，大总统有谋叛行为，由参议院弹劾之，至政治上过失，由国务院代负其责。谓袁有谋叛行为耶？则应由国会弹劾，讨袁之名，断难成立。谓袁有政治罪过耶？则负责者在国务员，讨袁之事，更属悖谬。且临时政府已达末期，选举正式总统在即，届时袁不被选，若依其特别势力，悍不退职，以武力迫之尚可言也。今则临时政府未终结，正式政府未产生，以少数人之私意，竟敢据地称兵，且曰袁不辞职不罢兵，是不啻以国家为孤注，以人民为牺牲，谓为叛国罪，其又奚辞！以国家为儿戏，视革命为故常，此则恶风尤不可长。今日甲革乙，明日丙又革甲，革之不已，人将相食，外人起而代庖，且加以扰乱和平之恶名，则亡国犹有余辜已。"电文的最后，蔡锷表示了与兴兵作乱者决一死战的决心，"锷等岩疆孤寄，未知死所，然一息尚存，对于国家前途，唯有以保土安民，巩固统一为第一义。苟反于此意，力所能至，歼除不遗。"

黄兴虽然最初不愿付诸武力，但一旦做出决定则不再犹豫，遂道："程都督，开弓没有回头箭，我们既然已经决计讨袁，则一心部署战事即可。我劝你也不要再反复，当心杀身之祸。"

程德全悻悻而去，已升任第一师师长兼黄兴的参谋长章梓怒道："总司令，程德全与袁世凯渊源极深，此次反袁绝非出自本意。对此人可加以软禁，或者快刀斩乱麻，万不可让他离去，否则后患无穷。"

"万不可出此下策。战事在即，我们应争取一切可团结的力量，内讧阋墙，足坏大计。"

到了快吃晚饭时，程德全请黄兴到他家里吃饭，饭后他道："克强，我求你放我一家老小一条生路。"

"程都督，何出此言！"

"你们都出来吧。"从内间里出来七八个妇女孩子，全是程德全的家人，纷纷在黄兴面前跪下。黄兴连忙去拉，但他们都不起来。

程德全请求道:"克强,我知道你是君子,可其他人就不好说了。我知道有人觊觎我的都督之位,我把此位让出来,带老小到上海去避避,请你务必帮忙,让我们安全离开南京。"

黄兴叹了口气道:"好,既然你去意已决,我也不阻拦了。你放心,我派我的卫队带你上今晚的车。"

"克强真是菩萨心肠。民政长应季中是我的老友,也希望能一块去上海,请克强成全。"应季中即民政长应德闳。

黄兴没做多想,也答应了。当天晚上,黄兴安排卫队长以自己亲戚的名义,把程德全、应德闳两家送上沪宁火车。第二天一早,他的卫队长假装来报告,说程德全和应德闳于夜里逃走了。

章梓跺脚道:"没杀了他真是可惜。"

黄兴却道:"道不同,不相为谋,他要走就走吧。反对我们的人很多,我们不可能都把他们消灭了。"

当天中午,黄兴主持召开会议,推荐章梓代理江苏都督。当天的会议还决定,第八师骑兵团北上,与第九师联合北伐。

江西、江苏宣布独立后,安徽柏文蔚也宣布独立并亲任讨袁军司令,上海则由陈其美出任讨袁军司令,开始进攻江南制造总局。许崇智迫使福建都督孙道仁宣布讨袁,蒋翊武迫使湖南都督谭延闿讨袁,川军第五师师长熊克武在重庆举兵讨袁。七省宣布讨袁,看上去颇有声势。

此时,留在北京的国民党议员地位最为尴尬,有三百多党员乘火车到天津,打算乘轮船南下上海,结果大部分被冯国璋派军警"劝"回。国民党内的意见也颇不统一,一派认为应当宣布将起事的党人除去党籍,布告全国,以示国民党不袒护乱党;但另一派则认为,应当静观其变。

对在京国民党议员的处理,袁世凯的幕僚也有两种意见,一种意见认为,既然国民党公然叛乱,应当直接宣布国民党非法,予以解散;另一派则认为,倡乱的只是少数人,应当只针对倡乱的国民党人采取行动,北京的国民党国会议员应区别对待,如果有证据证明参与叛乱,则应当处置,没有参与叛乱,则另当别论。袁世凯采纳后一种意见,不但未为难在京的国民党议员,反而下了一道命令着军警随时认真保护。同时下令夺去黄兴、李烈钧、柏文蔚、陈炯明等人的职务、荣衔,公开通缉,并要求国民党党部开除黄兴等人。

军政执法处的陆建章认为对国民党太客气,曾经私下对梁士诒发牢骚。梁士诒反问他道:"正式总统选举在即,你把国民党议员都抓起来,到时候投票的议员不过半数怎么办?"

"哦,"陆建章闻言恍然大悟,"那就等总统选举结束,那时候非把他们一锅端不可。"

国民党人公开宣布独立并武力讨袁,对袁世凯来说求之不得。他是带兵出身,对军事是内行。他已经看清,讨袁军看上去势大,但并没有统一指挥,也没来得及集中。就是江苏、江西、安徽三省,总数不过四五万人,且也是分散行动。他决定快刀斩乱麻,派优势兵力南下平乱。在江苏宣布独立后,他立即在北京召开军事会议,任命段芝贵为江西宣抚使兼第一军军长,督率第二、第六两师进攻湖口和南昌。命令冯国璋为江淮宣抚使,自天津率第四师一半、第五师全部、奉天混成旅及直隶混成旅,立即沿津浦路南下。同时令张勋为江北宣抚使,率军从兖州南下。

这是武的方面。文的方面,政府发布了一份千余字的政府公告,盛陈一年来的治绩,责备国民党逆民心而动:"捏词诬蔑,称兵犯顺,视政府如仇敌,视国会如茸土,推翻共和,破坏民国,全国公敌,尤世罪人。独我之无辜良民,则奔走游离,不知所届!本大总统心实痛之,在任一日,即当牺牲一切,卫国卫民。各省都督等同心协助,毋视中华民国为一人一家之事,毋视人民代表为可有可无之人,我五大族之生灵,或不致断送于乱徒之手。"

同时,袁世凯又让外交部向各国驻京公使馆提交照会,说明政府依法平乱,对于各国商民财产,民国政府切实保护,负完全责任,并请各国不得与乱徒缔结任何契约。

袁世凯的举措得到了国内外舆论的大力支持,七省讨袁军都向商户募集军饷遇到了很大阻力,很少有商家像辛亥年那样踊跃捐资。英国是最支持袁世凯的,《泰晤士报》发表社论认为"二次革命是疑忌和贪婪的政客制造出来的暴乱,是中国由一个强有力的中央来统治,还是各省各自为政的决斗"。《泰晤士报》的记者莫里循几乎是处处向着袁世凯,他在接受记者采访时说:"把袁总统的施政形容为反动的独夫专制是不公正的。袁总统并不反对共和,也无意为自己的家族建立一个王朝。是年轻的革命党把事情搞得太过分了,企图一步就从最古老的专制体制跃进到全世界所知的最先进的政体,他们的冒进并不符合中国的实际,袁总统不得不出面干涉。"

美国的《纽约时报》也在社论中说:"二次革命与其说是人民对北京政府不

满的起义，不如说是失意政客、干禄之徒要自行上台的一种努力。"而且对战争走向做出预言，"内战不可能持续很久，其结果，袁世凯作为中国的统治者，地位将更加巩固。这是世人应当引以为幸的事。"

美国人的预言很快得到验证，二次革命的军队的确不是袁世凯的对手。江西的讨袁军7月23日在湖口与段芝贵所辖的第二师、第六师展开激战。第六师统制李纯有意谋取江西都督一职，所以打起仗来很卖力。袁世凯又令海军第二舰队司令汤芗铭率五艘战舰协助，因此双方打了不到两天，湖口就被李纯攻克。这一仗北洋军伤亡只有百余人，而江西方面伤亡在两千人左右。湖口一失，李烈钧立即退守吴镇，接着又退往南昌。8月18日，北洋军攻克南昌，李烈钧率二百余人退走，辗转到长沙乘日本船逃亡日本。江西从宣布独立到南昌被攻克，不过一个多月的时间。

江苏方面的讨袁军表现比江西也好不了多少。江苏奉命出战的第九师，第一次与张勋部对战就被击溃，随后又被山东下来的靳云鹏部第五师穷追。幸好第八师也就是陈之骥部的骑兵团赶到，才阻住了北军势如破竹的攻势，接应第九师退入蚌埠。随后冯国璋的两师人马赶到，全力攻打蚌埠，张勋部则攻打第一师、第七师。江苏军饷械不足，士气非常低落，逃兵越来越严重，结果两个方向的江苏军全部战败，第八师的骑兵团绕道回南京，第九师则派人向北洋军接洽投降。

黄兴听到前线溃败的消息，羞愤难当，要跳到总司令部前的水塘里自杀，被部下救起。拒敌无望，而北洋军已经抵达扬州、镇江，他与第一师师长章梓、第三师师长洪承典乘夜登上南京城外日本人的轮船，逃往上海。

这时候回到南京的第八师师长陈之骥联络新任第一师师长及新任要塞司令等人宣布取消江苏独立，发电请上海的程德全回任，程德全当然不愿只身赴险。这时候冯国璋的军队已经形成三路围困南京的局势，陈之骥趁夜过江，到浦口去见冯国璋，商讨江苏取消独立后如何解决军队的问题。还没商议出结果，得到旅长王孝缜急电，第八师二十九团发生哗变，打死了团长，重新宣布江苏独立，第八师军官大都已经逃出南京城。冯国璋又接到电报，陈之骥已经被列入通缉名单，便对女婿道："如今你的部下已经星散，你连谈判的资格都没了。你快走吧，我不留你，也不拦你。"

于是陈之骥搭乘日本兵轮逃到上海，又由上海转轮逃亡日本。冯国璋、张勋部北洋军立即开到南京城外。南京被攻克，只是时间问题。

江苏战场,除了南京外,还有上海,由上海讨袁军总司令陈其美指挥,攻打江南制造总局。上海的战斗更令讨袁军气短,七千余人进攻不足两千人防守的江南制造总局,连攻五次竟然没有攻下来,伤亡近两千人,而守卫制造局的北洋军伤亡不到二百人。至于原因,一则讨袁军几乎是乌合之众,作战素质和装备都很差,而守卫制造局的北洋军坐拥制造局大批军火,仅机枪就有上百挺。二则停泊在黄浦江的舰队本来说好要帮助讨袁军的,却突然变卦,向讨袁军开炮,造成很大伤亡。此时,海军司令刘冠雄率四艘军舰赶到上海,烟台的北洋军四千余人也由海路运到上海。

陈其美与逃到上海的黄兴决定放弃进攻制造总局,全力防守吴淞炮台。当时防守炮台的讨袁军大约三千余人,进攻炮台的北洋军陆军四千余人,海军则有七艘舰船。双方开炮互击一个上午,就由红十字会出面仲裁,讨袁军退出了吴淞炮台。陈其美、黄兴等革命党人逃亡日本。

孙中山是陈其美五次进攻失败、刘冠雄率军舰到上海前就乘船南下,说是要去广州亲自指挥作战。才到福建就得到消息,驻广东的第二十镇统制龙济光被袁世凯任命为广东镇抚使,正率军前往广州平叛,而且陈炯明手下的炮兵团长投靠了龙济光,调转炮口炮轰广州城,陈炯明已经弃城而走。孙中山无奈,转而乘船去台湾。到了台湾,得到消息福建、广东、江西、安徽、湖南、四川已宣布取消独立。到日本不久,听说南京已经被攻克。

二次革命从7月12日李烈钧在湖口宣布讨袁开始,到9月12日重庆熊克武被川、滇军所败为止,前后两个月时间,势及江西、江苏、安徽、湖南、广东、福建、四川七省的讨袁军便烟消云散。孙中山、黄兴、李烈钧、陈其美等国民党要人逃亡日本,原本属于国民党势力范围的江南数省也尽为袁世凯的势力所掌握。倪嗣冲任安徽都督,李纯任江西都督,张勋任江苏都督,汤芗铭任湖南都督,龙济光任广东都督,刘冠雄任福建都督。《申报》评论,"凡南军所遗之地,悉以北军充之,于是,直东皖三省之白丁,人首其缨而腰其刀,走卒厮养皆为高官,皂隶舆台尽充末将"。

在二次革命中,进步党一直拥护袁世凯平乱,其势力也日渐强大,国民党中分化出来的部分党员也加入到进步党中。袁世凯投桃报李,以军事事务繁忙为由,免去了段祺瑞的代理总理之职,让他一心指挥战事,代理总理由热河都统熊希龄出任。熊希龄内阁中,司法总长梁启超、工商总长张謇、教育总长王大燮、交通总长周自齐都是社会名流,因此这届内阁被称为"第一流人才内阁"。

国民党的日子就不那么好过了。先是二次革命开始后,以探亲为由回到江西的参议长张继发通电指责袁世凯,不久被免去参议长资格,而新选出的参议长为进步党人。继而多名参议员、众议员因被查出与南方讨袁军有联系被捕,有的被枪决。随着军事上的胜利,袁世凯对国民党议员的态度也日趋强硬,以协助南方倡乱为名,一次逮捕了八名国民党议员。

主持国民党总部工作的吴景濂亲自拜访梁启超,希望他能出面保释被捕议员,说道:"梁先生,我知道你与宋先生都主张政党政治。你也说过,政党政治的正则是两大党形成均势,才能互相监督,竞争执政。如今鄙党屡遭打压,还请先生出面相保。国民党如果被以倡乱为借口解散了,两大党势均的局面被打破事小,兔死狗烹,政党政治不复存在,共和被践踏,我辈则罪莫大焉。"

梁启超与大部分立宪派一样,主张中国应当走改良的路子,反对战乱。他的目标便是当袁世凯的政治导师,让他走入政党政治的轨道。听了吴景濂的话,他不假思索就答应了:"吴先生放心,进步党与国民党本来就是唇齿相依,我一定出面力保贵党议员。"

袁世凯接到梁启超的信是在次日下午,他睡午觉后刚到办公室,同时送来的还有当天的《大共和日报》。梁启超在信中说:"古之成大业者,挟天子以令诸侯,今欲戡乱图治,唯当挟国会以号召天下,名正言顺,然后所向莫与敌也。启超之意,以为彼党中与闻逆谋之人,诚不能不绳以法律,然与闻之人,实十不得一二,其余大率供阴谋者之机械而已。今最要者,乘此时机,使内阁通过,宪法制定,总统选出,然后国本始固,而欲达此目的,则以维持议员三分之二以上为第一义。今吾党目的,设法维持议员,使此辈不散至四方,使留京者在总额三分之二以上。超与彼辈约言,苟非有附逆实据,政府必不妄逮捕,若有误捕,本党愿为保结,借此以安其心,勿使鸟兽散。"梁启超提出,希望能将被捕的八名国民党议员释放。

进步党机关报《大共和日报》上则刊发了东荪的一篇文章,题目是"我的两党提携观"。他的观点与梁启超一样,认为危害中国的旧官僚势力和革命党势力,都是进步党所反对的,"进步党所以应时而组织者,以确见此二派之势力一日不消灭则政治一日不能改良。此二派势力多存一分,即国家元气则多丧一分。若不谋以排除之,则必至陷国家于灭亡而止。然吾党不能同时与二派战,以一人缚二虎,天下至难至危之事也。审时度势,不得不权其轻重,度其缓急。暴民政治已灭,吾党则巩固国会为己任,以纳中国政治入政党政治之正轨。"而要做到这一点,进步党必须与国民党互相提携。

袁世凯派人把梁士诒叫来,指指桌上的一信一报,东苏的那篇文章题目,他用红笔标出,梁士诒读罢后道:"大总统,简而言之,梁任公让大总统挟国会而令诸侯;而东苏的文章,说白了,就是政党以国会而令大总统。"

袁世凯一拍桌子道:"一语中的。燕孙,政党政治搞了一年多,你也看到了,简直是乌烟瘴气!这一年多,政党政治给国家带来一点好处了吗?我看没有。国民党给国家带来一点儿建设性的建议了吗?我没看到,只看到他们就是一意与政府作对,与我这大总统作对。"

"可目前大总统还必得忍着,政党政治的架子已经搭起来了,不能不敷衍。"

袁世凯点头道:"政党政治的实质,就是权力归之于政党。大总统想有权,也必须加入政党。国民党和进步党还有别的种种党,都曾经拉我入他们的党,我没入。现在看,总统身后没有政党支持,就是个傀儡总统。我不当傀儡,也不入政党,燕孙,你来组个党如何?"

"我组党?我从来没想过。"梁士诒有些疑惑地望着袁世凯。

"现在必须想了。你看进步党的意思,要与国民党互相提携,也就是说,将来他们不高兴了,也未必肯帮我这大总统。现在进步党实力大增,内阁要职均为进步党所据,将来难免挟国会而令总统,那时候我又该怎么办?所以,必须有自己人来组个党,将来对国民党和进步党,能够有所牵制。"

"现在的小党又冒出来了不少,进步党分裂出去了一部分,又建了共和党,国民党分裂出来的,也建了五六个小党。"

"是拉几个小党合并新建,还是另起炉灶,你看着办,关键是要拉议员进来,我看有几个方向你要下些功夫。一是你的广东同乡,是议员的,要多下番功夫。二是铁路协会里,你交通系的人不少,不妨把他们全拉进来壮壮声势。至于北洋的将领、疆吏,到时候只要有人一呼,无不响应。再有你这财神做后盾,不愁吸引不了党员。"

梁士诒深知袁世凯的期望,道:"中国目前最大的危机,在于政治权力不能统一,正式总统未能选出,国际社会没有承认。如果组党成功,本党将以国家权力实行政治统一为目标,以先选举正式总统为政策的第一步。"

国会正式成立后,第一件要务就是起草宪法,选举正式总统。可是国会成立以来,先是为两院议长人选争执不休,而后又为刺宋案、借款案争执,宪法起草和选举大总统的正事反而久无结果,以致国会声誉大受影响。

梁士诒又道:"国会开幕时近半年,竟然连宪法也未起草出来,正式总统选举一拖再拖,各国何曾出现这种局面?中国目前形势,又如何能够久无正式总统?我看这事应该让黎宋卿出来说话。"

"你捎话给宋卿,让他听听各省都督、民政长的意见。梁任公那里,你也给他捎话,我给他面子,经甄别后可以释放部分国民党议员。"

不过几十天工夫,梁士诒组建公民党已大见成效。他自任党魁,叶恭绰等交通系要员、直隶军政要人纷纷加入,从国民党分化出来的超然社、政友会、政友俱乐部、癸丑同志会等政团有不少人加入,其中两院议员有一百余人,成为继国民党、进步党后的第三大党。正式成立这天,到会者三四千人。交通系及直隶军政要员都在会上演讲,梁士诒在介绍完公民党筹备情况后发布政党政见:"乱事甫平,国基未定,制定宪法,及友邦承认问题均未解决,同人等恫危亡之日迫,应时势之要求,发起公民党,以图救济。吾党以国家权力实行政治统一,增进人民福利。吾党两院议员全体议决,以选举正式总统为政策的第一步,若正式选举不速举行,无论何种政策皆难设法,实为至大危险。"

公民党在北京设立总部,在各省设立支部,又在参众两院中设"国会议员会",专门负责拉拢议员入会,目标就是为选举袁世凯为正式大总统效力。公民党有交通系财神支持,出手特别大方,凡参加该党的议员,除一次性数千元的酬劳外,每月尚有二百元的津贴,结果不及一月,公民党的议员达到二百余人,上升为第二大党,进步党则降为第三党。

进步党和公民党都支持袁世凯,国民党已经难以扭转大局,10月4日,国会以651票通过大总统选举法,定于后天即10月6日举行大总统选举。至于选举的办法,规定由国会两院议员无记名投票选举,选举时要有三分之二的议员参加投票方为有效,得票满四分之三者方能当选总统。两次投票仍无人达到四分之三的票数,则从第二次得票数多的两人中票决选定。总统的任期为五年,如再次被选,可连任一届。副总统选举与大总统办法一样,同时举行。

10月6日,正式选举大总统,地点就在众议院的议场。当时到现场的有外国驻京使馆人员、有附近前来看热闹的,还有袁世凯亲信们收买的"公民团"三四千人,当然还有大批军警,整个议场附近,人头攒动,摩肩接踵。

参众两院议员到会759人,按得票需超过四分之三的标准,袁世凯至少需要 570 票方能当选。当时公民党和进步党议员共 400 人左右,即便这两党一票不失,仍需国民党议员 170 人投票支持,袁世凯第一轮投票当选可能性不大。

第一轮投票 9 点开始,检点人数、发票、投票、唱票、计票,到出结果,耗去 4 个多小时。结果出来了,袁世凯得 471 票,离当选还差 100 票;黎元洪得 154 票;得票最少的是孙中山和伍廷芳,各得 1 票。此时已经快下午 1 点,国会备了面包点心,匆匆吃完后,进行第二轮投票。结果第二轮投票袁世凯得 491 票,仍然不能当选。

按照国会的安排,如果两轮不能选出,第三次投票推到次日进行。但袁世凯担心夜长梦多,强令当天举行第三次投票。当然不用他出面,外面三四千人的"公民团",其实是收买的青帮及地痞,他们干这种事最合适。他们把议场大门堵了个水泄不通,大声嚷嚷道:"不选出大总统,休想吃饭!"

国会参众两院的议长都出面通融,但是"民意"迫切希望尽快选出正式大总统,不允许议员离场。议员们有想跨出半步者,就被推搡回去。国会并没有准备晚饭,于是各党自想办法。进步党派人送来两担面包点心,"公民团"不让进,送点心的人说是给支持袁总统的议员送的,进步党的议员又到门口交涉,这才允许进去,公民党也援例送来面包点心。但国民党的面包点心被拦在了门外,无论如何不让进。"公民"们喊道:"饿死他们活该,选不出总统就饿着。"

于是进行第三次投票,这次在袁世凯和黎元洪两人中投票,票高者当选。到九时多出了结果,袁世凯得 507 票,终于当选,外面"公民团"高呼"袁总统万岁",然后一哄而散了。会场内掌声稀稀拉拉,国民党员大都不愿鼓,公民党和进步党的老官僚们不少人烟瘾犯了,疲极无力,实在无心鼓。

当天晚上,英法德日俄等十三国宣布正式承认中华民国。第二天,黎元洪当选副总统。

10 月 10 日是武昌起义的日子,定为开国纪念日。袁世凯就任大总统典礼也在这一天举行,地点选在太和殿,是他亲自定的。太和殿是皇帝登基、大婚、册立皇后、命将出征以及元旦、春节等重要节日接受文武官员朝贺的地方。参加典礼的人有参众两院的议长、议员,文官简任以上,武官上校以上,各国公使、清皇室代表、蒙藏代表、在野官僚、名流士绅以及金融界、报界人物。按照请柬上通知的时间, 参加典礼的人八时开始由西华门进入紫禁城, 到太和殿入席。文官一律着燕尾服,武官一律着军礼服。太和殿内,北面设主席台,是袁世凯宣誓的席位。与主席台相对,居于殿中偏南设议长席和议员席,这是参议院议长王家襄力争来的。按照最初的安排,两院议长和议员席分列东西两侧。王家襄知道后道:"民国以民为主, 总统就职原系向代表全国国民的议长议员宣誓,议长议员座席非居中不可,不然侧居客位,贻笑世界。"内务部报告给袁世凯,这才做了如今的安排。殿内东侧是文武官员,国务总理、国务员座席。西侧则是各国公使、清皇室、蒙藏代表及名流士绅席。

九时左右,来宾大致入席。到了十时,头戴金线军盔、着蓝色制服、佩带军刀的卫士三百三十名排队走入大殿,分两排站在东西席次前,形成一个警卫胡同。随后来了四人抬的彩舆,从上面走下来的,文武各两人,文官是总统府秘书长梁士诒,秘书夏寿田,皆着燕尾服;武官是侍从武官长荫昌,军事处代理处长唐在礼,皆着钻蓝色军礼服,戴叠羽帽,佩带参谋带。最后袁世凯乘八抬彩轿到来,身穿钻蓝色陆海军大元帅礼服,下轿后由梁士诒等四人拥护前行,登主席台面南而坐。

诸事齐备,赞礼官宣布典礼开始,袁世凯应声而起,面向议长议员席宣誓:"余誓以至诚,谨守宪法,执行中华民国大总统之职务。"誓毕,鞠躬。文武官员都高呼"万岁"。然后赞礼官呈上长篇宣言书,袁世凯重新站立宣读。典礼告成,袁世凯在梁士诒的陪同下接见各国公使及清室代表, 其他人员则到武英殿喝茶。

下午还有阅兵式。袁世凯午睡后约三时,由段祺瑞、王士珍、荫昌、段芝贵、唐在礼陪同,登上天安门城楼,受阅部队的将官随后结队登上城楼,谒见袁大总统,并汇报受检军队情况,然后由袁世凯训话。将官列队走下城楼,回到各自部队,传达袁世凯训辞。受检阅部队共两万余人,都要列队走过天安门城楼,无奈天公不作美,下起小雨,检阅不到半小时,袁世凯在众人劝说下走下城楼。

晚上石大人胡同外交部大楼有招待舞会,袁世凯也要出面,十一时多才结束。其间梁士诒陪同袁世凯到休息室休息,里面只有两个人。

袁世凯问道:"燕孙,今天累得不轻吧?"

梁士诒回道:"大总统大喜日子,不累。"

"不累是假的,我都累得够呛。燕孙,你知道我今天感受最深的是什么?"

"都是高兴的事,我实在说不好。"

"是我面南向国会议长宣誓的时候,我想不通,堂堂大总统不是国家的元首吗?为什么要向他们宣誓。我当时就想,这些讨厌的人,什么时候才能从我眼皮底下走开?"

第十六章

袁项城集权在手 日本人欲亡中国

　　袁世凯如愿当上了大总统，但将来日子如不如意，关键要看正在制定的宪法。如果这部宪法还是像临时约法一样，这个大总统还是让人指手画脚，那还有什么意思？

　　负责起草宪法的委员会，由众参两院议员共六十人组成，其中国民党人三十二名，进步党、共和党两党议员二十八名。国民党占明显优势。国民党议员的意图就是要制定一部能够约束大总统的宪法，坚持以《临时约法》为蓝本；进步党人虽然是挺袁派，但在巩固国会地位、以宪法制约大总统上，却与国民党的意见很一致，所以袁世凯打听到的消息，这部宪法对他很不利。他最关注的两点，一是大总统任命国务员是否须国会通过，二是大总统有没有解散议会的权力。国会有弹劾总统及国务院的权力，大总统有解散国会的权力，这是当时国际惯例。他让梁士诒与宪法起草委员会交涉，可国民党人主持的宪法起草委员会十分强硬地拒绝了。

　　袁世凯当然不甘心，于是让梁士诒起草一份《致众议院谘请增修约法案》，指出《临时约法》不是一部好法，"综计临时期内，政府左支右绌于上，国民疾首蹙额于下，而关于内治外交诸大问题，利害卒以相悬，得失仅以相等，驯至国势日削，政务日堕，而我四万万同胞之憔悴于水深火热中，凡此种种，无一不是因为《约法》之束缚。《临时约法》限制过苛，因而前参议员干涉太甚，此稍知吾国内情者，皆能悉其病根之所以发生，而亟思有以挽救之者也"。他认为，政治能否刷新，关键就是《临时约法》能否增修好，他希望修改的重点，就是关于大总统职权各规定，目标就是让大总统能够总揽政务之统一。"本大总统一人一身

之受束缚于《约法》，直不啻吾四万万同胞之生命财产同受束缚于《约法》! 本大
总统无状，尸位以至今日，万万不敢再搏维持《约法》之虚名，致我国民之哀哀
无告者之实祸"。

当时宪法已经脱稿，即将到国会讨论通过，修宪委员会对袁世凯提交的增
修案干脆未予回复。国会讨论时，袁世凯派出八名亲信前去列席，进步党议员
没有太大意见，而国民党议员坚决不同意，否则就退会。国会权衡再三，拒绝袁
世凯的"钦差"列席。结果宪法通过了国会三读，只等举行一次宪法会议，就可
以正式公布。袁世凯见宪法即将成为事实，决定采取强硬手段，避免宪法正式
颁布。

随后几天，各省文武官员纷纷通电，指责国民党议员把持宪法起草，所拟
宪法侵夺政府权力，形成国会专制，影响国家治乱兴亡，主张解散国民党。袁世
凯让梁士诒以个人名义去试探国务总理熊希龄，全国一致要解散国民党，他是
什么意思。结果梁士诒带回消息，熊希龄不以为然。

"咦，他是什么意思？"袁世凯惊问道，"他是进步党员，何必要护着国民
党？"

梁士诒回道："熊总理的意思，要维持国会，不能没有国民党。毕竟国民党
有议员三四百人。"

"你让秉三明天到我办公室来，我亲自和他谈。"

第二天，熊希龄如约来见袁世凯，但刚坐下，英国公使朱尔典来了。袁世凯
摊摊手道："你瞧，早不来晚不来，这时候他来了。秉三，他大约要和我谈西藏问
题，只好委屈你先到里面等一等，我和他谈完了咱们再谈。"

于是袁世凯在会客室与朱尔典谈西藏问题，熊希龄进袁世凯的办公室里
稍等。先是在办公桌对面的沙发上坐等，但坐了数十分钟，外面还没有谈完的
意思，于是他起身欣赏袁世凯博古架上的古玩。他对古玩很有研究，见袁世凯
办公室内所陈实在没有值钱的东西。倒是他桌上的一只笔筒，像是钧瓷，还有
些年头。放下这只笔筒的时候，熊希龄无意中看到，袁世凯的案头摆着前司法
总长许世英的一份报告，一看题目吓了一跳，是关于避暑山庄国宝被盗的案
卷。

熊希龄这一惊非同小可，因为避暑山庄国宝被盗，与他干系极大。他当热
河都统时，看中了避暑山庄的山光水色，干脆搬进山庄里办公。在此期间，又派
他的亲信以查点山庄宝物为名，倒出了不少东西。热河一带是袁世凯"姜老叔"

姜桂题的地盘,熊希龄少不得巴结,就把一柄乾隆用过的折扇相赠。结果姜桂题悄悄把扇子呈给袁世凯,并密报山庄文物很可能被窃。熊希龄内调出任国务总理后,袁世凯就派许世英前往密查。这事熊希龄竟然一点也不知道,他心惊胆战偷看几页,报告中果然牵涉他。

这时朱尔典走了,袁世凯在外面喊道:"秉三,英国佬总算走了,你出来咱们说话。"

熊希龄心神不定走到外面,袁世凯盯着他看了一会儿道:"秉三,你昨晚是不是没睡好,脸色真难看。咱们被国民党整得活受罪,不过,没有过不去的火焰山,该睡还是要睡。"

熊希龄心里有鬼,此时唯唯诺诺道:"是啊,国民党处处与政府为难,真是让人头疼。"

袁世凯厉声道:"国事不好向前推进,都因国民党凡事故意刁难掣肘,真令人痛心。我国现在是责任内阁制,如不将国民党这个障碍铲除,内阁既不能顺利执行职责,总统的权力也就不能行使了。根据目前形势,我们要把国家治好,非立即解散国民党、取消国民党籍议员资格不可。我的意思如此,秉三,你看怎么样?"

"我听大总统的。"

"好。"袁世凯又向外面喊道,"燕孙,把命令取来。"

梁士诒应声而入,将手里早已起草好的《解散国民党取消国民党议员资格令》递给熊希龄。

"秉三,我已经用印了,你仔细看一下,若无异议,就请附署。"

袁世凯这份命令,先历数国民党二次革命的罪恶,然后说明国民党议员与李烈钧等人的联系,对国民党大加痛斥,"近年来,国民党之所谓党略,大率借改革政治之名,行攘夺权利之实。凡可以逞其野心者,虽灭国亡种,荼毒生灵,亦所不异。其运动方法,或以利诱,或以威吓,或以诈取,务使同种之人,互相残害,而自为狡兔三窟之谋。其鼓吹之术,或以演讲,或以报纸,任意造谣,颠倒黑白。此等鬼蜮行为,即个人尚不能立身,遑论治国。本大总统何能宽容少数乱徒,置四万万人利害于不顾"。命令各都督、民政长转饬各地警察厅长及地方官,"凡国民党所设机关,不拘为支部、分部、交通部及其他名称,凡现未解散者,限令三日内一律勒令解散。嗣后再有以国民党名义发布印刷品、公开演说或者秘密集会者,均属乱党,应即一体拿办,毋稍宽纵"。国会中的国民党议员,

"阳窃建设国家之高位,阴预倾覆国家之乱谋,实已自行取消其国会组织法所称之议员资格。应饬该警备司令官督饬京师警察厅查明,凡国会议员之隶籍该国民党者,一律追缴议员证书、徽章"。

"我没有意见。"熊希龄匆匆看罢,接过梁士诒递上来的笔签上自己的名字。

警察厅归内务部管,因此还需要内务总长附署。内务总长朱启钤已早来候着,等熊希龄附署完,他进来附署。

手续走完,袁世凯下令道:"今天立即发出,把国民党议员统统赶出国会。"

命令下达,军警立即查封国民党本部,同时搜查该党议员住所,共追缴国民党籍议员 389 人的议员证。但剩余的议员仍过半数,国会还可以继续活动。袁世凯又下一道补充命令,跨籍的议员也要追缴议员证,结果从国民党中早就分化出的小党以及转入进步党、公民党的议员共 100 余名又被剥夺了议员资格,国会议员已经不足一半,只好停止活动。国会停止活动,也就意味着没人能够监督政府,难免有专制之嫌。参议员 61 人,众议员 194 人,分别联名上书袁世凯,"民国不能一日无国会,国会议员不能由政府取消,此世界共和国通义"。并质问袁世凯,以行政命令取消议员资格,又是依据何法?

袁世凯的办法就是不予答复。

于是众议院议长汤化龙、参议院议长王家襄二人亲自去见袁世凯,当面问道:"外间传言,大总统取消国民党议员资格,目的就是要解散国会,大总统是否真有此意?"

袁世凯装作吃惊道:"国会岂有不要之理?我已经让国务院通知各省,尽快递补议员。不过,议员为数太多,人言庞杂,应当修改国会组织法,减少议员人数。"

汤化龙建议道:"要修改国会组织法,首先要议员过半数开会才得合法。部分国民党议员早已经脱离国民党,取消他们的资格实在没有道理。这部分人大约一百人,如果恢复议员资格,就可开会商讨修改国会组织法,请大总统下令。"

袁世凯回道:"此事你们与国务院商量。"

两人再去找国务总理熊希龄,提出恢复一百六十名议员资格,熊希龄则提出必须曾经在《政府公报》上宣布脱党的才有效。国民党议员脱党,大都是免费登在各自机关报上,登于《政府公报》上的只有二十余人。显然,熊希龄并不愿国会能够重新恢复活动。而他的态度,就是袁世凯的态度。

袁世凯办事,向来讲究一步一步走,当然不愿引起激烈反对,为了应付舆论和国会,令国务院通电各省民政长,要求选派明于世界大势、品学俱优的委员二人到北京组织政治会议,作为政府的咨询机关。各省所派人员大部分到京后,袁世凯发布《政治会议组织令》,正式组织政治会议。

> 共和精义,在集众思,广众益,以谋利国福民,期于实事求是。现在正式政府已经成立,本大总统督同国务员,业将大政方针次第议决。但建设之始,万端待理,关于根本大计,讨论尤贵精详。前经电令各省举派人员来京特开政治会议,以免内外隔阂,俾得共济时艰。现各省所派之员不日齐集,应再由国务总理举派二人,各部总长每部举派一人,法官二人,蒙藏事务局酌量举派数人,本大总统特派李经羲、梁敦彦、樊增祥、蔡锷、宝熙、马良、赵唯熙,合组政治会议机关,务各竭所知,共襄郅治,奠邦基于磐石,以慰全国嗷嗷待治之心,本大总统有厚望焉。此令。

各省所派人员,大多是当年主张宪政的旧官僚,这些人不像国民党那样持激烈态度,主张实行稳妥的改良。袁世凯当年总督直隶时,是全国推行宪政最用心的总督,那时候就得到这些人的佩服,如今当然很容易得到他们的支持。他所需要的,正是一个看上去名流云集,而又肯听招呼的"民意机关"。他所派的十人中,为首的李经羲,是李鸿章的侄子,辛亥革命前任云贵总督。当时蔡锷在云南发动起义,并未为难李经羲,把他礼送出境。此时他与蔡锷同被派到政治会议中,指定李经羲担任议长,蔡锷则为议员。

蔡锷是梁启超的学生,深受梁启超的影响,也是主张中国应行改良主义,应当建立"强善"政府。他反对暴力革命,所以支持袁世凯镇压二次革命;他对袁世凯十分佩服,认为袁世凯是中国建立强善政府的不二人选,他很愿进京与袁世凯共事,共建民国,并写信给梁启超,把他的意思转告给袁世凯。袁世凯对蔡锷在二次革命中给予的坚决支持心怀感激,因此借此机会把他调到京中。不过,蔡锷毕竟不是北洋嫡系,立马重用他也不可能,因此暂时只能给他一个政治会议议员的位子。

总之,如今政治会议的人员,虽然不至于唯总统马首是瞻,但绝不会像国民党议员那样事事反对。所以政治会议开幕的时候,他借会见议员的时机,把自己两年来的不满和思考,做一个全面总结,毫无顾虑地讲出来。

那天69名政治会议议员一齐到中南海面见总统,袁世凯发表了一个四千余字的长篇训词。他开门见山,说明成立政治会议的原因:"民国建设二年以来,政治难行,诸多牵制隔阂之处。是以召集政治会议,以期内外联洽,共商办法,以辅助政治之进行。"

他对民国建立二年以来的政治,提出严厉批评:"两年以来,理论多而实行少,故虽共和肇造,然危机重重。就内政言之,纪纲法度茫然无存,甚至礼义廉耻亦皆放弃,人伦道德废而不讲。"对国民党挂在嘴上的平等、自由也大加斥责,"今之人动辄讲平等,岂知外国人所谓平等者,人格之平等,法律之平等也,并非部长可与书记平等,师长可与士兵平等,校长可与学生平等。破坏之徒,借平等名义,以图构乱,种种犯上作乱之事,皆以平等之名行之。若辈又有几个是真想讲平等?今人又动辄讲自由,岂知外人所谓自由者,乃法律中之自由,并非法律之外悉可自由。今年孙黄发动暴乱,多省宣布独立,如果未能及时扑灭,必至沦为土匪之国,则外人安有不瓜分之理?瓜分之后,国人皆为亡国奴,还奢谈什么自由、平等?"

他对民主也有自己的解释:"改革之后,民主政体虽已告成,试问人民之疾苦、利害,又有几人真正关心? 甚至倡言民主之人,所行不过是残害生民之举。广东、湖南、江西等省前例俱在,天下有此民主乎? 今日多数良民之意,大都在于安居乐业,而主持民主之人,却与人民心愿相悖而行,何谈民主?孙黄发动暴乱,而全国商民群起而反对,全国二十余省商会,仅有九江一商会答应附逆,人心向背,可见一斑。"

袁世凯又对共和谈了自己的看法,认为"所谓共和,在结大众之团体,谋大众之幸福。乃以主张共和政体之人,往往不守法律,奢谈共和精神之人,往往阴谋分裂。而不明政理者,盲目从之,托名为共和政治,实成为暴民专制"。

接下来他大谈暴民思想的危害,认为这是致乱之源,肇祸之根,足以亡国。"苟无国,安有家。苟无家,安有身。万一国家倾覆,瓜分实行,则自身及子孙,皆为奴隶、牛马。我不愿自己,也不愿子孙,更不愿四万万同胞陷于奴隶、牛马之惨劫也。尤愿诸君咸抱此宗旨,共筹办法。当此国事孔艰,不能不亟筹匡救。从古至今,断无人民不安而可以立国者。若坐视疾苦,袖手旁观,揆诸良心,何以自安?现在总以救国救民为本位,牺牲精力固不待言,就是名誉亦可牺牲之。愿大众同此意见,专以救国救民为前提,毁誉是非,千百年后自有定论,此时悠悠之口,何关轻重"!

国民党搞二次革命,也是被逼无奈,但无论怎么说,在大多数国人心目中,叛乱国家是板上钉钉的事实。袁世凯正是抓住这一点大做文章,在这些向来主张改良的政治会议议员听来,颇能引起共鸣,以致认为袁世凯是一心为国家,这样的总统为什么不支持?

袁世凯不敢说辛亥革命是错的,但他认为太过于急切,违背了人民的习惯和接受程度,"居今之世,政治进行,不能再缓。但人民程度习惯,各有不齐。犹春之不能骤冬,日之不能骤夕。余穷原政治之事,毋违背人民之习惯程度。苟与习惯程度不合,虽更定法度,条理秩然,亦断无实行之望,即便良法美意,结果却足以扰民。故必按照习惯程度,徐导之于文明之域,循序渐进,庶有实效。若师人所长而冒昧行之,必致整机败坏。若谓中国旧制毫无可采之处,亦不尽然。从前典章法度,非仅一朝之计,每经大圣大贤之教,泽被历代。故目下之目的,虽在于维新,而数千年来固有之法意,传统之文化,是祖宗智慧的积累,亦不能一笔抹杀。若专恃新法律、新学理,未见其能行也。此后行政事项,诸君务必谨慎斟酌,妥善共筹一适当不易之法,不至于徒托空言"。

接下来,对国会及省议会大加批评:"现在各省自治机关,多溢出法律之外,正绅不与公事,徒任少数莠徒逞其权利思想,以剥削地方官之权。地方官无权,将何以保障人民? 势必至强者凌弱,众者欺寡,终成纷乱之局。地方官既受议会之种种束缚,纵有良策,无从展布。即如从前参议院,乃立法机关,而议成之法甚少,政府偶有设施,即以违法相诟病。国会成立,其中不乏贤达之士,然陷于党争,难出公心,每遇重大之案,竟难完全通过。立法机关譬如绘图之人,政府机关如工作之人,工人自行建筑,绘图者必责违法,而待绘图者给出图样,却又遥遥无期。当此建设时代,坐误岁月,一任破屋飘摇于风雨之中,岂有立足之地。"

最后,袁世凯的话题转到《临时约法》,他认为《临时约法》完全是因人设法,当初孙中山当总统,行的是总统制,总统权力很大;而当他当上临时大总统,制定的《临时约法》又改为议会内阁制,一切大权都归于参议院,总统同时还受制于内阁。《约法》因人而立,多方束缚,年余以来,常陷于无政府之地,使临时政府无所展布,以遂野心家之阴谋,置国家安危存亡于不顾,致人民重受苦痛。现在救国之计,尤须强有力之政府,若全国等于散沙,则法令亦无效力。

愿此次政治会议,引导人民进共和轨道"。

政治会议一散,蔡锷就到梁启超处深谈,他开门见山道:"项城的意思,总而言之,就是要建立一个强善政府。"

梁启超点头道:"中国虽然推翻了帝制,建立了共和,但从帝制到共和哪能一夕实现? 所以必须循序渐进,不能把外国人的制度完全照搬过来。这一点我还是完全赞同的。"

"项城的意思,我看一是解散国会,二是要修改宪法,增强大总统的权力,这两条我无一不支持。总统当国家行政中枢,负人民付托之重任,如果因少数人的党见,减消其行使政策之权,恐怕将一事不能为,必陷国家于不振。考察中国数千年历史,再看日本崛起的经验,中国要致富强,必须言统一、言集权、言强有力之政府,而最关键的,必须有一个强有力的人物。学生以为,遍观中国,项城实为近代伟人,宏才远略,无出其右者。所以学生的意思,愿意拥护大总统一心一意搞建设。"

梁启超回道:"增强大总统的权力,我无意见,但解散国会,进步党人大都反对。解散国会,政党政治也就无从谈起,靠政党政治纳项城于政治轨道的计划也就落空。听项城今天的意思,是非要解散国会不可。黎宋卿这次进京参加政治会议,大家抱着很大期望,希望他能够支持保留国会。可是他来了个三不谈,不谈国会问题,不谈内阁问题,不谈政党问题。"

"黎宋卿最善看风使舵,如今北洋实力如日中天,他怎么会反对项城?"

"国会葬送,国民党难辞其咎。本来民主共和、政党政治的框架已经搭起,如果他们肯稍做让步,《临时约法》不那么过分,项城便不会对《临时约法》怀着那么大的恶感。最可恨的是他们明明没有实力,却要以军事手段来倒袁,结果是送给项城名正言顺夺取国民党地盘、解散国民党的借口。如果没有如此愚蠢之举,项城对南方数省有所顾忌,对国会力量有所敬畏,不难让他逐渐步入正轨。如今没有任何力量可撼动北洋,国会岂不只有解散一途? 更令人担心的是,从此开了动辄军事讨伐的恶例,中国从此永无宁日! 好在项城对实业救国颇有措施,张季直总长的振兴计划都得到支持。但愿项城能够持此立场不变,则中国富强尚有希望。"

解散国会的责任袁世凯不愿负,他没有直接下令,而是由黎元洪为首,二十二省地方长官,共三十九人联衔通电提出救国大计案,一是要求遣散议员,二是要求修改约法。袁世凯将这两项提案交给政治会议讨论。政治会议迎合袁世凯,讨论的结果,一是解散国会,国会议员每人给六百元遣散费,限期回籍;二是成立约法会议机构,专门负责增修约法。

进了腊月,国会正式解散,议员遣散回籍,进步党召开议员送别会,会场气氛极为凄凉。梁启超前往发表演说,认为国会之失败在于国民党之暴乱,同时进步党党员训练未善,致人民反对亦咎无可辞。结果遭到议员一致抗议,群起而批驳,梁启超面对咄咄逼人的诘问,难以回答,十分尴尬,进步党精神领袖的地位也由此完全跌落。

国会解散,袁世凯决定对内阁动手,他多次对熊希龄抱怨道:"现在总统、总理、总长,都是总,真不知道谁说了算。"

根据约法,大总统的命令需要内阁总理和相关总长附署才能生效,也就是说,如果内阁不赞同总统的意见,便可通过拒绝附署而予以否决。袁世凯当然不愿内阁如此牵制总统,解散内阁、取消内阁的意思已经颇为人知。

进步党人王荣宝出任比利时公使,临行前向袁世凯辞行道:"听说有人劝行总统制,取消内阁。大总统请勿听此浮言,不可实行大总统制。今日办事难满人意,若行此制,总统便当责任之冲,对总统实在不利。"

袁世凯很明确地拒绝道:"不然,从前行内阁制,按说内阁应当替大总统承担责任。但这两年间,只闻有讨袁,而不闻有讨陆讨段之说。可见,就算是内阁制,大总统还是要承担责任。"

袁世凯令梁士诒再去找熊希龄,探听他对解散内阁的看法。熊希龄闻言十分愕然,回道:"此事关系国家体制,我不敢妄言。"

袁世凯故伎重演,十几个亲信都督、民政长发表通电,提议解散内阁,实行总统制。江苏都督冯国璋通电道:"中国制度,应于世界上总统总理之外,别创一格,总统有权则取美,解散国会则取法,使大总统以无限权能展其抱负。"

安徽都督倪嗣冲则道:"项城袁公,绝世之才,中外具瞻,天人合应,允宜撤销内阁,纵其展舒。若实行内阁制,俾元首退处无权,何异困蛟龙于沟壑,击麟凤以钳铁。"

此时,京中报刊忽然登出避暑行宫失宝案,掀起了轩然大波,内务部警察厅也频繁找熊希龄"核实情况"。熊希龄明白这是袁世凯搞的鬼,目的就是逼他辞职。于是他上书袁大总统,说自己身体不好,心慌头晕,无力任总理一职。梁启超、汪大燮等进步党阁员也上书请辞,袁世凯立即批准了他们的辞呈,派心腹孙宝琦代理总理。不过他还需要进步党的支持,因此立即任命熊希龄为全国煤油督办,梁启超为制币局总裁,都是"实惠"的官缺。

一过了正月十五,约法会议议员就陆续到京,两天后正式开幕,着手增修约法。约法会议人员六十人,其中二十二行省每省二人共四十四人,蒙、藏、青海八人,京畿地区选四人,全国总商会选四人。议员基本是指名选举,因此十分平静,绝无当初选国会议员那样吃三喝四、沸反盈天。当然,这些人与政治会议议员一样,多是持改良主张者,绝少激进革命派,其中不乏袁世凯的亲信。比如梁士诒作为广东代表,严复作为福建代表,夏寿田是湖南代表。议长是国民党籍的孙毓筠,这是袁世凯特地挑选的,目的是向世人表明,增修约法并非北洋的私意,更非袁世凯的私心。

孙毓筠是个颇令人费解的人物。他是秀才出身,对新政十分热心,在老家寿州兴办新式学堂,不被当局所容,举家到日本避难,捐尽家产,追随孙中山先生,偕同妻子及两个儿子全家加入同盟会。后来又放弃同盟会庶务主席这一仅次于总理的职位,回国策划暗杀两江总督,事机泄露,被囚禁五年。在狱中,他咏歌诵禅,神色自若,为人所钦佩。辛亥革命后出狱,被孙中山亲任为安徽都督。但不出半年就被袁世凯收买,到北京出任总统府高等顾问,月薪三千元,除了吸鸦片就是买古瓷、书画,从前的英雄气消磨殆尽,对袁世凯已经是唯命是从。

在孙毓筠的主持下,一个多月过后《中华民国约法》制定出来了,5月1日正式公布。袁世凯如愿以偿,他所深恨的《临时约法》中的民主共和思想几乎是完全抛弃。比如《临时约法》规定,参议院、临时总统、国务员、法院行使国家统治权,新约法改为总统总揽统治权,采取总统制,不置国务总理,各部总长均直隶于大总统,置国务卿一人襄助总统;取消参议院、众议院,人民选举议员组成立法院,行使立法权,立法院正式成立前,建立参政院代行其职权;大总统有解散立法院权力;大总统有宣战、媾和权力,大总统制定官制官规,大总统任免文武职员,大总统为陆海军大元帅,统率全国海陆军……而人民的权利,虽然保留言论、结社、出版等自由,以及请愿、选举、被选举等项权利都加了限制。而立法权控制在总统手中,实际上大总统也就随时有权剥夺这些权利。

约法公布的当天,袁世凯下令改革中央官制,取消国务院,改设政事堂,自己的老亲信徐世昌出任国务卿,杨士琦、钱能训为左右丞。政事堂直接对总统负责,再也不是当初能牵制总统的内阁。政事堂下设法制、机要、铨叙、主计、印铸五个局及一个参事室,一个事务所。机要局最为关键,由自己当年的亲信幕僚张一麐出任局长。各部总长也都是自己的亲信,外交孙宝琦,内务朱启钤,财政周自齐,陆军段祺瑞,海军刘冠雄,交通梁敦彦,司法章宗祥,教育汤化龙,农商张謇。九个总长中,除汤化龙、张謇是进步党外,其他人都是自己的老班底,而且张謇也是自己的老相识,汤化龙虽然是辛亥后才有交往,但也已经"袁化"了。

总统府秘书厅改为内史监,旧官衙味十足。原来的副秘书长、老亲信阮忠枢出任内史长。原总统府秘书长梁士诒则出任税务总督办,这一职务显然无法与参与机密的内史长相比。新老亲信的更替,颇耐人寻味。

阮忠枢是袁世凯的老文案,直隶总督、北洋大臣任上的所有奏折和重要公事几乎都出自他手。老阮有才,但也有吸鸦片、嫖妓等嗜好,有时难免误事。而且此人十分聪明,久为袁世凯倚重。等袁世凯辛亥复出后,已经是民国共和那一套,公文程式为之大变,老阮的老文笔派不上用场,因此一直赋闲。如今老阮复掌文案,肯在官场上用心的人颇有领悟,认为这是袁世凯有心复辟的先声。

而梁士诒恰恰相反。他当年本是朝廷举办经济特科时的"探花",因姓梁而被守旧官僚攻击为梁启超、康有为的同党,不但未被重用,还差一点招祸,是袁世凯把他挖到北洋,从此发达。他从铁路入手,掌握了交通系,在巨额铁路借款中拿回佣成为巨富,又长袖善舞,善于理财,被人称为"梁财神",为袁世凯所倚重。尤其是借助广东人的身份,帮袁世凯与革命党打交道、谋取临时大总统。而且民主共和那一套,他也颇有心得,当上总统府秘书长后,成为袁世凯最得力的助手,有人晋谒袁世凯,禀商事件,袁世凯常说问梁秘书长去!梁士诒也是事无巨细,皆视情处理,以至于被人称为"二总统"。

得"二总统"的外号并非好事,可以解读为深受总统信任,亦可理解为功高震主。袁世凯的幕僚渐显派系之争,尤其以杨士琦为首的皖系与以梁士诒为首的粤系争斗最激烈。善耍阴谋的杨士琦便拿"二总统"的名头大做文章,《字林西报》曾发表一篇评论说:"中国今日所恃以存在者,因为袁总统;而将来所以恃以存在者,实为梁秘书长。梁士诒者,在中国财政上最有势力之第一人也。其人赋性坚定,才具圆满,不喜大言高论,但求著著踏实,步步为营,及水到渠成,一举而收其功。此等性格,极似袁总统之生平。且梁士诒财政上之势力,非唯于国内占到实权,且于国际上更具有最高之信用……总之今日世界各国政治上之势力,财权几占全国,兵力不过其残影。此论若无谬误,则中国继兵力而掌柄者,必在财权。继袁总统而统治中国者,必梁士诒。此梁士诒所以为中国政治上最有望之才者。"

《字林西报》是英国人在中国创办的历史最久的英文报纸,读者为在华外交、洋商及传教士,经常发表评论中国内政的文章。梁士诒的父亲在香港读到这篇文章,大吃一惊,立即写信给梁士诒,提醒他赶紧收敛锋芒:"此则日报,虑有人蓄意为之者,政府必有所闻。在豁达之主,或不猜疑,在深谋远虑之人,不无动念。故凡事宜退一步以留己之余地,前人有功高而震主,哲士善功成而身退,匪唯避嫌,实保身之义也。"

梁士诒老父的担心并非多余,这篇评论的确是有人背后搞的鬼,意在离间袁梁关系,而袁世凯也的确对梁士诒颇有疑虑。文武官员到京,总要拜访梁士诒。特别是军队的师旅长,拜谒袁世凯后必再访梁士诒。袁世凯有一天对梁士诒道:"你的地位将来甚重大,现在入觐之师旅长,不可轻予颜色。"杨士琦就曾经对袁世凯说,梁士诒结交军人,有当大总统的野心,不能不防。

除此之外,梁士诒思想颇"新",更让袁世凯担心。有一次袁世凯试探梁士诒,说现在国会专制,内阁集权,他打算扩张总统府制,网络人才以图治理。梁士诒回道:"我国共和制度下,内阁制一时未便更易,国会更不可轻弃,国本动摇,只怕再起纷争。"袁世凯注视梁士诒良久,梁士诒赫然心惊,但为时已晚。所以这次被调出总统府出任税务督办,也是意料之中。

受到袁世凯猜疑的还有他的北洋大将们,首当其冲的是陆军总长段祺瑞。段祺瑞出任陆军总长后,牢牢把着陆军大权,给袁世凯以莫大支持的同时,也渐成尾大不掉之势。段祺瑞提拔的多是自己的学生和部属,如徐树铮、靳云鹏、傅良佐、吴光新等,皖系力量已经颇让袁世凯心惊。二次革命以后,段祺瑞势力更加膨胀,对军官的提升和降黜经常自作主张,更让袁世凯不快。这次新约法的公布,给了袁世凯扭转军权旁落的机会。他下令成立"陆海军大元帅统率办事处",派段祺瑞、刘冠雄、陈宦、萨镇冰、王士珍、蔡锷为办事员,唐在礼为总务厅长,办事员轮流值班,一切军事要政均由值班人员送袁世凯定夺。这表面上是统筹三军,实则是削弱段祺瑞的军权,把军权归于大总统手中。尤其请王士珍出山,更是针对段祺瑞。北洋三杰,冯国璋正在江苏将军任上,唯有将王士珍请出来才能对段祺瑞稍加牵制。王士珍自从清帝退位后就回乡闲居,不愿出山陷入袁段之争。但王士珍为人办事以中庸为原则,不愿得罪任何人,经不住袁世凯一再派长子袁克定去请,只好硬着头皮出来。

布局完中央,袁世凯又对地方官制加紧改革,很快公布了省道县三级官制草案,各省民政长改为巡按使,管理地方民政事务,为一省民政最高长官,一律由中央任命,直接对中央负责;田赋、盐税、关税、厘金、烟酒茶税均为国税,各省地方财政机关均为中央派出机构,各省一律编造预决算送中央核准,如此安排,是意图将地方行政、财政大权归于中央。

地方的改革,重点在军政分治。辛亥革命后,各省都督权力很大,什么也"督",各省民政长成了都督的下属。这样,都督们把军政财全部抓到手中,很快形成尾大不掉的架势。最先提出军民分治的是副总统黎元洪,他拿辛亥后的形势与晚唐藩镇割据相比,认为不尽快实行军民分治,藩镇割据的局面又将形成。袁世凯对黎元洪的意见大加赞赏,下令将各省都督改为将军,管理一省军务,也就是后来简称的督军——只督理军务。对这些有地盘的将军,冠以武字或镇安字样,如冯国璋为宣武上将军,督理江苏军务,段芝贵为彰武上将军,督理湖北军务。同时又在北京设立将军府,作为顾问机关,把那些调到中央的将军养起来,给以厚禄,名号则冠以"威"字,如段祺瑞为建威上将军,蔡锷为昭威将军。这种手段,类似宋太祖的杯酒释兵权。

有人上调,必然有人要下派。派到地方的将军,当然都是亲信,目的是巩固对南方省份的控制。何国华派为云南宣慰特使,王祖同为广西军务会办,龙建章为贵州巡按使。派曹锟率北洋精锐第三师驻湖南岳阳,王占元领第二师驻武昌。四川地位特殊,南连云贵,东接湖湘,从前又非北洋势力范围,此时必须加固,于是派陈宦为会办四川军务,率北洋军三个旅入川。

北洋军虽是嫡系,但派系苗头已现,袁世凯也放心不下,早就想另练一支队伍。保定陆军学校的校长蒋百里提出训练模范团的建议,正中袁世凯的心思。于是以北洋军官暮气太重为由,在"陆海军大元帅统帅办事处"下设模范团办事处,计划从北洋各师抽调下级军官充士兵,中高级军官为模范团中下级军官,培训结束,集中分到两个师中去担任军官。由谁来训练模范团?蒋百里推荐自己的同学蔡锷,但杨士琦却极力反对道:"蔡锷是个外人,非我族类,其心必异。一旦让他掌握了兵权,后果恐怕难以设想。而且北洋猛将如云,却用一个外人来练新军,恐怕会寒了北洋袍泽的心。"此事只好作罢。

恰在这时,在德国养伤的长子袁克定回来了,对模范团跃跃欲试。袁克定去年骑马摔伤了腿,经过西医治疗,但留下了一瘸一拐的后遗症,所以又专门送他到德国去医治。德国皇帝威廉二世见袁大总统的长子前来就医,自然十分重视,招待也极为殷勤。威廉二世在远东扩展势力的野心很大,很希望见好于中国,他对袁克定道:"中国现在搞共和制,不适合中国国情。中国要想发达,必须向德国学习,非帝制不可。大公子回国后一定转告大总统,中国要恢复帝制的话,德国一定尽力襄助。"而且像当初建议载沣一样,建议袁克定,"如果恢复帝制,兵权最要紧,皇室应当亲自掌握兵权。"

如果中国恢复帝制,袁克定就是皇太子!袁克定腿伤没治好,却灌了满脑子的帝制妄想。他回来正赶上袁世凯在筹划模范团,把德皇亲笔信转交的同时向父亲谋求模范团团长一职。袁世凯知道袁克定的本事,不同意。袁克定请求道:"正因为我没带过兵,才正好来练练手。"

袁世凯终于被儿子说动,就找段祺瑞商议。段祺瑞为人傲慢,而且说话直来直去,硬邦邦地回答道:"这恐怕不行吧?"

"为什么不行?"

理由不是明摆着吗?各师的中高级军官才出任模范团的中下级军官,袁克定未带一天兵,凭什么当模范团团长?何况走路一摇三摆,像什么样?段祺瑞自视甚高,何曾把袁克定放在眼里!

两人争执不下,最后袁世凯问道:"那你看我当这个团长够不够格?"

"大总统当然够格。"

袁世凯果然亲自出任模范团团长。模范团团部就在北海,但他事情太多,根本没有精力去管模范团,日常事务还是交给袁克定。在段祺瑞看来,训练模范团的真实目的就是来分割他这陆军总长的权力。为了表示不满,他经常不到陆军部,一切事务由次长徐树铮代办,就是统率办事处的会议也经常借故缺席。这让袁世凯十分恼火,有一天他对段祺瑞道:"芝泉,你是不是又熬夜了?脸色真不好。要注意休息,毕竟年龄不饶人。"

段祺瑞回道:"部里的事由徐铁珊代办,统率办事处的事情有大总统亲力亲为,我用不着熬夜。"

过了几天,袁世凯又旧话重提。所以段祺瑞到部里时,一面照镜子一面问徐树铮道:"铁珊,我脸色不好看吗?"

徐树铮回道:"没有啊。"

"大总统怎么说我脸色不好看,还问我是不是睡不好。"

"芝老,醉翁之意不在酒啊。"徐树铮是旁观者清。

段祺瑞闻言恍然大悟道:"项城想赶我走啊,我偏不走。"

"芝老,外面有些说法,说大总统要当大皇帝了。"

"他不会那么糊涂吧？要是真这样，我得好好劝劝。"段祺瑞惊道。

"芝老，那大可不必。本来你们就有嫌隙，何必再得罪他？"

两人正在牢骚满腹，总务处处长跑来道："总长，总统让你马上去总统府，说有十万火急的大事。"

段祺瑞到了总统府会议室，袁世凯正在焦急地等待，对段祺瑞点点头道："芝泉，遇到大麻烦了，非请你来商议不可。"

段祺瑞到自己的座椅上坐下，这才发现政事堂各部总长都到了，外交部的次长及三位参事也都参加会议。

"芝泉，日本人突然从龙口登陆，嘴上说得很好听，要把青岛从德人手中夺回交还中国。谁信他们的鬼话，他们这是借欧战之机，图谋我山东。"

袁世凯所说的欧战，就是第一次世界大战。起因是这年的 6 月 28 日，奥匈帝国皇储斐迪南大公夫妇在萨拉热窝视察时被塞尔维亚人枪杀，奥匈帝国在德国的支持下向塞尔维亚宣战。随后战争迅速扩大，结为同盟国的德国和奥匈帝国以及支持他们的奥斯曼帝国、保加利亚，对抗协约国的英国、法国和俄国以及支持它们的塞尔维亚、比利时、意大利、日本等国。

欧战爆发后，中国马上宣布中立，不愿得罪任何一方。不过，占领了青岛的德国人属同盟国，而早对青岛和山东有野心的日本属协约国，如果日本对德国宣战，山东难免燃起战火。真是怕什么来什么，日本人果然向德国宣战，并派兵从龙口登陆，南下进攻青岛，而且已经占据了胶济线南段。而这一切日本根本未通知中国，袁世凯还是从山东督军靳云鹏的电报中得知消息的。

"日本这个国家最是可恨！我在朝鲜时就与他们打交道，这是帮最不讲信义，最伪诈的人，脸上笑哈哈，脚下使绊子，背后捅刀子！"袁世凯大约觉得这话传出去不好，扫视会场后又道，"这话我只说给在座的各位，出门不要对外人说，说了我也不认。"

段祺瑞回道："日本人可恨，中国人都知道，日本人也知道中国人不尿他。"

"言归正传。今天请了外交部的三位参事参加会，因为他们三个人在不同国家留过学，学过法律，懂得国际法，先听听他们的意见，如何对付日本对中国领土的侵犯。"

第一个被袁世凯点名发言的是只有二十五六岁的江苏人顾维钧，他是美国哥伦比亚大学博士毕业，专攻国际法。两年前回国，当上了袁世凯的英文秘书，后来出任外交部参事。他回道："日军在龙口登陆，是公然违反国际法的行动。因为中国已经宣布中立，根据国际法，交战国应尊重中国的中立。因此，为了表明中国中立国的责任，有义务保卫国土，抵御日本，理由至为明显。"

然后袁世凯又点名从英国毕业的伍朝枢发言，他是伍廷芳的儿子，回道："我完全赞同少川的意见。如果中国不保卫其中立，就等于默许日本的行动。"

还有一位参事叫金邦平，日本早稻田大学毕业，在三位参事中最年长，已经追随袁世凯多年，他也道："日本造成的局势越乎常规，我实在难以表示明确的意见。"

最后，袁世凯转向段祺瑞，问道："芝泉，为了保卫领土，我们的军队该怎么办？"

段祺瑞回道："如果总统下令，部队可以抵抗，设法阻止日军深入山东内地。不过，由于武器、弹药不足，作战将十分困难。"

"如果真与日本人动手，能坚持多久？"

"四十八小时没问题。"

"那四十八小时之后呢？"

"那只能听候总统指示了。"

袁世凯再问外交总长孙宝琦，孙宝琦并不善于外交，支支吾吾说不出明确的意见。袁世凯叹了口气道："我很明白法学家们的意见，应当以武力维护中立国的地位和主权。可是我们毫无准备，武备又没有取胜的可能。那该怎么办呢？大家都发表下意见。"

各位总长都沉默不语。

袁世凯扫视了一圈道："今天我们遇到的情况，与十年前日俄在满洲大打出手相似。当时朝廷也是没有办法阻止他们，就在南满划出了交战区。那么，这次我们可以考虑，在龙口和青岛之间，划出一个走廊，日本可以通过走廊进攻德国，中国不予干涉，但之外的地方，我国必定维护中立地位。大家看看如何？"

大家议论一通，认为这是目前唯一可行的政策，于是由外交部去起草中国声明和执行中立的细则。但日本人并不把中国的中立声明当回事，也不把中国划定的走廊当回事，占据黄县、莱州、平度、胶州，直抵即墨，一路烧抢杀劫掠，并沿胶济铁路向潍县车站以西侵犯。中国外交部一次次抗议，但日本根本不理会，以致有人讽刺外交部为抗议部。

袁世凯知道日本最不好对付。他希望德国人能够取得胜利，那样无非继续占据青岛，不致他变。然而，袁世凯的希望落空了。日本人登陆后用了一个月的时间完成对青岛的合围,然后发起总攻,不过六天的时间,德国总督就挂出了白旗。双方谈判后,德国把青岛拱手让给了日本,日本立即成立青岛"守备军司令部"和军政署,对青岛开始殖民统治。

对日本人占据青岛,政府除了抗议之外,再无其他办法。而且,政府的心思似乎也不在这上面,而是忙着制定郊天礼、祭孔礼。内务部总长朱启钤独出心裁,定祭服,冕旒玄冠,服绣九章,用方头靴,与民国后倡导西式的风格大不相同。

大家都跟着图热闹,唯有外交部的次长曹汝霖不以为然道:"民国已废跪拜,祭典重在诚敬,不重形式,即用普通礼服,有何不可?如果我国有传统祭服,自当别论。现在既没有根据,随意制定,有乖共和政体。当今时代,应事事向新的方面走,学新法,新建设,方合潮流。近来政府设施越来越趋古,似非新国家气象,难怪外间谣言四起,说政府预备恢复帝制。这种做法,岂非自认谣言之由来?"

政事堂左丞杨士琦劝道:"定祭服不一定是恢复帝制,民国未废郊天祀孔礼,祭服是应该定的。你要做官,即得穿祭服。"

曹汝霖时年三十四岁,而官至次长,年少气盛,回外交部后没跟总长孙宝琦商量,即援前清外部人员不陪祀之例,上呈请免陪祀。

袁世凯看到曹汝霖的上呈时,杨士琦正巧在座,对袁世凯道:"这恐怕是曹次长的意见,未必是外交部的公议。商议服制时,只有他提出异议。"

曹汝霖是袁世凯欣赏的人,三个月前才请他出来做的次长,为的是他曾经留学日本,让他当次长,便于同日本人打交道。

"曹次长仍不免洋学生的习气啊!"袁世凯笑罢就亲批"外交部总次长免予陪祀"。

冬至这天,袁世凯要到天坛行祭天大典。早晨不到四点就起身,乘装甲车到达圜丘坛门停车,然后改成双马拉的车轿,到达昭亨门前,再换乘竹轿,一直抬到圜丘具服台前下轿。百官都已到了,都是身着宽袍广袖的祭服,头戴冕冠,脚蹬方头靴。武官则是军礼服,挂佩刀。文武衣着神采相差太远,有些不伦不类。袁世凯行过阅祝版礼,稍事休息,然后登上圜丘,立于拜位。日出前,大典开始,燔柴举火,望灯高悬,在中国韶乐的衬托下,袁世凯毕恭毕敬,对上天行三进四拜礼,奠酒,奉祭,读祝。

一切都还顺利,但民间对文官的祭服多有讥诮,说像是灶王老爷。

冬至后又过了几天,约法会议通过了《总统选举法》修正案,规定总统任期十年,而且可连选连任。至于后任总统,袁世凯有权自行推荐三人,藏于金匮石室,于其身后开封确认。这个法案一出,真是令人大跌眼镜。袁世凯不但可以成为终身总统,而且还可以像前清皇帝一样秘密立储。社会上各种说法都有,袁世凯要当皇上的说法已经不是秘密。

听了这些传言,段祺瑞去见袁世凯,直来直去地问道:"大总统,外面有些议论,说要行帝制。"

袁世凯听了问道:"芝泉,这些话你是从哪里听来的?"

"外面传得沸沸扬扬,大总统没听说过吗?"

"我自从进了中南海,从未出门半步,这样的无稽之谈还真没听到。再说,有些人总爱飞短流长,我总不能堵住他们的嘴。"

"这种传言对大总统很不利,对造谣惑众者应当予以惩办。"

"芝泉,这恐怕不合适吧。如今是民国,民国嘛,人民有言论自由。民间有种种流言,推其原因,还是内政紊乱之故。眼下共和虽然成立,但诸事却难尽人意,所以大家才对国体问题有想法,这也情有可原嘛。"

段祺瑞劝谏道:"大总统,虽然共和未必见得好,但世界大势,大多由君主而共和,而断无由共和退回君主的道理。辛亥之乱,清室退位,皇帝声名已经狼藉不堪,一旦再行帝制,难免举国反对。如果引起变乱,内忧加剧,外患更迫。请大总统三思。"

袁世凯笑道:"芝泉,国体问题我并未思考过,也就谈不到三思。我这个人你又不是不知道,很想躲躲清静,哪还有心思去当什么皇帝!何况日本人在山东这么闹心,哪有心思称什么帝!你放心好了。"

日本人占据青岛,的确让袁世凯心烦。日本人当初进军青岛,说是要把青岛夺回来,还给中国。这种话袁世凯当然不信,如果日本人仅继承德国在山东的权利,那还说得过去,他最怕的是他们借机提出新要求。日本人行事,向来是得寸进尺。十几天前,日本驻华公使日置益被召回,说是回国述职,但袁世凯担心日本政府将有大举动,因此一直惴惴不安。

1915 年 1 月 18 日,是中国旧历的腊月初四。日本公使日置益突然要求直接面见袁世凯。按照外交惯例,公使有事要先与驻在国外交部商议,直接要求面见元首是失礼的行为。但日本人在中国蛮横惯了,袁世凯并未拒绝,让外交部次长曹汝霖陪同会见。日置益见到袁世凯后就把一个文件袋亲手呈上,翻译道:"本国政府为谋两国永久亲善和平起见,拟有觉书一通,希望贵总统重视两国关系之切,速令裁决施行。"所谓觉书,就是备忘录。

袁世凯办过外交,知道此时不必细看文件,也不能做任何表态,便回道:"中日两国亲善,是我之夙望,但关于交涉事宜,应由外交部主管办理,并与贵公使交涉。"说罢向桌上一搁,并未展阅。

日置益通过翻译告诉袁世凯道:"这份觉书十分重要。如果大总统能够裁决施行,将展示出中国对日本的善意。鄙国人民有一种看法,认为大总统推行远交近攻的外交政策,亲近欧美国家,而对日本不够友善。因此有一种势力主张支持革命党,他们认为会对日本更有益。而鄙国政府认为,为中日两国亲善起见,愿支持大总统。大总统如能承允所提条款,方可证明日华亲善之诚意,可改变日本人对大总统之观感,日本政府对大总统也将极愿遇事相助。"

"我已经说过,我是极愿中日亲善的。"

日置益、曹汝霖一走,袁世凯就细看日本人的觉书。觉书分五号共计二十一条。第一号共有四条,是要求中国将德国在山东的权利转授予日本,山东省内及沿海一带土地及岛屿,不能转让或租给别国。第二号共七条,要求中国承认日本在南满及东蒙古的特权,允许旅顺大连租借展期至九十九年,日本人在南满洲及东部内蒙古,获得采矿、办厂、居住、垦荒等权力。第三号共两条,要求将汉冶萍公司作为两国合办事业,公司一切权利产业,中国政府不得自行处分,无论直接间接对该公司采取有影响之一切举措,都必须先经日本人同意。第四号一条,"为切实保全中国领土之目的,中国政府允准所有中国沿岸港湾及岛屿,一概不让与或租与他国。"最过分的是第五号,共七条:

第一款 在中国中央政府,须聘用日本人,充为政治财政军事等各顾问。

第二款 所有中国内地所设日本病院、寺院、学校等,概允其土地所有权。

第三款 向来日中两国,屡起警察案件,因此须将必要地方之警察,作为日中合办,或在此等地方之警察署,须聘用多数日本人,以资一面筹划改良中国警察机关。

第四款 中国向日本采办一定数量之军械(譬如在中国政府所需军械之半数以上),或在中国设立中日合办之军械厂聘用日本技师,并采买日本材料。

第五款 中国允将接连武昌与九江、南昌路线之铁路,及南昌、杭州,南昌、潮州各路线铁路之建造权许与日本国。

第六款 在福建省内筹办铁路,矿山及整顿海口,(船厂在内)如需外国资本之时,先向日本国协议。

第七款 中国允认日本国人在中国有布教之权。

近代以来,中国签订了一系列丧失权利的条约,但像日本这样贪婪,一次提出这样的权利要求还不曾有过。尤其是第五号七条,几乎是要把中国变成日本的殖民地。如果答应这些条件,无疑将灭亡中国!

袁世凯愤恨地在办公室内快速踱步,向来食量极大的他晚饭吃得极少。饭后他又立即召国务卿徐世昌、参议梁士诒、外交总长孙宝琦、次长曹汝霖、政事堂左丞杨士琦到总统府议事。袁世凯知道二十一条是灭国条约,但弱国无外交,何况他欲壑难填,需要日本支持,哪里还顾得上灭不灭国!

第十六章

弱国外交难回天　二十一条留骂名

众人到齐后，由徐世昌主持，说明请大家来的意思，把二十一条的大致内容相告。众人听了也都又惊讶又愤慨。

袁世凯首先划定原则道："日本人提出的觉书意义很深。现在看他们是从欧战一开始就精心谋划的，就是要趁欧战方酣，各国无暇东顾，趁机提出这种贪婪的要求，意在全面控制我国。日本人这是趁火打劫，尤其是第五号，简直是把中国当成第二个朝鲜，无论如何不能答应——连谈也不能谈！"

不能谈就只有拒绝，但如果拒绝，日本必然采取更强硬的措施，最后难免要诉之武力。孙宝琦回道："诉诸武力不可取，段芝老已经说过，中日交兵，只能坚持四十八小时。"

袁世凯叹息道："是啊，难就难在这里。而且现在日本加入了协约国，我们若与日本开战，便是向协约国开战，那就难免卷入世界大战。我国应当借欧战之机，加快发展自己才是正道。"

梁士诒道："那就与日本人谈，尽量在谈判桌上争，能多争一分是一分。我们力争了，也好向国民交代。"

杨士琦回道："日本人提出这么贪婪的要求，直接影响其他列强的在华利益，尤其与美国门户开放政策格格不入。日本人一再要求总统保密，就是怕其他国家干涉。我们正应反其道而行之，能拖一天是一天，而且应当把日本人的野心透露出去，以博得国际社会的支持。"

"日本人是想从速与中国签订协议，不给他国干涉的机会。我们正相反，应该行拖字诀，能多拖一天是一天。"梁士诒与杨士琦矛盾很深，但在此事上意见却完全一致。

袁世凯叹道:"这还是当年李文忠公采取的以夷制夷的外交方针,不失为一法。只是现在列强忙着欧战,只怕顾不上中国。"

大家七嘴八舌,商议到深夜,也没有更妥当的办法,最后决定与日本人谈,而且要极力拖延时间,等待国际社会介入。

袁世凯最后道:"既然要谈,那就要好好琢磨怎么谈。我今天夜里仔细看看日本人的觉书,明天一早你们来取。"

孙宝琦回道:"那明天一早,让润田亲自来取。"

散会前,袁世凯提醒道:"为了博得国际社会的帮助,日本人的过分条件我们会设法透露给列国。但如何透露,是要好好琢磨的。目前大家务必要严守秘密,不可自行其是。"

袁世凯连夜推敲二十一条,对每一条都用红笔标注了谈判意见。等他批完全文,已经是早晨四点钟。他上床睡了一觉,醒来时已七点多,这比平时晚了一个多小时。他匆匆吃完饭,曹汝霖已经到了。

袁世凯把批注交给曹汝霖道:"润田,你是在日本留过学的,比我了解日本人。谈判的时候一定多用心思,不要落入日本人的圈套。每一款怎么谈,我大致标注了意见,供你们参考。日本人的要求,有的违背国际公法,要以公法批驳之;有的是异想天开,根本办不到,也不能办;有的可以稍做让步。对于日本人要求将旅顺、大连展期至九十九年,这在前清协定东三省会议时,已允由日本展续满期,但没有九十九年之说,日本人的要求违背前约。日本人要求承认继承德国利益问题,应当中日双方合议,何能由日本议定,由我承认?这一条总要等到欧战结束,才能详谈,这是将来之事,不必先行商议,可从缓议。对于合办矿业,我的意思是答应一二处敷衍日本人,但必须照矿业条例办理,愈少愈好,以留下来与国人自办。至于建造铁路,中国向来仰仗洋款,向谁借都是借,日本人要造,也必须与他国借款造路相同,铁路行政权,须由中国人自行管理。日本人对汉冶萍铁矿厂野心很大,怎么拒绝呢?我认为不妨从汉冶萍是商办公司上着手,商办公司嘛,政府不能代谋。日本人还提出要将福建让与,真是极其荒唐,领土怎能让与第三国?至于第五号,分明是侵占我国主权,简直似以朝鲜视我,这种条件岂是平等国所应提出,实堪痛恨!这一项千万不去理他,万万不可开议,切记切记。"

曹汝霖看袁世凯批得密密麻麻,问道:"总统一夜未睡吧?"

314

"四点多睡的,一睡着就做梦,梦到我当年在朝鲜与日本人吵,吵得我头疼。"袁世凯说完又叮嘱道,"润田,你是留学过日本的,又当了几年律师,与日本人谈判,你是行家。慕韩虽然也当过外交使节,但论外交,我担心他太过粗率,你要多提醒他。你告诉慕韩,日本人十分诡诈,要逐条逐条与他们磨,不可笼统谈,以免留下口实。"

"好,大总统放心,我一定把大总统的指示转达给孙总长。"

曹汝霖走后,袁世凯让人把政事堂参议、总统府秘书曾彝进叫来道:"叔度,昨天日本公使带着翻译来见我,向我提出了二十一条要求,并一再叮嘱万勿泄露。日本人所要求太过无礼,令人愤恨。你去问一下我们的日本顾问有贺,探探日本内阁的真正意图究竟何在?访问后立刻向我报告。"

有贺长雄是日本著名的国际法学家,任过早稻田大学、帝国大学教授,著有《国法学》《近时外交史》《最近三十年外交史》《政体论》《社会进化论》等法学著述,是世界上知名的国际法学家,留学日本学习法政的中国留学生都称他是"东邦法学之泰斗"。中国宪政与有贺长雄渊源十分密切,清末五大臣出国考察政治,回国后向朝廷提交的《欧美政治要义》报告书就是有贺长雄捉刀完成,此后中国仿行宪政,机构设置及宪法起草,都深受有贺的影响。袁世凯当上大总统后,在英国记者莫里循的推荐下高薪聘请为顾问。共和国的总统却聘请一位君主制国家教授当顾问,其用心难免引人非议,所以袁世凯同时又聘请了美国著名学者古德诺。

曾彝进早年曾经留学日本,入东京帝国大学法学部,有贺长雄正是他的老师,便问道:"大总统,去见有贺问题不大,我见他后怎么问?问他什么?还请大总统指示。"

"你先去摸摸情况,就告诉他日本公使直接见我提了二十一条的事情,看他都说些什么。"

曾彝进当天下午去拜访有贺长雄,转达袁世凯的意思。有贺长雄回道:"甲国对乙国有所要求,是极常见的情况,但直接面见驻在国元首,只有大使才有此权力。日本公使此举,实在有些失礼。"

曾彝进又问道:"大总统对此事颇为重视,但对日本的宪政运行又不甚了解,到底是日本内阁的意思还是天皇的意思,大总统希望听听顾问的意见。"

"我国的宪政运行,与美国和法国都不同。外交、战争这样的大事,大权并不在内阁手中。最后还要召开御前会议,由天皇来决断。而对天皇决断起作用的，是元老们。比如松方侯爵和山县公爵，他们的意见最为重要。他们不愿外交决裂，即使内阁也没办法改变。换句话说，大隈首相要在外交上有重大行动，需要得到元老们的首肯。"然后有贺又向曾彝进讲日本宪政与美国、法国宪政的不同。

曾彝进十分失望，觉得这些高谈阔论与二十一条实在扯不上关系，没法向袁世凯交差，打算再找什么人想想办法，打探点有用的东西。没想到回到住处，门房就告诉他，袁大总统派人来留话，让他一回来就去总统府。

曾彝进连忙赶往总统府回道："大总统，与有贺谈了一下午，都是高谈阔论，有用的话一句也没打听来。"

"说说看，不论有用没用，你们谈的都告诉我。"

等曾彝进把会见情况说了一遍，袁世凯说道："怎么说不得要领？听他的宪法论，我已经很得要领，很得要领呢。以后和他谈话，不论是什么话，都随时告诉我。"

曾彝进没想到袁世凯竟然很满意，十分高兴道："啊，我真没想到，他那些高谈阔论还能有用。还需要我办什么，请大总统吩咐。"

"你还要再去一趟，你告诉有贺，我希望他能回日本一趟，打探一下日本元老的意见。这个二十一条到底是大隈首相的意思，还是元老们的意见。提出这样苛刻的要求严重侵犯中国的主权，是逼着中国与日本决裂。有贺曾经任过枢密院的秘书，与日本元老们很有交情，他应该能打探出确信。"

"是，我听有贺说，他与松方侯爵、山县伯爵还有大山岩伯爵私交都很好。要让有贺回国，二十一条的内容，大总统总要透露一些给有贺，不然他回国也没法交涉。"

"那是自然。"

吃过晚饭，曾彝进再去见有贺长雄。他把二十一条的大致内容告诉有贺长雄，有贺听罢后道："这实在有些过分，尤其是第五号，实在不智。我曾经给松方侯爵和山县公爵讲过国际法，还有些交情，我可以回国一趟，把情况告诉他们，听听他们的意见。"

曾彝进完成使命，十分高兴，从口袋里取出一张银票道："这是一万元，袁大总统送给阁下作路费。大总统的意思，如果不够，可以随时再加。或者你回来后再给你增加。"

一万元已经绰绰有余，有贺长雄回道："足够了。事关重大，我明天就起程回日本。"

有贺回日本,一个来回最快也要一个星期。而日本公使馆已等不及了,有贺在两名便衣宪兵的护送下登上去沈阳的火车时,日本公使日置益就打发翻译高尾打电话到外交部,询问何日开议。外交部的日常工作由曹汝霖主持,他接过电话道:"贵公使没有将觉书交与我总长,何能开议?"

第二天,日置益亲自到外交部向孙宝琦递交二十一条。孙宝琦拿过来随手翻了翻,因为他此前已经参与密议,对内容已经很熟,因此大发议论,并将各条一一指摘。这就犯了外交的大忌——办外交,最忌的就是不假思索,妄加议论。

"贵总长于觉书内容已经如此明了,将来商谈,自更容易。"日置益说话时望着曹汝霖微笑,意思是,你不是说总长不知道觉书的内容吗?

送走日置益,孙宝琦将会见情况写出会谈笔记,让曹汝霖亲呈袁世凯。袁世凯看了笔记,十分生气道:"润田,我不是告诉你们,要逐条谈判,不要笼统议论。慕韩何以如此糊涂,你没提醒他吗?"

曹汝霖回道:"提醒了,大约是孙总长见到日置益气不打一处来,才大发议论。"

"慕韩荒唐,太草率,不能当此重任。"

当晚袁世凯叮嘱杨士琦,让他征求陆征祥的意见,希望他能出任外交总长。杨士琦奇怪道:"大总统,子兴通俄语和英语,不懂日语,让他与日本人谈,合适吗?"

"合适,合适得很,他不懂日语更好。"

杨士琦不解地望着袁世凯。

"我们这次谈判,行的是拖字诀。子兴不懂日语,当然需要翻译,这一翻译一解释,便可打发一半的时间。"

"明白了,明白了。"杨士琦闻言恍然大悟。

第二天上午,令陆征祥任外交总长、孙宝琦调审计院长的总统令就发布了。日置益派高尾到外交部询问,为什么还没谈判却更换外长?这是对日本极不友好的表现。

曹汝霖回道:"正好相反,大总统对此次谈判非常重视,才任命有丰富外交经验的陆总长亲自主持会谈。而且陆总长素有耐心,必能一心一意与贵国详谈。而且此项任命我国政府也征求了外交团的意见,不信你可去问他国外交人员。"

日本人想尽快见到陆征祥,曹汝霖告诉他们,陆总长回家探亲,大约后天才能回来。

高尾问为什么这时候探亲?曹汝霖反问道:"这时候探亲有何不妥吗?中国人讲究衣锦还乡,陆总长此时还乡再正常不过。"

其实,陆征祥是奉命设法拖延,暂不要开谈,因为有贺还没有从日本回来。

1月底,有贺回到北京。袁世凯已经从驻日公使陆宗舆的电报中提前得到消息,派曾彝进亲自去车站接。有贺一下车,曾彝进就问他消息怎么样。

"到我寓所详谈。"

曾彝进感到情况不妙,忐忑不安陪有贺到了家中。等家人摆上茶来,有贺才娓娓道来:"这件事真相已明。我见了松方侯爵,哪里知道侯爵实不知其内容。如此大事并未经过御前会议,松方只知道大隈要与中国解决悬案,不知其他。我将'二十一条'内容告知松方,并言日本公使直接向驻在国元首提出要求,有失国际通行礼貌。松方侯爵说:'大隈重信言大而夸,你快回华告诉袁世凯,满洲系我帝国臣民以血肉性命从俄国人手里夺过来的,应当予帝国以发展的机会。至于满洲以外中国领土上的主权及一切,帝国毫无侵犯的意思。大隈的要求,是他大隈重信的要求,帝国臣民不见得都支持他的要求。'"

"那就好,那就好。总统可以稍稍安心了。山县公爵是什么意思?总统一定会问的。"曾彝进一听才放了心。

"山县公爵那里,我因怕招人耳目,所以没有去见他。不过,他与松方侯爵关系极好,他们的意见应该差不到哪里去。"

曾彝进立即向袁世凯汇报,袁世凯十分高兴,连道:"得要领矣,得要领矣。满洲以外的,半个字也不能答应他。俄国从满洲抢去的,日本人已经都拿去了,他还想再发展,让他发展了,我们可就吃瘪了。"

次日,日置益约新任外交总长陆征祥会面。日置益急于迫使中国就范,因此提出每天都要会谈。陆征祥回道:"每天谈不太可能,我是外交总长,要参加国务会议,还要会见其他国家外交人员,部务事情也多,每周只谈一次我能保证。"

日置益则提出每周至少谈五次。

"一周七天,周六周日照国际惯例不谈,那还剩五天,我无论如何不能够保证每天都参加。如果贵使坚持每周谈五次,那就必须允许我不必每次都参加。"

外长不参加,谈了也是白谈。最后,双方同意每周谈三次。

陆征祥又道:"要谈的话,只能安排在每天下午。"

日置益回道:"下午也行。"

"那就下午五点开议如何?"

"五点实在太晚。每天下午两点开议最好,而且晚上也应当继续。"

"两点开议也无不可,只是我身体不好,如果夜间继续开会,不出一星期,我非住院治疗不可。"

最后双方议定,每周会议三次,每次下午三点开始,地点在外交部大楼,第一次谈判定于2月2日。

1915年2月2日,中日双方进行第一次谈判。中方出席会议的有外交总长陆征祥、次长曹汝霖、秘书施履本。日方三人是公使日置益、一等书记官小幡酉吉、翻译官高尾。

日置益先致辞道:"日本此次所提条件,是为两国永久彼此亲善起见,希望能够从速议定。久仰陆总长久历外交,誉满欧美,有幸与贵总长为中日永久亲善会谈,深感荣幸。这次鄙国对此事极愿速结,希望贵总长能够先对我方所提条件有个总的态度,这样下面的谈判将会顺利得多。"

陆征祥随后致辞道:"中日两国唇齿相依,自应互相亲善。本席也是一向主张两国亲善,前在总理任内,财政曾聘阪谷芳郎男爵为顾问,交通聘平井博士为顾问,法律聘有贺博士为顾问。本次会谈,本席亦希望能够加深中日友善。至于会议,应循序进行,议决一条,再议一条,否则万一后面某条精神与前面协商结果不符,反添困扰。而且,本席刚出任总长,对贵方所提条件也未深入研究,总要容本席有所思考。所以,本席认为还是逐条商议为妥。"

日置益没有办法,只好答应道:"那就依贵总长之提议,逐条会谈。但在形成决议前,万勿对外泄露。"

于是开始议第一条,也就是日本提出的"将旅顺、大连租借期限并南满洲及安奉两铁路期限,均展至九十九年为期"。

陆征祥问道:"当东三省会议时,已允继承俄国未满的年限,何以现在又要重定?"

日置益回道:"重定年限,于原则并无变更,希望照允。"

因为袁世凯的意思此条关系不大,不必多做争论。所以稍加辩论,陆征祥就同意通过。见如此容易就达到目的,日置益笑道:"贵总长真是明白痛快,希望其余各条,都能这样痛快地商定。"

日本希望接下来商议第二条,陆征祥却道:"不急,且喝杯茶。"

于是上茶。陆征祥一口一口地品,然后讲中国的茶道,由中国的茶道谈到日本的茶道。这样一折腾,二十多分钟又过去了。

日置益一再提议,就第二、三、四条进行会议。这三条内容就是允许日本国臣民在南满洲及东部内蒙古,垦荒、经商、办工厂和采矿。日本的目的,就是向东北和东蒙古大量移民,为将来扩大侵略寻找机会。不过在日置益的口中,却是中日互惠的好事:"日本地狭人稠,东三省及东蒙古却地广人稀,若使日本移民到东三省不受限制,正是互相调剂,各得其宜。"

陆征祥回道:"此地风气未开,教育又未普及,风俗习惯,各不相同,现在杂居易生误会。将来民智日开,教育普及,自然可以开放杂居,现在为时尚早。且贵国气候温和,东省寒冷,前我在俄国,见俄人只有往南迁居,没有见南方人往北来者。"

曹汝霖又补充道:"中国山东人往东三省者,都是春往冬还,亦是为此。"

日置益笑着对曹汝霖道:"曹君曾在日本,应知北海道寒冷程度,与东三省不相上下,但我国人往北海道去的亦不在少数。"

陆征祥依旧不答应道:"目前我国尚未收回治外法权。贵国治外法权未收回以前,亦不许外人内地杂居。"

中方坚持不肯让步,日方则陈述种种好处,双方辩论得口干舌燥。于是陆征祥道:"我有些饿了,诸位想必也饿了。润田,快上茶点。"

于是再上甜点,陆征祥则介绍甜点的制作和典故。等吃完甜点,已经六点多,于是会谈结束。

第二天上午,陆征祥和曹汝霖带着会谈笔记去见袁世凯。袁世凯听说一下午只谈了一条,很满意,尤其对陆征祥拖延时间的手段大加赞扬,对接下来的谈判他也有具体指导意见:"接下来的这三条,日本人都是把南满与东蒙一起并说,这是浑水摸鱼,东蒙地位与南满不同,你们要注意此项。第二条说日本国臣民在南满洲及东部内蒙古,盖造房厂,或为耕作,可取得土地租借权或所有权。租借权尚不可许,所有权有碍国土完整,不能允准。第三条,日本人要求在南满洲及东部内蒙古,任便居住往来,并经营商工业等各项生意。任便往来怎么行得通,漫无限制,各国援引,万不可行。"

陆征祥回道:"总统的指示已经在批注中注明,我和润田都谨记在心。以后每次会谈结束,我或者润田都来面请总统指示。"

　　"子兴、润田,我不是不相信你们,实在是这次谈判关系太重。我被四万万人选为总统,就是受四万万人托付,领土主权在我手上被侵损,如何向国人交代? 而且,这些年来国人形成了一种很不好的观念,谁主战,谁就是爱国,不论能不能战;谁签了和约,谁就是卖国,不论经手人尽了多大的努力。像李文忠那样公认的外交家因为签了《马关条约》,就被骂为卖国贼,却无人去想,派别人去就会有更好的结果吗? 日本人的二十一条,比《马关条约》更令人愤恨! 咱们这些经手人无论做了多大的努力,看热闹的人未必理解,挨骂恐怕是逃不掉的。所以,我们得打起十二分的精神,能争一分是一分。"

　　"我和润田都知道总统的苦心,一定竭尽全力与日本人争。"

　　谈判进行得很艰难,每一条都要进行反复辩驳。日本人胃口很奢,谈判期间日置益一次又一次提出就第五号进行谈判。袁世凯希望得到列强的支持,但又担心泄露出去日本人反应会更强硬,一直犹豫不决。顾维钧建议道:"此种许诺是在威胁之下做出,中国没有义务遵守,应尽快让西方国家知晓,并寻求外交支持。日本人一再威胁我们不能泄密,越说明他们的要求太过无礼,我们当然不能按照日本人的愿望行事。"

　　"好,这件事就交给你来办。"袁世凯最终下定了决心。

　　顾维钧与美国公使芮恩施和英国公使朱尔典关系十分密切,此后中日双方谈判的情况不断在英美报纸上刊出。日置益十分生气,在一次会谈时质问中国为什么将谈判消息透露出去,陆征祥硬着头皮不承认。

　　终于,袁世凯希望的列强干涉出现了。英国在中国利益最多,对日本在中国不断获得利益十分警惕,向日本提出外交交涉,要求日本解释正在进行的中日谈判,日本都提了什么样的要求,并希望日本的谈判条件不要妨碍英商在华利益。日本挑了十几条提供给英国,同时表示无意涉足长江流域,对英商的利益绝无妨碍。英国的反应让袁世凯失望——英国政府认为,日本的要求并不过分。

　　美国也开始关注此事,美国国务卿布赖恩发给驻华公使芮恩施的训令中说:"日本提出的条件与过去日本做出的关于中国主权的声明不相符合,美国在原则上反对日本关于山东、南满、蒙古东部的要求。"

　　而俄国的态度却是完全支持日本。因为俄国与日本已经达成默契,双方一东一西,图谋蒙古。俄国颇具影响的《俄罗斯言论报》发表评论说:"日本在交涉中表现出很大的克制、稳妥的程度,具有诚意,而中国却实施一贯的阳奉阴违,以致未达成协议,实令人颇为费解。"

袁世凯看到俄国人的言论,气得大拍桌子道:"俄国真是可恨!他们总是趁中国内忧外患来浑水摸鱼,从中国割取土地最多的就是他们。"

日置益对中国企图利用列强施压日本非常不满,在一次谈判中他对陆征祥道:"中国自己不能振作,却希望得到他国的帮助,这样的外交策略是可笑的,也是有害的。请贵总长回忆一下近数十年来的历史,中国执行以夷制夷的外交占到一点好处没有?当年日清战争,俄、德、法三国干涉我国归还辽东,结果辽东被俄国所据。教训不远,中国为什么总是乐此不疲?"

"不能说没有用处,这就好比一个人受到了欺负,要请大家来评评公理,虽然评理的人未必出手相助,但是非对错,大家却有个评判,仗势欺人者会受到舆论的谴责。一个有良知的人,面对正义的谴责会有悔悟和收敛,只有真正的无赖才会对公议舆论无所谓。"

陆征祥指桑骂槐,让日置益十分气愤,怒道:"所谓公理,也是建立在实力的基础之上。我们不要在这些没有实际意义的口舌之争上耗费时光,前面四号条款已经取得一致,我们该就第五号的条款进行会议。"

"第五号条款严重侵害中国主权,不是对一个平等国家所能提出的。我政府不就任何侵害中国主权的条件进行谈判。"

"这是鄙国政府为了中日永久亲善而提出的条件,这些条件对中国也是有利的。如果得以实施,中日关系必将更加亲密,中国也将因此跨入文明国家的行列。"

"中国政府必须聘日本人为顾问,中国警察多数要聘用日本人,中国军械之一半要从日本购买,中国铁路修筑权要让与日本,中国铁路贷款必须借于日本,我从未见过如此苛刻的条约,我更不理解这样的条约对中国究竟利在何处!"

日置益冷笑一声道:"总之,日本政府出于善意提出的条件,希望中国政府能够给予答复。不然,一切后果由中国自负。"说罢傲然离席而去。

陆征祥和曹汝霖心事重重去见袁世凯。

"大总统,今天我实在控制不住,得罪了日本人。"

听完陆征祥的谈判情况,袁世凯安慰道:"这事不能怪你,日本人实在欺人太甚。"

曹汝霖分析道:"想靠列强帮中国,我看指望不上。英国、俄国和日本同属于协约国暂且不说，英国向来是与日本结盟的，只要日本答应不损害英国的利益，英国就会沉默；日本提出的二十一条影响到美国的门户开放政策，但美国也不会有实质的帮助；俄国不必说了，他如今是趁火打劫！"

"润田，你的话不是没有道理，但只是部分道理。列国出面，当然不会产生根本的作用，但作用还会有的。日置益如此气急败坏，正说明我们以夷制夷起了作用，他们不会一点也不顾忌国际社会的反应。他动不动就以武力相胁，我们也有军队，兔子急了还咬人。"

下午，袁世凯把顾维钧叫来道："少川，现在谈判很困难，日本人态度很嚣张。我想争取国际社会给日本增加一点压力，俄国人与日本人穿一条裤子，指望不得；英国人向来袒护日本人，也靠不上；美国人在东北的利益较多，能牵制一下日本人的，如今只有美国。"

顾维钧回道："有人说靠国际社会没用，这种观点我不敢苟同。我认为要想让日本人抛弃第五号的要求，非请国际社会出面不可。如果大总统允许，我建议把条约第五号内容提供给美国人，我想美国政府一定会出面向日本人施压。"

"我也正有此意。美国人向日本人施压，可能会有两种结果。一是日本人顾忌美国人的态度，或许会收敛他们贪婪的欲望；或者适得其反，日本人恼羞成怒，逼人更甚。"

"绝对不能签订第五号，这是我们的底线。如果日本人铁了心要签订第五号，那么中日只有一战。还有一种可能，日本是抱着试一试的心思，如果中国反应激烈，国际社会施加压力，他们可能就收回第五号，我认为值得一试。否则，大总统难道真同意第五号？"

"决然不可。第五号那是灭我中国的条约，无论如何不能签。"

"好，大总统只要下定决心，我立即去找芮恩施交涉，请他把第五号内容密电美国政府，且看美国的反应。"

次日，顾维钧与陆征祥一起来汇报，有好消息也有坏消息。好消息是美国政府已经向日本提交照会，询问是否有第五号条款要求，并明确向日本政府表明美国的态度："美国对一个国家在政治上、军事上或经济上对中国行使支配权力，不能漠不关心。如果这样的要求逼使中国接受，就会对美国产生排斥，使美国不能平等参与中国的经济和工业发展，并限制中国的政治独立。美国坚决支持中国的独立、完整和商业自由，并保持美国在中国的合法权益和利益。"

顾维钧将美国公使芮恩施提供的美国照会副本交给袁世凯。袁世凯点头道:"好,好,老美总算说了句硬气话,我想日本人不能不有所顾虑。"

陆征祥道:"也有坏消息,日置益照会外交部,为了加强青岛的防卫,防备德国人偷袭,他们要增兵青岛和旅顺、大连。"

"这是预料之中的,日本人无非是给我们施压,想在谈判桌上沾光。你们不必管,反正第五号不能开议。"

陆征祥、曹汝霖走后,袁世凯立即请徐世昌前来密议道:"菊人大哥,日本人实在逼人太甚,陆子兴他们的谈判很艰难。我想让北洋的袍泽们出面,给他们撑撑腰。"

徐世昌回道:"大总统有什么想法,吩咐就是。"

"我想华甫、香岩、姜老叔他们这些将军们应该发个通电,表示拒绝谈判,不惜一战的决心。"

"好,这事我来联络。"

下午,袁世凯又叫来曾彝进吩咐道:"叔度,我交给你个任务,你帮我把一笔款子用出去。"

曾彝进瞪着眼望着袁世凯,不明白花钱还算什么任务。

"你想办法结交一批有相当知识又怀才不遇的日本浪人,每月给他们提供一笔钱,让他们随时打探日本使馆和日本侨民的消息。"

"这不是难事,落魄的日本浪人不难找。但是他们这种人难得接触到机密,恐怕打探不来有用的消息。"

"消息有没有用我来判断。你只管让他们尽量给你提供就是,使馆的消息、日本侨民的消息,不管真的假的,大的小的,无论何种消息,你都来告诉我。比如最近来中国的日本人多,还是离开的多,离开的又是什么原因,离开的时候是否把家财一起卖尽,有没有一去不复返的势头。还有他们是否接到日本使馆或领事馆劝他们回国等等,事无巨细,都告诉我。"

"好,这件事好办。"

"还有一件事,你今天就去找有贺,好好向他请教宪法。"

"大总统,现在是什么时候,还和他研究宪法,能解决外交问题吗?"

"当然能,而且关系重大。我明白告诉你吧,我现在想知道的事情,是外交真正决裂后,大隈会采取何种态度,他是否会奏请天皇,立刻派兵来中国。按照日本的宪法,天皇是必须准其所请出兵呢?还是可以驳回不出兵呢?关键在这个地方！你万不可在谈到这个问题时涉及二十一条，要用旁敲侧击的办法，叫他就宪法论上解答问题。"

曾彝进当晚去了有贺家中，称赞其"宪法论"高明，很有兴趣向他请教道："袁大总统对用兵权十分关注。中国的临时约法，规定用兵权要通过国会的同意，这便等于剥夺了总统的军事大权。袁总统现在设立大元帅统率办事处，想把兵权收回来，但下面的抵触很大，他很想在将来的宪法中予以明确。我想听听日本宪法这方面的规定，以便将来对大总统有所献议。"

有贺回道："在日本，内阁如果请求用兵，必须召开御前会议，诸位元老当然列席。天皇和元老如果不喜用兵，当然可以驳回。比如这一次，大隈以武力相逼，那他自己说了不算，就应该先奏请开御前会议，议决如何提出要求，如何让步，让步到什么程度，如果不让步而决裂了，采用什么手段，如何用兵。这次大隈贸然提出二十一条，尤其是第五号毫无准备，毫无后盾，天皇不知，元老不知，这只能靠侥幸成功啦。可国家大事，岂是投机可以办好的。如果袁大总统在谈判中决然驳回其要求，导致两国决裂用兵，那么，在日本那边，没有经过御前会议，日本是否出兵，还必须请示天皇，请示元老。而到这时候如果不用兵，就伤了帝国的威信，内阁肯定要倒的。"

"如果两国决裂，日本再开御前会议，内阁请求出兵，这个是可以的吗？"

"大隈提出的二十一条，涉及满洲以外的要求，本非日本帝国的本意，帝国十之八九不至因此出兵。但中国方面若有重大侮辱帝国威信的言语行动，他可以此为借口激怒天皇、元老乃至帝国臣民，促使他们用兵，这一层不可不防。总之，大隈这次的手段太拙劣，在办理方式上又太不礼貌，大多数日本人不以为然，支持他的人没有几个。"

曾彝进将会见情况报告袁世凯，袁世凯决定会见有贺长雄，希望他完成一件重要使命。

次日上午，有贺长雄如约来到总统府。袁世凯先对他为中日友善所做的努力表达谢意，然后话题一转道："此次日本要求各款，其重要部分亦为中国政府所料及，不难承诺。唯其中有害及中国独立权、违反现行条约及破坏各国在中国之机会均一者，则属万难承诺。如果承诺，必致全国舆论沸腾，群咎本大总统对于国民不负责任，革命党必借此以为口实，希图再举；其他各外国于欧战结局之后，必纷纷援例为同样之要求，彼时中国政府将无法拒绝。目前中日交涉遇到极大困难，日置益公使坚持就二十一条第五号进行会议，实在令我为难。

此项条件不但于两国不利,且易引起人民仇日之心。日本政府对于元老很为尊重,元老都是持重有远见的人,博士与日本元老又深有交情,我意请博士回国向元老详细说明,请其谅解,顾全两国之友谊。博士必能谅解我的意思及政府为难情形,务请善为说辞。"

有贺长雄回道:"我素来抱一种意见, 对于有三千年历史与四亿民众之中国,临之以高压手段,绝非永久之良策,我很愿为中日永久友善尽一份力量。为了中日消除隔阂,永葆友谊,我尚有一项建议,请总统俯允。"

"博士请讲。"

"现在中日两国中下等人交际频繁,而两国上流人士交际甚鲜,故彼此意见恒多误会。日本上流人士极希望与中国上流人士结风雅交, 而苦无交际机关。如日本枢密院顾问官,均系老政治家,或博学鸿儒,素仰中国文化,极表同情于中国,若能招致此辈,更番来游,情意渐通,猜疑尽释,日本对中国之外交方针或可一变。兹拟设一外友会,专司此事,拟请云台公子为中国会长,松方侯爵为日本会长,不知大总统意下如何? "

袁世凯连连拍案表示赞赏道:"好得很,好得很,中日之间正需一个这样的机关。日方由松方侯爵出任会长极为恰当,中方会长犬子不能胜其任,待我再斟酌。你回国后告诉松方侯爵,日方外友会的费用本政府愿承担,你回国前可先带部分经费转至松方侯爵,以便为中日友善沟通之用。"

其实,这不过是袁世凯表面的说辞,其真实的意思就是给松方一笔钱,让他策动元老,给日本内阁施压,在谈判上能够有所让步。

有贺很爽快答应了,同时建议道:"日前大隈内阁尚未奏请召开御前会议,如果召开御前会议,他的背后便有相当的力量,非大隈一人私见可比,非虚声恫吓可比,元老也无可奈何。之后的交涉或允或驳,那就请大总统决断了。"

听话听音,袁世凯明白,有贺的意思是说要运动元老,非在召开御前会议之前,而一旦经御前会议后提出的要求,还是答应的好,不然真要诉诸武力了。

"我明白博士的意思,天皇和元老的面子,中国当然要顾及。还请博士尽快回日本。"

有贺长雄次日就乘火车到沈阳,转道朝鲜回国。袁世凯把曾彝进找来道:"有贺回国后由你负责与他联络,你直接联络他肯定是联络不到,通过驻日使馆的陆润生就行。有贺与这边的联络,也是通过陆润生。"陆润生就是驻日公使陆宗舆,润生是他的字。

"有贺回国运动元老,我们心中有底,谈判时就不必看日置益的脸色了。"

"日置益贪心不足蛇吞象,满洲外的要求我尽量全数驳回。满洲内的要求,多少答应几点,而这几点纵使答应了,我有办法要他等于不答应。不但如此,我还要杀他个回马枪。"

曾彝进不知道袁世凯如何杀日本人一个回马枪,更不相信袁世凯还有什么资本可以杀日本人回马枪,但他也不能不服袁世凯的套路有时候的确出人意料。

有贺回国担负着秘密使命,他和袁世凯故意放了个烟幕弹,日本人办的《顺天时报》登载消息说,有贺今年契约届满,此次回日本将仍旧担任帝国大学及早稻田大学教习,中国政府遇有要务即行来京。报纸上还煞有介事地说,有贺临别赠言袁世凯,一是行政司法不宜相混,二是立法院宜速行组织,三是国民会议亦尽早成立。外人都知道,有贺因为合同到期而回国。

有贺回到日本后,先与驻日公使陆宗舆进行接洽,有什么情况请他随时发密电给袁世凯。有贺先拜谒井上,然后又拜访山县有朋。山县听取有贺的报告后,又让他转访松方正义,松方又请他再告诉宫内大臣大山岩。这些元老对大隈重信内阁未经御前会议就坚持开议第五号内容,并不惜以武力威胁中国深不以为然。松方正义召日本外相加藤高明,诘问他觉书中有第五号,何以没有报告?加藤说,这是希望条件。松方说,既然只是希望条件,对方不愿开议,即不应强逼开议,设若交涉决裂,内阁打算怎么办?加藤高明回道:"帝国出兵不出三个月,中国可完全征服。"松方则笑言道:"莫要把中国看得太轻,若用武力,恐三年未必成功,遑说三月,应速自行善处。"

不久,有贺通过陆宗舆转电袁世凯道:"谈判大局既定,民国宜以内政有种种困难为理由,要求结了,其关满蒙问题宜让步,并声明第五号毫无让步之余地。内阁若欲加以强制手段,诸元老必制止之。"

袁世凯把曾彝进叫来道:"这些天你要尤其注意日本使馆的动向,我决定要杀他们的回马枪。"

袁世凯说的回马枪,就是对二十一条提出最后修正案,第五号、第四号完全不予考虑,第一号关于山东问题的解决方案,中国承认日本继承德国在山东权益,而日本政府应声明未来将青岛交还中国,并撤回租界内外日军;第二号关于满蒙问题,东蒙古不予考虑,在同意日本人租用土地办厂经商耕作的同时,要求必须服从中国警察管理并像中国人一样照章纳税,东三省司法制度改良后,取消领事裁判权,所有诉讼,完全由中国法庭审理等等。

陆征祥和曹汝霖都有些担心,一旦激怒日本,谈判陷入僵局该怎么办?袁世凯则安慰道:"你们不必担心,我自有办法。"

文件提交后,袁世凯让曾彝进每天向他报告。第二天曾彝进就报告,日本使馆内乱作一团,使馆有人说,万没料到袁世凯敢于如此。又隔数日,传来消息说,大隈首相处境很尴尬,遭袁世凯回敬一棒,狼狈万分。

袁世凯也从陆宗舆密电中获知,大隈首相已经上奏天皇,准备开御前会议。随后陆宗舆转来有贺电报:"日内阁一变态度,减轻要求,深望中国亦一变态度,顾全元老面子。将来必要时,尚可以元老意向牵制内阁。"

有贺在元老中间穿梭活动,引起了日本内阁方面的警觉。陆宗舆不久发回电报,有贺被政府派警护卫,拘束行动,只能中间传信,不便自由活动。

袁世凯的消息来源从此只能靠曾彝进手里的日本浪人。但日本浪人虽然每天都向曾彝进报告,却提供不了确切的消息。袁世凯催得紧了,他便回道:"最近有浪人报告说,传闻东京来电,计有三案,第一案如何如何,第二案如何如何,第三案又如何如何。先提第一案,不行,再提第二案,再不行,提第三案,第三案不行,则决裂。我以为此种谰言,实在无报告价值。"

"你何以知其无价值,在我看来,一句谣言都有价值。今日之事,犹如打扑克牌,快到最后摊牌之时了。你以无价值了之,错了。是真是假,是虚是实,是大是小都要报告,万勿隐瞒。"

"是,以后不管什么消息,我一概向总统汇报。"

"这就是了。对了,最近有没有日本商人离开北京?多不多?"

"这个我知道,最近有三个日本商人走了。"

"他们是怎么走的?卖掉了家产没有?是不是日本使馆动员他们离开?"

"没有卖掉家产,也没有听到日本使馆动员日侨离京的消息。"

袁世凯自言自语道:"好,看来日本人还没打算动武——这种消息你要多上心,一听到日本人离开北京的消息,一定打探一下原因,以及是否卖掉家产,并及时告诉我。"

曾彝进领命而去。

这天,袁世凯接到陆宗舆电报,说日本内阁提出了最后通牒,估计已发驻华使馆,但具体内容不得而知。

袁世凯让曾彝进立即来见,却满城找不到他。到了晚上他才来报告,说他请一个在日本使馆有内线关系的浪人吃饭,据浪人说,日本使馆接到东京来电了,御前会议依诸元老意见,只有一案,满洲以外的要求不提了,满洲以内较原案略有让步。元老们最关注的权力是日本在满洲内地杂居权,在满洲得以租种土地,满洲警察局须聘请日本人为顾问。此三条最重要,非中国答应不可,不答应即决裂。

袁世凯笑道:"真货假货,我一眼就看得出,这个报告是真的。"

"或者日本人还可让步,焉知无第二案。"

"我同日本人办交涉数十年,他们的性情我摸得门清。他们性急,喜欢痛快。况且证以日本元老松方的意见,大都相符,我看这个报告最近于真。"

中日谈判已经停滞了三个多星期,美国的干预让日本内阁倍感压力,为了避免外交被动,逼迫中国尽快签约,一方面增兵山东和山海关,派军舰到渤海湾游弋,驻华使馆发布训令,令日本侨民准备撤离,极尽恫吓之能事,另一方面决定向中国下最后通牒。

5月7日上午,日本内阁将最后通牒电达北京日本驻华使馆的同时,将副本送达中国驻日使馆。驻日公使陆宗舆立即电告外交部。日本最后通牒的大致内容是:日本为东亚和平,并期将现存中日两国友好善邻之关系益加巩固,提出中日友好条款。然中国政府对日本善意未加体察,一意拖延,愈三月之余而无结果。鉴于中国政府态度恶劣,日本政府认为再无继续协商的余地。然,为维护东亚之和平,日本政府前次提出的修正案第五号各项,除关于福建一事外,概与此次交涉脱离,容后再议。前四号之内容,不可加以任何更改,请中国政府5月9日午后六时为止,为满足之答复,如到期得不到满足之答复,则帝国政府将执行必要之手段。

陆征祥和曹汝霖亲自将电报呈给袁世凯。

袁世凯看了之后道:"日本的正式通牒还没送来,估计不会有大的变化。子兴,你尽快亲自与美国和英国公使联络一下,看他们还有没有挽回的办法。"

曹汝霖回道:"英国指望不上,就是美国也不过是发几个强硬的照会,除此之外也没有其他行动。"

"日本人肯放弃第五条,与美国的帮助不无关系。有用无用,还是去联络一下的好。"

两人走后,袁世凯立即请徐世昌和杨士琦过来。

袁世凯说了一下情况后道:"日本人将下最后通牒,看来中日已到了摊牌的时候。"

徐世昌问:"大总统是什么想法?"

"日本人欺人如此,莫说我是大总统,就是寻常男人何尝不想与日本人大战一场。菊人大哥,如果我下令与倭寇一战,拼个鱼死网破,会是什么后果?"

"你是大总统,不该存鱼死网破的想法。"

杨士琦接话道:"不仅外患,内忧也很严重。如果孙黄之辈趁乱而起,局面就不可控制。"

"是啊,这也正是我担忧的。今天叫你们两位来,一是听取你们的意见,如果有拒约的好建议,咱们不妨认真筹划,二是如果没有更好的办法,我打算答应日本人的要求,请你们到时候能够支持,大家都难咽下这口气啊。"

徐世昌建议道:"到时大总统最好召集大家商量一下, 也让大家能够理解大总统的苦心。"

杨士琦出主意道:"实在没办法,答应了日本人的要求,不等于将来就让他得逞。比如日本人在南满租地,到时下一条行政密令,谁租地给日本人就当卖国贼枪毙,让日本人一寸地也得不到。"

"对,对,我也正有此意。杏城,你以个人名义约张雨亭来一趟,此人不简单,我有事交代他。"张雨亭就是驻奉天的二十七师师长张作霖。

"好,我立即给他发个密电。"

日本驻华使馆方面接到通牒,并没有立即送交外交部,而是派一等书记官小幡来见曹汝霖,说日本政府预备下最后通牒,不惜一战,若将第五号酌议几条即可免此危险。

曹汝霖从陆宗舆的电报中已经知道日本内阁对第五号已经不再坚持,日本使馆如此不过是得寸进尺以向内阁邀功罢了, 便对小幡道:"贵国已将最后通牒副本送达我国驻日公使,公使为政府代表,送交公使,即无异送交我政府。既下最后通牒,有何再商可言?"

小幡碰了壁,悻悻而去。

下午三时半,日置益亲自将最后通牒交送陆征祥,态度严肃,不发一言。

袁世凯接到正式最后通牒,要求到9日18时必须回复行或不行。算算时间,只有四十八小时。他立即召集各部总长、参议院议长、府院秘书长、陆军次长、外交次长等开全体大会,讨论日本最后通牒,应否接受。大家都到齐了,只缺最重要的外交总长陆征祥,打电话催请,说正与英使朱尔典会晤。

过了半个多小时,陆征祥才到,报告他与英美公使沟通的情况。

袁世凯急问道:"朱尔典怎么说?"

陆征祥回道:"英国也没什么好办法。"

"美国公使的意思呢?"

"与朱公使的意思一样,也劝中国不要与日本正式冲突。"

"我们该拜的都拜了,看来只能如此了!日本人当初提了二十一条,如今最后通牒中,已将第五号自行撤回,第四号全部删除,第三号中的两条删除一条,第一、二号中的十一条不是'留待日后磋商',就是加进了限制条件。这些不得不说是外交部努力的结果,尽管不一定是最好的结果。外交部坚拒到底,已尽其责任。日本这次提出的最后通牒,只有诺与否两字,我受国民付托之重,度德量力,不敢冒昧从事,愿听诸位的意见。"

段祺瑞立即表示反对道:"中日并未失和,日本人却向中国下最后通牒,这在国际上是从来没有的。我们这样迁就日本人,何能立国?中日军备有差距,但无论能不能赢,总要先打一仗再说,一枪不放,就递降表,太丢军人的面子。老话说得好,宁为玉碎,不为瓦全。"

"段总长之说自是正理,然亦应审度情势,量力而行,倘若第五号不撤回,我亦与段总长同一意见。现在既已撤回,议决各条,虽有损利益,尚不是亡国条件,只望大家记住此次承认是屈于最后通牒,认为奇耻大辱,从此各尽各职,力图自强,此后或可有为。若事过辄忘,不事振作,朝鲜殷鉴不远,我固责无旁贷,诸位也有责任。"

段祺瑞仍然持异议:"民国肇兴,就签订这样丧失国权的条约。倘各国效尤,如何应付?"

"我岂愿意屈辱承认,环顾彼此国力,不得不委曲求全,两国力量如何,你应该最明白。"

闻言,段祺瑞无话可说,徐世昌出面道:"该尽的力都尽到了,目前除了接受日本的通牒,看来也没有更好的办法。"

其他人也点头附议,于是宣告散会。

第二天下午,袁世凯吩咐外交部准备回复日本最后通牒的稿子。袁世凯对顾维钧的印象很好,特别点名让曹汝霖与顾维钧亲自商议起草。当时顾维钧因为太过紧张、疲劳而发高烧,已在德国医院住院两天。曹汝霖亲自到医院去与他商议,顾维钧认为虽然是最后通牒,但应当辩驳处还是要表明态度,关于第五号日本的说法是"容后再议",顾维钧认为这会留下后患,应当明确表示中国不予接受。两人仔细斟酌,三易草稿,脱稿时已经是早晨四时。由顾维钧翻译出英文稿,准备通报给西方国家使馆。

黎明后,曹汝霖携稿入总统府。袁世凯已在办公,埋头阅文件。

曹汝霖问道:"大总统这么早就办公了?"

"睡不着,干脆不睡了。"

曹汝霖呈上稿子,袁世凯正在审阅时,日使馆打来电话,请曹汝霖接。原来是翻译高尾,他说今日已到限期,贵方复文何时发出?曹汝霖答必在期内发出。高尾又说最后通牒复文,只有诺否两字已足,若杂以它语彼此辩论,过了期限,反恐误事,务望注意。

曹汝霖将日本使馆的意思报告袁世凯,袁世凯叹了一口气,把内史长阮忠枢叫来,让他参照曹汝霖的稿子重拟一稿,将辩论之处一概删去。

下午高尾又到外交部,说是奉公使命,要求先阅复文稿,以免临时有误限时。曹汝霖认为日本人干涉太甚,不同意让他阅稿。高尾很蛮横,说你不让阅,那我见总长。曹汝霖没办法,只好请示陆征祥,陆征祥说时间局促,免生枝节,那就先给他阅看吧。谁知高尾阅后不同意关于第五号"中国不予承认"的说法,要求须照原文更正。

外交部秘书往还磋商,易稿数次,高尾始终不同意,非按通牒原文"暂时脱离,容后再议"表述不可。最后陆征祥拍板道:"此事由我负责,即照原文,以后再议与否,要看那时情形,不必在此时文字上争执。"

定稿缮正,再翻译出英文、日文,陆征祥、曹汝霖和日文翻译施履本送至日本使馆,交与日使日置益,日置益踞座而受,十分傲慢。

三人出日本使馆时,已是午夜十一时。曹汝霖对陆征祥道:"陆总长,我感觉就像评书中所说,投降书递顺表。"

陆征祥安慰道:"润田,这算什么,当年我在驻俄使馆当翻译,俄财长维德为租借旅大问题,与杨钦差磋商不洽,后竟将条约摆在公案上,逼迫杨钦使签字。杨钦使答以未奉我皇命令,不能签字。维德拍案咆哮,出言不逊,骄横无礼,其情形比这次凶狠得多,至今心有余悸。杨使义愤填膺,年事又高,出门时在石阶上滑跌,遂至不起,客死俄国。弱国外交,言之可叹。"

第十七章

杨皙子君宪救国　袁克定撺掇帝制

驻沈阳的二十七师师长张作霖,到总统府面见袁世凯。

张作霖是奉天海城人,年轻时因父亲被赌徒打死,与二哥找人寻仇,开枪打死了人,二哥被捕,他逃走后当了红胡子。日俄战争的时候,段芝贵奉命到辽西联络红胡子对付俄国人,由此被招安,当了官军马队管带。等徐世昌总督东北时,他计擒大土匪杜立山立下战功,升任巡访营前路统领,所部三千五百余人。辛亥革命爆发,奉天新军将领谋划发动起义,张作霖得到消息,连夜进驻沈阳城,协助东三省总督赵尔巽布防。在新旧军会议上,赵尔巽劝大家拥护朝廷,张作霖与旧军将领纷纷举手,新军将领无一人同意。张作霖跳到桌上,手举炸弹道:"大家如果不接受总督的好意,我们今天这屋子里的人,只有同归于尽。"结果,沈阳新军举事失败,张作霖受到赵尔巽欣赏,把中路巡防营也交给他统领,使他的兵力达到六千余人,掌握了奉天军事大权。袁世凯出任临时大总统后,张作霖立即发电拥护,"国体既定,临时共和政府亦已建立,窃维推选袁世凯为大总统,实属至当。"成为北洋嫡系将领之外第一个发拥护电的。袁世凯不但任命他为关外练兵大臣,而且任命他为第二十七师中将师长。他从一个土匪头目当到中将师长,不过七八年的时间,升迁之快,令人侧目。

张作霖被任命为二十七师师长后,曾进京一次面见袁世凯,那时候袁世凯还住在外交部大楼。这次再来,袁世凯早就住进中南海,从大门到他办公的居仁堂,层层门岗,层层检查,没人带领根本不可能见得上。

到了居仁堂外,内务部总长朱启钤亲自迎接道:"雨亭,你好大的面子,大总统亲自在他的办公室接见。"

袁世凯在办公室门口迎接，张作霖趋前几步要行跪拜礼，袁世凯连忙扶住道："雨亭，不可行此大礼。"落座后，袁世凯又说道，"雨亭，这次请你进京，是有要事拜托你。"

张作霖离座拱手道："大总统吩咐就是，我是唯大总统之命是从。大总统让我往东，我绝不往西。"

袁世凯叹了口气道："这次与日本人谈判，国人反应十分激烈，尤其南满部分权益让与日本，我担心局势不稳。我已经让奉、吉两省民政长、警察厅长不日进京，向他们做个解释。你治军有方，我先请你来，请你在稳定南满上多费心。"

袁世凯给张作霖讲谈判的过程，讲到日本蛮横无理，而他鉴于国内外形势，被迫接受最后通牒，禁不住眼含热泪。张作霖拍案而起，大骂道："妈拉个巴子的小日本，欺人太甚！大总统不必过于自责，只怪日本人太不是东西。"

"如果和日本人开战，我可免于被骂卖国贼，可是战而不胜，就像甲午之战、辛丑之战，国权沦丧更甚，前车之鉴不远。中国屡战屡败，积贫积弱，在战与和之间，我只能两害相权取其轻，选择与日本人谈，临时妥协，以待来日。我已经下令将5月9日定为国耻日，但愿大家能够痛定思痛，力图振作，或许十数年后可与日本抬头相见。"

"大总统有啥吩咐，我老张没有二话。"

"要与日本人见高低，最要紧的还是军事。将来南满难免会与日本人生摩擦，中国要少吃亏，就要练好兵。你是会带兵的人，好好练兵，将来为保国权尽一份力。"

张作霖又离座道："我听大总统的，一定好好练兵。"

"条约中不得已允准日本人在南满可以租地经商办厂或耕种，我打算采取变通的办法，让日人租不到地。你有什么好主意？"

张作霖回道："这有何难，大总统下一道令，谁敢把土地租给日人，就枪毙他妈拉个巴子的。"

"好，好。这是个好办法，我准备让参政院制定《惩办国贼条例》，严禁国人与外国人私订契约、出租售卖土地矿产。这些措施要得以施行，将来还是要军队做后盾，你要在这上面多上心。既不让日本人得逞，又不能惹出纠纷。"

张作霖对袁世凯的吩咐，一概表示唯大总统之命是从。

谈完了正事，袁世凯以闲谈的语气道："当初民国建立，大家都以为找到民富国强的道路，可是如今民国已经建了四年，先是政府受到参议院掣肘，事事难办,然后国家陷入党争,更是一事难成,如今更是内忧外患。我这些天在想,这共和还怎么办下去？共和这挂车,我实在拉不动了。"

张作霖低声回道:"大总统,奉天那边私下都说,共和国体根本不适合中国。这一套都是民党从洋鬼子那里照搬过来的,水土不服。中国要民富国强,妈拉个巴子,还不如走小日本的路子。"

"奉天那边也有这样的说法？"

"可不,大家都说,中国还是得搞帝制才行。皇帝说了算,省得张三李四都来抢权。"

"刚确立了共和国体,又再恢复帝制,国家经不起折腾。"

"我是唯大总统之命是从。中国要搞帝制,这个皇帝只有大总统够格。大总统要是有意,我张作霖第一个拥护大总统早正大位。"

袁世凯连忙摇手道:"我不做此想。一个大总统我已经当得筋疲力尽,哪里还当什么皇帝,谁愿当谁当去吧。雨亭,如今内忧外患,我们都要多为国分忧。你好自为之,将来有机会,要为国家挑重担。"

张作霖如今已经掌握了奉天军权,他一直谋求奉天将军一职。奉天将军张锡銮已经被他架空,多次以身体有病为由请辞,但袁世凯都没有答应。张作霖以为袁世凯要调走张锡銮,眼巴巴地等下文。但袁世凯却没了下文,转而谈天气,又问张作霖在北京的行程。张作霖是聪明人,立即向袁世凯告辞。

张作霖走后,袁世凯立即叫朱启钤来,指指多宝格上的四块打簧金表道:"桂欣,我和雨亭谈话时,他总是看这四块表,我想他是喜欢上了。你打发个可靠的人,立即给他送去。"

多宝格上的这四块金表,制作十分精致,玻璃面上环镶了一圈珠子,背面是珐琅烧的小人。朱启钤笑道:"真是没见过世面,一个将军对几块表打主意。"

"你可别说他没见过世面,这个人绝非等闲之辈。"袁世凯顿了顿又道,"那件大事,将来雨亭大概能帮得上忙。"

朱启钤问道:"大总统有意大用？"

"我还得再看看,毕竟绿林出身,靠不靠得住,实在没有把握。"

"明白了。要好好笼络,稳住他。不过,仅这四块金表,似乎轻了些。"

"你看着办。"

张作霖回到奉天会馆,师参谋长杨宇霆已经迎到门口。一进门,杨宇霆就问道:"怎么样,老袁有什么交代？"

"妈拉个巴子,光许给我一堆空话。"

"三哥说来听听,我帮你参谋参谋。"

杨宇霆是奉天法库县人,在堂兄资助下曾经留学日本士官学校,回到东北后进入军界,不几年就升到了军械厂厂长。他很有见识,人称小诸葛。张作霖欣赏他的才干,把他调到二十七师任参谋长,倚作亲信幕僚,几乎是言听计从。等他听张作霖说完会见袁世凯的经过,便道:"三哥,我看袁大总统有意大用呢!"

张作霖睁大眼睛问道:"何以见得?"

"你只是一个师长,租不租地给日本人,这是地方官的职责,聘不聘日本人当警察顾问,与你这师长也没有关系,可是大总统却交代给你,不是要大用的意思吗?何况大总统已经明白告诉你,将来要为国家挑重担。三哥放心,我估计一年半载,必会高升。"

"妈拉个巴子,日本人这次欺人太甚,我看袁大总统也是真心难过,将来我老张怕是要和日本人好好周旋一番了。对了,昨晚你去见你的老同学,见上了吗?"

杨宇霆与段祺瑞的亲信、陆军部次长徐树铮是日本士官学校同学,两人关系很不错,他每次到北京,总要拜访徐树铮,打听京中局势。

"见到了。听徐铁珊的意思,现在段总长与袁大总统关系有些闹僵了。"

张作霖闻言不敢相信,又问道:"怎么,北洋三杰不都是袁大总统的亲信吗,怎么还闹僵了?"

"袁大总统要夺段总长的兵权,在军中为袁大公子培植势力。去年办军官模范团,两人就闹得不痛快。今年谈二十一条,袁大总统以为他已经尽了全力,可是老段不买账,袁总统主和,他偏偏主战,很不给面子。而且,"杨宇霆说到这里,压低了声音,"而且袁大总统有当皇帝的心思,试探了几次,老段都极力反对。"

张作霖打断杨宇霆的话道:"对,妈拉个巴子,我把这事忘了。我试探过大总统,他嘴上说不想当皇帝,但我看他的意思,是很想当。"

"去年下半年,要恢复帝制就闹得很厉害了,后来日本人提出二十一条,这事才缓了下来。与日本人的交涉一完成,这事又闹起来了。最起劲的是袁大公子,听说他以皇太子自居,身边聚集了一帮人,正在紧锣密鼓秘密准备。"

"他一个瘸子将来要当皇帝,那不成了笑话?"

"他未必有自知之明。而且大总统大约也有让他当储君的意思,不然何必为模范团的事与老段弄僵。先让袁大公子在军中树起势力,将来好继位呢。"

"袁大总统亲自逼退清朝的皇帝,他如今再当皇帝,这二皮脸怎么变?"

"怎么变?自然有办法。听说袁大公子正在找人制造民意舆论,将来国民支持更改国体,大总统就可以变为大皇帝。"

"你说刚把皇帝拉下龙椅,这全国上下愿意再弄个皇帝出来?我看未必。"

"那咱不必操心,老袁要称帝,对三哥不是坏事。"

闻言张作霖睁大眼睛又问道:"怎么说?"

"他要当皇帝,就需要人拥戴。三哥坐镇奉天,他必定有求于三哥,那时候自然要有许诺给三哥。就像当初他要拥戴共和,需要三哥支持,三哥就当上了东北边防使。这次,三哥要是成了开国元勋,让你当奉天将军,那都是小的了。"

张作霖摸了摸下巴道:"妈拉个巴子,还真是那么回事。"

两人正在说得热闹,门房来报,袁世凯派内务部的人来拜访张师长。两人交换一下眼色,连忙迎出去,原来是内务部礼宾司的司长带着两个手下,一人端着一个丝绒盒子,另一人抱着几个卷轴。司长接过丝绒盒子,打开盒盖,里面是四块打簧金表:"大总统说,张师长好像对这几块表感兴趣,大总统就赠给张师长了。"

张作霖双手接过道:"哎呀,大总统可真是太抬举我了,我就是谈话时多看了这几块表一眼,大总统就记在了心里。"

司长又把几个卷轴打开,都是古画:"这几幅古画都是朋友送大总统的,大总统说,送给张师长,装点装点签押房。"

张作霖哈哈一笑道:"我一个大老粗,是得装点装点门面,大总统真是想得周全。"

礼宾司司长一走,杨宇霆便道:"都说袁总统会笼络人,果然名不虚传。"又问张作霖道,"三哥,袁大公子那里,还敷衍一下吗?"

张作霖连忙摇手道:"用不着,屁颠颠地去巴结一个瘸子,丢老子的脸。"

"太子"袁克定越来越忙了,为了方便联络,他在西山、汤山、颐和园都弄了住处。

他从德国回来就一心筹划恢复帝制,比袁世凯还要积极。他当上模范团的会办时,正是德国席卷欧洲战场之机,他深受鼓舞,编练模范团一概采取德制,军中步法也是效法德国御林军,参训的将领也大多挑选有留德经历的。模范团的文武官员,都模仿德皇威廉二世蓄起"牛角须"。他为自己设计的戎装为德国亲王陆军制服,雄冠佩剑,金带黄绶,肩扛三星。当他检阅模范团时,感觉自己手里已有千军万马,底气更足。

袁克定与心腹密议的帝制步骤,先是制造舆论,然后再对国体投票,"民意"通过后再进行实质操作。制造舆论,非请有影响的名流不可,袁克定最中意的是梁启超。不过,自从袁世凯解散内阁,设立政事堂后,梁启超就对袁氏父子开始疏远,虽然他接受了造币局局长的职务,但不久就多次提出辞呈。袁世凯祀天祭孔,他则在报刊上发文章,认为民国政府此举违背孔子本意,揭露近年来国内出现的孔教会十之八九别有用心。袁克定也派人试探过梁启超的意思,他对恢复帝制极为反对。但梁启超的作用实在太大,因此袁克定不死心,决定做最后一次努力,邀请他到西山赴宴。

作陪的只有一个,就是杨度,当年是搞宪政出名。不过,他倾心的是君主立宪,袁世凯当上民主共和的大总统后,反而不好重用他,因此民国后杨度不甚得志,只当了研究宪法委员会会长、政治会议议员等闲职。以帝王师自居的他自然不甘寂寞,一嗅到袁克定在筹划帝制,就极力巴结。但袁克定认为论影响,杨度无法与梁启超比,所以一直未让他参与机密。这次宴请梁启超,算是第一次让他参与重要事项。

梁启超一到,袁克定、杨度两人亲自迎到门口。入座后,袁克定便道:"卓如先生,今天我是有事请教,因此没让不相干的人作陪,只有我和皙子。"

梁启超已经预感到袁克定会谈什么,摇摇手道:"大公子不必客气,实在谈不到请教。我是个不合时宜的人,难免让公子失望。"

"也没什么大事,咱们边喝边谈。"

正如梁启超所料,袁克定、杨度两人不断把话题往帝制上引。袁克定大谈共和以来的种种弊病,杨度则大谈日本君主立宪的成效,梁启超则不置一词。最后袁克定还是忍不住了,问道:"卓如先生,近来外间纷纷议论,都说共和制度不合我国国情,先生有何高见?"

"共和是有不少问题,但将近年来的问题都归咎于共和则不客观;若以为恢复旧制就能使中国富强,则更无道理。若旧制能使我国民富国强,则早就实现了。近来社会风气败坏,坏于共和新法者,不过十之二三,坏于积重难返之旧空气者,则十之七八。民元以来的共和政治固然有许多地方令人失望,但不能就此认为共和制度不适用于中国,挽救之法,只能设法完善补救,若根本摒弃之,则万万不可。例如议会制度,既为今世各国所共有,是共和国体不可或缺者,议会未善,改正其选举法可也,直接间接求政党之良可也,厘定其限可也。"

杨度插话道:"卓如曾经在日本十余年,对日本君主立宪体会更深。日本君主立宪成效卓然,中国似乎可以效法。"

"不然。中国若十余年前行君主立宪,则我必赞成;如今已走上民主共和之路,则不宜再行君主。世间有自君主而共和者,无由共和而再行君主者。若逆潮流而动,内政外交,恐怕会有诸多困难。"梁启超的态度已经十分明确,话不投机,宴会匆匆收场。

回到城中,梁启超立即约学生蔡锷来见,见面第一句话就是:"松坡,项城果然有复辟之意。"于是将会见情况告诉蔡锷。

"老师,也许这是袁大公子的意思,项城未必知道。"蔡锷对袁世凯尚未完全死心。

梁启超摇摇头道:"也许是袁大公子大胆妄为,不过社会上流言四起,项城难道会一无所闻?我不相信。"

"我能容忍项城集权,但他若倒行逆施,推行帝制,我必定与之决裂。"

"我这次得罪了袁大公子,在京师恐怕没有立足之地了。我打算借为家父祝寿之际,脱离牢笼。"梁启超的计划是后天南下广东,为家父祝寿,到广东后再发电报请辞造币局局长之职,举家搬到天津,以便"埋头著述","松坡,等我的辞呈一交,你就设法把我的家眷搬到天津。我在天津静观其变,如果项城果然要复辟,我就立即南下。"

"老师放心好了。如果到时候局势大变,我就到天津请教老师。"

"但愿是袁大公子的私意。"

梁启超先乘火车沿津浦路南下到南京,然后转乘轮船南下。船泊香港,梁士诒的父亲梁知鉴前来拜访。梁知鉴是进士出身,曾任山西襄陵知县,后因仕途不畅,称疾辞官,讲学于九江礼山草堂,后又任教于香港。他来见梁启超,是探询京中形势。原来,袁克定已经多次试探梁士诒对帝制的态度,袁世凯也约谈十余次,梁士诒一直持反对态度。梁知鉴是混过官场的人,知道仕途的凶险,劝梁士诒急流勇退。但梁士诒留恋交通系的巨大利益,一直下不了决心。梁知鉴叹道:"袁大总统要称帝,当然需要大笔资金,犬子多年来为大总统理财,大总统如何肯放过他。他又不肯遂大总统愿,又不肯放手南下,我担心他有性命之忧。"

梁启超安慰道:"老伯不必担心,我想他跟随项城十余年,鞍前马后,还不致有性命之忧。"

梁知鉴大摇其头道:"我知道宦海凶险,即便大总统念旧不与他为难,但那些急于闹帝制以求进身的人未必能够容得下他。钱财地位均是身外之物,我这个犬子总是看不开,你回京的时候,帮我好好劝劝他。"

梁启超答应回到京中,一定劝说梁士诒。

看来袁世凯是决心帝制自为了,梁启超觉得作为袁世凯的下属和知己,有必要进进忠言。回到家中的当天,他就写了一封密信,规劝袁世凯勿帝制自为。

大总统钧鉴:

超以省亲南下,远睽国门,瞻对之期,不能预计,缅怀平生知遇之感,重以方来世变之忧,公义私情,两难怼默,故敢卒贡其狂愚,唯大总统垂察焉。启超所欲言者,事等于忧天,而义存于补阙,诚恐不蒙亮察,或重咎尤,是用吮笔再三,欲陈辄止。

此数月间之蒙蒙扰扰,复古之声甚嚣尘上。大总统原未与闻,望践高洁之成言,谢非义之劝进。传云:"与国人交,止于信。"信立于上,民自孚之,一度背信,而他日欲取信于民,其难犹登天也。昔人有言,凡举事不为亲厚者所痛,而为见仇者所快。今也水旱频仍,陕灾洊至,天心示警,亦已昭然;重以吏治未澄,盗贼未息,刑罚失中,税敛繁重,祁寒暑雨,民怨沸腾。内则敌党蓄力待时,外则强邻狡焉思启。我大总统何苦以千金之躯,为众矢之鹄,舍磐石之安,就虎尾之危,灰葵藿之心,长萑苻之志?启超诚愿我大总统以一身开中国将来新英雄之纪元,不愿我大总统以一身作中国过去旧奸雄之结局;愿我大总统之荣誉与中国以俱长,不愿中国之历数随我大总统而斩。

唯静观大局,默察前途,愈思愈危,不寒而栗。友邦责言,党人构难,虽云纠葛,犹可维防,所最痛忧者,我大总统四年来为国尽瘁之本怀,将永无以自白于天下,天下之信仰自此隳落,而国本即自此动摇。是用椎心泣血,进此忠言,伏维采纳,何幸如之。去阙日远,趋觐无期,临书悯怆,墨与泪俱。专请钧安,尚祈慈鉴。

梁启超给老父做完寿,原途返回。乘轮船到了南京,心想何不去拜访一下坐镇南京的宣武上将军冯国璋。此时督理江西军务的昌武将军李纯,帮办湖北军务的壮威将军王占元,都是冯国璋的心腹部下,三个人都是直隶老乡,声息相通,长江流域已经成了直系天下。梁启超知道袁世凯对冯国璋特别重视,由冯国璋来劝谏,比自己更有力量。

冯国璋对梁启超十分热情,设宴款待。席间梁启超说起自己的心事,想请冯国璋同上北京劝说袁世凯。冯国璋道:"我也认为共和不合时宜,当初逼皇上退位,我就很不以为然。我这一生的荣典,都是朝廷的恩遇,愿为朝廷尽忠。无奈形势所迫,在大总统的劝说下,才转而支持共和。大总统要帝制自为,那可真是不智。"

在座作陪的有一位是将军府咨议厅厅长,叫胡嗣瑗,是光绪二十九年进士,后来又入翰林院。他文笔极好,入过直隶总督陈夔龙的幕府,冯国璋接任后又把他收入幕中,深为倚重。此人复辟心极重,主张放弃共和,改行帝制。但他并不想让袁世凯当皇帝,而是请清帝复辟:"就是复辟,皇帝也轮不到袁项城来做。宣统皇帝就在紫禁城,复正大位,天经地义。"

梁启超驳道:"不,不,中国不能复辟。我反对大总统当皇帝,也反对宣统重登大宝。中国既然已经走上共和之路,不应走回头路。"

胡嗣瑗又道:"共和根本行不通,应当复辟帝制。康南海先生数月前曾经来南京做客,他也是极力支持宣统复辟。"

"我和南海先生的观点不同,中国无论如何不能再行帝制。虽然共和有诸多问题,但民主胜于专制,这是世界潮流,不能逆潮流而动。不然徒增纷扰,于中国百害而无一利。"

胡嗣瑗显然不服气,冯国璋示意他不必再说,转头对梁启超道:"任公,辛亥之役,牺牲了那么多人的性命,换来的是共和。再走回头路,这些人岂不白白牺牲?所以我同意你的意见,中国不能再行帝制,尤其大总统不能帝制自为。我想袁大公子他们为享受将来一套长久富贵,或者会有这样的谋划,要说项城本人也愿意这样做,据我看他不至于这么笨。我和你一块北上,去见见项城,以我和他的交情,我可以问得出一句实话来。"

两人从浦口乘火车北上。到北京后,冯国璋住进禁卫军司令部,梁启超则于当晚去见梁士诒。不巧梁士诒不在家,于是留下名片回住处。

没想到九时多,梁士诒亲自来了。梁启超说明梁父的意思,梁士诒叹了口气道:"今天大公子又请我到西山吃饭,还是逼我答应帝制的事情。可是,任公,明明是个火坑,如何偏偏要去跳!我对大公子说,目下大总统之权,已高于各国君主,所殊者不过是子孙之继耳。而此事适足以害子孙,末代帝王,有多少能像逊清这样安全的? 我劝大公子应当辅助大总统多做积德累仁、有益于国民之事,帝制事宜缓以时日。但袁大公子已经魔怔,根本听不入耳,话里的意思,颇不耐烦。"

梁启超劝道:"京城已是是非之地,我已经向大总统辞去造币局局长一职,暂且搬到天津,一心著述。伯父的意思,是希望你能够放下。"

梁士诒苦苦一笑道:"任公,你的财富都在你的大脑中,而我的财富全是身外之物,如何能够放得下。铁路局、交通银行,多少人的身家都寄托于此。而且,我挣扎大半生,所有事业都在交通系,要放下,如何甘心!"

"那我就爱莫能助了。"

梁士诒也叹道:"且走一步算一步吧。"

梁启超第二天一早乘火车回天津,而冯国璋则进总统府面见袁世凯。

袁世凯在他的办公室会见冯国璋。先谈江苏地方上的公事,谈完公事,话题就转到如今沸沸扬扬的帝制问题上。冯国璋试探道:"帝制问题,南方谣言颇盛。外间既然有这么多的传说,其实以大总统的地位勋业来说,全国内外是没有任何人能够比得上的,这个时候就是真的做进一步的打算,也还不是不可以的。"

袁世凯闻言正色道:"华甫,你我共事多年,还不知道我的心事? 怎么也说这种话。现在有帝制的谣言,我想不外乎有两个原因。一是共和已经四年了,可是国家还是贫弱如旧,而且党人四处捣乱,使得全国百姓不能安居乐业。所以有人说,共和政体不适宜中国,希望我多负点责。二是新约法规定大总统有颁赏爵位的权力,遂有人认为这是帝制的先声,这些都是无风生浪的浮议。你正好来了,我也正想听听你的意见。"

"国体如果真的有变,我想也只有大总统有资格。"

袁世凯摇头道:"华甫,你我是自家人,我的心事不妨向你说明。我现在的地位与皇帝有何分别?所贵乎为皇帝者,无非为子孙计。我的大儿身有残疾,二儿想做名士,天天在外胡闹,三儿不达时务,其余则都年幼,岂能付以天下之重? 何况帝王家从无善果,我即使为子孙计,亦不能贻害他们。"

"是啊,南方人言啧啧,都是不明了大总统的心迹。不过中国将来转弱为强,天与人归的时候,大总统虽谦让为怀,恐怕推也推不掉。"

"华甫,这是什么话!我有一个儿子在伦敦读书,我已经叫他在那里购置薄产,如果再有人逼我,我就到伦敦去做寓公,从此不问国事。"

觐见结束,冯国璋回到禁卫军司令部的住处,与咨议厅厅长胡嗣瑗、秘书长恽宝惠密议道:"听项城的话头,他的确没有帝制自为的意思。"

恽宝惠摇摇头道:"也不见得。大总统为人虚虚实实,翻云覆雨,他的真实心迹,凭这么一次谈话,也未必能够摸得真。"

"那也未必。我们共事这么多年,他还是能够对我说句真话的。"

午饭时候,总统府打来电话,询问上将军吃过饭了没有,若没有,稍晚点吃,大总统要派人送食物来。过了二十几分钟,袁世凯的差官来了,送来的是一盘红烧猪蹄,还禀道:"上将军,今天中饭时,大总统见有红烧猪蹄,就说这菜是华甫爱吃的,快给他送去。"

"感谢大总统还记得我的口味,当年跟大总统在小站练兵,我最爱吃的就这红烧猪蹄。"

差官一走,冯国璋遥想当年,不免唏嘘感叹道:"项城对我,还是像当年一样。那时候他饭桌上有这道菜,就打发人送我一份,或者请我过去一起吃。"

冯国璋来一趟京城,有许多故旧要见,因此没有立即走。第一天拜访的是国务卿徐世昌,如今人称之为宰相。徐世昌深谙宦海之道,手里虽无一兵一卒,却为北洋诸将所尊重,冯国璋进京,当然要前来拜访。两人自然也谈到帝制的问题,冯国璋问道:"徐相国,依你看,项城到底有没有当皇帝的打算?"

徐世昌不答反问道:"这件事情,我实在没法说。不过华甫,如果项城真有此打算,你将何以自处?"

"和他共事这么多年,当然还要帮衬他。"

"华甫,要真有那一天,我就辞职,不能一家人都被赚进去。"徐世昌知道这不是实话,因此这样说道。

这话的意思可以理解为,徐世昌并不支持帝制。冯国璋也不能再打哈哈,说出自己的真实想法:"徐相国这样说,我也不会看着项城跳火坑。"

彼此的态度已经清楚,就转移话题,谈些琐碎的公事。

隔一天,冯国璋去拜访北洋之虎段祺瑞。段祺瑞从五月底开始"养病",陆军总长一职已经由王士珍署理。冯国璋见他生龙活虎,并无病容,便问道:"芝泉,你身体向来康健,怎么躲起来养病了。"

"不生病人家不高兴嘛。"段祺瑞大发牢骚,说袁世凯设立海陆军大元帅统率办事处,就是为了夺他的权。把王士珍请出来,如今又代理陆军总长,就是为了对付他。夺他的权,无所谓,拿王士珍来对付他也忍了,可是不能忍的是硬要办模范团,把兵权交到"阿斗"手里,"华甫,将来一个瘸子要当上皇帝,你我跟着项城出生入死的老兄弟,见了一个瘸子要口呼万岁,行三跪九叩大礼,你的膝盖能跪得下去?反正我是办不到!"

"我听项城的意思,并无帝制的想法。"

"那当然千好万好。可是在我看来,从二次革命后,一切的手段都是冲着帝制来的。实话说吧,如果不行帝制,将来大总统由你华甫兄来接,我毫无意见。可是要行帝制,将来我们侍候的只能是那个瘸子,这口气我咽不下。别的事情我都可以忍让,唯有这件事,我无法低头。"

段祺瑞为人傲慢,说话也直,冯国璋则婉转得多:"咱们的面子是无所谓的事,咱们与项城数十年的交情,如果帝制不可行,他又被人所蒙,非行帝制,到时候我要力劝的。芝泉,你离他近,到时候还是要劝劝的。"

段祺瑞大约已经意识到刚才所言太过直白,仿佛他段某人只是计较个人得失,便转圜道:"我受他数十年知遇之恩,不能看他往火坑里跳,劝当然要劝,我已经劝过好几次,可是他不肯承认。人人都知道袁大公子在筹划帝制,项城却不肯承认,这不是掩耳盗铃吗?袁大公子托了若干人来试探我,想让我表态支持帝制。我当年领头发过支持共和的通电,如今要是再拥护项城登基,国人怎么看我?恐怕二十四史中也找不出此等人物吧!所以,论公,我宁死也不参与;论私,我只有退休,绝不多发一言。"

这时,家人来报,说大总统赐下一碗鸡汤,段祺瑞不耐烦地挥手道:"我不稀罕,倒掉,倒掉。"

冯国璋劝道:"芝泉何必如此,我刚进京,项城还打发人送了一碗猪蹄。这都是老伙计的情谊,笼络咱们这些老家伙罢了。"

"我不是不念多年情谊,大哥,你听说过赵智庵死因的传闻吗?"

赵秉钧当初身涉宋教仁被杀案,全国舆论汹汹,被迫辞职,当时正好冯国璋接替张勋出任江苏都督,袁世凯就派赵秉钧接掌了直隶。据说,因为他极力撇清自己与宋案的关系,说洪述祖虽是他的秘书,却不受自己指挥,惹怒了袁世凯。当上直隶都督没有几天,吃了一盘葡萄就七窍流血死了。据说,是被袁世凯派人毒死的,毒物是杨士琦提供的一种无色无味的毒药水。

冯国璋笑了笑道:"芝泉,无稽之谈,不值一哂。我也吃了项城送的猪蹄,如今不是好好的嘛！”

“我与大哥不同，大哥会来事，离项城又远。我是在他身边，执掌陆军部，又说话太直，早就惹他恼恨了。”

冯国璋见段祺瑞一肚子牢骚，就没有在段府吃午饭，找了个借口走了。当天晚上接到电报，说镇江洋商与华商起了纠纷，有人受了伤，领事馆的洋兵也牵涉其中，一涉军事，他这将军必须回去处理。所以第二天上午进中南海，向袁世凯辞行。袁世凯叮嘱道：“华甫，北洋军队暮气太重，有事时便不能用。你在南京要好好整顿，我们自家人应当团结，好好保存我们的实力。你这几天在京中走动，肯定会听到浮议，我告诉你，我绝对没有当皇帝的思想。袁家没有过六十岁的男丁，我今年五十八，就是做皇帝能做几年？我不会那么傻的。”

冯国璋临走时，袁世凯派人赠送几箱礼物，其中有几箱指明是赠给“周夫人”。周夫人名周砥，是淮军名将周盛传的孙女，天津女子师范毕业，后来被聘为袁世凯的家庭教师。冯国璋原配去世，袁世凯做媒把周砥嫁给了冯国璋。周砥知书达礼，落落大方，很给冯国璋撑面子，极得宠爱。坊间就流传一个笑话，说袁世凯赔了夫人又折兵。据传言说，周砥是袁世凯派来监视冯国璋的，当初陪了一大批嫁妆，没想到两人感情极好，反过来一起对付袁世凯。

冯国璋带着袁世凯赠送的厚礼和推心置腹的诺言登上南下的火车，觉得世人大约都误会了袁世凯。

京中的氛围，与冯国璋的感觉正好相反，帝制在加速筹划中，已经是半公开了。杨度见梁启超不肯赞同帝制，感到自己的机会来了，挑灯夜战，夜以继日，写出了一篇一万余字的《君宪救国论》，论证中国不适宜搞共和，而要救国，唯有实行君主立宪。文章写完，杨度感觉极好，立即誊录一份找他的师哥夏寿田，请他推荐给袁世凯。

夏寿田是杨度的湖南老乡，与杨度一样，都曾师从湖南经学大家王闿运，其才气不输于杨度，二十一岁就中了榜眼，但仕途却不顺。后来入端方幕府，但端方赴川解决护路风潮，结果在半路被革命军所杀。夏寿田对仕途寒心，从此闭门谢客，一直到两年前才通过杨度的推荐进入袁世凯幕府。

袁世凯对夏寿田的榜眼身份十分看重，而且夏寿田文笔极好，又勤快，袁世凯依赖的两支笔，一个是张一麐，但他兼着机要局局长，事务颇多；另一个是阮忠枢，但他烟瘾太大，不能早起。袁世凯每天六点起床，六点半吃早餐，七点准时到办公室批阅文牍。无论是张一麟还是阮忠枢,都做不到那么早赶到总统办公室。自从夏寿田当了机要秘书,每天鸡鸣即起,六点多前必定赶到总统府。袁世凯看文牍十分迅速,且阅且批,喃喃作语,夏寿田则据案角振笔疾书,俄顷而就,极称袁世凯心意,不出两个月,就成为袁世凯依赖的亲信。袁世凯的真意,他人莫测高深,夏寿田独能心领神会,如见肺腑。就是张一麟、阮忠枢,处理事情时也要向夏寿田打听袁世凯的意见。袁世凯从来没有明确表示过实行帝制的意思,但他却一次次发牢骚,说共和推行不下去。夏寿田因此摸清了袁世凯的真意,悄悄告诉杨度,并建议杨度向袁克定靠拢,将来推行帝制,中心必定在袁克定那边。杨度知道袁克定的意思,是希望梁启超能够为帝制摇旗呐喊,但梁启超不肯就范,他征求了夏寿田的意思,才起草了这篇《君宪救国论》。

第二天一早,夏寿田将《君宪救国论》放到袁世凯办公桌上,等袁世凯一到就道:"大总统,皙子写了一篇文章,想呈大总统,我看文章不错,就接了过来。"

袁世凯问道:"皙子很久不动笔了,是什么文章?"

夏寿田简单说了一句:"是探讨君宪救国的。"

袁世凯很感兴趣,推开其他文牍,先阅杨度的文章。

杨度的《君宪救国论》分上、中、下三篇,自己化名为"虎公",以问答的形式阐明自己的观点。袁世凯先看到的,自然是上篇,一开篇便把他吸引住了——

客有问于虎公曰:民国成立,迄今四年,赖大总统之力,削平内乱,捍御外侮,国以安宁,民以苏息,自兹以往,整理内政,十年或二十年,中国或可以谋富谋强,与列强并立于世界乎?

虎公曰:不然!由今之道,不思所以改弦而更张之,欲为强国无望也,欲为富国无望也,欲为立宪国,亦无望也,终归于亡国而已矣!

客曰:何以故?

虎公曰:此共和之弊也!中国国民好名而不务实,辛亥之役,必欲逼成共和,中国自此无救亡之策矣!

接下来,一一回答中国的共和为什么强国无望、富国无望、立宪无望。杨度认为民国以来的政局混乱,都是共和的弊端造成的,"非立宪不足以救中国,非君主不足以成立宪。立宪则有一定法制,君主则有一定之元首,皆所谓定于一也。救亡之策,富强之本,皆在此矣"。杨度的文章,善于雄辩,气势磅礴,袁世凯不禁拍案叫好，感觉他最近思考的问题，杨度都已经进行深入研究。只是文章一万余字，一时不能看完，何不叫杨度过来，当面与他谈谈。

杨度很快就赶过来了，袁世凯把手头的事情推掉，专门与他深谈，在座的只有夏寿田。

"皙子，民国建立以来，中国商民无不寄予厚望，以为富强可期。然而这四年的结果，很让人失望。我作为四万万人选出的大总统，不敢有一日懈怠，削平内乱不假，但国并未宁，民党仍然蠢蠢欲动；百姓也未得苏息，仍然时时担心战火复起；说到捍御外侮，更是惭愧，日本所提最后通牒，不得已而受之，不啻奇耻大辱。这到底是什么原因？中国到底怎样才能民富国强？我是夜不能寐，一直在思考这个问题。看了你的《君宪救国论》，觉得很有道理。只是文章太长，要看完须费一番工夫，要完全弄明白，更非易事。我今天找你来，就是想就我关注的几个问题，当面向你讨教。"

"讨教实不敢当，大总统有所垂询，我一定知无不言，言无不尽。"

"好，那先议第一个问题。你说，非立宪不足以救中国。这些年来我们面对的世界列强，无一不是立宪国家，日本国从前并不强于中国，可是立宪后数十年间，便成我国强敌，足可证明立宪是国家富强的不二法门。十几年前我就主张立宪，但为什么立宪国家就强盛，并未完全弄明白，很想听听你的高见。"

"一个国家能否富强，最关键的就是能否做到人存政举，人亡政亦举，如此则有前进，无后退，由贫而富，由富而愈富，断无由富而反贫者；由弱而强，由强而愈强，断无由强而反弱者。立宪国家有一定之法制，自元首以及国人，皆不能为法律以外之行动，人事有变，而法制不变；贤者不能逾法律而为善，不肖者亦不能逾法律而为恶，国家有此一定之法制，则政府永远有善政而无恶政，病民者日见其少，利民者日见其多，国中一切事业，皆得自然发达，逐年递进，循此以至于无穷。以德国为例，如今的德皇已经不是威廉一世，德相也不是从前的俾斯麦，而德不因人亡而政息，是立宪的原因。再如日本，如今的日皇已经不是明治天皇，首相也不是当初的伊藤博文，而日本不因人亡而政息，也是立宪的原因。总而言之，行立宪，则不会人亡政息，政治稳定，国家便富强可期。"

袁世凯闻言点了点头又问道："当初我也读过一些立宪的文章，立宪的好处也知道一些，不过你归结为人亡政不息，的确很有见地。再说第二个问题：非君主不足以成立宪。世界上的立宪国，有美国、法国这样的共和立宪，也有日本、英国这样的君主立宪。美国、法国也是当今的强国，他们行的是共和立宪，我们为什么就不能像他们一样也行共和立宪？"

"那我先问大总统，像美国这样的国家，可曾有过为了争大总统而举兵暴乱的吗？"

"这个还真没有。"

杨度又问道："那么请问大总统，美国为什么没有出现这种情况呢？"

"这个我从未想过。"

夏寿田见杨度又要犯卖弄学问的毛病，就道："皙子，你快讲给大总统就是，何必绕弯子？"

"共和政治，必须多数人民有普通之常德常识，或者说，国家应当有推行民主的基础条件，真正视人民为主体，视大总统为人民所付托之公仆，今日举甲，明日举乙，皆无不可，大总统之更迭，仅人事变局而已，而不会成为事关国家安危治乱的大问题。中国程度何能言此？多数人民，不知共和为何物，亦不知所谓法律以及自由平等诸说为何义，辛亥之役，使中国骤变君主而为共和，且过分宣传所谓平等，人人以为此后无人能制我者，任意行之可也。其枭桀者，则以为人人可为大总统，即我亦应享此权利，选举不可得，则举兵以争之。孙黄举行二次革命，表面是为宋案鸣不平，而其实不过是争大总统之位。试想，如果他们意在查清宋案，又何必发动七省的叛乱。既然发动了七省之叛乱，请大总统试想，如果他们侥幸获胜，他们能满足于找出宋案的所谓真凶吗？不然，他们若胜，必定要夺大总统之位。大总统请想，孙黄自诩为共和创建者，而不知共和以守法遵法为第一要义，不知以法制解决矛盾为根本办法，却轻率诉之于武力，从此便开了一种恶例，就是我争不到的东西，便诉之武力，将来大总统选举如此，地方选举也会如此。此恶例一开，便将中国逼入以武力争势力的轨道，唐末藩镇复现于中国，何来共和，何来立宪？假共和，必致真暴乱也！"

听了这话，袁世凯拍案而起道："精辟，精彩，皙子的分析鞭辟入里！"

杨度受到鼓励，更加才思泉涌："这还是其一。辛亥以来，君主乍去，中央威信远不如前，遍地散沙，不可收拾。地方愈加尾大不掉，国家几近崩溃。无论谁为元首，欲求统一行政，国内治安，除用专制，别无他策。近四年中，若非政府采用专制精神，则中国欲求一日之安，不可得也。请大总统恕杨度放肆，辛亥以来的共和，其实是靠专制在维持着门面。若大总统不行此办法，国家不知混乱到何种地步。"

"皙子说得不错，我若不加强中央权威，国家更不堪回首。"

"请大总统回顾一下,这几年来,湖北一再发生变乱,而美其名曰革命。何来革命?不过是争权夺利罢了。为什么湖北此祸尤烈?因为辛亥之役后湖北的下级军官发动革命,一夜之间身居要职,刺激了枭獍之辈的野心,视革命为晋身的捷径。湖北如此,七省之乱又何尝不是如此?孙黄欲借二次革命问鼎国家元首,而七省叛乱者又何尝不是欲借此晋身?所以我说,辛亥以来的共和,非富强之道,而是致乱之源也!"

袁世凯禁不住再次拍案叫好。

"共和政体,为元首者,任期不过数年,久者不过连任,最久不过终身,将来继任者何人?其人以何方法而取此地位?与彼竞争者若干人,彼能安于其位否?其对国家之政策,与我为异为同,能继续不变乎?美国、法国之共和无虞,而中国之共和则无从预测,将来竞争大总统之战乱,思之胆寒。因此除此竞争元首之弊,国家将永无安宁之日。唯有易大总统为君主,使一国元首,立于绝对不可竞争之地位,方可足以止乱。元首有一定之人,则国内更无竞争之余地,国本既立,人心乃安。拨乱之后,始言至治,然后立宪才谈得到。"

接下来谈君主立宪,杨度强调必须是真立宪,如果没有诚意,"假立宪,必成真革命",清朝假立宪导致灭亡就是明证;真立宪内容又是什么?杨度神采飞扬,谈了足足一个时辰。

袁世凯对杨度的才气十分欣赏,提笔在他的《君宪救国论》上题写"旷代逸才"四字,对夏寿田道:"午诒,你将这四字交给政事堂,让他们做成匾额,赠给晢子。"

这可真是意外之喜,杨度推辞道:"大总统,杨度些许微才,实在担不得如此盛赞。"

袁世凯笑道:"当得起,当得起,晢子当得起'旷代逸才'四字。"

"大总统,我这篇拙文,是否可以在报纸上发表,以广开民智?"

袁世凯想了想道:"不急不急,先等等看。"

杨度又道:"大总统,国体问题已经到了必须认真研究的时候,我打算组织一机构,专门研究国体问题,对君主立宪予以鼓吹,望大总统俯允。"

袁世凯又连连摇手道:"晢子,不可,不可。世人尽知你我的关系,岂不误为是我指使?"

"我主张君宪十余年,世人亦尽知。我有学术上的自由,大总统不必顾虑。"

袁世凯沉思片刻后道:"这件事,你和老大商量去。"

老大当然是袁克定。杨度有把握,和袁克定商议准成。

等杨度意气风发离开后,袁世凯又吩咐夏寿田道:"午诒,你将晳子的文章交给徐相国和梁督办阅。"

徐相国便是指徐世昌,梁督办则是指梁士诒。

梁士诒接到袁世凯批示的《君宪救国论》,看了上篇开头便顺手扔到一边道:"杨晳子这是为帝制鼓吹。"

心腹幕僚劝道:"大总统批示给督办,督办似乎应仔细看一看。不然大总统万一问及,督办无以应对,恐怕不太好。"

"你抽空仔细看看,再给我说说,等大总统问起时,我敷衍一下就行。"

时隔不久,袁世凯找梁士诒谈公事,谈完公事开始闲谈,便问道:"燕孙,几天前杨晳子写了一篇《君宪救国论》,我让政事堂交给你,不知他们办了没有?"

梁士诒回道:"我早收到了,已经读了两遍。"

"你觉得这篇文章写得怎么样?"

"晳子不愧是旷代逸才,才思泉涌,气势磅礴,真是一篇雄文。"

"晳子嘛,才气是有的,但不免有书生的通病,爱炫耀文辞,有时候难免不切实际。你觉得这篇文章的立论如何?立不立得住?你也知道,这四年来办共和,我是精疲力竭,几乎是难以为继。国家下一步怎么走,是一桩大心事。晳子的议论,也算是一说。"

"晳子的这篇雄文可不仅仅是书生意气,他对共和四年以来的社会分析,相当独到深刻。尤其是美国能够办好共和,而中国却办不好的原因分析,真是令人茅塞顿开。中国人不具备美国人尊重法律的习惯和智识,因此中国的共和是假共和,民主是其形,专制是其实,真是一语中的。而孙黄发动所谓二次革命,实质是以武力争夺总统之位,开了一个恶例,只怕将来总统选举,成为军人武力竞争的游戏,想来真是可怕。"

"是啊,上行下效,大总统选举如此,封疆大吏的更迭将来是不是也会演化成用枪炮说话?那样中国将成了诸侯割据的一盘散沙。四年来,我之所以加强中央集权,把地方将军、巡按使的任命大权收归中央,就是千方百计阻止藩镇割据的局面。孙黄发动暴乱,南方七省悍然宣布独立,公然对抗中央,这不就是藩镇割据的前声?而中国一旦中央失去权威和控制力,势必分崩离析。分久必合,合久必分,那是说从前,如今的中国,分久必不合。为什么?因为从前没有真正的外敌,都是中国人自己闹分家;现在群狼环伺,一旦分崩离析,必然被彻底瓜分,绵延数千年的中国将从历史上消失。这可不是杞人忧天。辛亥以来,俄国策动外蒙古独立,英国策动西藏独立,日本人已经踏进南满和山东,还在惦记着福建,这是近在眼前的祸患。中国走错一步,便是万劫不复的深渊,所以我真是如履薄冰。"

"大总统的苦心,国人感同身受。"

袁世凯摇头道:"那可真是未必。有孙黄在一边捣乱,为了对付日本人的二十一条,我们费了那么多的功夫,他们还在叫骂我袁某人卖国,国人如何能够体谅?我不在乎。我现在最关心的,就是如何为中国找一条长治久安的治国之道。"

梁士诒知道,自己必须表态了,道:"皙子的文章好固然好,但他说的君宪救国却立不住,因为不合时宜。"

袁世凯有些诧异,问道:"噢,怎么说?"

"若在辛亥前,如果按照前清的部署,踏踏实实行君主立宪,中国或可逐渐走上民富国强的路子。可是,清帝已经退位了,中国已经走上了共和的路子,世间只有从专制走向共和的,没有从共和退回专制的。就好比一个鸡蛋,已经孵成了小鸡,无论如何,是没法再将小鸡变回鸡蛋了。唯一可行的,就是好好养这只鸡,饿了喂食,病了吃药,让它健康长大。"

"燕孙所说不是没有道理,不过,国体问题并非像鸡和蛋的关系那样不可逆回。"

"当然可以逆回,但是风险实在太大。民国成立后,报刊铺天盖地,宣传'总统人人可做,国家非一家一姓之产,大总统不过是受国民委托的公仆',所谓'民权观念'空前普及,突然又要行帝制,百姓会怎么说?"

"中国百姓不像美、法百姓那样关心政治,只要国家能够安定,对他们而言就是最好的国体,想来不会有太大的反对。"

"当然,最大的危险不是普通百姓,而是有野心的人。大总统请想,仅仅是宋教仁被刺,孙黄就可据此煽动七省暴乱,如果改行帝制,抛弃共和,不是给他们趁机作乱提供最好的借口?辛亥之后,出现了多少野心家!辛亥已经造成纲常崩坏,共和已经煽起了他们的非分之想,这些人失去了对'君上'的由衷敬畏,而且因'官军'不再效忠朝廷,化为所谓的'民军',其实是化为私人武装,多少人具有了问鼎中原的实力。一旦改行帝制,他们便会以再造共和为借口,发动兵变,无论谁将来当皇帝,都将成为野心家讨伐的对象,中国必将陷入混乱。

因此,于公于私,改行帝制实在得不偿失。"

闻言,袁世凯点头道:"燕孙说得有道理。"

梁士诒继续劝道:"大总统,我追随您多年,知遇之恩,无以为报。不怕大总统生气,不要说乱党会以此为借口举兵,就是北洋袍泽,恐怕也不是铁板一块。"

这说到了袁世凯的心病,北洋三杰,段祺瑞一直唱对台戏,冯国璋虽然没有明确表示,但听语气也不会支持,王士珍最善明哲保身,不会反对,但要他支持也不可能。北洋已经显出皖系、直系的山头,的确不是铁板一块,但袁世凯嘴上却依然道:"北洋的袍泽,向来是顾全大局的。"

"是,我也许多虑了。"

"君宪是否能够救国,这是晳子一说,我并没有成见。"

梁士诒的这次觐见,无意中激怒了袁克定,他在西山别墅密召杨士琦商议道:"杏公,梁燕孙真是可恶,老爷子见他后口风更紧了,担心更改国体,会成众矢之的。"

杨士琦说道:"大总统行事向来以稳为上,水到渠成他才会断然行动。"

"这件事情如何容得久拖不决? 如果拖个一年两年,不知又会冒出什么事情来。日本人弄了个二十一条,一下就给耽搁了半年。如今与日本人和议达成,孙黄一时成不了气候,正是改行帝制的好时候。"

杨士琦劝道:"大总统主要是担心国人反对,引发动荡。如果能够打消大总统的担忧,才能谈得到其他。所以,从舆论上把势造足,是目前最要紧的。"

"晳子的文章,本来是造势的极好机会,可是老头子不让在报刊上发,说再等等看。如今让梁燕孙打一横炮,眼看要前功尽弃。"

"晳子的名头,还是小了些。"

"梁任公名头大,可他不识相。这些广东人,真是可恨。"

"外来的和尚会念经,大总统对洋人格外看重。我有个主意,大公子看看如何? "杨士琦的主意,是请袁世凯的洋顾问发表对君宪的意见,如果他们说一声,中国非行君宪不可,那大总统必然心动。袁世凯的洋朋友有十几个,英国公使朱尔典,已经多次明确表示,中国专制传统力量太强大,非行君主立宪不可;《泰晤士》报记者莫里循认为,中国民众智识较低,共和不可行,也是支持君宪;日本顾问有贺长雄对本国君宪制度很自信,当然也是支持君宪,但因为二十一条,国人对日本人很厌恶,而且让一个君宪国的顾问发表意见,实在没有说服力。最后,两人目光聚集到美国人古德诺的身上。

古德诺是美国政治协会会长,任过哥伦比亚大学法学教授,三年前被袁世凯聘为宪法顾问。去年回国,出任霍普金斯大学校长。他在中国待了两年多,对中国实行共和不看好,认为中国的专制应继续下去。他是具有世界影响的法学家,袁世凯对他的意见很重视,如果他能发表支持君宪的文章,要说动袁世凯恢复帝制,就容易得多。

杨士琦又说道:"这事我来想办法,以政事堂的名义请他到中国来一趟。"

"老头子对一般百姓的舆论并不太担心,他怕的是地方封疆大吏们不支持帝制。"

"那当然要双管齐下,一方面做足舆论文章,一方面要设法让地方实力派和北洋袍泽支持帝制。"

"地方实力派都是势利眼,要运动他们要有一笔大开销。动钱的事,离了梁燕孙实在办不了。"

"对付梁燕孙,山人自有妙计。"

"杏公总有奇计,说来听听。"

第十八章

筹安会小丑跳梁 蔡将军密谋脱身

世界公认的政治学和行政学权威古德诺应邀到北京来，接到的任务是提供一份备忘录，内容是关于君主与共和两种国体的优劣及何者更适合于中国，供政府和袁总统参考之用。古德诺愉快领命。

类似的任务古德诺在任袁世凯的宪法顾问时就曾经担负过。1913年由国民党国会议员主导制定的《天坛宪法草案》出炉后，他就奉袁世凯之命写过《中华民国宪法案评议》，认为天坛宪法采用的内阁制不适合中国，强调要加强内阁和总统的权力。国会解散后，他又奉命完成《中华民国的国会》意见书，认为中国的立法机构不应过于繁复，最好实行一院制，总统应当指派一部分议员，并具有解散国会的权力。他是作为一个学者通过观察中国的情况得出结论，不过他的结论总是比较符合袁世凯的愿望，因此难免会有人认为他是吃人家嘴短，专为袁世凯说话。

古德诺的文章与杨度洋洋洒洒的文风不同，他是谨慎的考证。他认为近古以前，无论亚洲还是欧洲，大抵以君主制为国体。尤其是大国，更是采用君主制。近一百五十年才出现了采取共和趋势。然而采取共和制的国家，也多有反复。比如欧洲大国，第一个采取共和制的是英国。英国革命军起，英王查理一世经国会审判，定为叛逆之罪，处以死刑，建立共和制，克伦威尔为护国公（大总统）。但克伦威尔死后，监国继承问题极难决定，英国于是舍共和制，复用君主制。查理一世的儿子查理二世立为君主，不但军队拥戴，当时舆论也都极力赞成。欧洲第二个实行共和制的大国是法国，但因为人民没有共和经验，实行了几年，战乱不断，军政府专横不法，到拿破仑时，帝制复活。后再被推翻，复行共和制,以拿破仑之侄为大总统,但他又推翻共和,复称帝号。直至普法战后,拿破仑第三被废,再采取共和制。

美国的共和制比较成功,有好几个原因。第一是美国摆脱了英国殖民后,其国内并没有具备影响的皇族,华盛顿没有子孙,且本人亦不愿搞世袭,再加上在英国殖民期间,美国人民智识水平都已经很高,因此共和得以顺利推行,成为共和制的典范,为美洲普遍模仿。但美洲采取共和的国家,大都陷入了混乱之中,军界巨子,相率而夺取政权,陷入无政府状态。为什么会如此?古德诺得出的结论是,推行共和制成功的国家,因为广设学校,人民普遍接受教育,而且与闻国政,有政治练习机会和经验,而且政权继承问题有较好的解决办法,不会诉诸武力来解决。而民智低下的国家,人民平日难得参与政事,无政治智慧率行共和制,断无善果,大总统承继问题很难得以妥善解决,其结果往往沦为军政府专政。

他认为就中国目前实际,骤行共和并不适宜,"中国数千年以来,狃于君主独裁之政治,学校阙如。大多数之人民,智识不甚高尚,而政府之动作,彼辈决不与闻,故无研究政治之能力。四年以前,由专制一变而为共和,此诚太骤之举动,难望有良好之结果者也……就现制而论,总统继承问题,尚未解决。目前之规定,原非美满,一旦总统解除职务,则各国所历困难之情形,行将再见于中国,酿成祸乱,如一时不即扑灭,或驯至败坏中国之独立,亦意中之事也"。

那么中国到底用君主制还是共和制?他认为从推行立宪的角度看,用君主制为宜,"盖中国欲保存独立,不得不用立宪政治,而从其国之历史习惯社会经济之状况,与列强之关系观之,则中国之立宪,以君主制行之为易,以共和制行之则较难也"。

但中国要采取君主制,必须具备三个条件,一是不能引起国民及列强的反对,尤其不能出现二次革命那样的情形,必须千方百计保持目前的太平;二是君主继承的法律,必须明白确定,嗣位不会产生问题;三是政府必须拿出切实的计划,以实现真正的立宪政治,得到人民和列国的支持,使人民知道政府为造福人民的机关,并且使人民相信政府会越来越完善,人民生活会越来越好。

古德诺最后特别强调:"以上所述三种条件,皆为改用君主制所必不可少,至此种条件,今日中国是否完备,则在乎周知中国情形,并以中国之进步为己任者之自决耳。如此数条件者,均皆完备,则国体改革之有利于中国,殆无可疑也。"

古德诺的备忘录交上去,政事堂立即安排人翻译出来呈给袁世凯。袁世凯赞道:"不愧是宪法学权威,文章比皙子的短,却比皙子的有份量。"第二天《亚细亚日报》就刊登了出来,却并非原文照录,而是摘录,结果国人看到的,是古德诺认为中国应该采用君主制。日本的《朝日新闻》、英国的《泰晤士报》也立即转发了古德诺的文章,中国要行帝制已经是路人皆知。

这时候杨度去找夏寿田道:"洋人都说中国宜行君宪,成立一机构研讨国体问题,正当其时,大总统不应该再犹豫了。"

夏寿田劝道:"大总统有顾虑,都知道你们多年交情,容易让人误会。大总统的意思,成立机构可以,但你身居幕后才较得宜。"

"这怎么可以,民国四年,我坐了四年冷板凳,这时候正是为大总统振臂一呼的时候,我怎么可以安居幕后。"

夏寿田知道杨度功名心太热,不好泼他冷水,便道:"我再向大总统请示。"

到了下午就有了结果,袁世凯的意思,杨度实在想出面也行,但得请几个有影响的人作为发起人,比如梁启超、严复至少要请出一个来,其他的人,最好是同盟会出身才好。杨度知道请梁启超出面根本不可能,就去找严复。

严复是福州人,少年时就入福州船政学堂,毕业后又留学英国皇家海军学院,回国后曾担任过京师大学堂译局总办、上海复旦公学校长,他翻译的《天演论》《原富》等西方哲学、政治学名著,在中国影响极大。他回国后就入李鸿章幕府,与袁世凯当然认识,后来李鸿章失势,幕府星散,严复日子也不好过。袁世凯出任直隶总督后,曾想把严复延揽到幕府中。严复对他却很鄙夷,道:"袁世凯什么人,他够得上延揽我?"严复认为袁世凯在维新变法中出卖光绪,人品太低劣。但袁世凯的才能严复不得不佩服,何况他有三位夫人,众多子女,还有一大堆仆人,三十多口人的生计都靠他一个人,因此等辛亥袁世凯复出组阁后,他就主动去见袁世凯,从此成了袁世凯掌中人才。他也是主张君主立宪的,对中国恢复帝制并不反对,杨度以为劝他出山并不难。

杨度拜访严复,开门见山道:"幼老,您是反对共和制度的,德皇威廉第二早就说共和制度不宜行之于中国,美国宪法权威古德诺的文章想必您也看过,您对此有何高见?"

没想到严复冷冷地回道:"我没有高见,国事不同儿戏,岂可一改再改?"

"中国非统一不可,欲统一则非有一雄豪君主统御,我们想发起组织一个研究国体的团体,请幼老为发起人如何?"

"你们何必研究？君宪优于共和不必争论,如果清末沿着君宪走过来,肯定要比现在强。可如今再走回头路,难就难在谁来当这个皇帝。"

杨度听出严复的意思并不赞同袁世凯当皇帝,便劝道:"幼老,你试看今日天下,有谁的才能可与大总统相较？"

"大总统自辛亥出山以来,因缘际会,为众所推,以至于有今天的地位。不过,论才能在前清是个好总督,鼓动他出来做皇帝,适足害之。"

"大总统之才,岂仅仅是个总督耳？"

"我的意思是说,他是前清的总督,劝清皇退位,如今他再当皇帝,让世人怎么说？"

话不投机,杨度只好告辞。但不甘心,于是有二顾三顾。到第三次,他用激将法说道:"幼老,政治主张不本学理而行则不顺,学者不以其所学献之国家则不忠。您是才望俱隆的高士,岂可高卧不出,如天下苍生何？"

严复不胜其烦,松口道:"好吧!你们去发起,我可以列个名,但不要把我当发起人。"

杨度听到严复松口,大笑而去。第二天,筹安会发起筹组的消息在报上刊布,严复的大名赫然在发起人内。他立即让人找杨度来问,何以将他列名发起人。杨度回道:"幼老,您亲口答应的,给您列个名。"

"列名我答应了,但不当发起人我也说明白了。"

杨度知道再装糊涂不行了,便道:"幼老,您的话我当然不敢违拗。实话说吧,让您当发起人是大总统的意思。既然已经列名,和当发起人有何不同?无非五十步与百步之关系耳。"

拿下了严复,杨度再去找老同盟会员。他明白袁世凯的意思,同盟会员都是孙中山、黄兴的战友,是共和的缔造者,他们出面讨论国体问题,比其他人更有说服力。杨度最先找的是他的两个好友,孙毓筠和胡瑛,两人都曾经因为宣传革命被下大狱,为世称道。辛亥后孙毓筠当了安徽都督,胡瑛当了山东都督,但两人都没有经验,受到排挤,而袁世凯却伸出橄榄枝,两人都到了北京,虽然没得到要职,却受到袁世凯笼络。杨度一邀请,两人绝无二话,尤其孙毓筠最为积极,主动要求出任"筹安会"副理事长。

还有一个老同盟会员是杨度的湖南老乡,安化人李燮和。他先是加入兴中会,后来成为上海光复会的首领之一。在辛亥革命成功后在与陈其美争夺上海都督时败北,李燮和到北京当了顾问。他到北京后并不像孙、胡那样完全投靠袁世凯,虚与委蛇而已,但驳不了老乡的面子,答应列名发起人。

还有一个叫刘师培,可以说是不请自来。他是江苏仪征人,少有才名,十八岁中秀才,十九岁中举人,但参加会试却屡试不第,后来在上海认识了章太炎,受其影响同往日本参加同盟会。但后来与章太炎、陶成章等人闹了矛盾,又加谋求同盟会干事而不得,愤而叛离同盟会,投入端方幕中。端方被杀后,他又投入山西阎锡山幕中,阎锡山为了巴结袁世凯,将刘师培推荐为总统府咨议。他在袁幕中算是新进,急于报效,见杨度因写《君宪救国论》被赐"旷代逸才",他实在坐不住了,立即写了《国情论》《君政复古论》呈给袁世凯。如今杨度一招呼,便欣然应允。

袁世凯对筹安会的发起人很满意,于是 8 月 14 日,杨度在报纸上发布启事,筹备"筹安会",宗旨是"筹一国之治安,研究君主、民主国体何者适于中国"。紧锣密鼓筹备了十几天,8 月下旬,筹安会在石驸马大街正式成立,杨度、孙毓筠任正副理事长,严复、刘师培、李燮和、胡瑛为理事。次日发表成立宣言,认为辛亥之后仓促采取共和国体,于国情并不相宜。然后摘引古德诺的话,说"世界国体,君主实较民主为优,而中国则尤如此"。宣言还借题发挥,大发感慨地说"彼外人之轸念吾国者,且不惜大声疾呼,以为吾民忠告。而吾国人士不思为根本解决之谋,甚或明知国势之危,而以一身毁誉利害所关,瞻顾徘徊,惮于发议,将爱国之谓何? 国民义务之谓何? 我等身为中国人民,国家之存亡,即为身家之生死,岂忍苟安漠视,坐待其亡。度特纠集同志,组成此会,以筹一国之治安"。

杨度的《君宪救国论》正式在报纸上刊出,刘师培的《国情论》《君政复古论》等鼓吹帝制的文章也集中在各报刊发表,又派人四处动员,策动各省成立筹安分会。

筹安会名义上是学术研究,其实明眼人一看而知,是打着学术研究的幌子鼓吹帝制。经界局督办蔡锷看不下去了,跑到天津去见他的老师梁启超。

蔡锷进京后,过得并不顺,先后被袁世凯任命为陆军部编译处副总裁、政治会议议员、参政院参议、海陆军大元帅统率办事处委员、全国经界局督办等职,除了经界局督办外,都是闲差。经界局直隶于大总统,掌管全国土地调查、测丈和登记事宜,目的是清查田赋,以增加财政收入。这项工作十分浩繁,没人愿干,蔡锷认为这项工作很重要,因此欣然接受任命,并打算大干一场。他一上任就举办经界讲堂,编译经界书籍,派人到各省调查,设厂制造测量仪器,筹办农业银行,干得是热火朝天。他组织人马先后编成《中国历代经界纪要》《各国经界纪要》《经界法规草案》等书,可要办事一则要人,二则要钱,结果与内务部和财政部闹起了矛盾,内政部坚持经界局人员应当由各部派充,不必再行设编,财政部捉襟见肘,在经费上不予支持。蔡锷展开的工作面临夭折,连忙向袁世凯求助。袁世凯指示他与内务部、财政部商办。如果能够商办,何须他上书大总统?蔡锷心灰,萌生退意。于是又上呈袁世凯,希望在云南办矿务局,自主开采矿产,以免将来列国觊觎。但袁世凯只批了两字——缓议。等筹安会一成立,他才明白袁世凯的心思原来都放在了恢复帝制上,这是他所不能接受的。

他悄悄赶到天津,住到梁启超的密友汤觉顿家中。汤觉顿祖籍是江浙,父亲久仕广东,他出生在广东、生长在广东,因此以广东人自居。他与梁启超同为康有为的弟子,是梁启超的密友兼助手,他的家也就成了志同道合的友人聚会之地。

见到梁启超,蔡锷第一句话就问道:"袁项城要称帝,先生知道吗?"

梁启超嗤道:"怎么不知道,杨皙子之流上蹿下跳,筹安会名为学术机构,实为帝制鼓吹机关,宣扬君宪的文章连篇累牍,京城已经闹得乌烟瘴气,只怕全国也会被他们搅动起来。"

"为了国家统一和安定,为了建一个强善政府,我全力支持他与南方作战。仅仅一年,他竟然要复辟帝制,是可忍孰不可忍!"

梁启超也自我检讨道:"我和进步党尽力支持袁项城,是希望他能够走上政党政治的轨道,没想到他却奔着帝制而行。早知道他是这番心肠,当初就该和国民党一起提防他。"

汤觉顿插话道:"卓如后悔也没用,而且他有北洋做支持,你又如何能够提防得了。"

梁启超语气坚定道:"我倾力追求的就是宪政,从前我主张君主立宪,因为君主立宪是当时改良中国代价最小、最见成效的途径。后来,辛亥事发,际遇造化,中国走上共和之路。虽然共和有诸多问题,但也不失为宪政之一途,可以通过政党政治,代替中国历史上以暴力革命实现政权更迭,也可以实现中国的富强。所以我接受了共和之说,并回国参政。如今袁项城身边的一帮人打着君主比共和更优于立宪的幌子,行的是帝制的野心,而且以袁项城的伎俩,一旦复辟,便无民主可言,更无宪政可讲,我无论如何要坚决反对。"

蔡锷说了自己的想法:"杨皙子被誉旷代逸才,我看不过是热衷名利、投机钻营之辈,以鼓吹帝制以求晋身而已!筹安会正四处运动,要各省成立分会,各省大吏为保禄位,难免影从,眼看着不久便是盈千累万的人颂王莽功德,上劝进表,袁项城登大宝,叫世界看中国人是什么东西呢?我明知力量有限,未必扛得过他,但为四万万人争人格起见,非拼着命去干一回不可。"

梁启超气道:"眼看国民要被帝制歪理邪说所惑,我要立即写一篇文章,反驳他们的所谓国体问题,堂堂正正揭露复辟阴谋家。"

汤觉顿告诫道:"卓如如果写文章反驳,便是与袁项城正式决裂。袁项城的手段狠辣歹毒,不能不防。文章写成后,卓如不妨南下上海。"

梁启超摇手道:"不,我不离开天津。我已经做了最坏打算,大不了把这条命付出去。戊戌年维新失败,复生说,为了变法,总要有人流血。今天,为了维护宪政,该着我为国流血了。如果反袁成功,我将功成身退,转入学界,专心学问;如果失败,我则以身殉国,不逃租界,不逃外国。"

蔡锷大声道:"先生如此决绝,蔡锷绝不敢苟且。先生以文护国,我则以武救共和。"

梁启超问道:"松坡,武力讨袁,有几成把握?"

"北洋军实力不容小瞧,但也不像大家看到的那样强大。两年前为了对付数千白朗军,先后动用了十几万北洋军,周旋半年有余才平复下去,可见暮气深沉,战斗力大打折扣。而且北洋军派系形成,各有自己的算盘,未必都听袁项城的调遣。共和虽然不尽完善,但帝制绝对不得人心,如果像当年武昌起事,登高一呼,天下响应,则袁项城必败无疑。"

于是,大家商量军事部署。蔡锷的意思是设法逃离北京,潜回云南,如果袁世凯下令称帝,他则立即发动反袁起义,宣布独立,而后策动贵州、广西响应,以云贵之力下四川,以广西之力下广东,会师湖北,底定中原:"云南首先发难,主要考虑这样几个因素。其一,云南地处西南边陲,山高境险,易守难攻,而且与越南、缅甸接壤,无后顾之忧。其二,云南远离北洋势力中心,且黔、粤、桂三省没有北洋驻军,北洋势力比较薄弱,不易被扑灭。其三,云南有正规陆军两师一旅,兵力近两万人,武器装备是从德、日等国购进,不比北洋装备差,而且滇军军官中有一大批留日士官生或在云南陆军讲武堂受过良好训练。其四,滇省军队受过革命战火的考验和锻炼,共和民主深入军心。其五,锷督滇两年,在云南的政界、军界还是有一点威望的,尤其军队的中高级军官大都是我的部下,我还能号令得动他们。"

云南将军兼巡按使唐继尧是蔡锷的老部下，辛亥年与蔡锷一起组织云南重九起义，受到格外赏识。蔡锷调到北京后，鼎力支持唐继尧接任他的职位。唐继尧视蔡锷为恩公，一直心存感激，蔡锷有把握获得他的支持。

"其六，滇省起义后，可积极争取黔、桂响应。"

云南与贵州、广西相邻，历史上联系密切。辛亥革命前后，这三省声气相通，向无隔阂。而且，蔡锷与广西、贵州的军政官员均有较深的关系。

事不宜迟，蔡锷立即起草电文，密电云南、贵州、广东、广西、四川、山西等省军政长官唐继尧、刘显世、龙济光、龙觐光、陆荣廷、刘云峰、雷飙道："京中现有筹安会研究国体问题，其宣言书当已达览。此事关系国家前途甚巨。际兹欧战未终、强邻伺隙、党人思逞之时，颇属危险。台端处事持议，务望稳静，以靖地方，而裨大局。"

同时决定密召几个心腹部下北上，以提前部署。为了掩人耳目，又决定行苦肉计，师生闹分裂。

蔡锷回到北京，正赶上有位肃政使上书袁世凯，要求立饬军政执法处严拿杨度等一干祸国贼，明正典刑，诛奸立国。还有两人呈文大理院总检察厅，请求将杨度等按律惩办，宣布死罪，并请袁世凯迅速取缔筹安会。

袁世凯于次日令政事堂召开会议，讨论筹安会的问题。徐世昌说明缘由，让大家发表意见。内务部部长朱启钤抢先发言道："筹安会不过是一帮学者所组织，研究君主与民主的优劣，不涉政治，又没有扰乱国家治安，政府未便干涉。至于呈请按律治罪，甚至明正典刑之说，实在骇人听闻，于法无据。"

朱启钤这样一说，立即有人附和。昌武上将军湖北督军段芝贵回京办事，应邀参加会议，便道："国家兴亡，匹夫有责。筹安会是为了国家长治久安而谋一善策，我以为不应该制裁，而应予保护。"

杨士琦、陆征祥、周自齐纷纷表示赞同。

段芝贵趁机又道："共和共和，四处不和；民主民主，都不做主。共和这四年，中国内忧外患，原因何在？我看就是共和这一套全是从洋鬼子那里弄来的，根本就不符合中国的实际，中国应该恢复帝制。"

这时候，机要局局长张一麐站起来道："不可，不可，君主之制既革，民主之兴未久，不宜改弦更张。倘冒天下之大不韪，必群起而攻之，国家必将陷入混乱，是祸国殃民之举。"

段芝贵怒视张一麐道："张局长，怎么说话？复行帝制怎么就是祸国殃民之举？我们军人都盼着国家早行帝制,难道十数万军人都是祸国殃民之辈？"

徐世昌连忙站起来,拉了拉张一麐的衣角道:"仲仁随我来,大总统有要事交代给你。"

两人出了门,徐世昌对张一麐道:"仲仁,与他们这些人无理可讲,你先回去吧,避避他们的气焰。"

张一麐急道:"徐相国,复辟帝制不得人心,这是个火坑,千万不能跳。我们这些人受大总统恩遇,不能见死不救。"

徐世昌叹道:"人家要肯让你救才行啊。"

徐世昌再回到会场,会议已经完全变了味,段芝贵取了纸笔,一张上写着支持君主国体,一张上写着支持共和国体,逼着大家表态。他首先对蔡锷道:"松坡,我们都是军人,办事讲究干净利落。你是支持君主还是共和,先来签个名。"

"这还用说,我一年前就全力支持大总统,就是觉得共和体制不妥。"蔡锷取过笔来,在支持君主上签了名。

段芝贵拿着纸,让在座的众人签名。轮到梁士诒时,他说道:"我要单独见大总统。"

轮到张謇时,他拒不表态道:"我和大总统是什么关系?还需要签字画押?"

徐世昌打圆场道:"香岩,我们和大总统都是自家人,何必搞这一套？"

徐世昌在北洋军中的地位仅次于袁世凯,段芝贵不能不有所收敛,便问道:"徐相国,我们军警界明天要搞个集会,对国体问题表态,你们政府搞不搞？"

徐世昌对段芝贵上蹿下跳早就不满,但他为人圆通,笑了笑道:"香岩,你操心军警还说得上,政府这边就不劳你挂怀了吧？"

段芝贵讨个没趣,自寻台阶道:"徐相国说的是,我一定把军警界的事情办好。"

张一麐是袁世凯从直隶总督任上就信任的心腹文案,对袁世凯的知遇之恩十分感激,认为帝制自为是自取其辱,因此闭门谢客,写了一份密呈,劝袁世凯不要受人愚弄称帝。但递上去后却没有动静,所以他决定求见袁世凯,再次面谏。

张一麐见到袁世凯,还未说话,袁世凯先开口道:"仲仁,你不必多说了,我知道你的意思。现在这些军人真是无法无天,他们到我这里告状,说不诛少正卯,何以平众愤。我对他们说,仲仁不是少正卯,是我的诤友。"

张一麐劝道:"大总统,如果不能管束军人,假令受其拥戴,专横跋扈,为祸无穷,是陷大总统于不仁不义。"

袁世凯叹道:"众人意愿,我如何能够违抗。不必多言,我心中有数。仲仁,汤济武因制定国歌与诸人意见相左,大闹脾气,已经辞职而去。教育总长一职,我打算让你出任。"

汤济武就是汤化龙,当初武昌起义的功勋人物,临时参议院成立后他当选副议长,正式国会成立后他又当选众议院议长。他后来与梁启超合组进步党对付国民党,支持袁世凯。国会解散后,出任教育总长。他辞职的事张一麐不但知道,而且知道他辞职的真正原因并非因国歌问题与诸人闹意见,而是不愿陷入帝制的逆流中。张一麐一听让他当教育总长,就知道是鼓吹帝制的人容不得他再掌机要,便道:"大总统,我从未办过教育,恐怕不能胜任。"

"仲仁,我不是征求你的意见。"

"是。"

"你尽快到部里视事,不用担心,一切有我呢。"

张一麐一走,袁世凯立即吩咐道:"叫杏城过来。"

杨士琦早就到了,进来在案前站着,袁世凯道:"杏城,有一件急事你马上办一下。"

"大总统请吩咐。"

"梁任公写了一篇文章,题目叫《异哉,所谓国体问题者》,是与皙子的文章唱对台戏。他说中国四万万人,纵有三万万九千九百九十九人支持帝制,而他一人也断不赞同,还说筹安会鼓吹帝制之人是四万万人所宜共诛。他还没有交给报社,先让我看一下。"

"他先让大总统看是什么意思?是不是想敲大总统的竹杠。"

"这绝不会。他附信中说拟登各报,先呈我阅,是尊重我的意思。"

"他要真是尊重大总统,就不该发这种怪论。"

"不管怎么说,他还没发出来,就有挽回的余地。我的意思,让燕孙去天津一趟,拿笔钱去给梁任公先用着。"

"如果燕孙不肯去呢?"

"那你就亲自走一趟。"袁世凯忽然又问道,"铁路局的事查得怎样了?"

铁路局的事源于一个多月前,都肃政使、审计院院长庄蕴宽弹劾津浦路局局长赵庆华贪污舞弊。袁世凯下令,由政事堂左丞杨士琦会同肃政厅和审计院彻查。

"回大总统,已经查得差不多了。不查不知道,一查吓一跳。津浦、京汉、京绥、沪宁、正太五个铁路局长均被牵涉其中。"

"真是岂有此理。这五路局长都是燕孙的亲信,不过,多年的交情也顾不得了。你们尽快把案子报上来,我看一下,尽快批给你们。"

杨士琦领命而去,先去找梁士诒,商量让他去天津的事。梁士诒推辞道:"梁任公最有个性,我的话他如何能够听得进。"

杨士琦又问道:"燕孙,这点小事你都不肯帮忙,大总统十数年的提携之恩你难道毫不顾及吗?"

"正是念及大总统的提携之恩,这事我才不能胜任。我与梁卓如的意思一样,不赞成更改国体,杏城你想,我有法开口吗?"

"好好,燕孙如此绝情,我能有什么办法?"

杨士琦亲自去天津,拜访梁启超。寒暄过后,他拿出一张支票道:"这是交通银行一笔款子,大总统的意思,让卓如先花着。"

"杏城,无功不受禄,大总统要我做什么,请指教。"梁启超接过来一看,是二十万元。

杨士琦心里说,真是揣着明白装糊涂,不过他脸上却是一副认真的表情:"卓如写了一篇文章,大总统说好得很,只是暂不宜发表,让我来与卓如商议。"

"你是说《异哉,所谓国体问题者》吧,为什么不宜发表?杨皙子能发表《君宪救国论》,我为什么不能发表此文章?都是讨论问题嘛。"

杨士琦笑道:"卓公的影响太大了,你的文章一发表,别人就不敢发表意见了。"

"民国宪法规定,民众有言论自由,皙子能发,我也能够发,恕难从命。"

"卓如,请三思而行。如今军警界都极力主张采用君主国体,对反对者很不客气,甚至以枪弹相威胁。"

梁启超知道杨士琦这是在威胁他,正色道:"杏城,这话是你的意思,还是大总统的意思?"

"卓如会错意了,既不是我的意思,更不是大总统的意思。我是好意提醒卓如,那些丘八出身的从不讲道理。再说,卓如漂泊海外十余年,才回国一两年,再受亡命之苦,实在不值。"这是赤裸裸的威胁。

梁启超偏不受此威胁,很轻松地笑了笑道:"杏城说得不错,我是最有亡命经验的,而且乐此不疲。你告诉大总统,我实在不愿苟活于浊恶空气中,但这一次我既不逃租界,也不亡命海外。如果我有一天不明不白地死了,世人都知道是我反对帝制而流血,于我是绝大光荣,于大总统却名誉受损。你也劝劝那些想借帝制晋身之辈,不要成事不足,败事有余。"

杨士琦知道与梁启超斗嘴他占不到便宜,尴尬地笑了笑道:"卓如是中外皆知的大才子,我说不过你。不过,我受大总统所托,完不成使命,无法向大总统交代,请卓如看在我们交情的份上,三思而行。"

"杏城,我们只不过认识而已,谈不到交情。而且更不必三思,我这篇文章一定要发表,帝制我坚决不答应!还是那句话,中国四万万人,有三万万九千九百九十九人答应,我梁启超也绝不赞同。"

"卓如,那我只有无功而返了。不过,我远道而来,请赏口饭吃。"

"粗茶淡饭,不敢待客,还是请杏城到别处吃吧。"

杨士琦两手空空回到北京,立即去见袁世凯,报告天津之行。袁世凯听罢摇摇手道:"不必去管卓如,书生嘛,总有些脾气。要连个书生也容不下,我就太小家子气了。再说,一篇文章翻不了天。"

杨士琦回道:"我与卓如关系太一般,如果燕孙出面情形可能会好一些,无奈燕孙不肯帮忙。"

"燕孙不愿去自有他的难处,不必强人所难。"袁世凯把案上的卷宗推过去说道,"五路局长的案子我粗粗看了一下,津浦路赵庆华案情重大,立即交给军政执法处审讯;交通部次长叶恭绰与赵庆华相互勾结,着即停职候审。京汉铁路关赓麟、京绥铁路关冕钧先行停职。沪宁、正太两局局长涉事稍轻,可暂时署理局长,待查清后再议。"

杨士琦领命而出,立即交代下去。到了晚上,梁士诒就登门拜访来了,且带了一份厚礼。两人一个是粤系首领,一个属皖系,明争暗斗,世人皆知,梁士诒登门极少,且带重礼来,更是罕见。杨士琦不阴不阳地说道:"哟,燕孙大驾怎么屈尊寒舍?真是太阳从西边出来了。"

梁士诒一副彻底认输的语气:"杏城,给我指条明道,我混到如今不容易。且一大帮人身家性命相系,我今天是诚心求教来了。"

"燕孙,说起来咱们都是大总统的臂膀,大总统尤其离不开你。"

"今天下午我已经去见过总统,总统说,参案本来牵连到我,已经把我摘出来。光摘出我来不行,我得把其他人也救下来。在总统面前我没法再开口,知道你办法多,特来相求。"

"燕孙,这件事我真帮不上你。不过我可以给你出个主意。"

"杏城快讲,我一定照办。"

"你去找云台公子问问,看他有没有办法。"

梁士诒连连拱手道:"明白,明白。"

梁士诒赶到锡拉胡同袁府,巧得很,袁克定果然在。他赔着笑脸求道:"云台,五路大参案,所参的都是我的部旧,他们千错万错,看在这些年来一直尽心办差的份上,请务必设一办法,网开一面。"

袁克定也不拐弯,直言道:"现在皙子他们搞国体研究,主张采用君主国体,从京城到地方,都在投票表决。你是交通系的老人,交通系人才济济,又财大气粗,在全国影响非比寻常,你们要是能明确表示,支持君主国体,对皙子他们也是莫大支持,那样我一定想办法给你的五路财神开脱开脱。"

"好,容我们商议一下。"

"嘻,你们早商议一下不就省了这些麻烦嘛。"

梁士诒回到家中,立即安排给交通系的亲信们打电话,马上到他家议事。等人到齐了,他把参案的情况以及他交涉的情形向大家讲了一遍后道:"现在情况是这样,赞同帝制是不要脸,反对帝制则是不要头。关乎大家的身家性命,我不敢自专,请大家商议。"

大家议来议去没有好办法,最后一致同意:"不要脸,要头。"

"好,既然咱们决定了。咱们不出手则已,一出手就要大权独揽,有声有色。"

"你有什么想法说出来听听,我们无不赞成。"

"杨皙子虽然不要脸,但毕竟还是书生,明明是要搞帝制,却假托搞什么国体研究,要大家对国体问题表态,这可真是脱裤子放屁。既然是想让项城当皇帝,直接发动请愿劝进不就完了,何必多此一举。我的意思,咱们立即弄个地方招兵买马,发动各行各业请愿。除了各机关,还要让社会三教九流都来请愿,不管他是人力车夫,还是泥水匠,不管是农人还是小商人,统统让他们组织团体,交请愿书,上街游行。反正声势不怕大。"

有人道:"官场中人为了保乌纱,形势所迫,自会随大流。可是三教九流,并无所求,让他们请愿游行,除非花钱买。"

"当然要花钱买,大公子非逼咱们就范,不就是看中咱们手中的钱?咱们也不必遮遮掩掩,放手办去就是。"

大家公议的意见,成立变更国体全国请愿联合会,以此名义开展帝制活动。有人建议道:"公会会长非燕公出任不可。"

梁士诒摇手道:"我不能出头,我在后面支持。得找比我更有名头的人来撑门面,我看沈雨辰当这个会长就很合适。"

沈雨辰就是江苏海州人沈云霈,与张謇齐名的实业巨子。与张謇不同的是,十年来他一直在京中任职,任过农工商部、邮传部、吏部侍郎,此时任农商部次长。他在家乡办有海门果木、海州种植实验场、云台山茶叶树艺公司、硝皮厂、临洪油饼厂、海赣垦牧公司等实业。到京中任职后又对全国实业进行筹划推动,尤其是极力推动东西向的陇(甘肃简称"陇")海(江苏海州)铁路建设,与交通系首领梁士诒关系匪浅,梁士诒有把握把他请出来。至于副会长,一个是前清和硕亲王那彦图,他与袁世凯关系一直很好,被袁世凯授为上将军,请他出山并非难事。另一个则是张镇芳,袁世凯的亲信,因镇压白朗起义不力被免职,静极思动,正想有所奉献,肯定是一请一个准。

大事已决,梁士诒踏踏实实睡了一觉,第二天上午去西山见袁克定。一见面袁克定就问道:"燕孙,拿定主意了没有?"

"拿定主意了,不过交通系的部旧有点想法,还请云台公子成全。"

梁士诒把交通系要热热闹闹搞请愿并希望风头一定要压过杨度的想法一说,袁克定当即赞道:"这可真是个好主意。皙子那里你们放心好了,我来想办法。他们那帮人毕竟是书生,要么就是失意的官员,又没有多少钱办事,让他们挑起话头来行,指望他们办大事不成。你有此想法很好,我看事不宜迟,咱们说干就干,今天晚上咱们几个人凑起来议议如何?"

"好,我等公子的吩咐。"

下午不到五时,梁士诒应约来到西山袁克定的外府,已经到了七八个人。一个是昌武上将军段芝贵,是军界支持帝制最有力的;另一个是军政执法处总长雷震春,与段芝贵关系密切,紧随段芝贵力挺帝制;还有一个是唐在礼,袁世凯复出后南北谈判时受到赏识,先是任总统府军事处参议,大元帅统率办事处成立后任总务厅厅长兼军需处处长。段、雷、唐三人是军方帝制中坚。内务部总长朱启钤也到了,他是帝制的总策划,与袁克定关系极密切;现任农商总长周自齐原本是财政总长,不久前与袁世凯最信任的周学熙对调了职务,感到在袁世凯面前有点失宠,于是另辟蹊径,在帝制上拼命巴结。他与梁士诒、朱启钤并称交通系三大首领,三人如今都支持帝制,袁克定真是如虎添翼。再一个是袁世凯的大管家袁乃宽,袁世凯的家务事全交给他打理,无异于袁世凯的家臣,帝制这样的机密事件当然少不了他。据袁克定介绍,还有拱卫军司令张士钰、总统府秘密侦探处主任、京师警察厅厅长吴炳湘,因为有事今晚不能来。

袁克定扳着指头一数道:"好极了,正好是十个人,你们可称是国体变革十大金刚。"他又指指梁士诒说道,"十大金刚,其实就是两大部分,一是你们交通系,二是军警界,这都是大总统的袍泽兄弟。从今天起,大事就靠你们十大金刚来办,其他表面文章交给别人办好了。交通系财大气粗,款子的事你们来筹备。"

当天晚上讨论确定了三件事。一是由梁士诒负责尽快成立变更国体全国请愿联合会,以民间的名义发动帝制请愿活动;二是成立国民代表大会,作为民意机关,对国体问题进行投票决定,政事堂下成立国民会议事务局,具体办理国民代表大会事宜,做表面上的宣传,并向各省军政长官发宜于公开的指示和文告;三是明确十大金刚是帝制的指挥核心,帝制的步骤及机密事件由十大金刚联衔办理。三方面共同活动,明暗两方互相配合,最终靠"民意"将大总统推上皇帝宝座。

梁士诒财大气粗,说办就办,立即在安福胡同租了一个院子,成立了变更国体全国请愿联合会,并发表宣言说:"民国肇建,于今四年,风雨飘摇,不可终日,父老子弟,苦共和而望君宪,非一日矣! 自顷以来,廿二行省及特别行政区域暨各团体,各推举尊宿,结合同人,为共同之呼吁,其书累数万言,其人以万千计,其所蕲向,则君宪二字是已!"考虑到父老子弟之请愿者,无所团结,无所权商,因此"特开广坐,毕集同人,发起全国请愿联合会,议定简章凡若干条。此后同心急进,计日程功,作新邦家,慰我民意,斯则四万万人之福利光荣,匪特区区本会之厚幸也"。

当天成立的代表会包括:人力车夫代表请愿会、妇女请愿团、筹安请愿代表团、商会请愿团、教育会请愿团、北京社政改进行会、旅沪公民请愿团。

梁士诒对亲信道:"我们已经当了婊子,就不必再羞羞答答了,放手做去吧。"他每天一大早就到安福胡同开始办公,中午从饭店订餐,晚上很晚才回家。有一天他回家听到两个乞丐吵架,其中一个癫头落了下风,一边逃一边喊道:"马上就要帝制了,往后有了皇帝,看你还敢不敢无法无天。"梁士诒大受启发,第二天立即安排人去找北京的乞丐头目,成立乞丐请愿团。

各界请行帝制的请愿书雪片样递进参政院,同时抄呈袁世凯。按照袁克定的意思,趁袁世凯高兴尽快成立国民代表大会,以推戴袁世凯称帝。朱启钤亲自来见袁世凯,汇报全国各地请愿的情况,袁世凯看了之后惊问道:"没想到举国上下这样期望实行君宪,我是四万万人选出的大总统,当然不能不顾忌四万万人的愿望。不过,桂辛,这么多人请愿,是他们的真实愿望吗?"

朱启钤回道:"全国上下,成千上万的人,谁能鼓动得了? 当然是他们自发的。"

"那你们看着办吧,总之要于国家大局有利,不能闹什么笑话。"

"大总统放心好了,好事一定办好。我们这些具体办事的,不能辜负四万万人的期望。"

袁世凯又问道:"这一阵松坡忙什么呢?他是卓如的学生,卓如在报上发了一篇文章,反对实行君主,我看好多报纸都转载了。卓如的影响太大,不管他说得有没有道理,他反对君宪,就有不少人认为君宪不好。"

"依我看,这篇文章的影响有限。至于报纸,为了发行量,最愿登奇谈怪论。"

"松坡对这篇文章什么看法?"

"具体什么看法我没和他细谈,不过有一次我听他说,他老师还是书生气太足,谈天说地还行,要办实事,就逊色多了。"

袁世凯又问道:"人心隔肚皮,谁知道他是真心话,还是说给你们听?"

"松坡是武人,与卓如毕竟不同,他是第一个签名支持君宪的。"

"松坡是个人才,我调他进京,原是想重用,但北洋袍泽看法太多,所以始终未拿定主意。他进京是想在军界有所作为,让他去督办经界局非他所愿。你对他的行踪,还是要多加留意。"

朱启钤笑道:"这一阵,松坡在闹家务呢。"

"怎么回事?"袁世凯疑问道,"闹什么家务?"

"松坡近月来经常到八大胡同去风流,据说拜倒在一个叫小凤仙的妓女裙下。结果夫人吃醋,闹得不可开交,松坡一怒之下,要把夫人赶走。"

"松坡要真是沉湎女色,我倒是可以放心了。可如果他是有意做给我们看,那可就大大不妙。你得安排人,多加留意。"

大栅栏的西珠市口一带,由西往东有八条胡同,依次为百顺胡同、胭脂胡同、韩家胡同、陕西巷、石头胡同、王广福斜街、朱家胡同、李纱帽胡同,是京师闻名的"八大胡同"。而一提八大胡同,都知道是风月场所。其实北京的风月场月,何止这八条胡同,只是这八条胡同妓家档次数一数二而闻名。

尤其是陕西巷,开的都是头等清吟小班。清吟小班并不只是皮肉生意,陪客人吃茶、宴饮、抚琴弹唱、弄曲填词,风雅又风流。清吟小班又有"南班""北班"之分,"南班"主要是来自扬州、苏州、杭州一带的女子,色艺俱佳,琴、棋、书、画、笙、管、丝、弦总有一样或者样样精通,多数还能做一手好菜。二十二号的云吉班,有一个艺名叫小凤仙的杭州女子,姿色不错,但时年只有十五六岁,不太懂风情,性情有些怪,不大会应酬人,因此在班里只能归入二流,不太受班主的待见。没想到被将军府的昭威将军蔡锷宠爱,在她身上大笔花钱,穿的戴的都是最时新,用的化妆品听说也是美利坚进口的。结果草鸡变凤凰,大家这才发现,从前是看走了眼。据说是蔡将军给她破的瓜,更让一班风流人物顿足痛悔。

蔡锷已经多日不回家,同是湖南老乡的杨度来找他劝道:"松坡,你不回家看弟媳尚能说得过去,不给老娘请安可就太不妥当了。"

杨度是风流不羁的才子,自然是八大胡同的常客。他与蔡锷的关系并不特别密切,从今年蔡锷成了陕西巷的常客,两人才密切起来。蔡锷回道:"老母当然应当请安,可实在不愿见黄脸婆的面。越不见,越不愿见了。"

"你还当什么大将军,连家里都安抚不好。我可告诉你,今天我见到老太太了,她说眼见得天要冷了,她受不了北京的寒气,你要再这么闹下去,她老人家就带着弟媳回湖南。"

"皙子,这事你可要帮忙,如今我是怵头见老太太,一见面就指着我的鼻子骂。你帮我劝劝,无论如何给我留点颜面,不要回湖南。"

"松坡,你天天住在堂子里,家不回,公事也荒废得不成样子,这算怎么回事?"

"我从燕孙那里借了笔款子,托朱桂辛给我找个院子,等收拾好了我就带着小凤仙过去住,就不必住在堂子里了。"蔡锷说完又道,"皙子,我的新宅子,琢磨了一副对子,你且指点:此际有凤毛麟角,其人如仙露明珠。"

"妙极了,把人名都嵌进去了。"杨度忽而想到了什么,哈哈大笑,眼泪都流出来了。

蔡锷奇怪地问:"皙子,有什么好笑的?"

杨度止住笑道:"这副对子的最妙处,在凤毛、仙露二字。"

"好经也让你念歪了。"蔡锷也会意了。

"松坡,我听说你从燕孙那里借了好几笔钱,连明年的薪俸也预支了。"

"人都称他梁财神,不借白不借。"

杨度酸溜溜道:"有钱能使鬼推磨,梁燕孙把妓家都动员起来请愿了。"

蔡锷问道:"说到请愿,我倒想起一件事来。各省的请愿代表都陆续北上了,我有几个老熟人也来请愿。我今晚请他们在这里吃饭,你作陪如何?"

"我哪里有空,我老家的请愿团也到了,今晚请他们吃饭。梁燕孙真是花了血本,连请愿团的旅费都报销,这简直是免费旅行,所以各地请愿团纷纷进京了。"杨度说罢又叹了一口气。

梁士诒的风头已经轻松压过了杨度,他的筹安会也奉袁克定之命改了名,叫"宪政协进会",只研究宪政问题,杨度怀疑是梁士诒在袁克定面前进的谗言。

蔡锷劝他道:"皙子,早晚这宰相是你的。燕孙有钱财,你是人才。要治国,仅有钱财是不够的,你放心好了。"

"我不做此想。"

打发走杨度,蔡锷对小凤仙道:"今晚我要请客人,你再约几个姐妹过来,好好热闹热闹。你把里面收拾一下,到时候我找个人在里面说几句话。"

小凤仙心领神会道:"放心吧,一定热热闹闹,绝不给你冷了场子。"

在堂子里请客,是从上海传过来的风尚。蔡锷也是隔三岔五就在这里宴客,经常闹到半夜才散。众人都喝得醉眼惺忪的时候,他把一个年轻人叫到内室道:"你回贵州的时候,把这封密信交给你舅舅。该说的话,我都在里面说清楚了。你告诉护军使,我决心已定,到时请他一定响应。"

这个年轻人叫王伯群,贵州护军使刘显世的外甥,是蔡锷任云南讲武堂总办时的学生。

交代完王伯群,他出去应酬一会儿,又把一个湖南老乡叫到内室,也有一封密信交给他道:"船票卓如先生已经托人给你买好,你明天一早就乘火车,先到天津,明晚登轮直航日本,然后再从日本转航美国。这封信十分重要,你一定要亲自交给黄克强。你务必亲口告诉克强,袁项城要背弃共和,我绝不答应!为了再造共和,我恳请克强先生捐弃前嫌,再度合作!你还要告诉克强,就说我蔡锷认为共和虽然有不足,却是中国历史车轮的一大进步。世界潮流浩浩荡荡,帝制不得人心,袁世凯虽有北洋军,但必败无疑。"

第二天蔡锷赶到经界局时已经快十点,几个下属都来找他汇报事情,正在忙着应付,朱启钤的秘书乘马车赶过来,说接他去雀儿胡同,一起看看黄侍郎的院子。蔡锷自从打定了反袁的主意,对工作已经了无兴趣,巴不得脱身,因此交代几句就出门而去。

到了地方,朱启钤和一个四十多岁的胖子已经早到了。房东已经到青岛当了寓公,这个胖子是他的外甥,全权处理他的房产。这是个三合院,七八间房子,不是很大,但金屋藏娇足够。朱启钤已经居间沟通好了,价格也很优惠,蔡锷很满意,当即成交,文书已经写好,双方及中人朱启钤签字画押,买卖就算成了。刚签完字,蔡锷家的下人急匆匆跑来禀报道:"将军赶快回府,老太太怄气,非要回湖南。"

见状,蔡锷对朱启钤道:"朱总长,我是有些怕见家母了。借你的面子,同去帮我劝劝。"

几个人分乘马车,快马加鞭,赶到西城棉花胡同的蔡府。这处四合院是蔡锷进京后袁世凯赠送,他将老母亲、夫人刘氏和弟弟一家都接了来住。一进院子,就听到上房里老太太大声斥责道:"你们都别劝我,我是非走不可!蔡家家门不幸,出了这样的逆子。"

蔡锷硬着头皮进门道:"娘,您这是和谁生这么大的气。"

老太太气道:"我哪里敢生气!我生气还有用吗?儿大不由娘,眼下你当了将军,我的话在你那里全是耳旁风。"

朱启钤多次登门,并不陌生,从旁劝道:"老太太,年纪大了,千万不能生气,有事好商量。"

老太太回道:"朱总长,我们蔡家虽然不是什么名门望族,但从没有纳妓为妾的规矩。他非要弄个婊子进门,分明是气我。我走,眼不见为净。"

"娘,我不让她进这个门,朱总长已经帮我买了个地方,让她在外面住。"

"在哪里住也不行,压根儿就不能让她进蔡家的门。"

无论怎么劝,老太太只有一句话:"有她没我,有我没她。你要迎个婊子进门,我就带着儿媳妇回湖南。"

最后,朱启钤把蔡锷拉到一边问道:"你能不能抛下小凤仙。"

蔡锷回道:"那也是个苦人儿,我不能始乱终弃。"

"那就不如让老太太回老家住一阵,或许转圜一下,老太太气消了,那时你再接她回来也行。"

没有别的办法,于是朱启钤出面,从中打圆场,蔡锷的弟弟一家陪老夫人回湖南,夫人刘氏留下来。老太太不肯同意道:"要走一块走,我这个儿媳妇心肠好,容易受人欺,我不能让她留下来吃气。"

结果最后决定只有两个仆人一个老妈子留下来。

还没处理妥当,总统府的人找过来了,说是袁大总统叫朱总长立即过去。朱启钤立即告辞,乘车赶往总统府。一见到袁世凯,当然先要做一番解释。袁世凯一听蔡锷家里又闹家务,便道:"松坡是员虎将,竟然连家务事也摆不平,我倒怀疑他的能力了。"袁世凯一妻九妾,他自认为家务事处理得井井有条,颇为得意。

"主要是老太太寸步不让,松坡又是孝子。"

"我也是孝子。我娘家教也严得很,可是我就没弄得鸡飞狗跳。除非——除非他们母子是在演戏。"

朱启钤连忙道:"那倒不是,我亲自在现场,当时情形可不是演出来的。"

"那就是我多虑了。松坡是猛虎,不能让他归山。他在滇黔桂根基很牢,我实在不大放心。"

"不至于吧?再说,云南边陲之地,掀不起大浪来。"

"桂辛,不可大意。云贵当然不足虑,我怕的是像武昌事起,各省援应,那就骑虎难下了。"

朱启钤却很有把握道:"绝对不会!前年七省暴乱,不出两月就弹压下去。如今江南各省大都是北洋的地盘,决然不会出现辛亥年的情形。"

"桂辛,各省都真心支持帝制吗?"

"要说四万万人都完全赞同帝制,这样的满话我不敢说,但反对者极少极少,我是有把握的。"朱启钤说着又拿出一封密电道,"大总统,各省国民代表大会已经陆续成立,不久将正式投票表决。为了便于下面有所遵循,我们往下面发个密电,请大总统阅示。"

袁世凯接过来,上面写的是:

　　本月十九日开会讨论,佥以全国国民前后请愿,系请速定君主立宪。应民所请,国民代表大会拟于近期投票,票面应印刷君主立宪四字,钤盖监督印信,并于决定国体投票日期,示国民代表一体遵行。投票用记名投票法,将军、巡按使监督之。

兹由同人公拟投票后,应办事件如下:

(一)投票决定国体后,须用国民代表大会名义,报告票数于元首及参政院;

(二)国民代表大会推戴电中,须有恭戴今大总统袁世凯,为中华帝国皇帝字样;

(三)委任参政院为国民代表大会总代表电,须用各省国民大会名义。

此三项均当预拟电闻。投票毕,交各代表阅过签名,即日电达。至商军政各界推戴电,签名者愈多愈妙。投票后,三日内必须电告中央。将来宣诏登极时,国民代表大会及商军政各界庆祝书,亦请预拟备用,特此电闻。

第十九章

掩耳盗铃行帝制　　冲冠一怒护共和

这天蔡锷回到棉花胡同的家中,两个仆人和老妈子正吓得战战兢兢,六神无主。屋子里也是一片狼藉,原来是军政执法处前来搜查过。

蔡锷问道:"他们要搜什么东西?"

仆人回道:"听说查什么电报。"

"家里能有什么电报? 真是欺人太甚!"

"给我找姓雷的接电话。"蔡锷立即给军政执法处打电话。

接电话的人应道:"雷总办不在,等他回来给将军回电话。"

但等了两个多小时,也没有电话打回来。下午蔡锷到总统府去见袁世凯,气愤地说道:"大总统,雷震春欺人太甚!凭什么搜查我的宅子?我一腔热血,忠诚于大总统,这样做,实在令人寒心!"

雷震春派人搜查蔡锷住宅一无所获的事情袁世凯已经知道,于是他安抚道:"朝彦这事做得孟浪了,等我找他给你出气。最近有消息说,京中有人频繁联络云贵数省,以反对帝制为名,图谋暴乱。我让他们密查,没想到他们查到你头上了。"说话时,袁世凯一直双目炯炯看着蔡锷。

"大总统,云贵有没有人反对帝制我不知道。我可是给旧部分头发过电报,让他们支持帝制,安靖地方。大总统若不信,可派人到电报局去查。"

"这不必去查,松坡我还是信得过的。"

"军政执法处欺人太甚,以后他们再这样无理,我就不客气了!"然后蔡锷向袁世凯告状,说不仅军政执法处,警察厅的侦缉队也有密探跟踪他,说到激动处,连连咳嗽。

袁世凯关切地问道:"松坡,你咳嗽得厉害,没有去医院看看?"

"去过了,医生说,最好让我去天津日本人医院检查一下。我正想向大总统告假。"

"松坡,马上就要进行国体投票了,关键时候我还需要你的支持。等过去这阵,你再去天津如何?"

"我听大总统的。如果病情再有发展,我再向大总统告假。"

袁世凯又开玩笑道:"松坡,色字头上一把刀,你可要节制一点。"

蔡锷出了总统府,立即去了云吉班。小凤仙劝他还是立即离京回云南去,明天是云吉班班主生日,要大摆寿宴,到时可趁机躲开密探逃走。两人密谋大半天,想到从此一别,不知是否后会有期,都很伤感。

第二天上午,蔡锷约请了一帮朋友前去助兴,从中午一直喝到下午四点。此时晚上的贺客陆续到了,院子里更加热闹。趁着热闹,他换了衣帽,躲开密探匆匆出门,打上一辆黄包车直奔火车站。火车早已进站,检票已经结束,他几乎是最后一个登上火车。汽笛长鸣,他连夜赶往天津。

到了天津,他住进了梁启超的家中,连日商讨起兵讨袁事宜。需要商定的事情不少,有几个人正从上海北上,他必须等几天才能走。于是住进日本人开的医院,并发电报向袁世凯告假。住进医院,看他的人很多,正好可以趁机约见南方来的人。

袁世凯打发总统府一等参议蒋百里来天津,劝说蔡锷回京治病。蒋百里与蔡锷是日本士官学校时的同学,担任过保定陆军学校校长,很受袁世凯器重,又因为献议创办模范团而引为亲信。他到医院见到蔡锷后道:"松坡,我奉大总统命来看望你,并希望你能回京治疗。"

蔡锷回道:"方震,医生说必须好好休息,恐怕要治疗一段时间,暂时不宜回京。"

"即使允许,你也不能回京。好不容易出了牢笼,岂有再投罗网之理?"蔡锷闻言,疑惑地望着蒋百里,不知如何回答,他担心蒋百里是在试探他。

"松坡,你不支持帝制,瞒得了别人瞒不过我。别忘了,我们是士官学校的同学。我们这些人,坚决支持中国建立一个强善的中央政府,也支持中央集权,但绝对不可能支持帝制。我和你一样,支持帝制,是不得不做做样子。"

蔡锷仍然不敢全信,模棱两可道:"现在因为变更国体,国人想法很多,就是老同学,也没法交流真实想法。"

"当初我建议组建模范团,没想到被袁项城引为服务帝制的工具,所以大家都以为我是杨度、朱启钤之流,实在是天大的误会。当初我建议组建模范团,是为了能够切实整顿北洋军,为中国再练一支铁军。北洋暮气太重,安内都勉强,何能担负保国重任!可是没想到项城让袁大公子来主持模范团,完全是为了培植太子的势力。袁大公子空有野心,完全是纨绔子弟,练兵又吃不得苦,模范团有几人能服?我们这些人为推翻帝制而起兵,如今要是再为虎作伥,助袁复辟,那让后世怎么看我们?贻羞子孙!"

蔡锷不能再瞒蒋百里了,于是问道:"方震,我们的想法一模一样。现在这种情况,你有何高见?"

蒋百里的意见,是请蔡锷设法回到云南,一旦袁世凯帝制自为,就打响反袁护国第一枪。届时他也将脱身南下,协助蔡锷反袁。蔡锷邀请他一起南下,他回道:"此时还必须设法稳住袁项城,我不能随你走。"

两人商量大半天,决定蒋百里回京稳住袁世凯,蔡锷则在几天后趁机脱身。蒋百里还建议蔡锷应当设法与孙中山联系,请革命党协助他顺利从日本返回香港。

蔡锷有些顾虑道:"当年我反对二次革命,孙先生恐怕心存芥蒂。"

"这你就多虑了。孙先生最大的目标就是推翻帝制,当然不会坐视袁项城复辟。为了联合各方力量,孙先生一定能够摒弃前嫌。在这一点上,孙先生的胸襟是很开阔的。"

"好,真到了日本,那时候再设法与孙先生联系。"

两人谈得十分投机,蒋百里决定在天津住一晚再回京。

次日,他带着诊断书和蔡锷的请假报告回到北京,向袁世凯详细报告了蔡锷病情,极力打掩护。袁世凯在蔡锷的请假报告上批了两个月的假期。

过了六七天,袁世凯突然召见蒋百里,面色十分难看,把一份电报推给他道:"方震你看,蔡松坡已经到了日本东京,这是怎么回事?"

原来蔡锷从东京发来电报,说为了治病,他已经到了日本,治疗情况将随时报告。蒋百里惊道:"哎呀,我去天津时松坡没有说去日本看病。"

"我对松坡不薄,真不知他到底想干什么,我怀疑他是不是想辗转回云南。"

"大总统,我想大概不可能吧。如果他真有这份心思,何必要把行踪电告大总统?"

"但愿我是多虑了。"

蒋百里一告辞,袁世凯立即召军政执法处总办雷震春,吩咐他立即派人到上海、香港、广东等地,一旦蔡锷登陆,就设法控制,又叮嘱道:"对蒋方震也要派人留意,他们这些留日士官生,脑筋活络得很。"

打发走雷震春,徐世昌来见,他是来向袁世凯辞职的:"世昌衰病,心气虚弱,精神疲恭,不能自振。国务卿职任重要,未便久假迁延。现在大局初定,须慎简贤才,赞襄郅治。可否仰恳俯悯病躯,开去世昌国务卿职任,俾得稍事休养,一俟体气充足,即当效力左右。"

其实,徐世昌并未生病,国务卿一职等于闲差,没有不胜任的道理。推行帝制一事,有袁克定从中操控,而且他也不愿徐世昌这样老资格的人参与其事。徐世昌也乐得对帝制一事不置一词,他暗示政事堂的左丞杨士琦、右丞钱能训也不要陷入其中。所以杨士琦虽然为袁克定出了不少主意,却也并未列名帝制十大金刚。

袁世凯知道徐世昌的行事风格,对他在帝制中不冷不热并不反感。不过徐世昌辞职还是有些出乎他的意料,便问道:"大哥,你辞职是因为外面劝进的事吧?这件事,你认为可行吗?"

徐世昌回道:"这件事我一无所知,从来没有人与我说起过,大总统也没有说过。"

"外面闹得沸沸扬扬,大哥怎么会不知道。"

徐世昌笑道:"知之为知之,不知为不知。"

"大哥,你就别跟我打哈哈了。现在全国上下都在劝进,国民代表大会的国体投票也将开始。你就说,这事可行吗?"

徐世昌不能再装糊涂,回道:"古今成大事者,必须有端恪诚毅之士筹划于帷幄之中,深思熟虑,精心谋划,天时、地利、人和,算无遗策,还怕百密一疏。现在办事的人,奔走呼号,视如儿戏。所谋划的,不过是更换名称而已,经国之宏纲巨制一无所备,贸然从事,能有几成把握?而且英雄造时势,必须手造不可,假手于人,非善策。今日劝进由各省分疆投票,此例一开,将有无穷之患,大总统不能不慎而又慎。"

袁世凯怃然而惊,徐世昌趁机再劝,希望能暂缓帝制。袁世凯接受了徐世昌的建议,但希望徐世昌能够留任。

"大总统的心意我领了,我辞职倒不仅是为我个人打算。大总统和我,还有北洋的嫡系兄弟,都是一家人。举大事者不能不稍留余地,如果亲贵密友皆入局中,万一事机不顺,将来没有人可以局外人资格发言转圜。我此时求去,正是为此,非为一身之计,而是为防万一。"徐世昌推辞的理由,与当初袁世凯当上临时大总统后请他出任总理时的说辞一样。

袁世凯明知道徐世昌滑头,但他的理由的确站得住脚,不得不同意。徐世昌推荐由陆征祥接任国务卿,其人软弱,不会与袁世凯争权,又善于处理外交关系。袁世凯当即同意,不几天,陆征祥代理国务卿的总统令就颁布了。

此时袁世凯的老师、财政总长张謇也再次递交辞呈,请辞财政总长和水利局总裁的职务。很显然,张謇请辞,肯定也是对帝制有看法。

更让袁世凯丧气的是,以日本为首,日、俄、英三国向中国提出警告,劝中国缓行帝制,日本提交了警告照会:

中国政变国体之计划,近已趋于实现之地位,目下欧战尚无了期,无论世界何国,苟有伤害世界和平之事变,当竭力遏阻之。中国帝制进行,其国内表面虽似无大反对,以日本政府所得报告,殊属皮毛,而非事实,反对暗潮之烈,实出人意料之外,袁总统若骤立帝制,必变乱陡起,中国将复陷入重大危险之境。日本政府对于中国此等危险状况,深加忧虑,盖中国若发生乱事,不仅为中国之大不幸,凡在中国之各国,亦将受直接间接之危害,而与中国有特殊关系之日本为尤甚。日本政府为保持东方和平起见,乃决定通令中国政府,并询问中国政府能否自信可以安稳达到帝制之目的。日本以坦白友好之态度,披沥劝告,甚望中华民国大总统听此忠告,顾全大局,缓行帝制,以防祸乱而固远东之和平。帝国政府已发必要之训令致驻华代理公使,日本政府之为此,实尽其友好邻邦之责任,并无干涉别国内政之意。

袁世凯看罢日本的警告书,扔到案上道:"日本人真是可恶,出尔反尔,到底是什么意思!"

日本人对袁世凯称帝的想法察觉最早,在二十一条交涉中日本公使就曾暗示,如果能够签订二十一条,将对他给予大力支持。后来有贺长雄到中国来,带回日本政府的意思,是很希望中国能够实行君主立宪。

袁世凯又问曹汝霖道:"润田,你是了解日本人的,你说说看,日本人开始支持,现在却又说得这么危险,要我们缓行,到底是什么意思?"

"日本人的心思,一言以蔽之:乱中取利。"曹汝霖认为日本人的策略一直是趁中国之乱取日本之利,他们并不希望甚至是害怕中国富强,所以乐见中国动乱,甚至不惜促成中国之乱。日本政府开始支持中国更改国体,就是一个阴谋,因为他们同时为孙中山等革命党以及宗社党提供庇护,尤其是与孙中山的革命党达成密约。等中国更改国体成为事实后,他们却突然反对,目的就是给革命党张目,刺激中国的反对力量,以使中国陷入内乱。

"日本人用心极其险恶!中国情形,真的像日本所说,存在反对暗潮?"

曹汝霖不知如何回答,拿眼睛直看陆征祥。陆征祥则会意道:"反对意见肯定会有,但绝对不会像日本人所说。日本人是虚张声势,目的就是为中国制造混乱。"

袁世凯点头道:"有道理,你们打算怎么回复?"

陆征祥回道:"我想不外乎以下几点。一是中国更改国体,是民意机关的意见,而且目前已经有十余省完成投票,一致赞成。二是中央电询各省将军、巡按使,皆表示能确保治安。三是对各国关心表示谢意。"

"这三条意思不错,我看还可以说得更透彻一些,就是中国多数国民以为共和不适宜于中国,倘迁延不决,酿成事端,不但本国受害,即友邦侨民也难免会蒙受损失。"

"是,是,大总统的意思我们一定在回复里写明。"

袁世凯对帝制有所疑虑的消息,由夏寿田透露给袁克定。袁克定召集亲信密议办法,最后决定了三条策略,一是催促各省加紧投票,并由国民代表大会及时呈进,以增加袁世凯的信心。二是如果袁世凯有所咨询,无论问到十大金刚中的什么人,一定坚持定见,向大总统说明缓行帝制的危害,再说,已经有十余省投票,半途而废,太过儿戏。三是对那些反对帝制的,要给予警告,甚至密查他们违法的证据,先抓几个,以儆效尤。对于袁世凯信任的人,一时动不了,但可施以威吓,比如向院子里扔炸弹,或把子弹寄给他们。四是派阮忠枢南下,监视江苏投票。

11月中旬,江苏国民代表将投票决定国体。冯国璋对帝制颇多非议,辫帅张勋主张清廷复辟而不支持袁世凯当皇帝,因此江苏的投票很令袁克定着急。阮忠枢南下,就是为劝说冯国璋、张勋。

阮忠枢从徐州张勋的长江巡按使府急急赶到南京的时候,已经是投票的前一天下午。他已经是第二次为帝制的事来见冯国璋。冯国璋开口第一句话就是："老袁这事办得不地道，对我这样的老友竟然也不说一句实话。"

阮忠枢劝道："上将军，那时候，项城心中大约的确没有当皇帝的想法。后来机缘凑巧，全国又是一片拥戴，他也就心热了。"

"全国一片拥戴，哼，骗三岁孩子。怎么回事你不清楚？"

阮忠枢装傻道："反正报纸上铺天盖地，都是拥戴帝制。这次，少轩那个榆木脑袋也开窍了。"

少轩是张勋的字。当年两宫从西安回来，他雪夜巡哨，受到慈禧的赞赏，从此对清室忠心耿耿。他本人及他的部下都不准剪辫子，以示忠于前清，人称辫帅。这次阮忠枢劝他支持帝制，费尽了口舌，他也没有答应，最后勉强同意，"不明白赞同，也不明白反对"。

冯国璋叹道："老阮，我跟老头子这么多年，牺牲自己的主张，扶保他做元首，对我仍不说一句真话，结果仍是帝制自为，传子不传贤，像这样的曹丕将来如何侍候得了。"

"曹丕"当然是指袁克定，冯国璋和段祺瑞一样，对袁克定很不以为然。

阮忠枢劝道："一朝天子一朝臣，咱们对老头子有忠义可言，至于云台公子，那是将来的事，且不去管他，先把眼前这一关过了再说。"

眼前这一关，就是江苏的国民代表投票。

所谓的国民代表，名义上是各省推举，实际上这个名单里的绝大多数人是袁世凯和他的亲信从在京任职的军政官员中提出，按他们的籍贯分别提到各省去。在此之外，还留出一些名额，由各省将军、巡按使决定。这个候选人名单，责成各省必须照单全部"选出"。选举的办法，是每县选举出一名选举人，到省里投票推选国民代表。然后再由国民代表投票公决国体。江苏的"国民代表"投票前各获赠五百元的"川资"，已经齐集南京，准备正式投票。

按照十大金刚的密电，选举"国民代表"和国体投票，将军、巡按使必须亲临现场。选举"国民代表"时冯国璋就以生病为由没去，让巡按使齐耀琳全权办理；明天的国体投票，他也以病为由没打算去。

阮忠枢力劝冯国璋明天一定为国体投票撑门面，道："上将军，现在日本人已经照会政府，说中国反对帝制暗潮之烈，出乎意料。如果上将军明天不肯出面，报社肯定穿凿附会，流言四起，甚至说北洋分裂。上将军身份与他人不同，因此请务必体谅。"

冯国璋拒绝道："老阮,勿再多言。我不反对已经是给老头子面子了,让我出面唱戏,办不到。"

"上将军,你并非国民代表,选举是他们的事,你只需露个面就行了,也不违背你的初心。"

"老阮,你们搞的一套,全是掩耳盗铃,这能算选举吗?"冯国璋拿出两份密电扔到桌上,"老阮你看看,你们十大金刚办起事来有多荒唐,以无形之强制这样的话也直接说出来,这样的电报一旦被报纸侦知,那可就闹出国际大笑话。"

阮忠枢接过来一看,一封电报是指示各县,必须确保按名单选出代表,"须将选举人设法指挥,妥为支配,果有滞碍难行处,不妨隐以无形之强制"。另一封电报指示国民代表必须全票支持帝制,"将君宪要旨及中国大势示之,须用种种方法,总以必达目的为止"。

冯国璋敲着桌子问道:"老阮你说,既然是投票,有一两票反对也为正常,非要求全票不可,还须用种种方法,你说,万一有人投票反对,用什么方法挽救? 你总不能掐着人家的脖子,非让他同意不可?"

"上将军,这不用你担心,国民代表大都是官场中人,哪个不晓得为官之道? 该怎么投他们心中有数。再说,投票是记名投票,谁投反对票,那不是自找麻烦? 将来随便查他个罪名,就够他吃不了兜着走。"

"老阮,这种话都说得出来,你也不觉得脸红吗?"

阮忠枢哈哈一笑道:"上将军,以酒盖脸,何红之有!"

当天晚上,阮忠枢一劝再劝,冯国璋则是一拒再拒。第二天上午,投票即将开始,阮忠枢再次劝冯国璋道:"上将军,你今天就是不出去,事情还是要照办。并且,今天的经过上面很快会知道,那么岂不是太伤项城的感情。毕竟你跟了项城这么多年,样样的事情都帮他。到了现在这次,你又何必这样较真呢?"

冯国璋最后答应到现场,但将一语不发。

阮忠枢连忙拱手道:"行行行,你只要出面我就知足了。"

投票现场设在将军府的大堂,也就是当年两江总督府的大堂。国民代表六十人,再加办事人员、报社记者、警察、杂役,有上百人。代表每人一张选票,上写君主立宪四个大字,下面空白处,写上自己的姓名和赞同或反对字样。投票结束,当即宣布结果,江苏六十名国民代表,全部赞同君主立宪。

接着再推戴袁世凯为中华帝国皇帝。先由齐耀琳演讲,历数袁世凯的功绩,表示中国实行宪政,唯有袁世凯有资格当中华帝国皇帝。于是办事人员拿一张推戴电,上写"江苏国民代表恭戴今大总统袁世凯为中华帝国皇帝,以国家最上完全主权奉之皇帝传之万世",由各代表在上面签名。签完名,有人带头高呼"中华帝国皇帝万岁万万岁"!代表们跟着高呼,现场人员也跟着高呼,齐耀琳最后致祝词:"神圣首出,国体改良,其必同好,拥护中央,爱我元首,建极唯皇,千年万世,康乐无疆。"

至此投票告结束,冯国璋一言不发离开现场,很快齐耀琳亲自拿着呈报帝制筹办电报来请冯国璋签名。冯国璋连看也不看道:"你们发吧,不用我看。"

"上将军,还需要您的签名。"

冯国璋不肯签,阮忠枢和齐耀琳一劝再劝,冯国璋不胜其烦,在电报上签了名,对阮忠枢道:"老阮,你看这像不像唱戏?只差粉墨登场了。"

袁克定得到的消息,真是喜忧参半。喜的是已投票各省都是全票赞同帝制,忧的是反袁情绪正在酝酿,尤其是得到密报,蔡锷极有可能从日本转道云南,将宣布反对帝制,而滇、黔、桂、粤等省正在加紧密谋联合反袁。孙中山领导的中华革命党已经派员回到国内,正在策划组织数支反袁军。

袁克定与亲信商定提前宣布帝制。原计划12月19日由参议院代行立法院举行总推戴,等不及了,提前至11日举行。因为票箱尚未到齐,因此省略检票手续,由秘书长报告全国国民代表大会的人数与票数,计全国一千九百九十三名代表,一千九百九十三票全体一致赞成君主立宪。参政院院长黎元洪在帝制启动后就坚决辞去院长一职,因此推戴会由副院长汪大燮主持。他提议各省推戴书已经到院二十三件,虽然黑龙江、新疆、甘肃、云南四省尚未到,但已经有推戴电文发来,是否应转呈政府?请大家表决。参政杨度、孙毓筠当即提议,全国既然一致赞成君宪,并推戴大总统为皇帝,本院理应据情咨报政府。本院应以总代表名义恭上推戴书,众人都赞成。

汪大燮立即宣告:"中华帝国国体已定,全体起立。"

众人起立,高呼中华帝国万岁,袁大皇帝万万岁。

十一点,汪大燮亲自将推戴书奏呈袁世凯:

有清失政,我圣主应运而出,将倾之国家,圣主实奠安之。南京政府,举非其人,民心惶惶,无所托命,圣主实苏息之。民国告成,群丑窃柄,怙恶不悛,自逃覆载,圣主实抚育而安全之。皇天景命,凡三集于圣主而圣主终不居也。今者天牖民衷,民归公德,全国一心,建立帝国,并戴为皇帝,伏愿俯顺民情,早登大宝。

这份推戴书是杨度起草的,袁世凯早已看过,十分赞赏。如今以参政院的名义呈来,心情还是颇为激动。按照预先商议的程序,本次推戴,袁世凯要推托不受,咨复也是由杨度提前写好的,推辞的理由是"致治保邦,首重大信,民国初建,本大总统曾向参议院宣誓,愿竭力发扬共和,今若帝制自为,则是背弃誓词,此于信义无可自解者也。本大总统于正式被选就职时,固尝掬诚宣言,此心但知救国救民,成败利钝不敢知,劳逸毁誉不敢计,是本大总统既以救国救民为重,固不惜牺牲一切以赴之。但自问功业既未足言,而关于道德信义诸大端,又何可付之不顾"。这当然是表面文章,却极为重要,因为袁世凯既要帝制自为,又不愿担背弃共和之责。

参政院于下午五时重开会议,孙毓筠等人提议再上推戴书。六时,第二次推戴书奏呈。这次推戴洋洋三千言,历数袁世凯的劳绩,非袁世凯出任中华帝国皇帝不能救中国。

第二天,即 1915 年 12 月 12 日,袁世凯发布申令,承认帝位:

天下兴亡,匹夫有责,予之爱国,讵在人后?但亿兆推戴,责任重大,应如何厚利民生,应如何振兴国势,应如何刷新政治,济进文明,种种措置,岂予薄德鲜能所克负荷。前次掬诚陈述,本非故为谦让,实因惴惕交萦,有不能自已者也,乃国民责备念严,期望愈切,竟使予无以自解,并无可诿避。第创造弘基,事体繁重,洵不可急遽举行,致涉疏率,应饬各部院,就本管事会同详细筹备,一俟筹备完竣,再行呈请施行。凡我国民各宜安心营业,共保利福,切勿再存疑虑,妨阻职务,各文武官吏,尤当靖共尔位,力保治安,用副本大总统怜念民生之至意。

同时还发布申令,警告好乱之徒,如果造谣煽惑,当执法严惩。随后又任命新宪法起草委员会十人,以便及早制定新宪。又有一道申令,改中南海为新华宫。

当天下午,袁世凯召集梁士诒、朱启钤、阮忠枢等亲信开会,由朱启钤报告大典筹备情况。登基大典定于 1916 年 1 月 1 日,地点在太和殿。紫禁城的三大殿是明清举行大典的地方,袁世凯登基当然也要在这里。但是要改造,中华帝国尚赤色,所以三大殿的黄色琉璃瓦要换成红色,三大殿名字都有个和字,这让袁世凯想起共和。袁世凯亲自改名,太和殿改为承运殿,中和殿改为体元殿,保和殿改为建极殿。玉玺、龙袍以及皇后、妃子、皇子、皇女们的吉服准备得差不多了,从国外定制的尚在路上,要加紧催。为了争取列国支持,要花一笔交际费,包括给公使馆人员礼物,古德诺、有贺长雄等外国顾问及中外记者润笔费等等。总体预算,大约两千万元。袁世凯一再交代,要能省则省,财政捉襟见肘,由梁士诒设法腾挪。

然后议年号,由杨度作说明。提议的年号为洪宪,受启发于《尚书》中的《洪范》。"洪"意思是大,"范"是法,相传为箕子向周武王陈述的"天地之大法"。洪宪意思是以宪法为大法,行君主立宪。另一个渊源与朱元璋的洪武年号有关,明朝是从蒙元手中夺取天下,恢复汉人政权,洪宪也意味着从满人手中恢复汉人天下。

这一商议,就花去了两个多小时。会议结束时,袁世凯突然道:"既然已经更改国体,最好能挑个好日子,先与百官见个面。"

袁世凯的意思,就是要接受百官的朝贺。众人都不好表态,袁克定出头道:"我请人看过日子,明天就是好日子,明天一早,百官朝贺。"

这实在太仓促了,但袁世凯答应了,就只好在第二天举行。原总统府、政事堂、大元帅统率办事处及各部司长、局长以上和驻京各军队师长以上各员,次日一早接到通知,九时到居仁堂依次分批参加朝贺。因为时间实在太仓促,大家并未统一服装,只有军人好办,统一穿的军礼服。文官们就难堪了,定做的典礼服还都没拿到手,有的穿燕尾服,有的长袍马褂,外交部的人都穿西装。居仁堂厅中上首摆设龙案龙座,两旁并无仪仗,只有平日贴身伺候的几个卫兵排列在座后两旁。袁世凯并未穿龙袍皇冠,只穿着平时的大元帅戎装。大家接到的通知,说行礼要简单些,三鞠躬就行了。但杨度、朱启钤等亲信带头行三跪九叩大礼,有人跟随,有人鞠躬,所以场面有些混乱。袁世凯并未就座,只站在座旁,左手扶着龙座,右手掌向上,不断对行礼者点头。有时对年长、位高的人,就做个虚扶的姿态,以示谦逊。

朝贺结束已经快十一时。袁世凯站了一个多小时,有点累,但心情总算还好。百官朝贺,态度都是很恭顺的,唯一的遗憾是黎元洪和段祺瑞没有露面。内务部报告说,两人都是因身体原因请假。生病是假,不捧场是真。段祺瑞且不去管他,但黎元洪不能不特别敷衍。他是共和元勋,他对帝制的态度至关重要,所以无论如何要千方百计笼络。

辛亥革命后,黎元洪一直驻在湖北,即便当选了副总统,也不到北京来。袁世凯想了许多办法让他到北京任总参谋长,让他去做江西都督和湖南都督,他都不就。当时中国的形势可称之为三分天下,北方是袁世凯的势力,南方是孙中山、黄兴的势力,中部则是黎元洪的势力。两方都想争取他,因此袁世凯也不能逼他太甚。1913年二次革命后,南方势力范围被袁世凯所得,黎元洪顿显势孤,年底袁世凯电邀他北上,说有公事商量。此时他已没有拒绝的本钱,只好领命北上。黎元洪到北京后,就再也没有回过武昌。袁世凯将瀛台设为副总统办公室,黎元洪从此驻在瀛台,出入都有人监视。瀛台是当年囚禁光绪的地方,黎元洪知道袁世凯的意思,因此万事不出头。帝制闹起来后,黎元洪连辞副总统和参议院院长,袁世凯一直没有批准,但他却以病为由,在家赋闲。

黎元洪人称黎菩萨,是因他性情温和,与人为善。当然另一方面也可以理解为软弱可欺。袁世凯对黎元洪十分笼络,为自己九岁的儿子和黎元洪的次女订婚,两人成了亲家。而且还在广东胡同买了荣禄的一所旧宅赠送,让他平时在此居住。又时常赠送礼物,两人面子上还说得过去,他以为要让黎元洪就范并非难事。

第二天一早,袁世凯到办公室后第一件事,就是下了第一道册封令:"黎元洪着册封武义亲王,带砺山河,与同休戚,榘名茂典,王其敬承。"并让国务卿陆征祥带着内务部的人亲自去行祝贺礼。

陆征祥率人赶往广东胡同黎府,黎元洪已经得到消息,立即关闭房门,不肯见客。陆征祥劝道:"皇上以阁下创造民国,推翻清朝,功在国家,所以明令晋封为武义亲王以酬庸,特率领在京文武官员,恭谨致贺,恳即日就封,以慰全国之望。"

黎元洪隔窗答道:"大总统虽明令发表,但鄙人绝不敢领受。大总统以鄙人有辛亥武昌首义之勋,所以尤于褒封。不过辛亥起义,乃全国人民公意,是无数革命志士流血奋斗,与大总统主持而成,我个人不过滥竽其间,因人成事,绝无功绩可言,断不敢冒领崇封。否则,生无以对国民,死无以对先烈。各位请回。"

黎元洪竟然辞而不受,出乎袁世凯的意料。阮忠枢自告奋勇,要去试探一下。他是以私人身份到访,黎元洪不好拒人于千里之外。阮忠枢一进门,就鞠躬大呼道:"内史阮忠枢拜见武义亲王。"

黎元洪躲到一边道:"老阮,你不要骂我,我不是什么武义亲王。如果你要见武义亲王,请到别处去。"

"我奉皇上之命来见您,有一封信面交。"阮忠枢说罢恭恭敬敬将大书"武义亲王启"的信递上去。黎元洪如果拆阅,则可理解为他已经受封。

然而黎元洪十分警惕,并不接信,厉声喝道:"老阮,你可不要耍聪明害我。"

阮忠枢的把戏不起作用,只好尴尬地把信收起。

黎元洪把一张纸递给阮忠枢道:"老阮,我有一份声明,请你带给大总统也好,或者让报社发表也好,我的态度,都在这一纸声明中,以后不必再来打扰。"

阮忠枢接过来一看,上面写的是"武昌起义,全国风从,志士暴骨,兆民涂脑,尽天下命,缔造共和,元洪一人,受此王位,内无以对先烈,上无以誓神明。愿为编泯,终此余岁。"

阮忠枢还给黎元洪道:"请您老体谅,或者交给记者,或者交给什么人,我实在不便带回。"

"好吧老阮,我不为难你。你也给大总统捎句话,王爵我不能受,还请不要再为难我。"黎元洪理解阮忠枢的难处。

"好,这话我可以捎到。"

更让袁世凯添堵的是,日本又策动英俄法意五国共同提出警告照会:"各国对于中国帝制问题,曾向中国政府劝告,其时中国政府声明不急遽从事,且称有力担保国内之治安。据此以后,曾劝告中国之诸国对于中国决定执监视之态度。"

这份声明虽然简短,但其实警告的意思已经十分严厉,更重要的是太不给袁世凯面子,而这又无疑会纵容国内反对帝制的力量。袁世凯知道,所谓五国其实背后就是日本一国。他与陆征祥等人密议,决定原定1916年元旦登基取消,具体时间容后议。为了争取日本的支持,陆征祥、曹汝霖连番与日本公使商议,最后达成默契,拟牺牲某项权利为条件,换取日本政府对中国帝制的承认。日本公使电告日本政府,获得允许,中国以祝日本天皇即位大典的名义,派农商总长周自齐为特使到日本去谈判,计划1月中旬起程。

然而,袁世凯还来不及高兴,更烦心的事情来了。蔡锷从日本辗转香港、越南,回到了昆明。云南都督唐继尧是蔡锷的下属,蔡锷为了打消他的顾虑,明确告诉他自己回来只参加讨袁军事行动,无意争夺都督之位。唐继尧顾虑消除,两人携起手来一心讨袁,当天就派两个混成旅从昆明出发,进军四川。

第二天,唐继尧、刘显世、蔡锷等人致电袁世凯,揭露变更国体所谓"民意"的真相,劝袁世凯"力排群议,断自寸衷,更为拥护共和之约法,涣发帝制永除之明誓,庶使民怨顿息,国本不摇,然后延揽才俊,共济艰难,涤荡秽瑕,与民更始,则国家其将永利赖之"。

袁世凯看罢,心绪恶劣,不过他并没把蔡锷等人的劝告放在心上,他认为西南边陲,影响不了大局。

蔡锷等人见袁世凯置若罔闻,于是又发了一个最后通牒,不仅要求袁世凯取消帝制,而且要惩办祸首,"应请大总统查前项申令,立将杨度、孙毓筠、严复、刘师培、李燮和、胡瑛六人及朱启钤、段芝贵、周自齐、梁士诒、张镇芳、袁乃宽等七人即日明正典刑,以谢天下"。并以二十四小时为限,给予答复。

这份电报成为街头巷尾的热议,并将列名的十三人称为"帝制十三太保"。"十三太保"十分紧张,公推朱启钤、梁士诒为代表,去探听袁世凯的意思。袁世凯安慰他们道:"帝制是全国民意公决的结果,怎么可能因为云南数人的诘难而放弃。几个跳梁之辈,不足挂齿。"

袁世凯对云南的最后通牒仍然是置之不理,12月25日,云南通电各省宣布独立,并檄告全国,同伸义愤。在告全国檄文最后,说明起兵的目的:"义师之兴,誓以四事:一曰与国民勠力拥护共和国体,使帝制永不发生;二曰划定中央地方权限,图各省民力之自由发展;三曰建设名实相副之立宪政治,以适应世界大势;四曰以诚意巩固邦交,增国际团体上之资格。此四义者,奉以周旋,以徼福于国民,以祈鉴于天日,至于成败利钝,非所逆睹,唯行乎心之所安,由乎义之所在,天相中国,其克有功,敢布腹心,告诸天下。"

袁世凯为了与云南争夺人心,大行封赏,一天内同时封爵的有一百二十八人,各省将军、巡按使、护军使、镇守使及师旅长等皆得封爵。一等公有龙济光、张勋、冯国璋、姜桂题、段芝贵、倪嗣冲,被毒毙的赵秉钧也被追封为一等忠襄公;二等公是刘冠雄;一等侯有汤芗铭、李纯、朱瑞、陆荣廷、赵倜、陈宦、唐继尧、阎锡山、王占元。封伯爵的十三人,封子爵的十二人,封男爵的八十六人。同时发布申令,凡旧侣及耆硕故人,均勿称臣,又封徐世昌、赵尔巽、李经羲、张謇四人为嵩山四友,各颁嵩山照影一幅,四人免跪拜称臣,并赐朝服肩舆,入朝赐座。

而对唐继尧、蔡锷等人,则先是让政事堂复电,问他们是不是受人蛊惑,或者电报系他人捏造。他盼望云南能够给他个台阶,说电报并非他们所发,那么他就既往不咎。但云南对政事堂的电报置之不理,于是袁世凯宣布唐继尧、蔡锷等人的三大罪状,"构中外之恶感、背国之公意、诬蔑元首",下令撤销云南都督唐继尧、蔡锷等人的封爵、职务。同时任命云南第一师、第二师师长分别担任云南都督、云南巡按使的职务,让他们逮捕唐继尧、蔡锷等人,押解北京治罪。没想到两人立即通电拒绝袁世凯的任命,让他大丢面子。

他还得到密报,云南军政府已经成立,招募新军,不几天就由原来的两师一旅增编为七个师,组建为三军。蔡锷任第一军总司令,率一、二、三师,出兵四川,分别向叙州、泸州、重庆进攻;李烈钧为第二军总司令,带四、五、六三师,计划经过广西,进攻湘赣,但因为广西将军陆荣廷尚在犹豫,不肯让道,只能推迟进军计划;第三军为第七师及原警备队,由唐继尧任司令,作为预备队。

这是 1916 年元旦的事情。

袁世凯被激怒了,他在新华宫内丰泽园设立临时军务处,一切用兵计划都由他直接掌握:"当年七省同时叛乱,都杀得他们片甲不留,云南一帮乌合之众,数月便可一鼓荡平。"他命长江上游警备司令、虎威将军曹锟为行军总司令,率领他的第三师入川。归于曹锟麾下共有三路人马,第一路由陆军第七师师长张敬尧统领,所部包括他的第七师、李知泰的第八师,由湖北入川,联合曹锟的第三师,总计三万人,为进攻云南的主力。第二路由第六师师长马继增统领,所部包括他的第六师、从河南征调的由唐天喜率领的第七混成旅,共两万人,从湖南西进,谋划经贵州进军云南。袁世凯发给贵州护军使刘显世三十万军饷,让他配合马继增进攻云南。第三路由广惠镇守使龙觐光率军一万,借道广西,进攻云南。

然而,形势出乎袁世凯的意料,腊月二十日,蔡锷第一军的先头部队到达四川叙府,川军第二师一个旅突然倒戈,旅长自称护国川军总司令,配合蔡锷进攻泸州。腊月二十二日,云南护国军一部到达贵阳,奉命监视贵州护军使刘显世的龙建章看势不妙以出巡为借口逃走,刘显世被推举为贵州都督,宣布独立讨袁。袁世凯三路进军计划,两路受阻。

腊月二十三日是中国北方的小年,这一天本来是农商总长周自齐赴日本的日子。他的行程是由京奉铁路、南满铁路赴朝鲜,再由朝鲜转轮船赴日本。他已经喝了送行酒,打点行装准备登火车,却忽然接到日本使馆的通知,"接政府急电,俄国特使将到东京,日本不便接待中国特使,周特使暂缓赴日"。

这简直是当面给袁世凯一个耳光,比军事上的不顺还让他愤恨。他让陆征祥、曹汝霖立即与日本公使馆交涉,务必弄明白真正原因。两人到了晚上七时多才疲惫不堪地回来,总算打听出了点眉目。原来周自齐负有特殊使命的消息已经走漏,日俄美三国听说中日之间又将有密约,担心日本在华利益再度扩张,因此联合向日本政府施压,日本政府不愿开罪三国,因此只能取消周自齐的访日计划。再一个原因,南方反对帝制极烈,且视周自齐为卖国特使,日本怕接受周自齐访问,会影响日本声誉。袁世凯气得直拍桌子道:"这算什么理由?你们两个今天好好拿个主意,明天再去日本使馆通融,设法挽回。"

此时处境最尴尬的莫过于特使周自齐,他晚上到梁士诒家中讨教道:"燕孙,皇上让陆子欣与曹润田想办法,务必设法转圜,你认为有几成希望?"

梁士诒回道:"一点希望也没有。"

"为什么?"周自齐惊讶得几乎要跳起来。

"你想啊,去年有贺长雄、坂西中将、大隈重信都表示支持项城搞帝制。可是等帝制热火朝天搞起来了,日本人却当头泼一瓢水;同时却又支持革命党四处策动,月前上海兵舰谋变,陈其美进攻制造局,蔡锷由日本返回云南以及南方种种反袁活动,都有日本支持的影子。日本人的态度开始我也有些不明,何以一面烧火,又一面浇水?以为他们也是在犹豫矛盾,现在看来,日本人一开始就拿定了主意,就是两方策动,让中国乱起来。日本人与项城斗了二十余年,恨项城恨到食其肉碎其骨的程度,怎么可能全力支持他?我担心日本要以阴险毒辣手段除袁,以乱我中华,以偿其大欲。"

"啊,是这样,那就不可能成行了。项城是最了解日本人的,怎么也会堕入日本人的圈套。"

梁士诒自我解嘲道:"我辈是财迷心窍,项城是权迷心窍。一旦落入迷中,便难以自拔了。项城一念之私,帝制自为,已自居于火炉之上,也将我辈拉入火中。环顾内外,乱相已成,而项城犹不能悟,还希望借东行偿彼帝愿,何异说梦!"

不过周自齐还是说了句公道话:"帝制这台大轿,我们也都是抬轿子的人。"

"不错,我还是用尽了全力抬轿的人。不过,我为什么来抬这个轿子,你最清楚不过。"

周自齐既爱财,又热衷官位,是人人皆知的官迷,问道:"燕孙,你说项城会不会迁怒我们,那样我这农商总长也不保,更不用说争回财政总长的位子。"

梁士诒笑道:"将来帝制失败,能保住小命就不错了,哪还顾得上官位?"

陆征祥和曹汝霖去日本使馆通融,结果是自取其辱。他们搜索枯肠,通宵达旦想出来的通融办法,是由曹汝霖用日文写了一篇《中国与日本》的文章,一份发给驻日使馆,转交日本内阁,一份则呈给日本驻华使馆。文章先责备日本对华政策变幻莫测, 然后要求日本继续信任袁世凯,"中国与日本有如少年之情人,在最初时期则相互恋爱,继而龃龉,至成为夫妇之时,则所有误会之点皆扫除净尽,而得愉快和平之家庭焉。现两国已经过第一时期,若以相当之方法消除双方之误会,则两国将来必能开诚布公,融合意见,互相提携联络。故吾人宜竭力谋增两国和好关系,庶远东之和平可永建于不朽之基础焉"。

第二天日本使馆回复曹汝霖道:"本国政府认为,把中日关系比做少年情人,甚以为耻。"

曹汝霖屈意献媚,却得到"甚以为耻"四字回应,真比抽一个大耳光还难堪。

袁世凯知道再想争取国际支持很难了,发狠道:"小日本,没你们的支持,我照样当得了这个皇上。"他派人给段祺瑞带话,"北洋的袍泽,该出来帮帮忙了,难道要让外人打到家门口?"

段祺瑞捎话回道:"很想出来帮皇上的忙,无奈痞病缠身,心有余力不足。"

袁世凯又让统率办事处给冯国璋发报,调他到北京就任总参谋长,协助指挥事宜。冯国璋一眼看穿袁世凯的调虎离山之计,对心腹部下道:"段老虎已经被老头子夺职软禁,我不能自投罗网。"

他的亲信便与江苏巡按使齐耀琳密谈,第二天,齐耀琳出面致电统率办事处道:"江苏地方重要,督理军务,万难遽易生手。请照黎副总统前例,准宣武上将军遥领参谋总长。"冯国璋则立即上奏,称病不出,将军公署的事宜交给参谋长办理。

袁世凯又生一计,亲自给冯国璋发来一份密电,历数两人数十年的交情,希望他出任征滇军总司令。冯国璋不好拒绝,答应尽快制定出兵计划,但过了十几天,也没有一字回复。

此时已近新年,袁世凯的心情十分糟糕,无论身边的人怎么努力营造轻松的气氛,也轻松不起来。唯一让他欣慰的是,张作霖赶在年前看他来了。袁世凯已经令行各地,将军、巡按使等不必进京贺年,各守其职,安靖地方。各地大员竟像商量好了似的都严守此令,除了奉天将军段芝贵到京里来给他贺年外,北洋袍泽在外统军的没有一人回来。他只能安慰自己,今年军情紧急,大家不回来是为了给他分忧。张作霖并非北洋袍泽,却大老远赶来,确实让他感动,说道:"雨亭,我不是有令,封疆大吏们不必进京贺年嘛!"

张作霖匍匐在地,行了跪拜礼后大声道:"皇上,臣不是封疆大吏,不受这个限制。皇上就是把我的子爵夺了,我也要来给皇上行个礼,这是皇上第一个新年嘛。"

"雨亭,我哪里会生气,更不会夺你的爵。"袁世凯大封天下,张作霖封的是二等子爵,当时主要考虑他不是嫡系,依他的忠心看,还真应该封他个伯爵。

"皇上,臣进京除了拜年,主要是为皇上分忧。臣知道南边闹乱子,如果皇上准许,臣愿带兵到湖南去,或者打广西,或者打贵州,皇上怎么指挥,臣就怎么打。臣的兵没别的好处,就是不怕拼命。"

袁世凯闻言大喜,这简直是雪中送炭,无论他出不出兵,这番表示就是莫大的支持,也让冯国璋、段祺瑞瞧瞧,离了张屠夫,照样不吃带毛猪。不过,从东北往西南,数千里行军,好像不太现实。

"皇上,现在不是从前,挂几辆专列轰隆隆十几天就到了。再说,我们东北那旮旯冬天贼冷,你让他们往南走,就是不发饷,也乐得他们闭不上嘴。"

"是吗?雨亭,你可别跟我开玩笑。"

"皇上,臣哪敢开玩笑,臣说的是真的。就是有一样,臣的兵军械实在太差,用的都是老土枪,打一枪装一次老火药。不过皇上放心,咱的老土枪也未必打不过他们的洋枪。"

袁世凯瞬间打定了主意道:"军械不是问题。统率办事处刚定了一批洋枪洋炮,本来是运到天津的,我让他们直接运到营口,够你装备两个师。"

张作霖连忙跪在地上磕头道:"皇上,那臣立马回去,吃了过年饺子就进关。"

"也不必那么急,那批货我记得要到正月初八九才到。你回去就与香岩去接洽,他刚回去,我会发电旨给他。雨亭,你带兵到湖南去,无功也要封伯,如果立了战功,封侯也就一句话。"

"臣肝脑涂地,也要为皇上分忧。封不封侯,臣都是这话。"

张作霖腊月二十九坐火车回奉天,他送给袁世凯的一份贺礼也在他走后送进新华宫,是一张重达两千斤的岫玉床。

　　过了年,反袁的声音越来越响,袁世凯周围的人尽量捂着,但袁世凯还是听到了一些。尤其他得到消息,说唐继尧的亲信黄翼发跑到上海,联络各方反袁力量,要成立军政府。如果出现一个分庭抗礼的政府,那将遗患无穷,他立即密电冯国璋让他即刻捉拿。冯国璋回了一封电报,态度十分恭敬,但命令却不执行:"宣武上将军督理江苏军务一等公臣冯国璋、江苏巡按使一等伯臣齐耀琳谨奏:乱党皆在租界,受庇于洋人,阻于国际公法,缉拿实非易事。臣等一定设法,效果如何,实不敢虚言敷衍。伏乞陛下圣鉴。"但此后再无下文。

　　冯国璋手中加上湖北及江西的部属,不下七万人,袁世凯不愿与他闹僵,便把阮忠枢叫来道:"老阮,你得再到南京一趟,劝劝华甫该出来办事了。"

　　于是,阮忠枢奉命带着医官南下南京。

　　冯国璋生病是假,不愿支持袁世凯是真。自从讨袁事起,他就没断了与滇贵等省的联系。迁居到上海的梁启超更是函电不断,劝他不要助袁为纣。

　　这天梁启超亲自来南京见冯国璋。冯国璋见了惊道:"卓如,项城的密探肯定监视你,你怎么敢大摇大摆到江宁来?"

　　梁启超回道:"我是来与将军话别,我要到广西陆长卿帐下,任他的参谋长。"

　　陆长卿就是广西将军陆荣廷,他是广西人,年轻时当过土匪,后来受招安吃了皇粮。辛亥革命的时候,他支持广西独立,被推举为副都督。二次革命的时候,他与蔡锷一起全力支持袁世凯,被任命为广西将军。但袁世凯对他并不放心,调他的儿子到北京任总统府武官,形同人质。半年前又任命亲信王祖同为广西巡按使兼会办广西军务,显然是来分权的。陆荣廷很不满意,以病为由招儿子回桂,结果儿子到了武昌就得暴病死了。他恨袁世凯,但为人有些软弱,云南独立后,他并没有响应。袁世凯打算派北洋军借道广西,进军云南。陆荣廷担心袁世凯假途灭虢,发动广西绅商发电反对。广西位置太重要,贵州独立后成了北洋军进军云南的唯一通道,袁世凯怕把他逼入讨袁军阵营,所以只好作罢。

　　袁世凯一计不成,二计又跟着来了,他授广东将军龙济光的哥哥龙觐光为临武将军兼云南查办使,率军借道广西进军云南。这下陆荣廷没法拒绝了,因为龙觐光是他的亲家,自己女儿是龙家的儿媳。他答应了袁世凯的要求,欢迎粤军入桂。但同时又派两名亲信到上海面见梁启超,希望他能到广西出任参谋长。

　　陆荣廷与梁启超是通过冯国璋写信介绍后才认识的，短短数月关系竟然如此亲密，一则是佩服梁启超的文采，二则是梁启超进步党党魁的身份。秘密争取陆荣廷反袁的，有孙中山派来的革命党，也有进步党的人。陆荣廷参与镇压二次革命，杀了蒋翊武等一批革命党人，因此对革命党深怀戒心，而对梁启超的进步党则更为信任。所以在权衡之后，他愿聘请梁启超出任他的参谋长，并许诺梁启超到任之日，就是他反袁之时。

　　冯国璋劝道："卓如，打仗可不是闹着玩的。你一介书生投笔从戎，说起来容易，办起来可就难了。"

　　梁启超回道："上将军，既然陆长卿有此表示，我就值得冒险一试。如果他能够践诺，我死亦无憾。"

　　"谁说书生百无一用，有时候书生反而羞煞武人。"冯国璋叹道。

　　梁启超转而劝说冯国璋道："袁世凯帝制自为，长久不了，上将军应该尽快表明态度。我知道上将军是权谋之计，但权谋不可不用，也不能久用；利害不能不审，但也不可太审。袁之狡黠，天下共闻，与之斗谋，实非易敌。项城已经对将军没有信任可言，假如他帝制成功，对将军绝非好事。于公于私计，将军都应登高一呼，果断反袁，如此，则有再造共和之功。"

　　"卓如，我当然知道其中利害，只是我与项城共事多年，实在不忍背叛他。你也不必再劝，我虽然不能公开反袁，但我可给你三个承诺：一是赞同推翻帝制；二是我所负责的长江中下游各部绝对中立，尤其不会增援川、湘；三是必要时，我将联络长江各督，劝说项城取消帝制。"

　　"上将军有此三条，就是对讨袁军的莫大支持。将军要提防项城，我听说他已经派人策动王子明，要夺上将军的军权。"王子明就是江宁镇守使王廷桢，他是直隶天津人，冯国璋任禁卫军司令时他在冯的手下任协统。如今禁卫军已经改编为第十六师，他任师长，其实力不可小瞧。

　　"你放心好了，老袁这一套行不通。子明是我的手足，已经如实向我报告了。"

　　"我听说老阮又要南下了，老阮巧舌如簧，上将军不要中他的计。还有，他带着洋医生前来，当心里面有诈，千万不要被人暗算。"

　　"我知道。南京是我的地盘，老阮不敢胡来。"

第二十章

北洋系分崩离析　袁世凯忧惧而死

阮忠枢到南京时正赶上元宵节，冯国璋知道他所为何来，故意不给他张口的时间，便安排部下带着他去夫子庙看花灯，又让他夜游秦淮河。阮忠枢有嗜好，抽了大烟一夜不睡也不要紧，但第二天无论如何醒不过来。等他醒过来的时候，已经下午四时多。阮忠枢又去见冯国璋，冯国璋一见面就道："这马上就要吃晚饭了，莫谈公事。"

冯国璋找了一帮酒量大的来劝阮忠枢，阮忠枢却无论如何不再上当，道："四哥，我不上你的当，今晚我要喝醉，明天又耽误一天。今天晚上，我无论如何得把老头子的话传你。"

吃罢饭，冯国璋先说道："老阮，什么话你先别说，我先问你，云南的护国军到四川二十多天了，攻城拔寨，势不可挡，是怎么回事？"

"已经是强弩之末，必败无疑。现在曹仲珊所率入川人马加上川军，总数六七万，而蔡松坡所率不过是六七千人，兔与狮搏，结果可想而知。而且，蔡、唐两人正在闹情绪，内讧将起，不战而溃也不是不可能。"

据阮忠枢说，蔡锷是唐继尧的老上级，他到云南唐继尧深怀戒心，虽然蔡锷声明只为讨袁，绝不会夺他的都督，但唐继尧的疑虑是无法打消的。如今唐继尧是云南都督，蔡锷是讨袁军司令，蔡锷的人认为，唐继尧为老上司筹措粮饷当好后勤天经地义，没有蔡将军，哪有你小唐的今天；唐继尧的人则认为，云南是唐都督的地盘，一枪一弹都出自云南，将士也是云南招募，牺牲也是云南担当，理应以唐都督为尊，要我接济，就要仰脸来求，像大爷一般发号施令，没门。所以，双方一直闹情绪，以至于蔡锷率军到四川二十余天了，云南未再供应一枪一弹,一米一粮。双方文电都用"谘",也就是彼此互相平等,不存在上下级。

"如今滇军战线拉长,后勤无继,人马不足,攻下的地盘根本无力来守,只好再撤走。现在蔡松坡的军队,听说全军只剩二百余发炮弹,急电昆明增援,昆明无动于衷。四哥是熟读兵法的,你说蔡松坡有几成胜算?"

"单从军事角度来说,蔡松坡胜算无几。但打仗也是讲天时地利人和,出人意料的时候很多。"

"四哥,北洋军以狮搏兔,必胜无疑。当初七省同时叛乱,尚不足为虑,区区云贵,成不了气候。所以四哥还是要尽快站出来帮帮老头子,不然到时候可太难看了。"

冯国璋为难道:"我有我的难处,我带兵出征,江苏的军务怎么办?你不是不知道,江苏可是革命军的老巢。尤其是上海,是各路反叛力量的大本营。"

"老头子对四哥的难处也很体谅,老头子的意思,让张少轩来帮你看看家门,你一心征滇就是。"

冯国璋一听这话,沉默了良久,脸上平静如常,心里却是惊涛骇浪!原来袁世凯要让张勋来抢地盘!

阮忠枢看冯国璋按着胸口不说话,就问道:"四哥,你怎么了?不舒服?"

"对对,不舒服,心里慌得很,这是今年新添的毛病,要卧床休息。来呀!"等外面的人进来了,冯国璋吩咐道,"送斗瞻回住处,我身体不舒服,快找医生来。"

第二天上午,阮忠枢努力早起,起来时也已经十时多了。他连忙去见冯国璋,却被下人挡了驾:"上将军昨夜突然不舒服,医生不让见客。上将军已经上奏皇上请辞军职,要安心养病,请皇上派能员来接手。"

阮忠枢两天连续上门,连续被挡驾。他知道,十有八九冯国璋不愿见他,只好告辞北上。冯国璋仍然不见他,隔着窗户道:"老阮,《东周列国志》第八十四回,有句话你回去好好读读。"

阮忠枢回到住处,立即让人找来《东周列国志》翻到第八十四回,读了一大半,看到了一句话,"君待臣如手足,则臣视君如腹心;君待臣如犬马,则臣待君如路人"。

阮忠枢明白了,冯国璋对袁世凯当初未对他说实话,仍然耿耿于怀。

下午他到浦口去坐火车,送他的是冯国璋的心腹副官,路上对阮忠枢道:

"阮内史,实话对你说吧,上将军虽然请辞,可是江苏人只知道他们的督军姓冯,派别人来恐怕连南京的城门也进不去。我还告诉内史,山东的靳将军、江西的李将军已经联名发电,反对更调宣武上将军。"

阮忠枢明白了,冯国璋是要拥兵自重,用的正是袁世凯常用的手段——让亲信部下出面。

阮忠枢回到北京,袁世凯正在发火,夏寿田悄悄告诉他道:"您要是没有好消息,最好现在别见皇上,免得碰一鼻子灰。"

阮忠枢奇怪地问道:"怎么了,和谁生气?"

"奉天的张雨亭把皇上耍了。"

原来,年前张作霖来见袁世凯,说要带东北军南下收拾云南叛军,只是军械太差,袁世凯很高兴,答应给他两个师的装备。盛武将军段芝贵巴不得把张作霖调走,极力配合袁世凯,给张作霖调配装备。谁知道张作霖接收了装备后,开始说要聘请教习简单训练一下,马上就开拔,但训练了十几天还没有开拔的意思。袁世凯让段芝贵去催,张作霖答应得很痛快,要段芝贵帮他制定行军计划,结果计划拿出来了,他的部下却拒不执行,提了不少意见。于是又再次修改,结果又是意见纷歧。等终于敲定方案,已经又过了七八天。段芝贵前天回电说,张作霖将于今天率军入关。可是没想到,今天突然收到张作霖的电报,说他的部下不愿南下,闹起了兵变,奉天南大门被烧为白地。袁世凯阅电大发雷霆,这分明是照猫画虎,拿当年他对付临时政府的办法来对付他了。

阮忠枢问道:"香岩不是在奉天吗?他没看出张雨亭的小九九?"

"已经一天多了,再没收到香岩的只字片语,只怕香岩也是凶多吉少。"

"啊,那张雨亭很可能打的是一箭双雕的算盘,一手拿到装备,一手驱赶香岩,他早就觊觎盛武将军的位子了。"

"谁说不是,如果张雨亭只要这个位子倒也罢了,皇上担心他会加害香岩。你知道,香岩是帝制中出力最大的,是皇上最亲信的臣子。"

"张雨亭是胡子出身,得了赎金就不撕票,这个规矩他应该懂的。我估计香岩不至于有性命之忧。"

到了第二天,阮忠枢十时多去见袁世凯,夏寿田笑道:"您老可真能睡,皇上发话找您呢。"

原来,今天终于收到了段芝贵的电报,是一封请辞电,说他在奉天难孚众望,自请辞去盛武将军,请求内调回京。随后又有一封奉天商会的电报,说段芝贵私自动用公款数百万两,皆是奉天民脂民膏,要求皇上派人前来查办。一个小时后,张作霖又亲自发来一封密电,表示如果皇上能够如民所请,奉天绅商百姓无不对皇上感恩戴德。话外的意思就是,如果能撤了段芝贵的职,他张作霖就支持帝制。

"这是要挟,要挟!谁也别想要挟我!"袁世凯拍着案子大叫。他的意思要调兵出关,同时派海军到葫芦岛登陆,兴师讨伐张作霖。

杨士琦力劝不可,南边未平,北边再乱,无论如何不能两线作战。而且张作霖至少还没有通电反对帝制,应该设法敷衍他。

袁世凯气愤难平,如果此时北洋袍泽能够团结一致,一个小小的张作霖又有何惧!所以他急于见到阮忠枢,了解冯国璋的态度:"斗瞻,你一句话告诉我,华甫肯不肯迁就?"

其实,袁世凯从山东将军靳云鹏、江西将军李纯联名反对冯国璋辞职的电报已经知道,冯国璋绝对不肯让出江苏将军就任征滇总司令一职,但他还幻想阮忠枢能够带给他好消息。

阮忠枢不敢隐瞒道:"华甫既不愿征滇,也不肯让位。"

袁世凯这下没了幻想,仰头叹息道:"北洋袍泽,这是怎么了!"

阮忠枢安慰道:"华甫虽然既不愿征滇,也不肯让位,但他对皇上还是很念旧情的。"

杨士琦也劝慰道:"华甫坐镇江南,只要他还念旧情,天下大局就可控。南边暂时不必去管,现在关键是如何救香岩。"

生气归生气,但动兵肯定行不通。那唯一的办法,就是宣布调回段芝贵。

杨士琦建议道:"张雨亭要的是盛武将军的位子,如果没有明白表示,恐怕香岩走不痛快。"

袁世凯哼道:"哪能这样便宜了这个胡子!"

杨士琦劝道:"皇上原本也有打算,早晚要把奉天交给张雨亭,不如早一天给他,让他有意外之喜,必感戴皇上恩德。"

袁世凯采纳了杨士琦的意见:"好吧,发电给奉天,先免去香岩盛武将军之职,待香岩到京后,将发布张作霖署理盛武将军电。"

段芝贵坐了一天一夜的火车,次日晚回到北京,立即进宫见袁世凯,匍匐在地,失声痛哭,自责奉职无状,不能镇住张作霖。

袁世凯叹了口气道:"你回来了也好,先帮我筹划南边的战事。"

段祺瑞自从到西山养病，陆军部中凡是他欣赏的人，都免的免调的调，如今军事上的明白人真没有几个，夏寿田竟然成了袁世凯军事上的依赖。夏寿田诗书俱佳，又任过学部图书馆馆长，肚子里学问很大，尤其是地理舆图烂熟于心，滇军进川，所有川西泸、叙一带，何地能守，何地能攻，他俯拾陈迹，一一指画，袁世凯无不赞同，并交由统帅办事处发往前线。结果因为旧舆图错漏太多，闹了不少笑话。统帅办事处很不以为然，但袁世凯却盛赞夏寿田胸怀韬略，就是老军事家亦不能及。尤其近几天，第十六混成旅在冯玉祥的带领下，竟然连续收复了被蔡锷占领的纳溪、长宁等地，更让袁世凯刮目相看。但统帅处得到的消息是，蔡锷所部因为后勤不继，是主动放弃，白白让冯玉祥占了便宜。但这话谁也不敢告诉袁世凯，因为他正让报纸连篇累牍宣扬前线大捷。

段芝贵到统帅办事处坐班，要来前线电报经过一番分析，得出的结论与统帅办事处的一样，那就是蔡锷一军并未受到重挫。而且他的看法更悲观，蔡锷区区几千人面对入川数万北洋精锐，却能在川东南立足，说明双方并没有进行激烈的战斗，换句话说，入川的北洋军队并未尽力！这就太危险了！他要向袁世凯直陈，统帅办事处的人都劝他，不要在皇上面前自讨没趣，皇上如今只听喜不听忧。

但段芝贵觉得自己是袁世凯的亲信，有必要提醒。果如统帅办事处所料，他碰了一鼻子灰。袁世凯的意思，蔡锷一军未被消灭，是因为他们不敢与北洋军对阵，而入川北洋军任务是把滇军挡在四川，以守为战。段芝贵再进言，袁世凯心烦气躁，不想听他啰嗦。

这天，广西将军陆荣廷发来急电，要求一百万元用以补充军火粮饷。自从龙觐光父子率粤军入桂后，陆荣廷改变了态度，不再像从前一样拒绝客军入桂，袁世凯令他出任贵州宣抚使率军进黔，他也满口答应下来，而且对龙觐光的粤军不但派给向导，还帮着招募士兵，龙觐光还专门发电统帅办事处，为陆荣廷说好话。这让统帅办事处的人十分困惑，如今陆荣廷突然要求一百万巨饷，不敢贸然拿主意。段芝贵仔细研读了陆荣廷一个多月来的电报，认为其中疑点甚多，尤其是他的儿子在武昌暴毙，他竟然忍气吞声，实在匪夷所思。不合常理，必有阴谋，他主张先督责他进军贵州，军饷随后就到。

夏寿田与段芝贵的意见对立，夏寿田认为广西是目前华南进军云贵的唯一通道，必须确保无虞。陆荣廷态度转变，是他的亲家带兵入桂，为了他女婿的前程，他不得不支持朝廷的用兵方略，用一百万换广西的支持，值！

袁世凯采纳了夏寿田的意见,立即令梁士诒设法筹措一百万元,十天内运抵广西陆荣廷军前。

梁士诒办事十分利索,令交通银行与英国汇丰银行沟通,直接用小炮艇载一百万元运到钦州湾,然后陆路起运,经钦州运往南宁,不到五天就完成任务。

接下来,统帅办事处和袁世凯都急切地等待陆荣廷的消息。然而,等来的却是陆荣廷反叛中央的电报,电文中说,我赞成袁世凯当总统,但我反对他当皇帝。我赞成他建立强善政府,实行中央集权,但我反对独裁倒退。我希望他取消帝制,并二十四小时内答复,不然广西将宣布独立!

袁世凯接到这份电报,当时正在吃午饭,手里的鸡蛋掉到桌上,他抖着手去拿,却怎么也拿不起来。到了晚上也没吃饭,没有一个人敢去劝他。第二天一早,他又恢复了常态,让夏寿田复电陆荣廷——对叛乱之徒,唯有坚决消灭之。

这天的午饭,袁世凯又吃得很少。杨士琦得到消息,与袁克定商议,必须劝慰袁世凯,无论如何得开心吃饭。袁克定无奈道:“我们家只有三妹敢在老头子面前说话,我看只有让她去劝劝。”

袁克定所说的三妹,就是袁世凯的三姨太金氏所生的女儿袁叔祯,她的住处就在居仁堂二楼的西首,而袁世凯的居处则在东首,父女两人能天天见面,吃饭的时候也常常由她作陪。但是她个性独立,对袁世凯称帝并不赞同,她曾对袁克定抱怨道:“我们已经生活在‘馈饭监狱’里,每天起来就是三大件——读书、吃饭、睡觉,要是爸爸当了皇上,我们还有自由吗?”帝制正式确定后,皇子皇女们每人要照相,她却无论如何不肯穿“皇女服”,最后由她穿着常服照了一张。

袁叔祯在袁克定的劝说下,答应晚上设法劝劝爸爸。吃晚饭的时候,她捧着一个纸包到了袁世凯吃饭的餐厅。当时袁世凯正在饭桌前发愣,看到她后勉强笑了笑道:“三丫头,你又抱了一大包黑蚕豆吧?”

“爸爸真厉害,一猜一个准。”

“这还用猜吗?你打小就喜欢吃黑蚕豆。”

父女两人闲聊,暂且推开了烦心事。袁世凯虽然仍不比平时的饭量,但总算吃了几个鸡蛋和几块鸭皮,还在女儿的劝说下,尝了几颗蚕豆。袁叔祯把一包黑蚕豆都吃光了,正要收拾包蚕豆的报纸扔掉,袁世凯却道:“三丫头,把报纸给我看看。”

原来,这张《顺天时报》上有篇文章署名梁启超,引起了袁世凯的注意。这是一篇关于帝制的评论，语言十分尖锐刻薄，文章中说，"自国体问题发生以来，所谓讨论者，皆袁氏自讨自论；所谓赞成者，皆袁氏自赞自成；所谓请愿者，皆袁氏自请自愿；所谓表决者，皆袁氏自表自决。此次皇帝之出，不外左手挟利刃，右手持金钱，啸聚国中最下贱无耻之少数人，如演傀儡戏者然。以此等人而为一国之元首，吾实为中国人羞之。以此等人而全世界人类四分之一归其统治，吾实为全世界人类羞之。呜呼，我国四万万人之人格，至今日已被袁世凯蹂躏而无复余"。

与梁启超的文章同时登在报纸上的，还有伍廷芳在反袁声讨会上的演讲，与梁文异曲同工：

> 北京现有的政府，只算得上是戏场，那些大大小小的官僚只算得上是戏子。我们看戏则可，若听了戏子的话当真就不可。试问那些所谓的"劝进团"和请愿代表，哪一个是代表民意在说话？若说是，我老伍就是一个极不赞成的，还有在座的各位诸君也和我持同样的态度。又试问，在权威不及的地方，问问过路的行人，有哪一个是喜欢人家做皇帝的。我们要努力坚持，不管他是洪宪，还是宪洪，只晓得今年是民国五年，明年是民国六年，维持这个年号以至万年，万万年！

袁世凯看罢，脸色都变了，他看看日期，是前天的报纸，可好像没有这些文章，便道："你马上去把前天的报纸给我找来。"

不一会儿，袁叔祯就拿着报纸跑回来了，袁世凯一看，两张《顺天时报》日期一样，内容却很不同。包蚕豆的报纸上有好几篇文章批评帝制，而袁叔祯刚拿来的报纸这几篇文章却都换成了赞同帝制的。他黑着脸道："你去，叫你大哥过来。"

袁叔祯告诉了侍卫处的人，让他们立即设法通知袁克定过来。

袁叔祯知道大哥要倒霉，躲在一边偷听。过了一个多小时，袁克定才气喘吁吁地赶过来了。袁世凯在办公室等他，先是厉声追问，然后就听到袁克定被鞭打，没人腔地哭喊。袁世凯边打边重复一句话："你欺父误国！"

到了第二天，袁克定编印假《顺天时报》欺骗袁世凯的消息在新华宫内悄悄传开了。袁叔祯的生母也听说了，把她叫过去问道："你说，是不是你故意揭发你大哥？"

袁叔祯矢口否认。

金氏气哭了："你就作吧，得罪了你大哥，看他当了皇上怎么收拾你！你二哥已经得罪了他，将来咱们这一家子，可怎么活？"

袁叔祯安慰母亲道："爸爸的皇上都不一定当得住，我大哥更当不成。"

袁叔祯的话并非空穴来风，宣武上将军冯国璋已向统帅办事处发来电报，请辞一等公的爵位。爵位是洪宪皇上封的，辞而不就，便暗含不承认帝制的意思。袁世凯决定再次派阮忠枢南下劝说冯国璋，不要请辞封爵，并望他在此艰难之际念及北洋袍泽的情谊，出面支持大局。话虽未明说，几乎是恳求的意思。

阮忠枢已经怵头南下，但也只能勉为其难。

阮忠枢到南京的时候，冯国璋正在会见成武将军、一等侯陈宦的心腹幕僚胡鄂公。

胡鄂公是湖北人，辛亥革命后曾任黎元洪都督府高等侦探科长、鄂军水陆总指挥，后来奉黎元洪之命到天津组织同盟会，当时冯国璋的女婿陈之骥也参与其间，两人关系很好。胡鄂公能见到冯国璋，也是陈之骥牵线。陈之骥二次革命后逃到日本，去年底被冯国璋悄悄召回，一直在将军府深居简出。

寒暄过后，胡鄂公直奔主题道："上将军，我们家二先生对时局的态度，唯上将军马首是瞻。如果上将军发令说同意四川独立，我在这里发个电报，我们家二先生就宣布独立。"

陈宦字二庵，人称二先生。

冯国璋有些诧异地问道："二先生是帝制中坚，有传言说，他出镇四川前曾经哭请项城早正大位，怎么如今要独立？"

"上将军，那全是段芝贵之流制造的流言，诬蔑二先生。当初古德诺发表支持中国君宪的文章后，段芝贵曾经发电二先生，征询他的意见，其实就是逼他赞成帝制，二先生感觉事情重大，不敢贸然回电，思之再三，回电说'军人无意见'，段芝贵不高兴，发电责备二先生措辞不着边际，二先生仍以五字回复。"

"大家为了自保，违心承认或赞同，我也理解。川军正与蔡松坡的护国军激战，二先生所部冯玉祥的十六混成旅还取得大捷，你又说二先生想独立，这有些匪夷所思吧？"

"那都是障眼法，二先生是不得已而为之。如今北洋的曹锟、李长泰、张敬尧入川所部，近四万余人，虎视成都，而川军觊觎成武将军之位的也大有人在，如果二先生稍有把柄落下，难免各方发难，命且不保，何论其他！请上将军体谅二先生的难处。其实冯玉祥的十六混成旅早就不与蔡松坡所部发生战事,纳溪也是冯玉祥不战而得。双方已经达成默契,二先生已经先后秘密接济蔡松坡十余万元。最近川省各地民军蜂起,他们放话说,如果二先生不答应独立,将以对待端方的手段对之。所以,于公于私,二先生唯有宣布独立一途。"四川袍哥势力极大,川军中陈宧亲信部下又少,因此如坐针毡。

"我与老头子数十年的交情,不能不极力维护。可是他帝制自为,实在太没良心,欺侮清廷孤儿寡母倒也罢了,连我这忠心耿耿的老朋友也欺骗!如今我的态度,就不能只顾私谊,还要顺应各省将军、天下百姓的心愿。"话未明说,但冯国璋反对帝制的意思已经十分明确。

"我们家二先生的意思,如果上将军宣布独立,二先生和四川将支持上将军出任大总统。"这话让冯国璋怦然心动。他在与云贵等省的密使会谈时,已经听到过类似的承诺。

"二先生说笑话了,就是恢复民国,大总统也轮不到我,我没那资格。"

"上将军怎么没有资格?天下人都知道,北洋三杰,第一个反对帝制的就是上将军,芝老也反对帝制,但他手中已经无兵无卒,怎么可与手握五六万雄兵的上将军相比,如果再加上亲近上将军的江西、湖南、山东、浙江等省,上将军可掌握的雄兵不下十万,试问天下还有谁可比肩?"

"我是项城一手提拔起来的。论私交,我应该拥护他,论为国家打算,又万不能这样做,做了也未必对他有好处,一旦国人群起而攻之,受祸更烈。你告诉你们二先生,时机一到,我就发电劝老头子退位。你还要到湖南、上海去探听一下汤氏二兄弟的意思。"

汤氏二兄弟,一个是曾任过国会议长、教育总长的汤化龙,他是共和元勋,袁世凯复辟帝制后,他托病到天津就医,后又转到大连,看到云南通电宣告独立,就乘轮南下上海,参加倒袁活动。他手里无一兵一卒,但作为进步党的创建人,影响颇大。争取到他的支持,便是争取到进步党的支持。另一个汤氏兄弟就是坐镇湖南的汤芗铭,他是汤化龙的亲弟弟,时年不过三十岁。他坐镇湖南,对袁世凯极其巴结,二次革命后将湖南国民党要员五十余人全数通缉,在湖南建起三万余人的特务网络,以捉拿乱党为名,四处敲诈,又极力拥护袁世凯登基,对袁克定也极其巴结,写信效忠。然而,他也是个见风使舵的人,如今也悄悄派人试探冯国璋的意思。

"汤氏兄弟那里,我已经分别去过。他们的意思,都愿上将军能登高一呼。

而且,上将军于今,只有反袁独立一途最为有利。"

冯国璋明知故问道:"何以见得?"

胡鄂公分析道:"上将军不支持帝制,袁世凯心知肚明,如果他帝制成功,必容不得上将军;袁世凯复辟帝制不得人心,帝制必定失败,而上将军迟迟不表态,不但不会成为再造共和的功臣,而且可能被归于帝制余孽之中,本来是囊中大总统,失之交臂,岂不可惜?"

冯国璋深思良久后道:"大总统之位于我不过如浮云,但为国家计,我不能再犹豫。我决计明天就召集大家商议。"

这时候,下人来报,阮忠枢到了。

冯国璋愕然道:"他怎么又来了?"

胡鄂公劝道:"上将军,他当然是袁世凯的说客。上将军可不要上当,万勿再犹豫。"

"斗瞻来得好,我正好给他唱出戏。"

第二天上午十点,冯国璋在宣武上将军府的西花厅召集亲信密议形势,参加人员包括巡按使齐耀琳、江宁镇守使王廷桢、卫队长冯家纯、女婿陈之骥以及将军府的几个心腹参谋,阮忠枢受邀参加。

冯国璋开场道:"今天请大家来,是讨论局势。自从发动帝制以来,反对的声音就未停过,但老头子被小人包围,听不到下面的声音。云南的蔡松坡首先发难,已经三月有余,竟不能平定。可见并非军事原因,而是大家对帝制不尽苟同。论私,老头子对我有知遇之恩,论公,军人首重服从,他省虽有意外之举,江苏仍以不入旋涡为宗旨。所以,对各方游说劝说,我都一概不理,希望你们也不要受人蛊惑。"

江宁镇守使王廷桢首先表示异议道:"全国人民心向共和,反对帝制独裁,请上将军睁眼看看,如今反对帝制最有力的并非革命党,而是从前全力支持袁项城的进步党和立宪派,二次革命尚可以说七省独立是暴乱,不得人心,此次反袁,只能说是袁项城咎由自取。"

冯国璋的卫队长冯家纯也道:"二次革命的时候,大家都说中国要安定,要国富民强,非袁不可,这才过了两年多,大家一致看法是,非去袁不可!上将军可要看清世道人心。"

冯国璋厉声喝道:"你一个卫队长这样跟我说话,是受了谁的指使?"

"我是受天下人的指使!"没想到冯家纯霍地站起来,随即拿出一纸电报道，"我代天下人拟了一份电报，请上将军约请天下将军，劝说袁世凯取消帝制！"

"你好大的胆子。来人，把他给我又出去。"

四五个身高体壮的卫兵一拥而入，站在冯家纯身后道："上将军，请立即签署电报。"

外面吵吵嚷嚷，不知有多少士兵，都在喊道："请上将军替天下人说话，取消帝制！"

冯家纯看着在座的诸位，问道："你们谁不支持取消帝制？"

众人都不吱声，阮忠枢硬着头皮道："帝制是经全国民意而定，你们怎么能逼上将军。"

"你不过是袁世凯的一条狗，再多说一句话，立马把你枪毙！"

冯家纯把众人赶出去，只留下冯国璋和阮忠枢，把电报扔在桌上道："上将军什么时候签署电报，什么时候才能出门。"

"反了，反了，这帮狗东西都反了。"冯国璋背着手在室内踱步。

阮忠枢冷眼旁观道："四哥，你不要给我演戏了。我是奉命而来，点到为止，你帮不帮老头子完全由你，何必把我软禁？"

"老阮，我又何必给你演戏。我反对他称帝，但我绝不带头来反对他，所以这样的电报我是无论如何不会发。你若非认为我是演戏，我也无话可说。我问你一句话，京中帝制弄得那么热闹，你们又何尝不知道是在演戏？"

"人在潮流中，随波逐流，身不由己。你也知道，太子是看不上我们这些老人的，把我弄进十大金刚里头，就是为了笼络北洋旧人罢了，机密的事情他们根本不与我商议。所以四哥，你把我当老头子的心腹软禁起来，真是委屈我了。"

冯国璋也不必再演戏了，说道："斗瞻，我知道你的难处。可是他们为我着想，怕你回京不利于我。"

"四哥你放心好了，我们都希望取消帝制，早一天取消，老头子早一天解脱。我回京只会说，你被部下所逼，身不由己。"

"那好，这份电报我就发了。"

帝制复辟以来，云贵举兵以抗，以历三月有余，局势动荡，国家危机，为大局计，向南北各方提议如下：其属于南方者，一取消独立，一退出战区,一保护战地百姓。属于北方者,一取消帝制,一惩办罪魁,一请元首自行辞职以平滇黔之气,以觇全国人民之意愿。

冯国璋吩咐立即发给山东将军靳云鹏、浙江将军朱瑞、江西将军李纯、湖南将军汤芗铭征求意见,请他们联名。到了下午四省都回复同意联名。冯国璋觉得只有五位将军联名,似乎还少一些,因此又吩咐发给直隶将军朱家宝、广东将军龙济光,希望他们能联名。

直隶将军朱家宝,是任直隶南平知县时为直隶总督袁世凯所赏识,被推为"近畿循吏第一",从此官运亨通。他不是见风使舵的人,辛亥革命的时候,安徽绅商劝他宣布独立,他严词拒绝道:"家宝食清之禄,死清之事,城存与存,城亡与亡,诸君勿复多言。"袁世凯帝制自为,他是真心支持,又视袁世凯为恩公,因此收到冯国璋的联名电报,立即密电袁世凯。

袁世凯收到这份密电,惊得半天说不出话。以冯国璋为首的这五人掌握着北洋半数的军队,他们已经离心离德,还能靠谁去平定滇桂黔的叛乱?他立即着人把梁士诒叫来,把电报交给他道:"燕孙你看,华甫给我出了个大难题。"

"皇上,帝制不能取消。"梁士诒一看更是心惊肉跳,因为惩办罪魁,他将难逃制裁。

"不能取消又能如何?南方的叛乱三月有余不能平定,以后更无可能。而且,日本人又趁机捣乱。"袁世凯把驻日公使陆宗舆的密电递给梁士诒,密电说大隈首相与各大臣及元老,借宫宴之便开御前会议,决定借中国内乱之际,派兵进驻中国要地。

"日本人真是可恨,最会趁人之危。"

还有几份密电,是关于西南战事的,滇军已经开始反攻,复占泸江、南川、江安,纳溪大战,张敬尧受伤;黔军攻克湖南永祥;桂军兵分两路,一路进军湖南,一路压迫广东。

袁世凯用手指蘸着茶水,在桌上涂画,某方情形如何,某人变动如何,应付得失如何,涂满后用纸擦去,再涂再擦,如此者三,最后说道:"燕孙,事已至此,无可挽回,我的主意定了,撤销帝制,政事请徐菊人、段芝泉负责,安定中原,由冯华甫担任。你替我给二庵写封信,叮嘱他一定镇静,一面严防,一面与蔡松坡言和。你和卓如有旧,你以私人情谊请他帮忙疏通滇桂。倘若有办法能令国家安定,我无论牺牲到何种地步,也没有什么不可以的。"

梁士诒不甘心道："不妨听听英国人的意见,如果英国能够给予支持,劝说日本不要妄动,或可会有转机。"

"恐怕他们也回天无力。"

但袁世凯毕竟不能死心,所以约英国公使朱尔典下午见面。

袁世凯在办公室呆呆坐了大半个上午,到了午饭上楼时,却发现自己心有余力不足,拄拐杖的手发抖,腰膝酸痛,竟然不能自己上楼了。总统办公室的人一通好忙,最后找了副肩舆,把他抬上二楼。睡了午觉起来,他试着自己下楼,竟然也下不去,只好再乘肩舆。朱尔典已经到了,听完袁世凯委婉的询问后道:"我本人对阁下的处境十分同情,但英国政府的态度与日俄等五国一致,对中国因帝制引起的混乱十分担心,不可能对帝制再表示赞同。我个人以为,目前局面,除非取消帝制,否则危险将不可避免。"

"我会认真考虑你的建议。"袁世凯茫然地点头道。

辗转反侧一夜无眠,第二天一早,袁世凯吩咐要分别会见徐世昌、段祺瑞和张一麐。

徐世昌住在东四五条铁匠营胡同,这里的私宅是唐绍仪任内阁总理时购置并进行华丽装修后赠送,以报答他在东三省总督任上的关照之恩。徐世昌不支持帝制,请辞国务卿后门可罗雀,挂出"谈风月馆"的牌子,以示自己不问政治。但冷眼旁观,知道帝制已经到了崩溃的关头,他正打算给袁世凯写封密函,建议尽早收束,没想到袁世凯要召见他。正好,一切当面谈。

他进新华宫见到袁世凯时,大吃一惊,袁世凯须发皆白,脸颊消瘦,目光茫然,全然没了从前炯炯视人的虎威。他鼻子一酸道:"四弟,怎么瘦了这么多。"

这声"四弟"让袁世凯心里一暖,眼角一热,差点落下眼泪。他把电报递给徐世昌道:"菊人大哥,完了,一切都完了。"

徐世昌看罢电报安慰道:"这也未必是坏事,趁此机会赶紧收束,还有转圜的余地。"

"我已经决定取消帝制,想请大哥出面帮我收拾局面。我想请你复任国务卿,芝泉任参谋总长。"

"我听你的吩咐,当初我不想掺和帝制,就是为留下转圜余地。"

袁世凯落寞道:"还是大哥看得长远。我这一辈子读书太少,不能把功名富贵看透。如今看透了,为时已晚。我昨天晚上看到一颗巨星落下来,这是平生第二次。第一次看到时,在十多年前,那次是李文忠公没了。这次,要轮到我了。"

"四弟何必如此悲观。"

袁世凯摇头道:"我们家族,男丁很少活过六十岁的。我今年五十八,五十九岁这道坎,恐怕迈不过。"

两人谈完,再请段祺瑞。他一进门,袁世凯就连忙检讨道:"芝泉,我悔不听你言,致有今日纠纷。我打算取消帝制,还请你帮忙。"

"你吩咐就是,我一定竭力帮助。"

袁世凯说了想请他出来当参谋总长的意思,他很痛快地答应了。

送走段祺瑞,又请张一麐。见到张一麐,袁世凯也是先做检讨道:"仲仁,我当初昏聩,没有听你的逆耳忠言,以至于此。"

张一麐替他开脱道:"这全都是小人蒙蔽。"

"这都是我不好,不能怪到别人头上。"袁世凯又感慨道,"我今天才知道淡于功名、富贵、官爵、利禄者,才是真国士。仲仁在我幕中数十年,未尝有一字要求官阶俸给,还有一个严范修,与我相交数十年,也未曾言及官阶升迁。你二人都曾经阻止帝制,我却未听劝谏,想来真是可耻。当初极力拥戴,今天又劝我取消的,大有人在,真是卑卑不足道。总之,都是我历事多,读书少,咎由自取,不必怨人。误我事小,误国事大,当国者不可不惧。我已经决定取消帝制,这个申令非你来做不可。"

张一麐手笔快,下午稿子就呈上来了:

民国肇建,变故纷乘,薄德如予,躬膺艰巨,忧国之士,怵于祸至之无日,多主恢复帝制,以绝争端,而策久安。癸丑以来,言不绝耳,予屡加呵斥,至为严峻。自上年时异势殊,几不可遏,全谓中国国体,非实行君主立宪,决不足以图存,倘有墨葡之事,必为越缅之续,遂有多数人主张恢复帝制,言之成理,将更庶士同此悃忱,文电纷陈,迫切呼吁。予以原存之地位,应有维持国体之责,一再宣言,人不之谅。嗣经代行立法院议定,由国民代表大会解决国体,各省区国民代表,一致赞成君主立宪,并合词推戴。

中国主权,本于国民全体,既经国民代表大会全体表决,予更无讨论之余地。然终以骤跻大位,背弃誓词,道德信义,无以自解,掬诚辞让,以表素怀。乃该院坚谓元首誓词,根于地位,当随民意为从违,责备弥周,已至无可诿避,始以筹备为词,借塞众望,并未实行。及滇黔变故，明令决计从缓，凡劝进之文，均不许呈。代行立法院转呈推戴事件，予认为不合时宜，着将上年十二月十一日承认帝制之案，即行撤销，所有筹备事宜，立即停止。劝进及反对帝制者，务各激发天良，捐除意见，同心协力，免同室操戈之祸，化乖戾为祥和。

今承认之案，业已撤销，如有扰乱地方，自诒口实，则祸福皆由自召。本大总统本有统治全国之责，亦不能坐视沦胥而不顾也。方今闾阎困苦，纲纪陵夷，吏治不修，真才未进，言念及此，中夜以兴，长此因循，将何以国？嗣后文武百官，务当痛除积习，恪尽职守，实力进行，毋托空言，毋存私见。予唯以综核名实为制治之大纲，我将吏军民，尚其共体慈意。此令。

张一麐的稿子，极力为袁世凯开脱，袁世凯很满意，但如果把责任都推到别人身上，难免引起不满，于是他提笔在第三段前加一句："总之万方有罪，在予一人。"

第二天，申令发布，同时撤销大典筹备处，废弃洪宪年号，徐世昌出任国务卿，段祺瑞为参谋总长，黎元洪复为副总统。又焚毁关于帝制文电八百余件，以示恢复民国决心。

袁世凯的想法，自己宣布撤销帝制，自然可以继续当大总统。所以借黎元洪、徐世昌、段祺瑞的名义致电广西陆荣廷、云南蔡锷、唐继尧，要求停战善后：

袁总统既取消帝制，皇帝推戴书亦尽退还参政院焚毁之。公等为反对帝制，对政府举兵，今公等目的已达，对政府勿续持敌意，以救国家危急，双方先行收兵，妥筹善后之策。

然而，袁世凯的如意算盘打不通，蔡锷与陆荣廷、唐继尧商量后，致电黎元洪、段祺瑞说道，"默察全国形势，人民心理，尚不能为项城谅，凛已往之玄黄乍变，虑日后之覆雨翻云，若项城本悲天悯人之怀，洁身远引，国人轸念，当无涯量"。很显然是要袁世凯辞职。

袁世凯当然不甘心，又致电广东将军龙济光，希望他通过姻亲关系转商于陆荣廷，结果龙济光也宣布独立。陆荣廷会同唐、蔡回复黎元洪等人，明确提出,袁世凯必须辞职,"项城违犯约法,自召兵戎,若仅削除帝号,复称总统,廉耻既亡,威信全失,愈益国家之忧,莫慰中外之望,无术可以调停,请转项城速行宣告退位"。

这时候外间盛传,南方要求惩办祸首,没收其家财。袁世凯最怕的就是这一条,因此又给老朋友唐绍仪、老师张謇还有伍廷芳发报,希望他们能够从中转圜。唐绍仪回电毫不客气,严厉批评他近年种种违反约法行为:"执事撤销承认帝制之令,而仍总统之职,在执事之意,以为是可敷衍了事,第在天下视之,咸以为廉耻沦丧,为自来中外历史所无。试就真理窥测,今举国果有一笃信执事复能真践前誓,而真心拥护共和者乎?此次举义,断非武力可解决,为执事劲敌者,盖在全国人心,人心一去,万牛莫挽。此陈唯一良策,则只有请执事以毅力自退。"

张謇没有直接回电,而是致电徐世昌,说:"人心不能违,潮流不可抗,比闻桂继滇黔而起,今粤、浙继之。自帝制告成,而洹上之信用落;帝制取消,而洹上之威望坠。无威无信,凭何自立?"

伍廷芳的回电洋洋千余言,罗列了十余条理由,结论就是袁世凯只有立即辞职,还劝他皈依佛门,言外之意是让他"放下屠刀,立地成佛"。

袁世凯恼羞成怒,他是相信武力的人,决定以他的北洋袍泽做最后一搏。他认为徐世昌毕竟没带过兵,因此让他退居幕后,让段祺瑞当国务卿。

"行,但要改组政府,恢复内阁制,改政事堂为国务院。"而且段祺瑞说国务院秘书长非徐树铮不可。段祺瑞如此坚持,就是要报去年被迫去职之仇。而内阁制,正是当年国民党对付袁世凯的框框。

此时,梁启超牵头,在广东肇庆组织成立军务院,作为独立各省的统一领导。梁启超亲自起草的《军务院组织条例》,认为袁世凯称帝已丧失大总统资格,应由副总统黎元洪继任,但又由于黎正蒙难,应由国务院摄行大总统职权,然国务院已遭废止,重设须经国会通过,而国会亦不存在,故暂设军务院,主持全国军事、庶政。军务院直隶大总统黎元洪,因黎元洪不能亲临军务院视事,一切军政、民政、对内、对外,以军务院名义行之,代行国务院及陆海军大元帅职权。一句话,军务院就是与袁世凯分庭抗礼的临时政府!

军务院选唐继尧为抚军长,袁世凯的老对头岑春煊为抚军副长,抚军有刘显世、陆荣廷、龙济光、梁启超、蔡锷、李烈钧、陈炳焜、戴戡、罗佩金、吕公望、刘存厚、李鼎新,他们共同主持政务军务。军务院成立后提出解决时局的四条办法,第一条就是袁世凯辞职,黎元洪继之;如果黎元洪难当重任,则由段祺瑞摄政,或者通过特别规定,选举段祺瑞为大总统。这无疑是招离间计,目的是增加袁世凯与段祺瑞之间的矛盾。梁启超还给段祺瑞发电说:"今日之有公,犹辛亥之有项城。昔者若清室不让,虽项城不能解辛亥之危;今者若项城不退,虽公不能挽今日之局。"

段祺瑞倒是没好意思说出让袁世凯辞职的话来,却向袁世凯提出撤销总统府机要局、统帅办事处、军政执法处三大机关,而且陆军部要接管模范团和拱卫军。这让袁世凯十分寒心,认为段祺瑞已经离心离德,不可依赖。因此回头再央求冯国璋出面,给南方施加压力。

此时的冯国璋更像辛亥年的袁世凯,南北双方都对他有所求。冯国璋提议在南京召开会议,讨论全国时局。出席代表二十三人,公推冯国璋为主席。而第一次会议的议题,就是讨论袁世凯的去留,结果二十三人多数赞成袁世凯辞职。南京的密探密电袁世凯,这让他又气又恨,本指望冯国璋能够设法维护他的大总统之位,没想到会是这种局面,显然,冯国璋也有野心!如果让他这样主持下去,自己非辞职不可,于是他密电安徽将军倪嗣冲设法挽回。

倪嗣冲是袁世凯小站练兵时的部下,辛亥革命后受到袁世凯的赏识,很快坐上了安徽都督的交椅,在镇压二次革命和推行帝制中下了死力,被袁世凯册封为六公之一,真是破格荣封。得到"圣主"的密电,他立即带着三营人马当夜赶到南京,在第二天的会议上,他抢先发言道:"你们竟然对大总统的地位提出什么建议,对这一点,我坚决反对。你们来自不同的省份,应该代表你们的长官,联名给南方写信,让他们立即罢兵,这才是正办。"

大会被他搅得开不下去,但袁世凯已经看清,冯国璋是要效仿辛亥年的手段,借南方的势力逼他放弃大总统,又借北洋的势力施压南方。南京甚至传言说,冯国璋要当大总统了。

北洋三杰,王士珍躲清静,段祺瑞执拗不可用,冯国璋包藏野心,都不能为己所用。他是不肯轻易服输的性格,以为四川有陈宦和曹锟,两人都忠诚可靠;湖南有汤芗铭,二次革命后杀了那么多革命党人,他无论如何不会独立;湖南还有他的卫队司令唐天喜,从十几岁时就侍候他,跟着他到朝鲜,虽是主仆,胜似父子,更不会背叛。有此三人督师猛进,打败蔡锷一军并非不可能,而蔡锷一倒,其他各军便会望风披靡,那时候自己从容收拾,不难再定乾坤。袁世凯拿定主意,振作精神,不顾病体,坐镇指挥讨逆。

可是，他刚给陈宦发去让他督师开战的电报，陈宦却宣布四川独立了，他在通电中先是剖白自己一开始就不支持帝制，然后又指责袁世凯退位绝非出自诚意，不过是缓兵之计，他要与袁世凯断绝关系，"宦为川民请命，不能不代表川人与项城告绝。自今日始，四川省与袁氏个人断绝关系，袁氏在任一日，其以政府名义处分川事者，川省皆视为无效。俟新大总统选出，即奉土地以听命，并即解兵柄以归田"。

陈宦宣布独立后，曹锟手下的一个旅长又宣布独立，这让曹锟腹背受敌，四川已经不可为了！

袁世凯恨死了陈宦，但已无济于事。他做困兽之斗，严令湖南汤芗铭痛剿贵州、广西进入湖南的护国军，希望发生奇迹。然而，5 月 29 日，汤芗铭亲自致电袁世凯劝他退位让贤，"顾钧座一日不退，即大局一日不安，现状已不能维持，更无善后之可言，湘省军心民气久已激昂，和平之望遥遥无期，军民愤慨无可再抑"。

袁世凯只觉心口堵得慌，连床也不能下了，对袁克定道："我是无力回天了，如今靠山山崩，靠河河涸，喝凉水也塞牙。"

到了晚上，又传来消息，少年时就跟随他的唐天喜因为害怕与护国军打仗，竟然也率部宣布独立。

"唐天喜反了！唐天喜反了！"袁世凯拿着电报直拍大腿，眼神迷离，仿佛变了一个人。他瞪着眼不敢睡，睡着了也被噩梦困扰，在梦中惊呼，"唐天喜杀回来了！"

第二天，袁世凯的病情突然加重，吃不下，尿不出，手指和脚背开始浮肿。他不信西医，一直是中医侍候，此时已经束手。到了端午这天，袁克定与大家商议，无论如何得请西医来诊治，但这件事必须得袁世凯同意。于是他向袁世凯说明大家的想法，没想到袁世凯同意了，由袁克定去请法国医生贝希叶。贝希叶和一个助手带着药箱、设备赶过来，检查一番后，把袁克定叫到一边说道："大总统的病是膀胱结石，是很常见的病，如果早一点手术取出结石，绝对不会危及生命。"

袁克定问道："你就说吧，应该怎么办？"

"最好能去医院手术，取出结石。"

"老爷子已经好几天不吃不喝，身体太虚弱，去医院做手术，恐怕不合适。再说，他一定不会答应去西医院。"

"那就只好先导尿,解决眼前的问题再说,按中医的说法,先治标,后治本。"

袁克定把贝希叶的意思告诉袁世凯,他点头表示同意。

贝希叶在袁世凯的后腰扎了一针,然后用玻璃拔罐向外吸,吸出来的全是血水。大家都很担心,好在袁世凯看不到,他呻吟着一会儿就睡着了。贝希叶一连吸出了五罐,随后道:"先让大总统休息一下,明天看情况再做进一步治疗。"

到了晚上,袁世凯的病好像减轻了不少,精神头也好多了,对袁克定道:"老大,你去一趟,亲自把你徐伯伯和四姐夫请来。"

徐伯伯当然是指徐世昌,四姐夫是指段祺瑞。段祺瑞的夫人是袁世凯的养女,按袁家排行称四小姐,所以段祺瑞便被称为四姐夫。

袁克定把袁克文还有袁叔祯等人叫到外面道:"我怕爸爸是回光返照,不能离开。我打电话给徐伯伯和四姐夫,你们都守在身边,别走开。"

袁克定先给徐世昌打电话,徐世昌一听袁世凯病重,二话不说,答应马上过来。给段祺瑞打电话,袁克定却犯了犹豫,因为他排挤段祺瑞,两人关系闹得很僵。他硬着头皮打通了段祺瑞的电话,道:"四姐夫,我是克定,你不要挂电话。我爸爸很不好,想见见你,我怕他是回光返照。"

电话那边大约有五六秒的沉默,袁克定紧张地等待,终于等到段祺瑞的声音:"我马上过去。"

"我等着四姐夫。"袁克定如释重负。

徐世昌、段祺瑞先后赶到,由袁克定陪同一起去楼上袁世凯的卧室。袁世凯半靠在床上向两人招招手。两人近前,袁世凯从枕头边捧出大总统印道:"我先交代公事。大总统让黎宋卿做去吧,我就是好了,也打算回彰德。"

徐世昌接过总统印,递给段祺瑞道:"政事由芝泉与黎宋卿去办,大总统还有何吩咐?"

"菊人大哥,你还是叫我四弟受听,我还有私事相托。"袁世凯苦苦一笑,拿出一个精致的木盒,"这里面是我的全部家产,从直隶总督到总理,又做到大总统,我一共攒了二百万元的家产。股票、存款、房契都在这里了。我万一闭了眼,请菊人大哥主持给他们分家。"然后又对段祺瑞道,"芝泉,到时候你也多操心。"

徐世昌和段祺瑞都答应下来。

袁世凯又对袁克定道:"将来你们要听徐伯伯和四姐夫的话,怎么分就是怎么分,谁也不许闹纠纷。"

"爸爸放心,我们都听徐伯伯和四姐夫的。"

说了这些话,袁世凯有些累,一会儿就睡过去了。

徐世昌和段祺瑞告辞,袁克定送到居仁堂门外,徐世昌提醒道:"云台,我看大总统今晚很不好,你们都不要离开。明天我们再过来。"

袁克定给弟弟妹妹们分排轮班,他自己要给大家做样子,整夜守在榻前。袁世凯一夜昏睡,偶尔说梦话,听不清说的什么,能听清的,是喊爹叫娘的声音。

第二天早晨六点多,袁世凯醒来了,睁开眼叹口气,对榻前的袁克定道:"老大,你可别再上他们的当。"

袁克定想问问他们是指谁,但袁世凯已经闭上了眼睛。袁克定以为他又要昏睡一会,但看情形不对,拿手指在鼻前一试,已经没有呼吸了。他大哭一声道:"爸爸没了!"

大家都乱起来,好在袁克定还算镇定,一面吩咐袁克文去请徐世昌、段祺瑞、王士珍等北洋大佬,一面安排人立即发电报给老家的叔叔们。

太太于氏这时得到消息,坐在袁世凯身边拍着大腿哭着诉苦道:"你一辈子对不起我,弄了这么多姨太太,又养了这么多孩子,你死了都丢给我,叫我怎么办呢!"哭了又说,说了又哭,翻来覆去就是这几句话。

她只有一个亲生孩子,就是袁克定。其他二十多个孩子都是姨太太所生。这些孩子中又以袁克文为长,他就带领大家跪到于氏跟前道:"娘,您既然这么说,那就赐死我们算了,省得我们连累了你。"

场面一下闹僵了,袁克定连忙给弟弟妹妹们道歉,又劝母亲不要再闹。于氏反问道:"你爸爸死了,还不准我哭吗?"

正闹得不可开交,徐世昌到了,立即吩咐道:"云台,你们真是不懂事,快扶你娘到后面休息去,不能让她老人家这样哭。"又劝慰于氏道,"弟妹,你放心吧。大总统去了,我们这帮兄弟还在,不会不管的。"

这时候,段祺瑞也到了。袁克定带头,众弟弟妹妹们一齐给他磕头,段祺瑞连忙去虚扶。

徐世昌说道:"芝泉,国不可一日无主。你是政府首脑,只能由你亲自去请黎宋卿,让他就任大总统,好出面办事。"

段祺瑞叫上黎元洪的亲信、教育总长张国淦去东厂胡同黎府。段祺瑞不善于说话,平时有事都会与身边人先商量,话该怎么说。这次他并没与张国淦商量,两人见了黎元洪,段祺瑞不开口,黎元洪也不问,两人隔着一张桌子枯坐。沉默了半个多小时,段祺瑞站起来与黎元洪握了一下手,对张国淦道:"潜若,你今天就不要到国务院了,总统这里忙,你在这边应付。"

等段祺瑞一走,黎元洪气道:"潜若,他这就算是请我当总统了?有这么请的吗?"

张国淦打着圆场道:"段总理不善说话,大总统是知道的。"

"这不是善不善说话的事,我做这个大总统,他心里不甘。"黎元洪却看得很透。

"无论按袁大总统的遗言还是宪法,副总统接任大总统,天经地义。这个位子除了您,谁也没有资格。"

黎元洪叹息道:"将来谁有资格,恐怕要看谁手里的兵多了!"